KB251259

유
비
쿼
터
스

스
즈
키
고
지

김은모 옮김

유비쿼터스

유비쿼터스

UBIQUITOUS
© Koji Suzuki 2025

유비쿼터스

스즈키 고지
김은모 옮김

현대문학

일러두기

- 별면 도판 이미지는 '보이니치 필사본'의 일부입니다.
  Voynich manuscript.
  General Collection, Beinecke Rare Book and Manuscript Library, Yale University.
- 주석은 모두 옮긴이 주입니다.

차례

프롤로그 … 6

제1장 의뢰 … 12

제2장 변사 … 56

제3장 해독 … 104

제4장 편재 … 136

제5장 교환 … 166

제6장 돌풍 … 234

제7장 무녀 … 262

제8장 낙도 … 292

제9장 승화 … 342

제10장 파종 … 392

에필로그 … 420

후기와 감사의 말 … 428

주석 … 430

참고 문헌 … 433

옮긴이의 말 … 437

프롤로그

사방이 얼음으로 가득한 세계.

지구상에서 가장 춥다고 일컬어지는 남극 대륙은 두께가 최대 5,000미터에 가까운 빙상으로 덮여 있다. 대륙을 아래로 가라앉힐 만큼 무거운 빙상은 백만 년에 걸쳐 내린 눈으로 만들어졌다.

내륙부의 강수량이 사하라 사막보다 적다는 점과 얼음 두께가 5,000미터에 가깝다는 점을 고려하면 빙상이 형성되는 데 어마어마한 시간이 걸렸으리라는 걸 체감할 수 있을 것이다.

1957년 1월, 일본의 제1차 남극 관측대는 동경 39도, 남위 69도 부근의 작은 섬에 쇼와 기지를 세웠다. 1970년에는 쇼와 기지에서 남동쪽으로 270킬로미터 떨어진 두꺼운 얼음 위에 미즈호 기지를 세우고 빙상 시추에 도전했고, 1995년에는 해발고도 3,810미터 지점에 돔 후지를 설치하고 드릴을 강하해 길이 4미터의 얼음 기둥 '코어'를 끌어올리는 작업을 개시했다.

현재 시추 깊이는 3,000미터를 넘었다.

당연히 깊이 뚫고 들어갈수록 더 오래된 얼음층이 나온다. 지금까지 한 번도 녹은 적이 없으므로 코어에는 먼 옛날의 대기에 포함된 이산화탄소, 방사성 물질, 우주 먼지, 화산재, 생물에서 유래한 화합물 등이 갇혀 있다. 덧붙여 인류가 지구에 탄생하기 훨씬 이전에, 진화의 벽에 부딪혀 갈 곳을 잃고 절멸 직전에 몰린 미생물이 두꺼운 얼음 속에 유폐돼 긴 잠을 자고 있을지도 모른다.

돔 후지에서 시추한 코어는 냉동 보존해서 일본으로 운반한 후 전문

연구기관에서 샅샅이 조사한다.

연대순으로 고체화한 대기를 상세히 분석해 백만 년에 달하는 지구의 모습을 있는 그대로 밝혀내는 것이다. 코어는 자연계가 파묻은 타임캡슐이라고 할 수도 있겠다.

이 귀중한 연구 소재를 일본으로 옮기는 임무를 맡은 것이 바로 남극 관측선 시라세호다. 남극이 여름을 맞이하는 11월에 일본에서 출항해, 겨울이 오기 전인 4월에 귀환하는 일정을 매년 되풀이한다. 남극 관측대는 문부과학성[1]의 관할 아래 있지만 배 운항은 해상자위대가 맡아서 인원 및 물자 운송, 기재 투입 및 회수를 비롯해 다양한 관측 활동을 진행한다.

202*년, 봄.

제67차 남극 관측대가 임무를 마치고 남극을 떠날 날이 왔다. 시라세호는 어제 진로를 180도 변경해 선수를 아프리카 대륙 남단, 선미를 쇼와 기지 방향으로 향했다. 일본으로 가져갈 물자도 어제 전부 실어서, 통칭 여름 팀으로 불리는 관측대와 월동 팀의 교대 요원이 승선을 마치자마자 침로를 일본으로 돌려서 출항할 예정이었다. 사람들이 승선하는 동안 시라세호의 운용 장교인 해상자위대 아베 유타카 중위는 함교에 서서 아쉬운 듯 순백의 세계를 둘러보았다.

남극을 떠나려니 시원섭섭했다.

작년 11월에 요코스카항에서 출항한 후로 반년이나 얼굴을 못 본 아내와 딸을 만날 수 있어서 아주 기쁜 마음 한편으로, 지구상의 다른 곳에서는 절대로 경험할 수 없는 혹한 속의 임무를 끝내는 것에 다소 미련이 남았다.

시라세호에서 하선하면 뭍에서 연수를 받아야 한다. 연수 기간에 1급 기관사 자격증을 딴 후에는 호위함의 기관장으로 임명될 것이 거의 확실했다. 다시 시라세호에 승선하려면 중령이나 대령 계급이 필요하니 20년은 더 기다려야 한다. 호위함에서 이지스함 근무로 영전해서 시라세호와 인연이 끊길 확률이 훨씬 높기에, 이번을 마지막으로 거의 확실하게 남극과 영원히 작별할 운명이었다.

시라세호의 운용 장교로 임명됐을 때는 혹한 속에서 힘들게 생활할 걱정에 암담했지만, 막상 얼음 위에서 밤이 오지 않는 생활을 시작하자 남극 특유의 진귀한 풍경을 구경하느라 바빠서 마음이 들떴다. 순백의 얼음이 희미한 빛을 산란시키는 백야는 150일 가까이나 계속되고, 오로라는 녹색 띠를 나부끼며 하늘에서 춤췄다. 다른 천체에 내려선 듯한 생활은 자극과 흥분으로 가득해서 하루하루가 놀라움의 연속이었다.

백야와 오로라는 예상했던 대로 아름다웠지만 음식이 이렇게 맛있을 줄은 예상하지 못했다. 쇼와 기지의 음식이 맛있다는 소문을 듣기는 했다. 그런데 실제로 먹어보니 소문 이상이었다. 특히 매주 금요일에 나오는 스테이크는 최고 수준의 맛을 자랑했다.

얼음 채취장 앞에 설치한 간이 주방에서 일류 요리사가 실력을 발휘해 만든 카레 우동을 맛있게 먹은 것도 잊지 못할 추억 중 하나다. 음식을 반짝이는 얼음 테이블에 차려놔서 그런지 더욱 맛이 각별했다.

펭귄과 물범의 갑작스러운 방문, 빙하 위의 피크닉, 어스름과 무음의 하모니. 오감을 통해 체감한 날들은 즐거운 추억의 조각으로 가슴에 새겨져 있다.

이러한 감동을 다시는 맛볼 수 없으리라.

그리운 광경을 회상하던 아베 중위의 눈앞에서 남극과 연결된 가교가 끊겼다. 관측대가 모두 승선해 승강용 사다리를 올렸다. 함장이 출항 명령을 내리자 승조원들은 자기 위치에서 맡은 바 임무를 수행했고, 네 기의 발전용 디젤 엔진이 회전수를 올렸다. 2만 킬로와트 이상의 전력이 발전돼 거대한 모터를 회전시키자 2개의 프로펠러가 강력한 추진력을 만들어냈다. 선체를 내달리는 진동이 몸으로 전달되자 드디어 남극과 이별이구나, 싶어 아베 중위는 가슴이 벅차올랐다.

월동대원들이 얼음 위에서 부러운 듯 손을 흔들었고 귀로에 오른 관측대원들도 갑판에서 아쉬운 듯 손을 마주 흔들었다. 전진 기어가 들어가고 배가 천천히 움직이기 시작하자 선체를 감싼 진동의 성질이 달라졌다. 1.5미터에서 2미터 두께의 얼음을 선체의 중량으로 때려 부수는 충격음이 더해졌기 때문이다.

얼음을 부수면서 천천히 나아가기에 속도는 기껏해야 3노트에서 5노트 정도다. 하지만 며칠 후 얼음에서 빠져나와 빙산이 떠다니는 바닷물 위를 항해하면 15노트로 속도가 올라간다. 두꺼운 얼음에 갇혀 배가 꼼짝도 못 하는 경우도 간혹 있기에 바다로 나오는 순간 다들 일제히 안도한다. 이제 일본으로 귀환하기까지 장애물은 거의 없다고 할 수 있다. 시라세호는 안정된 속도를 유지하며 오른쪽으로 키를 꺾어 오스트레일리아 동쪽 연안으로 침로를 맞췄다. 시드니항에서 관측대원을 모두 하선시키고 나면 해상자위관들만 태운 채 요코스카항으로 향한다.

4월 *일.

시라세호는 요코스카항에 무사히 입항해 일주일 동안 머무른 후 오이 부두로 회항했고, 시드니에서 하선해 비행기로 귀국한 관측대원들과 합류했다. 배에 적재한 물자와 짐을 내리고 보내야 할 곳으로 운송하기 위해서다. 대량의 남극 얼음도 운송할 물품에 포함돼 있었다. 남극 얼음은 시라세호의 승조원과 관측대가 귀환할 때 가져오는 대표적인 선물이었다.

아베 중위도 예외는 아니었다. 마지막 항해일 듯하다는 소문이 퍼지자 친구 셋이 선물을 부탁했다.

그들은 선물에 특별 주문을 했다.

남극의 빙상 깊은 곳에서 시추한 얼음.

긴자에는 남극 얼음으로 희석한 술을 한 잔에 수천 엔의 가격으로 판매하는 클럽도 있다니까, 그 가치를 충분히 잘 알고서 부탁한 것이다. 순백의 세계에서 캐낸 얼음 조각을 술잔에 띄우고 태고의 낭만을 맛볼 셈이리라.

깊은 곳에서 캐낸 얼음의 가치가 더 높다고 착각했는지, 친구들은 빙상 깊은 곳의 얼음이라는 조건을 달았다. 아베에게 남극의 얼음은 사막의 모래와 마찬가지라 전혀 신기하지 않았지만, 도시에 사는 사람에게는 매력 넘치는 물건이라는 걸 잘 안다. 친구들에게 큰소리를 뻥뻥 쳤기에 아베는 친하게 지내던 관측대원에게 시추했지만 필요가 없어진 얼음을 좀 마련해달라고 부탁했다.

얼음 관리도 운용 장교의 임무 중 하나이기에 딱히 어려운 일은 아니었다. 관측대원은 약속한 대로 냉동 컨테이너에 보관해둔 심층 얼음을 가져다주었다. 아베 중위는 오이 부두에서 발포 스티로폼 용기 4개에 얼음을 균등하게 나눠서 담고, 택배로 자기 집과 세 친구의 집으로 보냈다.

그리하여 얼음 채취장에서 채취한 평범한 표층 얼음과 달리, 심층에 잠들어 있던 얼음이 도쿄 도내와 그 근교의 네 가정에 배달됐다.

제1장
의뢰

1

202*년, 봄.

이케부쿠로역에서 북쪽으로 5분쯤 걷다가 수도고속도로 앞에서 왼쪽으로 꺾으면 바로 나오는 잡거빌딩은 역세권이라 입지가 좋은데도 시세보다 임대료가 낮은 것이 매력이었다. 제2차 세계대전이 끝나자마자 지어진 주택 단지와 비슷하게 생긴 4층 건물의 외벽에는 군데군데 금이 가 있었다. 여기에 사무소를 차린 사람의 주머니 사정이 좋지 않다는 건 건물의 외관만 봐도 분명했다.

그 건물 306호실에 탐정 사무소를 차린 마에자와 게이코는 다른 세입자와 다를 바 없이 유지비 때문에 쪼들리는 처지였다.

방세가 석 달이나 밀려서 언제 퇴거 요청을 받아도 이상하지 않은 상황이다. 예전에 일했던 대형 탐정 사무소에서 맡기는 하청 업무가 주된 수입원이라 목돈이 들어올 가능성은 전혀 없다. 언제 폐업해야 할지 몰라서 조마조마한 나날을 보내는 중이다.

방 자체가 옴짝달싹도 못 하는 현재 상황을 여실히 보여주는 듯하다. 원룸 한복판에는 업무용, 식사용, 접객용을 겸한 테이블이 떡하니 놓여 있어서 움직일 공간이 한정된다. 게이코는 방금 끓인 커피를 쏟지 않도록 옆걸음질해서 테이블에 놓고 몸을 비틀어 의자에 앉은 후 노트북을 펼치려고 했다.

그때 초인종이 울렸다.

누군가 조사를 의뢰하러 온 것이 아닐까 기대할 뻔했지만, 달콤한 기대는 바로 버렸다. 의뢰인은 반드시 사전에 전화해서 비용 등 필요한 사항을 확인한 후에 방문 날짜와 시간을 예약한다. 지난 며칠간 그런 전화를 받은 적은 없었다.

게이코는 의자에 맡긴 몸을 일으켜 현관문으로 향했다. 도어스코프를 들여다보기도 전에 복도에 있는 사람이 누구인지 알아차렸다. 문을 사이에 두고도 기척을 느낄 수 있었다.

밖에 있는 사람은 이나가키 겐스케. 일찍이 몇 번이나 살을 맞대고 사랑을 나눈 남자다. 하지만 그건 이루지 못할 사랑이었다. 따지고 보면 힘들기 짝이 없는 현재 상황을 초래한 장본인이라고도 할 수 있다. 어제 전화가 왔을 때 스마트폰 화면에 그의 이름이 뜨자마자 끊어버린 건 뒷맛이 씁쓸했던 이별이 머릿속에 되살아나 가슴이 아팠기 때문이다.

재촉하듯 초인종이 또 울렸다. 몸을 움찔한 게이코는 빨려들 듯 코앞에 있는 도어스코프에 눈을 댔다. 구체를 그리듯 왜곡된 풍경이 작고 동그란 렌즈를 통해 보였다. 그 중심에 있는 건 아니나 다를까 이나가키 겐스케였다.

게이코는 숨을 참으며 상대가 어떻게 나올지 살폈다. 도어스코프를 들여다보기 전에 겐스케라고 알아차린 것처럼, 겐스케도 문 안쪽에서 게이코가 숨죽이고 있다는 걸 분명 알아차렸으리라. 투명한 유리판을 사이에 두고 마주 서 있는 것이나 마찬가지다. 하지만 게이코는 목소리를 낼 수 없었다.

당신을 만난 게 몹시 후회스러워.

헤어질 때 내뱉은 말은 진심이었다. 그 마음은 지금도 변함없었다. 게이코는 뒷걸음질로 슬금슬금 문에서 멀어졌다. 아무리 생활이 궁핍해도 예전 관계로 돌아갈 마음은 없었다.

멀어지는 걸 알아차렸는지 겐스케가 문을 쿵쿵 두드렸다.

"게이코, 부탁이야. 이야기만이라도 좀 들어줘."

주변에 들릴까 봐 목소리를 낮췄겠지만, 답답하고 신경이 곤두선 탓인지 톤이 점점 높아졌다.

겐스케는 진지함이 묻어나는 어조로 천천히 말했다.

"문틈에 편지를 끼워둘 테니까 읽어봐. 읽어보고 흥미가 생기면 직접 이야기를 들어주지 않겠어? 당신한테 절대로 나쁜 이야기는 아니야. 골목에서 큰길로 이어지는 모퉁이에 카페가 있어. 거기서 기다릴게. 1시간은 있을 거야."

용건을 전한 겐스케가 떠나는 기척이 느껴졌다. 복도에 울리는 발소리가 서서히 작아지다가 계단 통로를 지났을 즈음 사라졌다.

게이코는 도어스코프로 겐스케가 없다는 걸 확인한 후 살며시 문을 열었다. 복도에 아무도 없는 걸 확인함과 동시에 문틈에서 흰색 봉투가 팔락이며 떨어졌다. 게이코는 봉투를 주워서 앞뒤를 살펴보았다. 앞면에는 '마에자와 게이코 님', 뒷면에는 '이나가키 겐스케'라고만 적혀 있었다. 게이코는 봉투를 뜯고 편지지 한 장을 꺼내서 얼굴 앞에 펼쳤다.

다 읽고 나니 겐스케가 찾아온 목적을 알 수 있었다.

재빨리 방으로 돌아온 게이코는 세면대 앞에 서서 거울에 비친 모습을 검사하듯 들여다보았다. 선크림만 바른 맨얼굴은 싱글 맘의 생활고가 배어나긴 했지만 여전히 야성적이고 아름다웠다. 그 느낌을 더 강조하고자 옅게 화장한 후, 수수한 평상복을 벗고 봄기운이 물씬 풍기는 원피스로 갈아입었다. 게이코는 샌들을 신고 사무소를 나서서 겐스케가 기다리는 카페로 향했다.

지정된 카페에 들어가기 전에 손목시계를 보았다. 편지를 읽은 지 10분도 지나지 않았다. 1시간은 기다릴 거라는 말대로라면, 겐스케는 분명 안에 있을 것이다. 카페에 들어간 게이코는 고개를 빙 돌려 창가 자리에 앉아 있는 겐스케를 찾아냈고, 카운터에서 뜨거운 음료를 주문한 후 겐스케의 앞에 앉았다.

3년 만에 보는 그리운 얼굴에는 나이에 걸맞은 주름이 새겨져 있었다.

말을 꺼낸 건 게이코가 먼저였다.

"죗값을 치르러 온 거야?"

"입을 열자마자 그 소리야?"

겐스케는 쓴웃음을 지었다.

함께 저지른 불륜이었는데 겐스케는 사회적 제재를 받지 않고 일과 가정 양쪽을 지켜냈지만, 게이코는 대형 출판사라는 직장과 가정을 동시에 잃고 딸의 친권만 간신히 사수해 겨우 입에 풀칠만 하는 처지였다. 그 불공평한 결말을 생각하면 구원의 손길을 내밀어 죗값을 치르는 게 도리……. 게이코는 겐스케의 심리를 그렇게 추측했다.

게이코는 말차 라테를 한 모금 마시고 여유롭게 입을 삐죽거렸다.

"아까는 또 스토커가 왔나 싶어서 가슴이 조마조마했어."

헤어질 때 겐스케가 보여준 무분별한 행동은 스토커 뺨칠 정도였다.

"부탁이니 그렇게는 부르지 마."

겐스케는 여자에게 인기 있는 인생을 살아왔다고 자부하는 만큼, 스토커라는 말만은 견딜 수 없는 모양이었다.

"알았어. 옛일을 들춰내지는 않을게. 자, 일 이야기나 하자."

"대체로는 편지에 적은 그대로야. 어때, 맡을 생각 있어?"

"어떤 일감도 거절하지 않는다는 게 내 신조야."

일거리를 간절히 바라는 심정을 숨기고 게이코는 허세를 부렸다.

"알았어. 그럼 맡아준다는 전제로 이야기할 테니까 잘 들어. 예전에도 한번 말했을 텐데, 내 어릴 적 친구 중에 아소 도시히로라는 녀석이 있었어. 기억나?"

"햇병아리 의사였던 사람?"

"응, 도시히로는 당시 수련의 과정을 마칠 무렵이었어. 장차 기초의학의 길로 나아갈 생각이었지. 이야기가 좀 길어지겠지만 참고 들어줘. 일의 발단은 지금으로부터 15년 전으로 거슬러 올라가."

그렇게 운을 뗀 후에 겐스케는 15년 전 장마철에 자기 집에서 도시히로와 술을 마신 이야기를 꺼냈다.

2

201*년, 초여름 해 질 녘.

고등학교 교직에 몸담은 지 4년째에 접어들어 교사라는 직업에도 익숙해졌을 무렵, 어릴 적부터 친하게 지낸 아소 도시히로가 본가에서 생활하던 겐스케를 찾아왔다.

두 사람은 리모델링 전이라 허름하고 그저 넓기만 한 일본식 방의 좌식용 탁자에 술과 요리를 차려놓고 앉아 초등학교와 중학교 시절의 추억을 떠올리며 이야기꽃을 피웠다.

겐스케와 도시히로는 초등학교부터 대학교까지 망라하는 종합 교육 제도를 간판으로 내건 학교의 동창생이다. 이학부에 진학한 겐스케와 달리, 3대째 의사 집안인 도시히로는 부모의 기대대로 의학부에 진학했고 기초의학 탐구에 흥미를 보였다.

금이야 옥이야 하며 자랐다는 걸 감추기 위해서인지 일부러 신랄한 태도를 보이기도 하고, 배려심과는 거리가 멀어서 퉁명스러운 인상을 주지만 어째서인지 겐스케와는 죽이 잘 맞아서 초등학교 시절부터 우정을 이어왔다. 가식적인 친절을 싫어하는 겐스케는 핵심을 찌르는 도시히로의 정직한 말투가 마음에 들었다.

술자리는 화기애애한 분위기였지만, 시간이 갈수록 도시히로가 술을 죽자고 퍼마시는 것처럼 느껴졌다. 대화를 즐기기 위한 술이 고민거리에서 도피하기 위한 수단으로 점점 바뀌고 있었다.

밤이 깊어졌다. 당연히 자고 갈 줄 알고 오늘 밤 어떻게 할 거냐고 묻자, 도시히로는 집에 가겠다고 했다. 자고 가라고 권해도 차를 끌고 왔다면서 고집을 부렸다.

만취했는데 운전은 무슨 운전인가 싶어 대리운전을 부를 거냐고 따져 물으니 도시히로는 운전해줄 여자가 밖에서 기다린다고 아무렇지도 않게 대답했다. 어이가 없어서 시계를 보니 술자리를 시작한 지 2시간이 다 됐다.

…… 그동안 여자를 차에서 기다리게 했다는 건가.

부랴부랴 밖으로 나간 겐스케는 길가 주차 공간에 있는 BMW로 다가가 운전석에 앉은 젊은 여자에게 도시히로 대신 사과했다.

"죄송합니다. 미처 몰랐네요. 괜찮으시면 들어와서 차라도 한잔하시죠."

여자는 고개를 꾸벅 숙이더니 힘없이 웃으며 문을 열고 밖으로 나왔다.

그런데 쌩하게 나타난 도시히로가 겐스케와 여자 사이에 끼어들어 불쾌하다는 듯 언성을 높였다.

"괜히 신경 쓸 것 없어, 내버려둬."

"그럴 수는 없지. 야, 좀 신사답게 굴어."

그 말을 듣고 좋은 인상을 품었는지, 여자는 가방에서 명함을 꺼내 겐스케에게 내밀었다.

"나카자와 유카리라고 해요."

도시히로는 그 모습을 놓치지 않고 "이제 와서 그런 걸 줘서 어쩌

자는 거야" 하며 언짢은 표정으로 유카리의 손을 쳐서 명함을 떨어뜨
렸다.

거북한 분위기가 흐르자 도시히로는 "미안, 나도 참 주책이네" 하고
어색하게 웃더니 "또 올게"라는 말을 남긴 후 유카리가 모는 차를 타고
돌아갔다.

달려가는 차를 배웅한 후 겐스케는 길에 떨어진 명함을 주워 이름과
직함을 확인하지도 않고 호주머니에 넣었다.

겐스케가 유카리와 만난 건 그때가 처음이자 마지막이었다.

일주일 후, 도시히로가 또 겐스케를 찾아왔다. 지난번에 못 했던 이
야기를 하러 서둘러 다시 방문한 것 같은 낌새였다.

아니나 다를까 자리에 앉자마자 도시히로는 "어휴, 골치야" 하고 거
듭 한숨을 내쉬었다.

말투를 듣고 감이 발동했다. 아무래도 여자와 관련된 말썽에 휘말린
듯했기에 겐스케는 "여자 친구는 잘 있어?" 하고 나카자와 유카리 쪽
으로 슬쩍 이야기를 돌렸다. 그러자 도시히로는 "아이가 생겼을지도
몰라" 하고 나지막한 목소리로 대답했다.

예상대로였다. 생리가 늦어서 일주일 전부터 임신이 아닐지 걱정하
고 있었다고 한다.

"어떻게 할 거야?"

임신으로 확인되면 어떻게 대처할지 물어보자 도시히로의 입에서
구시대적인 표현이 튀어나왔다.

"유배를 보내려고."

"유배?"

겐스케는 저도 모르게 뒤집힌 목소리로 물었다.

"응, 몸매가 좋고 예쁘지만 좀 멍청한 구석이 있거든. 자기가 믿는 신

홍 종교의 교의를 설명하겠답시고 직접 그린 일러스트를 보여준 적이 있어. 금색으로 빛나는 태양 아래 나무들이 싱싱하게 자라고, 나무줄기 아래에 드러누운 남녀 곁에서는 아이들이 뛰놀지. 그리고 그 모습을 호랑이와 사자가 다정한 눈빛으로 바라봐. 대강 그런 구도의 유치한 그림이었어. 낙원이라나. 일러스트에 그려진 꿈의 낙원에는 병, 노화, 죽음, 전쟁 같은 말썽거리가 전혀 없어서 영원히 행복하게 살 수 있대. 다 함께 손을 잡고 이상향을 만들어내는 게 유카리가 몸담은 신흥 종교 단체의 이념이야.

어처구니가 없어서 웃음이 나더군. 아무 말썽도 없는 세계에서 영생을 누리는 게 고문이나 다름없다는 걸 모르는 거지. 멀쩡한 인간은 알잖아 인간이 제일 못 견디는 게 따분함이라는 걸. 그래서 유배를 보낼 생각이야. 자신들만의 이상향을 만들기에 가장 적합한 곳으로. 어디냐고? 제6다이바. 나무와 희귀한 식물이 번성하는 원생림에 뒤덮인 채 마천루를 흘겨보는, 도쿄도에서 상륙을 금지한 도쿄만 한복판의 무인도. 원래는 외적의 침입을 방어하기 위해 에도 막부에서 구축한 포대인데, 무용지물 그 자체지. 그야말로 낙원을 만들기에 안성맞춤인 곳이잖아. 부평초의 정착지로서 이보다 더 어울리는 곳은 없어.”

도시히로가 알딸딸하게 취한 상태로 꺼낸 말을 곧이곧대로 받아들인 건 아니었다. 자기 아이를 가졌을지도 모르는 연인을 무인도에 보내겠다니, 제정신으로는 할 수 없는 헛소리다. 나쁜 남자입네 하는 태도가 도를 넘은 끝에 악질적인 농담을 한 것으로 여기고 겐스케는 쓴웃음을 지었지만, 어느 정도는 진실도 포함된 듯하다는 기분을 떨쳐낼 수 없었다.

결국 어디까지가 진심이고 어디부터가 거짓인지 진위를 확인하지 못한 채 흐지부지한 결말을 맞았다. 그로부터 한 달 후, 도시히로가 극증형 용혈성 연쇄상구균 감염증[2]에 걸려 목숨을 잃었기 때문이다.

그런데 얼마 전, 겐스케는 15년 만에 도시히로의 아버지 아소 시게루에게 상의할 일이 있다는 연락을 받고 아소 시게루와 쇼코 부부의 호화 저택을 방문했다.

오랜만에 만난 시게루와 쇼코는 84살과 78살이라는 실제 나이보다 더 늙어 보였다. 특히 쇼코가 심하게 노쇠했다. 나이를 먹고도 기운이 넘치는 요즘 노부인들과는 전혀 달랐다. 피부에 탄력이 없고 눈초리에는 주름이 깊게 패였다. 목살이 축 늘어지고 찾아갈 때마다 웃으며 맞아준 얼굴에서는 생기가 사라졌다. 35살에 겨우 얻은 외아들을 잃은 슬픔이 15년간 몸 구석구석 스며들어 노화를 촉진한 것이다. 시게루도 단 하나뿐인 후사가 결혼도 하지 못하고 세상을 떠나는 바람에 실의에 젖어, 몸이 훨씬 쪼그라든 것처럼 보였다.

그런데 누가 보냈는지 모를 꽃이 배달돼 희망을 잃었던 부부에게 가느다란 광명이 비쳤다. 꽃다발을 받은 쇼코는 고개를 갸웃하며 꽃 배달 업자에게 발송인이 누군지 물어보았다. 이름을 들어도 전혀 짐작 가는 구석이 없어서 뭔가 착오가 생긴 것 아닐까 싶었지만, 배송지 주소는 이 집이 틀림없었다. 운송장에도 '아소 시게루, 쇼코'라는 부부의 이름이 분명히 적혀 있었다.

쇼코는 미심쩍은 기분을 떨치지 못한 채 꽃다발을 꽃병에 꽂았다. 그러다 선명한 붉은색 프리지아가 3월의 탄생화라는 것이 생각나서 생일을 축하하기 위한 꽃다발이 아닐까 싶었다. 다만 그날은 시게루와 쇼코의 생일이 아니었고, 15년 전에 죽은 도시히로의 생일과도 두 달이나 차이가 났다.

그때 프리지아의 달콤한 향기에 자극받아 머릿속에 영감이 흘러들면서 어떤 가설이 싹텄다.

내게는 손주가 있다. 꽃다발은 손주의 생일을 축하하기 위한 선물이 아닐까. 도시히로는 깊은 관계였던 연인을 임신시키고 세상을 떠난 것은 아닐까. 연인은 도시히로가 죽은 후 혼자 아이를 낳아서 키웠고, 그녀 본인 또는 그 경위를 아는 사람이 몰래 꽃다발을 보낸 것이 아닐까.

그러길 바라는 마음이 앞서서 망상은 점차 부풀어 올랐고, 어느새 손주가 있다는 가설은 확신으로 바뀌었다.

그리고 다음 날 아침, 꿈속에서 계시를 받아 손주의 성별을 알게 되었다.

여자아이.

시게루는 처음에 아내의 말을 반신반의했지만, 지금까지 쇼코가 몇 번이나 신기한 힘을 발휘해 미래를 예측했다는 사실을 떠올리고 진지하게 귀를 기울였다. 피를 나눈 손주가 있다면 늙어서 앞날이 길지 않더라도 삶에 명확한 목적이 생기고, 막대한 유산을 처분할 방법도 달라진다.

정말로 손주가 있는지 없는지 반드시 확인해야 한다.

원하는 바가 일치한 두 사람은 겐스케를 부르기로 했다. 초등학생 때부터 도시히로와 친하게 지냈던 겐스케라면 아들의 연인에 대해 뭔가 아는 바가 있지 않을까 싶어 지푸라기라도 붙잡는 심정으로 전화를 건 것이다.

응접실의 가죽 소파에 마주 앉아 겐스케는 도시히로가 죽기 한 달 전에 들은 말을 그대로 아소 부부에게 전했다.

나카자와 유카리라는 여자를 임신시킨 후에 도쿄만에 있는 제6다이바에 유배를 보내겠다고 했다는 아들의 망언을 듣고 쇼코는 눈살을 찌푸렸다. 겐스케는 얼른 설명을 덧붙였다.

"아니요, 말 그대로 받아들이시면 안 됩니다. 도시히로는 옛날부터 일부러 못되게 구는 구석이 있었어요. 양갓집 자제 같은 겉모습과 예의 바른 우등생이라는 자기 상황에 반발했던 거겠죠. 일부러 악랄하게 행동해서 남을 놀라게 하려는 거예요. 본바탕은 좋은 녀석이지만, 착하다는 말을 듣는 걸 몹시 싫어했으니까요. 제6다이바로 유배를 보내겠다는 건 일종의 비유일 겁니다. 제 감으로는 아이를 낳아서 키울 수 있는 특별한 장소를 준비하고 육아 환경을 갖추려 했던 게 아닐까 싶어요. 가까이 있으면서도 먼 곳…… 등잔 밑이 어둡다는 의미를 담아 제6다이바라고 바꿔 말한 듯한 느낌이 드네요.”

시게루는 수긍한 듯 고개를 크게 끄덕이고 겐스케에게 물었다.

“겐스케, 나카자와 유카리 씨가 도시히로의 아이를 낳았다고 확신하니?”

“모르겠어요. 하지만 가능성은 부정할 수 없겠죠.”

시게루와 쇼코는 얼굴을 마주 보고 서로 의지를 확인한 후, 겐스케에게 고개를 깊이 숙였다.

“만약 있다면 손녀를 찾아다오. 부탁하마.”

겐스케는 저도 모르게 검지로 자기 코를 가리켰다.

“제, 제가요?”

일개 고등학교 교사에게 15년 전에 태어났을지도 모를 아이를 찾아낼 능력은 없다. 그렇게 말하려다 마에자와 게이코의 얼굴이 떠올랐다.

게이코는 출판사를 그만둔 후 잡지 기자 시절에 얻은 취재력과 인맥을 높이 평가받아 탐정 사무소에 취직했고, 거기서 경험을 쌓아 얼마 전에 개인 사무소를 개업했다고 들었다. 탐정의 주된 업무는 불륜 조사지만, 사람 찾기도 그럭저럭 비중이 높으므로 전문적인 솜씨를 키웠을 것이다.

“저한테는 무리지만, 사람 찾기가 특기인 탐정을 압니다. 그 사람에게 정식으로 의뢰해보면 어떨까요?”

겐스케는 게이코의 능력을 과대 광고하면서 적극적으로 추천했다.

시게루와 쇼코는 다시 서로의 얼굴을 바라보고는, 또 한 번 겐스케에게 고개를 숙였다.

"알았어, 너만 믿는다."

다만 살면서 탐정에게 조사를 의뢰해본 적이 없어서 비용이 얼마나 들지 짐작이 가지 않는다며 시게루는 난감해하는 표정을 지었다. 겐스케도 탐정이 보통 조사비를 얼마나 받는지 아는 바가 없었다. 반대로 시게루가 얼마나 낼 수 있는지 예산을 대략 알면, 교섭하기 나름 아닐까 싶었다.

"조사비는 착수금과 성공 보수로 나뉠 겁니다. 반대로 얼마까지 내실 수 있으실까요?"

시게루는 주저 없이 조사에 사용할 수 있는 최저 액수를 말했다. 그 대답에 겐스케는 천천히 눈을 감고 속으로 중얼거렸다.

이걸로 죗값을 치를 수 있겠다고.

3

겐스케는 카페 테이블에 마주 앉은 게이코에게 도시히로에 얽힌 15년 전 일화와 일주일 전 아소의 집을 방문한 경위를 들려준 후, 상대의 의향을 확인하고자 몸을 앞으로 내밀었다.

"어때, 맡아줄 거야?"

사정을 파악한 게이코는 즉시 답했다.

"물론이지."

승낙을 받자 겐스케는 가방에서 명함 한 장을 꺼내 게이코에게 건넸다. 명함에는 나카자와 유카리라는 이름이 박혀 있었다. 딱히 유별난 이름은 아니었지만, 소속 단체명은 좀 독특했다.

꿈꾸는 허브 모임.

신흥 종교 느낌을 풍기는 이름 밑에는 주소와 전화번호가 적혀 있었다.

겐스케는 15년 전 나카자와 유카리 본인에게 받은 명함이 조사의 첫 번째 단서가 될 것이라 확신하고 명함을 주었고, 그 생각은 정답이었다.

"이름과 당시 주소를 안다면 그렇게 어려운 일은 아니겠네."

게이코는 쉽고 돈 되는 일일지도 모르겠다고 기대를 품었다.

"그런데 착수금은 얼마나 받아?"

"시세에 맞추면 100만 정도려나."

"아버님이 부르신 액수랑은 차이가 있네."

"알았어. 그럼 80만으로 깎아줄게."

겐스케는 입술을 핥고 나서 고개를 천천히 저었다.

"반대야. 아버님은 1,000만을 제시하셨어. 성공 보수는 1,000만 플러스알파."

게이코는 손에 든 말차 라테 컵을 얼굴 앞에서 멈추고, 반쯤 벌린 입으로 한숨 섞인 목소리를 흘렸다.

"1,000만…… 플러스알파……."

사람을 찾는 대가로는 파격적인 금액이다.

"플러스알파는 아무 문제없이 순조롭게 손주와 만나게 될 경우, 기분에 따라 성공 보수가 천정부지로 올라갈 수도 있다는 뜻인가 봐."

게이코는 같은 자세로 눈만 깜빡였다. 수십 초는 들여서 숫자를 곱씹은 후, 맥락 없는 질문을 툭 내뱉었다.

"내 이야기는 누구한테 들었어?"

"응?"

"내가 출판사를 그만두고 탐정 업계에 뛰어든 줄 당신은 몰랐을 텐데."

"네 직장 후배이자 내 대학교 후배이기도 한 하즈키 유리한테. 돌이켜보면 우리가 처음 만난 것도 유리의 회식 자리에서였지."

"나랑 헤어진 후에도 유리와는 연락한 거구나. 그러다 내 근황을 물어본 거고. 그런데 왜?"

"왜냐니…… 당신이 어떻게 지내는지 궁금했으니까."

"여자는 헤어진 남자의 근황을 전혀 궁금해하지 않는데."

"그야…… 사람에 따라 다르겠지."

"지켜봐줬다 그거야?"

"뭐, 그렇게 받아들여도 상관없어."

10초쯤 뜸을 들이다 게이코는 머리를 숙였다.

"아까는 스토커 취급해서 미안해."

젠스케는 머리를 깊이 숙이는 게이코를 보고 놀란 듯 웃음소리를 흘렸다. 손바닥을 홱 뒤집듯 노골적으로 태도가 바뀌어서 우스운 것이 분명했다.

"자기만족이지, 자기만족. 은혜를 베풀었답시고 으스댈 마음은 전혀 없어. 당신을 걱정했다기보다 마음의 짐을 내려놓고 싶은 날 위해 한 일이니까 마음에 담아두지 않아도 돼."

젠스케는 게이코가 느낄 부담을 덜어주기 위해서인지, 생색 한번 내지 않고 자기만족이라 말했다.

"고마워."

감사하는 마음과 함께 게이코의 눈에서 눈물이 쏟아졌다.

"아무튼 조만간 아소의 집으로 안내할게. 아버님, 어머님께 직접 이야기를 듣고 정식으로 계약하자."

"응. 잘 부탁해."

게이코는 손등으로 눈물을 닦으며 몇 번이나 고개를 끄덕였다.

이틀 뒤, 손주 찾기 업무를 정식으로 계약하기 위해 게이코는 겐스케와 함께 아소의 집을 방문했다.

통유리창으로 정원이 훤히 보이는 응접실로 안내받아 아소 부부와 소파에 마주 앉았다. 게이코는 앞으로 조사를 어떻게 진행할지 설명한 후 보수를 확인했다.

대체로는 사전에 들은 바와 같았다. 손주가 없다는 게 확실해지면 거기서 조사는 중단되고 성공 보수를 받지 못하지만, 손주의 소재를 알아내 만남이 성사되면 착수금과 같은 금액을 성공 보수로 지급한다. 계약서에 명기하지는 않았지만, 말을 들어보니 기분에 따라 분명 보너스를 추가해줄 듯했다.

사람 찾기의 일반적인 시세를 훌쩍 뛰어넘는 숫자라 계약서에 사인하려니 게이코는 저도 모르게 손가락이 떨렸다. 도장을 찍은 후 옆에 앉은 겐스케에게 속으로 고맙다고 중얼거렸을 때, 체격이 실팍한 남자가 가사도우미의 안내를 받아 싱글벙글 웃는 얼굴로 응접실에 들어왔다.

소파에 앉은 4명이 일제히 그 남자에게 시선을 준 순간, 응접실을 감싼 분위기에서 딱딱한 느낌이 싹 사라졌다.

남자는 몸에 딱 맞는 흰색 티셔츠와 진한 감색 청바지라는 털털한 차림새였다. 옷에 가려졌는데도 울퉁불퉁한 근육이 보이는 듯했다. 온몸에서 생명력이 뿜어져 나왔고 미소는 부드러웠다. 사람을 끌어당기는 매력이 넘치는 남자였다.

게이코는 평소 습관대로 소개받기 전에 이 남자의 직업을 맞혀보기로 했다. 육체노동이 많은 현장 근로자, 피트니스 클럽 트레이너, 아니, 의학부 교수 집안인 아소의 집에 드나드니까 대학 관계자일 가능성이 크다. 대학 럭비부 코치, 또는 체육과 관련된 교직원일까.

남자는 아소 부부에게 공손히 고개를 숙인 후, 겐스케에게는 가볍게 한 손을 들며 "반가워"하고 싹싹하게 인사했다.

"일부러 불러내서 미안하구나."

시게루는 그렇게 말하며 게이코의 대각선 앞쪽 소파에 앉으라는 듯 한 손을 펼쳤다.

"오랜만에 뵙네요. 여기 온 것도 15년 만이군요."

15년 전…… 아소 부부의 외아들이 세상을 떠난 해다.

시게루는 게이코에게 몸을 돌려 남자를 소개했다.

"이쪽은 츠유키 신야. 모교의 이공학부에서 물리학을 가르치고 있습니다. 의학부 시절에는 도시히로의 2년 선배였는데 도시히로가 형처럼 따랐죠."

"안녕하세요. 탐정 마에자와 게이코라고 합니다."

게이코는 자기소개를 하며 명함을 교환했다. 상대의 명함에 적힌 학교명과 강사 직책을 확인하고, 직업 맞히기 퀴즈를 절반은 맞혔다며 속으로 가슴을 쓸어내렸다. 대학 관계자임을 꿰뚫어본 건 그렇다 쳐도, 전공이 물리학이라는 것까지 맞히기는 도저히 불가능하다.

시게루는 느릿느릿한 말투로 츠유키 신야를 집으로 부른 이유를 밝혔다. 교우 관계와 성장 내력은 사람을 찾기 위한 중요한 단서다. 그걸 기점으로 인간관계의 범위를 넓혀서 조사하면 진상에 다다를 기회가 늘어나지 않을까 싶어, 조사에 도움을 주기 위해 하루라도 빨리 츠유키를 게이코에게 소개하기로 했다고 한다.

도시히로의 동창생인 겐스케가 초중고 시절의 도시히로에 관한 정보 제공자라면, 의학부 2년 선배이자 친형처럼 각별한 사이였던 츠유키는 대학 시절 이후에 관한 정보를 제공하는 임무를 맡은 셈이다.

아소 부부, 겐스케, 츠유키의 잡담을 통해 의학에서 물리학으로 진로를 바꿔서 물리학 강사가 되기까지 츠유키가 밟아온 이색적인 경력을 알 수 있었다.

츠유키는 수학 재능을 살려 우주와 생명의 신비를 물리적인 접근법으로 해명하기로 마음먹고, T대학교 물리학과 대학원에서 소립자 물리학을 공부했다. 프린스턴 대학교로 유학을 떠나 박사 학위를 취득한 후 귀국해 대학교에서 연구직으로 일하려 했다.

그런데 연달아 발표한 논문 세 편에 논리적인 비약이 있다는 비판을 받고 사이비 과학자, 유사 과학자라는 낙인이 찍히고 말았다. 세계적으로 권위 있는 과학 잡지에 실린 건 아니지만, 현대 과학의 주요 패러다임에 정면으로 반기를 드는 내용이어서 동업자들이 두려움을 품고 보신주의를 앞세워 츠유키에게서 멀어졌고, 함께 일하자고 손을 뻗어 주는 선배는 아무도 없었다.

고립무원에 빠진 츠유키는 정통파 물리학자가 되는 길을 포기할 수밖에 없었다. 현재 모교의 이공학부에서 물리학 강사로 근무하면서 주로 책을 집필해 생계를 꾸려나가고 있지만, 부모에게 물려받은 유산 덕분에 생활이 궁핍할 정도는 아니다. 학교 강의와 책 집필은 생활비를 벌기 위한 수단이라기보다 노동과 연구에서 성취감과 기쁨을 얻기 위한 수단에 불과하다고 한다. 십수 권의 책을 썼고, 베스트셀러가 된 작품도 있다길래 게이코는 얼른 주문해서 읽어보기로 했다.

아소의 집에 있는 동안 게이코의 시선은 여러 번 츠유키에게 빨려들었다. 일을 성공시키려면 앞으로 츠유키와 만날 횟수는 더욱 늘어날 것이다. 과연 어떤 대화를 나눌지 궁금해서 호기심이 부풀었다.

츠유키는 보통 남자와 전혀 다른 분위기를 자아낸다. 그 입에서 나오는 말들은 분명 자극으로 가득할 것이다. 전문이 다른 사람과 교류하면 지식의 폭을 넓히고 성장을 촉진하는 데 도움이 되리라.

도시히로의 아이를 가졌을지도 모른다는 목표 대상의 이름과 당시 소속을 아는 데다, 도시히로의 대학교 시절 이후를 잘 아는 협력자도 얻었다. 간단히 해결할 수 있을지도 모른다는 달콤한 기대감이 게이코의 머릿속에 싹텄다.

동시에 잠깐, 하고 경고하는 목소리가 귓속에서 솟아올랐다. 고상하고 사람 좋아 보이는 의뢰인은 파격적인 보수를 제안했음에도 강압적인 구석이 전혀 없었고, 자청해서 조사에 협력할 준비를 갖추었다.

일이 너무나 일사천리다.

돌아가신 아버지의 목소리가 게이코의 머릿속에 되살아났다.

'일이 잘 풀릴 때야말로 최악의 사태에 대비해야 해.'

'희망적 관측을 품어서는 안 돼. 아무리 바라도 사태는 생각대로 흘러가지 않는 법이거든.'

순경으로 시작해 가나가와 현경의 경정까지 출세한 아버지의 인생론은 부지런히 실적을 쌓는 과정에서 얻은 것이다.

잡지 기자 시절에도, 탐정이 된 후로도 이따금 아버지의 말이 되살아나 반성하고 경계하곤 했다. 달콤한 이야기 앞에는 한번 빠지면 빠져나올 수 없는 함정이 도사리고 있는 경우가 많다. 여기서 말하는 함정이란 무언가 무시무시한 사태에 휘말리는 것이다.

여자 힘으로는 도저히 제어할 수 없을 것 같은 츠유키의 존재감이 반대로 불안을 자극했다. 그의 몸에는 상대의 의지를 무시하고 끌어들이는 힘이 넘치는 것처럼 보였다. 의지가 되는 사람 같지만, 의외로 이런 유형이 위험인물로 탈바꿈할지도 모를 일이다.

게이코는 창밖에 펼쳐진 정원으로 고개를 돌려 츠유키의 옆얼굴에서 시선을 떼어냈다.

초여름을 목전에 둔 계절이라 연못을 둘러싼 나무들은 싱싱한 녹음으로 가득했다. 우거진 잎사귀들은 무게를 이기지 못해 응접실 쪽으로 고개를 떨궜고, 한복판의 키 큰 나무에 기대듯이 서 있는 단풍나무의

가지는 유리창 바로 앞까지 다가왔다.

게이코는 문득 '감시하는' 기척을 느꼈다. 강압이나 강제라는 말과는 거리가 먼, 무해하고 모든 것을 다 주는 존재의 대표 격인 식물을 보고 불안해진 건 처음이었다. 마치 몸을 내밀어 가까이 다가온 듯한 나무의 모양새가 '인간들이 모여서 무슨 이야기를 하는 걸까' 하고 응접실의 대화를 엿듣는 모습처럼 보이기도 했다.

그때 지인들과 대화를 나누던 츠유키가 상반신을 게이코 쪽으로 기울였다. 귓가에 그의 목소리가 닿았다.

"정원 손질을 참 잘했죠?"

게이코의 시선을 좇아 정원으로 고개를 돌린 츠유키가 식물들이 멋지게 배치된 아름다운 정원을 칭찬하며 동의를 구했다.

"정말 멋져요."

"유비쿼터스라는 말을 아세요?"

"유비쿼터스…… 두루두루 퍼져 있는……."

"네, 어디에든 있다는 뜻이죠. 전 유비쿼터스라는 말을 접할 때마다 식물이 연상돼요. 지구 생명체의 총중량 중 99.7퍼센트를 식물이 차지하고, 동물은 고작 0.3퍼센트에 불과하죠. 인간의 중량은 0.3퍼센트의 일부에 지나지 않고요. 지구 생명체를 식물이 거의 독점하고 있다고 해도 과언이 아니에요. 만약 무슨 일이 생기면, 무슨 수를 써도 식물들에게서 벗어날 수 없을 겁니다."

의미심장한 츠유키의 말을 게이코는 묵묵히 듣고 있었다.

"도시히로의 인생을 설명하기 위해서는 식물을 빼놓을 수 없어요. 조만간 자세하게 이야기를 나누도록 하죠."

츠유키는 그렇게 말한 후 등을 펴고 다시 지인들의 대화에 끼었다.

홀로 남겨진 게이코의 귀에 나뭇잎이 사락거리는 소리가 들려왔다. 정원에 시선을 주자 연못 수면을 건너온 산들바람이 창문 틈새로 들어와 레이스 커튼을 흔드는 모습이 보였다.

게이코에게는 나뭇잎이 사락거리는 소리가 마치 식물의 웃음소리처럼 들렸다.

5

아소의 집에 다녀온 다음 날 아침, 게이코는 은행에 가서 통장을 정리해 돈이 입금된 걸 확인하고 밀린 방세를 보낸 후 사무소로 돌아왔다. 우편함을 확인하자 전단지 사이에 봉투 하나가 섞여 있었다.

보낸 사람의 이름을 들여다보며 사무소 문을 연 게이코는 책상 앞에 앉자마자 봉투를 난폭하게 내던졌다. 무슨 내용인지는 읽지 않아도 안다. 평소 같으면 쓰레기통으로 직행했겠지만, 마음에 여유가 생겨서인지 뭐라고 썼는지 낱낱이 읽어주겠다는 마음으로 봉투를 뜯었다. 예상대로 3개월 연체한 방세의 독촉장이었다. 꼼꼼하게도 계약서 사본과 더 이상 방세가 밀리면 법적 수단을 동원하겠다고 으름장 놓는 편지를 동봉했다. 방금 다음 달 분까지 넉 달치 방세를 입금했으니 독촉장은 번지수를 잘못 찾은 셈이다.

게이코는 무심코 욕을 내뱉었다.

"지랄하네."

그것만으로는 모자라서 한 번 만난 적도 없는 건물주의 얼굴을 멋대로 상상하며 "염병할 썩을 놈, 나가 죽어라" 하고 거칠게 욕을 퍼부은 후, 편지를 박박 찢어서 쓰레기통에 버렸다. 어린애 같은 행동이라 자조하듯 웃으면서도 막막한 상황을 벗어났다는 안도가 밀려왔다.

이런 기적이 실제로 일어날 줄은 꿈에도 몰랐다. 따지고 보면 생활고의 원인을 만든 건 겐스케다. 아니, 정확하게는 탐정을 고용해 불륜 조사에 나선 겐스케의 아내라고 해야 할까. 겐스케의 아내는 조사 결과가 나오길 기다렸다가 출판사를 찾아와 상사에게 거세게 항의했고, 게이코가 불륜을 저질렀다는 사실이 주간지 편집부에 다 퍼져 나갔다. 평소 연예인의 불륜을 폭로해 판매 부수를 늘렸던 주간지 입장에서는 심각한 사태였다. 경쟁지의 먹잇감이 되기 전에 선수를 쳐야 한다는 분위기가 강해져서, 게이코는 결국 안정된 급여가 보장된 출판사를 퇴사하는 수밖에 없었다.

다음 직장을 찾아야 하는 게이코에게 손을 내민 사람은 불륜 조사를 맡았던 탐정 회사의 사장 무나카타 노리코였다. 주간지 기자 경력과 아버지가 가나가와 현경의 경정이었다는 가정 환경을 높이 평가했는지 무나카타는 탐정업이 체질에 맞을 거라고 게이코에게 장담했다. 이제 출판사는 지긋지긋해서 다른 직종을 찾고 있던 게이코는 무나카타의 제안을 받아들여 탐정업에 종사하기로 했다.

탐문, 잠복, 미행 등 주간지 기자와 탐정의 업무에는 비슷한 측면이 많았기에 무나카타의 말대로 게이코는 급속도로 두각을 나타냈고, 경험을 쌓아 개인 사무소를 차리기에 이르렀다.

하지만 현실은 만만치 않았다. 회사를 차리자마자 궤도에 오른 무나카타와 달리 게이코에게는 조사 의뢰가 전혀 들어오지 않았고, 지난 반년간 시급 1,500엔에 대형 탐정 사무소의 외주를 받아 입에 겨우 풀칠을 했다.

그때 나타난 것이 생활고의 원인을 만든 겐스케였다. 지옥으로 떨어뜨린 장본인이 내려준 동아줄을 붙잡고 간신히 궁지에서 빠져나왔으니 참 얄궂다.

아소 시게루가 입금한 금액은 1,000만 엔이 아니었다. 통장에는 소비세를 포함해 1,100만이라는 숫자가 줄지어 있었다. 지금까지 플러스와 마이너스를 오갔던 통장 잔고가 밀렸던 경비를 다 내고도 1,000만

엔을 넘었다. 사치만 부리지 않으면 족히 몇 년은 먹고살 수 있는 돈이었다. 나중에 성공 보수를 받게 되면 잔고는 더 늘어날지도 모른다.

게이코는 괜히 설레발쳐서 기대를 부풀리지 말라고 스스로를 타이르며 관련 자료가 담긴 파일에서 명함을 한 장 꺼냈다.

꿈꾸는 허브 모임, 나카자와 유카리.

이름과 직함 밑에 적힌 전화번호를 누르기 전에 게이코는 노트에 오늘 날짜와 현재 시각을 적어 넣었다. 조사 비용과 연동하기 위해 조사에 사용한 날수와 시간은 확실히 기록해둬야 한다.

명함의 전화번호가 나카자와 유카리의 것인지 꿈꾸는 허브 모임 것인지는 알 수 없지만, 일단 전화를 걸자, 수화기에서 차분한 여자 목소리가 들렸다.

"이 번호는 현재 없는 번호이오니, 확인하시고 다시 걸어주시기 바랍니다."

15년 전 명함이라 예상된 결과이기는 했다.

전화 한 통으로 단박에 나카자와 유카리를 찾아낸다면 그야말로 공돈을 버는 셈이지만, 감미로운 기대는 바로 스러졌다.

게이코는 안달하지 않고 앞으로 어떤 방향으로 조사할지 머릿속에 대충 그려보았다. 단서는 두 가지다. 나카자와 유카리라는 이름과 꿈꾸는 허브 모임이라는 단체명.

개인 정보 브로커와 접촉해 나카자와 유카리의 예전 정보를 알아내면, 주민표로 본적지를 파악하고 호적등본을 입수해 현재 주소는 물론이고 사생아의 유무까지 알아낼 수 있을지도 모른다. 일반인이 남의 호적등본을 발급하기는 불가능하지만, 뱀이 다니는 길은 뱀이 잘 안다고 프로 탐정에게는 다 방법이 있다. 그 작업은 오늘 오후에 하기로 하고, 점심시간이 되기까지 꿈꾸는 허브 모임을 조사하려고 컴퓨터를 켰다.

이름을 인터넷에 검색하자 관련 정보가 몇 가지 떴다. 차례차례 읽어 나가는 동안 어떤 모임인지 윤곽이 잡혔다. 일반적으로 허브 하면 약초로 통하는 만큼 유카리가 소속된 집단은 식물을 주로 다룬 듯하다. 신흥 종교 단체는 마약과 관계가 깊어서 그런지, 인터넷 게시판에서는 꿈꾸는 허브 모임이 약초 성분을 이용해 신도들을 트랜스 상태에 빠뜨려서 세뇌하고 포교에 동원했다는 비방과 중상도 눈에 띄었다. 하지만 실제로는 자연 농법을 장려하는 자연지 교회의 일파가 교회의 무리한 포교 활동을 비판한 끝에 소박한 본래 교의로 돌아가자는 취지에서 분리 독립한 단체였다. 온건한 교의를 표방해 인근 주민과 마찰도 없었고, 여성 신도만 모아서 조촐하게 운영했다는 글이 압도적으로 많았다.

검색을 하다 보니 '집단 자살'이라는 섬뜩하기 짝이 없는 키워드가 연속으로 나와서 게이코는 저도 모르게 손을 멈췄다. 15년 전 7월, 도시히로가 죽은 것과 같은 시기에 본부 시설에서 공동 생활하던 교단 간부 몇 명이 집단으로 자살해서 교단이 자연 소멸했다는 기사가 실렸다.

15년 전에 작은 신흥 종교 단체의 신도들이 집단으로 사망한 사건은 게이코의 기억 속에도 희미하게 남아 있었지만, 설마 나카자와 유카리가 소속된 집단이었을 줄은 생각지도 못했다.

계속 검색하던 끝에 사건을 극명하게 다룬 르포가 발간됐다는 사실을 알았다. 저자는 논픽션 작가 우에하라 노부유키, 제목은《신흥 종교 단체 집단 사망의 수수께끼》였다.

게이코는 인터넷 서점에 들어가서 리뷰를 읽다가 오후 계획을 수정하기로 했다. 리뷰가 대부분 호평이라 책의 소재가 된 사건에 흥미가 생겼기 때문이다.

……집단 자살인지 사고 등으로 의한 집단 사망인지는 확실치 않다. 사건의 원인은 지금도 수수께끼에 휩싸여 있다.

……교단 시설에서 집단 사망이 발생하기까지의 묘사는 어지간한 호러 소설을 능가할 만큼 박진감이 넘친다.

……사망 현장인 가옥은 현재, 거주하는 사람 없이 방치된 상태다.

인터넷에 올라온 주소와 명함의 주소는 일치했다. 지도로 확인해보니 교단 시설은 이케부쿠로를 기점으로 하는 민영철도의 전철역에서 도보로 10분쯤 걸리는 곳에 있었다.

30분도 걸리지 않는 가까운 곳이다. 잠깐 가서 아무도 살지 않는 폐가의 외관만이라도 확인해보고 싶은 충동이 들었다.

이케부쿠로역의 지하상가에서 점심을 먹은 후 민영철도를 타고 아홉 번째 역에서 내렸다. 10분쯤 걸으니 목적지가 점점 가까워지고 있다는 실감이 들었다.

다가갈수록 공기에 포함된 미세한 입자가 늘어나고 달콤한 향기에 코 점막이 간질간질해져서, 게이코는 그 자리에 멈춰 서서 재채기를 한 번 했다. 스마트폰 지도 앱을 보니 이미 목적지 부근이었다.

주변을 빙 둘러본 후 주소를 확인하고 정면을 바라봤다. 눈앞에 있는 것은 작지만 울창한 아름다운 숲처럼 보였다.

너덜너덜한 외벽, 반쯤 무너진 지붕, 수두룩하게 쌓인 쓰레기. 폐가라는 말에서 연상되는 그런 이미지들과는 전혀 달랐기에 게이코는 두 눈을 의심했다.

예년보다 늦게 핀 벚꽃도 이미 다 지고 없는 4월 중순이건만, 마치 그곳만 다른 차원의 법칙에 지배당한 듯했다. 널빤지 담장으로 둘러싸인 정원에 우거진 식물들 사이로 한층 높게 솟아오른 벚나무 몇 그루에서 만개한 벚꽃이 팔랑팔랑 떨어지고 있었다.

끈적하게 감겨드는 듯한 꽃향기가 군데군데 떨어져 나간 널빤지 담장 틈새로 풍겨 나와 코를 쿡 찔렀다. 대문 앞 포석을 억지로 밀어 헤치고 솟아난 풀은 강한 생명력을 자랑하며 당장이라도 발목에 엉겨 붙을 것 같았다.

게이코는 빈칸이 많은 주차장 사이에 끼어서 양쪽에 넓은 공간이 있는 집 주위를 한 바퀴 돌아보기로 했다. 200평쯤 되는 부지에 심긴 벚나무 8그루에서 떨어지는 꽃잎을 밟으며 집을 찾기 위해 널빤지 담장 안쪽을 유심히 살폈다. 벚나무뿐만 아니라 동백나무, 소나무, 올리브, 소철 등 울창하게 자란 식물이 시야를 막아서 집의 외관이 잘 보이지 않았다. 북서쪽 모퉁이에서 식물들이 덜 무성한 부분을 찾아내 발돋움을 하고서야 겨우 외벽의 일부가 눈에 들어왔다.

흰색으로 칠한 외벽의 2층에서 레이스 커튼이 처져 있는 돌출창을 4개까지 확인했다. 2층만 따져봐도 방이 4개 이상이라면 부지 중심을 차지한 건 연면적이 100평 가까이 되는 큼지막한 단독주택일 듯했다.

한 바퀴 돌아서 다시 대문 앞으로 돌아온 게이코는 문설주에 문패가 있는지 찾아보았지만 눈에 띄지 않아서 손에 든 명함으로 시선을 돌렸다.

겐스케는 15년 전에 이 명함을 받았다. 유카리는 이 집에서 공동생활을 했던 멤버 중 하나였을 가능성이 있다. 유카리가 여기서 집단 사망한 사람들 중 하나라면 실로 안타까울 따름이다. 유카리는 도시히로의 아이를 뱃속에 품은 채 죽었을 테니 손주는 존재하지 않는다. 자초지송을 아소 부부에게 보고하고 조사는 종료, 성공 보수는 받지 못한다.

성공 보수는 둘째치고, 파격적인 착수금을 먼저 제시해서 곤경에서 구해준 아소 부부에게는 큰 은혜를 입었으니까 어떻게든 손주의 얼굴을 보여주고 싶었다. 노부부가 기뻐하는 모습을 보고 싶다. 그것이 현재 게이코가 조사에 매진하는 동기의 대부분을 차지한다.

게이코는 나중에 조사를 위해 부지로 들어갈 필요가 있는지를 염두에 두고 대문 옆 널빤지 담장에 생긴 틈새로 정원을 들여다보았다. 금방이라도 무너질 듯한 창고 옆, 사방 몇 미터 범위로 흙이 솟아오른 부분만 한층 키 큰 풀로 덮여 있었다. 대문은 손잡이에 쇠사슬을 칭칭 감아서 단단히 잠가놨다. 정면 돌파는 힘들 것 같았지만, 한 바퀴 빙 둘러보니 들어가기가 그리 어려울 것 같지는 않았다. 문제는 그럴 용기가 있느냐다. 신도가 집단 사망해 폐허가 된 곳이라면, 분명 오컬트를 좋아하는 젊은이들 사이에 심령 스폿으로 소문이 났을 것이다. 널빤지 담장 여기저기에 남은 흔적으로 보건대 이미 몇 팀이 왔다 간 듯했다.

15년 전 이 집에서 발생한 사건의 진상에 나카자와 유카리가 깊이 관련됐다면, 역시 들어가야 할지도 모른다. 생각만 해도 오한이 등줄기를 훑고 지나갔다.

게이코는 영적 능력이 눈곱만큼도 없었지만, 아무래도 '장소'에 남은 원념의 크기는 죽은 사람의 숫자에 비례할 것 같았다. 하나보다는 둘이, 둘보다는 셋이. 숫자가 늘어날수록 원념은 증폭된다. 7명이 한꺼번에 죽은 곳이라면 진한 영적 기운이 소용돌이치며 피어오를 것이다. 향기로운 꽃냄새에 밀려 널빤지 담장 틈새로 요기가 스며 나오는 것 같았다.

울창한 식물 냄새에 자극받아서인지 예전에 읽었던 소설의 제목이 갑자기 머릿속에 떠올렸다.

〈벚나무 아래에는〉.

저자는 가지이 모토지로. 문학부 심리학과 학생이었던 대학 시절에 읽은 초단편이다. 아주 짧은 작품이지만 흙 아래의 묘사가 인상에 남았다.

'벚나무 아래에는 시체가 묻혀 있다'라는 첫머리로 유명한 〈벚나무 아래에는〉은 벚꽃이 이리도 아름다운 이유를 1인칭으로 서술한다. 화자인 '나'는 벚꽃이 아름다운 이유를 청자인 '너'에게 이렇게 설명한다.

만발한 벚꽃의 근원인 흙 속에는 말, 개, 고양이 같은 동물에 더해 인간의 시체가 묻혀 있고, 썩어서 액체로 변한 살을 찾아내 엉겨 붙은 무수한 뿌리털이 양분 가득한 즙을 빨아올린다. 그리고 '나'의 눈에는 나무줄기에 세로로 뻗은 관다발 속을 상승하는 수정 같은 액체가 보인다고 주장한다.

실제로 동물의 육체를 구성하는 질소, 인산, 칼륨 등은 식물의 성장을 촉진한다고 알려져 있다. '나'의 고찰이 꼭 틀린 건 아닌 셈이다.

일찍이 동물의 육체를 구성했던 요소가 뿌리털에 흡수돼 수목을 성장시키고 결국 그 일부가 된다면 '시체가 이제는 벚나무와 완전히 하나가 되어 아무리 머리를 흔들어도 떨어져 나가려 하지 않는다'라는 문장이 소설 끝부분에 나오는 것도 수긍이 간다.

눈알이 빠져나간 눈구멍을 통해 침입한 수많은 뿌리털이 뇌척수액을 빨아들임으로써 인간의 상념이 식물로 옮겨가는 것 아닐까.

……식물과 동물의 합체.

15년 전 여기 살던 사람들의 영혼이 널빤지 담장보다 훨씬 높이 솟아오른 나무들에 깃든 것처럼 느껴져서 게이코는 한두 발짝 뒤로 물러났다. 그리고 돌멩이가 구르는 소리에 반응해 몸을 뒤로 돌렸다. 얼굴이 역 쪽을 향하자 재빨리 걸음을 옮겼다.

무언가가 쫓아오는 기척이 뒤에서 다가오는 듯해서 걸음이 더 빨라졌다. 게이코는 돌아보지 않고 바쁘게 걸음을 내디뎠다.

6

《신흥 종교 단체 집단 사망의 수수께끼》가 배달되자마자 게이코는 꿈꾸는 허브 모임의 내막과 사건의 전모를 좀 더 자세히 이해하기 위해 책을 샅샅이 읽었다.

르포는 4개의 장으로 구성되어 있었다.

제1장 독립하기까지
제2장 탄생과 성장
제3장 붕괴
제4장 남겨진 수수께끼

제1장의 지면은 대부분 꿈꾸는 허브 모임의 모체였던 자연지 교회의 비판에 사용됐다. 세계 신광 교회에서 갈라져 나온 자연지 교회는 공식 발표된 신도의 숫자가 30만 명에 이를 정도로 성장했지만, 30년 전쯤에 인근 주민이 중심이 된 지역 사회와 내부 신도들의 비판에 지도 체제를 변혁할 수밖에 없었다.

비판은 대부분 포교 활동과 헌금 활동의 강제성에 집중됐다. 집요한 포교로 자주 말썽을 빚었고, 헌금을 강요해 생활이 궁핍해진 신도가 늘어나자, 이에 진저리가 난 교단 신도들이 수뇌부를 규탄하는 목소리가 높아졌고, 이탈하는 신도들이 속출했다.

꿈꾸는 허브 모임의 창립자인 니무라 기요미도 그중 한 명이었다. 원래는 자연지 교회 홍보부에서 대변인 역할을 맡았지만, 같은 이상을 품은 동지 몇 명과 함께 교회를 탈퇴해 독립을 모색하는 길로 나아갔다.

제1장에서 내분과 이탈 과정이 그려진다면 제2장에서는 꿈꾸는 허브 모임의 탄생과 성장 과정이 그려진다. 저자 우에하라는 니무라 기요미와 동지들의 독립을 비판하지 않고 중립과 객관성을 유지하는 필치로 내용을 전개했다.

니무라 기요미는 나이를 가늠할 수 없는 아름다운 마녀라고 칭송받았다. 60살을 넘긴 듯한 인상이지만 30대라고 해도 통할 만큼 팽팽하고 매끈한 피부를 자랑했다. 식물의 진액을 섭취한 덕분에 아름다움을 유지할 수 있다고 홍보했고, '자연식·자연 농법, 심리 요법, 심령주의'의 요점을 잘 버무린 가르침으로 여성들의 관심을 얻는 데 성공한다.

교주와 간부 신도 7명, 총 8명이 공동으로 생활하는 본부 외에도 몇 군데 지부를 따로 설치해 운영했으며, 재가 신도 약 100명에 외부 후원자 약 200명을 거느리고 여성 특유의 유연한 조직 구조를 유지했다.

세계 신광 교회와 자연지 교회에서 사상의 핵심을 이어받되, 마지막 심판을 통해 악이 선으로 전환돼 지상 천국이 출현한다는 낙원 사상과 심령주의의 가르침을 더욱 강조했다. 다만 그건 간부 신도들만 공유하는 세계관이지, 재가 신도와 외부 후원자에게까지 강요하지는 않았다.

교외의 농지에서 재배한 채소와 과일 판매도 궤도에 올라 순조롭게 성장하는 듯 보였던 교단에 비극적인 사건이 일어난 건 독립한 지 20년 가까이 지난 201*년 7월이었다.

사건의 내용을 상세히 전달하는 제3장이 이 르포의 백미다. 가옥의 외관을 직접 본 데다 우에하라의 명확한 필치 덕분에 글을 읽는 동안, 본부 시설에서 공동 생활하던 8명 중 7명이 사망했다고 추정되는 집단 사망 사건의 광경이 머릿속에 생생하게 그려져 마치 사건 현장에 함께 있는 듯한 착각에 빠졌다.

201*년 7월 **일 오후 4시 무렵, 게이코가 북서쪽 모퉁이에 서서 올려다본 2층의 아래쪽 거실에서 사건이 발생했다. 참극이 일어난 시간이 대략 밝혀진 건 오후 3시경 젊은 남자가 꽃다발로 보이는 물건을 배달했으며, 방범 카메라 영상에 시간이 기록돼 있었기 때문이다. 대문에서 젊은 남자가 여자 신도에게 꽃다발을 건넸을 때, 가옥 안팎에서 수상한 점은 전혀 찾아볼 수 없었다.

　부지 내부 창고 모서리에 설치된 방범 카메라에 이변이 포착된 건 오후 4시 전후다. 즉 3시부터 4시 사이의 어느 지점에 참극의 막이 오른 것이다.

　방범 카메라에 촬영된 장면은 참극을 구성하는 요소의 한 콤마에 불과해, 그 작은 단서로 사건의 전모를 알아내기는 쉽지 않다. 방범 카메라는 대문에서 현관을 연결하는 경로에 초점이 맞춰져 있어서, 거실에 있는 돌출창 2개 중 현관 쪽 돌출창만 간신히 모니터 구석에 비치는 정도다.

　우에하라는 방범 카메라에 촬영된 짤막한 영상을 극명하게 묘사했다.

　갑자기 돌출창이 벌컥 열리고 30대로 추정되는 여자가 몸을 내민 것이 오후 4시 2분. 창밖에 양팔을 벌리고 하늘을 올려다보던 여자의 얼굴이 일그러졌다. 황홀함에 젖은 건지 고통에 신음하는 건지 알 수 없는 표정을 지은 옆얼굴이 창백해졌다. 음성이 없어도 가슴이 세차게 오르락내리락하는 모습을 보면 호흡이 거칠다는 걸 알 수 있다. 여자는 가슴을 두드리는가 싶더니 쥐어뜯고, 숨을 들이마시려고 인상을 찡그렸다. 그러다가 돌출창에 한쪽 발을 얹고 창틀을 넘어서 정원으로 뛰어내렸다. 착지해서 몸을 웅크렸을 때 몸이 한순간 화면에서 사라졌다. 그 직후에 흐트러진 머리만 화면 밑을 스치고 시야 밖으로 사라졌다.

　이때 돌출창을 넘어서 마당으로 나간 사람은 간부 중 하나인 S코다. S코의 시신은 안채와 창고 사이에서 발견됐다. S코 외에도 3명이 정원에서 시신으로 발견됐다. 사망자 7명 중 제단이 있는 거실에서 3명이 발견됐고, 나머지 4명은 창문에서 뛰어내리고 얼마 지나지 않아 정원 여기저기서 숨진 채 발견되었다.

　정원으로 나간 여자들은 전부 맨발이었다. 책에 실린 가옥과 정원 평면도에는 7명의 시신이 발견된 장소를 사람 모양으로 표시해두었다. 게이코는 그 위치 관계를 확인한 후 현장을 떠올리려 했다.

사건이 발생한 10평 크기의 거실에는 동쪽에 출입구, 북쪽에 제단, 서쪽에는 돌출창이 2개 있었다. 당일 날씨는 맑음. 오후 4시 전후였으니 돌출창에는 석양이 강하게 비쳐들었으리라고 예상된다.

평면도를 잠깐만 살펴봐도 시신 발견 장소가 편중돼 있다는 걸 알 수 있었다. 거실 중앙에 방석이 놓여 있었던 걸로 보아, 당초에 신도 7명은 거실 중앙에 앉아 있었을 것이다. 그런데 어느 순간을 기점으로 일제히 서쪽으로 이동했다. 그리고 2명은 돌출창이 있는 벽에 기댄 자세로, 1명은 벽에 다다르지 못하고 벌렁 자빠진 모습으로 사망했고, 나머지 4명은 돌출창으로 뛰쳐나가 정원에서 사망했다.

왜 이런 행동을 한 걸까, 게이코의 머릿속에 의문이 솟았다. 거실 출입구가 동쪽에 있는데도 왜 다들 일제히 서쪽을 향했을까.

무슨 사정인지는 몰라도 집 밖으로 나가고 싶다는 충동에 사로잡혔다면, 동쪽 출입구를 통해 현관으로 가면 된다. 그러면 하다못해 슬리퍼 정도는 신을 수 있었을 텐데. 그러나 일곱 신도는 서쪽으로 이동했다. 아니, 이동한 정도가 아니라 한꺼번에 몰려들었다.

이 부자연스러운 흐름을 설명하기 위해 게이코는 어떤 존재를 가정해보았다.

정체 모를 무언가가 갑자기 동쪽 출입구로 침입했다면 어떨까. 그것의 겉모습은 기괴하기 짝이 없어 공포심을 크게 자극하고 위험한 냄새를 풀풀 풍겼다. 겁먹은 신도들은 침입자와 거리를 두려고 쏜살같이 반대 방향으로 도망쳤다.

거기서 게이코의 추측은 막혔다.

현장 검증 결과, 사건 발생 당시 부지 내부에 신도가 아닌 제삼자의 흔적은 전혀 없었다는 사실이 밝혀졌기 때문이다. 그렇다면 거실 출입구에 서서 신도들을 공포의 나락에 빠뜨린 그것은 구름같이 종잡을 수 없는 존재가 되고 만다. 구체적으로 상상하려 해도 형태가 희미해질 뿐이었다.

게이코는 유령이나 오컬트 같은 걸 믿지 않는다. 대부분 가짜고, 분위기를 살리기 위한 소재에 불과하다고 무시하는 경향이 있었다. 하지만 사건 현장인 폐가를 찾아갔을 때, 널빤지 담장 틈새로 새어 나오는 요기를 접하고 예기치 못하게 소름이 끼친 걸 기억한다. 물리량이 없는 기이한 기척을 육감이 감지했다. 덧붙여 그것은 순식간에 사람의 목숨을 빼앗는 능력이 있다. 더구나 자연사로 보이도록……. 신도의 사망 이유가 여태 밝혀지지 않았다는 건 인터넷에 올라온 정보로 확인했다.

오한이 밀려와 게이코는 반소매 밑으로 드러난 팔꿈치를 두 팔을 교차해 손바닥으로 감쌌다. 돈에 눈이 멀어서 위험한 영역에 발을 들여놓은 건 아닌지 걱정됐다.

외동딸의 몸은 그보다 더 걱정됐다. 딸 사키는 아직 초등학교 2학년, 엄마가 불의의 죽음을 맞으면 앞으로 어떻게 살아가야 할까. 아니, 혼자 남는 건 그나마 다행이고 딸이 같이 휘말릴 수도 있다. 한 지붕 아래서 공동생활을 하던 일곱 신도는 모두 같은 운명을 맞았다.

게이코는 제4장에 들어가기 직전에 책을 내던지고 목욕물을 받았다. 기분 전환을 위한 커피도 필요했다.

조사를 진행하며 깊이 파고들수록 실체 없는 악령을 자신의 품으로 불러들이게 될 지도 모른다. 그런 불안을 끊어내지 않고서는 더 이상 책을 읽지 못할 것 같았다.

게이코는 오토록이 없는 허름한 맨션 입구로 들어가 엘리베이터를 타고 4층으로 올라갔다. 약속한 집 앞에 서자 일주일 전과는 입장이 반대인 걸 깨닫고 초인종을 누르려던 손을 문득 멈췄다.

일주일 전, 다른 사람에게 주소를 듣고 찾아온 겐스케도 집 호수를 확인하고 초인종을 눌렀으리라.

그때 게이코는 도어스코프로 그의 얼굴을 확인하고 즉시 사무소에 없는 척했다. 얼굴만 봐도 겐스케의 아내와 전남편의 얼굴이 동시에 떠올랐고, 두 사람과 자신 사이에 일어났던 진흙탕 같은 소동이 단숨에 머릿속에 되살아나 몸이 거부 반응을 일으켰기 때문이다.

하지만 지금 여기서 초인종을 눌러도 상대에게 거부당할 우려는 없다. 약속을 잡았을 때 상대의 말투에는 환영하는 기색이 진하게 감돌았다. 정보 교환이 서로에게 이익이 될 것이라는 점에서 양측은 생각이 일치했다.

약속 시간에 딱 맞춰 게이코는 초인종을 눌렀다. 문이 열리고 작지만 다부진 체격에 콧수염을 기른 남자가 고개를 내밀었다. 남자는 게이코의 얼굴을 보고 활짝 웃음을 지었다.

"기다리고 있었습니다. 누추한 집이지만, 자, 들어오시죠."

"실례합니다."

안내를 받으며 들어선 현관은 누추하다는 말대로 발 디딜 틈도 없을 만큼 어질러진 상태였다. 발코니가 있는 창문까지 이어지는 벽은 천장까지 닿는 붙박이 책장으로 막혀 있었고, 난잡하게 꽂힌 책들이 금방이라도 무너져 내릴 것 같았다. 문필업 종사자의 작업실 하면 딱 떠오르는 이미지 그대로였다.

게이코는 복도에 어지럽게 널린 장애물을 피해 크기가 8평쯤 되는 원룸의 중앙으로 나아가, 동그란 테이블 앞에 서서 명함을 내밀며 자기소개를 했다.

"탐정 마에자와 게이코라고 합니다."

인사를 받고 남자가 내민 명함에는 우에하라 신지라는 이름과 주소, 전화번호, 메일 주소, 저널리스트라는 직함이 적혀 있었다.《신흥 종교 단체 집단 사망의 수수께끼》의 저자인 우에하라는 까칠해 보이는 구석이 전혀 없어서 게이코는 안도감에 가슴을 쓸어내렸다.

우에하라는 계절에 맞는 인사를 건네고 게이코에게 의자를 권한 후, 전기 포트의 뜨거운 물로 티백을 우려 차 두 잔을 테이블에 내려놓았다.

"변변치 않지만 차라도 드시죠."

찻잔 테두리가 지저분해서 입을 델 마음은 없었지만, 게이코는 웃으며 "감사합니다"라고 대답했다.

주어진 시간은 약 1시간 반. 그 시간 안에 최대한 많은 정보를 끌어내야 한다. 지금은 우에하라가 가지고 있는 정보량이 압도적으로 많다. 우에하라는 '왜 이제 와서 탐정이 15년 전 사건을 다시 파헤치려 하는가'에 가장 흥미가 있으리라. 하지만 의뢰인의 비밀을 지킬 의무가 있으므로 숨김없이 알려줄 수는 없었다.

얻는 정보보다 주는 정보가 훨씬 많다고 판단하면, 손해 보는 기분에 인간은 입이 무거워지기 마련이다. 우에하라의 호기심을 지속시켜 귀중한 정보를 끌어내기 위해서는 나름대로 작전이 필요했다. 유일한 카드인 나카자와 유카리의 이름은 끝까지 덮어두는 편이 좋을 듯했다. 일단 그의 작품을 칭찬해 입을 가볍게 만드는 게 최고다 싶어 게이코는《신흥 종교 단체 집단 사망의 수수께끼》를 화제로 삼았다.

"저서, 잘 읽었어요. 치밀한 취재를 바탕으로 사건 현장을 아주 꼼꼼하게 묘사해서 마치 직접 체험한 것 같은 기분이 들더군요. 문장력도 대단해서 많이 참고가 됐습니다."

"어휴, 별말씀을."

우에하라는 모호하게 웃으며 고개를 꾸벅 숙이더니, 사탕발림을 슬쩍 피해서 묻지도 않은 15년 전 프리랜서 작가에서 저널리스트로 직함이 바뀌게 된 전환점을 설명했다.

프리랜서 작가로 삼류 잡지에 19금 기사를 써서 입에 풀칠하던 30살 무렵에 꿈꾸는 허브 모임 집단 사망 사건이 발생했는데, 우연하게도 간부 신도 중 하나인 마사요와 구면이라 르포를 쓸 기회를 얻었다. 책이 출판되자 그럭저럭 좋은 평가를 얻었고, 그걸 전환점 삼아 대형 신문사 계열과 출판사 계열의 잡지에서 집필 의뢰가 들어왔다. 그 후로 드디어 저널리스트로 활동할 수 있게 됐다. 이제는 아동 학대, 가정 폭력, 미결 살인 사건 등으로 집필 범위를 넓혔으며 광범위한 인맥도 쌓았다.

이야기를 들으며 게이코는 속으로 쾌재를 불렀다. 입이 근질근질했는지 조금 치켜세우자 알아서 말을 술술 늘어놓았다. 기대 이상으로 수다스러워서 그야말로 금맥을 찾아냈구나 싶었다. 특히 간부 신도 마사요와 구면이었다는 사실은 귀중하다. 우에하라는 그녀와 관계된 인맥을 통해 관계자밖에 모르는 정보를 얻어냈을 것이다.

게이코는 시선을 우에하라에게 고정한 채 가방에서 노트와 볼펜을 꺼내 메모를 시작했다. 그리고 우에하라가 15년 전의 집필 동기를 다 설명하고 한숨 돌릴 때 질문을 하나 던졌다.

"사건 당일의 시간 순서를 좀 확인할게요. 일단 오후 3시경에 꽃다발이 배달됐어요. 하지만 그때 부지 내부에 수상한 점은 전혀 보이지 않았고요. S코가 거실 돌출창에서 정원으로 뛰어내리는 모습이 방범 카메라에 잡힌 게 오후 4시 2분. 그리고 5시 가까이에 구급차가 도착해 사망자 5명과 혼수상태에 빠진 2명을 발견했고, 사건은 경찰에 넘어갔다. 그렇다면 4시 반경에 구급차를 부른 사람은 누구인가요?"

우에하라는 별것 아니라는 듯 바로 대답했다.

"옆집 아주머니요."

"옆집……."

게이코는 지난주에 보러 갔던 폐가의 모습을 머릿속에 떠올렸다. 폐가 양옆은 널찍한 주차장이었을 뿐, 이웃집은 없었다.

"사건이 발생한 후에 이사 갔다고 들었어요. 당시 교단 시설은 북쪽과 남쪽의 집 사이에 끼어 있었습니다. 북쪽 집 2층에 있던 남고생이 마침 창문으로 밖을 내다보고 있다가 사건의 일부를 목격했어요."

"옆집 분에게 실제로 이야기를 들으신 건가요?"

"물론이죠. 목격자인 고교생과 신고자인 어머니를 만나 이야기를 들었습니다."

역시 그랬군, 하고 수긍했다. 폐가 양옆의 텅 빈 주차장은 주택가에 어울리지 않게 너무 부자연스러워 보였다. 사건이 일어난 후에 널빤지 담장 틈새로 흘러나오는 요기에 겁을 먹은 이웃 사람들이 도망친 것이다.

한편 우에하라는 신속하게 움직였다. 이사를 해서 공터가 되기 전에 옆집을 찾아가 탐문 조사를 했다.

당시 고교생이었던 남자의 현재 주소를 알아내 조사하러 갈 수 있기는 하다. 하지만 비용과 시간이 든다. 아소 시게루가 입금한 착수금은 경비가 포함된 금액이라 낭비하지 않는 것이 좋다. 덧붙여 15년 전 기억은 많이 흐릿해졌을 테니, 이야기의 신빙성도 낮다.

우에하라는 사건이 발생한 직후에 조사하러 가서 사건에 초점을 맞춘 신선한 정보를 얻어내고 취재 노트에 증언 내용을 적어뒀을 것이다. 우에하라에게 노트를 빌려서 찬찬히 읽으면 시간과 경비를 절약할 수 있다.

앞으로도 우에하라와 좋은 관계를 유지해야 한다는 걸 다시금 인식한 게이코는, 그 첫걸음으로 찻잔을 들어 식은 차를 맛있게 마시는 모습을 보여주었다.

"그런데 옆집 고등학생은 뭘 목격했나요?"

"방범 카메라에 찍힌 영상과 반대 방향에서 보이는 장면이요."

방범 카메라는 돌출창 남쪽의 창고에 설치돼 있어 북쪽이 촬영됐다. 고교생은 반대로 북쪽에 있는 집 2층에서 남쪽에 있는 이웃집의 정원을 내려다보았다.

"즉, 돌출창에서 뛰어내린 여자 신도의 모습을 목격한 거로군요."

"네. 일반적으로 신흥 종교 단체는 인근 주민들과 자주 마찰을 빚지만, 꿈꾸는 허브 모임은 예외라 인근 주민들과의 관계가 나쁘지 않았어요. 괜히 비밀스럽게 굴지 않고 만나면 싹싹하게 인사를 나눴죠. 집을 집회소로 사용할 때는 대문 주변에 자전거가 나란히 늘어서는데, 그날은 자전거가 1대도 없어서 집에 간부 신도만 있다는 걸 예상할 수 있었습니다.

그중 4명이 돌출창 두 곳에서 잇달아 뛰쳐나오는 모습을 목격한 거예요.

4명 전부 맨발이었죠. 정원에 양손을 짚으며 착지한 뒤, 비틀거리며 일어서서 본채와 창고 틈새를 빠져나가 볕이 잘 드는 남쪽 정원으로 기다시피 나아갔습니다. 그중 1명은 남쪽 정원 앞에서 힘이 다했는지 그 자리에 주저앉아 움직임을 멈췄죠. 남쪽 정원으로 뿔뿔이 흩어진 3명도, 본채와 창고에 가려서 모습은 보이지 않았지만 쓰러진 낌새가 농후했고요. 숨이 뚝 끊어진 것 같은 정적이 퍼졌고, 시간이 흐를수록 고요함이 깊어졌습니다.

이변이 발생한 게 분명했죠. 목격자는 2층 자기 방에서 내려와 주방에서 저녁을 준비하던 어머니에게 자초지종을 알렸습니다. 어머니는 처음에는 반신반의했지만, 아들 방에서 옆집 정원을 내려다보고 창고 옆에 쓰러진 사람을 발견했어요. 쌍안경으로 다시 확인했지만 살아 있는 것처럼 보이지 않았죠. 어머니와 아들은 바로 옆집 대문 앞으로 가서 초인종을 눌렀지만, 당연히 응답은 없었어요. 그래서 일단 구급차를 불렀고, 상황이 확인된 후 차례차례 경찰차가 도착해 집단 사망 사건이 드러난 겁니다. 그 학생이 목격하지 않았다면 훨씬 늦게야 사건이 수면 위로 드러났겠죠."

사건의 개요를 이해한 후 게이코는 궁금했던 점을 물었다.

"책의 제4장에서 해결되지 않고 남은 의문점을 몇 가지 나열하셨죠. 그중에 가장 큰 수수께끼는 뭐라고 생각하세요?"

우에하라는 즉시 대답했다.

"물론 사인입니다."

사인이 불명확하다는 건 게이코도 잘 안다. 사망자 7명에게 외상은 없었다. 독을 먹은 것이 아닐까 의심했지만 집단 사망 현장인 거실에 독극물 등의 유류품은 남아 있지 않았다. 부검 결과 체내에서 이미 알려진 독극물은 검출되지 않았고, 일산화탄소 중독 등의 증상도 없었거니와 식중독도 아니었다. 미지의 바이러스나 병원균도 발견되지 않았다. 온몸의 신경이 마비돼 호흡 곤란에 빠진 듯한 징후를 겨우 찾아냈지만, 그 원인이 무엇인지는 아무도 알아내지 못했다.

"우에하라 씨, 검시관이나 부검의에게 직접 이야기를 들으신 건가요?"

"네. 검시 단계에서 알아낸 사실은 사망자들에게 질식에 의한 치아노제[3] 증상이 일어났다는 것 정도였습니다. 부검으로 돌린 후에도 사인을 확정하지는 못했고요."

게이코는 노트에 볼펜 촉을 댄 채 물었다.

"부검을 담당한 선생님의 소속과 이름을 알 수 있을까요?

"K대학교 의학부 법의학 교실, 야나이 유키히사 교수님입니다."

게이코는 얼른 소속과 이름을 받아 적은 후 아소 시게루와 도시히로 부자, 츠유키 신야가 K대학교 의학부 출신임을 떠올렸다. 그 연줄을 활용하면 부검의에게 자세한 이야기를 들을 수 있을지도 모르겠다 싶어 입술을 핥았다.

"야나이 교수님이 사인을 확정할 수 없다고 분명히 말씀하신 거로군요."

"그게, 어쩐지 어금니에 뭔가가 낀 것처럼 찜찜해하는 말투였어요. 진실을 감춘다기보다 확실한 증거 없이 함부로 말해서는 안 된다고 자제하는 듯했죠."

"왜 그런 반응을 보이셨을까요?"

"야나이 교수님은 시체에 발생한 이변의 정체가 무엇인지 혼자 짐작했습니다. 하지만 그게 의학적 상식과는 너무나 동떨어진 결론이라 일부러 발표를 포기한 게 아닐까 생각합니다. 섣불리 발표했다가 비과학적이라는 낙인이 찍히면 학자로서 치명상을 입을지도 모르니까요. 어쩐지 그런 인상이었습니다."

"미지의 독극물이 사용됐을 가능성은 없을까요?"

인터넷 게시판에는 신종 독을 사용한 집단 자살일 것이라는 근거 없는 억측이 몇 가지 올라와 있었다.

"아니요, 저는 집단 자살이라는 견해에는 부정적입니다."

우에하라의 책 제목은 《신흥 종교 단체 집단 사망의 수수께끼》다. 집단 자살이라는 말은 사용하지 않았다.

"어째서죠?"

"신흥 종교 단체의 집단 자살에는 나름의 이유가 있는 경우가 많습니다. 금전적으로 쪼들린다거나, 내분이 발생해 정신적으로 피폐해졌을 수도 있고, 인근 주민과의 말썽이 소송으로 발전해 절박한 상황에 빠졌다거나, 국가의 핍박이 심해진다는 등의 이유로 궁지에 몰리다 내세의 낙원에 꿈을 맡기고 현세에 작별을 고하는 패턴이죠.

하지만 꿈꾸는 허브 모임은 자연 농법으로 생산한 채소와 허브를 통신 판매하는 한편 요가, 자연 요법, 점술까지 분야를 넓혀서 건실하게 운영했습니다. 신도 사이에 다툼이나 괴롭힘이 있었을지도 모르지만, 인근 주민들과는 화기애애하게 지냈으니 집단 자살을 할 동기가 눈에 띄지 않아요."

"30년쯤 전 도호쿠 지방 벽촌에 있는 신흥 종교 단체에서 악령을 몰아낸다는 핑계로 무자비한 폭력을 행사해 신도 7명을 살해하는 사건이 발생했는데요. 비슷한 일이 일어났다고 볼 수는 없을까요?"

"통칭 '퇴마 살인 사건' 말씀이시군요. 집단 자살설을 부정하는 것과 같은 이유로 그 가설도 부정하겠습니다. 살인 사건을 일으킨 교단은 질병과 채무, 치정 싸움, 소송 사태 등 갈등의 구렁텅이에 빠진 상태였어요. 집단 살인은 신도 간의 다툼과 말썽을 해결하기 위한 행동이었고 교의와는 무관했죠. 여성들끼리 목가적으로 운영했던 꿈꾸는 허브 모임에 그렇게까지 심한 반목은 없었던 것처럼 보입니다."

"그럼 이 사건을 대체 어떻게 받아들이면 될까요? 우에하라 씨의 고견을 꼭 듣고 싶네요."

"사견입니다만." 우에하라는 그렇게 양해를 구한 후 말을 이었다. "사건 현장인 거실의 제단에는 꽃다발이 장식돼 있었고, 제단의 중심에서 뻗은 직선이 대각선을 이루도록 방석 8개가 정사각형 형태로 놓여 있었습니다. 그러한 정황으로 판단컨대 제단 앞에 앉은 니무라 기요미를 중심으로 신도들이 어떤 의식을 치렀던 게 아닐까, 그리고 그 와중에 예상치 못한 사고가 일어난 것 아닐까 싶어요."

게이코는 한번 떠올려본 적 있는 망상을 예상치 못한 사고의 예시로 꺼냈다.

"예를 들어 의식을 치르다가 악령이 소환됐다든가……."

농담이라고 받아들인 듯 우에하라는 힘없이 웃더니 게이코의 억측을 부정했다.

"아니요. 악령이나 악마는 그 교단의 취지에 전혀 어울리지 않아요."

"그럼 신도들은 왜 동쪽 문이 아니라 서쪽 돌출창으로 일제히 몰려든 걸까요?"

악령으로 상징되는 공포의 근원이 동쪽 문에서 나타났다면 반사적으로 신도들이 반대쪽으로 이동하지 않겠느냐고 게이코는 자신의 가설을 보강했다.

"확실히 그 점은 신기합니다. 처음에는 화재 같은 사고를 연상했죠. 동쪽 문에서 일산화탄소 등의 독성 기체가 흘러들면 신도들이 그렇게 이동한 것도 설명이 되겠다 싶었지만, 아시다시피 현장 검증 결과 화재나 유독 가스가 발생한 흔적은 일절 발견되지 않았어요. 두 손 다 들었죠. 진상을 명확하게 밝히려면, 역시 사건 전후에 실종된 여성 신도에게 묻는 수밖에 없을 겁니다."

핵심에 접근했다는 느낌에 게이코는 몸을 앞으로 내밀고 질문했다.

"당시 교단 시설에서는 니무라 기요미를 포함한 간부 신도 8명이 공동으로 생활했죠. 하지만 사망자는 7명이었어요. 1명이 사건 전후에 사라졌군요."

"네, 맞습니다. 하지만 그 여성 신도가 언제 사라졌는지는 확실치 않아요. 집단 사망이 발생해 혼란스러운 와중에 도망친 건지, 사건이 일어나기 전에 자취를 감춘 건지."

당시 경찰은 유일한 생존자인 여자 신도를 붙잡아 조사하면 집단 사망 사건의 진상을 밝힐 수 있으리라 보고 눈에 불을 켜고 사라진 신도의 행방을 쫓았다. 하지만 도시의 어둠에 삼켜진 것처럼 여자는 흔적도 없이 사라졌다. 여자의 행방은 여전히 묘연하다.

책에서 니무라 기요미 외의 신도는 전부 가명을 사용했다. 사라진 신도의 이름을 알고 싶으면 우에하라에게 물어보는 수밖에 없었다.

"실종된 신도의 이름은 아세요?"

"분명…… 잠깐만 기다리세요. 확인해볼게요."

우에하라는 항목별로 보관해둔 자료에서 당시의 취재 노트를 꺼내 페이지를 넘겼다.

"여기 있네요. 나카자와 유카리입니다."

이름을 듣고 게이코는 안도의 한숨을 내쉬었다. 실낱같은 희망이 끊어지지 않고 간신히 연결됐다. 나카자와 유카리가 사망자에 포함됐다면 아소 부부가 손주 얼굴을 볼 가능성은 한없이 낮아진다. 하지만 나카자와 유카리는 무슨 이유에선가 생존자가 됐다.

"비밀을 지킬 의무가 있어서 자세하게는 설명드릴 수는 없지만, 저는 지금 나카자와 유카리를 쫓고 있어요."

성실하게 대응해준 우에하라에게 감사의 마음을 표시하는 의미에서 게이코는 조사 대상의 이름만 밝혔다.

"뭐라고요?"

우에하라는 놀란 나머지 입을 떡 벌리고 손으로 이마를 찰싹 때렸다. 양쪽의 목표 대상이 딱 일치한 셈이다. 나카자와 유카리의 소재를 알아내면 게이코는 그녀의 출산 여부를 확인할 수 있고, 우에하라는 사건 해결의 단서를 발견할 가능성이 높아진다. 게이코는 성공 보수를 얻고, 우에하라는 르포의 속편을 집필해 명성을 얻는다. 양쪽의 이해득실이 대립하지 않으므로 공동 전선을 펴는 게 제일이다.

게이코는 동그란 테이블 위로 손을 내밀어 악수를 청했다. 무슨 뜻인지 이해했는지 우에하라는 손을 꼭 맞잡았다.

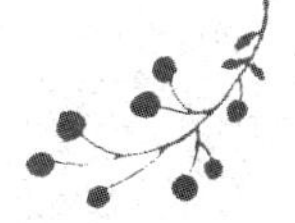

제2장
변사

1

차라리 눈 딱 감고 포기하는 편이 나을지도 모른다. 그러면 더는 고민할 필요가 없다. 일도 더 열심히 할 테고, 더 많은 취미로 여가를 즐겨서 인생을 더욱 풍요롭게 만들 수 있다.

안 돼, 안 돼.

하즈키 유리는 저출산 문제를 다룬 원고를 읽다가 솟아오른 공감이 독신주의로 진화하기 직전에 고개를 세차게 저어 사고의 흐름을 끊고, 결혼 전선에서 이탈하자는 달콤한 유혹을 머릿속에서 몰아내려 했다.

함정에 빠지면 안 된다. 결혼 욕구가 강하면 강할수록 반작용이 커진다는 걸 명심해야 한다.

올해 가을에 37살 생일을 맞는 유리에게는 남은 시간은 별로 없다. 제2차 세계대전 이전에 비해 여성의 평균 수명은 2배 가까이 늘었다. 그렇다고 살면서 여성이 배란하는 난자의 수가 수명에 비례해 늘어나는 건 아니다. 인류가 탄생한 이후로 여성이 임신할 수 있는 연령대의 범위는 거의 변하지 않았다.

20대에 결혼하라고 잔소리하던 아버지의 충고를 들을 걸 그랬다고 후회해도 이미 늦었다. 왜 20대여야 하느냐고 말대꾸하자 30대에 접어든 순간 주변에서 괜찮은 남자가 사라지기 때문이라는 대답이 돌아와서 코웃음쳤건만.

20대 초반에는 또래 남자들이 다들 미덥지 못했고, 30~40대 남자들이 훨씬 당당하고 매력적으로 보였다. 유리의 눈에 남자들은 나이를 먹을수록 성장해가는 걸로 보였다.

하지만 실제로 30대 후반에 접어드니 매력적인 독신 남성의 숫자가 격감하는 상황에 직면했다. 이유는 간단하다. 성장할 가능성을 숨긴 남자들은 대부분 20대에 결혼해 가정을 꾸렸기 때문이다. 가정을 꾸림으로써 생겨나는 책임감이 남자를 성장시키는 요인이었음을 미처 몰랐다.

평소에는 결혼의 장점을 제시하는 독신 남성과 만날 기회가 많지 않았고, 그렇다고 맞선 파티나 결혼 정보 회사를 이용하면 상대의 스펙을 숫자로만 평가하는 자신에게 혐오감이 들었다.

설마 독신 여성이 한숨 섞어서 내뱉는 진부한 핑계에 공감할 날이 올 줄은 꿈에도 몰랐다. ……정말이지 좋은 남자가 없다니까.

좋은 여자와 좋은 남자의 비율이 현저하게 무너진 것이 문제의 근원이다. 전자가 압도적으로 많아서 수요와 공급의 균형이 맞지 않는다. 물불 가리지 않고 결혼하고 싶어지는 남자의 수가 적은 것이 여자에게 불행을 초래한다는 생각을 떨칠 수 없었다.

일하는 도중에 끼어든 잡념을 떨쳐내고 다시 출력 원고 확인 작업을 하려는데, 잡념을 더욱 부풀리는 인물이 시야에 들어와 유리는 고개를 들었다.

불룩한 배에 왼손을 얹고 정면을 향한 오른손을 흐느적흐느적 흔들며 느긋한 걸음걸이로 다가온 사람은 2년 전 〈주간 올르〉 편집부에 배속된 다카시마 마나미였다. 포니테일 스타일로 통통하고 동그란 얼굴 윤곽을 드러내고, 아담한 몸은 소녀 취향의 옷으로 감쌌다. 어떻게든 20대 초반의 겉모습을 유지하려는 속셈이 빤히 다 보였다. 마나미는 유리보다 5살 어린 31살. 올해 가을에 출산을 앞두고 있어서 유리의 신경을 건드리는 존재였다.

마나미가 유리 곁에 서서 몸을 구부리고 속삭였다.

"선배, 사사야마 데스크가 불러요. 1층 카페 공간."

"지금 당장?"

"네, 편집부에서는 할 수 없는 이야기래요."

"그래, 알았어. 고마워."

1층 카페 공간은 편집부 사람 귀에도 들어가면 안 되는 이야기를 할 때 주로 사용하는 장소였다. 유리는 자리에서 일어나 엘리베이터 홀로 갔다. 엘리베이터를 타고 8층에서 1층으로 내려가 카페 공간 입구에 섰다. 커피잔을 들고 손짓하는 사사야마의 모습을 보고, 그가 앉은 테이블로 다가가 의자에 앉았다.

"부르셨어요?"

"어때, 배우자 찾기는 잘 돼가?"

또 그 소리인가 싶어서 유리는 지긋지긋했다. 일 이야기만 하면 될 텐데, 사사야마는 늘 서론이 길다. 성희롱에 가까운 발언이나 행동을 할 때도 많아서 딱 질색이다. 편집부에서 가장 나이가 많은 58살. 내후년에 정년을 맞는 인간과 대립하며 아웅다웅하는 것도 사회인답지 못하다. 슬쩍 받아넘기는 게 제일이다.

유리는 근황을 적당히 보고한 후, 아무 말도 없이 침묵을 지킴으로써 본론으로 들어가길 재촉했다.

"자네도 마나미를 본받는 게 좋지 않겠어?"

계약사원을 포함해 직원이 50명이나 되는 편집부에서 사사야마는 상대를 대부분 '자네'라고 부른다. 10살 어리지만 상사인 편집장도 예외는 아니었다. 결혼 문제를 자꾸 들먹이는 건 얼마 전에 태어난 손주 이야기를 꺼내고 싶어서겠지만, 유리는 그 수법에 놀아나지 않고 사사야마의 쓸데없는 참견을 단번에 쳐냈다.

"싫은데요."

유리의 대답이 뜬금없다고 느꼈는지 사사야마가 다시 물었다.

"어, 뭐가?"

"전 마나미를 본받고 싶지 않다고요."

마나미에게 결혼 생활의 근황을 물어보자 "남편이 패기가 좀 없어요" 하고 냉큼 대답한 적이 있었기 때문이다. 유리는 상황과 타협해 패기 없는 남자를 고를 마음은 눈곱만큼도 없었다. 의연한 태도로 받아치자 그제야 사사야마는 본론으로 들어갔다.

"그나저나 자네가 흥미를 느낄 만한 기삿감을 물었는데, 어때, 해볼 마음 없어?"

"일단은 어떤 기삿감인지부터 알려주셔야죠."

유리는 인간으로서는 어쨌거나 주간지 기자로서 사사야마의 취재 능력을 높이 평가하고, 그를 스승으로 우러러봤다. 사사야마도 그걸 알기에 재미있어 보이는 기삿감이 있으면 유리에게 맡기곤 했다.

"얼마 전에 경시청 과학 수사 연구소의 연구원을 만났어. 상사와 의견이 대립해 풀 죽어 있길래, 가려운 곳을 살살 긁어주며 잘 달랬더니 재미있어 보이는 정보를 흘리더군."

그렇게 서론을 꺼낸 후, 사사야마는 도쿄 도내의 한 맨션에서 발생한 의문사 사건에 대해 들려주었다.

사망자는 30세 남성 하나오카 아츠시. 사건 현장은 12평 크기의 1LDK⁴라고 한다. 시신은 식탁 밑에 깔린 카펫에 엎드린 자세로 쓰러져 있었다. 식탁에는 배달 피자와 채소 샐러드, 온 더 록 글라스, 빈 위스키병 등이 있었다. 정황상 저녁을 먹다가 하나오카 아츠시의 몸에 무슨 이상이 발생해 돌연사한 듯했다. 죽은 지 일주일이 지난 뒤에야 발견되어 시체가 심하게 부패해 현장은 눈 뜨고 못 볼 지경이었다고 한다.

집은 내부에서 자물쇠를 잠근 밀실 상태였다. 현장 검증과 검시 결과, 사건성은 없다고 판단돼 신문에도 기사가 실리지 않았다.

제삼자에게 살해당한 것이 아니라면 일단 자살이 의심되지만, 실내에서 독극물은 일절 발견되지 않았다. 덧붙여 하나오카는 일류 기업에 다니는 엘리트였고, 직장 생활도 순조로워 자살할 이유가 없었다. 지병은 없었고 마약이나 불법 약물과도 무관했다. 식중독이나 일산화탄소에 중독된 징후도 보이지 않았다. 집 밖에서 독극물을 먹었거나 머리에 충격을 받았을 가능성도 있기에 부검을 실시했지만, 사인을 밝혀내지는 못했다.

사건 개요를 들려준 후, 사사야마는 의견을 요구하듯 말없이 고개를 기울였다. 유리는 저도 모르게 내밀었던 몸을 뒤로 물리며 말했다.

"30살이라는 젊은 나이와 지병이 없다는 점이 마음에 걸리네요."

"죽은 원인을 모르는 채 고독사로 처리되는 사례는 쌔고 쌨어. 특히 고령자는 뇌출혈로 판단하고 부검도 하지 않지. 하지만 30살에 지병도 없었다면 좀 찜찜하긴 하지."

"자기도 모르게 급성 식중독이나 급성 알레르기 반응을 유발할 요인을 섭취했다고밖에 볼 수 없겠는데요."

"하지만 그 요인이 뭔지 전혀 짐작이 가지 않아."

"미지의 바이러스라든가."

"거의 같은 시기에 비슷한 의문사가 한 건 더 발생했다는 걸 얻어들었지. 장소는 요코스카, 자위대 관사의 한 집, 사망자는 해상자위대 중위. 저녁을 먹은 후 남편의 몸에 이변이 발생해 아내가 즉시 구급차를 불렀지만 늦었어. 자위관은 병원에 도착하기 전에 숨을 거뒀지."

"사망지는 몇 살이 있나요?"

"30살."

"나이대가 일치하네요."

"우연으로 치부하고 넘길 수는 없겠지. 어때, 흥미가 생겼나? 수면 밑에서 취재를 시작하는 게 좋지 않겠어?"

"앞으로 큰 사건으로 발전할지도 모른다. 그렇게 보시는 거군요."

"아까 말했던 그 연구원은 당국이 뭔가 숨기고 있을지도 모른다고 암시했어. 감이 오지?"

"미지의 바이러스나 세균이 사인으로 의심될 경우, 섣불리 공표할 수는 없을 테니까요. 공표가 올바르다면 엄청난 혼란이 일어날 테고, 틀렸다면 돌이킬 수 없는 실수를 저지른 셈이에요."

"맞아. 새로운 감염증일 가능성이 부각되고, 그 발생원이 일본이라면 외교적으로도 큰 문제가 되겠지. 물류가 정지돼서 경제적으로 큰 타격을 입을지도 몰라."

한순간 심각한 표정이 사사야마의 얼굴을 스치고 지나갔다. 거듭 깜박이는 작은 눈을 들여다보고 있으니, 유리는 그가 뭘 요구하는 건지 이해가 갔다.

도쿄 도내의 맨션과 요코스카의 자위대 관사에서 발생한 의문사는 조만간 대사건으로 발전할 수도 있는 안건이다. 당국의 발표를 기다리지 않고 주간지가 억측만으로 사건을 보도할 수는 없는 노릇이었다. 하지만 정식으로 발표되면 타이밍을 놓치지 않고 특집 기사를 내야 한다. 그러기 위해서는 비밀리에 조사를 진행할 필요가 있었다. 소위 잠행 취재다.

공표되고 나서 취재에 나서면 타사와 각축전을 벌여야 한다. 다만 의문사의 이유가 별것 아닌 우연이라면, 기사를 실을 수 없어서 취재가 헛수고로 끝날 사태도 각오해야 한다.

국민의 한 사람으로서는 오히려 기사를 싣지 못하는 편이 바람직하다. 사사야마가 그런 우려까지 하는지는 모르겠지만, 유리는 의도를 잘 이해했다는 표시로 고개를 크게 한 번 끄덕했다.

"다른 업무도 봐야 해서 힘들겠지만, 뭐, 잘 부탁해."

사사야마는 남의 일이라는 듯이 대수롭지 않게 말했다. 평소처럼 일하면서 잠행 취재도 담당하려면 당연히 업무량이 늘어난다. 더구나 동료에게 협력을 요청할 수도 없을 듯했다. 편집부에는 타사에 인맥이 있는 직원이 많아서 가끔 내부에서 외부로 정보가 유출되기도 한다. 죽 쒀서 개 주는 꼴만은 막아야 했다.

거물 연예인의 각성제 사용 의혹에 관해 몰래 조사하고 있는데 타사가 특종을 발표하거나, 불륜 증거인 메일이 타사에 유출되는 등 이런 유의 사고는 헤아릴 수 없이 많다. 일부러 카페 공간에서 이야기를 나눈 것도 다른 편집부원에게 정보가 새나가지 않도록 하기 위해서였다.

"혼자서는 너무 버거운데요. 외부 협력자에게 도움을 요청하는 것도 안 되나요?"

"동업자는 안 되지만 비밀 유지 계약을 맺을 수 있는 전문가라면, 뭐, 상관없겠지."

그 말을 듣고 유리는 어떤 사람의 얼굴이 떠올랐다.

"그런데 이번 일을 왜 제게 맡기시는 거죠?"

유리는 자신이 선택받은 이유가 궁금했다.

"의료 쪽은 자네의 특기 분야잖아."

남성 참가자가 의사뿐인 맞선 파티에 두 번 참가했던 게 들통 났나 싶어 유리는 가슴이 철렁했지만, 아무래도 지나친 생각인 듯했다. 사사야마는 작년에 유리가 중심이 되어 마무리한 의료 과실 기사를 칭찬한 것에 지나지 않았다.

겸연쩍은 듯 유리가 눈을 돌리자 사사야마가 말을 덧붙였다.

"자네에게는 수상쩍은 사건을 쫓는 사냥꾼의 소실이 있어."

"사냥꾼요?"

"자네만의 독특한 후각을 지니고 있다고 보는데 말이야."

"너무 비행기를 태우시네요."

겸손을 떨었지만 기분이 나쁘지는 않았다. 사사야마에게 좋은 평가를 받자 갑자기 의욕이 생긴 것도 사실이었다. 한편으로 일에 몰두하면 할수록 혼기가 더 늦어질지도 모른다는 경계심도 솟구쳤다.

실은 매력 있는 독신 남성을 차례차례 사로잡는 헌터가 되고 싶다. 하지만 아쉽게도 그쪽 방면으로는 재능이 없는 듯했다.

2

지금까지 조사한 내용을 플로차트로 만들어 노트에 정리하다가 게이코는 한순간 수마에 빠져 고개를 푹 떨구었다. 요 며칠 잠을 제대로 자지 못했다. 보수가 파격적인 만큼 기대에 부응해야 한다는 압박감에 짓눌렸고, 압박감에 비례해 초조함도 커졌다. 조사를 시작한 지 3주가 지났지만 고무적인 성과를 올리지 못해, 안달과 짜증에 휩싸여 마음 편히 잠을 잘 수가 없었다.

게이코는 커피로 졸음을 몰아내고 노트에 시선을 되돌렸다. 노트에는 엄청난 숫자의 나카자와 유카리가 적혀 있었다. 시간을 허무하게 소비했다는 아쉬움이 피로감을 유발해 졸음이 몰려온 듯했다.

조사 보고서 제출 기한이 한 달 뒤로 다가왔다. 그전에 결과를 정리해서 아소 부부에게 보고하고 앞으로 어떻게 할지 방침을 물어봐야 한다.

손주를 찾으면 만만세지만 찾지 못하면 어디에서 타협점을 찾느냐가 문제다. 손주가 있는지를 확인하는 조사에서 손주의 존재를 증명하는 건 간단하다. 본인을 찾아서 데려오면 된다. 하지만 존재하지 않음을 증명하기는 어렵다. 손주가 존재할 가능성이 매우 낮다는 확률 정도밖에 제시할 수 없어서, 어딘가에 있을지도 모른다는 미련이 남는다. 그렇다고 영원히 조사할 수도 없는 노릇이다.

조사가 지체되는 첫 번째 이유는 나카자와 유카리의 호적을 입수하지 못했기 때문이다. 자주 일을 맡기는 개인 정보 브로커에게 현재 알고 있는 나카자와 유카리의 정보를 모조리 제공한 후, 그녀에 관련된 각종 명부를 추려달라고 의뢰했다. 브로커가 확보한 명부를 바탕으로 여기저기 전화를 걸어보았지만, 그럴싸한 인물은 전혀 나오지 않았다.

현재 어디 있는지 모르는 건 당연하다 치더라도 하다못해 단서 정도는 잡고 싶었다. 나카자와 유카리의 호적만 구하면 가족 구성과 출생지, 성장 내력, 예전 주소와 다녔던 학교를 알아내 동창생 명부를 입수할 수 있을 테고, 그러면 친구와 친척들에게 이 잡듯이 탐문 조사를 할 수 있다.

어떤 인물이 현재 어디 있는지 찾아내려고 할 때는 그 인물의 과거를 아는 것이 가장 도움이 된다. 그러나 나카자와 유카리의 경우, 동성동명의 여자 이름은 수도 없이 나오지만 해당 인물이라고 확정할 수 있는 정보는 전혀 없었다. 단서가 될 생활의 터전은 꿈꾸는 허브 모임과 그 모체인 자연지 교회뿐이다.

꿈꾸는 허브 모임에서 집단 사망 사건이 발생하기 한참 전에 니무라 기요미는 아직 어렸던 나카자와 유카리를 데리고 자연지 교회에서 독립했다. 니무라 기요미와 나카자와 유카리의 연령차와 친밀한 관계가 심상치 않다고 생각한 게이코는 다시 우에하라의 작업실을 찾아가 정보를 교환했다. 그 결과 이런저런 수수께끼가 많은 니무라 기요미에게 '나카자와 유카리는 그녀의 친딸'이라는 소문도 있었다는 걸 알았다.

소문이 사실이라면 나카자와 유카리는 호적에 기재된 이름과는 다른 가명을 사용했다고 추측할 수 있다. 그렇다면 나카자와 유카리라는 이름을 추적해 호적을 입수하고, 그녀의 과거를 알아내려고 한 시도가 헛수고로 끝난 것도 당연한 일이다.

그리하여 게이코는 니무라 기요미로 목표물을 바꾸었다. 니무라 기요미의 호적에는 나카자와 유카리에 해당하는 인물이 딸로서 기재돼 있을 테니까. 그러나 자연지 교회에 가서 예전 동료에게 탐문 조사를 해봐도 니무라 기요미의 실상은 흐릿해질 뿐이라 호적에 다다를 수가 없었다.

……마치 유령 같다.

원래 세상에 존재하지 않았던 엄마와 딸을 찾는 것 같은 기분이라 게이코는 몇 번이나 조사를 포기하고 싶은 충동에 사로잡혀 머리를 쥐 어뜯었다.

그러다 '무호적자'라는 말이 머릿속에 번뜩 떠올랐다. 현재 일본인인 데도 불구하고 호적이 없는 사람은 법무성이 파악하고 있는 것만 해도 1,000명 가까이 존재한다. 대부분 이혼과 재혼 사이에 아이의 출생 신 고를 하지 않았기 때문인데, 전체 숫자와 이유는 아직 정확하게 파악 된 바가 없다.

니무라 기요미가 무호적자였다고 가정하면 앞뒤가 맞아떨어지는 스 토리가 떠오른다. 니무라 기요미는 70년 전쯤에 사생아로 세상에 태어 났을 것이다. 그런데 사정이 있어서 출생 신고를 하지 않은 까닭에 호 적 없이 교단 시설에서 생활하며 교육을 받았다. 무호적자에게는 초등 학교 취학 통지서가 나오지 않기 때문이다.

총명한 여성으로 성장한 기요미는 교단 내부에서 두각을 나타내지 만, 어머니와 같은 전철을 밟는다. 뜨내기 남자와 사랑에 빠져 임신했 고 몰래 아이를 낳은 것이다. 무호적자이므로 출생 신고는 할 수 없었 고, 아기는 그저 나카자와 유카리라는 이름을 얻었다.

할머니에게서 어머니, 어머니에게서 딸로 이어진 무호적의 계보가 조사를 난항에 빠뜨렸을 가능성은 충분했다. 세상에 태어났다는 근거 가 없는 사람을 찾아내기는 몹시 어렵다.

이 추리가 올바르다면 그 계보에 속하는 손주를 발견할 가능성 또한 매우 낮다고 할 수밖에 없다. 앞길이 워낙 캄캄해서 게이코는 암담한 기분에 빠졌다.

뚝 끊어진 플로차트 끝에서 새로운 화살표가 뻗어나갈 여지는 없는 걸까.

게이코는 무언가 돌파구가 있지 않을까 싶어 지금까지 조사한 내용을 꼼꼼히 되짚어보았다. 사람 찾기의 철칙인 호적등본에 의지하지 않고도 기사회생할 탈출구가 어딘가에 있을 터였다.

희미한 광명은 어느 지명을 말하는 겐스케의 목소리가 가져다주었다.

제6다이바.

나카자와 유카리가 아이를 가졌다면 아버지는 분명 아소 도시히로일 것이다. 도시히로는 병으로 죽기 한 달 전, 자기 아이를 가진 나카자와 유카리를 제6다이바에 버리고 오겠다고 선언했다.

겐스케는 이 말을 악질적인 농담으로 받아들였고 '가까이 있으면서도 먼 곳', '등잔 밑이 어둡다'라는 의미를 담아 제6다이바라고 표현한 것에 지나지 않는다고 해석했다. 나카자와 유카리가 아이를 낳을 곳을 도시히로가 지정했고, 특정한 의도를 담아 제6다이바라고 지칭했다면 그걸 힌트 삼아 출산 장소를 알아낼 수 있을지도 모른다.

현실의 제6다이바는 레인보우 브리지 바로 남쪽, 오다이바 해변 공원에서 서쪽으로 300미터쯤 떨어진 바다 위에 만들어진 포대 터다. 총 둘레가 550미터인 변형된 오각형 모양의 작은 섬은 인간의 손이 닿지 않은 식생이 풍부하다. 이 귀중한 문화재를 지키기 위해 도쿄도는 섬에 상륙을 금지했다. 원생림이 우거져서 한낮에도 어두침침한 무인도는 사람 눈을 피해 아기를 낳기에 안성맞춤인 곳이다.

게이코는 학창 시절에 읽었던 사이코 호러 소설《로즈메리의 아기》가 떠올랐다. 베스트셀러가 된 이 소설은 영화로도 큰 인기를 얻었다.

뉴욕의 고급 아파트에 사는 로즈메리는 남편과 관계를 가진 밤, 악마에게 범해지는 꿈을 꾼다. 그 후 로즈메리가 임신했음이 밝혀지고 어째선지 부부 주변에 악마 숭배자들이 모여들어 기행을 벌인다. 뱃속의 아기가 악마의 아이일지도 모른다는 두려움이 나날이 커지는 가운데 마침내 출산의 날이 찾아온다. 대체 로즈메리는 뭘 낳을 것인가를 두고 스토리가 스릴 있게 전개된다.

태어날 아기가 악마의 아이라는 사실을 사전에 안다면, 어떻게든 출산을 세상에 숨길 필요가 있다.

게이코는 황당무계한 상상인 줄 알면서도 비슷한 설정을 대입하면 도시히로의 이상한 말과 행동이 설명된다고 생각했다. 무호적자인 나카자와 유카리가 제6다이바를 출산 장소로 선택하는 것이 어쩐지 그럴싸하게 느껴졌다.

《신흥 종교 단체 집단 사망의 수수께끼》에서 저자 우에하라는 꿈꾸는 허브 모임의 창립 당시부터 교의 밑바탕에 낙원 사상이 맥을 이어왔다고 지적했다. 낙원 사상의 원류를 따라가면 도착하는 곳은 에덴동산이다.

구약성서에 따르면 인류의 시조인 아담과 이브는 뱀의 유혹에 빠져 금단의 열매를 먹고 신의 분노를 사서 낙원에서 추방당한 후, 유라시아 동쪽으로 향하는 여행에 나선다. 이 때문에 인류가 짊어지게 된 무거운 짐은 원죄라고 불린다.

우에하라의 설명에 따르면 잃어버린 낙원에 대한 향수는 이단 사상으로 이어졌고, 현재까지 그 맥을 이어오고 있다고 한다. 이단 사상의 밑바탕에는 물질적 세계를 거부하는 경향이 깔려 있어 내세에 꿈을 맡기고 죽는 편이 낫다는 사고방식으로 기울기 십상이다. 그리고 우에하라는 자연지 교회의 전신인 세계 신광 교회가 기독교 원리주의적 성격을 띤 이단 사상의 영향을 받았다는 증거를 제시하며 꿈꾸는 허브 모임을 그 계보의 말석에 위치시켰다.

그렇다면 일부 신자가 아주 먼 바다에 떠 있는 무인도야말로 내세에 꿈을 맡길 낙원에 어울린다고 생각하는 것도 부자연스럽지는 않다. 하지만 제6다이바는 먼 바다가 아니라 도쿄만 한복판에 있는 무인도다.

제6다이바에 점점 흥미가 생긴 게이코는 구글어스에 들어가 모니터에 사진을 띄웠다. 상륙이 금지되어 구글어스 카메라가 섬 안에 들어갈 수는 없다. 기껏해야 커서를 이동시키며 면적 2만 평방미터쯤 되는 섬을 둘러싼 석축을 따라가는 게 고작이다.

몇 미터 높이로 쌓아 올린 석축의 북서쪽 모서리에 생긴 틈새가 섬 안으로 이어지는 정문처럼 보였다. 그 앞쪽으로는 옛날에 선착장으로 사용하지 않았을까 싶은 직사각형 모양의 석축이 바다로 튀어나와 있었다. 상륙한다면 여기에 보트를 대는 수밖에 없을 듯했다.

제6다이바에 상륙할 계획을 머릿속으로 돌려보다가 게이코는 "나도 참 주책이네" 하고 쓴웃음을 흘렸다.

제6다이바에 관한 호기심이 묘하게 부풀어 오르는 심리적 메커니즘을 게이코는 간단히 설명할 수 있다. 기독교 원리주의적인 경향이 있는 아미쉬와 메노나이트[5] 등의 신자는 문명과 격리된 벽촌에서 산업혁명 이전의 소박한 삶을 영위하곤 한다. 그런 사상의 흐름을 이어받은 교단에서 성장한 나카자와 유카리가 제6다이바에서 아이를 낳아 섬에서 생활하는 모습이 묘하게 현실감 있게 다가온다.

제6다이바에 상륙하면 나카자와 유카리와 아이를 확보할 수 있지 않을까. 그런 막연한 기대감이 자신도 모르게 솟아올랐다.

그때 테이블에 놓아둔 스마트폰이 울렸다. 액정 화면에 하즈키 유리라는 이름이 떴다.

겐스케가 아소 부부의 손주 찾기라는 일거리를 가지고 오랜만에 게이코를 찾아온 것은 출판사 시절 후배인 유리가 게이코의 어려운 상황을 겐스케에게 알리고 연락처를 알려주는 오지랖을 부렸기 때문이다.

하즈키 유리야말로 게이코가 아소 부부의 손주 찾기에 나설 계기를 만든 셈이다.

3

하즈키 유리가 약속 장소로 지정한 곳은 아카사카미츠케에서 도보 2분 거리에 있는 빌딩의 어느 방이었다. 3층 유리창에 표시된 노래방이라는 글씨를 올려다보고 게이코는 "이 바보는 무슨 생각이람?" 하고 유리의 정신머리를 의심했다. 노래방에서 만나는 데 이의는 없다. 하지만 왜 하필이면 이 노래방이란 말인가.

엘리베이터를 타고 3층으로 올라가 유리가 메신저로 알려준 방 앞에 섰을 때 또 놀랐다.

313호.

그때와 똑같은 방이었다. 게이코가 숫자를 기억하는 건 자기 생일이 3월 13일이기 때문이다. 유리가 방 번호를 기억할 리 없으니, 숫자가 일치한 건 우연일 것이다.

7년 전 초여름, 겐스케와 처음 만난 곳이 바로 이 노래방 313호였다.

그날 밤, 대학 시절 선배들과 한잔한 유리가 갑자기 게이코를 불러냈다. 유일한 여자였던 유리는 괜찮은 여자 지인 좀 불러보라고 선배들이 생떼를 부리자, 고민한 끝에 스마트폰에서 마에자와 게이코의 번호를 찾았다.

이럴 때 사람을 고르기는 쉽지 않다. 유리보다 어린 사람을 부르면 남자들이 점수를 따려고 애쓰는 모습을 봐야 해서 짜증이 날 테고, 유리보다 나이 많은 사람을 부르면 어떻게 생겼느냐에 따라 남자들에게 잔뜩 핀잔을 받을 우려가 있다.

그래서 유리는 '연상의, 섹시한, 언니'라는 소개 문구와 함께 게이코를 선택했다. 소개 문구에서 유부녀라는 세 글자를 뺀 것이 훗날 게이코의 운명을 바꿀 줄은 꿈에도 모른 채…….

마침 일을 마치고 퇴근할 때 연락을 받은 게이코가 노래방의 313호로 향하자, 마침 남자 둘이 집에 가서 남녀 한 쌍씩 짝을 이루게 됐다. 남아 있던 남자 둘 중 한 명이 겐스케였다.

겐스케 옆에 앉은 게이코는, 노래는 제쳐놓고 이야기만 나누며 두 시간쯤 즐거운 시간을 보냈다. 헤어질 시간이 다가오자 유리와 다른 남자가 눈짓하더니 "그럼 저희는 이만" 하고 자리에서 일어섰다. 그 모습을 보고 게이코도 일어서려는데 겐스케가 테이블 밑으로 손을 붙잡아서 도로 자리에 앉혔다. 좀 더 같이 있자는 유혹을 받아들여 게이코는 반사적으로 손을 맞잡았다. 테이블 밑에서 손을 통해 주고받은 대화는 두 사람의 사랑이 시작됐다는 신호였다.

그날 밤 게이코와 겐스케는 손을 마주잡았을 뿐 마지막 선을 넘지는 않았지만, 며칠 후에는 단둘이 데이트를 했다. 서로 상대가 기혼자인 줄 모른 채 관계는 깊어졌다.

훗날 게이코가 후회하게 되는 만남의 장소가 바로 313호인 것이다.

게이코는 문을 열고 들어가자마자 인사 한마디 없이 따졌다.

"야, 유리. 대체 뭐야?"

먼저 와서 맥주를 마시고 있던 유리는 나 몰라라 하는 표정으로 고개를 들더니 "선배, 건배" 하고 맥주잔을 쳐들었다.

유리는 맥주를 한 모금 마신 후 되물었다.

"뭐냐니, 뭐가요?"

"이 방 말이야."

"편리하잖아요. 방음이 완벽하고 남의 눈을 신경 쓰지 않아도 되니까 밀담을 나누기에 딱 좋죠."

"그야 그렇지만, 나랑 겐스케가 이 방에서 처음 만났다는 거 기억해?"

"우와" 유리의 눈이 동그래졌지만 바로 대수롭지 않다는 듯 "굉장한 우연이네요. 뭐, 그냥 가게 사람이 정해준 방이지만"이라 말하며 맥주잔을 입에 댔다.

입술에 거품을 묻힌 채 태평하게 맥주를 마시는 모습을 보고 있으니 방 번호가 일치한 게 뭐 대수냐 싶었다. "나도 마셔야겠다" 하고 게이코는 생맥주를 주문했다.

건배를 하고 맥주로 목을 축인 후, 유리는 이번 만남의 본론으로 들어갔다.

"데스크가 잠행 취재를 지시했는데 다른 업무에 치여서 시간이 없어요. 재미있어 보이는 안건이라 실은 전부 제가 맡고 싶지만, 바빠서 도저히 안 될 것 같아요. 이럴 때 게이코 선배가 있으면 든든하잖아요. 많지는 않지만 조사비를 지급할 수 있으니까, 일이라고 생각하고 도와주면 좋을 것 같아요."

그렇게 말을 꺼낸 후 유리는 사사야마 데스크에게 들었다는 내용을 그대로 전달했다.

도쿄 도내의 맨션과 요코스카의 자위대 관사에서 발생한 의문사의 경위를 들려주고, 양쪽 다 사인이 불분명하다는 점을 강조했다.

거의 같은 시기에 돌연사한 두 남성은 30세라는 젊은 나이였다. 꿈꾸는 허브 모임의 희생자 7명 중 6명도 젊은 여성이고, 전부 사인이 확실하게 밝혀지지 않았다. 15년의 간격이 있는 두 사건에 공통적인 인과관계가 있을지도 모른다고 게이코는 추측했다.

유리에게 연락을 받았을 때 무언가 부탁을 하려는구나 싶었지만, 설마 비슷한 사건을 조사해달라고 요청할 줄은 몰랐다.

유리의 이야기가 끝난 후 게이코는 꿈꾸는 허브 모임에서 발생한 집단 사망 사건을 간단히 설명했다.

"확실히 비슷한 점이 있네요."

유리는 아주 관심 있는 표정으로 두 사건의 공통점을 정리했다.

첫째, 건강한 사람이 거의 동시에 돌연사했다.

둘째, 죽은 이유가 정확하게 밝혀지지 않았다.

서로 알고 있는 정보를 공개한 후, 게이코와 유리는 의견을 교환해 논리적으로 앞뒤가 맞는 가설을 도출하려고 했다.

15년의 간격이 있는 두 사건이 같은 메커니즘으로 발생했다고 가정할 경우, 원인을 뭐라고 생각해야 할까. 사인이 불확실하다는 현재 상황을 고려하면 '미지의 요소'가 관여했을 가능성이 높아진다. 이미 알려진 독 종류라면 검출하기가 그리 어렵지 않겠지만, 신형 바이러스나 세균이 나타났을 경우 보통은 그 정체를 확인하는 데 시간이 걸린다.

과거에 대규모 감염 사태가 발생했을 때만 봐도, 초기 단계에서 신속하고 적확하게 대응한 사례는 별로 없다. 신형 바이러스가 나돈다고 판명됐을 때는 이미 많은 시일이 지난 후다.

다음 문제는 바이스러나 세균 등 미지의 요소가 동시에 여러 사람에게 감염된 경로다. 예를 들어 바이러스는 음식물이 입으로 들어와서 옮는 경구 감염, 수혈이나 성관계로 옮는 혈청 감염, 공기 중을 떠다니는 바이러스가 점막에 부착해서 옮는 공기 감염, 인간 이외의 곤충이나 동물이 퍼뜨리는 매개 감염까지 총 네 종류의 경로로 감염된다.

여러 사람이 거의 동시에 죽었다는 사실을 염두에 두고 하나씩 지워 나가면 마지막에 남는 건 경구 감염뿐이리라. 독가스나 주사침 등을 사용하면 현장에 증거품이 남기 때문이다.

그러나 현장에 남아 있던 음식물을 분석해도 그럴듯한 것은 전혀 발견하지 못했다. 어째서일까. 미지의 요소인 데다 얼핏 보기에는 익숙하게 느껴져서 놓친 것일까.

게다가 여러 사람이 그 무언가를 동시에 섭취했다고밖에 볼 수 없다. 효과가 나타나기까지 걸리는 시간이 일정하다고 가정하면, 섭취 시간이 일치하지 않으면 거의 동시에 사망했다는 결과를 설명할 수 없기 때문이다.

게이코는 우에하라가 들려준 추리를 떠올렸다.

죽기 직전 꿈꾸는 허브 모임의 신도들은 일종의 의식을 치른 것이 아닐까. 의식을 치렀다면 7명이 동시에 똑같은 무언가를 먹었을 가능성도 있다.

한편 도쿄 도내의 맨션과 자위대 관사라는 서로 다른 장소에서 두 남성이 같은 음식물을 먹을 상황은 무엇일까?

게이코와 유리는 논의를 벌인 끝에, 여러 사람을 동시에 죽음으로 몰아넣은 미지의 요소가 무엇인지를 알아내는 것이 최우선 사항이라고 조사 방침을 하나로 모았다.

"이럴 때 프로 탐정은 일단 뭐부터 하죠?"

유리의 질문에 게이코는 즉시 답했다.

"쓰레기 뒤지기."

"쓰, 쓰레기……."

쓰레기통을 뒤지는 노숙자의 모습이 떠올랐는지 유리는 맥주를 마시다 사레가 들려서 가슴을 두드렸다.

"쓰레기는 입만큼 많은 이야기를 들려주거든."

"하지만 이미 현장 검증과 검시를 마쳤으니, 현장은 정리됐을 텐데요."

"도내의 임대 맨션이잖아. 사후 일주일 만에 발견됐다면 시신은 아주 끔찍한 상태였을 거야. 원래 상태로 만들어서 세입자를 새로 받기 위해 분명 특수청소 업자를 불렀겠지."

"특수청소라……."

"그래. 기피 매물[6]을 정상화하는 전문가. 나, 특수청소 현장에 동행해서 취재한 적이 한 번 있어."

"냄새가 지독하지 않아요?"

유리는 인상을 찡그리며 맥주잔을 테이블에 내려놓았다.

"그 어떤 것에도 비유할 수 없을 만큼 강렬한 냄새지."

"우웨엑."

"육체가 죽어서 기능을 멈춘 후에도 대장에 사는 세균 수조 마리는 활발하게 활동해서 단백질을 액체로 바꾸고 독특한 냄새를 발생시켜. 시신에서 스며 나온 부패액은 아메바 상태의 생물처럼 어디든지 침투하지. 다다미 밑의 바닥널을 통과해 아래 흙으로 떨어지기도 하고, 반대로 카펫에서 벽을 타고 천장까지 기어오르기도 하지. 현장 검증이 끝난 후 경찰이 가져가는 건 시신뿐이야. 부패액을 포함해 그 외의 것들은 그 자리에 방치돼. 내가 취재한 특수청소업자는 엽총으로 자살한 남자의 머리에서 튀어나온 뇌를 스푼으로 떠서 캔에 담았다고 했어."

유리가 양손으로 귀를 막는데도 아랑곳없이 게이코는 말을 이었다.

"구더기가 바닥을 기어 다니고 파리가 우글거리는 사망 현장에 보통 사람은 도저히 못 들어가지. 분명 정신을 잃고 픽 쓰러지지 않을까."

더는 못 듣겠다는 듯 유리는 손을 설레설레 내저으며 물었다.

"조사 대상은 어떻게 찾으려고요?"

"간단해. 특수청소는 보통 사망자의 친족이 의뢰하거든. 세입자 남성의 이름을 알잖아. 그 사람 부모님이나 형제에게 물어보면 특수청소를 맡은 업체와 담당자 이름이 바로 나오겠지."

"그럼 부탁 좀 해도 될까요? 영수증과 증빙 서류는 잘 보관해둬요. 경비로 올릴 테니까."

유리는 얼굴 앞에 두 손을 맞대고 비는 시늉을 했다. 물론 게이코에게 거절할 이유는 없었다. 공통적인 요소가 발견되면 그대로 자기 조사에 활용할 수 있기 때문이다. 그것도 대형 출판사의 경비로 처리해서.

"알았어. 그리고 하나 더 마음에 걸리는 점은 '꿈꾸는 허브 모임'의

집단 사망 사건과 도내 맨션, 자위대 관사에서 발생한 의문사 사건에
15년의 간격이 있다는 거야. 혹시 그 사이에도 겉으로 드러나지 않았
을 뿐, 비슷한 사건이 몇 건 더 발생했을지도 몰라."

"알았어요. 그건 제가 조사해볼게요."

유리가 자청해서 그 역할을 맡았다. 현장에 가서 쓰레기를 뒤지는
지저분한 역할과 달리 사무실에서 인터넷을 뒤지면 되니니, 유리의 마
음도 훨씬 편할 것이다.

변함없이 요령 있고 발 빠르게 행동하는 유리를 보고 있으니, 게이
코는 나이 어린 이 후배를 모험 속으로 꾀어내고 싶다는 욕구에 휩싸
였다.

"저기, 유리. 제6다이바에 가볼 생각 없어?"

"어, 거기는 출입 금지잖아요."

"그러니까 늦은 밤에 몰래 숨어들어야지."

"이야, 재미있겠네요. 언제든지 함께할게요."

농담이라고 받아들였는지, 유리는 상륙의 목적도 묻지 않고 재미있
겠다고 즉시 답했다. 그런 성격이기에 업무 파트너로 어울린다고 게이
코는 확신했다.

4

오후에 게이코는 특수청소 회사 사무실을 찾아갔다.

어제 담당자 후나키에게 전화해서 "1201호에서 돌아가신 하나오카
아츠시 씨 부모님의 의뢰로 사인을 재조사 중인데 협력 좀 부탁드릴
수 있을까요?" 하고 방문 목적을 전했다.

처참한 현장에 출동하는 청소 회사의 본부는 청소 도구가 넘쳐나서

발 디딜 틈도 없을 만큼 복잡했다. 현관을 통과하는 순간, 예전에 취재했을 때 맡았던 이루 말할 수 없이 지독한 냄새가 떠올라 밖으로 뛰쳐나갈 뻔했다.

무심코 손으로 코와 입을 막은 게이코를 후나키가 맞이했다. 그는 그린 듯이 잘생기고 호감 가는 청년이었다. 장소에 어울리지 않게 산뜻한 그의 미소가 방향제처럼 악취의 기억을 지워서 게이코는 얼굴에서 손을 뗐다.

게이코가 "청소 현장의 전후 영상을 보여주실 수 있을까요?" 하고 부탁하자 "관계자께 도움이 된다면요" 하고 후나키는 흔쾌히 승낙하고서 게이코를 사무실 안쪽의 테이블로 안내했다. 후나키는 컴퓨터 화면에 영상을 띄우고 재생 버튼만 클릭하면 되는 상태로 준비한 후 게이코에게 의자를 권했다.

불만 제기 등에 대비해 청소 전후의 방 상태는 사진과 영상으로 촬영해두는 것이 기본이다. 하나오카 아츠시가 돌연사한 맨션 1201호는 후나키와 조수 아키모토가 맡아서 작업했다고 한다.

영상을 볼 준비를 마쳤을 때 전화벨이 울렸다. 후나키는 "그럼, 편하게 보세요" 하고 자리를 비웠다.

"감사합니다."

게이코는 후나키의 뒷모습에 감사 인사를 던지고 의자에 앉아 재생 버튼을 클릭했다.

영상은 도내에 있는 한 맨션 1201호의 문을 여는 장면으로 시작했다.

"문을 아주 살짝만 열고 재빨리 들어갈 거야."

"알겠습니다."

후나키의 지시에 감정을 억누른 목소리로 대답한 사람이 조수 아키모토이리라. 두 사람은 실내에서 파리가 튀어나오는 사태를 우려한 듯했다. 파리가 맨션 공용 공간인 내부 복도를 날아다니는 사태가 발생하면, 틀림없이 주민들이 불평하리라. 그것만큼은 어떻게든 피해야 한다.

후나키와 아키모토의 모습은 영상에 비치지 않았고, 두 사람의 목소리만 비디오카메라의 마이크에 잡혔다. 특수청소 전후 영상이므로 살아 있는 사람에 초점을 맞출 필요는 없다. 주된 촬영 대상은 현장에 방치된 잔류물이다.

하나, 둘, 셋 하고 숫자를 헤아린 후나키와 아키모토가 재빨리 문을 열고 안으로 들어가서 문을 닫은 후, 현관등을 켜고 비디오카메라를 복도 안쪽으로 돌렸다. 짧은 복도 끝에 간유리가 끼워진 문이 있었다.

사전에 집 구조를 확인해 실내 상황이 어떨지 머릿속에 그려본 것이 틀림없었다. 복도에 파리가 들끓지 않는 건 복도와 거실 겸 주방 공간 사이에 유리문이 있는 덕분이었다.

저 안쪽에 처참한 현장이 있다는 사실을 확인한 후, 후나키와 아키모토는 청소 도구가 든 주머니를 밖에서 실내로 들여놓았다. 특수청소용 청소기, 장화, 마스크, 방호복, 살충제, 고글, 고무장갑 등이 거대한 방수 주머니 속에 차곡차곡 담겨 있었다. 평소 같으면 청소 일주일 전에 오존 발생기를 설치해 파리를 철저히 퇴치하겠지만, 이번에는 빨리 해달라는 의뢰인의 요구를 받아들여 살충제로만 파리를 퇴치하려는 듯했다.

후나키와 아키모토는 유리문을 살짝 열고, 틈새로 분무기 노즐을 넣어 한바탕 살충제를 뿌린 뒤, 파리의 움직임이 약해지기를 기다리며 방독 마스크를 꼈다.

살충제가 일으킨 변화는 간유리 너머로도 확인할 수 있었다. 무수히 많은 파리가 이리저리 고통스럽게 날아다니다가 타닥타닥 소리를 내며 유리에 부딪치고 밑으로 떨어졌다. 문을 열면 꿈틀거리는 파리가 바닥에 수북이 쌓여 있을 것이다. 전부 퇴치하지는 못하더라도 기세를 줄이는 데는 성공한 듯했다.

후나키와 아키모토는 다시 타이밍을 맞춰 유리문을 열고 거실로 돌입해, 방바닥에서 몸부림치는 파리를 짓밟으며 창가로 나아가 단숨에 커튼을 걷었다. 오후 햇살이 비쳐들어 침침했던 실내가 밝아지는 찰나, 테이블 아래 카펫에 생긴 유백색의 사람 형상이 움직인 것처럼 보였다.

시신이 반출된 후에도 시신에서 스며 나온 액체로 만들어진 사람 형상은 그대로 남아서 쓰러진 시신의 형태를 유지한 채 강렬한 악취를 발생시킨다.

커튼을 걷자 사람 형체는 먼저 빨간색과 흰색의 얼룩으로 나타났다가, 곧 흰색이 창문과 반대 방향으로 뿔뿔이 흩어지며 색이 검붉게 변하는 듯했다. 그 순간, 강렬한 악취가 머릿속에 되살아나 구역질이 났다. 게이코는 재빨리 커서를 옮겨 정지 버튼을 클릭했다.

지금 보고 있는 건, 화면 속 영상이지 실제 광경이 아니다. 예전에 특수청소 현장을 취재하면서 냄새를 맡았던 기억이, 시각적인 자극을 받아 되살아났을 뿐이다. 그런데도 후각에 느껴지는 감각은 현실과 완전히 똑같았다.

대체 내 오감은 무엇에 반응한 걸까.

범인은 유백색에서 다갈색으로 변한 사람 형상이다. 저것이 악취의 원천임을 알기 때문이다.

게이코는 컴퓨터 화면에서 눈을 돌리고 어느덧 거칠어진 호흡을 가다듬으며 테이블 앞에 앉아 통화하는 후나키의 옆얼굴에 시선을 주었다. 수화기를 어깨와 귀 사이에 끼고 오른손의 볼펜으로 종이에 뭔가를 끄적이며 이야기하는 목소리가 들렸다. 고객 문의에 응해 견적 금액을 대강 전달하는 듯했다. 통화를 마친 후나키가 게이코 쪽으로 몸을 돌리더니 싱그러운 미소를 지으며 다가왔다.

"어, 벌써 다 보셨어요?"

컴퓨터 화면에서 고개를 돌린 게이코의 모습을 보고 후나키가 물었다.

"아니요, 아직요. 자극이 너무 강해서요. 좀 여쭙고 싶은 게 있는데요."

"뭔가요?"

게이코는 컴퓨터 화면에서 눈을 돌린 채 말했다.

"방에 들어가서 커튼을 걷었을 때, 카펫에 생긴 사람 형상이 어쩐지 움직인 것처럼 보였어요."

"아아, 구더기예요. 대량의."

"구더기……."

"구더기는 인간의 시신에서 스며 나온 부패액을 좋아해서 거기 모여 있죠. 그런데 제가 커튼을 걷어서 빛이 비치자 일제히 도망친 겁니다."

"왜 도망치는데요?"

"구더기는 빛을 싫어하니까요."

구더기로 이루어진 사람 형상이 움직인 것에 왜 강한 흥미를 느꼈는지 그 이유를 알게 되었다.

빛을 싫어하기에 구더기는 일제히 창문 반대 방향으로 달아났다. 그 사실을 곱씹는 동안, 꿈꾸는 허브 모임의 신도 7명이 집단 사망하기 직전에 보였던 불가해한 행동이 마치 두 눈으로 목격한 것처럼 게이코의 머릿속에 영상으로 펼쳐졌다.

집단 사망 사건이 발생한 10평 크기의 거실은 북쪽에 제단, 동쪽에 출입구, 서쪽에 정원이 보이는 돌출창 2개가 있는 구조다. 거실 중앙에 정사각형 형태로 앉아 의식을 거행하던 신도들은 이변이 발생한 후 일제히 서쪽 돌출창으로 몰려갔고, 7명 중 4명이 맨발로 돌출창을 넘어 정원으로 뛰쳐나갔다. 그리고 뿔뿔이 흩어져서 숨겼다. 게이코는 그녀들이 구더기와 정반대로 행동했다는 사실을 깨달았다.

집단 사망은 7월 오후 4시경에 발생했다. 서쪽 지평선으로 기울던 태양은 거실의 돌출창에 강한 빛을 비췄을 것이다. 내리쬐는 석양을 향해 신도들은 마치 빛을 갈구하듯 몰려든 것이다.

우연일까, 아니면 이 현상의 이면에 중대한 비밀이 숨어 있는 걸까. 진상은 아직 불분명하다. 게이코는 사실만을 머릿속에 새기고 천천히 컴퓨터 화면으로 눈을 되돌렸다.

영상을 이어서 보려는 마음을 알아차렸는지 후나키는 다시 물러가려 했다.

"그럼 천천히 보세요. 뭔가 궁금한 점이 있으면 언제든지 말씀하시고요."

게이코는 "감사합니다" 하고 고개를 숙인 후 커서를 옮겨 재생 버튼을 클릭했다. 멈춰 있던 영상이 다시 움직였다.

5

재생된 영상에는 후나키와 아키모토가 덤덤히 일하는 모습과, 그 결과 달라진 방의 상태가 담겨 있었다.

방바닥과 테이블 아래 카펫을 꾸물꾸물 기어다니는 구더기는 진공청소기로 빨아들였다. 먼지봉투가 금방 꽉 차서 자주 갈아야 했다. 먼지봉투를 빼내고 내용물이 넘치지 않도록 아가리를 꽉 묶자, 구더기가 일제히 꿈틀거려서 봉투 자체가 맥박에 따라 움찔거리는 몸의 장기처럼 보였다.

후나키와 아키모토는 고대 마야인이 산 제물에서 빼낸 심장을 제단에 바치듯 먼지봉투를 차례차례 쓰레기 봉지에 던져 넣었다. 가장 큰 방해물인 파리와 구더기를 제거해 쓰레기 봉지에 담은 후, 두 사람은 부패액이 스며든 카펫을 청소하러 나섰다. 검붉은 사람 형상에 석회와 톱밥을 뿌리고 부패액이 빨려든 걸 확인하고 빗자루와 쓰레받기로 모아서 쓰레기 봉지에 버린다. 이렇게 냄새의 원천을 완전히 뿌리 뽑는다. 테이블 밑에서 끌어낸 카펫은 커다란 와이어 절단기로 잘게 잘라서 자루에 담았다.

악취만 차단하고 나면 청소는 꽤 편해진다. 부패액이 남은 바닥을 전용 세제로 청소해서 닦아낸 후 방취제를 뿌리자, 거실에 피어오르던 냄새는 제거된 것처럼 보였다.

청소가 거의 끝나서 깨끗해진 실내를 보니, 게이코도 안도의 숨을 내쉬고 싶은 기분이었다.

거실과 식당 공간뿐만 아니라 주방의 음식물 쓰레기도 청소 대상이었다. 깨진 식기, 빈 병, 빈 캔은 재활용 쓰레기로, 음식물 쓰레기는 타는 쓰레기로 처리했다. 정리된 주방을 바라보며 게이코는 청소하기 전에 어떤 상황이었는지 떠올리려 했다. 컵라면 용기 등이 난잡하게 널려 있었고 여기저기 더러웠던 건 기억나지만, 무엇이 어떻게 달라졌는지 확인할 필요가 있었다.

특수청소 회사의 사무실을 찾아온 목적은 남은 쓰레기 영상을 보고 단서를 찾기 위해서였다. 게이코는 주방을 청소하기 전으로 영상을 돌리고 정지 버튼을 클릭했다.

거실 및 식당 공간과 분리된 주방은 약 1.5평 크기의 길쭉한 모양새였다. 남자 혼자 생활했던 것치고는 정리를 꽤 잘한 편이리라. 오른쪽에 스테인리스 싱크대, 왼쪽에 붙박이 식기장, 정면에는 3구 가스레인지가 설치돼 있었다.

카운터형 식기장 중단에는 커피 메이커와 찻주전자, 검게 변색된 바나나가 담긴 과일 바구니가 얹혀 있었고, 그 앞쪽에 놓인 화분의 꽃은 조화인 듯했다. 눈을 아래로 옮기자 주방 바닥에는 천 슬리퍼 2켤레와 정육면체 모양의 플라스틱 쓰레기통이 2개 놓여 있었다. 하나는 타는 쓰레기용, 하나는 타지 않는 쓰레기용으로 구분해서 사용한 것이리라.

쓰레기통 2개에 납작한 흰색 물체가 하나 가려져 있는 듯했다. 쓰레기통이 방해돼서 전체적인 모습은 알아볼 수 없었지만, 표면의 색깔과 광택으로 판단컨대 플라스틱 소재는 아니었다.

영상을 초 단위로 확인한 끝에 겨우 정체를 파악했다. 발포 스티로폼 용기였다. 분명 냉동식품을 담아서 택배로 보낸 것이고, 내용물을 꺼낸 뒤 재활용 쓰레기로 분류했지만, 봉지에 담기지 않을 만큼 커서 그냥 놔두었을 것이다.

1층의 쓰레기 분리수거장에 버리지 않은 것으로 보아, 죽기 직전에 배달된 것이 아닐까 싶었다. 하나오카는 죽은 당일이나 죽기 전날 택배로 배달된 냉동식품을 먹고 급성 식중독을 일으켰는지도 모른다.

게이코는 발포 스티로폼 용기에 뭐가 들어 있었는지 궁금해서 한 손을 들고 후나키를 불렀다.

"죄송한데요."

작은 목소리로 조심스레 불렀는데도 후나키는 금방 알아듣고 재빨리 다가왔다.

"왜 그러시죠?"

"여기 쓰레기통 뒤편에 발포 스티로폼 용기가 있잖아요. 냉동식품이 배달된 것 같은데 뭔지 아세요?"

"그럼요."

밑져야 본전이라는 생각으로 물어봤는데 자신만만한 대답이 돌아와서 조금 놀랐다. 게이코는 얼른 다시 물었다.

"용케 기억하고 계시네요?"

"물론이죠. 한 번 보면 절대 잊을 수 없는 물건이었으니까요."

"대체 뭐였는데요?"

"남극 얼음요. 발포 스티로폼 용기에 붙은 운송장의 품명란에 그렇게 적혀 있었습니다."

"발송인은 누군지 아시고요?"

"아니요, 그것까지는 모르겠네요. 운송장은 타는 쓰레기로, 발포 스티로폼 용기는 재활용 쓰레기로 버렸어요."

"그렇군요."

후나키는 조사에 방해가 되지 않도록 다시 자기 일을 하러 돌아갔다.

남극 얼음. 확실히 진귀한 물건이라 한 번 보면 절대 품명을 잊어버리지 않을 것이다.

게이코는 머리를 굴리며 곱씹었다. 몹시 걸리는 점이 몇 가지 있었다. 거의 같은 시기에 발생한 또 다른 의문사 사건은 자위대 관사에서 자위관이 사망한 사건이었다.

남극의 얼음을 일본에 옮길 수단은 남극 관측선밖에 없을 테고, 남극 관측선 운항은 분명 해상자위대의 소관일 것이다.

게이코는 스마트폰을 꺼내서 재빨리 검색했다. 생각했던 대로 남극 관측대 자체는 문부과학성 관할 아래 있었지만, 남극 관측선 시라세호는 해상자위대에서 운항을 맡았다. 시라세호는 매년 11월에 일본을 떠나 이듬해 4월에 귀국하는 일정으로 운항된다. 두 건의 의문사는 4월 하순에 발생했다고 예상되니, 시기적으로는 딱 들어맞는다.

다음으로 남극 얼음을 검색해보자 관측대원이나 시라세호의 승조원이 귀환할 때 가져오는 대표적인 선물이라는 걸 알 수 있었다. 긴자의 클럽에서는 남극 얼음으로 희석한 위스키를 고가에 판매한다고 한다.

이 두 가지 사실을 염두에 두고 자연스레 그려지는 스토리를 떠올려

보았다.

올해 4월 남극 얼음을 냉동 보존한 시라세호가 요코스카항으로 귀항했다. 거기서 발포 스티로폼 용기에 담긴 얼음이 선물로 발송됐고, 얼음으로 술을 희석해서 마신 사람이 급성 식중독으로 사망한 것은 아닐까. 그 가설을 다른 각도에서 검증한 후, 게이코는 당장 조사해야 할 항목 세 가지를 머릿속에 나열했다.

첫째, 하나오카 아츠시와 시라세호의 접점이 어디 있는지 알아볼 것.

둘째, 요코스카의 자위대 관사에서 사망한 자위관의 소속과 경력을 최대한 자세하게 알아볼 것.

셋째, 제67차 남극 관측대와 시라세호 승조원 주위에서 최근에 비슷한 의문사 사건이 일어나지 않았는지 알아볼 것.

게이코는 연속 의문사 사건의 공통점을 발견했다고 확신하고 유리에게 전화를 걸었다. 유리의 목소리가 귀에 들어오자마자 인사도 없이 말을 쏟아냈다.

"유리, 난데. 요코스카의 자위대 관사에서 의문사한 인물의 성명, 주소, 소속, 경력을 바로 좀 알아볼 수 있을까? 그리고 도내 맨션에서 사망한 하나오카 아츠시와 남극 관측선 사이에 뭔가 접점이 없는지 조사해줘."

"뭐예요, 선배. 엄청 급하네. 받아 적을 테니까 잠깐만 기다려요."

유리가 메모할 준비를 마쳤을 즈음, 게이코는 같은 내용을 되풀이했다.

금방 다 받아 적었는지 유리가 물었다.

"지금 어디서 뭐 해요?"

"말했잖아. 쓰레기를 뒤지러 왔어."

게이코는 후나키에게 들리지 않도록 목소리를 낮췄다.

"요컨대 뭔가 찾아낸 거로군요."

"그러길 바라는 중이지. 최대한 빨리 부탁해."

"알아내는 대로 연락할게요."

"메일로 보내."

통화를 마친 후 게이코는 컴퓨터 화면의 동영상 플레이어를 닫고 의자에서 일어섰다. 단서를 얻었다는 확신이 든 만큼 더는 여기 있을 이유가 없었다. 쓰레기 뒤지기의 목적을 달성했다고 믿고 싶었다.

자리에서 일어난 게이코를 보고 후나키가 다가왔다.

"도움이 됐나요?"

소박한 질문이 기쁘게 다가왔다. 자신이 촬영한 영상을 보여준 게 남에게 도움이 됐는지, 후나키가 알고 싶은 것은 단지 그뿐이었다. 미주알고주알 캐물으면 거짓말을 섞어서 엉터리로 말해야 해서, 친절을 원수로 갚는 기분이 들 것이다.

"그런데 영상을 보다가 생각났는데요. 하나오카 씨 말고 다른 사람이 집에 있었을 가능성은 없을까요."

"감이 좋으시네요. 실은 저도 같은 느낌을 받았어요. 혼자 있었던 것 치고는 시켜 먹은 피자의 양이 너무 많았고, 싱크대 속에 유리잔이 2개 놓여 있었죠. 주방 바닥에는 슬리퍼가 2켤레 있었고요. 오래 일한 경험으로 보아 1명이 더 있었던 게 아닌지 의심스러웠지만, 현장 검증 결과 제삼자의 존재는 확인되지 않았습니다."

만약 누군가가 함께였다면 연인이 틀림없다. 게이코의 머릿속에 여자 얼굴이 흐릿하게 떠올랐다.

"그렇군요. 정말 도움이 됐어요. 감사합니다."

게이코는 후나키의 말에서 얻은 인상을 수첩에 적고서 특수청소 회사의 사무실을 뒤로했다. 사무실에 들어갔을 때 신경 쓰였던 냄새가 나올 때는 신경 쓰이지 않을 정도로 옅어졌다.

후나키의 사무실에서 돌아와 컴퓨터를 켜자 유리가 보낸 메일이 눈에 들어왔다. 쓸데없는 문장은 일절 없이, 필요한 사항만 담긴 메일이었다.

요코스카 자위대 관사에서 의문사한 인물은 아베 유타카. 방위대학교[7] 출신의 해상자위관. 중위. 작년 11월에 남극 관측선 시라세호의 운용 장교로 승선해 올해 4월에 귀국. 가족 구성은 아내와 두 살배기 딸. 4월 26일 밤, 몸에 이상이 생겨 의식을 잃었고 아내가 부른 구급차로 병원에 이송됐지만 의식을 되찾지 못하고 사망. 원인 불명의 돌연사로 처리됨. 도쿄 도내 맨션에서 의문사한 하나오카 아츠시와는 초등학교 동창이고, 둘 다 사이타마현 지치부시 출신. 현재까지 남극 관측선 시라세호 주위에서 대량의 의문사가 발생했다는 보고는 없음.

생각했던 대로였다. 가설은 사실에 다가가고 있었다.

시라세호의 탑승자였던 아베 유타카는 올해 4월에 남극에서 돌아와 자택뿐 아니라 초등학교 때부터 친구였던 하나오카 아츠시에게도 남극 얼음을 선물로 보냈다. 그리고 그것이 돌연사의 원인이 됐다.

어떤 의미에서 엄청난 선물이었지만, 문제는 여기서 끝난 게 아니라는 점이다. 아베 유타카가 자택을 포함해 두 곳에만 얼음을 보냈다고 단정할 수 없기 때문이다. 몇 개인지는 모르지만 얼음을 더 많이 보냈다면, 피해자의 숫자는 발포 스티로폼 용기 숫자에 비례해 늘어나게 된다. 혹시 얼음을 받았지만 아직 입에 대지 않은 사람이 있다면 빨리 찾아내서 섭취하지 못하도록 해야 한다.

남극 관측대와 시라세호 승조원을 합쳐 250명쯤 되는 사람이 각자 얼음을 4개씩 보냈다고 가정하면, 얼음의 총 개수는 1,000개가 넘는다. 그 정도 인원수가 심상치 않은 식중독을 일으켰다면 뉴스에 나오지 않을 리 없다. 혼란이 발생해 즉시 남극 얼음이 범인으로 지목됐을 것이다. 하지만 유리의 메일에 따르면 아직 그런 사태가 일어난 낌새는 없다고 한다.

어떻게 된 걸까. 아베 유타카가 가져온 얼음만 특수했던 걸까, 혹은 얼음 채취장에서 채취한 얼음에 다른 곳에서 시추한 얼음이 섞인 걸까, 아니면 아베 유타카가 관리했던 얼음에만 우연히 미지의 미생물이 부착된 걸까.

일단 해야 할 일은 명백했다. 아베 유타카가 발송한 남극 얼음의 개수와 배송지를 전부 알아내는 것이 급선무다. 조속히 요코스카의 자위대 관사에 가서 아베 유타카의 아내에게 이야기를 들어야 한다. 그리고 냉동실에 얼음이 남아 있다면 언 채로 회수해야 한다.

몇 사람의 목숨을 빼앗은 얼음을 직접 만져서는 안 된다. 나름대로 준비가 필요하겠다 싶어 게이코는 구입해야 하는 장비를 이것저것 떠올리며 렌터카 회사에 전화해 경차를 한 대 예약했다.

6

고부시가타케산이 수원지인 아라카와강은 지치부 분지에서 사이타마현 중부를 지나 도쿄 도내에 진입할 즈음에 아라카와강 본류와 스미다가와강으로 나뉘어 도쿄만으로 흘러든다. 1,700만 년쯤 전, 사이타마현 북서부가 아직 바다였던 시대에 퇴적된 지층은 훗날 아라카와강에 침식돼 지치부 분지가 됐고, 분지 남쪽 가장자리의 한층 단단한 지층에 덮인 깊은 V자 골짜기에 28년이라는 긴 세월에 걸쳐 우라야마댐이 건설됐다.

높이 156미터, 길이 372미터, 총 저수 용량이 5,800만 세제곱미터인 이 댐은 일본 총인구의 3분의 1이 집중된 수도권의 귀중한 상수원이자 홍수 피해를 경감시키는 역할도 한다. 아라카와강 수계인 우라야마가와강의 작은 줄기를 막아서 만들어진 댐 호수에는 지치부 사쿠라 호수라는 이름이 붙었다. 봄철 호숫가에 만개하는 벚꽃이 이름의 유래다.

게이코가 운전하는 렌터카는 요코하마 요코스카 도로, 신쇼난 우회 도로, 수도권 중앙 연락 자동차 도로를 경유해 이루마 나들목에서 일반 도로로 내려와 국도 299호선을 타고 지치부 사쿠라 호수 방면으로 달렸다. 이제 시가지가 코앞이었다.

국도 140호선을 왼쪽으로 꺾어들자마자 스마트폰 벨소리가 울려서 게이코는 반사적으로 대시보드의 디지털시계에 시선을 주었다.

오후 4시. 시간을 보고 누가 전화를 걸었는지 알았다.

게이코는 앞쪽에 나타난 드럭스토어[8] 간판에 빨려들 듯 운전대를 왼쪽으로 돌려서 주차장으로 들어갔다. 차를 세우고 스마트폰 화면을 확인하자 예상했던 이름이 떠 있었다. 통화 버튼을 누르고 스마트폰을 귀에 대니, 불안에 찬 익숙한 목소리가 들렸다.

"얘, 지금 어디니?"

지난 사흘간 어머니 야스코는 꼭 오후 4시경에 전화를 걸었다. 그러고는 다짜고짜 어디 있는지부터 묻는다.

"사이타마현 지치부."

게이코는 쌀쌀맞게 현재 위치를 알렸다.

"왜 그런 곳에 있는 건데?"

"좀 조사할 일이 있어서."

"네가 어렸을 적에 가봤지. 미쓰미네 신사와 지치부 야간 축제, 미노야마 공원에서 벚꽃도 봤었고."

옛날 추억으로 이야기꽃을 피우면 통화가 길어진다. 게이코는 억지로 딸 이야기로 화제를 바꿨다.

"사키는 돌봄 교실에 다녀왔어?"

"그게, 열이 난다면서 그냥 집에 왔어."

…… 아, 제발.

무심코 새어 나온 한숨이 어머니 귀에 들어갈 걱정은 없을 듯했다. 최근 어머니는 갑자기 난청이 심해졌다.

"열이라니, 몇 도인데?"

학교를 이삼 일 쉬어야 할 사태를 각오하고 머뭇머뭇 체온을 물어보았다.

"37.6도."

정상 체온보다 약간 높은 정도라 그렇게 걱정할 필요는 없을 듯했다.

"엄마, 미안하지만 혹시 모르니 조금만 더 있어주면 안 될까?"

일이 바쁠 때면 게이코는 본가인 히라쓰카에서 오빠 가족과 함께 사는 야스코를 불러서 사키를 봐달라고 했다. 사흘 전에 도쿄에 올라온 야스코는 닷새째가 되는 내일, 그림 교실에 참가하기 위해 일단 집으로 돌아갈 예정이었지만, 손녀가 열이 나니까 안 되겠다고 이미 반쯤 포기한 말투였다. 하지만 잘 달래면서 한 번 더 부탁하지 않으면 불만이 폭발할지도 모른다.

히라쓰카 교외의 널찍한 단독주택에 비해 이타바시의 맨션은 숨이 막힌다며 야스코는 한바탕 불평을 쏟아냈다. 불평을 다 들은 후 게이코는 "부탁 좀 할게" 하고 말했다.

"어휴, 어쩔 수 없지."

들으라는 듯이 한숨 쉬는 소리가 스마트폰에서 흘러나왔다. 게이코는 몇 시쯤 집에 들어갈지 알려주고, 저녁 메뉴를 추천한 후 통화를 끝냈다. 동시에 렌터카의 시동을 껐다.

여자 혼자서 아이를 키우기는 힘들다. 어떻게든 버티는 건 어머니가 도와주는 덕분이었다. 덧붙여 어머니가 도쿄에서 가까운 히라쓰카시에 거주해서 오가기가 수월했다.

결혼 생활을 했을 때는 어머니가 사키를 돌봐주러 올라오는 일이 거의 없었다. 전남편 노리히코는 야스코와 사이가 좋지 못했다. 좁은 맨션에 함께 있는 것만으로도 두 사람의 불만은 상승효과를 일으켰고, 둘 사이에 낀 게이코도 순식간에 짜증이 끓는점을 넘곤 했다.

요즘은 부부끼리 육아를 할 때보다 남편 없이 어머니 도움을 받는 편이 훨씬 편하다는 걸 실감할 때가 많다.

3년 전 이혼할 때, 게이코는 겉으로는 불륜을 저지른 잘못을 인정하고 남편에게 벌을 받아 이혼당한 것처럼 행동했지만, 실상은 그렇지 않았다. 아내의 불륜이 이유더라도 이혼으로 버려지는 건 대개 남편 쪽이라는 사실을 탐정으로 일하면서 알았다. 아내를 사랑하는 남편이 바람피우는 사례는 많지만, 남편을 사랑하는 아내가 불륜으로 치닫는 사례는 좀처럼 없다. 게이코의 경우, 남편과 살아본들 좋은 점이 전혀 없다는 걸 깨닫고 불륜을 핑계 삼아 짐을 처분한 셈이었다.

육아에 전혀 도움이 되지 않더라도 그럭저럭 월급을 받던 시절에는 그나마 같이 살 이유가 있었다. 그러나 불륜 소동에 질렸는지 대기업을 그만두고 가정불화의 원인을 대도시 생활 탓으로 돌리면서, 군마현의 본가로 돌아가 같이 가업을 돕지 않겠느냐고 노리히코가 제안했을 때는 온몸에서 핏기가 싹 가시는 것 같았다.

게이코가 벽에 손을 짚어 몸을 지탱하고 호흡을 가다듬으며 고개를 젓자, 노리히코는 허둥지둥 조건을 수정했다.

"아니, 당신은 사키를 키우는 데만 전념하면 돼."

직접 가업을 돕지 않는다 해도 그곳이 감옥처럼 느껴지기는 매한가지였다. 은퇴한 시아버지의 수발을 들고, 잔소리 많은 시어머니의 말동무 노릇을 하고, 지역 유치원에 다니는 딸의 육아에 전념하는 나날을 떠올리기만 해도 온몸이 싸늘하게 식으며 위축되는 느낌이었다.

결국 선택의 여지도 없이 "갈 거면 혼자 가서 맘대로 해" 하고 노리히코를 뿌리쳤다.

이혼이 성립된 후, 노리히코는 본가로 돌아가 가업을 물려받았을 것이다. 게이코는 전남편의 근황을 모르고 알고 싶지도 않았다. 혼자 일해서 아이를 키우기가 쉽지는 않지만, 시부모 봉양과 육아에 치이는 단조로운 나날은 도저히 견딜 수 없었다. 그것이 게이코가 살아가는 방식이었다.

어머니 야스코가 도쿄와 히라쓰카를 오가는 횟수가 늘어나 육아에 여유가 생길 수 있었던 이유 중 하나는 아버지의 죽음이었다. 아버지는 작년 8월 초, 불볕더위가 기승을 부리던 날에 취미 삼아 가꾸던 히라쓰카시 교외의 채소밭에서 일을 하다 열사병으로 쓰러져 세상을 떠났다.

그날 오후, 게이코는 딸 사키를 데리고 본가에 갈 예정이었다. 오후 4시경에 역에 도착할 거라고 알리자, 아버지는 차로 데리러 가겠다며 손녀를 안아줄 시간이 오기를 고대했다. 같이 사는 친손주 둘이 중학생이 된 뒤로 동아리 활동과 학원으로 바빠 할아버지, 할머니와 사이가 멀어져서 아버지의 애정은 외손녀인 사키에게 집중됐다.

게이코를 데리러 올 때 아버지는 2킬로미터쯤 떨어진 채소밭에서 작업을 일찌감치 마치고, 약속 시간 1시간 전에는 집에 돌아가 손녀와 만날 준비를 한다. 흙을 만진 손으로 사키를 안으려고 할 때마다 손부터 씻으라며 어머니가 타박하기 때문이다. 어떨 때는 아예 샤워를 해서 땀 냄새를 씻어내기도 했다.

그런데 그날, 3시가 됐는데도 아버지는 집에 돌아오지 않았다. 어머니는 불안이 점점 커졌지만, 섣불리 움직이면 길이 엇갈릴 수도 있으므로 어찌할 바를 모르고 그저 발만 동동 구르고 있는데 채소밭 옆집에 사는 사람에게 전화가 왔다.

수화기를 들기 전부터 어머니는 아버지의 죽음을 확신했다고 한다.

아무 말 없는 수화기에서 새어 나온 악취가 코를 자극했기 때문에. 지금까지 한 번도 맡아본 적 없는 냄새…… 나중에 어머니는 그것이 시체 냄새라고 주장했다.

옆집 사람이 빨갛게 익은 토마토 덤불 사이에 쓰러진 아버지를 발견했을 때는 사망한 지 1시간 이상이 지나서 심폐소생술은 소용없었다. 역에서 택시를 타고 달려간 게이코와 사키는 눈을 감은 지 얼마 되지 않은 아버지와 마주하게 되었다. 사키는 흙투성이가 되는 것도 아랑곳하지 않고 시신에 매달려 눈물을 흘렸다. 아버지의 가슴 위에 떨어진 눈물은 무엇보다 값진 작별의 선물이었다.

아버지와 사별한 뒤 누군가를 돌볼 필요가 없어지자 어머니의 행동 반경은 넓어졌다. 그 결과 도쿄와 히라쓰카를 오가는 횟수가 늘어나서 아이러니하게도 게이코는 사키를 키우기가 다소 편해졌다.

싱글 맘이라는 말이 머릿속에 떠올랐다가 사라지며 여러 가지 생각을 불러일으켰다. 2시간쯤 전까지 요코스카의 자위대 관사에 머물렀던 것이 원인이었다.

남극 관측선 시라세호의 운용 장교로서 임무를 마치고 귀국하자마자 사망한 아베 유타카 중위의 자택을 방문해 과부가 된 아내에게 자세한 이야기를 듣고 있을 때, 그 곁에는 두 살배기 딸이 찰싹 달라붙어 있었다.

이야기를 놓치지 않으려 귀를 기울이면서도 아무것도 모르고 천진난만하게 웃음 짓는 아이에게 마음을 빼앗겼다. 앞으로 홀로 아이를 키우며 살아가야 할 나날에 드리워진 먹구름을 생각하자 가슴이 아팠다. 이혼으로 남편을 잃기보다 돌연사로 남편을 잃은 편이 훨씬 상심이 크겠지만, 아무래도 비슷한 처지다 보니 동정심이 왈칵 솟아올라 하마터면 같이 울 뻔했다.

그래도 간신히 '남극 얼음의 발송지 확인'이라는 방문 목적을 달성했다.

아베 중위는 자위대에 관련된 영수증을 파일에 잘 보관해두었다. 그 중에서 택배로 보낸 남극 얼음의 고객 보관용 접수증이 4장 발견됐다.

요코스카의 자위대 관사에 사는 아베의 집, 도쿄 도내 맨션에 사는 하나오카 아츠시의 집, 요코하마시에 사는 다나카의 집, 지치부시 아라카와쿠나에 사는 하시모토의 집. 이렇게 네 곳이다.

4명은 초등학교 동창생이었다.

당장 요코하마시의 다나카와 지치부시의 하시모토에게 전화를 걸어 무사한지 확인했다. 다나카와는 전화가 연결됐는데, 내일 친구 일동을 모아 '아베 유타카 추모회'를 열고 남극 얼음으로 희석한 술을 대접할 예정이라고 했다. 다행히 참사가 벌어지기 전에 제지할 수 있었다.

게이코는 남극 얼음을 직접 만지지 않도록 조심해서 발포 스티로폼 용기에 담아서 착불로 보내 달라며 다나카에게 주소를 알려주었다.

한편 지치부의 하시모토에게는 몇 번 전화를 걸어도 응답이 없고, 발신음만 공허하게 들려왔다. 그래서 게이코는 도쿄의 집으로 돌아가기 전에 지치부 사쿠라 호수 근처에 들렀다 가기로 했다.

아베가 발송한 남극 얼음이 4개뿐이라면, 하시모토의 집에 마지막으로 남아 있는 얼음만 회수하면 일련의 사건은 더 큰 문제없이 마무리될 것이다.

유리에게 부탁받았다고는 하나, 이미 한배를 탔다. 피해가 확대되는 걸 자신의 손으로 막을 수 있다면 2~3시간쯤 시간을 더 쓰는 건 아무 일도 아니다.

후나키가 말했던 것처럼 '남에게 도움이 된다'라는 사실이 일할 의욕을 높여주었다.

차에서 내린 게이코는 드럭스토어에 들어가 화장실에 다녀온 후 비닐봉지, 고무장갑, 에너지 드링크를 구입했다.

드럭스토어 처마 밑에 서서 에너지 드링크를 마시고 빈 캔을 쓰레기통에 버린 후, 나머지 물건들을 렌터카 트렁크에 넣으려 할 때 트렁크 한복판에 놓인 발포 스티로폼 용기가 게이코의 눈에 들어왔다.

2시간쯤 전, 고무장갑을 낀 손으로 아베네 냉장고에서 남극 얼음이 든 비닐봉지를 꺼내 이 발포 스티로폼 용기에 담았다. 그때 처음 접하는 남극 얼음에 호기심이 발동해 비닐봉지를 든 채 손가락으로 쿡쿡 찌르며 관찰하니, 두부 크기의 얼음 몇 조각은 전체적으로 부옇게 흐렸고 보통 얼음보다 단단해 보였다.

아베는 술을 한 모금 마시고 "어쩐지 이상한데" 하고 고개를 갸우뚱했다고 한다. 수십만 년 전의 공기가 갇혀 있는 남극 얼음은 보통 녹을 때 토독토독 하는 경쾌한 소리가 난다. 그런데 그 경쾌한 소리가 나지 않아서 이상하다 싶어 고개를 갸우뚱한 모양이다. 3,000미터 깊이에 해당하는 중량을 받아 얼음의 밀도가 높아졌기 때문일까, 아니면 보통 채취하는 곳과는 다른 곳에서 채취한 얼음이기 때문일까.

남극 얼음의 독특한 중량감과 밀도는 아베의 아내가 피해를 입지 않은 이유이기도 했다. 부옇게 흐리고 딱딱하고 무거워 보이는 얼음을 보자, 가슴 깊은 곳에서 찜찜한 예감이 든 데다, 술을 잘 못 마시는 체질이기도 해서 "난 안 마실래" 하고 아베의 아내는 술잔에 뻗은 손을 거두었다.

……그런 일도 일어날 수 있다.

게이코는 사태가 좋은 방향으로 나아가고 있다고 믿고 싶었다. 귀한 물건을 받았다고 해서 모두가 하나같이 남극 얼음을 입에 대는 건 아니다. 게이코는 하시모토의 집에 배달된 남극 얼음도 먹지 않고 냉동실에 넣어두었기를 바랐다. 트렁크에 실은 발포 스티로폼 용기는 대용량이라 아직 넣을 공간이 넉넉했다. 내버려두면 자꾸 부풀어 오를 듯한 불길함을 끊어내듯 게이코는 크게 반동을 주어 트렁크 문을 닫았다.

운전석에 올라타서 시동을 걸고 내비게이션에 하시모토의 집 주소를 입력해 집 위치를 확인했다. 목적지는 엎어지면 코 닿을 곳이었다. 어림잡아 약 2킬로미터 거리. 위치를 머릿속에 단단히 새겨 넣고 내비게이션에 목적지는 등록하지 않은 채 차를 출발시켰다.

남에게 지시받는 것도 싫지만, 오른쪽으로 가라느니 왼쪽으로 가라느니 기계에 지시받는 것도 싫었다. 그래서 내비게이션의 경로 안내 기능은 좀처럼 사용하지 않는다.

우라야마가와강 앞에서 오른쪽으로 꺾어서 시골길을 1킬로미터쯤 달리자 오른편에 우라야마댐이 보이기 시작했다. 위용을 자랑하는 댐 앞에 관리 시설과 자료관이 있었고, 그 주변은 널따란 주차 공간이었다. 이 앞에 있을 지치부 사쿠라 호수를 오른편에 두고서 길을 쭉 나아가면 하시모토의 집이 나올 터였다.

7

아베 유타카, 하나오카 아츠시의 동창생인 하시모토 무네오는 올해 봄, 도쿄에서 다니던 회사를 그만뒀다. 치매 증세가 있는 부모님의 부탁으로 고향의 본가로 돌아와, 대대로 소유한 산림을 물려받아 임업과 조경업에 종사하기 위해서였다.

점점 좁아지는 길 한쪽에 임업용 도구가 놓여 있는 걸 보고 게이코는 그 앞쪽 공간에 차를 댄 후, 문을 열고 풀로 뒤덮인 길로 나왔다. 발이 쑥 빠지는 듯한 느낌에 펄쩍 뛰듯이 물러나 타이어 주변을 확인하자, 어제와 그제 내린 비로 땅이 질척거리는 걸 알 수 있었다. 도시의 아스팔트 도로는 금방 마르지만, 풀 덮인 땅은 오랫동안 수분을 유지한다.

길 끝에 오도카니 자리한 흰색 벽의 단층집이 하시모토의 집이었다. 집으로 이어지는 좁은 길은 약간 오르막이었다. 진창을 피해 지그재그로 걷는 동안, 집의 모습이 커졌고 집 너머 정원에 심긴 나무도 보였다.

게이코는 문득 기시감에 사로잡혔다. 어디선가 한 번 본 적이 있는 광경. 아니, 경치는 다르다. 한쪽은 도시 교외에 있는 주택가의 한구석, 한쪽은 인가가 흩어져 있는 동네에 외따로 자리 잡은 단독주택.

그저 자아내는 분위기가 비슷한 것에 지나지 않는다. 그러나 15년 전, 집단 사망 사건이 발생한 폐가를 찾아갔을 때 감지했던 것과 똑같은 냄새가 주변에 가득했다. 그 원천은 집을 둘러싼 식물들이었다. 이상하리만치 무성하게 자란 식물들.

꿈꾸는 허브 모임의 집터에는 계절에 맞지 않게 벚꽃이 만발했고, 봄 냄새와 함께 분홍색 꽃잎이 주변에 흩날렸다. 지금 바라보고 있는 집의 정원도 마찬가지였다. 관목 사이에 빽빽하게 자란 수국은 붉은색과 파란색 꽃을 피웠고, 나무 선반에 뱀처럼 휘감긴 등나무 덩굴에는 보라색 꽃송이들이 주렁주렁했다. 집 주변의 식물만 눈부시게 쏟아지는 5월의 햇살을 탐식하며 싱싱한 녹색 잎을 하늘로 뻗고 있었다. 다가갈수록 부풀어 오르는 죽음의 예감과는 반대로, 식물 무리는 왕성한 생명력을 자랑하는 듯했다.

꿈꾸는 허브 모임이 사용했던 폐가는 널빤지 담장으로 빈틈없이 둘러싸여 있었지만, 하시모토의 집에는 담장이 없어서 게이코는 어려움 없이 현관 앞으로 다가갈 수 있었다.

초인종을 누르려다 손을 멈추고 만약을 위해 한 번 더 집 전화번호로 전화를 걸어보았다. 집 안쪽에서 전화벨 소리가 들렸지만, 흐릿한 그 소리에 반응하는 사람은 아무도 없었다. 게이코는 전화벨이 10번쯤 울렸을 때 포기하고 스마트폰을 가방에 넣었다. 그리고 이 상황이 의미하는 바를 여러모로 상상해보았다.

긍정적인 생각은 전혀 떠오르지 않았다. 오늘 오전에 특수청소 회사 사무실에서 후나키가 보여준 영상의 다른 버전이라고 할 만한 장면만 자꾸 떠올랐다.

그 장면이 펼쳐지는 건 호숫가에서 산 중턱으로 이어지는 좁은 길 끝에 위치한 단독주택, 장소는 다르지만 발생한 화학 반응은 분명 같을 것이다. 대장균에 분해되어 생겨난 부패액이 썩은 육체에서 스며나와 다다미와 바닥널을 적시며 그 아래 축축한 땅에 뚝뚝 떨어지고 있지 않을까. 특수청소 회사에서는 모니터 속 영상으로 봤지만, 이번에는 실물을 보게 될지도 모른다.

게이코는 침을 꿀꺽 삼키고 크게 심호흡했다. 당연히 예상된 결과이기도 해서 이미 각오는 했다. 그런데도 막상 앞으로 나아가려고 하자 발이 꼼짝도 하지 않았다. 지금까지 부렸던 객기는 다 어디로 갔단 말인가.

조금 전까지만 해도 마지막 남극 얼음 하나를 회수해 피해를 최소한으로 막은 공로자로서 자부심을 품고 의기양양하게 귀로에 오를 작정이었건만, 그 당당한 모습은 공기가 빠진 풍선처럼 쪼그라들고 말았다. 이대로 아무것도 하지 않은 채 돌아가고 싶다는 유혹에 사로잡힐 것만 같아서, 게이코는 "안 돼" 하고 고개를 저으며 스스로 용기를 북돋았다. 여기까지 온 이상, 무슨 일이 있어도 확인해야 한다.

앞으로 생업인 탐정 사무소를 크게 키우려면, 갈림길에 설 때마다 도전을 택하는 경험을 쌓을 필요가 있다. 도망이라는 수를 반복하면 어떤 결과를 맞이하게 되는지, 케이코는 일하면서 여러 번 목격했다. 계속 도망만 치면 결국은 도망칠 곳이 없는 궁지에 빠진다. 그곳은 단 하나의 선택지도 남아 있지 않은 인생의 무덤이다.

게이코는 미닫이 현관문을 잡고 살그머니 옆으로 밀었다.

예상했던 대로 잠겨 있지 않았다. 뻑뻑한 미닫이문은 턱턱 걸리면서도 열리긴 해서 실내 모습이 살짝 드러났다.

툇마루의 유리문이 열려 있는지 갑자기 얼굴에 바람이 불어서 머리가 뒤로 나부꼈다. 게이코는 오감 중 특히 후각에 신경을 집중했다. 개처럼 코를 킁킁거리며 이상한 냄새가 나지 않는지 확인하며 미닫이문 틈새로 몸을 밀어 넣었다.

"하시모토 씨, 계세요?"

자기 자신을 격려하기 위해 일부러 큰 소리를 냈지만, 카랑카랑하게 뒤집힌 목소리가 목구멍에 걸려서 게이코는 콜록콜록 기침을 했다.

현관 바닥에서 더는 앞으로 나아갈 수 없었다. 허락도 받지 않고 방으로 들어가면 자칫 주거 불법 침입죄에 걸릴지도 모른다. 그게 아니더라도 신발을 벗고 맨발이 되는 것만큼은 사양하고 싶었다.

게이코는 현관 바닥에서 몸을 오른쪽으로 옮겨 집 안쪽을 바라보았다. 왼편에 두 칸이 연결된 전통식 방이 있고 중앙에 놓인 밥상에는 음식이 남은 접시와 찻잔, 물잔 등이 어지럽게 널려 있었다. 그리고 그 너머, 남쪽 정원으로 이어진 넓은 툇마루의 유리창이 활짝 열려 있었다.

집 안에서 이상한 냄새는 나지 않고 남쪽 창문이 활짝 열려 있다. 이 두 가지 사실이 가리키는 곳에 무엇이 기다리고 있을지는 이미 예상이 됐다. 게이코는 일단 밖으로 나와서 집을 빙 돌아 정원으로 향했다.

꿈꾸는 허브 모임 집단 사망 사건 때, 일곱 신도는 죽기 직전에 석양이 내리쬐는 창문으로 돌진해 정원으로 뛰쳐나갔다. 같은 현상이 발생했다면 이 집의 주인도 햇빛을 찾아 남쪽 창문을 통해 밖으로 나가지 않았을까.

정원에 서서 지치부 사쿠라 호수로 이어지는 계류 부근을 내려다보았다. 키 작은 관목으로 뒤덮인 완만한 비탈이 여울까지 뻗어 있었다. 관목 틈새를 누비듯 뻗은, 짐승들이나 다닐 법한 좁은 길로 들어가 몇 미터 걸어가던 게이코는 반사적으로 움직임을 멈췄다.

계류 쪽에서 불어오는 실바람에 꺼림칙한 냄새가 섞여 있었다. 바람 방향에 따라 냄새가 사라지거나 강해지거나 했다. 후각에 의지해 냄새의 정확한 방향을 찾던 게이코는 화사하게 핀 꽃들에 시선이 빨려들었다.

그것은 묘비 앞에 바친 헌화 같았다.

다닥다닥 붙어서 분홍색 꽃을 피운 돌매화나무 밑동에 사람 형상의 다갈색 물체 3개가 널브러져 있었다.

두 눈을 감고 셋을 헤아린 후에 다시 눈을 떠도 그 물체들은 사라지지 않았다. 더 이상 다가갈 필요도 없었다. 하시모토 무네오와 그의 부모님이 틀림없으리라. 괜히 손대지 말고 행정 기관에 뒤처리를 맡기는 편이 좋을 듯했다. 멀리서 보기에도 죽은 지 2주는 지나 보였다.

찢어진 피부 틈새에는 개미가 버글거렸고, 들어가는 개미와 나오는 개미가 시커멓게 2줄을 이루었다. 시신 바로 위를 먹구름처럼 날아다니는 파리는 시신에 내려앉아 썩은 살에 알을 슬고, 부화한 구더기는 며칠 후에 번데기로 변하고, 번데기에서 파리가 나와 하늘을 날아다니고, 또 알을 슬어 대량의 구더기가 발생한다. 영원히 되풀이되는 순환 구조였다.

죽은 인간 주변에서 식물과 곤충들은 왜 이다지도 활발하게 생명 활동을 하는 걸까. 밑동에 시신이 있는 관목만 한층 높게 가지를 뻗은 모습을 보니, 역시 썩은 살점이 분해돼서 생긴 체액이 식물의 양분이 되는 것이 아닌가 하는 생각을 지울 수 없었다.

땅속에 모세혈관처럼 뻗은 나무뿌리가 부패액을 빨아올리는 모습이 떠올라 게이코는 더욱 상상의 나래를 펼쳤다. 어제와 그제 내린 비도 땅속에 스며들어 부패액을 운반하는 역할을 맡은 것은 아닐까.

그때 기분 탓인지, 물이 떨어지는 소리가 들려왔다. 소리에 이끌려 좁은 길을 내려가 물가에 서서 옆쪽에 시선을 주자, 바위 틈새에서 솟은 지하수가 흰 물줄기를 이루며 계류로 떨어지는 모습이 보였다.

땅속을 이동한 물의 경로를 눈으로 좇자, 널브러진 3구의 시신 바로 밑을 통과한 지하수가 계류로 떨어지고, 계류 또한 도로 밑의 토관을 통과해 지치부 사쿠라 호수로 흘러든다는 걸 알 수 있었다.

그 풍경의 의미가 대뇌의 주름에 침투한 순간, 게이코는 다리가 풀려서 그 자리에 주저앉았다.

조금 전까지만 해도 배송된 얼음 4개 중, 마지막 하나를 회수해 큰 공을 세웠다고 생각했다. 그러나 그 공은 붙잡으려는 찰나 손에서 스르르 빠져나가 거대한 위험으로 자라났다. 하필이면 수도권의 귀중한 물병인 지치부 사쿠라 호수에 정체 모를 이물질이 포함된 물이 흘러든 것이다.

수도권의 상수원은 대부분 하천수고, 그중 80퍼센트는 아라카와강 수계와 도네가와강 수계다. 특히 사이타마현과의 경계에서 본류와 스미다가와강으로 나뉘어 도쿄만으로 흘러드는 아라카와강은 수도의 기능을 좌우하는 중요한 하천이다.

남극 얼음에 갇혀 있던 미지의 미생물이 돌연사의 원인이 아닐까, 하는 의혹이 게이코의 머릿속을 내달렸다.

과연 미지의 미생물은 크기가 어느 정도일까. 하류 유역에 설치된 정수장에서 제거할 수 있을 정도일까. 이런 곳에서 의기소침해할 때가 아니었다. 남극 얼음을 전문 연구 기관에 가져가서 서둘러 분석해야 한다.

지금 자신이 귀중한 연구 재료를 가지고 있다는 사실을 새삼 자각하고서 게이코는 벌떡 일어섰다.

그때 서쪽에 늘어선 산들의 봉우리에 태양이 가려지며 호수 수면의 색이 변했다. 역광 때문에 균일해 보였던 수면 앞쪽 일부에 마치 페인트가 흘러든 것처럼 짙고 옅은 녹색 얼룩무늬가 떠 있었다. 남조류가 일으킨 녹조 현상이 틀림없었다.

지금까지 사가미 호수, 츠쿠이 호수, 가스미가우라 호수 등에서 여러 차례 대량 발생이 확인된 남조류는 산소 발생형 광합성을 하는 유일한 원핵생물군[9]으로 시아노박테리아라고도 불린다. 처음 탄생한 건 30억 년 이상 전의 태곳적 지구. 모든 생명체의 시조이자 진화라는 연쇄 작용의 방아쇠를 처음으로 당긴 존재로 여겨진다. 지구 곳곳에 두루두루 분포하는 시아노박테리아는 열과 추위에 강해서 북극과 남극 등의 극한 환경에서도 생존할 수 있다.

지금 지치부 사쿠라 호수의 수면 위에서는 움직이지 않을 터인 식물이, 자신의 영역을 부지런히 넓혀가는 모습이 펼쳐지고 있었다. 흙 위에 머무는 데 만족하지 못한 듯 물 위까지 뻗어나가며 탐욕스러운 생명력을 과시하는 녹색 남조류는, 산 너머로 저무는 태양을 뒤쫓듯 호수 전체로 영역을 확장하고 있었다.

게이코의 머릿속에서 죽음을 앞두고 서쪽 창문으로 몰려든 일곱 신도의 모습이 호수를 잠식하는 남조류의 모습과 겹쳐졌다.

남조류도, 일곱 신도도 빛에 이끌려 움직이는 것이 아닐까. 그런 느낌이 들었다. 다만 태양의 움직임에 따라 고개를 돌리는 해바라기처럼 밝은 느낌은 아니었다. 미세한 녹색 떼거리가 죽은 고기를 노리고 덤벼드는 듯한 으스스한 기색이 느껴질 따름이었다.

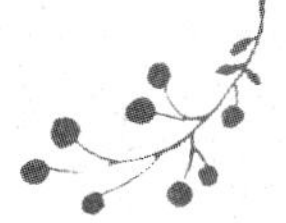

제3장

해독

1

일찍이 츠유키 신야는 뭐가 제일 무섭냐는 질문을 받을 때마다 사랑하는 사람을 잃은 것이라고 대답했다. 이제 그런 걱정은 없어졌다. 그의 주변에 사랑하는 사람이 없기 때문이다.

어렸을 적에는 어머니가 죽는 모습을 상상만 해도 공포에 사로잡혀 눈물을 흘리기도 했지만, 3년 전에 부모님이 잇달아 돌아가셨을 때는 생각했던 것만큼 슬프지 않았다. 이미 15년 전에 가까운 이를 잃어봤기 때문일지도 모른다.

사랑한다는 행위에는 그 대상을 잃었을 때 느끼는 슬픔도 함께 받아들일 각오가 필요하다. 절대 슬픔 같은 건 느끼고 싶지 않다면 애초에 사랑을 해선 안 된다. 물론 이렇게 인간에 대한 집착을 버리면 괴로움에서 해방되겠지만, 인생은 무미건조해질 것이다.

츠유키는 방 한가운데 서서 생계 수단을 모두 비워 휑해진 내부를 둘러보았다. 내일부터 이 방에서 생활할 사람도 누군가에게 강한 집착의 대상이 될까.

부모님에게 상속받아 리모델링한 맨션은 바닥 면적 60평의 3LDK여서, 혼자 살기에는 너무 넓었다. 5평짜리 방은 바닥에서 천장까지 닿는 서가를 들여놓아 서고로 사용했고, 나머지 방 2개 중 하나는 침실, 하나는 집필용 서재로 사용했다. 그러나 태어나서 지금까지 따로 산 딸 란과 내일부터 함께 살게 되면서 서재에 있던 책상과 컴퓨터, 서류

더미를 거실 한구석으로 옮기고 란에게 방을 내주는 수밖에 없었다.

붙박이 옷장까지 비워서 텅텅 빈 방이 앞으로 어떻게 변할지는 새로운 거주자의 개성에 달렸다. 친딸이라고 해도 츠유키는 란에 대해 잘 모른다. 딸이 자라면서 이 방이 어떻게 변할지도 전혀 예상되지 않았다.

생활 스타일은 외부 요인에 의해 늘 변하기 마련이다. 대학생 시절에 상상했던 20년 후의 생활과 현재 생활이 크게 다른 것 또한 자신의 힘으로는 어쩔 수 없는 상황에 휘둘린 결과다.

츠유키가 K대학교 의학부에서 수련의 과정을 마치기 직전에 의사를 그만둔 것은 아내가 딸을 낳다가 죽었기 때문이었다. 의학부를 졸업해 의사 면허를 취득하자마자 유코와 결혼했다. 수련의 과정을 마치던 해, 유코는 출산을 앞두고 있었다. 예정일 직전에 태아가 거꾸로 뒤집힌 상태라는 걸 알게 되었고, 자연 분만에서 제왕절개로 변경했다. 학교 선배이기도 한 산부인과 전문의가 수술을 맡았다.

수술이 순조롭게 진행되던 도중에 갑자기 혈중 헤모글로빈 수치가 떨어졌다. 그때 츠유키는 이런 이변이 발생한 줄도 모르고 대기실에서 애타게 출산 소식을 기다리고 있었다. 출혈이 있었다고는 해도 통상적인 범위를 넘는 수준은 아니었다. 하지만 만약을 위해 수혈을 준비하는 동안 산소 수치와 혈압이 갑자기 떨어졌고, 결국 아내는 아이만 남긴 채 허무하게 목숨을 잃었다.

츠유키는 수술을 담당한 의사가 실수한 탓에 아내가 죽었다고 단정하고, 두들겨 팰 기세로 선배에게 욕설을 퍼부으며 멱살을 잡고 벽에 떠밀었다. 이렇듯 사려 없는 일련의 행동이 의사라는 직업을 포기하게 된 직접적인 원인이었다. 하지만 얼마 후 수술을 담당한 의사에게는 책임이 없다는 사실이 밝혀졌다. 수술에 문제가 있었던 게 아니라 아내의 혈액에 선천적으로 이상이 있었던 것이다.

유코의 죽음과 란의 탄생이 동시에 찾아왔을 때, 불합리한 운명을 저주하며 새로운 생명의 탄생을 축복할 마음은 산산이 부서지고 말았다. 츠유키는 아내의 시신에 매달려 울면서 갓 태어난 작은 생명을 거들떠보지도 않았다. 오히려 이 아이만 아니었어도 아내는 지금도 살아 있었을 것이라며 딸을 원망하기까지 했다. 과장이 아니라, 츠유키에게 신생아를 안아본 기억은 단 한 번도 없었다.

다행이 아내의 부모님인 야마타카 야스히데 부부가 츠유키의 냉담한 태도에 눈치를 보면서도 손녀를 보듬었다. 두 사람은 외동딸의 죽음과 맞바꾸어 세상에 태어난 손녀를 딸의 환생이라 믿으며 소중히 키우겠노라고 손을 내밀었다. 그들에게는 그것이 유코의 죽음을 극복할 유일한 방법이었다.

그런 점에서 츠유키는 달랐다. 남자 혼자 힘으로 아이를 키워야 하는 상황에 직면하자 망설임이 앞서 순순히 포기하는 길을 선택했다. 육아를 한 번이라도 해봤다면, 그 보드라운 뺨의 감촉을 되찾고자 혼자 아이를 키우는 삶에 매진했으리라.

이리하여 버리는 자와 거두는 자, 양쪽의 생각이 일치해 갓 태어난 란은 외갓집에 맡겨졌다. 츠유키는 의사가 되기를 단념하고 우주의 구조와 생명의 신비를 물리적인 접근법으로 연구하는 길에 나섰다.

츠유키는 아무 미련도 없이 친딸을 포기한 아버지를 란이 원망하지는 않을까 하는 부채감을 가지고 있었다. 가끔 만나도 두 사람 사이에는 거북한 분위기가 흘렀고, 무엇을 화제로 삼아야 할지 몰라 대화는 끊기곤 했다. 얼마 전 레스토랑을 예약해 고등학교 입학 축하 선물을 했을 때, 란은 고맙다고 말했지만 진심으로 기뻐하는 표정은 아니었다. 결국 답답하게 흘러가는 시간을 견디지 못하고 예정보다 일찍 자리에서 일어섰다.

2주 전, 란에게는 엄마 대신이었던 장모님이 돌아가시고 장인어른이 요양원에 몸을 의탁하게 되면서, 딸을 거둘 수밖에 없는 상황이 찾아왔다. 언젠가 일어날 일이었지만 마음의 준비가 되지 않아 당혹스러움만 앞섰다. 아니, 예상보다 빨리 딸을 데려오게 되어 잘됐다고 츠유키는 마음을 고쳐먹으려 했다. 오히려 좀 더 일찍 같이 살았어야 했다. 성인이 되고 나면 부모와 자식의 인연을 되살릴 기회가 줄어들어 어색한 관계를 회복하기 어려워질 것이다. 란은 이제 고등학교 1학년. 아직 부모의 보호와 보살핌이 필요한 나이다. 잃어버린 시간을 되찾을 기회는 아직 충분하다.

어쨌거나 방을 넘겨줄 준비는 마쳤다. 츠유키는 "이제 됐다"라고 말하며 벽에 유일하게 남아 있던 시계를 올려다보았다. 오전 11시가 막 지났다.

할 말이 있다는 게이코와 도심의 호텔 레스토랑에서 만나기로 했다. 약속 시간은 정오였다. 오토바이를 몰고 가면 여유롭게 도착할 것이다. 라이더 재킷을 입은 츠유키는 헬멧을 옆구리에 끼고 엘리베이터로 지하 주차장에 내려갔다.

2

호텔 주차장에 오토바이를 세운 뒤 츠유키 신야는 헬멧을 벗어 시트 옆 홀더에 걸고, 가죽 재킷 소매 앞에 찬 손목시계를 확인했다. 약속 시간까지는 5분 이상 남아 있었다. 약속 시간에 딱 맞춰 가는 것이 신조라 츠유키는 오토바이 옆에 쪼그려 앉아 좌우 발판이 마모된 상태를 살펴보았다.

고등학교 시절부터 헤아려 23번째 오토바이인 1,300시시 모델은 4행정 엔진, 공랭식, DOHC, 병렬 4기통, 최고 출력 100마력, 최고 속도 300킬로미터를 자랑하는 레이서 기종이었다. 어제 점검을 마친 후 친하게 지내는 정비사가 "변함없이 쌩쌩 달리시네요"라고 말해서 어떻게 아느냐고 물었다. 그러자 정비사가 "발판이 닳았으니까요"라고 감탄하기에 조금 자랑스러운 기분이 들었다.

고속으로 코너링하려면 오토바이 차체를 대담하게 기울여야 한다. 그때 라이더 부츠를 얹은 발판이 아스팔트 노면에 접촉해 살짝 깎여 나가기도 한다. 심야에 친구와 달리면 앞서가는 오토바이의 발판이 노면에 쓸리는 걸 뒤쪽으로 흩날리는 불꽃으로 알 수 있다. 반짝반짝 빛나는 불꽃들은 황홀하리만치 아름답고, 대량으로 분출되는 아드레날린이 쾌감을 안겨준다. 다만 발판과 노면이 접촉하면 넘어지기도 쉬워 목숨을 잃을 위험도 커진다. 츠유키는 마모된 발판을 배짱이 있다는 증표로 받아들였다.

"왼쪽과 오른쪽, 어느 쪽이 더 닳았죠?"

답은 알지만 츠유키는 일부러 정비사에게 물어보았다.

"오른쪽이요."

산길을 달릴 때, 츠유키는 오른쪽으로 빠져나가는 코너 주행이 특기다. 왼쪽 코너보다 오른쪽 코너를 좀 더 빠르게 통과할 수 있다. 코너 앞에서 브레이크를 잡는 것과 동시에 저단 기어로 변속하고, 차체가 가라앉는 타이밍에 시선을 코너 출구로 옮긴다. 양 무릎으로 강하게 조이고 있던 탱크에서 한쪽 다리만 벌리고 단숨에 가속할 때, 풍경은 비스듬히 45도로 기운 채 뒤쪽으로 흘러간다. 이러한 풍경의 변화는 오토바이가 아니라면 절대 맛볼 수 없다.

덜컥 하고 발판에서 부츠로 충격이 전해지며 온몸으로 머신을 다루는 감각에 젖을 때 풍경과 육체는 멋지게 하나가 된다. 알루미늄 발판이 닳아서 줄어든 질량이 빛과 열로 변화하는 화학반응은 어쩐지 핵반응과 닮아 있다고 츠유키는 생각했다. 핵분열에서도, 핵융합에서도 에너지로 변하는 것은 반응 전후에 약간 감소한 질량이다.

츠유키는 오른쪽 코너는 한계치까지 몰아붙일 수 있었지만, 어째선지 왼쪽 코너에서는 속도를 덜 내는 경향이 있었다. 즉, 좌우 대칭성이 깨졌다. 공격적인 오른쪽과 소극적인 왼쪽으로 구분하는 경향은 일상 생활에도 영향을 미쳐서, 그는 왼쪽보다 오른쪽에 위치한 대상에 더 적극적인 태도를 보이곤 했다.

좌우 대칭성의 문제는 DNA 이중 나선의 오른나선과 왼나선, 소립자 스핀의 오른쪽 회전과 왼쪽 회전, 단백질 아미노산 기본 구조인 왼손형과 오른손형을 언급할 필요도 없이, 물리를 기본으로 하는 자연 현상의 중요 개념이므로 츠유키는 특히 신경이 쓰였다.

손목시계의 시침과 분침은 앞으로 5분 뒤 겹쳐져 하루에 4번 나타나는 좌우 대칭을 만든다.

츠유키는 오토바이에서 물러났다. 호텔 로비를 빠져나와 지정된 일식 레스토랑에 들어선 순간 시침과 분침이 딱 겹쳤다. 쓱 둘러보자 게이코는 아직 도착하지 않은 듯했다. 츠유키는 직원에게 예약한 사람의 이름을 말했다.

"마에자와 게이코라는 이름으로 예약했을 겁니다."

츠유키는 직원의 안내를 받아 창가 테이블 앞에 섰다. 통유리창 너머로 잘 손질한 정원이 보이는 자리였다. 연못 주위에 깔린 돌 틈새로 풀과 꽃이 고개를 내밀었고, 서향나무의 짙은 녹색 잎사귀가 그 위를 덮고 있었다. 도로와 맞닿은 화단에는 소나무과에 속하는 키 큰 나무들이 띠 모양으로 줄지어 서 있었다. 5월의 햇살을 받은 나뭇잎은 생기가 넘쳤고, 유리창으로 막혀 있는데도 숨 막힐 듯 진한 나무 냄새가 느껴지는 듯했다.

그때 마에자와 게이코가 츠유키의 왼편으로 미끄러지듯 들어왔다.

"늦었네요. 죄송합니다."

"아니요, 약속 시간에 딱 맞춰 오셨는걸요."

츠유키는 미안한 듯 고개를 숙이는 게이코를 힐끗 보며 손을 설레설레 내저은 뒤, 오른쪽 의자를 가리켰다. 오른쪽에 앉으라는 뜻이었지만, 게이코는 직원이 빼놓은 왼쪽 의자에 먼저 앉아 아무렇지도 않게 고개를 들었다. 츠유키는 겸연쩍은 표정으로 손을 거두고, 게이코가 비스듬히 왼쪽에 보이도록 자리에 앉았다.

물리학자로서 10권 넘게 책을 냈고, 베스트셀러가 된 책 끝에는 저자 약력이 실려 있다. 인터넷에서 검색하면 츠유키의 경력은 쉽게 조사할 수 있다. 게다가 마에자와 게이코는 탐정이다. 조사가 특기일 터다. 츠유키는 자신과 관련된 정보를 게이코가 거의 다 파악했을 것이라고 짐작했다.

다만 아무리 그래도 무규칙 격투기 시합에 출전한 경력까지는 알아내지 못했을 것이라고 츠유키는 확신했다. 그는 선천적으로 위험을 동반하지 않으면 살아 있음을 실감하지 못하는 특이한 체질이었고, 아내가 죽은 뒤로 그러한 성향이 더욱 강해졌다.

아내가 죽은 직후, 마음속에 마구잡이로 솟아오르는 화를 주체할 수 없어 밤에 잠을 이루지 못하는 날이 이어졌다. 분노를 한 곳에 집중해 힘껏 때려눕히면 조금은 속이 후련해질지도 모른다고 생각한 츠유키는 롯폰기의 클럽 지하에서 열린 무규칙 격투기 이벤트에 참가했다. 한계 속도로 오토바이를 달리는 것과 마찬가지로, 무규칙으로 싸우는 것 역시 얇은 가죽 1장 사이에 죽음을 두고 강렬한 자극을 맛보려 하는 행위의 일환이었다. 사랑하는 사람을 잃고 죽음을 두려워하지 않는 성향이 더욱 강해진 것이다.

중고등학교 시절에 유도 선수로 이름을 날린 츠유키는 대학 때는 복싱으로 전향해 타격기 쪽에 더 비중을 두었지만, 무규칙 격투기 시합에서는 세 경기 모두 그라운드 상황에서 백 포지션을 잡아 초크 기술로 승리했다.

가사 상태에 빠져 바닥에 드러누운 상대를 지하의 침침한 불빛을 등지고 내려다봤을 때, 서 있는 자신과 쓰러진 상대 사이의 압도적인 비대칭 구도 속에서 세포가 끓어오르는 듯한 흥분을 맛보았다. 그러나 경기를 거듭할수록 감동은 옅어졌고, 세 번째 승리 후에는 만족감보다 허무함이 앞섰다. 최근에는 지나쳐서는 안 된다는 경계심을 자각하는 순간이 늘어나면서, 그런 무모한 행동과는 거리를 두게 되었다.

게이코가 눈앞에 메뉴를 내밀어서 짧았던 회상은 사그라졌다.

"뭐 드시겠어요?"

츠유키는 메뉴를 훑어보고 몇 초 만에 무엇을 먹을지 정했다.

"회 정식이요."

게이코는 주문을 마친 뒤 "그럼 바로 본론으로 들어갈까요" 하며 가방에서 가로세로 30센티미터 크기의 발포 스티로폼 용기를 꺼냈다.

"이게 어제 전화로 말씀드린 물건이에요."

내용물이 무엇인지 츠유키는 이미 전해 들었다.

남극 얼음이다.

통화할 때 간단히 설명을 들었지만, 너무 막연해서 논리적으로 해석을 끼워 맞출 수가 없었다.

남극 얼음 층에서 채취한 얼음, 그 속의 미생물, 여러 명의 돌연사. 그 시신을 씻어낸 빗물이 지치부 사쿠라 호수로 흘러들었다.

사건의 전모를 완전히 파악했다고는 볼 수 없었고, 게이코 본인도 설명을 제대로 하지 못해 답답한 듯했다. 츠유키는 세세한 부분까지 캐물어도 무의미하다고 판단했다.

게이코는 도쿄를 중심으로 배송된 남극 얼음 4개에 포함된 미지의 미생물이 돌연사의 원인일 가능성이 있으니, 대학교 연구실에서 성분을 분석해줄 수 있는지 물었다. 오늘 츠유키를 만난 목적 중 하나는 남극 얼음을 그에게 전하는 것이었다. 츠유키는 소속된 대학교의 의학부와 이학부에 각별하게 지내는 기초의학과 분자생물학 계열 연구자가 몇 명 있어서, 분석이 그리 어렵지 않을 것이다.

"다음번에 만날 때 분석 결과를 알려드릴 수 있으면 좋겠지만, 미지의 미생물이라면 분석에 시간이 꽤 걸릴지도 모르겠네요."

츠유키는 새하얀 발포 스티로폼 용기를 받아서 백팩에 아무렇게나 집어넣었다.

"잘 부탁드립니다."

"그런데 도시히로에 대해서도 궁금하다고 했죠? 어디서부터 이야기하면 될까요?"

츠유키는 만남의 두 번째 목적으로 화제를 돌렸다.

"나카자와 유카리라는 여성을 아세요?"

"네, 들어봤습니다. 도시히로가 그 이름을 몇 번 언급했으니까요."

"사흘 전에 아소 씨께 들으신 대로, 저는 나카자와 유카리의 행방을 쫓고 있어요. 그녀가 도시히로 씨의 아이를 낳았다면, 그 아이를 찾아 아소 부부와 만나게 해드리는 게 제 역할이죠. 하지만 나카자와 유카리를 찾으려면 꿈꾸는 허브 모임에서 발생한 집단 사망의 사건의 수수께끼를 어떻게든 풀어야 해요. 사건의 이면에는 도시히로 씨의 그림자도 어른거리고 있습니다. 혹시 그 부분에 대해 무언가 아시는 바가 있다면 들려주시지 않겠어요?"

츠유키는 테이블에 놓인 참치회의 붉은 살에 소금을 살짝 뿌린 후, 젓가락으로 집어 입에 넣고 천천히 씹었다.

"도시히로를 잘못된 길로 끌어들인 건 저일지도 모릅니다."

느닷없이 튀어나온 핵심을 찌르는 말에 게이코는 눈썹을 실룩이며 이야기를 재촉했다.

"그게 무슨 말씀이시죠?"

"보이니치 필사본이 뭔지 아세요?"

게이코는 바로 고개를 저었다.

"본 적도, 들은 적도 없는데요."

"아무도 모르는 문자로 쓰인 문장 사이사이에 실존하지 않는 식물 그림이 삽입된, 세상에서 가장 희귀한 책입니다. 15~16세기에 유럽에서 만들어졌다고 하지만, 정확한 연대와 제작자의 신원은 아직 밝혀지지 않았어요. 지금까지 문장 해독에 성공한 사람이 없어서 세계 최고 수준의 암호 문서라고 불리기도 합니다."

그렇게 서론을 풀어낸 후, 츠유키는 보이니치 필사본을 접하게 되면서 도시히로의 연구가 인간에게서 식물로 옮겨간 상황을 설명했다.

3

의학부 강의가 끝난 뒤 카페에서 우주론을 주제로 이야기를 나누다가 엔트로피 증가 법칙이 화제에 올랐다. 그러다 문득 보이니치 필사본의 이야기를 꺼냈을 때, 츠유키는 21살, 도시히로는 19살의 젊은 나이였다.

츠유키가 2살 어린 도시히로와 마음이 잘 맞았던 이유는 츠유키는 수학과 물리에만, 도시히로는 기초 의학에만 관심을 두었고 둘 다 임상에는 무관심한 자세로 일관한다는 공통점이 있었기 때문이다. 부모님에 의해 반쯤 강제로 의학부에 진학하게 된 점도 같았다.

물리 법칙에서 비롯된 정보는 무질서를 줄임으로써 생성이라는 변화에 일정한 방향을 부여한다. 정보량이 많아지면 엔트로피는 감소한다. 생명은 정보를 먹고 살아가는 법이다.

엔트로피 증가 법칙은 우주를 설명하는 데 있어서 중요한 열역학 법칙으로, 츠유키는 정보 이론을 다룬 물리학 서적을 읽다가 우연히 보이니치 필사본이라는 문서의 이름을 알게 됐다. 의미가 전혀 없는 정보의 사례로 그 희귀본의 이름이 언급된 것이다. 정보에는 반드시 의미가 포함된다. 무의미한 문자열은 정보라고 부를 수 없다. 이처럼 말의 정의가 모순된 것이 재미있어서 인상에 깊이 남았다.

보이니치 필사본은 209쪽에 달하는 양피지에 기록된 고문서로, 미국인 고서상 윌프리드 보이니치가 1912년에 로마 근교의 빌라 몬드라고네에서 발견해 그의 이름을 따 이름을 붙였다. 원본은 예일 대학교 도서관에서 소장 중이지만 인터넷에 전문이 올라와 있어 누구나 쉽게 접속해서 데이터를 얻을 수 있다.

보이니치 필사본이라는 이름이 세상에 알려지고, 순식간에 유럽과 미국을 중심으로 소문이 퍼져나간 것은 문서 속 문자와 삽화가 너무나 기묘했기 때문이다. 일단 알파벳, 라틴어, 그리스어, 아라비아 문자, 이집트 상형문자, 쐐기문자 등 어디에도 속하지 않고, 동서고금을 통틀어 존재하지 않는 문자로 기록되어 있다. 그렇다고 엉터리로 아무렇게나 적은 것도 아니고, 분명 언어로서 성립하므로 일종의 암호일 것이라는 해석이 정착됐다. 서로 다른 필적이 여러 개 눈에 띄므로 여러 사람이 제작했을 가능성이 있다. 어떤 특수한 목적을 위해 모인 집단, 특히 기독교 이단의 흔적이 곳곳에 묻어났다.

페이지의 여백에는 대부분 식물을 주체로 한 세밀화가 그려져 있다. 그려진 식물의 종류는 113가지에 달하며, 배관처럼 복잡하게 얽힌 줄기, 열매를 무수히 달고 피어난 꽃, 텅 빈 줄기 안쪽을 흐르는 수액 등 매우 인상적인 것들뿐이다. 식물 외에도 원형 달력을 연상시키는 그림, 은하나 성운처럼 보이는 그림, 정자처럼 보이는 그림, 녹색 늪에 알몸을 담근 여자들 그림, 연못 주위를 배회하며 상황을 살피는 이구아나 같은 동물 그림 등 기상천외한 그림이 많다.

요컨대 지금까지 지구상에 존재하지 않았던 문자로 기록한 문장 사이에, 지금까지 지구상에서 볼 수 없었던 광경이 삽입된 고문서였다. 그 신비함에 이끌려 과거 수많은 암호 전문가가 해독에 도전했지만 성공한 사람은 하나도 없었고, 미국 국방부 산하의 암호 정보기관에서 세계 최고 난도의 암호 문서라고 언급하면서 보이니치 필사본은 유럽과 미국에서 이름을 떨치게 되었다.

보이니치 필사본이 약 500년이라는 긴 잠에서 깨어나 주목받았을 때, 제일 먼저 해독에 뛰어든 사람은 펜실베이니아 대학교의 교수였다. 그는 문서를 집필한 사람이 중세 자연과학의 선구자인 로저 베이컨이라고 굳게 믿고서, 그 증거를 찾아내고자 무리하게 잘못된 방향으로 매진하다 결국 돌연사한다.

문서를 발견한 보이니치 본인도 로저 베이컨이 제작한 암호일 것이라고 믿었던 낌새가 있지만, 어디까지나 희망적 관측에 지나지 않았다. 로저 베이컨의 암호라는 광고 문구를 붙여서 팔면, 로마 근교 수도원에서 공짜나 다름없이 구입한 원고에 막대한 가격이 붙을 것이 분명했으므로 절실히 그렇게 되기를 바랐던 것이다.

일확천금을 꿈꾸고 몰려온 암호 해독자들은 다양한 암호 체계, 코드화한 알파벳, 인도유럽어족의 문자, 쐐기문자, 고대 이집트 문자 등 다양한 관점에서 검증을 시도했지만, 자기 입맛에 맞는 수법을 구사하는 데 그쳤고, 그들의 노력은 시행착오의 연속이었다. 암호일 것이라는 믿음이 해독을 방해한 것이다.

보이니치 필사본은 애너그램도 아니거니와 복잡한 장치나 특정한 규칙을 사용해 문자를 하나하나 치환한 것도 아니다. 문서에 사용된 알파벳 수조차 확정되지 않아 빈도 분석도 불가능하다. 게다가 수정한 부분 없이 술술 적혀 있으니, 암호라기보다 미지의 언어라고 봐야 할 것이다.

방사성 탄소 측정 결과 양피지가 만들어진 연대는 15세기 말엽으로 밝혀졌다. 오차가 있더라도 문서가 기록된 건 그 이후가 분명하다.

식물을 그린 삽화에서는 옥수수나 고추와 유사한 품종이 몇몇 눈에 띈다. 중남미가 원산지인 옥수수와 고추는 1492년 콜럼버스가 아메리카 대륙에 도착한 후에야 유럽에 전래되었으니, 이 사실로 유추해도 문서 제작 시기는 16세기일 것이라 추정된다.

수액과 나체 여성을 그린 삽화에서는 밝은 갈색 머리 여성들이 원형 테두리의 드럼통 모양의 욕조에 하반신을 담그고 있다. 배가 불룩해 임신부처럼 보이는 여성들은 녹색 수액에 다리를 담근 채 뭔가를 낳으려고 하는 듯한 모습이다.

만다라 형태의 무늬가 그려진 삽화는 동심원의 중심에 있는 우물을 네 남녀가 위에서 들여다보는 구도였다. 남녀의 옷차림에서 16세기 유럽의 특징적인 요소가 드러나는 데다 지구 중심의 우주관과 인간 중심의 세계관이 엿보여, 천동설이 남아 있던 16세기 작품이라는 가설의 신빙성이 한층 높아진다.

식물의 구도에서 두드러진 특징은 접목을 묘사한 장면이 곳곳에 보인다는 점이다. 식물은 기본적으로 모듈이 분산된 구조라 쉽게 죽지 않는다. 예를 들어 나무를 베어낸 뒤, 그 그루터기에서 돋아난 새 가지를 땅에 꽂으면 베어낸 나무와 똑같은 개체가 다시 자라난다. 싹이나 가지 같은 접수를 뿌리가 있는 줄기인 대목에 붙여 성장시키는 접목을 활용하면 과일나무 등을 손쉽게 번식시킬 수 있다. 이때 대목의 영향을 받아 접수에 이전과는 다른 형질이 나타나기도 한다.

끈질기게 번식하는 식물의 특징을 활용해 인류는 수천 년에 걸쳐 품종을 개량해왔다. 옛날의 사과는 작고 시었지만, 오늘날에는 큼지막한 빨간 열매에 단맛이 가득하다. 조그마했던 옥수수도 크기가 커지고 노란 알갱이가 빽빽하게 들어차게 되었다.

동물과 비교하면 식물은 품종을 개량하기가 훨씬 쉽다. 그런데 보이니치 필사본에는 근연식물끼리 품종을 개량하는 수준을 넘어, 식물과 동물이 합체한 듯한 그림이 일부 섞여 있다. 대지에서 솟은 굵은 뿌리는 뱀이 되어 지면을 기어다니고, 이구아나 같은 동물과 뒤얽힌 뿌리는 흡사 교미하는 것처럼 보인다. 삽화에 독특한 세계관이 담겨 있는 것은 분명했다.

녹색 수액에 하반신을 담근 나체 임신부, 식물의 접목, 식물과 동물이 결합한 형상. 이러한 단편적인 정보들을 종합해보면, 서로 다른 종을 뒤섞어 '새로운 종을 창조한다'는 콘셉트가 엿보인다.

여기까지 단숨에 이야기한 후 츠유키는 "스마트폰으로 검색해봐요" 하고 게이코에게 권했다. 말로 아무리 설명한들 보이니치 필사본에 기록된 문자의 형상과 식물을 주제로 한 그림에서 피어오르는 신비한 분위기는 제대로 전달되지 않는다. 실물을 보는 것이 가장 확실하다.

게이코는 츠유키의 제안에 따라 보이니치 필사본에 관한 정보를 스마트폰으로 검색해서 대충 훑어본 후 조용히 고개를 저었다. '해독은 도저히 불가능하겠다'라는 뜻이겠지만, 문자의 형상과 그림의 분위기는 전해졌을 것이다.

"내가 들려준 보이니치 필사본 이야기에 도시히로는 심상치 않은 관심을 보이며, 뭔가에 홀린 듯 해독에 나섰어요. 세상 누구도 해독에 성공하지 못했다면, 자기가 첫 번째로 성공하는 사람이 되겠다는 듯 의욕이 넘쳤습니다."

"하지만 전 세계의 암호 천재들이 도전했는데도 실패했잖아요."

"저도 그렇게 충고했어요. 꼼꼼히 관찰하고 검증한 결과, 그건 암호 문서가 아니라는 직관을 얻었거든요. 그렇다면 해독은 애초에 불가능하겠죠. 제2차 세계대전 때 일본군의 암호를 비롯해 갖가지 암호를 해독한 천재 암호학자 윌리엄 프리드먼도 보이니치 필사본을 인공 언어라 보고, 해독이 불가능할 것이라고 예측했습니다. 그는 해독에 도전해도 결국 시간 낭비일 뿐이니 그만두라고 했어요. 하지만 도시히로는 들은 체도 하지 않았습니다. 도시히로는 유럽과 미국의 연구자들이 문자 해독만 끈질기게 매달려 아무런 성과를 내지 못했으니, 접근 방식을 크게 바꾸겠다고 주장했습니다. 문자를 해독하는 대신 식물학적 관점에서 내용을 대략적으로 추론하겠다는 것이었습니다. 책은 보통 한 가지 주제를 정리해서 담잖아요. 도시히로는 보이니치 필사본에 담긴 주제를 대강이나마 파악하려 했던 겁니다."

그 후 몇 년간 보이니치 필사본에 대해 깊이 고찰한 도시히로는 발견한 사항과 떠올린 생각을 여러 권의 노트에 기록했다. 그 노트들은 현재 아소 시게루가 보관하고 있을 것이다. 츠유키는 노트에 무슨 내용이 담겨 있는지 도시히로에게 간략하게 들은 적이 있었다. 도시히로가 식물의 관점에서 진화론을 재해석하려는 시도를 체계적인 가설로 제시했을 때는 보이니치 필사본을 접한 지 5년이 지난 시점이었다. 도시히로는 의학부 마지막 학년이 되었고, 츠유키의 수련의 생활도 종반에 접어들고 있었다.

도시히로의 가설은 역동적으로 전개되었는데, 독특하게도 '지구 전체에서 일어나는 동물의 활동을 식물이 이면에서 조종하고 있다'고 단정했다. 츠유키는 그 골자를 게이코에게 최대한 간결하고 알기 쉽게 전달하기 위해 구약성서의 창세기를 예로 들었다.

인류가 문자를 가지기 이전부터 전해져 내려온 신화에는 깊은 의미가 담겨 있어서 단순히 황당무계한 이야기로 넘길 수 없는 부분이 많다. 먼 옛날에 실제로 일어난 사건을 바탕으로 이야기가 구성되어 고대의 지구 환경을 파악할 수 있는 단서를 제공하기도 한다. 대표적인 예가 홍수 전설이다. 세계 각지의 신화에는 크든 작든 대홍수에 관한 묘사가 등장한다. 자연이 맹위를 떨쳐서 발생한 홍수의 기억이 사람들의 머릿속에 깊이 새겨져 대대로 전해져 내려온 것이다. 실제로 세계 곳곳에 홍수의 흔적이 남아 있으며, 구약성서의 창세기에서도 세상의 성립과 생명의 탄생을 언급하는 서두부터 홍수 전설이 중요한 위치를 차지한다. 창세기 6장부터 8장에 서술된 '노아의 방주'는 특히 유명하다.

츠유키가 세계 신화 속 홍수 전설을 언급한 것은, 허구의 대명사로 여겨지는 신화에도 과거에 실제로 일어난 사건의 단편이 포함될 수 있음을 강조하고 싶었기 때문이었다. 구약성서의 첫머리, 천지창조를 다루는 창세기에서도 양자론적인 우주의 창조와 진화의 연쇄가 자연스럽게 떠오르지 않는가.

신은 첫째 날에 빛으로 대지를 비추고, 둘째 날에 하늘과 바다를 나누었고, 셋째 날에 식물을 만들었고, 넷째 날에 태양과 달과 별을 만들었고, 다섯째 날에 동물을 만들었고, 여섯째 날에 인간을 만들었다.

그러나 거기서 식물을 포함한 생명의 탄생이 끝난 게 아니다. 다음 단락에서 또 다른 생명이 창조된다. 신은 대지를 적셔 식물을 키우고, 흙으로 인간(아담)을 만든다. 그리고 식용 식물로 둘러싸인 에덴동산에 아담을 두고 그의 갈비뼈로 이브를 만든다.

아담과 이브가 생활하는 에덴동산에는 식용 나무와 생명나무, 그리고 선악을 알게 하는 지식나무가 심겨 있었다. 신은 다른 나무의 열매는 다 먹어도 되지만 지식나무의 열매만은 먹어서는 안 된다, 그것을 먹으면 죽는다며 먹지 못하게 한다. 그때 뱀이 이브에게 다가와 금단의 열매를 먹으라고 유혹한다. 들짐승 가운데 가장 교활하다고 알려진 뱀은 이브에게 이렇게 말한다.

"그 열매를 먹으면 너희 눈이 밝아져 선악을 깨닫고 신처럼 될 걸 아니까 금지한 거야."

결국 이브는 금단의 열매를 먹었고, 아담에게도 권했다. 신은 아담과 이브가 금기를 어기고 금단의 열매를 먹었다는 사실에 격노하여 두 사람을 에덴동산에서 내쫓고 고난의 삶을 살게 했으며, 명령을 위반한 벌로 평생 지워지지 않는 '원죄'를 짊어지게 했다. 이것이 기독교의 근본이념인 원죄 사상이다. 하지만 신은 진심으로 선악과를 먹지 말라고 금지한 걸까. 아무래도 그런 것 같지는 않다. 신은 앞으로 아담과 이브가 겪을 고난의 길을 일러주고, 가죽옷을 입혀 동쪽으로 보내기 때문이다. 추방이라기보다는 보금자리를 떠나는 아이를 부모 입장에서 배웅했다고 보는 편이 더 와닿는다.

아버지는 자식이 아무 걱정거리도 없는 낙원에 안주해 좁은 세상에 갇혀 지내길 바라지 않는다. 하지만 바깥세상에 위험은 으레 따르기 마련이다. 무턱대고 일을 벌이거나 생각 없이 행동하면 목숨을 잃기 십상이다. 바깥세상으로 나아가기 위해서는 각오가 필요하다. 어리석은 행동은 삼가야 하지만, 때가 무르익으면 용기를 내어 낙원을 떠나 동쪽으로 향해야 한다. 신은 그럴 각오가 있는지를 확인한 것이 아닐까.

일단 낙원을 떠난 이상, 설령 수만 년이 걸리더라도 온 세상에 빈틈 없이 퍼져나가 번성해야 한다. 신이 인간에게 부여한 사명은 신화라는 형태로 인간의 심층 의식에 자리 잡았다.

선악과를 먹은 후, 아담과 이브는 발가벗은 것이 부끄러워서 무화과 나무 잎으로 사타구니를 가리려 한다. 두 사람의 머릿속에 처음으로 부끄러움이라는 개념이 생겨난 것이다. 개념은 언어에 앞선다. 표상과 개념이 결합해야 비로소 언어가 탄생한다.

인류가 지표地表 전체에서 번성하기 위한 절대적인 조건이 무엇인지 이제 알 것이다. 바로 언어다. 인간은 지식의 열매를 먹음으로써 언어를 획득했고, 호모사피엔스로 진화하여 지표 전체로 퍼져 나갔다. 놀랍게도 라틴어에서 그 기원을 찾을 수 있는데, 'sapience'는 '지혜'라는 뜻이고 어간인 'sap'는 '식물의 수액'이라는 뜻이다.

　인간이 더 광범위하게 활동하기 위해서는 언어를 최대한 활용해 지식을 축적할 필요가 있었다. 인류가 전 세계로 퍼져나간 사실을 당연하게 여기며 수수께끼로 받아들이지 않는 사람들이 많다. 인류학자들은 아프리카를 떠나 유라시아를 횡단하고, 남쪽으로 내려간 사람들이 태평양의 섬들을 지나며 동쪽으로 나아간 이유를 '식량을 찾아서'라고 설명한다. 그러나 가지가 휘도록 야자열매가 열리는 육지에서 식량을 찾아 카누를 타고 바다로 나간다는 것은 스스로 조난을 자초하는 행위다. 자살 행위나 다름없다. 좀 더 설득력 있는 이유를 생각해야 할 것이다.

　예를 들어 야생 침팬지가 스스로 아프리카를 떠나 남아메리카 대륙 최남단까지 이동하는 일은 없다. 위험을 무릅쓰고 미지의 영역에 발을 들이는 존재는 인류뿐이다. 호모사피엔스는 수만 년 전에 아프리카에서 유라시아 대륙으로 건너가 동쪽으로 나아갔다. 풍토가 맞으면 그 땅에 정착해 가는 곳곳마다 번성했다. 눈앞에 태평양이 나타나 길이 막혀도 겁먹지 않고 남북으로 나뉘어 계속 이동했다.

　북쪽으로 향한 몽골로이드는 빙하기에 해수면이 낮아져 생긴 베링 육교[10]를 건너 북아메리카로 들어갔고, 남하하면서 대륙 구석구석까지 퍼져나갔다. 어떤 부족은 이동하면서 생활했고, 어떤 부족은 벼랑에 가로로 굴을 파고 정착했다. 이들은 이동하거나 정착하거나 하면서 서서히 멕시코를 지나 남하해 파나마 지협을 통과하고, 안데스산맥 기슭에 발자국을 남기며 아마존 유역에 이르렀다. 기원전 1만 년 무렵, 인류는 아메리카 대륙 최남단인 푸에고섬에 도달한다.

　한편 남쪽 경로를 택한 사람들은 동남아시아에서 태평양으로 나와서 필리핀, 말루쿠 제도, 멜라네시아를 거쳐 기원후 400년 무렵에는 타히티에, 그로부터 100년 후에는 이스터섬에 도달한다.

　아프리카 대륙에서 시나이반도를 거쳐 전 지표로 퍼져나가는 긴 여행을 시작한 인류는, 가장 먼 도달점에서 어째서인지 돌로 건조물을 세운다. 중미에서 남미에 걸쳐 건설된 마야, 아스텍, 잉카의 피라미드는 이집트(기자)의 피라미드와 구조가 거의 동일하다. 남태평양 경로의 끝에 위치한 이스터섬에도 거대한 돌 건조물인 모아이상이 있다.

피라미드, 모아이와 떼려야 뗄 수 없는 관계에 있는 것이 문자다. 몽골로이드가 아메리카 대륙을 남북으로 종단하면서 문자가 발생한 문명은 마야, 아스텍, 잉카(훗날 문자는 소멸한다)뿐이었다. 문자가 없던 폴리네시아 민족에게 유일하게 전해진 것이 이스터섬의 '롱고롱고 문자'였다. 고대 이집트 문자가 발생한 곳에 세워진 기자의 피라미드는 세계에서 가장 오래된 쐐기문자가 발생한 지역과 매우 가까운 곳에 있다.

돌로 만든 건조물과 문자가 한 세트를 이루는 것은 우연이 아니다. 피라미드는 이루 말할 수 없이 매력적이어서 사람들은 고대의 낭만이 넘치는 거석 건축물에 한없는 동경을 품고, 그 건축 목적과 방법의 수수께끼에 이끌린다.

'피라미드는 파라오의 무덤'이라는 통설만큼 낭만을 깨뜨리는 것도 없다. 그렇다면 피라미드는 뭘까? 답은 '정보 기록 장치'다. 정보야말로 미래를 개척하기 위한 최고의 도구이며, 정보를 토대부터 지탱하는 것은 수식과 화학식을 포함한 언어다.

4

중앙아메리카의 유카탄반도를 중심으로 번영한 마야 문명은 거대한 피라미드와 신전을 건설했고 역법, 수학, 그림문자에 뛰어난 재능을 발휘해 열대 수림 속에 고도로 정비된 도시를 세웠다.

문명의 기초가 된 것은 정보를 기록하기 위한 문자와 수학이었다. 마야 문자는 복잡한 그림으로 의미를 나타내는 표의문자와 모음과 자음을 한 문자로 나타내는 음절문자의 조합으로 이루어졌다. 이 구조는 한자와 히라가나, 가타카나를 함께 사용하는 일본어와 유사하다.

기원후 300년부터 900년경까지 최전성기를 누렸던 마야 문명은 그 후로 쇠퇴하여 번영을 자랑하던 도시들은 차례차례 버려졌고, 새로운 도시도 더 이상 세워지지 않았다. 쇠퇴의 원인에 대해서는 여러 설이 있지만 어느 하나로 단정할 수는 없다. 문헌도 남아 있지 않아 '수수께끼의 멸망을 맞은 마야 문명'은 여전히 신비의 베일에 싸여 있다.

마야 문명이 진정한 의미에서 막을 내린 것은 스페인의 침략 때문이다. 1492년에 콜럼버스가 서인도제도의 산살바도르에 상륙한 것을 계기로 스페인과 포르투갈을 비롯한 유럽인이 대거 밀려와 마야, 아스텍, 잉카 문명을 차례차례 멸망시켰다. 에르난 코르테스가 이끄는 스페인군은 멕시코의 아스테카 왕국을 정복한 것을 시작으로 마야 지방의 주변 국가들을 제압했다. 그 후에 들어온 스페인 선교사들이 분서를 실시해 귀중한 문서가 소실되면서 정보가 사라졌고, 수수께끼는 한층 깊어졌다. 지금도 계단식 피라미드는 정글 깊은 곳에 잠들어 있다.

자, 이제 마야 지방의 식생으로 시선을 돌려보자. 아메리카 대륙에는 원래 동물의 종류가 적었고, 특히 가축화할 수 있는 종은 극히 소수였다. 말, 소, 돼지, 산양, 양 등의 가축이 있는 유라시아를 비롯한 다른 지역과는 크게 달랐다. 대신에 식물류는 풍부해서 현재 우리가 재배해 먹는 작물의 약 70퍼센트가 아메리카 대륙이 원산지다. 옥수수, 토마토, 호박, 아보카도, 고추, 감자, 피망, 카카오, 아세롤라 등이 모두 아메리카 대륙에서 퍼져나갔다.

수만 년 전에 시작돼 약 1만 년 전에 끝난 인류의 동쪽 여행과 15세기 말부터 본격화한 대서양 서쪽으로 향하는 여행의 합류 지점이 중앙

아메리카였다. 두 흐름을 담당했던 여행자들은 서로 섞이며 유럽의 가축과 식물을 중앙아메리카에 들여왔고, 다양한 식물을 유럽으로 가지고 돌아갔다. 이후 유럽을 발판 삼아 중앙아메리카가 원산지인 식물이 전 세계로 전파됐고 인구 증가와 맞물려 재배량이 급격히 늘어났다.

이처럼 구대륙과 신대륙 사이에서 식물, 동물, 먹을거리, 인간, 병원체 등이 광범위하게 교환된 현상을 '콜럼버스 교환'이라 부른다.

일방적으로 너무 떠들었다 싶어 츠유키는 넉넉히 여유를 두고 참치회의 붉은 살을 한 점 우물거리면서 게이코에게 물었다.

"세계사의 흐름을 쭉 살펴봤으니 하나 물어볼게요. 인류가 이렇게 활동함으로써 제일 이득을 본 건 누구일까요?"

츠유키는 학교에서 물리학을 강의하다가도 학생들에게 질문을 던지곤 하는데, 이야기의 흐름을 잘 이해했는지 확인하기 위해서다. 츠유키의 질문에 게이코가 대답했다.

"유럽인일까요."

"아니요. 인간이 아닙니다."

"설마 식물…… 하지만 의식이 있다고 보기 힘들잖아요."

"맞아요. 제일 이득을 본 건 식물이죠. 식물은 광합성으로 당분을 만들어내니까 움직일 필요가 없어요. 대신에 이동이 필요할 때는 동물에게 의지합니다. 꽃가루 운반을 곤충에게, 종자의 이동을 새에게 맡기곤 하죠. 다리가 없는 식물이 자기 몸을 옮기려 할 때, 가장 유용한 존재는 우리 인간이에요. 인간은 식물 입장에서 가장 우수한 운반자입니다. 최고의 시중꾼이라고 할 수 있죠. 그러나 최고의 시중꾼은 그렇게 쉽게 얻을 수 없는 법입니다. 그래서 식물은 포유류 가운데 짐꾼 소질이 있을 법한 종을 선발해 꾸준히 키워왔습니다. 약 400만 년쯤 전 유인원에서 원인猿人을 분화시키고, 오스트랄로피테쿠스와 호모에렉투스를 거

처 현재의 호모사피엔스를 완성하기 위해 일종의 엘리트 교육을 시도
했습니다. 그 과정에서 언어가 필요해진 거고요. 최고의 시중꾼이 되려
면 언어가 꼭 필요했으니까요. 자, 여기서 질문을 하나 더 해봅시다. 수
만 년 전, 동쪽으로 향하는 여행의 발단이 된 사건은 무엇이었을까요?”

“에덴동산을 떠난 것⋯⋯.”

인류가 경험한 긴 여행의 출발점은 에덴동산이다.

“그럼 아담과 이브는 왜 에덴동산을 떠나 동쪽으로 향했을까요?”

“금단의 열매를 먹고 지혜를 얻었으니까.”

“그렇죠. 지혜와 언어는 등호로 연결할 수 있어요. 뱀은 금단의 열매
를 먹으라고 아담과 이브를 꾀었죠. 그런데 그 배후에는 뱀을 부추긴
흑막이 존재했습니다. 흑막이 뱀에게 지령을 내려 아담과 이브가 특정
열매를 먹도록 한 거죠. 자, 그 흑막은 누구일까요?”

게이코는 주저하면서 대답했다.

“식물⋯⋯ 설마.”

“지금으로부터 수만 년 전, 식물은 호모사피엔스가 더 역동적으로
활동해 지표 전체에 퍼져 나가기를 바랐습니다. 그래서 언어를 부여하
기로 했죠. 인지 혁명이라 불리는 언어 획득을 통해 지식의 축적이 가
능해졌고 신화를 구상하게 되었습니다. 신화가 불러일으킨 동기를 원
동력 삼아 인류는 전 세계로 퍼져나갔어요. 그리고 세계에서 재배되는
식물의 약 70퍼센트를 차지하는 아메리카 대륙의 식물을 유럽을 비롯
한 전 세계에 전파했습니다. 그야말로 식물이 바란 대로 대활약한 셈
이죠. 인간을 인간으로 만드는 요인은 직립보행도, 도구 사용도 아닙
니다. 언어가 있느냐 없느냐죠. 유인원과 인류의 유일한 차이는 그 점
이라고 해도 과언이 아닙니다. 인류와 유인원 사이에 존재하는 차이가
어디서 왔는가, 그 원인을 신다윈설[11]에서는 유전자의 복제 실패로 설
명합니다. 복제 실패로 유전자에 우연히 발생한 돌연변이가 언어를 만

들어냈고, 언어 능력을 지닌 종이 환경에 유리하게 적응하면서 번식할 수 있었다는 식으로요. 하지만 사실상 유전자 복제 실패로 생존에 유리한 특질이 생기는 사례는 거의 없어요. 대부분은 생존에 해로운 방향으로 작용하죠. 하물며 언어처럼 숭고하고, 인공지능을 가볍게 능가하는 인지 능력의 기초가 되는 힘이 실수 때문에 생겨났다고 한다면 당혹스러울 뿐입니다.”

“그럼 어떤 요인이 작용했다고 생각하시나요.”

“발단은 식물이 산출한 열매를 인류의 시조가 먹은 데서 비롯됩니다. 여기서 금단의 열매가 실제로 존재했다는 대담한 가설을 세워볼 수 있죠. 금단의 나무는 일반적으로 사과나무로 묘사되지만, 그건 단순한 비유에 불과합니다. 다른 종류의 과일나무나 허브에 속하는 약초라든가. 아무튼 식물의 성분을 섭취하면서 뇌에 화학 반응이 일어났고, 뉴런 네트워크에 새로운 회로가 만들어져서 언어를 획득하게 되었다는 것이 우리의 생각이입니다.”

“돌연변이가 아니라 식물의 성분이 영향을 주어 언어가 발생했다고 말씀하시는 건가요?”

“네, 식물성 알칼로이드의 효능을 최대한 활용하면 인간의 뇌를 활성화할 수 있거든요. 코카인이나 각성제를 투여한 사람은 평소 상태와 다르게 활동하잖아요. 그리고 코카, 마황, 아편 등의 마약 성분은 모두 식물 성분을 정제한 거죠. 식물성 알칼로이드는 식물의 체내에 포함된 알칼리성 기능 화합물로, 대부분 독성과 함께 약리 효과가 있죠. 모르핀, 코카인, 아트로핀, 니코틴, 스트리크닌, 카페인, 콜히친처럼요. 헤모글로빈과 엽록소의 구조가 동일한 것처럼, 식물성 알칼로이드는 뇌의 깊은 곳에서 생성되는 호르몬과 구조도 동일하고 화학 특성도 거의 동일합니다. 마약이 인간의 세포에 작용한다는 건 세포에 마약을 받아들이는 수용체가 있다는 뜻인데, 왜 인간의 세포에 그러한 수용체가 존재하지는 아직 수수께끼입니다. 뇌신경학자는 그 이유를 설명할 때 또 같은 수법을 써서 달아나죠. 결국 우연에 지나지 않는다는 겁니다. 아편이나 모르핀 같은 식물성 알칼로이드를 외부에서 투여하든, 뇌 속 마약인 엔도르핀이 생성되든, 신경계가 활성화되고 도파민이 방출되면서 강렬한 쾌감과 행복감, 도취감을 얻을 수 있습니다. 때로는 현실로 착각할 만큼 생생한 환각이나 환청이 발생하기도 하고요. 제 생각에는 세차게 폭발하는 그 힘이 인간의 뇌에 언어의 씨앗을 심었다고 보는 편이 훨씬 앞뒤가 맞는 것 같아요."

"듣기만 해도 어쩐지 머리가 어질어질하네요. 하지만 아무리 그래도 식물이 인간을 마음먹은 대로 조종할 수 있을 것 같지는 않은데요."

"언어를 부여함과 동시에 식물이 인간의 뇌에 보상 회로를 심은 겁니다. 인간의 뇌에는 욕구가 충족되면 활성화되어 쾌감을 주는 신경계가 있는데, 이를 보상 회로라고 합니다. 목적을 달성했을 때 행복감을 느끼는 건 엔도르핀이 분비되어 도파민이 방출되기 때문이에요."

"보상 회로…… 알아요. 대학교 때 문학부라 심리학 강의도 들었거든요."

"그럼 이야기가 빠르겠군요. 최근 어떤 연구기관에서 활발하게 움직일수록 행복감이 커진다는 조사 결과를 발표했어요. 여행이 즐거운 이유를 알겠죠? 등산이나 항해 같은 모험에 나서는 사람들은 지금까지 자신의 행동 원리를 제대로 설명하지 못해서 거기에 산이 있으니까 올라간다는 식으로 어영부영 대답해왔지만, 보상 회로의 원리를 적용하면 이유는 분명해집니다.

인간은 왜 모험에 나서는가. 위험한 여정을 거쳐 모험에 성공했을 때 찾아오는 성취감이 다른 무엇과도 바꿀 수 없는 쾌감을 선사하기 때문이에요. 앞서 설명했듯, 이 쾌감은 식물성 알칼로이드를 투여했을 때 생성되는 것과 동일한 감각입니다. 이해되시나요? 에덴동산을 떠나서 전 세계로 퍼져나간 긴 여행은, 보상 회로의 메커니즘 없이는 절대로 이루어질 수 없었습니다.

인류의 시조는 단순히 식량을 찾아 지구 곳곳을 여행한 것이 아닙니다. 혹한 속에서 얼음으로 뒤덮인 북쪽 회랑의 동쪽으로 나아간 나날과, 목숨을 아끼지 않고 태평양의 섬들을 작은 카누로 건너는 모험을 견뎌낸 건, 목적을 달성했을 때 이루 헤아릴 수 없는 쾌감을 얻을 수 있다고 믿었기 때문이에요.

올림픽 100미터 달리기에서 10초 안에 결승선을 통과한 선수는 천상에서 쏟아지는 거룩한 빛을 온몸으로 받으며 다른 무엇과도 바꿀 수 없는 쾌감에 젖게 됩니다. 그 한순간을 손에 넣기 위해서라면 아무리 힘든 훈련도 매일 견뎌낼 수 있겠죠. 그것과 같습니다. 인간에게 강한 동기를 부여하는 가장 효과적인 방법은 바람직한 방향으로 나아갔을 때 보상이 주어지는 시스템을 뇌에 심는 겁니다. 식물은 그게 가능합니다. 알칼로이드가 뇌의 신경 전달 물질인 도파민의 방출을 조절할 수 있으니까요."

츠유키는 거기서 말을 멈추고, 인간이 식물에게 조종당한다는 기상천외한 가설이 부디 게이코의 머릿속에 스며들길 바랐다. 처음 듣는 사람이라면 누구나 혼란을 느낄 만한 이야기였다.

게이코는 천천히 숨을 내쉬며 유리창으로 고개를 돌렸다. 츠유키가 따라서 고개를 돌리자 정원이 눈에 들어왔다. 울창한 나무들이 5월의 햇살 속에서 무수히 많은 가지와 잎을 펼쳐 빛을 탐하고 있었다.

잠시 눈을 쉬던 게이코는 바싹 다가오는 듯한 식물들의 존재감에 불안을 느꼈는지 두 손을 양쪽 팔꿈치에 대고 몸을 부르르 떨었다.

"믿으라고 하셔도 저로서는 모르겠다는 말밖에 안 나오네요. 무엇보다 이야기가 엇나간 것 같은데요."

"이제 때가 된 것 같습니다. 이야기의 길고 긴 서두를 장식한 건 보이니치 필사본이었죠. 이제 서두와 결론을 연결할게요. 보이니치 필사본의 해독에 오랜 세월을 바친 도시히로는 마침내 그 속에서 주제를 찾아냈습니다. 모든 책에는 주제가 있죠. 도시히로는 보이니치 필사본의 주제를 다음과 같이 규정했습니다. '인간의 뇌에 작용해 인지 혁명을 일으키는 알칼로이드를 산출하는 식물을 품종 개량을 통해 만들어내기 위한 비법서.'

근거는 크게 두 가지에요.

첫 번째는 보이니치 필사본에 그려진 식물 삽화가 모두 마야 지방이 원산지인 식물의 형상과 흡사하다는 점입니다. 필사본에는 옥수수와 고추 비슷한 작물, 감자와 고구마 비슷한 뿌리를 가진 작물이 다수 그려져 있습니다.

두 번째는 기록된 문자의 형태가 마야 문자의 일종인 나우아틀어와 놀라울 만큼 닮았다는 점이에요. 수만 년 전 에덴동산에서 자라던 금단의 나무는 제 역할을 마치고 사라졌습니다. 구약성서의 무대가 된 지역에 지금도 그런 나무가 있다는 보고는 들어온 바가 없죠. 하지만 특수한 알칼로이드를 산출하는 식물을 만드는 방법은 지식으로 남아 조로아스터교를 시작으로 그노시스파, 마니교, 카타리파로 이어지는 이단의 계보 속에서 은밀히 전해져왔습니다. 그러다 16세기에 이르러 유럽의 이단과 마야 지방의 토착 종교가 결합하면서, 태곳적부터 맥을 이어온 품종 개량의 지식을 끄집어내어 정리하고, 잊힌 언어로 금단의 열매를 만드는 방법을 기록한 것은 아닌지 싶어요. 기록된 내용은 극비 사항이라 절대로 일반인의 눈에 띄어서는 안 되었습니다. 요컨대 문외불출의 책이었던 거죠. 그러나 귀중한 정보의 명맥이 끊어져서는 안 됩니다. 그래서 같은 종파의 신도에게만 비밀리에 남기기 위해, 일반인은 읽을 수 없는 문자로 기록했을 가능성이 있습니다."

근심스럽게 츠유키를 주시하던 게이코의 눈동자에서 불안이 사라지고 눈빛이 밝아졌다.

"말이 된다고 생각해요. 왜 기록했는지를 알면, 자연스레 그 내용도 추측할 수 있겠죠."

게이코는 납득한 듯 고개를 두어 번 끄덕였다. 보이니치 필사본에 얽힌 이야기는 이것으로 끝났다고 게이코는 생각한 듯했지만, 아직 더 남아 있었다.

"그런데 도시히로의 연구는 거기서 끝나지 않았어요."

"어, 더 있나요?"

"도시히로는 보이니치 필사본에 적힌 품종 개량의 비법을 규명해서, 과거에 실존했던 금단의 열매를 되살리려 했죠."

게이코는 어안이 벙벙한 듯 입을 떡 벌렸다.

"왜요?"

"열매와 꽃, 뿌리와 잎 등에서 원하는 성분을 추출하기 위해서요."

"설마……."

"자기 몸에 그 성분을 투여해 제2의 인지 혁명을 일으키려 한 것은 아닐까…… 제 생각은 그래요. 내일 아버님 댁에 가보려고 합니다. 도시히로의 방은 그대로 남겨뒀고 유품도 버리지 않았거든요. 보이니치 필사본에 관해 고찰한 점을 속속들이 기록한 노트를 다시 한번 읽어보면, 내 추리가 옳은지 그른지 알 수 있을지도 모릅니다."

"동시에 나카자와 유카리의 행방도 알 수 있으면 좋겠네요."

게이코가 자신의 바람을 슬쩍 내비쳤다.

"그러길 기원할게요."

츠유키는 손목시계로 시간을 확인했다.

"벌써 시간이 이렇게 됐나."

미리 정해놓은 1시간 반을 훌쩍 넘겨 자리에 앉은 지 2시간이 다 되어 있었다. 이야기에 열중한 나머지 시간이 흐르는 것도 잊어버린 듯했다. 오후 강의에 늦지 않으려면 오토바이를 타고 쏜살같이 달려가야 할 것 같았다.

"시간을 너무 많이 빼앗아서 죄송합니다."

츠유키가 계산서에 손을 대기도 전에 게이코가 계산서를 낚아채 카운터로 가서 카드로 결제했다.

"주차장까지 배웅할게요. 선생님의 오토바이를 보고 싶네요."

저도 모르게 츠유키의 입가에 웃음이 맺힌 건 소중한 오토바이가 화제에 올랐기 때문이었다.

"오토바이로 온 걸 어떻게 알았죠?"

"그 가죽 재킷, 라이더용이잖아요."

"당신도 라이더인가요?"

"취재할 때 편리해서 예전에는 자주 탔어요. 하지만 지금은 오토바이가 없어요."

"그럼 다음번에 내 오토바이를 한 대 빌려줄 테니, 같이 한번 달려보는 건 어때요?"

예의상 던진 말에 게이코가 가볍게 장단을 맞췄다.

"꼭 기회를 주세요. 아, 그리고……."

게이코는 뭔가 생각난 듯 장난스럽게 손끝을 입술에 대고 덧붙였다.

"격투기 경기에 출전할 기회가 생기면 슬쩍 알려주세요. 응원하러 가서 선생님 쪽에 돈을 태울게요."

'태우다'란 도박이나 내기에서 이길 것 같은 쪽에 돈을 건다는 뜻이다. 게이코는 옛날에 클럽 지하에서 비밀리에 열리던 격투기 이벤트에 츠유키가 출전했다는 사실을 알고 있었다. 놀란 나머지 츠유키는 무심코 앓는 소리를 흘렸다. 그뿐만 아니라 게이코는 그 경기가 돈을 걸고 승부를 겨루는 도박이었다는 것까지 알아냈다. 당시 츠유키는 투계장에서 서로 부리로 쪼아대는 싸움닭 역할이었고, 그중 한 마리에 돈을 걸겠다고 게이코는 우스갯소리를 한 셈이었다.

주차장으로 이어지는 길을 걸으며 츠유키는 게이코가 자신의 오른쪽에 서도록 자리를 옮겼다.

츠유키는 홀더에서 헬멧을 꺼내 키를 꽂아 시동을 건 후 게이코에게 물었다.

"왜 오토바이를 그만뒀죠?"

"임신이 계기였던 것 같아요. 지금은 7살짜리 딸을 키우는 싱글 맘이고요. 슬슬 다시 오토바이를 타볼까 싶네요."

그 말에 츠유키는 시동을 끄고 헬멧을 시트에 내려놓았다.

"나도 딸이 하나 있어요."

게이코가 이미 알고 있으리라 생각하면서 츠유키는 자신도 같은 처지임을 알렸다. 시동까지 꺼서 주변을 조용히 만든 것은, 혼자 아이를 키우는 게이코에게 조언을 얻고 싶은 마음이 간절했기 때문이다.

"늦게나마 딸을 돌봐야 하는 상황이 생겨서요."

"따님은 몇 살이죠?"

"올봄에 고등학교에 입학했어요. 엄마 대신 딸을 키우던 장모님이 지난 달에 돌아가셨고, 장인어른은 요양원에 들어가셔서 딸을 데려와야 해요. 다음 주면 집으로 옵니다."

"어떻게 대해야 할지 몰라서 난감하신 거로군요."

"맞아요. 아이를 키우는 건 전혀 자신이 없거든요. 더구나 15년의 공백을 어떻게 메워야 할지."

"같이 산다고 해서 바로 해결될 문제는 아니죠. 외할아버지, 외할머니는 따님을 귀여워하셨겠네요."

"그야 뭐, 눈에 넣어도 아프지 않다는 비유 그대로……."

"그럼 걱정 없어요. 한껏 사랑해주면 돼요."

"문제는 그겁니다. 태어나서 지금까지 그다지 애정을 쏟지 않았던 대상을, 노력한다고 사랑할 수 있는가.”

“어머니들은 대부분 낳기 전부터 아이를 사랑하죠. 하지만 아버지는 달라요. 시간을 들여서 사랑을 키워나가는 수밖에 없어요. 아이가 내미는 손을 다정하게 잡아주는 거예요. 그런 생활이 반복되고 쌓여야 사랑이 자라나겠죠.”

“혹시 괜찮다면 이번 일이 마무리된 후에도 딸아이에 대해 상담해도 괜찮을까요?”

그렇게 말하며 머뭇머뭇 오른손을 내밀자 게이코는 악수에 응했다.

“기꺼이요. 언제든지 말씀하세요.”

츠유키는 다시 시동을 걸고 시트에 앉아 천천히 오토바이를 출발시켰다. 주차장에서 큰길로 나가기 직전, 백미러에 비치는 게이코에게 왼손을 살짝 들어 작별 인사를 하니, 고개를 꾸벅 숙이는 게이코의 모습이 백미러에 비쳤다. 그것을 신호 삼아 스로틀 그립을 돌리자, 츠유키의 오토바이는 엄청난 속도로 파란불이 켜진 교차로를 빠져나갔다.

제4장
편재

1

게이코와 만난 다음 날, 츠유키는 아소의 집을 찾아갔다. 도시히로가 기록한 노트의 내용을 다시 확인하기 위해서였다. 당시 도시히로가 몰두했던 기초의학 계열의 연구가 나카자와 유카리의 행방에 깊이 관련됐을 가능성이 있어서, 당시의 노트를 참고해 단서를 찾고 싶다고 말했다. 아소 시게루는 흔쾌히 승낙하며 2층에 있는 도시히로의 방으로 츠유키를 안내했다.

"자, 마음대로 살펴보게."

문을 열고 츠유키에게 손짓하며 아소 시게루는 말을 덧붙였다.

"당시 모습 그대로야. 아무것도 치우지 않았으니 노트가 있다면 이 방에 있겠지."

자신이 같이 있으면 방해가 될 것 같다며 1층으로 돌아가는 아소 시게루의 뒷모습이 사라지자, 츠유키는 서둘러 방으로 들어갔다. 마지막으로 이곳에 왔던 것은 도시히로가 죽기 2달 전쯤이었다. 20대에 수없이 드나들었던 방을 둘러보니, 예전보다 좁아진 듯한 인상을 받았다. 당시에는 10평 크기의 방이 입이 떡 벌어질 정도로 높게 느껴졌만, 지금은 60평 규모의 맨션에 혼자 살다 보니 넓은 공간에 익숙해져서인지 그렇게 넓게 느껴지지 않았다.

서글프고, 쓸쓸하고, 달콤하고, 그리운 향기가 가슴속에 되살아났다. 왜 그런 건지 의아해하다가 겨우 답을 찾았다.

예전에 이곳에 왔을 때는 곁에 유코가 있었다. 유코는 츠유키와 같은 대학교의 문학부 출신으로 도시히로와 같은 학번이었다. 도시히로의 방에 처음 왔을 때, 유코는 바닥과 천장에 볼트로 고정한 2개의 쇠기둥을 보고 눈이 동그래졌다. 쇠기둥 사이에 가로로 걸린 철봉에는 샌드백이 매달려 있었다. 쇠기둥에서 튀어나온 후크에는 글러브와 고무 로프, 가죽 벨트 등의 훈련 도구가 걸려 있었고, 방바닥에는 덤벨이 놓여 있었다. 육체를 단련하기 위한 공간이라는 것을 단번에 알 수 있었다. 15년이 지난 지금도 거무스름한 훈련 도구들은 먼지 하나 없이 깨끗한 상태로 위용을 자랑하고 있었다.

깜짝 놀란 유코에게 훈련 도구를 실제로 사용하며 의기양양하게 설명하던 당시 모습이 떠올랐다. 자신이 이 훈련 장치를 고안했고 도시히로에게 설치하도록 지시했다는 것. 자신이 도시히로의 복싱 선생님이었다는 것. 샌드백을 옆으로 치우면 턱걸이용 철봉이 되고, 아랫단으로 옮기면 벤치프레스나 복근 단련용 받침대를 고정할 수 있다는 것. 시범을 보여줄 생각이었는데 어느새 열중해서 본격적으로 운동을 하다 츠유키는 땀범벅이 되고 말았다.

유코는 천진난만하게 몸을 자랑하는 남편을 따스한 눈빛으로 바라보며 "초등학교 남학생 같네" 하고 웃었다. 2살 많은 남편에게서 소년의 모습을 본 아내의 눈동자가 머릿속에 되살아났다. 하마터면 눈물이 날 뻔해 츠유키는 쇠기둥에서 눈을 돌렸다.

평소 츠유키는 감상이나 감수성을 최대한 억제하는 것을 신조로 삼았고, 도시히로에게도 그러라고 조언하곤 했다.

……쓸데없는 감상에 빠지지 마.

방에는 츠유키 혼자뿐이었다. 보는 사람은 아무도 없지만, 도시히로의 방에 있는 이상 형님으로서 체통을 지켜야 한다. 츠유키는 고개를 정면으로 돌리고 오른쪽 벽 앞에 있는 침대와 쇠기둥 사이를 지나 창가로 다가갔다. 창문 옆에 놓인 책상에는 오래된 컴퓨터가 2대 놓여 있었다. 노트북과 데스크톱이었는데, 데스크톱은 디스플레이를 거치대에 고정해 자유롭게 움직일 수 있는 형태였다.

책상 뒤편 철제 선반에는 작은 플라스틱 케이스가 가지런히 놓여 있었다. 예전에 도시히로가 보여준 적 있어서 내용물이 무엇인지는 대충 짐작이 갔다. 식물에서 추출한 진액, 종자, 꽃잎, 나무 열매, 나뭇잎, 꽃가루 등을 항목별로 분류해 보관해두었다.

창문을 사이에 두고 왼쪽 벽에는 천장까지 닿는 서가가 2줄로 설치되어 있었는데, 앞줄에는 단행본이 뒷줄에는 문고본이 빽빽하게 꽂혀 있었다. 의학, 식물학, 분자생물학, 유전학, 물리학, 수학 등 분야가 다양했다. 소설과 만화책은 물론이고 해외 원서도 상당히 많았다.

실내를 한 바퀴 둘러본 후 츠유키는 노트가 어디 있을지 고민했다. 가장 그럴듯한 곳은 역시 책상 서랍이었다. 츠유키는 책상 앞 의자에 앉아 오른쪽 아래에 달린 서랍을 차례차례 빼내며 안쪽을 확인했다. 맨 위 서랍에는 필기구와 문구류가 대부분이었고, 중간 서랍에는 컴퓨터 관련 저장 장치와 부속품이 많았다. 그리고 제일 커다란 아래쪽 서랍은 수첩과 노트로 빼곡했다. 찾고 있는 노트는 여기 있을 것이다.

츠유키는 서랍을 빼내서 책상 위에 놓고, 노트와 수첩을 모두 꺼내어 분류했다. 노트는 대략 30권 정도였는데, 초등학생 시절의 일기 같은 것을 제외하자 절반으로 줄어들었다. 거기서 강의 노트를 제외하자 표지에 VOYNICHI라고 적힌 노트가 8권 남았다. 노트를 사용한 기간을 '~' 기호와 함께 표지에 마커펜으로 적어두었으므로 집필 기간을 한눈에 확인할 수 있었다.

츠유키는 그 노트들을 날짜 순서대로 책상 위에 쌓았다. B5 노트 1권에 괘선지 160쪽으로 꽤 두툼했다. 8권이니 총 1,280쪽인 셈이다.

시험 삼아 페이지를 넘겨 보니 대부분 검은색이나 파란색 볼펜으로 기록했고, 군데군데 빨간색 색연필로 수정한 부분이 섞여 있었다. 처음에는 일본어로 쓴 부분이 많았지만, 점차 영문 표기와 화학식, 숫자, 수식, 통계도, 천체 회전도, 만다라 무늬 등이 늘어났고, 끝으로 갈수록 뿌리 부분을 특별히 세밀하게 묘사한 식물 그림이 대부분을 차지했다.

츠유키는 노트에서 고개를 들고 중얼거렸다.

"이것 자체가 암호 문서 아닐까."

대충 훑어본 후에 느낀 솔직한 감상이었다. 세계에서 유일무이한 희귀본인 보이니치 필사본의 209페이지를 훨씬 능가하는 분량이었다. 노트 8권을 순서대로 읽어나가면 당시 도시히로가 어떤 흐름으로 생각을 전개했는지, 그 과정이 드러날 것이다. 일본어와 영어, 숫자로 기록했으니 보이니치 필사본과는 달리 해독하기 쉽지 않을까 싶었다.

그러나 이 방대한 내용을 다 읽으려면 시간이 상당히 걸릴 터였다. 손목시계로 시간을 확인하니 방으로 안내받은 지 벌써 1시간이 지나 있었다. 아소 시게루의 허락을 받고 노트를 집에 가져가 분석할 수밖에 없을 듯했다.

2

그날 저녁, 게이코가 사무소로 사용하는 약 4평 크기의 원룸 맨션에 네 남녀가 모였다.

방 한가운데 놓인 직사각형 테이블은 의뢰인을 맞이하는 접객용, 점심이나 야식을 먹는 식탁용, 노트북을 펼쳐놓고 조사하거나 보고서를 작성하는 사무용 등으로 사용하는, 그야말로 만능 도구였다. 이번에는 회의용으로 변신한 테이블 한쪽 끝에는 츠유키와 게이코가 나란히 앉았고, 맞은편에는 유리와 우에하라가 자리를 잡았다. 4명이나 모이는 일은 거의 없어서, 시간이 흐르자 좁은 실내는 갑갑한 분위기로 가득 찼다.

츠유키와 게이코 자리에서 오른쪽, 유리와 우에하라 자리에서 왼쪽의 캐비닛 안에는 얼마 전에 구입한 50인치 크기의 LED 텔레비전을 설치해두었다. 화면에는 NHK 방송이 음 소거 상태로 흘러나오고 있었다. 스튜디오 배경에 일본열도와 기상도가 보이는 것으로 보아 소리가 없어도 기상캐스터인 듯한 여성이 내일 날씨를 설명하고 있다는 걸 알 수 있었다. 일하는 중에도 텔레비전을 켜두는 것이 게이코의 버릇인 듯했다. 츠유키는 어른어른 움직이는 화면에 시선 한 번 주지 않았다.

사회자 역할은 게이코가 자청해서 맡았다. 츠유키, 유리, 우에하라는 오늘 처음 만난 사이였다. 모두와 만나본 사람은 게이코뿐이었다. 게이코의 설명과 함께 각자 자기소개를 마쳤다. 채 10분도 지나지 않아 세 사람은 서로 가슴속에 품은 목적을 이해하게 되었다. 츠유키는 테이블에 놓인 명함으로 이름을 확인하며 유리와 우에하라의 직업, 그리고 이번 사건과의 관련성을 머릿속으로 간단히 정리했다.

주간지 기자인 하즈키 유리는 연속 의문사 사건을 잠행 취재하는 중이었다. 도쿄 도내의 맨션에서 사망한 하나오카 아츠시, 요코스카의 자위대 관사에서 사망한 아베 유타카, 지치부의 산촌에서 사망한 하시모토 일가의 사인이 남극 얼음층에서 채취한 얼음과 관련이 있을 가능성을 게이코가 지적하자, 그녀는 크게 흥미를 느꼈다. 기회가 있을 때 놓치지 않고 기사로 정리하는 것이 그녀에게 주어진 임무였다.

저널리스트인 우에하라 신지는 15년 전 꿈꾸는 허브 모임에서 발생한 집단 사망 사건을 주제로 르포를 쓴 적이 있다. 그러나 사건의 진상이 명확하게 밝혀지지 않아 늘 마음 한구석이 찜찜했다. 게이코와의 상담을 계기로 사건의 전모를 규명하겠다는 의욕을 다시 불태우고 있었다. 새로운 정보를 얻어 르포 속편을 쓸 수 있을지 가능성을 모색하고 있었다.

게이코의 목적은 말할 것도 없었다. 꿈꾸는 허브 모임의 신도였던 나카자와 유카리가 도시히로의 아이를 낳았다면, 그 아이의 행방을 찾아내는 것이다.

각자 다른 목적을 가진 게이코, 유리, 우에하라에게 츠유키는 더할 나위 없이 큰 도움이 될 인물이었다. 츠유키는 '꿈꾸는 허브 모임 집단 사망 사건의 검시 결과', '남극 얼음 분석 결과', '의문사한 하나오카 아츠시와 아베 유타카의 검시 결과'를 가지고 이 자리에 왔기 때문이다.

게이코는 츠유키를 전문가의 시각에서 객관적이자 과학적으로 분석해줄 해설자 역할이라고 유리와 우에하라에게 소개했다.

게이코의 사무소에서 회의가 시작된 지 30분이 지났다. 캐비닛 안에 설치한 텔레비전에서 7시 뉴스가 방송되고 있었다. 여자 아나운서가 긴박한 세계 정세를 전하고 패널이 해설을 덧붙인 뒤, 국내 뉴스로 넘어갔다. 쌀쌀해 보이는 러시아 풍경에서 봄기운이 가득한 일본 풍경으로 장면이 바뀌었다. 음이 소거된 영상은 열띤 논의를 이어가는 네 사람에게 일종의 백색 소음처럼 작용했다.

꿈꾸는 허브 모임의 집단 사망 사건에 얽힌 검증을 일단락하자, 다음으로 남극 얼음이 도마 위에 올랐다. 츠유키는 사람들의 얼굴을 둘러보았다.

"분석 결과 아베 유타카가 사람들에게 발송한 남극 얼음에 시아노박테리아 변이종이 포함돼 있다는 사실이 확인됐습니다."

"시아노박테리아……."

"시아노박테리아는 아주 흔한 미생물로 우리 주변에 널려 있습니다. 전혀 희귀하지 않습니다. 남극 얼음에 포함된 미생물의 유전자 배열을 분석한 결과, 현존하는 시아노박테리아와 동일한 유전자가 몇 가지 발

142

견됐습니다. 하지만 우리가 알고 있던 유형과는 다른 종류예요. 시아노박테리아는 개체 간에 유전자가 이동하는 수평 전달 현상을 빈번하게 일으킵니다. 이 성질 덕분에 새로운 유전자를 받아들여 이전에는 살 수 없었던 가혹한 환경에도 빠르게 적응하는 능력이 있죠. 분명 먼 옛날에 진화의 막다른 길에 몰려 절멸 위기에 처한 시아노박테리아가 심층 얼음에 갇혀 당시 모습 그대로 보존됐다가, 남극 관측선에 실려와 현대에 되살아난 것이 아닐까 합니다."

"현재까지 치사율 100퍼센트…… 즉, 그 세균은 맹독을 가지고 있는 거로군요. 전염은 되지 않나요?"

유리는 자신에게도 피해를 미칠지 궁금한 듯 물었다.

질문을 받은 츠유키는 '남조류'로 화제를 돌렸다.

"남조류라고 아십니까?"

게이코가 바로 반응했다.

"담수 호수나 늪에서 발생하는 녹색 미생물……."

"네, 수온이 높아지면 탁한 담수에서 남조류가 대량 발생해 호수 전체가 가루를 뿌린 듯 녹색으로 물드는, 이른바 녹조 현상이 나타납니다. 가스미가우라 호수와 사가미 호수가 대표적이죠. 녹조가 발생하는 원인은 남조류, 즉 시아노박테리아의 대량 증식입니다. 만약 남조류가 치사율 100퍼센트의 맹독을 지니게 된다면, 그야말로 대참사로 이어질 겁니다. 하지만 지금까지 남조류가 생성하는 독소는 기껏해야 마이크로시스틴 정도고, 강한 독소는 없었습니다."

"그렇지만 남극 얼음을 섭취한 사람은 모두 죽었잖아요."

유리는 시아노박테리아에 무시무시한 이미지를 품은 듯했다.

"현재 우리 주변에 널리 퍼져 있는 시아노박테리아는 변이를 반복한 결과, 해를 끼치지 않게 된 종류입니다. 즉, 오래전에 환경에 적응해 동물과 공생 관계를 맺은 거죠. 하지만 남극 얼음에 갇힌 시아노박테리아는 원초적인 유형이라 현존하는 시아노박테리아와는 다릅니다. 변화하는 시대를 따라가지 못하고 뒤처진 녀석이라고 할까요. 지금까지 밝혀진 사실은, 남극 얼음에 포함된 시아노박테리아가 인간의 체내에 들어가면 혈액에 이상을 일으킨다는 것 정도입니다. 실제로 하나오카와 아베의 혈액에서는 용혈[12]과 유사한 증상이 확인됐습니다. 적혈구에 분명 이상이 생긴 겁니다."

"꿈꾸는 허브 모임 집단 사망 사건의 사인도 적혈구 이상이었죠. 하지만 사인 불명으로 처리됐고요."

"꿈꾸는 허브 모임의 피해자와 하나오카 그리고 아베의 혈액 속 헤모글로빈은 단순히 파괴된 것이 아니라 이물질로 변했다고 해야 할 만큼, 인류가 한 번도 경험하지 못한 기이한 증상을 보였습니다. 이런 현상을 접한다면 아무리 우수한 검시관이나 부검의라도 결국 포기하고 사인 불명으로 처리할 수밖에 없었을 겁니다."

"헤모글로빈이 이물질로 변했다고 하셨는데, 구체적으로 뭐가 어떻게 변했다는 거죠?"

그저 '이물질'이라고 하면 너무 막연해서 당혹스러울 터였다. 츠유키는 노트를 펼쳐 볼펜으로 화학식을 적으며 순환기계와 혈액의 구조를 설명했다.

"인간의 몸에 존재하는 60조 개의 세포 중 20조 개가 적혈구입니다. 무려 전체 세포의 3분의 1에 해당하는 세포가 온몸 구석구석까지 뻗은 혈관을 따라 돌아다니고 있는 거죠. 적혈구의 구성 성분은 대부분 헤모글로빈으로, 체내에 산소를 공급하는 역할을 합니다. 척추동물의 적혈구 속 헤모글로빈과 식물 세포 속 엽록소는 그 구조가 유사합니다. 둘 다 피롤 고리라는 거북이 등껍질 모양의 오각형 고리 4개가 연결되어 원을 이루는 구조죠. 인간의 것은 포르피린, 식물의 것은 클로로필린이라고 하는데, 금속 이온과 결합해서 활성화됩니다. 구조가 거의 같은 헤모글로빈과 엽록소의 유일한 차이는 헤모글로빈은 중심에 철 원자를 받아들이고, 엽록소는 중심에 마그네슘 원자를 받아들인다는 거죠. 식물 세포 속 엽록체는 시아노박테리아가 진핵생물의 세포 속에 숨어들어 기생하다가 공생 관계를 이루면서 생겨난 것으로 알려져 있습니다.

그렇다면 척추동물의 적혈구(헤모글로빈)와 식물의 엽록소는 왜 이렇게 유사한지 궁금할 수밖에 없죠. 짐작되는 이유는 하나뿐입니다. 바로 생물이 진화하는 과정에서 엽록소가 적혈구로 변화했을 가능성입니다. 즉, 식물의 엽록소가 동물의 체내를 흐르는 적혈구의 기원이었다. 간단히 말하자면 식물의 수액이 동물의 혈액으로 바뀐 것 아니겠느냐는 생각입니다. 그 증거로 현생 인류의 학명인 'sapience'는 '지혜', 그 어간인 'sap'은 '식물의 수액'이라는 뜻이죠. 동시에 'sap'은 '붉은 핏물'이라는 의미로도 쓰입니다. 과연 이건 우연일까요? 빙하기 시절부터 인류는 자연이 만들어낸 교묘한 원리를 알아차려 경외심을 말로 표현했고, 무의식중에 어간으로 남은 것 아닐까 싶어요.

수액에서 혈액으로 바뀐 것이 정통적인 진화의 흐름이라면, 꿈꾸는 허브 모임의 신도들, 아베, 하나오카의 시신에는 그 흐름을 거꾸로 뒤집은 듯한 흔적이 남아 있었습니다. 헤모글로빈 속의 철 원자가 마그네슘 원자로 바뀐 적혈구가 혈관 곳곳에서 발견된 거죠. 피 색이 붉은 건 철 때문입니다. 마그네슘을 받아들이면 녹색이 되죠. 오징어나 문어처럼 구리를 받아들이면 혈액은 무색이나 푸른빛을 띠게 됩니다. 철이야말로 붉은 피의 근본이며, 산소와 결합해 온몸에 에너지를 공급하는 중요한 역할을 합니다. 적혈구가 파괴되어 제 기능을 못 하는 걸 용혈이라고 하는데, 헤모글로빈의 중심 물질이 마그네슘으로 바뀐다는 건 지금까지 한 번도 보고된 적 없는 전례가 없는 현상입니다."

유리가 머뭇거리며 물었다.

"헤모글로빈 속의 철 원자가 마그네슘 원자로 바뀌면 어떤 증상이 나타나나요?"

"헤모글로빈이 정상적으로 활동하지 않으면 산소가 몸 구석구석까지 운반되지 못해서 세포가 저산소 상태에 빠지고 주요 장기가 괴사됩니다. 또는 대량으로 발생한 혈전이 심장을 감싼 관상동맥을 막으면 급성 심근경색이 일어나기도 하고요. 주된 증상은 혈액 이상으로 인한 질식사겠죠."

"헤모글로빈 속의 철이 마그네슘으로 바뀌면 혈액이 녹색으로 변한다고 아까 말씀하셨죠. 그렇다면⋯⋯."

우에하라는 혈액의 부자연스러운 변색이 마음에 걸리는 듯했다.

"추측하신 대로입니다. 꿈꾸는 허브 모임의 신도들, 그리고 아베와 하나오카의 시신 속 혈액 일부가 본래의 색을 잃고 녹색으로 변해 있었습니다."

게이코, 유리, 우에하라는 각자의 방식으로 인상을 찌푸려 혐오감을 드러냈다.

⋯⋯녹색 지구.

생물임에도 불구하고 어째서인지 식물은 자연 그 자체로 여겨지는 경우가 많다. 식물의 상징인 녹색은 아름다움, 사랑스러움, 다정함을 의미하는 색으로 사용된다. 하지만 몸속을 흐르는 피가 녹색이라면 단번에 인상이 바뀌어 섬뜩하게 느껴진다. 체내에서 녹색 혈액을 순환시키는 생물은 더 이상 인간이라 부를 수 없을 것이다.

세 사람 가운데 가장 동요한 표정인 유리가 조심스레 물었다.

"현재까지 피해자는 10명 정도에 불과하지만, 이 현상이 전국⋯⋯ 아니, 전 세계로 퍼진다면 우리는 어떻게 되는 걸까요?"

"80억에 가까운 전 세계 인류의 몸속에서 혈액이 동시에 녹색으로 변한다면⋯⋯ 인류는 순식간에 멸망하겠죠. 인간에게는 이미 절멸 스

위치가 심어져 있는 셈입니다. 총 세포의 3분의 1에 해당하는 20조 개의 적혈구가 몸속을 돌아다니고 있으니까요. 그리고 적혈구는 원래 식물에서 유래한 거죠. 만약 적혈구가 일제히 수액으로 변한다면 인류는 거의 동시에 질식사할 겁니다.”

말이 끝났지만 누구도 입을 열지 않았다. 츠유키는 담담하게 말을 이었다.

“꿈꾸는 허브 모임 집단 사망 사건과 남극 얼음 집단 사망 사건의 검시 결과에서 공통적으로 나타난 특징은 헤모글로빈 파괴와 혈액 녹색화입니다. 이를 근거로 두 사건의 원인은 동일하다고 추측할 수 있습니다. 남극 얼음 집단 사망 사건의 원인이 얼음 속에 갇혀 있던 시아노박테리아라는 사실도 거의 확정됐고요. 그렇다면 꿈꾸는 허브 모임 집단 사망 사건에도 남극 얼음 속에 숨어 있던 것과 동일한 시아노박테리아가 관련되어 있다고 봐야겠죠. 하지만 15년 전, 남극의 시아노박테리아는 얼음층에 갇혀서 활동할 수 없는 상태였습니다. 현재 남극 얼음에 숨어 있던 시아노박테리아는 지치부 사쿠라 호수를 근거지 삼아 무서운 기세로 증식하고 있습니다. 잠잠했던 기간이 길었던 만큼, 잃어버렸던 시간을 되찾으려는 듯 성급하게 호수 전체를 잠식해나가고 있어요. 이 남극 시아노박테리아와 동일한 박테리아가 15년 전에는 과연 어디에 몸을 숨기고 있었는가. 최대의 의문은 바로 이것입니다.”

게이코는 무언가 말하려다 문득 텔레비전 화면으로 고개를 돌렸다. 자신도 모르게 침을 꿀꺽 삼키며 “어!” 하고 외마디를 지르더니 캐비닛 쪽으로 몸을 내밀었다. 게이코는 매달리는 듯한 눈빛으로 화면을 뚫어지게 바라보았다. 그 시선에 이끌린 듯 자연스럽게 츠유키, 유리, 우에하라도 텔레비전으로 고개를 돌렸다.

“얼마 전에 여기 갔었는데…….”

게이코가 며칠 전에 다녀온 곳, 사이타마현 지치부 분지 남쪽 끝자

락의 계곡 풍경이 화면에 펼쳐지고 있었다.

게이코는 테이블 위 리모컨을 집어 음 소거를 해제했다. 순간 지금까지 침묵을 지키던 텔레비전 음성이 되살아나 화면 속 풍경을 설명하기 시작했다.

일본 각지에서 있었던 작은 사건들을 '오늘의 토픽'으로 소개하는 코너인 듯, 산간 언덕에 선 여성 리포터가 마이크를 들고 자신이 어디 있는지 알리고 있었다.

"지금 사이타마현 지치부시에 와 있습니다. 제가 서 있는 곳은 우라야마댐이 생기면서 만들어진 지치부 사쿠라 호수 주변입니다."

도로 옆에 선 리포터가 한 손을 들어 가리킨 곳에는 가파른 경사면에 둘러싸인 산간 호수가 있었다. 리포터가 가리킨 방향을 카메라가 클로즈업하자 텔레비전 화면 가득 지치부 사쿠라 호수가 확대되었다.

"보세요. 호수 표면이 짙은 녹색으로 덮여 있는 게 보이시죠? 녹조가 대량 발생해서 그렇다고 합니다."

호수의 변화를 전하는 리포터의 얼굴에는 심각한 기색이 조금도 없었다. 흐름이 정체된 호수나 늪같이 고인 물에서 흔히 일어나는 현상을 담담히 전달할 뿐이었다.

그렇다고 아주 흔한 풍경인가 하면 그렇다고는 할 수 없었다. 카메라가 골짜기 쪽으로 방향을 틀어 호수 수면을 더 클로즈업하자, 텔레비전 화면으로도 상황이 심각하다는 걸 분명히 알 수 있었다.

끈적끈적한 녹색층이 진하고 옅은 무늬를 이루며 호수를 뒤덮고 있었다. 옅은 부분에는 죽은 물고기들이 둥둥 떠 있었고 짙은 부분 위에는 물새가 걸어 다녔다. 물새가 몸무게를 실어도 가라앉지 않을 만큼 녹색층이 두껍다는 걸 알 수 있었다.

물새조차 죽은 물고기를 먹으려다 망설이는 것은 동물 특유의 감이 발동해 불길함을 감지했기 때문인 듯했다. 본능이 죽은 물고기를 먹어서는 안 된다고 경고한 것이다.

"지치부 사쿠라 호수에서 이렇게 녹조가 대량으로 발생한 건 처음인데요. 하루에 한 번 분열하는 시아노박테리아가 이 정도로 대량 증식하려면 원래 몇 주일은 걸린다고 합니다. 그런데 이번에는 일주일도 안 돼서 호수를 뒤덮을 만큼 증식했으니 그야말로 경이적인 속도라고 할 수 있겠네요. 앞으로 질소와 인산 농도 같은 수질 검사, 시아노박테리아 분석 등의 조사를 통해 원인을 밝혀내야 합니다."

지치부 중계를 마친 리포터의 얼굴이 텔레비전 화면에서 사라지고 연예계 소식으로 넘어가자 밝고 높은 음성이 흘러나왔다.

"하시모토 무네오와 그의 부모님이 사망한 곳은 사쿠라 호수 주변의 비탈…… 그렇게 말하지 않았던가요?"

츠유키가 확인하자 게이코는 천천히 고개를 끄덕였다.

"바로 여기예요. 전날까지 내린 비가 세 사람의 시신을 적시고 여울을 따라 호수로 흘러들어갔어요."

"즉, 시신 3구에서 나온 내용물이 빗물에 섞여 사쿠라 호수에 유입됐다는 거로군요."

시아노박테리아는 세 사람의 시신에 침투해 양분을 충분히 흡수한 뒤 사쿠라 호수로 퍼져나간 것이다. 녹조가 대량 발생한 원인이 남극 얼음에 포함된 시아노박테리아라면, 이 사태가 어떤 재앙을 초래할지는 신만이 알 것이다. 기우가 현실이 될지도 모른다.

텔레비전 화면이 연예계 소식으로 넘어간 후에도 츠유키의 머릿속에는 진한 녹색으로 물든 호수 풍경이 달라붙어 있었다. 폭풍 전의 고요함을 연상시키듯, 골짜기의 분위기는 아직 평온했다. 츠유키는 직접 현장에 가서 확인하고 싶다는 유혹에 사로잡혔다. 오토바이를 타고 가면 현장까지 2시간도 걸리지 않는다.

며칠 전에 봤던 풍경이 도로 옆을 스쳐 지나갔다. 이렇게 얼마 지나지 않아서 같은 경로를 달리게 될 줄은 꿈에도 몰랐다. 수도권 중앙 연락 자동차도로를 타고 가다가 이루마 나들목에서 일반 도로로 내려와 국도 299호선을 따라 서쪽으로 향하는 경로는 그대로였지만, 이동 수단과 인원수는 달랐다. 렌터카가 오토바이로 바뀌었고, 인원수도 하나에서 둘로 늘어났다.

지금 게이코가 몰고 있는 오토바이는 2시간 전 츠유키의 맨션에서 처음 본 400시시였다. 츠유키는 지하 주차장 한 구획에 줄지어 선 오토바이 4대를 가리키며 말했다.

"자, 타고 싶은 걸 골라요."

그러나 게이코에게 선택의 자유는 주어지지 않았다. 중형 자동 이륜 면허가 있는 게이코가 몰 수 있는 것은 4대 중 400시시뿐이었다.

공랭식 4행정 4기통 엔진은 츠유키가 탄 1,300시시에 비해 배기량이 3분의 1밖에 되지 않는다. 하지만 250시시밖에 타본 적 없는 게이코에게는 58마력의 엔진 출력도 힘에 부쳤다.

가끔 신록이 짙은 도로 왼쪽의 나무들 사이로 고마가와강이 보였지만, 게이코에게 풍경을 감상할 여유는 없었다. 시선은 오로지 앞으로만 고정했다. 오랜만에 오토바이를 모니 긴장으로 어깨에 힘이 자꾸 들어갔다. 이시카와 휴게소에서 쉰 후로는 한 번도 쉬지 않아 온몸의 관절과 근육이 뻣뻣해진 듯했다.

한편 츠유키는 뒤따라오는 게이코를 배려해 속도를 지나치게 내지 않고 적절한 차간 거리를 유지하며 앞서 달렸다. 가끔 백미러로 뒤를 힐끔 보면서 게이코의 모습을 확인하기도 했다. 오랜만의 라이딩이었지만 숙련된 라이더가 지켜보고 있다고 생각하니 든든했다. 하지만 몸은 마디마디가 지쳐서 한계에 다다르기 직전이었다. 슬슬 쉬고 싶다는 뜻을 츠유키에게 전하고 싶었지만 방법을 몰랐다.

전조등을 깜박여 신호를 보낼까. 그렇게 생각하고 손가락을 움직이려 한 순간, 츠유키의 오토바이 왼쪽 깜빡이가 켜졌다.

시골길에 어울리지 않게 세련된 건물이 왼쪽에 있었다. 건물 현관 앞에는 아스팔트로 포장된 주차장이 펼쳐져 있었다. 그곳으로 들어갈 생각인지, 츠유키는 속도를 낮추고 왼손을 비스듬히 아래로 내밀어 신호를 보냈다.

마음과 마음이 가느다란 실로 연결된 듯한 기분이었다. 이심전심. 절묘한 타이밍에 원하는 바가 전해지자 츠유키에 대한 신뢰감이 깊어졌다.

전남편과의 결혼 생활은 이와 정반대였다. 함께 살았지만 의사소통이 제대로 된 적은 없었다. 늘 엇갈렸다. 남편이 외식을 하고 싶을 때는 게이코가 싫어했고, 게이코가 외식을 하고 싶을 때는 남편이 싫어했다. 자신이 바라지 않는 선택지를 왜 남편이 자꾸 선택하는지 이해가 안 되는 일들뿐이었다.

게이코는 먼저 주차장으로 들어간 츠유키 옆에 오토바이를 세우고 시동을 껐다. 헬멧을 벗고 고개를 흔들어 습해진 머리카락에 신선한 공기를 불어넣었다.

"슬슬 출출할 것 같아서."

츠유키는 그렇게 말하며 턱을 내밀어 앞쪽 건물을 가리켰다. 옛 민가 분위기의 건물을 둘러싼 갈색 널빤지 벽에 PIZZA, PASTA라고 적힌 팻말이 걸려 있었다. 점심시간이 되려면 아직 이르지만, 이른 점심은 게이코도 바라는 바였다. 게이코는 앞장서서 가게 현관으로 걸어갔다.

두 사람은 고마가와강의 수면이 보이는 우드데크의 테이블에 앉았다. 등받이 없는 벤치형 의자와 두툼한 원목 테이블에서는 희미하게 편백나무 향기가 풍겼다.

피자, 파스타, 허브티를 주문한 뒤 츠유키는 라이딩 기술에 관한 조언을 꺼냈다. 츠유키는 손짓과 몸짓을 섞어가며 굽이진 길을 더 빠르고 안전하게 달릴 수 있는 비결을 전하려고 했다.

"코너를 돌 때는 천천히 진입하고 빠르게 빠져나온다는 기본을 지킬 것. 코너 앞에서 감속하면서 저속 기어를 넣고, 코너를 돈 후에는 재빨리 가속하는 거죠. 중요한 것은 시선 이동이에요. 오토바이를 기울이기 직전에 코너 출구를 바라보고 시선을 고정해야 해요. 알겠죠? 특히 오토바이는 라이더가 보는 방향으로 나아가려는 성질이 있거든요. 도로 옆에 뭔가 떨어져 있더라도 그쪽에 정신을 빼앗기면 안 됩니다. 괜히 봤다가 코스를 이탈해 반대 차선으로 튀어나가 차와 충돌할 수도 있으니까요. 좀 더 빨리 달리는 능력을 키우는 게 안전 운전으로 이어지는 첫걸음입니다. 일단 속도의 한계를 체험한 후에 몸을 사려서 달려야겠죠. 인생도 마찬가지잖아요. 큰 위기에 맞서서 마음을 통제해본 사람만이 인생을 안전하게 헤쳐나갈 힘을 지녔다고 할 수 있듯이."

게이코는 오토바이 이야기에 신이 난 츠유키를 남중생 같다고 느끼며 흐뭇하게 바라보다가, 이야기가 잠깐 끊긴 틈에 그의 딸 이야기로 화제를 돌렸다.

"그런데 딸이랑은 잘 지내고 있어요?"

"막상 닥치니까 생각보다 쉬웠다고 말하고 싶지만, 솔직히 애먹고 있어요."

츠유키는 란을 거두면서 달라진 생활상을 열거했다. 잃어버린 세월을 되찾는다는 사명을 완수하기 위해 란에게 편한 환경을 만들어주는 것을 최우선으로 삼고, 작업실로 사용하던 4평짜리 방을 란에게 내주었다. 그래서 근처에서 원룸을 찾아야 했다. 한 가지 운이 좋았던 점은 이사한 덕분에 올해 4월부터 다닐 고등학교가 가까워졌다. 할아버지,

할머니 집에서는 40분 걸리는 통학 시간이, 걸어서 15분이면 충분했다.

그러나 아버지와 딸의 관계로 이야기가 옮겨가자 츠유키의 목소리는 낮아졌다.

"사랑하는 할머니를 잃고 슬퍼하는 란을 위로하려 해도 다정하게 안아주기는커녕 대화조차 제대로 이어지지 않아요. 태도도 서먹서먹하고 일부러 얼굴을 마주치지 않으려는 기색이 역력해서 답답합니다. 방에 틀어박혀 한 마디도 하지 않고 지내기도 하고요."

츠유키의 이야기를 듣고 있자니 아버지와 딸이 불편하게 지내는 모습이 자연스럽게 떠올랐다. 염려했던 대로 사춘기 딸과 어색한 관계가 계속돼서 어쩔 줄 모르는 듯했다.

태어났을 때부터 함께 살던 딸도 사춘기가 되면 반항기가 찾아와 아버지를 피하기 마련이다. 하물며 15년이나 떨어져 있다가 다시 만났으니, 얼마나 거리감을 느낄지는 짐작이 되고도 남는다.

게이코도 열너덧 살 무렵, 일하느라 바빠 딸은 뒷전인 아버지에게 짜증이 치밀어 현관에서 "아빠, 정말 싫어" 하고 소리를 지르며 신발을 내던진 적이 있었다. 유도 유단자인 아버지는 몸을 휙 틀어서 신발을 피한 뒤 그 자리에 멍하니 굳어버렸다. 화난 것이 아니라 당혹스러워하는 표정이었다. 딸의 행동을 이해할 수 없었던 것이리라. 그러나 아버지의 장점은 이해가 안 된다고 해서 방치하지 않고, 그 일을 계기로 어린 세대의 사고방식을 이해하려고 노력했다는 점이었다.

게이코는 자신의 경험담을 곁들여 츠유키에게 구체적으로 조언했다.

"얼굴을 맞대고 이야기하기 싫어한다면, 글을 교환하는 건 어때요? 저도 한창 반항하던 시절에 해본 적이 있거든요. 아버지에게 꼭 전하고 싶은 말이 있으면 종이에 요점만 적어서 테이블에 놔뒀어요. 그러면 아버지가 그걸 읽고 답장을 적어 다시 테이블에 놔뒀고요."

"그럼 완전히 교환 노트인데."

"교환 노트…… 그래요, 그거예요."

옛 추억이 떠오르는 말이라 게이코는 무심코 소리 내어 웃었다.

"그런데 아버지와의 관계는 개선됐나요?"

"점점 적을 내용이 늘어나니 귀찮아져서 결국 예전처럼 대화하게 됐어요. 그러니까 효과가 있었다고 해야겠죠?"

"해피엔드였군요. 그럼 나도 해볼까."

"어느 시대든 아버지와 딸의 관계는 골칫거리죠. 곤란한 일이 있으면 상담해줄게요."

"부탁할게요."

고개를 살짝 숙이자 손목시계의 시곗바늘이 눈에 들어왔다.

"벌써 시간이 이렇게 됐네."

츠유키는 깜짝 놀란 듯 계산서를 들고 일어섰다.

지금 둘이 있는 레스토랑에서 지치부 시가지에서 남북으로 뻗은 국도 140호선까지는 약 25킬로미터 거리였다. 299호선과 교차하는 지점에서 좌회전해 5킬로미터쯤 더 나아가면 목적지인 우라야마댐과 지치부 사쿠라 호수가 나타날 것이다. 앞으로 1시간도 걸리지 않을 것이라 짐작하며, 츠유키와 게이코는 다시 오토바이에 올라탔다.

댐 관리 사무소와 자료관 사이 주차장에 오토바이를 세우고 헬멧을 벗어 홀더에 건 후, 츠유키와 게이코는 곧장 자료관으로 향했다. 2층 전시실 벽에는 다양한 자료가 전시되어 있었다. 팸플릿을 들고 1바퀴 돌면 우라야마댐에 관한 중요한 내용이 머릿속에 들어오도록 구성되어 있었다.

기초 지식을 얻은 두 사람은 자료관을 나서 거대한 콘크리트 덩어리인 댐으로 걸어갔다. V자로 깊게 파인 골짜기 양쪽은 약 150미터 높이의 둑마루로 연결돼 있었다. 거의 중앙에 위치한 비상용 여수로[13] 근처에서 왼쪽으로 다가가 호수 쪽으로 고개를 돌리자, 그저게 텔레비전에 나왔던 풍경이 눈앞에 펼쳐졌다.

오후 햇살이 눈부시게 쏟아져서인지, 호수를 뒤덮은 녹조의 녹색이 한층 선명해 보였다. 텔레비전에 나왔던 영상은 카메라 각도와 일조량이 달라서인지 지금보다 더 흐리고 탁해 보였다. 현재 수위는 총저수량의 60퍼센트 정도라 아직 물을 저장할 여유가 있어 보였다.

호수를 실컷 둘러본 후, 게이코와 츠유키는 하류 쪽으로 이동해 저 아래 펼쳐진 지치부 분지를 내려다보았다. 날씨가 좋아서 지치부 시가지 너머, 저 멀리 닛코 연산까지 보였다. 훨씬 가까운 우라야마구치 근처의 빨간 철교를 건너는 것은 지치부 철도의 열차인 듯했다. 멀리 던졌던 시선을 천천히 거두어 발아래를 바라본 순간, 게이코는 엉덩이 언저리가 저릿저릿한 감각에 휩싸였다. 위에서 내려다보니 댐 꼭대기에서 하류 유역으로 이어지는 급경사면이 거의 수직으로 보였다. 수량이 늘어나서 방류가 시작되면 바로 아래의 상용 여수로가 열리고, 150미터 높이에서 새하얀 물보라를 일으키며 물이 쏟아져 내린다.

그저 흘러내린다기보다는 댐에 갇혀 있던 대량의 물이 압력을 받아 앞쪽으로 힘껏 튀어나간다고 표현해야 할 것이다. 박력 넘치는 방류 장면을 보기 위해 수많은 관광객이 하류 광장을 찾는 것도 이해가 된다. 이른바 댐 마니아라 불리는 이들도 그 수가 적지 않을 것이다.

여수로 바로 옆에는 하류 광장으로 내려가는 엘리베이터가 있었다. 게이코와 츠유키는 엘리베이터홀로 들어가서 아래쪽 화살표가 그려진 버튼을 눌렀다. 평일 오후라 그런지 다른 관광객은 없어서 게이코와 츠유키만 엘리베이터에 탔다.

150미터 높이를 단숨에 내려가 문이 열리자, 댐 관리 사무소 직원으로 보이는 초로의 남성과 마주쳤다. 위로 올라가려는 듯했지만, 그리 급해 보이지 않아 츠유키가 말을 걸었다.

"실례합니다. 궁금한 게 있어서 그런데요."

평소 관광객의 질문을 많이 받는지 남자 직원은 흔쾌히 승낙하며 엘리베이터홀 벽에 붙은 댐 평면도 쪽으로 걸어갔다.

"우선 방류에 대해 묻고 싶습니다."

츠유키의 질문에 남자 직원은 "네, 네" 하고 납득한 표정을 지었다. 많은 관광객이 비슷한 질문을 던졌을 것이 분명하다. 모두가 궁금해하는 건 방류 시기다.

하지만 게이코는 알고 있었다. 츠유키가 관심 있는 건 박력 넘치게 방류하는 장면이 아니다. 호수를 뒤덮은 녹조가 앞으로 어떻게 이동할지, 경로를 예측하고 싶은 것이다.

"상용 여수로는 강우량이 늘어나는 7월 1일부터 9월 30일까지 석 달 동안만 열어두고, 그 외에는 닫아둡니다."

"그럼 그 전 시기…… 예를 들어 다음 달인 6월에 비가 쏟아져서 댐 수위가 한계를 넘으면 어떻게 되죠?"

츠유키의 질문에 어떤 대답이 돌아올지 걱정된 게이코는 불안한 표정으로 남자 직원의 입을 주시했다.

"상용 여수로 위에 있는 비상용 여수로를 통해 자연 방류됩니다. 하지만 안심하세요. 1998년에 댐이 준공된 이후로 비상용 여수로가 열린 적은 한 번도 없으니까요."

"지난 30년 가까이 그런 사태는 발생하지 않았다는 말씀이시군요. 그런데 만약 예상치 못한 호우가 쏟아지면 어떻게 되나요?"

"음, 방류되겠죠."

"멈출 방법은요?"

"없습니다. 비상용 여수로에는 조정용 수문이 없으니까요."

"즉, 고스란히 흘러 나간다……."

츠유키의 중얼거림은 게이코를 향한 것이었다. 게이코는 그가 무슨 말을 하려는 건지 바로 이해하고 구체적인 장면을 머릿속에 떠올렸다.

예상치 못한 큰비가 쏟아져 수위가 한계를 넘으면, 남조류가 대량으로 섞인 호숫물이 비상용 여수로로 쏟아져 나와 아라카와강 수계를 따라 하류 지역으로 흘러간다. 그리고 최종적으로는 도쿄만으로 유입된다.

게이코와 같은 장면을 떠올리자마자 츠유키는 남자 직원에게 용건을 밝혔다.

"그런데 부탁이 하나 있는데요."

"뭔가요?"

츠유키는 대학교 이공학부 소속 연구자라는 자신의 신분을 밝히고, 녹조를 정밀하게 분석하기 위해 호숫물을 채취할 수 있는지 물었다.

"사정이 그렇다면 샘플을 드리겠습니다. 오전에는 서풍이 강해 움직일 수 없었지만, 점심 무렵 바람이 잦아들어서 오후가 되자마자 채수기로 채취했거든요. 관리 사무소에서도 물을 분석하긴 합니다만, 전문가시라면 더 자세히 조사하실 수 있겠죠. 뭔가 새로운 사실을 알게 되면 꼭 알려주십시오. 샘플은 준비해둘 테니, 돌아가실 때 사무소에 들러주세요."

남자 직원은 스마트폰으로 관리 사무소의 다른 직원에게 연락해 츠유키에게 했던 말과 똑같은 내용을 지시했다. 츠유키와 게이코는 감사를 표한 후, 하류 광장으로 이어지는 좁은 통로를 따라 밖으로 나갔다.

같은 댐이라도 위에서 내려다보는 것과 밑에서 올려다보는 것은 느낌이 전혀 달랐다. 위에서 바라볼 때는 높고 넓게 쭉쭉 뻗어나가서 자유로운 기분이 들었지만, 밑에서 올려다보니 175만 세제곱미터에 달하는 콘크리트 덩어리가 몸을 짓누르는 듯해 숨이 막힐 지경이었다.

방류된 물의 기세를 줄이는 역할을 하는 감세지 건너편 콘크리트에는 주관과 분기관이라는 크고 작은 구멍 2개가 뚫려 있었다. 발전할 때는 댐 호수 바닥에 설치된 취수문으로 들어온 물이 두 관을 힘차게 통과해 정류자 발전기에 직결된 터빈을 돌려 최대 5,000킬로와트의 출

력을 낸다. 지금은 발전을 하지 않는지 분기관으로만 물이 빠져나가고
있었다.

사방으로 튀는 물보라 때문에 관이 희뿌옇게 물들었다. 녹색기가 도
는 부분은 없었다. 남조류는 광합성 위해 햇빛을 찾아 수면에 집중되
므로 바닥의 물에는 거의 포함되어 있지 않기 때문이다.

"문제는……."

츠유키의 재촉에 게이코가 얼굴을 들어 올리자, 상용 여수로보다 더
위쪽에 자리한 비상용 여수로가 눈에 들어왔다.

비상용 여수로에는 수문이 없어서 큰비가 내려 댐이 넘치면 물이 그
대로 흘러넘친다. 당연히 남조류가 잔뜩 섞여 있는 물이다.

게이코는 조금 전 남자 직원에게 들었던 설명을 되새기며, 그런 사
태가 발생한다면 대처할 방법이 있을지, 가까운 장래에 어떤 일이 벌
어질지 불안을 느꼈다.

4

요청한 물 샘플을 관리 사무소에서 받은 뒤, 츠유키와 게이코는 우
라야마가와강 상류로 향했다.

호수를 오른쪽에 두고 상류로 이어지는 길은 우라야마 계곡 위쪽에
서 옛 나구리 마을로 통하는 좁은 산길로 이어졌다. 그 앞의 우라야마
다리를 건너 지치부 사쿠라 호수를 한 바퀴 돌아보는 것이 츠유키의
계획이었다.

그러나 게이코가 며칠 전 하시모토 일가족의 시신을 발견한 마을을
지나 다리를 건넜을 때, 길이 막혔다. 도로 중앙에 진입 금지라고 적힌
바리케이드가 놓여 있었다.

호수를 한 바퀴 도는 계획은 포기하고 돌아가기 위해 두 사람은 오토바이를 반대 방향으로 돌렸다. 아까 지나간 마을을 이번에는 오른쪽에 두고 지나가는 도중, 게이코는 묘한 위화감에 사로잡혔다. 처음 지나갈 때도 뭔가 이상하다 싶었는데, 다시 지나가자 위화감이 더 강해졌다.

게이코는 전조등을 깜박여 앞서 달리는 츠유키에게 정지 신호를 보냈다. 도로 옆 갓길에 오토바이를 멈춘 츠유키에게 다가가자마자 게이코는 헬멧을 벗어 연료 탱크 위에 내려놓았다.

"무슨 일이죠?"

츠유키가 신호를 보낸 이유를 묻자 게이코가 대답했다.

"어쩐지 이상해요. 저번에 왔을 때와 분위기가 다른 것 같아요."

게이코는 마을 쪽을 향해 미심쩍은 눈빛을 던졌다.

"마을 분위기가 지난번과 다르다…… 그렇게 말하고 싶은 겁니까?"

"기분 탓일지도 모르지만 어쩐지 인기척이 사라진 듯한…….."

마을에 처음 와본 사람은 차이를 알아차리지 못할 수도 있다. 그러나 며칠 만에 다시 온 사람은 공간에 감도는 분위기의 미묘한 변화를 피부로 느낄 수 있다.

"좀 돌아다녀 볼까요? 기왕 여기까지 온 김에 하시모토가 살던 집의 외관만이라도 직접 확인하고 싶네요."

츠유키가 그렇게 말하더니 오토바이에서 내려서 성큼성큼 걸어갔다. 게이코는 츠유키를 쫓아 마을을 세로로 가르는 골목길로 발을 들여놓았다. 지난번에는 렌터카로 천천히 달렸던 길을 이번에는 걸어서 나아갔다.

아무리 속도를 늦춰도 차나 오토바이로 지나가는 것보다 걸어서 가는 편이 분위기가 잘 느껴진다. 그리고 걸음을 옮긴 지 얼마 지나지 않아 바람직한 분위기가 아니라는 걸 본능적으로 깨달았다.

지난번에 왔을 때도 골목 어귀 왼편에 있는 이발소의 사인폴은 돌아가고 있었다. 지금도 원통형 케이스 속에서 빨강, 파랑, 녹색 줄무늬가 나선을 그리며 회전했지만, 가게 내부는 상황이 달랐다. 지난번에는 손님이 없어 한가했던 주인이 소파에 앉아 잡지를 읽고 있었다. 그런데 지금은 주인도 없이 이발소가 텅 비어 있었다.

이발소 옆에 있는 목조 단층집은 창문이란 창문은 모두 열려 있어 통풍이 지나치게 잘될 정도였다.

길을 따라 걷자 실내가 훤히 보였다. 거실 텔레비전이 켜져 있어 소리가 흘러나왔지만, 화면을 보는 사람은 없었다. 안심하고 창문을 열어놓은 집이라면 안에 사람이 있어야 마땅할 텐데, 실내에는 인기척이 전혀 없었다.

그 옆 잡화점도 사람이 없기는 마찬가지였다. 지난번에는 초로의 남자가 등을 웅크리고 미니밴에 맥주 상자를 싣고 있었다. 그를 도와주는 잡화점 주인 같은 남자도 있었다. 하지만 지금 잡화점에는 주인도, 손님도 없었다.

지난번에 보았던 정경이 머릿속에 번쩍 떠오를 때마다 걸음이 느려졌다. 결국 게이코는 길 중간쯤에 멈춰 섰다. 이대로 계속 나아가면 마을 동쪽 끝에 있는 집이 하시모토의 집이다. 지난번에 왔을 때는 집 앞 오른쪽 공간에 렌터카를 주차했었다.

"왜 그래요?"

갑자기 멈춰 서서 몸을 바르르 떠는 게이코를 츠유키가 걱정스럽게 보았다.

"사람이 없어요."

게이코가 위화감의 정체를 한마디로 말하며 츠유키 쪽으로 고개를 돌렸을 때, 탁 트인 산비탈에 늘어선 돌기둥이 눈에 들어왔다. 하나하나에 시선을 맞추는 사이, 이끼 낀 돌 표면에 새겨진 글씨가 계명이고,

돌에 바싹 붙어 있는 길쭉한 나무판자가 솔도파[14]임을 알아차렸다. 그곳은 묘지였다.

왼편에 늘어선 이발소, 가정집, 잡화점은 기억나는데, 오른편 산비탈에 묘지가 있었다는 사실은 기억나지 않는 것이 이상했다. 왼쪽에 붙어서 차를 몰았기 때문일까. 아니다, 그렇지 않다. 운전석이 오른쪽에 있는 만큼 운전자에게는 오히려 오른쪽 풍경이 눈에 잘 들어온다.

옛날부터 있던 묘지일 것이다. 이제는 묘지기가 없는지 무덤의 절반 정도는 꽃을 바친 흔적이 전혀 없었고, 묘석은 자랄 대로 자란 잡초에 뒤덮여 있었다. 그럼에도 지난 며칠 사이에 새로 세운 듯한 묘석도 몇 개 보였으며, 그 주변은 깔끔하게 벌초가 되어 있었다. 게이코는 문득 기시감에 사로잡혔다. 꿈꾸는 허브 모임 집단 사망 사건이 벌어졌던 폐가와 비슷한 분위기가 감돌고 있었기 때문이다. 집의 외관은 심하게 황폐해졌는데도 정원에는 계절과 맞지 않게 벚꽃잎이 흩날렸고, 부지를 뒤덮은 나무에서는 신선한 봄내음이 풍겨왔다.

생각이 꼬리에 꼬리를 물고 이어졌다. 사망 당시를 찍은 영상은 아니었지만 하나오카 아츠시가 돌연사한 맨션은 특수청소 업자가 촬영한 비디오 영상으로 확인했다. 아베 유타카가 살았던 자위대 관사는 그의 아내에게 자초지종을 묻기 위해 직접 찾아갔을 때 살펴보았다. 그리고 지금 서 있는 좁은 길 끝에 있는 하시모토의 집 정원에서는 세 사람의 시신을 발견했다.

이번 사건에서 관계자의 죽음에 관련된 집들을, 직접적이든 간접적이든 모두 확인했다는 사실을 깨닫고, 게이코는 고스트 타운이라는 말을 떠올렸다. 사람이 사라진 마을을 흔히 고스트 타운이라고 부른다. 지금까지 맨션, 관사, 일반 가정집이라는 한정된 공간에서 벌어졌던 일이 마을 전체로 확장된 것은 아닐까. 그리고 같은 상황이 앞으로 더 확대되어 도시로까지 파급되는 것 아닐까 하는 공포가 불쑥 고개를 들자, 게이코는 츠유키에게 호소했다.

"돌아가죠. 더는 여기 있고 싶지 않아요."

말을 채 끝맺기도 전에 빈혈로 쓰러질 뻔한 게이코를 츠유키가 얼른 부축했다.

"알았어요. 돌아가죠."

두 사람은 어깨를 맞댄 채 천천히 걸어서 오토바이를 세워둔 호숫가 도로로 향했다.

자판기에서 음료수를 사려고 츠유키가 도로를 건너려는 순간, 게이코는 맹금류를 포함한 새들이 미친 듯이 호를 그리며 날아다니는 광경에 시선을 빼앗겼다. 도대체 어디서 날아온 것일까. 저렇게 많은 새 떼는 난생처음 보았다. 호수 위의 먹잇감을 노리는 듯했지만, 불길함을 감지하는 야생동물의 감이 발동하는지 다가가고 싶어도 다가가지 못하는 모습이었다. 새들은 틀림없이 무언가를 두려워하고 있었다.

게이코는 새들이 두려워하는 대상을 확인하려고 가드레일 너머로 상반신을 기울여 호수를 바라보다가, 물가에 흩어져 있는 물체를 발견하고는 외마디 비명을 질렀다.

자판기 앞에 있던 츠유키는 비명을 듣고 곧장 게이코 곁으로 달려와 같은 광경을 목격했다.

잡초에 뒤덮인 골짜기 경사면부터 물가에 이르기까지, 식물과는 전혀 다른 물체가 여기저기 흩어져 있었다. 20~30미터 높이에서 내려다보아도 두 가지는 확실했다. 흩어진 물체가 인간의 형상처럼 보인다는 것, 그리고 이미 생명의 등불이 꺼진 듯하다는 것.

눈에 들어온 시신만 해도 8구. 그중 세 구는 만卍자 같은 모양새로 골짜기 경사면에 드러누워 있었는데, 쓰러진 상태로 당장이라도 걸어 나올 것만 같았다.

8구 가운데 2구는 상반신은 땅에 있었지만 하반신은 진한 녹조에 뒤덮인 호숫물에 잠겨 있었고, 나머지 3구는 물가에서 조금 떨어진 잡초에 위를 향한 자세로 똑바로 누워 있었다.

눈에 들어온 시신만 8구. 나무에 가려 보이지 않을 뿐, 더 많을 가능성도 충분했다.

마을에 사람이 없는 이유가 이걸로 분명해졌다. 마을 사람들은 산 북쪽의 집에서 뛰쳐나와, 오후 햇살이 환하게 비치는 호숫가 경사면으로 모여들어 모두 함께 숨을 거둔 것이다.

이처럼 기묘한 사태가 발생한 원인은 대체 무엇일까.

츠유키가 가드레일을 넘어서 골짜기 밑으로 내려가려 하자, 게이코는 재빨리 그의 손을 붙잡았다.

"잠깐만, 뭐 하는 거예요?"

"시신을 살펴봐야죠."

그 역시 한때는 의사였기에 직접 확인하고 싶은 마음은 이해하고도 남는다. 하지만 게이코는 호수에 내려앉으려다가도 주저하는 새들의 불안한 움직임에 중요한 신호가 숨어 있음을 직감했다. 신호가 의미하는 바는 '다가가지 마!'였다.

"더 이상 여기 있으면 안 돼요. 한시라도 빨리 떠나죠."

게이코는 갈라진 목소리로 재촉했다.

"맨손으로 만지지는 않을 테니 걱정하지 말아요. 그냥 겉모습만 확인하려는 거니까."

같은 광경을 바라보고 있는데도 전혀 동요하지 않는 츠유키가 자신과는 다른 종족처럼 느껴졌다.

"안 돼요. 당장 가야 해요. 제 감을 믿으라고요. 큰 위기에 맞서서 마음을 통제해본 사람만이 인생을 안전하게 헤쳐나가는 힘이 있다고 했잖아요. 지금 그 능력을 발휘해요."

게이코는 안간힘을 다해 츠유키의 손을 잡아당겼다. 츠유키는 게이코의 심상치 않은 표정을 보고는 저항하기를 포기했는지, 순순히 가드레일 안쪽으로 돌아왔다.

"알았어요. 지치부시의 경찰서로 가서 자초지종을 알리죠."

결정을 내리자 츠유키는 신속하게 행동했다. 말없이 헬멧을 쓰고 시동을 건 후, 시트에 올라앉아 오토바이를 출발시켰다. 게이코도 스로틀 그립을 힘껏 돌려 오토바이를 급발진하며 츠유키를 뒤쫓았다.

지치부 시가지로 달려가는 두 사람의 뒤편에서 오전에 불었던 서풍이 다시 불어와 길 위에 쌓인 먼지를 쓸어냈다. 흙먼지가 피어올라 흩날리는 광경을 백미러로 확인한 게이코는 무의식중에 속도를 높였다.

산 표면을 가득 메운 나무들의 잎사귀와 가지들이 서로 스치는 소리가 뒤섞여 마치 뒤에서 쫓아오는 듯했다. 그 소리와 시커먼 먼지가 게이코를 추격하며 등과 엉덩이에 화살촉처럼 뾰족한 촉수를 뻗는 듯했다. 산은 온통 울창한 녹음으로 뒤덮여 있었다. 도망치는 작은 두 존재와 그들의 무의미한 몸부림을 비웃기라도 하듯, 산속의 나무들이 웃고 있었다.

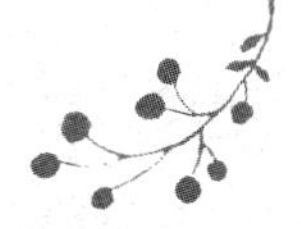

제5장
교환

1

아침 8시가 지났을 무렵, 츠유키는 침실에서 식당 겸 주방으로 이어지는 복도를 지나가다가 현관에서 신발을 신는 란과 마주쳤다. 란은 매일 아침 8시가 조금 지난 시각에 집을 나서 학교에 간다.

"어, 잘 다녀와."

츠유키가 인사하자 란은 말없이 고개를 꾸벅 숙이고는 현관 옆 테이블에 시선을 던졌다. 테이블에는 노트가 놓여 있었다.

"알았어. 읽어볼게."

츠유키의 말이 끝나기도 전에 란은 몸을 돌려 현관문을 열고 나갔다. 란을 배웅한 츠유키는 거실 소파에 앉아 노트에 시선을 주었다. 게이코의 충고를 받아들여 시작한 교환 노트는 오늘 아침 기념비적인 첫 회를 맞았다. 여성의 관점에서 나온 조언이 효과적이라는 사실을 츠유키는 몸소 체험했다. 말을 직접 나누는 것보다 심리적인 장벽이 훨씬 낮은지, 란은 바로 노트에 무언가 적은 듯했다. 아버지에게 전하고 싶은 말이 있었던 것이 분명했다. 노트를 펼치자 몇 문장이 눈에 들어왔다.

교과서에서는 인수정리를 다음과 같이 설명하더라고요.
· 다항식 $f(x)$의 x에 a를 대입했을 때 그 값 $f(a)$가 0이라면 $f(x)$는 $x-a$로 나누어 떨어진다.

게이코는 이렇게 말했었다.

실수로라도 알랑거리면 안 돼요. 비위를 맞추고 무작정 치켜세우는 게 아니라, 당신의 전문 분야로 끌어들여서 승부를 봐야 해요.

란은 무의미한 잡담을 철저히 배제하고 교환 노트를 학업에 도움이 되는 수단으로 활용하려는 듯했다. 뜻밖에도 게이코가 조언한 방향과 맞아떨어졌다.

츠유키는 중학생 시절 이미 고교 수학을 독학으로 거의 끝냈던 터라, 인수정리를 고등학교 1학년 때 배우는지 2학년 때 배우는지도 기억나지 않았다. 그에게 인수정리는 지극히 당연한 소리에 불과했다. 그러나 란에게는 교과서의 설명이 해독 불가능한 암호처럼 느껴지는 듯했다.

이럴 때는 어떻게 해야 할까. 결국 구체적인 예시를 보여주는 것이 가장 좋은 방법이다. 츠유키는 간단한 숫자를 넣은 1차식과 2차식을 적어서 둘 다 인수정리가 성립함을 보여주었다. 이 예시를 보고 란이 바로 이해한다면 그걸로 됐고, 이해하지 못한다면 종이에 써가며 가르쳐주면 된다.

란과 나란히 테이블에 앉아 수학을 가르치는 모습이 떠오르자 지금껏 맛본 적 없는 기쁨이 츠유키의 마음속에 퍼져나갔다. 학교에서 학생에게 물리나 수학을 가르치는 것과는 미묘하게 달랐다. 한 핏줄에게 지식을 전수한다는 사실이 사명감을 자극했는지도 모른다.

노트가 아니라 직접 말을 주고받는 의사소통으로 발전하길 바라며 츠유키는 덤으로 '다항식의 나머지 정리'에 대한 해설을 덧붙이기로 했다.

교환 노트를 덮고 도시히로의 노트로 넘어가려던 순간, 보이니치 필사본을 해독할 때 도시히로가 선택한 방법도 본질적으로는 방금 자신의 행동과 다르지 않다는 것을 깨달았다. 도시히로는 텍스트 해독이 불가능하다는 사실을 인정하고, 대신 식물의 품종 개량이라는 구체적인 행동에 나섰다.

란의 모습과 도시히로의 모습이 교대로 떠오르며 두 사람이 대부분을 차지하던 의식 속에 낯선 여자의 목소리가 끼어들었다. 텔레비전에서 흘러나오는 소리였다. 목소리 자체에 반응한 건 아니었다. 여자가 연신 말하는 지명이 귀에 익숙했기 때문이다.

지치부 사쿠라 호수, 우라야마댐.

츠유키는 화면에 시선을 고정하고 음량을 키웠다. 아침 정보 방송에서 어제 지치부 사쿠라 호숫가 산촌에서 발생한 집단 의문사 사건을 보도하고 있었다. 시험 삼아 채널을 돌려보니 모든 방송국에서 그 사건을 보도하고 있었다.

사건이 발생한 지 만 하루가 지나면서 사건의 윤곽이 드러나고 있었지만, 사인은 여전히 불분명했다. 방송에서는 집단 의문사가 일어난 장소를 45가구, 약 100명의 주민이 생활하는 산간의 작은 마을이라고 소개했다. 어제 직접 돌아다니며 느꼈던 인상과 크게 다르지 않았다. 텔레비전 화면에 비치는 단편적인 영상만으로 츠유키는 마을 전체 모습을 머릿속에 재현할 수 있었다.

학교에 가거나 출근한 사람을 제외하고, 오전 중에 집에 머물던 주민 40명 중 27명이 알 수 없는 이유로 갑자기 사망했다고 마이크를 쥔 리포터가 전했다. 사망자 중 19명이 지치부 사쿠라 호수의 물가에서 발견됐다고 한다.

집에 있었지만 목숨을 건진 주민 13명은 마을이 고스트 타운처럼 변한 것도 모른 채 실내에서 평소처럼 생활하고 있었다. 아무래도 원래부터 집에 틀어박혀 숨죽인 것처럼 조용히 지내던 사람들만 살아남은 듯했다.

"오토바이를 타고 지나가던 커플이 우연히 이변을 알아차리고 지역 경찰서에 신고하면서 사건이 드러난 것으로 보입니다."

리포터의 말에 츠유키는 입에 대려던 커피 잔을 테이블에 내려놓으며 중얼거렸다.

……오토바이 커플이라. 그중 하나는 나잖아.

어제 오후, 호숫가에 널린 시신을 발견하자마자 게이코와 함께 지치부 경찰서로 달려가 자세한 사정을 알리고, 미지의 병원체가 관여했을 가능성이 높으니 현장 검증 시에는 방호복을 착용하는 편이 좋을 것이라고 조언했다.

의문사한 시신이 27구나 발견된 만큼 현장에는 출입 통제선이 설치되었을 것이고, 마을 전체가 대혼란에 빠졌을 것이다. 생중계 화면에서도 리포터는 출입 통제선 밖에 서서 불안한 눈빛으로 마을을 바라보기만 할 뿐, 현장에 가까이 갈 마음은 없는 듯했다.

이어서 리포터가 시가지로 출근해 피해를 면한 남자 주민에게 마이크를 들이대고 현재 심경을 물었다. 객관적인 사실을 전달하기보다 가족을 잃은 사람의 감정을 전하는 데 중점을 두고 있다는 것이 훤히 보였다. 그러나 츠유키가 궁금한 것은 인간의 정서가 아니라 과학적인 분석 결과였다.

사이타마현에서 살인 사건이나 의문사가 발생하면 보통 B대학교 의학부 법의학 교실에서 부검을 맡는다. 부검 결과 어떤 소견이 나올지 츠유키는 어느 정도 짐작할 수 있었다. 피해자의 혈액에서 현저하게 이상한 점이 발견될 것이다.

헤모글로빈이 파괴되는 기묘한 용혈 현상이 발생해, 혈관을 순환하는 혈액이 산소를 운반하지 못하고 질식에 가까운 치아노제 증상으로 숨졌다는 사실까지 곧 밝혀질 터다. 그러나 왜 그런 증상이 일어났는지 밝혀내기까지는 시간이 꽤 걸릴 것이다. 시간을 단축할 수 있을지는 오직 운에 달렸다.

츠유키는 앞으로 상황이 어떻게 전개될지를 머릿속에 그리며, 자신이 어떤 역할을 해야 할지 생각했다.

부검을 맡은 의사들이 의문점을 보고하면 상부 조직으로 정보가 올라간다. 그 정보가 하나오카 아츠시, 아베 유타카, 하시모토 일가족의 의문사와 연결되면서, 의학적으로 볼 때 심상치 않은 사태가 발생했다는 우려가 커지면 후생노동성[15]내부에 특별 대책 위원회 같은 조직이 꾸려질 것이다.

그 조직에 참여하는 것은 분명 T대학교 의과학 연구소를 중심으로 한 연구자들일 것이다. 정통 의학에서 벗어나 사이비 과학자라는 낙인이 찍힌 츠유키가 뽑힐 가능성은 없었다. 그렇기에 츠유키는 조직 밖에서 자신의 사명을 찾아야 했다.

예기치 않게 관여하긴 했지만, 이번 사건을 해결하면 분명 과학적인 지식과 견문이 깊어질 것이다. 버티고 있는 벽을 넘어 성장한 자신의 모습을 상상하면 사명을 완수하기 위해 더욱 단호하게 행동할 수 있다.

츠유키를 채찍질하는 것은 지칠 줄 모르고 솟아나는 탐구심이었다. 굳센 의지로 공포를 누르고 앞으로 나아가는 능력만은 누구보다 뛰어나다고 자부한다. 다만 목숨 아까운 줄 모르는 성격을 타고났다는 걸 똑똑히 자각하고 자제해야 한다. 자칫 잘못하면 목숨을 잃을 수도 있기 때문이다.

어제 지치부 사쿠라 호수 둘레 도로에서 가드레일을 넘어 시신이 널브러진 호숫가로 내려가려고 했을 때, 게이코가 한사코 말렸다. 게이코는 여성 특유의 육감으로 하늘을 나는 새와 주변에 감도는 불길한 기척에서 위험을 감지해 츠유키를 끝까지 붙잡았다.

어쩌면 덕분에 목숨을 구했는지도 모른다. 그때 물가로 내려갔다면 어떤 운명이 기다리고 있었을지 알 수 없다. 그리고 상대의 단점을 보완하며 행동하는 것이 2인 1조의 강점임을 실감했다.

츠유키의 손에는 자신을 구했을지도 모르는 게이코의 손에서 전해진 온기가 아직 남아 있었다. 게이코의 충고를 무시하고 물가에 내려갔다면 지금쯤 널브러진 시체 중 하나로 집계됐을지도 모른다.

자신에게 무슨 일이 생기면 딸인 란은 의지할 사람 하나 없는 외톨이가 된다. 태어나자마자 어머니를 잃었고, 소중히 키워준 할머니마저 돌아가셨는데 친아버지까지 사라진다면, 갈 곳 없는 딸은 길바닥에 나앉을 수밖에 없다.

무슨 일이 있어도 그런 사태만큼은 피해야 한다. 란은 아직 15살. 가르쳐야 할 것이 산더미처럼 많다.

아버지로서 다음 세대를 교육해야 한다는 생각에, 츠유키는 앞으로는 조심해서 행동하기로 마음먹었다.

2

아침 정보 방송이 끝나자마자 츠유키는 텔레비전을 끄고 거실 소파에서 식당 겸 주방으로 이동했다. 도시히로가 쓴 1번부터 8번 노트를 테이블 위에 쌓았다. 집필용 서재를 란에게 내주어서 적당한 원룸을 찾기 전까지는 식탁용 테이블이 임시 서재였다.

우선 1번 노트의 첫 페이지를 펼쳤다. 도시히로가 이 페이지에 볼펜을 댄 것은 지금으로부터 25년 전이었다. 표지에 1번이라고 적힌 노트를 펼치고 천천히 페이지를 넘겼다. 이어서 2번, 3번으로 나아가면서 츠유키는 시간의 흐름에 따라 도시히로의 사고가 어떻게 변화했는지 이해하려 애썼다. 1번부터 3번 노트에는 보이니치 필사본을 해독하면서 얻은 지식을 참고해 식물 품종 개량에 나서게 된 경위가 기록되어 있었다.

3번 노트를 대강 훑어보고 4번 노트 중반쯤에 접어들었을 때 어떤 수식이 눈에 들어와 츠유키는 무심코 손을 멈췄다.

$$\triangle E = E\,h - E\,l = h \times v = h \times C / \lambda\,^{16}$$

이 수식을 가르쳐준 사람은 츠유키였다. 츠유키가 떠올린 아이디어의 단편들을 도시히로가 받아들이고 완전히 소화해 자신만의 표현으로 기록한 흔적이 노트 곳곳에 보였다. 원래 츠유키의 머릿속에서 나온 발상이었기에 이해하기 쉬웠고 읽는 속도도 점차 빨라졌다. 5번, 6번, 7번 노트를 재빨리 읽고 도시히로가 수만 년 전에 에덴동산에 자랐을 금단의 나무를 어떻게 현대에 되살리려 했는지 그 방법을 이해했다.

노트의 기록에 따르면 처음으로 시도한 방법은 접목(어느 개체의 싹이나 가지를 잘라 뿌리가 있는 다른 개체의 줄기에 활착시키는 것)이었다. 보이니치 필사본에는 서로 다른 종의 접목을 설명한다고 추정되는 삽화가 수많이 실려 있다. '수많은' 정도가 아니라 거의 모든 식물이 접목을 나타하고 있다고 해도 과언이 아니다. 그림과 유사한 식물을 찾아내 삽화처럼 접목하는 것이 그리 어렵지는 않았을 것이다.

그러나 실제로 해보니 결과는 기대에 미치지 못했던 듯하다. 서로 다른 두 종류의 나무를 접합시켜도 가까운 종의 식물이 아니면 성장이 저해되고, 운 좋게 잘 자라더라도 열매를 맺지는 못했다.

거듭된 시행착오와 실패 끝에 마음이 꺾여 방향을 바꾸려던 순간, 도시히로에게 두 가지 행운이 찾아왔다. 하나는 꿈꾸는 허브 모임의 신도인 나카자와 유카리와 만나 남녀관계로 발전한 것, 또 하나는 고등학교 시절 은사인 에노요시의 부름을 받아 식생 조사팀의 일원으로 제6다이바에 방문할 기회를 얻은 것이었다.

레인보우 브리지 아래에 위치한 제6다이바는 문화재 보호를 이유로 도쿄도에서 상륙을 금지한 곳이다. 그러나 몇 년에 한 번꼴로 조사팀을 꾸려 '도쿄만에 위치한 인공섬'이라는 특수 환경이 식생에 미치는 영향을 조사하곤 했다. 그해에는 고등학교 과학 교사 에노요시가 도의회 특별위원회의 요청을 받아 조사에 참여했다.

도청 직원과 도의원 외에도 인원에 여유가 있어, 자연과학에 흥미가 있는 전문가도 동행할 수 있었기에 에노요시는 제자인 도시히로에게 함께 가지 않겠느냐고 제안했다.

고등학교를 졸업한 후에도 꾸준히 연락을 이어왔는지 에노요시는 의학부에 진학한 도시히로가 병리학뿐만 아니라 식물학에도 큰 흥미를 품고 있다는 사실을 알고 있었다. 제안을 받은 도시히로는 좀처럼 얻기 힘든 기회에 기뻐하며 기꺼이 조사에 참여하기로 했다.

츠유키의 머릿속에 에노요시의 얼굴이 떠올랐다. 츠유키와 도시히로는 대학 부속 고교의 선후배 사이였으므로, 츠유키 역시 고등학생 때 에노요시의 수업을 들었다. 에노요시가 특별히 잘 대해주었던 덕분인지 지금도 그의 얼굴이 뚜렷이 기억난다. 그는 물리뿐 아니라 생물학에도 흥미가 생기도록 이끌어준 사람이었다.

제6다이바에 상륙한 날짜는 노트에 적혀 있었다. 지금으로부터 20년 전, 6월이었다. 현장에서 찍은 사진과 스케치한 그림 몇 장을 노트에 붙여놓은 데다 설명이 구체적이어서 당시 조사 상황이 선명하게 머릿속에 그려졌다.

츠유키는 도시히로와 에노요시를 중심으로 한 조사팀의 행동을 상상 속에서 재현해보았다. 익숙한 사람이 2명이나 있어서인지 구체적인 영상이 금방 떠올라 머릿속을 스쳐갔다. 그 영상은 현장을 자기 눈으로 직접 보고, 그 분위기를 피부로 접하는 것처럼 실감이 넘쳤다.

20년 전 6월, 장마철에 잠깐 찾아온 맑고 더운 날 오후.

그날, 도시히로와 에노요시, 도청 직원 나이토, 도의원 가시와바라, 선장과 승조원, 총 6명이 도쿄만 제일 안쪽의 위락항에 모였다. 일행은 잔교에 정박한 소형 크루저에 승선해 근처에 있는 제6다이바로 향했다. 크루저는 도중에 있는 4개의 다리를 지나 도쿄만을 남하했다. 마지막 다리를 지나자 레인보우 브리지가 눈앞에 다가왔고, 그 너머에 있는 제6다이바의 모습이 커질수록 도시히로는 기대에 부풀었다.

제6다이바의 식생에 대해 예전부터 흥미가 있었지만, 상륙이 금지되어 다가갈 수조차 없어 늘 안타까웠다. 그런 곳에 합법적으로 갈 수 있으니 마음이 들뜨는 것도 당연했다.

직사각형 모양으로 튀어나온 잔교에 보트를 옆으로 붙이자마자 도시히로는 운동화를 고무장화로 갈아 신고 섬에 힘차게 발을 내디뎠다. 총 둘레가 550미터인 변형된 오각형 모양의 인공섬은 높이 약 5미터의 석축에 둘러싸여 있었다. 다만 잔교 끝부분은 석축 없이 대문처럼 공간이 트여 있었고, 그 안쪽은 어둠 속으로 뻗은 길이 보였다.

도시히로는 천천히 걸음을 옮기며 상하좌우로 고개를 돌렸다. 물가 주변에는 미나리 비슷한 풀이 빽빽하게 자라 있었는데, 자세히 보니 신선초였다. 어디선가 흘러든 종이 정착해 녹색 잎을 하늘로 치켜들고 강한 생명력을 과시하고 있었다. 도시히로와 에노요시는 신선초 덤불을 밟고 섬 안쪽으로 들어갔다.

울창한 나무들이 햇빛을 가려 낮인데도 어두침침했다. 섬 곳곳에서 진귀한 식물을 발견할 때마다 도시히로는 카메라를 들이댔고, 자세하게 관찰할 필요가 있을 때는 멈춰 서서 노트에 스케치했다. 습한 공기로 가득한 가운데 후박나무나 댕강나무 등 도심에서는 쉽게 볼 수 없는 초목들이 섬에 독특한 잡목림을 형성하고 있었다. 바닷바람에 나뭇가지가 흔들려 사방에서 동시에 잎사귀 스치는 소리가 쏟아지면, 순간 방향 감각을 잃어 지금 어디 있는지 잘 분간이 되지 않았다. 유일한 표식은 북쪽 방향에 나뭇가지와 잎사귀 틈새로 어른어른 보이는 레인보우 브리지였다.

발밑을 조심하느라 시선을 내리고 걸은 덕분에 지름 10미터 정도의 작은 늪을 발견했다. 키 큰 풀이 늪 주위를 뒤덮었는데, 물은 걸쭉하고 탁한 녹색이었다. 제6다이바에는 민물이 솟는 우물이 있다는 소문을 들은 적이 있다. 소금기가 있는지 없는지 확인해보고 싶었지만, 몇십 년이나 고여 있던 물을 맛볼 마음은 들지 않았다. 크게 자란 풀 바깥을 둘러싼 키 작은 나무만 봐도 다른 곳과 식생이 다르다는 걸 알 수 있었다. 늪의 수질이 식물의 성장에 영향을 주는 것이 틀림없었다.

도시히로는 습기로 축축해진 줄기와 나뭇가지, 잎사귀들을 관찰하며 늪가까지 다가갔다. 그곳에서 한층 굵은 나무줄기를 넝쿨처럼 감아올라간 가지 끝에 매달린 과일을 발견했다.

그 과일은 큼지막한 솔방울이나 열대 지방에 자라는 판다누스 열매처럼 보이기도 했지만, 가까이에서 자세히 보니 뚱뚱한 옥수수와 비슷했다. 아코디언 주름처럼 펼쳐진 꼭지 밑에 황토색 알갱이가 수백 알쯤 촘촘히 달려 있었다. 옥수수 껍질을 벗기고 줄기 부분을 위로, 이삭 끝부분을 아래로 향하게 한 듯한 모습이었다.

특이한 점은 이삭 끝에서 튀어나온 대롱이 늪 바로 위로 배출구처럼 축 늘어져 있다는 것이었다. 수백 개의 알갱이에서 나온 수액이 가느다란 대롱을 통해 아래로 흘려내려 늪에 뚝뚝 떨어지고 있었다.

도시히로는 그 광경을 보고 눈이 휘둥그레졌다.

오랫동안 찾아 헤맸던 식물을 드디어 발견한 것은 아닐까.

기대와 함께 경외감이 솟구쳤고, 등골이 떨릴 만큼 감동했다. 어떤

도감에도 이런 식물은 실려 있지 않았다. 단 하나, 보이니치 필사본의 삽화를 제외하면.

도시히로는 보이니치 필사본에 나온 식물의 특징을 거의 완벽하게 기억하고 있었다. 그중 몇 페이지에는 지금 눈앞에 있는 것과 똑같이 생긴 식물이 그려져 있었다.

삽화의 구도는 대략 다음과 같이 설명할 수 있다. 머리 위에 달린 옥수수 모양의 과일 끝부분에 대롱이 늘어져 있고, 그 대롱에서 흘러내린 수액이 아래에 있는 바위 욕조 같은 통에 떨어져 녹색 늪을 만든다. 그 늪 속에 벌거벗은 여자 7명이 몸을 담그고 있다. 3명은 위를 보고 드러누워 있고, 4명은 손을 맞잡은 채 같은 방향으로 걸어가려 한다. 여자들의 배는 임신한 징조를 나타내듯 약간 볼록하다. 마치 새로운 생명을 잉태한 것처럼.

물론 도시히로가 바라보고 있는 늪에 벌거벗은 여자는 없었다. 그러나 식물의 모양새는 거의 똑같았다. 설마 도쿄만 한복판에서 보이니치 필사본 속 삽화와 똑같은 광경을 보게 될 줄은 꿈에도 몰랐다. 허구의 식물이 아니라 실제로 존재한다. 그는 신의 계시를 받아 여기로 인도된 것이라고밖에 생각할 수 없었다.

도시히로는 백팩에서 카메라를 꺼내 '뚱뚱한 옥수수'를 몇 장 찍은 뒤 주변에 귀를 기울였다. 에노요시를 비롯한 나머지 사람들은 다른 곳에 있었고, 늪 가장자리에 서 있는 건 도시히로뿐이었다.

그 순간, 귓속에서 달콤한 속삭임이 들려왔다.

어서 날 따서 먹어.

유혹을 거부할 수는 없었다. 도시히로는 꼭지 부분을 손으로 잡고 이삭을 가까이 끌어내렸다. 알갱이를 되도록 많이 따서 호주머니에 숨기고, 대롱에서 뚝뚝 떨어지는 수액을 플라스틱 케이스에 담아서 가져가기로 했다.

노트에는 도시히로가 제6다이바에서 발견한 나무 열매를 촬영한 사진이 붙어 있었다. 츠유키는 노트에 얼굴을 가까이 대고 사진을 유심히 들여다보았다.

노트에 기록된 대로 그 열매는 '뚱뚱한 옥수수를 거꾸로 매단' 모습이었다. 도시히로만큼은 아니지만 츠유키도 보이니치 필사본을 살펴본 적이 있어서 실물과 똑닮은 삽화가 몇 개 있다는 사실은 알고 있었다.

도시히로는 수액과 함께 알갱이를 몇 알 떼어내 집으로 가져왔다. 그 수액과 알갱이를 어떻게 다루었을까. 츠유키는 의문을 가슴속에 품고 7번 노트를 덮었다.

오늘 허락된 시간은 여기까지였다. 슬슬 오후 강의를 준비해야 했다. 도시히로가 기록한 노트의 대미를 장식하는 8번 노트는 내일 이후에 분석할 예정이었다.

3

츠유키가 도시히로의 노트와 격투를 벌인 끝에, 도시히로가 제6다이바에서 보이니치 필사본 속 삽화와 똑같이 생긴 나무를 발견해 수액과 알갱이 몇 알을 집으로 가져왔다는 사실을 알아낸 것과 거의 같은 시각, 사무소 테이블 앞에 앉아 컴퓨터 화면을 들여다보던 게이코는 나카자와 유카리의 흔적을 잡았을지도 모른다는 희미한 기대감으로 가슴이 부풀었다.

단서는 한 장의 사진이었다. 사람을 찾을 때, 가장 먼저 대상 인물의 신체적 특징을 파악해야 한다. 그런 의미에서 목표물을 촬영한 사진은 매우 중요한 역할을 한다. 사람 찾기 전단지에 반드시 사진이 실리는 이유이기도 하다. 그런데 게이코는 이토록 중요한 단서 없이 사람을 찾아야 하는 상황에 놓여 있었다. 나카자와 유카리의 사진을 구하기가 너무 어려웠기 때문이다.

교주 니무라 기요미와 일곱 신도가 함께 생활했던 본부 가옥은 각자에게 방을 나누어 줄 수 있을 만큼 넓지 않았으므로, 일곱 신도는 2인실 두 개와 3인실 하나를 함께 사용했다. 그 결과 개인 소유물은 아주 적었고, 생활필수품이 담긴 가방을 가지고 실종된 나카자와 유카리의 사진을 비롯한 사적인 물품은 실내에 거의 남아 있지 않았다.

훗날 르포를 쓴 우에하라도 책에 실을 수 있는 사진은 교주의 사진뿐(다른 신도들의 사진은 싣지 못함)이라고 결론을 내렸고, 신도의 사진은 적극적으로 찾지 않았다.

그런데 오늘 오전, 나카자와 유카리의 사진을 찾아냈는지도 모르겠다는 연락이 우에하라에게서 온 것이다. 우에하라의 설명에 따르면, 어제 낡은 데스크톱 컴퓨터를 처분해달라고 전문 업자에게 의뢰한 후 소중한 정보가 남아 있지 않은지 확인하던 중, 지인이었던 마사요에게 받아서 저장해둔 15년도 더 된 사진을 발견했다고 한다.

나카자와 유카리 혼자 찍은 사진은 아니었고, 7명의 여자가 교주 니무라 기요미를 둘러싼 구도였다. 피사체가 꿈꾸는 허브 모임의 간부 신도라는 것은 거의 확실했으므로, 그중 한 명이 나카자와 유카리일 가능성이 크다고 했다.

게이코는 우에하라가 보내 준 사진을 화면에 띄우고 찬찬히 살펴보았다.

우선 우에하라가 쓴 르포《신흥 종교 단체 집단 사망의 수수께끼》에 실린 교주 니무라 기요미의 사진을 제외하고, 우에하라가 첨부한 메모를 참고해 7명 가운데 마사요와 이노우에 미카를 확인했다. 후보는 4명으로 줄었다.

넷 중 하나가 나카자와 유카리다.

게이코는 도시히로가 나카자와 유카리의 외모를 어떻게 묘사했는지, 겐스케에게 들은 적이 있었다.

"몸매가 좋고 예쁘지만 좀 멍청한 구석이 있거든."

그 표현이 사실이라고 가정하고, 당시 그녀가 25세 전후였음을 생각하면 넷 중 누가 나카자와 유카리인지 거의 확실했다. 왼쪽 끝에 서 있는 젊은 여자 말고는 없었다. 다른 여자들은 나이도 외모도 조건에 맞지 않았다.

……자, 이 재료를 어떻게 요리할까.

게이코는 혼잣말을 했다.

일단 나카자와 유카리만 나오도록 사진을 수정하고 확대해야 했다. 원하는 인물이 왼쪽 끄트머리에 있었으므로 나머지 7명을 잘라내는 건 간단했다. 사진을 수정한 후 모니터에 가득 차도록 확대해 출력했다.

게이코는 그 얼굴에 대고 말을 걸었다.

……살아 있어? 그럼 지금 어디 있는지 가르쳐줘.

꼭 다문 입술은 미동도 하지 않았다.

여자의 인상은 겐스케에게 들었던 것과 달랐다. 좀 더 평범하고 맹하면서 귀여운 이미지를 상상했었는데, 사진 속 얼굴에는 의젓하고 당당한 분위기가 감돌았다. 머리카락은 갈색기가 돌고 이목구비도 단정했다. 몇 세대쯤 전에 백인의 피가 섞인 것이 아닐까 하는 생각이 들었다. 청바지에 감싸인 쭉 빠진 다리를 보건대 몸매가 좋다는 평가는 틀리지 않았다.

게이코는 확대한 사진을 컴퓨터에 저장한 후, 이미지 검색 엔진에 들어갔다. 우에하라가 보낸 것은 15년도 더 지난 과거의 사진이다. 살아 있다면 나카자와 유카리는 40살 정도일 것이다.

15년은 긴 세월이지만 비슷한 생김새의 인물로 검색될 가능성은 충분했다. 어차피 이미지 검색은 간단하고 시간도 오래 걸리지 않는다. 밑져야 본전이라는 생각으로 검색을 시도하자 바로 '외모 일치'로 표시된 사진이 하나 나왔다.

게이코는 컴퓨터 화면에 뜬 사진에 얼굴을 바싹 가져다 댔다. 정확히 일치하는 것은 아니지만 얼굴 생김새에 닮은 구석이 많았다. 긴 생머리가 단발로 바뀌었고 눈가에 주름이 늘었지만, 계속 들여다보니 사진 속 인상과 가까운 느낌이 강해졌다. 사진 속 여자가 나이를 먹으면 이 얼굴과 비슷해질 것 같았다. 의젓하고 당당한 분위기도 그대로였다.

게이코는 정보를 얻기 위해 마우스를 클릭해 여자의 얼굴이 실린 홈페이지에 들어갔다. 곧 이름이 나타났다.

통칭 요카. 본명 아마카와 나루미.

이름은 나카자와 유카리가 아니었지만, 직업을 확인하자 감이 딱 왔다.

점술가.

게이코는 시선을 화면에 고정한 채 왼손으로 턱을 괴고 생각에 잠겼다. 교주 니무라 기요미가 나카자와 유카리의 친어머니일 가능성이 크다. 신흥 종교 교주라는 계보와 점술가라는 현재 직업은 서로 잘 맞물린다. 꿈꾸는 허브 모임은 설립 당시 점술을 업무 중 하나로 삼기도 했었다.

게이코는 요카에 관한 정보를 모두 파악한 뒤, 필요 사항이 기재된 부분은 출력했다. 이제부터는 인터넷이 아니라 발로 뛰며 조사해야 한다. 게이코는 조사 순서를 대강 머릿속에 떠올려 플로차트를 만들어 보았다. 실제로 요카를 만나 목표물인지 아닌지 살펴보는 것은 간단했다. 홈페이지에서 점을 보겠다고 예약하면 당장이라도 만날 수 있었다. 손님으로 가장해 점을 치고 대화를 나누다 보면, 나카자와 유카리 본인이라는 확증을 얻을 수 있을지도 모른다.

문제는 손님인 척 찾아가면 얼굴이 드러나 앞으로 미행이 어려워진다는 점이었다. 친분이 있는 다른 탐정에게 미행을 부탁할 수도 있지만, 절차가 하나 늘어나는 데다 비용도 든다. 절차가 늘어나면 시간이 더 소모된다.

……무엇을 우선해야 할까.

자료에 따르면 요카의 점술집은 번화가 인근의 쇼핑센터 3층에 있었다. 3층의 한쪽 구석에 베니어합판으로 만든 간이 부스가 영업장이었고, 쇼핑센터 폐점 시간보다 2시간 일찍 문을 닫는다. 영업을 마치기 전에 잠복해 있다가 미행하면 현재 주소는 금방 알아낼 수 있을 것이다.

주소를 알아내면 주민표 발급이다. 친하게 지내는 변호사에게 부탁해 서류를 준비하면, 당사자가 아니더라도 얼마든지 주민표를 입수할 수 있다. 주민표만 확보하면 본적지로 가서 호적등본을 떼는 방향으로 일을 진행할 수 있다.

오늘 저녁 쇼핑센터에 가서 상황을 살피며 미행해 현재 주소를 파악하면, 내일 오전에는 주민표를 손에 넣을 수 있다. 주소와 본적지가 가까우면 오후에는 호적등본도 뗄 수 있을 것이다.

손님으로 가장해 점을 치는 작전보다 곧바로 미행에 들어가는 작전이 수고가 덜하고 결과도 빠르다. 다만 요카가 목표 인물이 아니라면 주민표와 호적등본을 입수한들 헛수고다.

그러나 게이코는 확신했다. 이미지 검색에서 '외모 일치'로 표시된 사진을 본 순간, 목표물을 찾아냈다고 직감했다. 지금까지 그녀의 직감이 빗나간 적은 거의 없었다.

게이코는 요카의 영업장이 있는 쇼핑센터로 가는 경로를 출력해 가방에 넣었다.

게이코는 넉넉히 시간을 두고 점술집이 영업을 마치기 1시간 전에 쇼핑센터에 도착해 상황을 살폈다. 점술집은 서점과 계단 통로 사이의 공간에 있었다.

게이코는 서가에서 책을 1권 뽑아 페이지를 넘기며 계단 통로 쪽을 바라보았다. 우주를 수놓는 별들과 색색의 꽃무늬가 그려진 베니어합판에는 '영감 살롱 요카'라고 적힌 간판이 걸려 있었다. 가게 이름 밑에는 연애 성취, 인연 맺기, 사업운 등 상담 항목과 서양 점성술, 타로카드, 사주추명, 영감 투시라는 점술 방법이 적혀 있었다.

기본요금은 15분에 3,000엔, 30분에 5,000엔이었다. 점술집이라고 해도 크기가 아주 작아서 테이블을 사이에 두고 점술인과 손님이 겨우 마주 앉을 수 있는 정도였다.

몇 미터 떨어진 곳에서 입구를 살피자 손님으로 보이는 여자의 뒷모습이 보였다. 요카의 앞모습은 칸막이에 가려져 있었고, 보이는 것이라곤 테이블에 얹은 손뿐이었다.

요카는 엄청난 속도로 노트에 무엇인가를 휘갈겨 쓰며 이야기하는 듯했지만, 게이코가 있는 곳까지는 목소리가 들리지 않았다. 손님은 한마디라도 놓칠세라 열심히 귀를 기울이며 고개를 끄덕이고 연신 맞장구를 쳤다.

게이코는 점술집 앞으로 다가가 스마트폰으로 재빨리 점술집 전체를 촬영한 후, 곧장 계단 통로 옆 화장실로 들어가 볼일을 봤다. 화장실에서 시간을 보내도 영업을 마치기까지는 40분 가까이 남았다. 그렇다고 서가 앞에 계속 진 치고 서서 책을 읽는 척할 수도 없는 노릇이었다. 어디 괜찮은 곳이 없을까 주변을 둘러보니 의류 매장 옆에 카페가 눈에 띄었다. 유리창 옆 카운터에 앉으면 커피를 마시며 감시할 수 있을 듯했다.

영업 종료 20분 전, 아까 그 손님이 돌아갔고 더는 손님이 찾아오지 않았다. 게이코는 즉시 행동에 나설 수 있도록 커피숍에서 나왔다. 영업 종료 10분 전, 점술집 내부의 전등이 꺼지고 요카로 추정되는 여자가 나왔다. 게이코는 자연스럽게 요카 뒤에 따라붙어 미행을 시작했다.

요카는 쇼핑센터 2층에 있는 민영철도 역으로 향했다. 게이코는 개찰구를 통과해 플랫폼으로 내려가 요카의 대각선 뒤쪽에 섰다. 같은 차량에 타려면 너무 떨어져서는 안 된다. 적당한 거리를 유지하며 요카를 관찰해 그녀의 복장은 물론이고 옷 아래 드러나는 신체적 특징을 파악하려 애썼다.

요카는 파란색 여름 스웨터에 감색 치마라는 아주 평범한 차림이었다. 복장으로 직업을 판단한다면 점술가보다 교사가 어울렸다. 실력 있는 점술가는 화려하고 낙낙한 원피스를 입고 목이나 손목에 염주나 액세서리를 주렁주렁 걸치는 경우가 많다. 그리고 어째서인지 체형도 대부분 뚱뚱했다. 한편 요카는 160센티미터 남짓한 키에, 젊은 시절의 균형 잡힌 몸매를 유지하고 있었다. 복장도 체형도 점술가의 이미지와 어울리지 않았다.

……속성 교육을 받은 걸까.

점술 사업을 운영하는 회사 조직에서는 속성 교육을 받은 사원을 여러 시설에 파견하기도 한다. 요카는 실력이 좋아서 자리를 잡은 점술가라기보다 고용된 점술가인지도 모른다.

게이코는 요카의 복장과 신체적 특징을 머릿속에 담은 뒤, 그녀의 다리에 시선을 모았다. 점술집을 나서 전철역 플랫폼으로 향하는 동안 요카의 걸음걸이를 유심히 관찰했다. 사람은 저마다 걸음걸이가 달라서, 우선 걸음걸이의 특색부터 파악하는 것이 미행의 기본이다. 특히 회사원이 입는 양복처럼 흔한 옷차림일 경우, 걸음걸이는 목표물을 구별하는 데 유효한 수단이다.

비스듬히 몇 미터 뒤쪽에 서서 주된 특징을 모두 머릿속에 담은 후,

게이코는 요카의 내면으로 시선을 돌렸다. 물론 마음속을 볼 수는 없다. 하지만 온몸에서 풍기는 분위기가 그 사람의 반생半生을 말해주기도 한다.

나카자와 유카리는 실제로 출산을 했는지는 알 수 없지만, 26살 무렵 임신을 한 번 경험했다. 그 무렵 꿈꾸는 허브 모임의 집단 사망 사건이 발생했고, 홀로 살아남은 나카자와 유카리는 어디론가 자취를 감췄다. 왜 실종됐고, 그 후로 어떤 삶을 살았을까. 게이코는 15년의 공백기에 있었을 일을 이래저래 상상해보았다.

요카의 나이는 현재 41살에서 42살. 39살인 게이코와 거의 동년배였다. 만약 도시히로의 아이를 가져 출산했다면, 그 아이는 15살쯤 됐을 것이다. 7살 딸을 키우는 자신과 요카의 처지를 겹쳐보았다. 가끔 어머니의 도움을 받기는 하지만 여자 혼자 아이를 키우기는 쉽지 않다. 그런 관점에서 요카를 바라보자, 문득 꺼림칙한 예감이 들었다. 요카에게서 '육아를 경험한 여자의 분위기'가 느껴지지 않았기 때문이다.

게이코는 탐정의 감을 키우기 위해 독자적인 훈련 방법을 고안했다. 예를 들어 처음 보는 여자를 관찰해 '결혼했는지 하지 않았는지(결혼반지를 보지 않고)', '결혼했다면 아이가 있는지 없는지', '아이가 있다면 성별은 무엇인지' 등의 정보를 목표 대상의 신체에서 발산되는 분위기만으로 맞혀보는 것이다. 지금까지 정확히 맞힌 횟수가 틀린 횟수를 크게 웃돌았다. 적중률은 80퍼센트, 자신의 타율이 그 정도임을 게이코는 알고 있었다. 그 감으로 요카가 풍기는 분위기를 감지해서 얻은 결론은 '독신이며 육아 경험 없음'이었다.

요카의 헤어 스타일은 지나치게 깔끔했다. 여자 혼자 아이를 키우려면 '체면을 차리지 않는 태도'가 필요하다. 일과 육아 양쪽에 쫓기느라 몸치장할 여유가 없기 때문이다. 이른바 쑥대머리로 살아온 여자의 특징이 요카의 헤어 스타일에서는 느껴지지 않았다.

자신의 감이 들어맞는다면 아쉬운 결과가 기다리고 있었다. 아소 부부에게 의뢰받은 손주 찾기는 취소되고 성공 보수도 받지 못한다. 하지만 설령 그렇더라도 확인할 필요가 있다. 객관적인 증거를 바탕으로 보고서를 작성해야 일이 완전히 마무리되는 법이다.

이번만큼은 내 감이 빗나가기를.

게이코가 속으로 얌체 같은 소원을 빌었을 때, 하행 전철이 플랫폼으로 들어왔다. 게이코는 요카와 같은 차량에 올라타서 닫힌 문에 기대어 섰다. 요카는 네 번째 역에서 내렸다. 요카가 역 건물에 딸린 슈퍼마켓에 들어가자 밖에서 기다리다가, 하나밖에 없는 출입구로 나오자 다시 미행을 이어갔다.

역 앞 큰 도로에서 주택가의 골목으로 들어가는 요카의 뒷모습에 시선을 고정한 채 다음 행동을 예측했다. 거주지는 단독주택이 아니라 연립주택이나 맨션일 것이다. 오토록이 설치되어 있다면 문이 열리는 틈을 노려 함께 들어가는 수밖에 없다.

요카가 오른쪽에 있는 허름한 4층짜리 맨션의 현관으로 들어가려 하자, 게이코는 종종걸음으로 뒤쫓았다. 다행히 오토록은 아니었다. 현관 정면에 관리인실이 있고, 왼쪽은 엘리베이터가 있는 복도, 오른쪽은 우편함이 있는 공간이었다. 예상했던 대로 요카는 일단 우편함으로 향했다.

게이코는 우편함을 지나쳐 벽에 몸을 숨기고 살그머니 안쪽을 엿보았다. 벽 양면에는 우편함이 줄지어 있었다. 요카는 그중 하나를 열어 우편물을 꺼내려 했다. 게이코는 우편함 위치를 재빨리 머릿속에 새겼다. 위에서 네 번째, 왼쪽에서 세 번째.

요카가 방구석에 있는 쓰레기통에 전단지와 광고 엽서를 버리는 모습을 놓치지 않았다. 딱 마주치는 걸 피하기 위해 게이코는 복도를 더 걸어가 우편함에서 등을 돌렸다. 그 뒤를 빠져나간 요카는 관리인실 왼쪽에 있는 엘리베이터 홀로 걸어가서 버튼을 눌렀다. 엘리베이터가 내려와 문이 열리자 요카는 엘리베이터를 타고 위로 올라갔다.

게이코는 차분한 태도로 엘리베이터 홀에 가서 표시되는 층수를 바라보았다. 숫자가 4에서 멈춘 것을 확인하고 우편함으로 돌아갔다. 위에서 네 번째, 왼쪽에서 세 번째 우편함에는 413호라고 적혀 있었다.

게이코는 옆으로 이동해 구석에 놓인 쓰레기통을 들여다보았다. 또 쓰레기 뒤지기다. 다른 집에서도 투입된 전단지를 버렸는지 바닥에 여러 장 쌓여 있었다. 게이코는 전단지 위에 놓인 '가전제품 대리점 할인 쿠폰 엽서'를 집어 들어 주소를 확인했다.

스기나미구 ***초 **하이츠 413호 아마카와 나루미

이것이 나카자와 유카리가 사칭했을 가능성이 있는 인물의 현재 주소와 이름이었다.

4

게이코가 나카자와 유카리일지도 모르는 인물의 이름과 주소를 알아냈을 무렵, 츠유키는 늦은 저녁을 먹은 후에도 식탁에 남아 곁에 있던 노트 2권을 끌어당겼다. 같은 크기의 대학 노트지만 담긴 내용은 전혀 달랐다.

하나는 란과 함께 쓰는 교환 노트고, 다른 하나는 식물 품종 개량의 경위를 기록한 노트다. 츠유키는 일단 교환 노트를 펼쳤다. 누가 읽어도 이해할 수 있는 깔끔한 글씨가 눈에 들어왔다.

인수정리, 완벽하게 이해했어요. 감사합니다. 수학 특유의 젠체하는 문장을 일상적인 말로 바꾸면 이해하기 쉽네요. 또 질문이 있어요. 허수란

뭔가요? 제곱해서 마이너스 1이 되는 숫자는 현실에 없어요. 허수는 실수를 나타내는 수직선 말고 다른 곳에 몸을 숨기고 있는 걸까요? 수직선이 현실 세계고 실수가 현실 세계의 주민이라면, 허수는 가상 세계의 주민…… 다시 말해 유령 같은 존재로 이해하면 되는 걸까요? 어쩐지 무섭네요. 지도 부탁드릴게요. 추신. 몸 상태가 별로라서 오늘 밤은 일찍 잘게요. 안녕히 주무세요.

일을 마치고 9시쯤 집에 돌아왔을 때, 란은 이미 자기 방에 들어가서 오늘 밤에도 얼굴을 보지 못했다. 다만 저녁에 들어온 란이 어떻게 행동했을지는 주방과 욕실에 남은 흔적으로 어느 정도 짐작할 수 있었다.

란은 교환 노트를 읽고 인수정리를 복습한 후, 새로운 질문을 노트에 적었다. 냉장고의 햄버그를 데워서 달걀말이와 함께 저녁을 먹고 샤워를 하고 잠자리에 들었다. 몸 상태가 별로라고 해서 좀 걱정됐지만, 글에서 심각함은 느껴지지 않았으므로 츠유키는 괜히 호들갑 떨지 않기로 했다.

란의 글에는 아직 남을 대하듯 딱딱한 구석이 남아 있었지만, 지난번에 비하면 마음을 터놓은 인상이라, 츠유키는 아버지와 딸의 거리가 약간이나마 좁혀진 것 같아 기뻤다.

더구나 인수정리 다음으로 나온 질문이 허수여서 흐뭇했다. 좌우로 뻗은 1차원 수직선을 현실 세계에, 실수를 그곳의 주민에 비유하는 한편, 비현실 세계의 주민인 허수를 유령으로 보고 공포를 느낀다는 점에서 수학적 감각이 뛰어나다는 걸 알 수 있다.

실수는 1차원 수직선에 존재하지만, 실수와 허수의 합으로 나타내는 복소수는 2차원 평면에 존재한다. 이번 기회에 허수뿐만 아니라 복소수의 개념까지 가르쳐주자 싶어 츠유키는 복소평면 그림을 노트에 그리고 이해하기 쉽게 해설을 덧붙였다.

좌우로 쭉 뻗은 실수를 위아래에서 감싸는 복소수의 세계는 훨씬 압도적이다. 동물의 서식지가 수직선이라면 식물의 생식 영역은 복소평면이 아닐까. 츠유키의 머릿속에 그런 생각이 번뜩인 것은, 도시히로의 8번 노트에 그려진 다양한 식물 그림이 눈에 들어왔기 때문이었다.

실수의 수직선은 $a+bi$로 나타내는 복소수에서 b 값이 0일 때의 한 형태에 불과하다. 마찬가지로 식물이 시조인 지구 생명체에게 동물은 식물의 한 형태에 지나지 않을지도 모른다.

허수에서 식물로 관심이 옮겨간 김에 츠유키는 교환 노트를 덮고 도시히로의 8번 노트를 분석하기로 했다.

7번 노트에서 특별히 인상적이었던 것은 제6다이바에서 겪었던 일을 묘사한 장면이었다. 츠유키는 노트를 읽으며 마치 현장에 있는 듯한 박진감을 맛봤다. 놀랍게도 제6다이바를 둘러싼 석축 안쪽에 천연 늪이 있고, 그 가장자리에 보이니치 필사본의 삽화와 똑같이 생긴 식물이 번성하고 있었다고 도시히로는 기록했다. 게다가 실제로 존재해서는 안 될 것처럼 생긴 그 식물에 '뚱뚱한 옥수수(헤비콘)'라는 이름을 붙이고, 끝부분에서 떨어지는 수액을 채취해 알갱이와 함께 가져왔다는 것이다.

그 수액을 품종 개량에 활용한 과정이 8번 노트 초반부에 자세히 기록돼 있었다. 보이니치 필사본의 삽화를 참고해 품종을 개량했을 때는 실패의 연속이었지만, 새로운 도구를 손에 넣은 후로는 괄목할 만한 진전이 있었는지 도시히로의 춤추는 듯한 필체에서 흥분이 묻어났다. 글씨를 너무 급하게 휘갈겨 써서 읽기 힘들었지만, 그림과 화학식 덕분에 츠유키는 도시히로가 시도한 품종 개량의 흐름을 대략 이해할 수 있었다.

일반적으로 고등생물의 세포나 조직을 배지에서 성장시킬 경우, 배지에 충분한 영양을 공급하더라도 그것만으로는 성장이 지속되지 않는다. 세포 분열을 촉진하기 위해서는 영양소에 더해 증식 인자라 불리는 성분이 필요하다. 식물 조직이나 세포를 배양할 때 성장을 촉진하기 위해 주로 사용하는 것은 식물 호르몬의 일종인 옥신과 사이토카이닌이다. 옥신은 개개의 세포 자체를 크게 만드는 작용을 하고, 사이토카이닌은 식물 세포의 분열을 촉진하는 작용을 한다. 사이토카이닌이 세포 분열 유도 물질이라고 불리는 이유다.

도시히로는 1960년대에 옥수수의 미성숙 종자에서 천연 사이토카이닌을 채취했다는 사실을 알고 있었으므로, 제6다이바의 '헤비콘'에서 얻은 수액에도 식물 세포의 분열을 촉진하는 힘이 있지 않을까 추측했다. 그런데 놀랍게도 서로 다른 종류의 식물에서 잘라낸 조직을 접합해 배지에 놓고 수액을 첨가하자, 새로운 종으로 재생되며 차례차례 키메라가 탄생했다.

키메라라는 이름은 그리스 신화에 등장하는 가상의 괴물 키마이라에서 유래했다. 키마이라는 머리는 사자, 몸통은 염소, 꼬리는 뱀으로 서로 다른 동물의 특징이 뒤섞여 있다. 이처럼 동일 개체 속에 서로 다른 유전 정보를 지닌 조직이 공존하는 생명체를 키메라라고 한다.

키메라는 동물보다 식물로 만들기가 훨씬 쉬워서, 접목으로 간단히 만들어낼 수 있다. 서로 종류가 다른 식물끼리 접목하고 그 부위를 절단해 싹을 발아시킨다. 이렇게 자라난 싹에는 접붙인 싹이나 가지(접수)에서 유래한 조직과, 접붙임을 받은 뿌리(대목)에서 유래한 조직이 혼재한다. 이것이 키메라의 탄생이다.

이렇게 만들어진 키메라에 헤비콘에서 채취한 수액을 첨가하자 성장이 눈에 띄게 빨라졌고, 차례차례 신종으로 정착했다는 것이다. 이를 본 도시히로는 식물끼리 대화를 나누며 서로 이해하고 결합을 강화하는 모습을 상상했다. 지금까지 다른 종류의 식물이 잘 접합되지 않았던 것은 의사소통이 부족했기 때문이 아닐까. 그런데 헤비콘에서 채취한 수액이 개입해 잘 활약해준 덕분에 의사소통이 원활해지자, 서로 다른 개체끼리 단단히 합체할 수 있게 되었다. 마치 사랑하는 남녀가 맺어지듯.

사이토카이닌이 매끄러운 언어 활동을 뒷받침해준다면, 그걸 인간에게 사용했을 때도 똑같은 효과가 나타나지 않을까 하고 도시히로는 기대에 부풀었다. 인류가 아직 언어를 갖지 못하고 엉거주춤한 자세로 걸어 다녔던 시절에 우연히 헤비콘 수액과 비슷한 성분을 체내에 받아들인 결과, 뇌가 활성화되고 새로운 회로가 만들어져 언어가 발생할 확률이 비약적으로 높아진 것 아닐까 하는 가설을 발전시킨 것이다.

늪가에 자란 헤비콘에서 채취한 수액은 원하는 식물을 만들어내는 품종 개량 실험에서 획기적인 성과를 올렸지만, 모든 일이 순조롭게 진행되지는 않았다. 꽤 괜찮다 싶다가도 필요한 마지막 한 조각을 찾지 못해 실패로 돌아가는 경우가 많았고, 기원전에 존재했을 금단의 열매는 좀처럼 맺히지 않았다.

시행착오를 되풀이하던 도시히로에게 해결의 힌트를 준 건 나카자와 유카리의 한마디였다.

토양에 문제가 있는 거 아닐까?

식물에게 토양의 질은 매우 중요한 요소다.

적당한 곳은 어디일까?

도시히로가 묻자 유카리는 자신만만하게 대답했다.

제6다이바야.

그곳에서 채취한 수액이 획기적인 성과를 올렸다면, 그곳의 토양 또한 원하는 식물을 기르기에 딱 맞는 조건을 갖추고 있을 터였다. 유카리는 그렇게 조언했다. 헤비콘에서 떨어진 수액의 자양분을 받아들인 늪의 물이 주변에 스며들어 독자적인 토양을 형성했을 것이라고.

도시히로는 유카리의 말이 일리가 있다고 보고 제6다이바의 토양을 이용해 품종을 개량하는 계획을 실행에 옮겼다.

제6다이바에 상륙하기 위해 도시히로가 향한 곳은 제3다이바가 아니라, 그 반대편에 위치한 시나가와 부두였다. 운하 옆길을 따라 걷자 목적지에 금방 다다랐다. 지붕 달린 놀잇배와 보트가 운하 안쪽에 여러 척 매여 있었고, 육지 쪽에는 놀잇배 탑승을 신청하는 가게가 있었다. 도시히로는 거침없이 가게로 뛰어들어 놀잇배 선주로 보이는 남자에게 "늦은 밤에 몰래 놀잇배를 띄워 제6다이바에 태워주십시오. 사례는 섭섭지 않게 드리겠습니다" 하고 제안했다.

처음에는 농담이라고 생각했는지 선주도 웃으며 이야기를 들었다. 하지만 진심이라는 걸 알자, 평소 상륙 금지 조례에 불만을 품고 있던 선주는 금기를 어기더라도 섬에 상륙하고 싶어 하는 도시히로의 열정에 공감하며 방법을 알려주었다.

늦은 밤에 소형 보트로 부두를 출발해 3킬로미터 남짓 항해하면 제6다이바 선착장에 도착한다. 보트 앞부분을 적당한 바위에 밀어붙여 고정한 뒤, 도시히로가 선착장으로 건너가면 후진 기어를 넣어서 재빨리 보트를 뒤로 뺀다. 상륙한 도시히로는 얼른 석축 안쪽으로 달려서 몸을 숨긴다. 충분히 식생을 조사하고 돌아가고 싶어지면 스마트폰으로 연락해 시간을 정하고, 올 때와 같은 방법으로 보트를 타고 시나가와 부두로 돌아간다. 하선과 승선에 걸리는 시간은 고작 몇십 초에 불과해 발각될 가능성은 거의 없다.

도시히로는 단순하면서도 그럴싸한 계획에 흔쾌히 찬성했다. 왕복한 번당 10만 엔의 사례금을 제시하자 선장도 기꺼이 승낙해서 계약이 성립됐다. 이로써 시나가와 부두와 제6다이바를 잇는 불법 항로가 열렸고, 도시히로는 품종 개량의 마무리를 향해 마음껏 박차를 가할 수 있게 됐다.

유카리도 제6다이바에 동행해 도시히로의 품종 개량을 도왔다. 마침내 헤비콘의 밑동에서 생전 처음 보는 식물이 자라났고, 가지 끝에는 귀여운 빨간 열매가 열렸다.

8번 노트에 기록된 내용을 읽으며 구체적인 장면을 떠올리던 츠유키는 뒤통수에 깍지끼고 있던 손을 풀어 테이블 위에 올려놓았다. 옆에 있는 시계로 시간을 확인하니 밤 11시였다.

그때 종종걸음치는 작은 발소리가 복도 쪽에서 들리고, 문이 여닫히는 소리가 이어졌다. 일찍 잠든 란이 깨어 화장실에 간 것이 분명했다. 츠유키는 가만히 귀를 기울여 동향을 살폈다.

금방 물 내리는 소리가 들릴 줄 알았건만, 물소리 대신 목구멍에서 쥐어짜듯 괴로워하는 소리가 들렸다. 이변을 알아차린 츠유키는 벌떡 일어나 화장실 앞으로 가서 문을 살짝 두드렸다.

"우웩, 우웩" 하고 고통스럽게 구역질하는 소리가 안에서 새어 나왔다.

"란, 괜찮니?"

물어보았지만 대답은 없었다.

"문 열게."

양해를 구하고 문을 열자, 변기를 끌어안고 주저앉아 있는 란의 뒷모습이 눈에 들어왔다. 티셔츠에 레깅스 차림의 란은 바닥에 무릎을 꿇고 어깨까지 내려오는 머리칼을 변기 위에 늘어뜨린 모습이었다. 티셔츠가 헐렁했지만 가녀린 몸이 거친 호흡에 맞춰 오르내리는 것을 알 수 있었다.

그때 란이 변기 레버를 내려 물이 내려갔지만, 배수관으로 빨려드는 물속에 토사물이 섞여 있다는 것을 츠유키는 놓치지 않았다. 란의 목에 살짝 손을 대자 열이 있었다. 몸 상태가 별로라는 교환 노트의 내용이 떠올라 츠유키는 쪼그려 앉아 란의 어깨와 등을 문질러주었다. 그러자 란은 잠긴 목소리로 "괜찮아"라고만 말했다.

변기에 침을 늘어뜨린 채 상반신을 반쯤 일으킨 란의 옆얼굴이 화장실 조명에 비쳤다. 츠유키는 란의 두 뺨에 황달 증상이 나타났다는 걸 알아차렸다. 란의 뺨에 노란빛이 감돌았고 흰자위도 노리끼리하게 탁했다.

황달은 빌리루빈이 신체 조직에 침착돼 피부나 눈의흰자위가 노랗게 물드는 증상이다. 적혈구가 파괴돼 혈중 빌리루빈 수치가 과다하게 높아지면 증상이 심해진다.

란의 혈액 속에서도 용혈이 일어나고 있다. 그 사실을 인식하자마자 좋지 않은 쪽으로 생각이 머릿속을 스쳤다. 꿈꾸는 허브 모임의 신도들, 아베와 하나오카, 그들 모두에게서 용혈 증상이 나타났다. 설마 그들과 같은 운명이 란에게 다가오고 있는 것은 아닌지 우려한 순간, 오한이 츠유키의 등골을 휘감았다. 아내도 모자라 딸까지 잃게 되는 것은 아닐까 하는 공포가 밀려와 어금니가 덜덜 떨렸다.

냉정해지라고 스스로를 타이르며 츠유키는 내일 아침이 되자마자 해야 할 일을 머릿속에 떠올렸다. 가장 먼저 모교의 의학부 부속 병원에 예약해 혈액 검사를 중심으로 정밀 검사를 받는 것이었다.

5

아소 부부에게 제출할 보고서를 작성하기 위한 자료를 테이블 위에 늘어놓았다.

아마카와 나루미의 주민표, 호적등본, 연립주택 고지마장의 등기부등본, 부동산 관리 회사의 임대 이력. 이 서류들에 기재된 내용을 단서

로 삼으면, 15년 전 나카자와 유카리의 행적이 어느 정도 밝혀질 것이
다. 객관적인 증거로 뒷받침한 스토리를 구성해 짤막한 보고서로 정리
하면 이번 조사는 끝난다. 다만 아소 부부에게 손주는 없었다는 아쉬
운 결과를 받아들일 수밖에 없다.

'석연치 않아!'

컴퓨터 키보드를 점점 세게 두드리던 게이코는 상반신을 의자 등받
이에 푹 기대고 머리를 쥐어뜯었다. 그 반동으로 하반신이 테이블 밑
으로 미끄러져 들어갔고 온몸에서 힘이 빠졌다.

기대한 결과를 얻지 못해 짜증과 화가 치민 건가. 아니, 그렇지 않다.
단순히 원하는 걸 얻지 못했다는 이유로 떼쓰는 아이와는 다르다고 게
이코는 속으로 변명했다. 하지만 아무래도 석연치 않은 감정이 가슴속
에서 소용돌이쳤다.

게이코는 입수한 증거품과 서류를 시간 순서대로 테이블에 늘어놓
고, 그저께부터 오늘 오전까지의 행동을 정리해보았다. 첫 번째 증거
품은 요카를 미행해 쓰레기통에서 주운 광고 엽서였다. 엽서에 적힌
이름과 주소를 이용해 다음 날 주민표를 발급받았다. 주민표를 통해
본적지가 사이타마현 와라비시임을 알아냈고, 오후에는 현지에 가서
호적등본을 발급받았다.

게이코는 어제 오후에 구한 아마카와 나루미의 호적등본을 다시 확
인했다. 아무리 들여다봐도 기재된 내용이 달라지지 않는다는 것은 잘
알고 있지만.

반복해서 보는 사이에 기재된 내용을 거의 다 외웠다. 그러나 확인
하고 싶은 것은 판명된 사실이 아니라, 그 사실을 곱씹을 때마다 뱃속
에서 피어오르는 위화감이었다.

생년월일을 통해 아마카와 나루미의 현재 나이가 41살임을 알았다.
15년 전에 나루미가 여아를 하나 낳았다는 사실이 호적등본에 기재돼

있었다. 아소 도시히로가 이나가키 겐스케에게 말한 시기와 출산 시기가 거의 일치하므로, 이 시점에서 아마카와 나루미와 나카자와 유카리가 동일 인물일 가능성이 부쩍 높아졌다.

그런데 '호적에 기록된 자'인 아마카와 나루미의 항목 아래 호적에 기록된 자 항목이 하나 더 있었고, 거기에는 직사각형에 둘러싸인 '제적'이라는 글씨가 찍혀 있었다. 제적된 자는 15년쯤 전 봄에 태어난 '세이라'였다. 어머니의 이름은 아마카와 나루미. 관계란에는 '여'[17]라고 기재돼 있다.

그리고 그 밑의 '신분 사항, 출생' 란에는 세이라의 출생지가 도쿄도 신주쿠구로 기록돼 있었고, '출생 신고인'은 어머니인 아마카와 나루미였다. 그리고 '출생' 밑에는 '사망'이라는 글씨가 있었다.

사망이라는 두 글자가 눈에 들어오자, 게이코는 실망의 한숨을 내쉬며 자신도 모르게 두 눈을 질끈 감았다. '사망일시'는 출생한 일주일 뒤. '사망지'는 도쿄도 스기나미구, '사망신고인'은 어머니 아마카와 나루미였다.

즉, 아마카와 나루미를 사칭했을지도 모르는 나카자와 유카리가 세이라라는 여아를 낳았고, 그 아이는 고작 일주일 만에 짧은 생애를 마쳤다는 사실이 종이 한 장에 무심하게 기록돼 있었다.

다만 호적등본의 내용상 아마카와 나루미와 나카자와 유카리가 동일 인물일 가능성이 커졌다고는 하나, 확실한 증거가 없다는 점은 변함없었다.

다음으로 게이코는 아마카와 나루미의 호적 부표에 시선을 주었다. 부표에는 과거 거주지의 주소와 거주를 시작한 날짜가 기재돼 있어, 이를 통해 아마카와 나루미의 주소가 어떻게 바뀌었는지 한눈에 알 수 있다.

15년 전, 아마카와 나루미는 사이타마의 본가에서 스기나미구의 연립주택 고지마장으로 이사했고, 4년 후 다이토구로 옮겨갔다. 그로부터 5년 후에는 이타바시구로 옮겼고, 3년 후 다시 스기나미구로 돌아가 그린 하이츠에 거주했다.

현재 주소인 그린 하이츠 외의 세 곳에는 가로선이 그어져 있었지만 글씨를 못 알아볼 정도는 아니었다.

게이코가 주목한 곳은 처음으로 이사한 스기나미구의 고지마장이었다. 사이타마현의 본가를 떠나 홀로서기를 시작한 곳이자, 나카자와 유카리에서 아마카와 나루미로 변신한 직후 보금자리로 삼은 곳이 고지마장인 셈이다.

오늘 오전, 게이코는 고지마장의 주소로 등기부등본을 발급받아 집주인의 이름과 주소, 관리를 맡은 부동산 관리 회사의 이름을 알아냈다. 곧바로 부동산 관리 회사에 찾아가 살살 비위를 맞추며 교섭해 임대 이력을 확인하고 임대차 계약서 사본을 얻었다.

계약서에서 아마카와 나루미가 살았던 방의 임차인으로 기재된 이름을 보고 게이코는 저도 모르게 쾌재를 불렀다. 바로 아소 도시히로였다.

사정을 이해하는 데는 오래 걸리지 않았다. 아마카와 나루미는 자신의 이름으로 임대차 계약을 맺을 수 없었던 것이다. 꿈꾸는 허브 모임의 신도들과 공동생활했던 나카자와 유카리에게 자유롭게 사용할 자금이 있을 리 없었다. 임대차 계약에는 급여 명세서나 종합소득세 신고서 사본 등 수입을 증명할 서류가 필요하다. 둘 다 없었으므로, 연인이었던 도시히로가 발 벗고 나섰으리라고 쉽게 상상할 수 있었다.

임대차 계약서에 기재된 아소 도시히로의 이름은 '아마카와 나루미=나카자와 유카리'라는 등식을 성립시키는 결정적 증거였다.

그린 하이츠의 쓰레기통에서 주운 광고 엽서, 아마카와 나루미의 주민표와 호적등본, 고지마장의 등기부등본과 임대차 계약서. 이러한 최소한의 정보를 잘 조합하면 15년쯤 전에 나카자와 유카리가 어떤 행적을 보였는지 유추할 수 있다.

나카자와 유카리의 친어머니는 교주 니무라 기요미로 추정된다. 어머니와 딸 모두 무호적자일 가능성이 높다. 부평초…… 유령 같은 존재로 키워진 유카리는 꿈꾸는 허브 모임에 생활 기반을 둘 수밖에 없었다. 작은 공동체에 기대는 것 말고는 살아갈 방법이 없었던 것이다.

성장하면서 유카리의 고민은 깊어졌을 것이다. 땅속에 뿌리를 내리지 못하고 살아가는 현실에 의문을 품고, 심한 고독을 맛보지 않았을까. 겉으로는 공동생활하는 사람들끼리 다툼도 없고 화기애애한 분위기를 유지한 것처럼 보이지만, 실상은 알 수 없다. 일반적이지 않은 삶을 살아온 어머니와 딸 사이의 갈등은 물론, 여성 신도들 사이의 보이지 않는 마찰이 있었을지도 모른다. 그 결과 인생을 다시 시작하고 싶다는 욕구가 서서히 강해졌을 것이다.

그런 상황에서 유카리는 아소 도시히로와 만나 사랑에 빠졌다. 그리고 대부호의 후계자인 도시히로의 힘을 빌려 자립을 준비한 것이 아닐까.

게이코는 추적 중인 실종자가 다른 사람을 사칭한 사례를 동료 탐정들에게 여러 번 들어본 적이 있다. 사칭할 인물이 혼자 산다. 성별이 일치한다. 나이가 비슷하다. 상대의 이름, 생년월일, 주소, 전화번호를 안다. 이러한 조건이 갖춰지면 다른 사람을 사칭하는 것은 그리 어렵지 않다. 실제로 다른 사람을 사칭해 전출 신고한 뒤, 새 주소로 전입 신고하면 새 주민표를 간단히 만들 수 있다.

도시히로와 유카리 커플이 어떤 방법을 썼는지는 알 수 없지만, 도시히로의 지력과 재력을 활용했다면 빈틈없이 일을 진행할 수 있었으리라. 도시히로는 유카리의 새 출발을 돕고, 자립할 수 있도록 등을 떠밀어준 셈이다.

그런데 도시히로는 친구 겐스케에게 "나카자와 유카리를 제6다이바에 버리고 왔다"라고 큰소리쳤다. 이 표현에는 역설적인 의미가 담겨 있던 것이 아닐까. 인적이 차단된 외딴섬에 버린 것이 아니라, 오히려 험난한 상황에 빠져 있던 사람을 구제했다는 것이 도시히로의 본심이 었다고 봐야 할 것이다. 이른바 나쁜 남자 행세를 하며 냉소적인 태도로 일부러 자기 자신을 깎아내린 것이다.

여기까지는 미담으로 넘어갈 수 있지만, 억측을 더 밀고 나가면 어쩐지 수상쩍은 냄새가 진하게 풍긴다.

첫 번째, 진짜 아마카와 나루미는 현재 어디 있는가. 살아 있는가, 죽었는가. 만약 사이타마의 본가 근처에서 그럭저럭 생활하고 있다면, 세상에는 아마카와 나루미가 2명 존재하는 셈이다. 시간 여유가 있다면 조사하는 편이 좋을 듯했다.

두 번째, 나카자와 유카리가 아마카와 나루미를 사칭한 시점에 꿈꾸는 허브 모임에서 집단 사망 사건이 발생한 점이 석연치 않았다. 다른 사람이 돼서 새 출발을 하려는 순간, 지금까지 공동생활했던 집단은 솔직히 방해만 될 뿐이다. 그들이 살아 있는 한 진실이 폭로될지도 모른다는 불안감이 늘 따라다닌다.

경찰이 수사에 나섰지만 집단 사망 사건을 계기로 홀연히 자취를 감춘 유카리는 발견되지 않았다. 당연하다. 그 무렵, 유카리는 이미 아마카와 나루미가 된 뒤였으니까.

두 가지 의문 중 특히 찜찜한 것은 두 번째다.

우에하라는 어센션ascension이라고 불리는 의식이 꿈꾸는 허브 모임에서 발생한 집단 사망 사건의 원인 아닐까 추측했다. 어센션에는 새롭게 태어나다, 의식의 변용, 혼의 변화, 새로운 종의 탄생 등의 의미가 담겨 있다.

그 의식을 치를 때 신도들이 특정 식물에서 추출한 성분을 복용했을 것이라는 가설을 세운 건 츠유키였다. 츠유키는 어센션을 유발하기 위한 식물을 재배한 사람이 도시히로일 것이라고 의심했다.

임시로 도시히로가 재배한 특수한 식물의 열매를 '금단의 열매'라고 부르기로 하자. 그렇다면 나카자와 유카리는 그 금단의 열매를 먹었을까, 먹지 않았을까. 먹었다면 왜 나카자와 유카리만 살아남았을까. 먹지 않았다면 그 이유는 무엇일까.

나카자와 유카리는 금단의 열매를 먹으면 신체에 어떤 변화가 나타나는지 미리 알고 있었다. 그래서 의도적으로 먹지 않았다는 것이 가장 합리적인 해석이 아닐까 싶었다.

가령 금단의 열매가 죽음을 초래한다는 걸 알고서 일부러 일곱 신도에게 먹였다면, 집단 사망 사건에서 집단 살인 사건으로 명칭을 바꿔야 할 것이다.

……돈 많은 노부부의 손주 찾기에서 끝날 일이 아닌 것 같은데.

게이코는 그렇게 확신했다.

개운치 않은 이유가 바로 여기에 있었다. 나카자와 유카리의 출산 이면에는 무수히 많은 검은 실이 뒤엉켜 있다. 그걸 풀어내지 못한 상태로는 보고서를 정확히 작성할 수 없다.

'조사를 계속해야 해.'

게이코는 방침을 확실히 정했다.

어영부영 방치한 채로 타협한다면 장래에 화근이 될지도 모른다. 출판사 편집자에서 탐정으로 직업을 바꾼 것은 조사의 재미를 깨닫고 그것을 인생의 목적으로 삼으려 했기 때문이었다. 우선 나카자와 유카리가 행동에 나선 동기부터 밝혀내야 한다. 그녀는 대체 뭘 하고 싶었던 걸까.

게이코는 당장 해야 할 일 두 가지를 노트에 적었다.

우에하라에게 연락할 것.

꿈꾸는 허브 모임의 내부 사정을 잘 아는 그에게 어머니와 딸을 비롯해 신도들 사이에 마찰이 없었는지 다시 물어볼 생각이었다.

츠유키를 만날 것.

지금쯤 츠유키는 도시히로가 쓴 노트를 분석하고 있을 것이다. 분석이 순조롭다면 금단의 열매가 실제로 존재했는지, 효능은 어땠는지에 관한 정보를 얻었을지도 모른다.

게이코의 머릿속에 츠유키의 모습이 떠올랐다. 게이코는 볼펜을 노트 위에 내던지고 손을 쥐었다 폈다 하며 츠유키의 두툼한 손을 쥐었을 때의 감촉을 되살리려 했다.

다시 노트에 시선을 주었다. 우에하라에게는 '연락할 것'이라고 적었지만, 츠유키에게는 '만날 것'이라고 미묘하게 다르게 표현했음을 알아차렸다.

6

거울에 비친 상반신을 본 게이코는 무심코 웃었다. 변장이라고 할 정도는 아니었지만, 확실히 평소의 자신과는 다른 여자가 거울 속에 있었다.

원래 몸에 딱 맞는 바지 정장류를 즐겨 입는 게이코였지만, 지금은 가슴께에 분홍색 꽃무늬가 들어간 헐렁헐렁한 원피스 차림이었다. 평소 같으면 절대로 입지 않을 이 옷은 미행할 때 복장에 변화를 주기 위해 얼마 전 대형 의류 매장에서 산 것이었다. 예전 직장 후배인 다카시마 마나미를 따라 한번 입어본 것이기도 했다. 게이코가 사직하기 한 해 전에 편집부로 이동한 마나미는 현재 유리와 같은 부서에서 일한다.

마나미의 첫인상이 워낙 강렬해 기억만으로도 옷차림을 흉내 낼 수 있을 정도였다. 통통하고 앳된 인상의 마나미는 여성스러움을 강조하며 어려 보이려 애쓰는데, 그야말로 젊은 여자들이 좋아하는 점술집에 어울리는 분위기를 풍겼다.

그런데 왜 점술가를 찾아가면서 변장까지 해야 하는 걸까. 평소 자기 모습을 그대로 점을 보러 가면 상대가 미심쩍어할까 봐 걱정되기도 했지만, 그보다 점술에 대한 부정적인 선입견이 강하게 작용했다. 게이코는 비과학적인 방법으로 미래를 점친들 맞을 리 없다며 점술 자체를 믿지 않았다. 인생의 갈림길에서 결단이 필요할 때, 스스로 판단하기를 포기하고 점술가의 말에 의존하는 인간의 심보 또한 마음에 들지 않았다. 그래서 점술을 좋아하는 사람들과 선을 긋고자 겉모습을 바꾸고 싶었던 것이다. 여기 있는 건 진짜 내가 아니라 가짜라고 자기 자신을 타이르기 위해.

거울에 비치는 모습이 원래 자신과는 전혀 다른 사람으로 변한 것을 확인한 후, 게이코는 의자에서 일어나 집을 나서서 역으로 향했다. 민영철도로 약 20분 거리에 영감 살롱 요카의 점술집이 입점한 쇼핑센터가 있었다.

점술집으로 들어가 권하는 대로 의자에 앉았다. 요카(아마카와 나루미)와 대면하기까지 몇 초간 날카로운 시선이 게이코에게 쏟아졌다.

눈매는 상냥했지만 눈동자는 쉴 새 없이 움직였고, 어떤 사소한 것도 놓치지 않으려는 집중력이 요카의 얼굴 전체에 넘쳐났다. 상대의 속마음까지 꿰뚫어 보겠다는 듯 빛나는 눈빛에서 게이코의 일거수일투족을 꼼꼼히 음미하고 있다는 것이 전해졌다.

점술집에 들어올 때의 자세, 패션, 의자를 당기는 모양새와 앉은 모습, 고개를 기울인 모습, 화장이 얼마나 진한지, 착용한 반지와 액세서리 등등 콜드 리딩 기술을 구사해서 게이코의 캐릭터를 파악하려는 듯했다.

콜드 리딩이란 사전 정보가 없는 상태에서 상대의 머리 모양, 복장, 몸짓, 버릇 등을 세심하게 관찰해 성격 등을 추측하는 기술을 가리킨다. 점술가, 마술사, 신흥 종교 교주, 자칭 초능력자 또는 사기꾼 등이 흔히 사용하는 수법이다.

점술집에 들어온 지 10초쯤 지나, 요카의 얼굴이 잠시 흐려졌다가 웃음을 되찾는 걸 보고 게이코는 사전에 준비했던 방침을 바꾸기로 했다. 요카에게 알려줄 기본 정보는 전부 가짜로 만들어 외워두었다. 가명, 가짜 생년월일, 가짜 직업 등등. 하지만 점술이 들어맞을 리 없다고 믿는 한편, 어째선지 이 여자에게 진실을 알려주고 미래를 점쳐보는 것도 재미있겠다는 장난기가 샘솟았다. 점을 보러 온 게이코가 점술가의 능력을 검증해보는 것이다. 그래도 탐정이라는 직업만은 숨겨야 했기에 잡지 편집자로 위장하기로 했다.

게이코가 진위를 섞어서 기본 정보를 들려주자, 요카는 한동안 엄청난 속도로 노트에 꾹꾹 글씨를 눌러 적다가 어느 순간부터 움직임을 딱 멈췄다. 요카는 노트에 시선을 고정한 채 아무 말도 없었다. 베니어합판으로 둘러싸인 작은 공간이 갑자기 갑갑한 분위기에 휩싸였다.

요카는 볼펜을 테이블에 내려놓고 고개를 들었다. 그리고 안경을 벗고 땀 맺힌 눈가를 손등으로 닦았다.

"왤까요. 당신 주변이 어둡고 그늘져 보이네요."

요카가 치뜬 눈으로 게이코 쪽을 바라봤다.

"어, 그게 무슨 말씀이세요?"

요카는 게이코의 질문에 대답하지 않고 말을 끊었다.

"아쉽지만 아무것도 안 보여요. 오늘은 이만 돌아가주시겠어요? 물론 요금은 돌려드릴게요."

요카는 그렇게 말하고 아까 받았던 5,000엔짜리 지폐를 테이블에 내려놓았다.

돈은 거들떠보지도 않고 게이코는 요카의 눈을 똑바로 바라봤다. 허위 정보가 넘쳐나 당혹스러운 나머지, 판단력이 흐려지고 영적인 시력을 잃어 아무것도 보이지 않는다면, 오히려 요카는 그쪽으로의 능력이 뛰어난 셈이다.

"아무것도 보이지 않는다니…… 왜죠?"

이대로 돌아갈 수도 없는 노릇이라 게이코는 물었다.

"통일성이 없어. 전부 따로따로야. 화장은 진한데, 뭐야 그 꼴은. 가짜 냄새가 진동하잖아."

이렇게 빨리 가짜임이 들통날 줄은 몰랐다.

'누가 할 소리를.'

게이코는 입에서 튀어나올 뻔한 비아냥거림을 꿀꺽 삼키고 화제를 돌렸다.

"당신은 영적 능력이 아주 뛰어난 것 같은데, 어머니에게 물려받은 건가요?"

어머니라는 말을 듣고 떠올린 사람이 니무라 기요미인지 아닌지는 알 수 없었다. 다만 게이코는 요카의 얼굴을 스치고 지나간 혐오감을 놓치지 않았다.

"당신 대체 뭐야? 잡지사 기자 아니지?"

요카는 게이코의 윤곽을 확실히 살펴보려는 듯 눈을 가늘게 떴다. 가면을 하나하나 벗겨내려는 차가운 시선이 피부에 꽂혔다.

민낯이 드러나기 전에 게이코는 꼭 알고 싶었던 것을 물었다.

"기왕 왔으니까 하나만 알려줘요. 지금 내가 매달리고 있는 일이 잘 풀릴지 어떨지."

"사업운이 궁금한 거군."

"네."

"잘 풀릴지는 모르겠어. 다만 한마디 하자면 생각지도 못할 결말을 맞게 된다는 것. 열쇠를 쥔 건 한 남자야. 지금 당신 연애운의 중심에 있는 것도 그 남자고."

딱 들어맞는다는 느낌을 받았다. 게이코는 비로소 점술에 빠지는 인간의 심리를 알 것 같았다. 하지만 바로 '안 돼, 속지 마'라며 스스로를 다잡았다.

어떤 일에 매달리든 생각지도 못한 결말을 맞는 경우는 흔하다. 그일의 중심에 있는 사람이 마음속에 둔 남자일 경우도 적지 않으리라. 요카는 아주 일반적인 말을 했을 뿐이다. 자기 주변의 구체적인 상황에 양쪽을 연결시키는 것은 점을 보러 온 사람의 심리 작용에 지나지 않는다.

게이코는 냉정을 되찾고 자신이 우위에 있다는 사실을 속으로 확인했다. 대치 중인 두 사람이 서로 상대의 마음을 읽어내려 할 때, 유리함과 불리함은 정보량의 차이에 좌우된다.

요카는 생년월일을 제외하면 게이코에 대해 정확하게 아는 바가 없다. 반면 게이코는 그저께와 어제, 미행과 조사를 통해 요카의 신원과 내력을 파악했다.

15년 전까지 꿈꾸는 허브 모임의 신도로서 교단 시설에서 공동생활을 했다는 것, 수수께끼의 집단 사망 사건이 발생해 친어머니로 추정되는 니무라 기요미를 비롯한 7명의 신도가 사망했다는 것, 집단 사망 사건 직후 사이타마현 출신의 아마카와 나루미라는 여성을 사칭했다는 것, 그 이듬해 연인이었던 아소 도시히로의 아이를 낳았지만 일주일 후에 아이가 사망했다는 것, 스기나미구의 연립주택을 시작으로 세 번 이사했으며 현재는 스기나미구의 맨션에 거주한다는 것.

신빙성 없는 증언을 근거로 나카자와 유카리가 아마카와 나루미를 사칭했다고 확신하는 것이 아니다. 주민표, 호적등본, 부동산 등기부등본, 임대차 계약서의 기재 사항이 그 사실을 뒷받침한다.

게이코는 요카의 입에서 불가사의한 행동의 동기와 다양한 수수께끼에 대한 답을 끌어내려면. 이러한 정보를 어떤 순서로 조금씩 내놓아 상대를 흔들어야 할지 고민했다. 최대의 효과를 얻기 위한 핵심은 에이스 카드를 꺼낼 타이밍이었다. 그때 요카의 얼굴에 분명 동요한 기색이 드러날 것이다. 모르는 여자가 갑자기 나타나 15년 전까지 사용했던 이름으로 부르면 그야말로 기절초풍할 터였다. 관계자가 모두 죽은 상황이니 더욱 경악할 것이다. 상대의 마음을 불안정하게 만들어 우위를 유지하고, 이쪽 의도대로 조종해서 입을 열게 하는 것이다.

호적등본에는 도시히로와의 사이에서 태어난 여아가 생후 일주일 만에 사망했다고 기재돼 있었다. 그게 사실이라면 이번 일은 여기서 끝나고 성공 보수는 받지 못한다. 그 결과가 마음에 들지 않는 것은 물론이고, 석연치 않은 상태로 일을 마무리할 수는 없었다. 진실을 확인하고 싶다면 본인에게 직접 듣는 수밖에 없었다.

그런데 요카가 선수를 쳤다.

"여자 혼자서 아이를 키우려면 힘들겠군."

진정성이 느껴지는 위로의 말이었다. 또 맞아떨어져 게이코는 얼른 고개를 돌렸다. 동요한 마음은 얼굴에 금세 드러난다. 억누를 틈도 없이 표정이 변하는 걸 알아차렸기에, 어떻게든 방어하고자 고개를 옆으로 돌리고 말았다. 이래서는 요카의 추측이 들어맞았다고 인정한 셈이나 마찬가지다.

게이코도 여성의 겉모습만 보고 결혼과 출산 여부를 맞힐 수 있다고 자부한다. 요카가 같은 기술을 사용했다고 보고 넘어갈 수도 있었는데, 조건반사적으로 몸이 반응하고 말았다.

동요한 마음이 열세를 만회하려는 초조함으로 이어져 게이코는 너무 이른 타이밍에 에이스 카드를 꺼냈다.

"대단하네요, 나카자와 유카리 씨. 초능력이 있나 봐요."

15년간 봉인했던 이름으로 부르면 간이 철렁할 거라는 예상은 완전히 빗나갔다. 요카는 "흥" 하고 콧김을 내뿜었을 뿐, 안색 하나 변하지 않았다.

"흐음, 어쩐지 알겠군."

기대와는 정반대로 요카가 끄떡도 하지 않자 오히려 게이코가 더 동요했다.

"아마카와 나루미라니, 점술가에 딱 어울리는 이름이에요."

옛날 이름과 지금 이름을 꺼냈지만, 오히려 요카는 자신감을 얻은 듯했다.

"안개가 서서히 걷혀서 당신 윤곽이 뚜렷해졌어. 그렇군. 조화롭지 못한 패션, 말과 행동거지, 전부 앞뒤가 맞아. 당신 직업을 맞혀볼까. 형사는 아니고, 탐정이지? 그것도 사람 찾기가 전문인."

게이코는 자기도 모르게 두 눈을 감았다. 상대가 몇 수 위임을 인정하는 패배 선언이나 다름없었다.

"의뢰인은 누구지?"

신문하러 왔는데, 오히려 신문받는 입장이 됐다.

"비밀을 지킬 의무가 있어서……."

찾는 건 당신의 아이, 당신이 옛날에 사귀었던 아소 도시히로의 부모가 손주를 찾아달라고 의뢰했다. 자기 입으로 그런 말은 할 수 없었다.

"그렇겠지."

"말하지 않아도 알잖아요? 점술가니까."

"당신이 아주 우수한 탐정이라는 건 잘 알았어. 그래서 하나 물어보고 싶은데, 사람 찾기를 의뢰하려면 보통 돈이 얼마나 들지?"

게이코는 천천히 눈을 뜨고 속내를 헤아리기 위해 요카의 얼굴을 똑바로 바라보았다. 사람 찾기의 의뢰비라니. 이 사람이 대체 무슨 소리를 하는 거지?

조사 비용의 시세를 묻는 거라면 맥락을 완전히 벗어난 질문이라 머릿속이 혼란스러웠다. 갑자기 그런 걸 묻는 이유를 모르겠다.

"의뢰비라……."

"내가 당신에게 사람 찾기를 의뢰한다면 착수금이라고 하나, 초기 비용이 얼마나 드는지 알고 싶은 거야."

요카가 진심으로 그런 의뢰를 할 것 같지는 않았다. 이면에 숨겨진 속셈을 꿰뚫어 보려 게이코가 몸을 내밀자, 뜻밖에 진지한 눈빛이 눈에 들어왔다.

"진심으로 나한테 사람을 찾아달라고 의뢰하고 싶은 건가요?"

"응, 물론이지. 맡아줄 거야?"

"특별한 이유가 없는 한 고객의 의뢰를 거절하지는 않아요."

"그럼 얼마인지 알려줘."

게이코는 테이블에 놓여 있던 5,000엔짜리 지폐를 검지로 두드렸다.

"여기에 0이 2개 더 붙죠. 상황에 따라서는 3개."

난이도에 따라 비용은 가뿐히 한 자릿수가 늘어나기도 한다.

금액을 듣고 요카는 솔직하게 한숨을 내쉬었다.

"꽤 비싸네. 하지만 괜찮아. 땀 흘리지 않고 얻은 돈이 남아 있으니까. 한번 부탁해볼까."

아직 반신반의했지만 게이코는 물어보지 않을 수 없었다.

"궁금해서 그러는데, 대체 누굴 찾고 싶은 건가요?"

요카의 대답을 듣자 순간 대뇌를 꽉 움켜쥔 듯한 충격이 밀려와 게이코는 의자에서 미끄러져 떨어질 뻔했다. 잘못 들은 게 아니라 요카는 분명 이렇게 말했다.

"생후 일주일 만에 죽은 내 딸을 찾아줘."

병원에 가는 날 아침, 란은 놀라울 만큼 몸 상태가 좋아졌다. 열이 내렸고 구역질도 멎었다. 황달 증상도 말끔히 사라져서 안색이 평소보다 더 좋아 보일 정도였다.

급하게 진찰받을 필요는 없어 보였지만, 이번 기회에 혈액 검사만이라도 받아보기로 했다. 츠유키는 진찰 예약을 한 후, 택시를 타고 모교 의학부 부속 병원으로 향했다.

로터리에서 택시를 내려 로비로 들어간 츠유키는 란에게 받은 카드형 진찰권을 자동 접수기에 넣었다. 이 병원에서 태어난 란은 예전에도 몇 번 진찰받은 적이 있는지 진찰권을 가지고 있었다.

출력된 진찰표를 파일에 넣고 두 사람은 일단 채혈실로 갔다. 혈액 샘플을 몇 개 채취한 후, 순환기내과 접수대로 가서 진찰 접수를 마쳤다. 두 사람은 긴 의자에 앉아 순번이 오기를 기다렸다.

지정된 진찰실 문에는 야마다 슈지라는 담당 의사 이름이 표시돼 있었다. 야마다는 츠유키의 대학교 2년 선배로, 현재 순환기내과 부교수였다.

츠유키는 손목시계를 슬쩍 내려다보며 오늘 일정을 떠올렸다. 진찰 순번은 혈액 검사 결과가 담당 의사에게 전달된 후에야 올 것이다. 검사 결과를 바탕으로 진찰을 받고 나면 점심때가 가까울 듯했다.

오늘은 점심시간이 끝나자마자 이공학부 강의가 있었다. 옛날 같았으면 갑작스러운 휴강을 학생들이 환영했겠지만, 요즘은 이래저래 까다로워져서 학교 측이 쉽게 휴강을 허락하지 않는 데다 나중에 보강을 해야 해서 여러모로 번거로웠다. 가능하면 쉬지 않고 강의를 진행하고 싶었다.

도심에서 이공학부 건물까지는 1시간이 넘게 걸린다. 강의 시간에 늦지 않으려면 슬슬 출발해야 한다. 란의 몸 상태가 예상외로 좋아서 츠유키는 오후에 강의를 나가는 쪽으로 마음을 굳혔다.

"아빠는 이제 강의하러 가야 해. 란, 혼자 진찰받을 수 있겠니?"

란은 동요하는 기색 없이 태연하게 대답했다.

"걱정 안 해도 돼. 어린애도 아닌걸."

오후 일정은 정해진 것이나 다름없었다.

"든든하네. 야마다 선생님은 아빠 선배라 잘 아는 사이야. 어젯밤에 있었던 증상을 자세히 말하고 진찰 잘 받으렴."

그렇게 말하고 나서 츠유키는 명함 뒷면에 혈액 검사 결과 데이터를 메일로 보내달라는 내용을 적어서 란에게 주었다.

"진찰받고 나서 이걸 야마다 선생님께 드려."

강의를 마치고 집에 가면 란이 받아온 검사 결과를 확인할 수 있을 것이다. 하지만 그때까지 기다릴 수 없었다. 츠유키는 당장이라도 검사 결과를 알고 싶었다.

"응, 알았어."

순순히 고개를 끄덕이는 란의 머리를 가볍게 쓰다듬은 후 츠유키는 자리에서 일어섰다.

"그럼 다녀올게."

란은 오른손을 살래살래 흔들며 인사했다.

"다녀오세요."

이날 오후 강의는 이공학부 2학년을 대상으로 하는 과학 개론이었다. 전문 분야에 특화된 내용이 아니라 일반 교양 강의로, 과학사를 중심으로 우주의 탄생, 중력이론, 양자역학, 생명사 등 다양한 분야를 다뤘다. 지난 3년간은 여름방학이 시작되기 전 2달 동안 태양계 탄생 이

후의 지구 생명사를 개괄해 해설했다. 학생들에게 과학적 태도를 길러
주는 것이 강의 목적이었다.

강의가 끝나자 츠유키는 강사 휴게실로 사용하는 방으로 가서 창가
책상에 앉아 노트북을 펼쳤다. 강사에게는 연구실이 주어지지 않아서
강의 전후에는 늘 이 방에서 일을 한다.

노트북을 켜자 화면 오른쪽 아래의 작은 공간에 오후 2시 30분이라
고 시간이 표시됐다. 란은 점심 무렵 진찰을 받고 바로 학교에 갔을 테
니, 지금쯤 오후 수업을 듣고 있을 것이다.

화면에 표시된 수신 메일 목록에는 예상했던 대로 야마다 슈지가 보
낸 메일이 있었다. 바로 첨부 파일을 저장해 혈액 검사 결과를 불러내
자, 화면 전체에 검사 항목과 수치가 줄지어 나타났다.

혈액요소질소, 크레아틴, 요산, AST, ALT, 백혈구 수, 적혈구 수, 헤모
글로빈 농도, 적혈구 용적률, 림프구…….

츠유키는 무의식적으로 얼굴을 화면 가까이로 가져갔다. 한때 의사
였던 만큼 항목별로 시선을 왼쪽에서 오른쪽으로 옮기며 수치를 확인
해, 란의 몸에 일어난 이변의 정체를 알아내려 했다.

각 항목의 오른쪽에는 기준치와 환자의 수치가 함께 적혀 있었다.
기준치보다 낮은 수치는 L, 높은 수치는 H로 표시되는데, 훑어본 결과
란의 검사 결과에 L과 H 표시는 거의 없었다. 정상 수치 일색이라고 할
수 있었다. 용혈과 황달 항목에 체크가 되어 있어서 마음에 걸리기는
했지만, 예상했던 바였기에 크게 놀라지는 않았다.

적혈구가 파괴되면서 빌리루빈이 증가해 황달이 발생했고, 면역 반
응으로 생긴 염증이 구토와 발열을 일으킨 것이 틀림없었다. 용혈이라
고 해도 중증은 아니어서 자연스레 치유된 것으로 추정됐다.

안도하며 천장을 올려다보다가 빠뜨린 항목이 없나 싶어 다시 화면
으로 눈을 돌렸을 때였다. 츠유키의 시선이 한 점에 꽂혔다. 그것은 검

사 항목도 아니고 수치도 아니었다. 혈액 검사를 받은 환자의 성명과 생년월일이 기재된 칸이었다.

병과는 아무 상관도 없는 정보였지만, 그걸 본 순간 머릿속을 가득 채웠던 용혈이라는 말이 날아갔다. 환자 ID 밑에는 성명, 생년월일, 성별이, 그리고 그 아래에는 'AB형 RH플러스'라는 혈액형이 기재돼 있었다.

태어나고 얼마 지나지 않아 장인과 장모에게 맡겼던 딸의 혈액형이 무엇인지, 츠유키는 지금 처음으로 알았다.

"말도 안 돼." 츠유키는 저도 모르게 고함을 질렀다.

츠유키는 O형이다. O형과 AB형은 부모와 자식 관계가 될 수 없다. 아내 유코는 A형이었으므로 두 사람 사이에서 태어나는 아이는 A형과 O형으로 한정된다. 란이 AB형이라면 아버지에 해당하는 남자는 AB형이나 B형이어야 한다.

츠유키는 이 사태에서 도출되는 가능성을 세 가지로 좁혔다.

첫째, 혈액형 검사 결과가 잘못됐다.

성명, 생년월일과 함께 혈액형이 기재돼 있는 것은, 예전에 이 병원에서 란이 혈액형 검사를 받았기 때문이다. 문제는 그 시기였다. 신생아 때 검사했다면 어머니에게 물려받은 항체가 반응하기도 해서 결과의 신빙성이 매우 낮다. 따라서 보통은 영유아기에 혈액형 검사를 하지 않는다. 그러나 어떤 사정으로 영유아기에 검사를 했고, 그 당시 결과가 지금도 기재돼 있다면 혈액형이 틀렸을 가능성도 없지는 않다.

둘째, 아내가 불륜을 저질렀다.

다음으로 의심되는 건 아내의 불륜이다. 아버지와 아이 사이에서 나올 수 없는 혈액형이 확인될 경우, 원인은 대부분 이것이다. 그러나 단순히 츠유키의 희망이 아니라, 유코가 다른 남자와 바람을 피웠다는 걸 상상조차 할 수 없었다. 부부관계는 원만했고, 무엇보다 유코가 자신을 사랑했다는 확신이 있었다.

가령 불륜 상대가 있었다면 그는 AB형이나 B형인 셈이다. 츠유키는 도시히로가 AB형이라는 사실이 떠올랐지만, 입에 담기도 힘든 이미지가 떠오르기 전에 꺼림칙한 상상을 머릿속에서 쫓아냈다.

절대로 말도 안 돼. 츠유키는 두 번째 가능성을 일축했다.

셋째, 산부인과 병동에서 신생아가 뒤바뀌는 사고가 발생했다.

옛날에는 산부인과에서 이런 사고가 드물지 않게 발생했다. 허술한 관리 체계 때문이었는데, 지금은 개선돼서 태어나자마자 신생아의 피부에 이름을 적거나 태그를 붙여 뒤바뀜 사고가 일어날 가능성은 거의 없다. 더구나 유코는 전국적으로 유명한 대형 병원에서 출산했다. 분명 훌륭한 관리 체계를 갖추었을 터였다.

츠유키는 머릿속에 떠오른 세 가지 가능성을 곱씹은 뒤 결론을 내렸다.

전부 가능성이 극히 낮다.

란의 혈액형과 자신의 혈액형 조합에 문제가 있더라도, 그 원인은 유코의 불륜도 아니고 신생아 뒤바뀜 사고도 아니었다. 하지만 그 외에 무엇이 원인일지는 전혀 감이 오지 않았다. 츠유키는 책상에 팔꿈치를 짚고 양손으로 머리를 끌어안았다. 평소 늘 강해져야 한다고 다짐하던 츠유키였지만, 머릿속에 온갖 망상이 소용돌이쳐 마음이 힘없이 무너져 내릴 것만 같았다. 너무 혼란스러워서 솟아나는 의혹을 멈출 수가 없었다. 머릿속에서 쫓아내려 하면 할수록 찜찜한 이미지만 자꾸 떠올랐다. 관자놀이 언저리에서 맥박이 쿵쿵 뛸 때마다 망상이 덮쳐오는 듯했다. 츠유키는 양손으로 끌어안은 머리를 세차게 흔들었지만, 머릿속에 깃든 망상을 떨쳐낼 수는 없었다.

그때 책상 위에 놓아둔 스마트폰이 울렸다. 화면에 마에자와 게이코라는 이름이 떴다. 흐트러진 마음을 추스르지 못한 채 츠유키는 통화 버튼을 누르고 스마트폰을 귀에 댔다. 들려오는 게이코의 목소리에는 들뜬 기색이 묻어났다.

"저기, 들어봐요. 나카자와 유카리를 만나 이야기를 들었어요. 당장 만나서 이야기하고 싶은데, 오늘 밤 시간 어때요?"

게이코가 인사도 없이 자기 할 말만 쏟아내자, 츠유키는 순간 울컥해 "아니, 지금은 그럴 때가 아니라" 하고 따지려다 마음을 바꿨다. 이것도 탐정의 전문 분야 아닌가? 탐정이라면 불륜 조사의 일환으로 부모 자식의 혈액형 조합도 조사할 것이다. 게이코에게 이야기를 들려주면 유용한 조언을 얻을 수 있을지도 모른다.

츠유키는 당장이라도 사그라질 듯한 목소리로 도심에 있는 레스토랑 이름과 오후 6시라는 시간을 전했다.

8

지정된 시간에 딱 맞춰 약속 장소에 도착한 게이코는 레스토랑 안을 둘러보았다. 먼저 와서 앉아 있는 츠유키의 모습이 바로 눈에 들어왔다. 평소와는 인상이 달라 보였다. 어쩐지 초췌해 보이고 몸에 넘치던 힘도 느껴지지 않았다. 무언가 딴생각을 하고 있는지, 츠유키는 게이코가 다가가는 것도 모르고 창밖만 바라보고 있었다.

"오래 기다렸죠?"

게이코가 의자에 앉자 츠유키는 그제야 고개를 돌리며 "왔어요?" 하고 한 손을 살짝 들었다.

"무슨 일 있었어요?"

게이코가 기운이 없는 이유를 물었지만 츠유키에게서는 엉뚱한 대답이 돌아왔다.

"향수 바꿨어요? 평소 나던 향기가 안 나는데."

"아니요, 똑같아요. 그쪽 후각이 지금 좀 이상해졌을 뿐이지."

"그런가…… 뉴런 네트워크의 혼란이 감각에 말썽을 일으킨 건가."

과학석인 분석을 덧붙이며 평소 자기 모습을 되찾으려는 듯한 모습이었다.

주문을 받으러 온 종업원에게 맥주와 요리 두 가지를 시킨 후, 게이코는 오늘 밤 갑자기 불러낸 이유를 설명했다.

오전에 영감 살롱 요카에 가서 나카자와 유카리를 만나 점을 치면서 동태를 살피다 정체를 들켜서 예상치도 못한 의뢰를 받게 됐다. 점심시간에 나카자와 유카리와 밥을 먹으며 귀한 정보를 얻었다. 몇몇 정보에는 츠유키에게도 반드시 들려줘야 하는 사항이 포함돼 있다.

거기까지 단숨에 말을 마친 게이코는 츠유키의 안색을 살폈다.

아니나 다를까 호기심 어린 표정이 츠유키의 얼굴에 확 퍼져나갔다. 15년 전에 발생한 꿈꾸는 허브 모임 집단 사망 사건의 유일한 생존자와 만나 이야기를 나눴으니, 당연히 흥미가 생길 만했다. 일면식도 없는 사이였지만 나카자와 유카리의 인생과 츠유키의 인생은 깊이 연결돼 있었다. 가슴속에 품은 여러 의문에 답할 수 있는 건 그녀뿐이었다.

게이코는 그저께와 어제 조사해서 알아낸 나카자와 유카리의 신원과 내력을 간략하게 들려줬고, 츠유키는 도시히로가 남긴 수기를 분석한 결과를 게이코에게 설명했다. 정보를 교환한 결과, 게이코는 츠유키가 품은 의문 중 몇 가지에 답할 수 있다는 걸 깨닫고 "자, 뭐든지 물어봐요"라고 양손을 살짝 펼치며 말했다.

나카자와 유카리는 이 일련의 사건에서 가장 중요한 인물이었다. 도시히로의 아이를 낳은 사람이자, 집단 사망 사건의 경위를 설명할 수 있는 산증인이었으니까.

궁금한 것이 너무 많아서 잠시 망설이는 듯 보였지만, 츠유키는 머릿속을 정리해 관심사를 하나로 압축했다.

"이렇게 빨리 목표물을 찾아내다니 대단하네요. 감탄했어요. 내가 무엇보다 궁금한 건 꿈꾸는 허브 모임에서 발생한 집단 사망 사건의 진상입니다."

"신의 심판. 나카자와 유카리는 한마디로 그렇게 설명했어요."

"신의 심판이라."

"꿈꾸는 허브 모임은 모체인 자연지 교회에서 독립한 후로 교의를 독자적으로 정비하고 체계를 세워나갔죠. 우에하라 씨 말대로 교의의 중심에는 어센션이라는 개념이 있었어요. 새롭게 다시 태어나자는 거죠. 하지만 육체를 바꿀 수는 없으니, 현실적인 측면에서 접근해 의식의 변혁을 꾀했어요. 다시 말해 뇌에 제2의 인지 혁명을 일으키려고 한 거예요. 그러기 위해 어떤 식물에서 추출한 진액을 체내에 받아들여야 한다고 믿었고요. 그 진액이 포함된 열매는 에덴동산의 금단의 열매와 똑같이 생겼다는 예언이 교의에 적혀 있었어요. 즉…… 딱 맞아떨어진 거죠."

도시히로와 유카리는 제6다이바에서 품종 개량에 도전해 붉은 열매가 열리는 나무를 키우는 데 성공했다.

"도시히로와 유카리가 만들어낸 붉은 열매가 바로 그 열매라는 거군요."

"나카자와 유카리가 가져온 붉은 열매를 보고, 자초지종을 들은 교주 니무라 기요미는 그게 자신들이 원했던 열매라고 직감했다고 해요."

"하지만 바라는 대로 되지는 않았죠. 결과는 정반대였어요. 열매를 먹은 사람은 모두 죽고, 나카자와 유카리만 동료들이 죽어가는 모습을 바라보는 처지가 된 겁니다."

"15년 전 7월 늦은 오후, 공동생활을 하던 여덟 신도는 제단이 있는 거실에 모여 나카자와 유카리가 가져온 붉은 열매를 갈아서 추출한 진액을 잔에 담았어요. 니무라 기요미가 선창하자 모두 일제히 진액을 들이켰죠. 물론 나카자와 유카리도요. 당장은 아무 일도 일어나지 않았어요. 그런데 잔을 쟁반에 담아 싱크대로 옮기던 중, 이변이 일어난 걸 알아차리고 유카리는 거실로 뛰어갔어요. 그곳에서 유카리는 신도 7명이 신음하며 서쪽 돌출창으로 기어가는 기이한 광경을 목격했죠. 역광 속에서 등을 돌린 채 신도들은 괴롭게 숨을 헐떡이며 방바닥에 축 늘어졌다가도, 어떻게든 양손으로 몸을 지탱하며 고개를 들고, 마치 빛을 먹어 치우려는 기세로 석양이 비쳐드는 창문으로 다시 기어갔어요. 유카리는 상상을 초월하는 공포를 맛봤어요. 왜 자신만 멀쩡한지 알 수 없어 불안하고 혼란스러울 따름이었죠. 하지만 냉정함을 되찾자 자신이 위험한 입장이라는 걸 깨달았어요. 자기가 가져온 붉은 열매 때문에 신도가 7명이나 죽었으니까요. 더구나 유카리는 교단을 벗어나 자립하기 위해, 불법적인 수단으로 아마카와 나루미라는 사람이 되려고 했잖아요. 절대로 이 일이 드러나선 안 돼요. 경찰이 개입하면 지금까지 진행한 계획이 물거품이 되는 건 물론이고, 집단 살인 사건의 용의자가 될 수도 있으니까요. 그래서 유카리는 붉은 열매 진액이 담긴 잔을 깨끗이 씻어서 증거를 없애고, 자기 짐을 챙겨서 방범 카메라에 찍히지 않는 곳을 골라 뒷문으로 빠져나가 황혼이 내린 도시 속으로 사라진 거예요. 도시히로가 준비해준 스기나미구의 연립주택까지 걸어가며 유카리는 왜 자기만 살아남았는지 곱씹었죠."

츠유키가 미심쩍은 눈빛을 게이코에게 던졌다.

"나카자와 유카리의 말을 곧이곧대로 믿는 건가요?"

"살의가 있었다는 건가요?"

"다른 사람으로 다시 태어나려고 만반의 준비를 갖췄을 때, 자기 정체를 아는 사람들이 모조리 죽었다……. 타이밍이 너무 절묘하지 않나요."

"물론 나도 처음에는 그렇게 생각했어요. 교단은 겉에서 보기에는 흠잡을 데가 없었지만, 공동생활하는 신도들끼리 결코 사이가 좋았던 건 아니에요. 특히 나카자와 유카리는 어머니와 갈등을 일으킨다는 이유로 집단 속에서 고립됐고 음험한 괴롭힘을 당했다고 하더군요. 이건 우에하라 씨에게 들은 이야기와도 일치해요.”

“그 문제는 일단 제쳐둡시다. 내가 궁금한 건 일곱 신도가 죽기 직전에 보였던 행동의 의미예요. 그들은 왜 거실 서쪽에 있는 돌출창으로 몰려간 걸까요?”

“우에하라 씨도 같은 의문을 품었어요.”

“우리는 지치부 사쿠라 호수 부근 마을에서 실제로 봐서 알잖아요. 집단 사망한 주민들은 대부분 나무 그늘이 많은 마을을 뛰쳐나와 호숫가 쪽으로 이동했어요. 그곳은 서향이라 오후 햇살이 잔뜩 비치는 경사면이었죠. 일곱 신도도 햇빛이 있는 쪽으로 나아갔고요. 왜 두 집단이 똑같은 행동을 한 걸까요?”

게이코의 머릿속에 특수청소 회사의 사무실에서 본 영상의 한 장면이 갑자기 떠올랐다. 후나키와 아키모토가 돌연사한 하나오카 아츠시의 집을 청소하러 가서 커튼을 걷은 순간, 시신에서 스며 나온 체액에 들끓던 수많은 구더기가 방구석으로 도망치던 광경. 그 조급한 움직임의 이유를 후나키는 이렇게 설명했다.

구더기는 빛을 싫어하니까요.

하지만 꿈꾸는 허브 모임 신도들과 지치부 사쿠라 호수 인근 주민들의 반응은 정반대였다. 그들은 빛을 찾듯 햇볕이 내리쬐는 장소로 몰려갔다.

“빛을 찾아서…… 그런 걸까요?” 게이코가 말했다.

“그렇게 볼 수밖에 없겠죠. 광합성을 하는 시아노박테리아는 빛을 좋아하니까. 15년 전 신흥 종교 단체의 집단 사망 사건에도 같은 요인이 작용했을 겁니다. 하지만 15년 전에는 남극 기지의 얼음층 시추 깊이가 3,000미터에 이르지 못했으니, 문제의 시아노박테리아는 두꺼운 얼음 속에 갇혀 꼼짝도 못 하는 상황이었어요. 놈들은 대체 어디서 온 걸까요?”

게이코는 츠유키가 품은 가장 큰 의문이 뭔지 이해했다. 꿈꾸는 허브 모임에서 발생한 집단 사망 사건과 지치부 사쿠라 호수 인근에서 발생한 집단 사망 사건은 상황이 매우 비슷했다. 분명 원인은 같을 텐데, 한쪽의 출처를 알 수 없었다. 문외한인 게이코로서는 대답할 수 없는 의문이었다.

“이야기를 잠시 되돌려도 될까요? 설명해야 할 것이 있어요.”

게이코는 가방에서 아마카와 나루미의 이름이 기재된 호적등본을 가방에서 꺼내 테이블에 내려놓고 설명을 덧붙였다.

“이걸 보세요. 아마카와 나루미, 즉 나카자와 유카리는 집단 사망 사건이 발생한 이듬해 3월에 여아를 출산했다고 기록돼 있어요.”

게이코는 호적의 ‘자’ 항목에 적힌 세이라라는 이름을 가리켰다. 이름 밑에는 생년월일, 어머니란에는 아마카와 나루미, 관계란에는 ‘여’라고 기재돼 있었다. 아버지란은 공백이었다.

게이코가 가리킨 곳을 훑어본 후 츠유키의 시선은 그 아래 항목으로 향했다. 거기에는 출생지로 도쿄도 신주쿠구가 기재돼 있었다.

“신주쿠구가 출생지인데, 이건 병원이 있는 곳인가요?”

호적등본에는 시, 구 같은 행정 구역만 출생지로 기재되고, 병원 이름은 구체적으로 적지 않는다.

“네, 신주쿠구에 있는 대학 부속 병원…… 당신 모교예요.”

츠유키는 얼굴을 들고 눈을 부릅뜨더니, 고개를 몇 번 끄덕인 후 호적등본으로 시선을 돌렸다.

“도시히로의 모교이기도 하니까 그럴 수도 있겠죠. 녀석은 생전에 풍부한 인맥을 활용해 연인이 출산할 곳을 미리 확보해뒀을 겁니다.”

"네, 맞아요. 실제로 선배 산부인과 의사에게 부탁해 이것저것 준비한 모양이에요. 덕분에 무사히 여아를 출산했죠. 하지만 닷새째에 퇴원했고, 그로부터 이틀 후 아이는 죽었어요."

게이코는 제적이라는 항목 밑에 적힌 사망이라는 글씨를 가리켰다. 사망일은 출산 후 이레, 사망지는 스기나미구, 사망신고인은 아마카와 나루미였다.

"그렇군. 아주 슬펐겠네요."

츠유키의 가슴속에 갓난아이를 잃은 어머니의 슬픈 심정이 서서히 퍼져나가는 듯했다. 그 모습을 보고 게이코는 천천히 고개를 저었다.

"그렇지 않아요. 유카리의 아이는 죽지 않았어요."

"어, 그게 무슨 말이죠?"

"아까 내가 그랬잖아요. 나카자와 유카리에게 사람을 찾아달라는 의뢰를 받았다고. 유카리의 말투를 흉내 내서 이렇게 말했을 텐데요. 생후 일주일 만에 죽은 내 딸을 찾아줘."

"아니, 난 유골이 어디 있는 줄 몰라서 그걸 찾아달라는 줄……."

"아니요, 그 아이는 살아 있어요. 죽지 않았다면 지금도 어딘가에서 살고 있겠죠. 얼마나 놀랐는지 몰라요. 아소 부부가 찾아달라고 한 인물과 나카자와 유카리가 찾는 인물이 일치했으니까요."

게이코는 "이런 우연이 있을 줄이야" 하고 말문을 열며, 오늘 낮에 나카자와 유카리에게 들었던 출산과 그 후의 일화를 츠유키에게 들려주었다.

9

집단 사망 사건이 일어난 이듬해 봄이었다. 출산 예정일이 며칠 지나고 규칙적인 진통이 찾아오자 유카리는 준비해둔 짐을 챙겨 택시를 타고 통원하던 대학병원으로 향했다. 진찰받은 후 바로 입원했고, 그날 밤 분만실 침대에 누웠다.

보통은 곁에 돌봐주는 사람이 있겠지만 유카리는 혼자였다. 남편도 없거니와 가족도 없었다. 의지할 친구도 없고, 반년 전까지는 호적조차 없었다. 다른 사람을 사칭해 겨우 얻은 호적이 아직 낯설었고, 본인이 아마카와 나루미라는 것도 실감하지 못했다. 마치 유령 같은 존재로 출산에 임했지만, 무사히 정상 분만해서 2.6킬로그램의 여아를 낳았다.

대학병원의 산부인과 병동은 행복해 보이는 얼굴로 가득했다. 남편과 부모가 병실을 찾아와 갓난아기를 안아주고 사진을 찍는다. 어디서나 밝은 웃음소리가 울려 퍼졌다. 하지만 유카리에게는 아이를 축복해줄 사람이 아무도 없었다. 앞날을 생각할수록 허전함은 점점 커졌다.

산부인과 병동에 머무는 동안은 괜찮았다. 젖을 먹일 때가 되면 간호사가 신생아를 안고 와 여러모로 돌봐주며 해야 할 일을 가르쳐주었다. 하지만 스기나미구의 작은 연립주택으로 돌아가면 모든 걸 혼자 해내야 한다. 가르쳐줄 사람은 아무도 없었다. 과연 혼자서 감당할 수 있을지, 퇴원 후 아이를 키우며 살아갈 생각만 해도 유카리는 불안함에 몸이 떨렸다.

아기를 낳았다고 해서 모두가 행복한 것은 아니다. 불안감 때문에 우울해지는 여성도 있다. 그러나 남편이나 가족에게 하소연하며 감정을 해소하고 자신감을 되찾는다. 반면 유카리는 불안이 가슴속에 쌓여가기만 했다. 떨리는 마음을 주체할 수 없어 유카리는 늦은 밤 병실에서 눈물을 흘렸다. 아기보다 유카리가 더 많이 울 정도였다.

그러던 중, 사소한 계기로 이야기 상대가 생겼다. 산부인과 병동 중앙, 엘리베이터 앞에 라운지는 출산을 기다리는 가족의 대기실로 사용됐다. 라운지 구석에 있는 음료 코너에서는 음료를 무료로 제공했고,

출산을 마친 입원 환자도 자유롭게 이용할 수 있었다.

유카리가 라운지 의자에 앉아 주스를 마시고 있는데, 60대로 보이는 백발의 신사가 말을 걸었다.

"이 자리, 비어 있나요?"

그날따라 입원 환자와 그 가족들로 라운지가 붐벼서 초로의 남자는 종이컵을 한 손에 든 채 빈자리를 찾고 있었다. 그의 이지적인 얼굴에는 산부인과 병동에 어울리지 않게 구슬픈 기색이 서려 있었다. 유카리는 자신과 비슷한 처지인가 싶어 "앉으세요" 하고 옆자리를 권했다.

인사를 나눈 뒤 두 사람은 아주 자연스럽게 대화를 나누었다. 초로의 남자는 딸이 출산했고, 제왕절개로 태어난 손주를 안아보고 오는 길이라고 했다. 첫 손주가 태어났는데도 말이 많지 않아, 왜 그리 구슬퍼 보이는지는 알 수 없었다.

대신 그는 듣는 역할을 했다. 유카리가 애절하게 토해내는 속내를 진지하게 받아들이고, 따뜻하게 보듬듯 맞장구를 쳐주었다. 덕분에 평소보다 말이 많아진 유카리는, 원래 가족이 없는 데다 출산 전에 남편이 죽었고, 여자 혼자 아이를 키우려니 앞날이 너무 불안하다고 자신의 답답한 신세를 한탄했다.

당연히 거짓말을 섞었지만, 현재 처해 있는 상황은 진실이었다.

이야기를 들은 초로의 남자는 숙연하게 말했다.

"인생은 참 쉽지 않은 법이지. 행복과 불행은 늘 종이 한 장 차이야."

무슨 뜻인지는 알 수 없었지만 왠지 마음에 와닿았다. 자신에게도 이런 아버지가 있다면 얼마나 든든할까 싶어, 유카리는 그에게 매달리고 싶은 충동을 느꼈다.

출산하고 닷새 후, 몸을 추스른 유카리는 무사히 퇴원 절차를 밟았다. 그동안 이야기를 나누었던 노신사는 이름도 모른 채 헤어졌고, 유카리는 병원을 나서 택시를 타고 스기나미구의 연립주택으로 향했다.

3평 남짓한 방에 아기 이불을 깔고 2.6킬로그램의 아기를 눕혔다. 아기의 조그마한 손을 잡아봐도 애정이 솟아오르지는 않았다. 아니, 애정이 솟아나지 않는다기보다는 불안과 절망이 치밀어 올라 애정이 끼어들 틈을 빼앗아버린 듯했다.

도시히로가 남긴 생활비도 바닥났고, 직업도 학력도 자격증도, 기댈 만한 사람도 전혀 없었다. 유일하게 가진 것은 가짜 호적뿐. 유카리는 단체생활밖에 해본 적이 없어서 25살이 넘은 지금도 혼자 살아가는 방법을 몰랐다. 교단 속의 삶을 싫어했으면서도, 교단 밖에서는 살 수 없는 자신이 너무 한심했다. 교단에서 빠져나와 홀로서기를 결심했을 때는 뭐든 혼자서 해낼 자신이 있었다. 하지만 그건 도시히로라는 버팀목이 있었기 때문이었다. 후원자가 사라지자 자신감은 산산조각 났다.

무엇을 어떻게 해야 할지 몰라 아기가 우는데도 그저 안절부절못할 뿐이었다. 이대로 가다가는 아기가 죽을지도 모른다는 공포에 시달렸다.

왜 나를 삶 쪽에 세웠을까. 차라리 죽음 쪽으로 보냈으면 좋았을 텐데, 하고 유카리는 신의 심판을 원망했다.

아기의 처지도 너무 딱했다. 유카리는 무호적자로 태어나 꿋꿋하게 살아갈 방법도 모르고 어리석기만 했다. 그런 어머니 밑에서 자라날 이 아이의 장래에 밝은 빛이 비칠 리 없었다. 또다시 불행한 인생이 되풀이될 뿐이다.

할머니에게서 어머니, 어머니에게서 딸로 이어지는 부정적인 요소가 이 아이에게도 이어져서 불행의 연쇄 고리가 영원히 이어질 것이다. 그 고리를 끊을 방법은 단 하나…… 처음부터 태어나지 않는 것뿐이다. 하지만 이미 태어난 이상은…….

퇴원하고 이틀 후, 귀기 어린 얼굴로 최악의 사태를 공상하던 유카리에게 구원의 손길이 찾아왔다.

늦은 오후였다. 초인종이 울려서 현관문 도어스코프로 확인하자 바깥 복도에 웬 남자가 서 있었다. 고급스러운 양복을 입은 남자는 야무진 인상으로 일을 잘할 것 같은 분위기를 풍겼다.

"누구세요?"

문을 열지 않고 물어보자 정중한 대답이 돌아왔다.

"아마카와 나루미 씨 댁이죠? 긴히 드릴 말씀이 있습니다."

도어체인을 풀고 문을 열어 남자의 모습을 직접 본 순간, 유카리의 가슴속에 '사도'라는 두 글자가 떠올랐다. 신의 사자가 찾아왔다는 인상이었다.

방으로 맞아들이자 남자는 아기가 누운 이불 앞에 꿇어앉아 "귀여운 따님이로군요" 하고 인상을 풀더니, 유카리 쪽으로 몸을 돌려 "부탁이 있습니다" 하고 고개를 깊이 숙였다.

……부탁? 나 같은 인간이 남을 위해 할 수 있는 일이 있을 리 없는데.

유카리가 그렇게 생각하고 있는데, 남자가 말을 이었다.

"저는 어느 분을 대신해서 왔습니다. 이 아기를 그분께 양보해주실 수는 없을까요?"

남자의 말은 귀에 닿았지만, 머릿속에 뿌리를 내려 의미를 이루지는 못했다. 유카리는 여우에 홀린 듯한 기분이어서 명확한 의사 표시도 하지 못하고, 그저 멍하니 눈만 이리저리 돌렸다.

단호하게 거부하지 않는 유카리를 보고 교섭할 만하다고 느꼈는지, 남자는 제안을 받아들이면 어떤 혜택이 있는지 천천히 설명했다. 건성으로 듣고 있던 유카리의 머릿속에 제시한 혜택의 내용이 서서히 스며들었다.

……이 아이는 어느 유복한 가정에서 다른 사람으로서 소중히 키워질 것이며, 원하는 만큼 최고의 교육을 받을 수 있다. 사례금 2,000만엔 중 오늘은 그 일부인 300만 엔을 두고 가겠다. 이 아이는 생후 일주일

만에 사망한 것으로 사망 신고를 해달라. 친분 있는 의사에게 부탁해 이미 사망진단서를 받아 두었으니 걱정할 필요는 없다. 앞으로 다시는 이 아이를 만날 생각은 하지 마라. 준비는 다 됐다. 당신만 발설하지 않으면 비밀은 영원히 지켜진다.

남자의 말투는 아주 냉정했고, 정중한 태도 속에도 '다른 선택지는 없다'는 위압감이 담겨 있었다.

유카리는 남자가 제시한 조건을 나름대로 정리해봤다. 말을 꽤 길게 늘어놓았지만 요점은 다음 두 가지다. 세이라가 어느 유복한 가정에서 다른 사람으로 길러진다. 그리고 앞으로 다시는 만날 수 없다.

무슨 뜻인지 이해한 유카리는 저도 모르게 한숨을 내쉬었다.

……아아, 역시.

사도 같은 남자가 나타나 이 아이를 달라고 했을 때 확신했다. 내 곁에 있으면 이 아이는 장래를 망칠 것이다. 하지만 자격 있는 사람이 소중히 키우면 이 아이는 천명을 따르는 인간으로 성장할 수 있다. 그것이 바로 신이 바라는 바가 아닐까.

신의 뜻에 따르기 위해서는 이 아이를 보내야 한다.

유카리의 결단을 강하게 뒷받침하는 요인이 하나 더 있었다. 세이라를 데려가려는 사람이 누구인지 유카리는 대강 짐작이 갔다.

사도로 나타난 남자는 유카리가 어떤 처지인지 정확하게 알고 있었다. 행복한 가정이라면 돈을 아무리 쥐여준들 어머니는 아이를 포기하지 않는다. 하지만 유카리는 최악의 상황이었고, 다음 달 방세조차 낼 수 있을지 알 수 없는 지경이었다. 잘 구슬리면 승낙하리라는 승산이 있었기에 심부름꾼을 보낸 것이다.

세이라를 원하는 사람은 유카리가 처한 상황을 사전에 알고 있었던 사람이다. 해당하는 사람은 한 명뿐이었다. 입원한 동안 라운지에서 몇 번 만나 이야기를 나누었던 노신사. 자신에게도 이런 아버지가 있다면 얼마나 든든할까 하고 좋은 인상을 받았던 남자.

이제는 그 남자의 얼굴에 왜 슬픔이 서려 있었는지 짐작할 수 있었다. 제왕절개로 아이를 낳은 딸의 몸에 좋지 않은 일이 생겼고, 태어난 손주에게도 불행이 찾아온 것은 아닐까. 그리고 딸과 손주를 거의 동시에 잃은 남자는 사랑하는 사람들을 대신할 존재를 찾아, 산 자와 죽은 자를 교환하기 위해 대리인을 보낸 것이다.

그의 곁에서 세이라가 자랄 수 있다면, 그것은 유카리가 바라는 바와도 일치했다. 내 곁에 두기보다 그에게 맡기는 편이 행복하게 자랄 기회를 얻을 수 있을 것이다.

아이를 이상적인 아버지에게 맡기자. 선택지는 처음부터 하나였다. 유카리는 천천히 고개를 끄덕였다.

유카리의 의사를 말로 확인한 후, 남자는 각서를 꺼내 사인을 요구했다. 유카리는 각서에 사인하고 '조건을 위반하지 않겠다'고 맹세했다.

"그럼 가보겠습니다."

남자는 고개를 꾸벅 숙여 양해를 구한 뒤, 세이라를 얇은 이불에 감싸 품에 안고 현관으로 걸어갔다.

유카리는 넋 나간 표정으로 힘없이 방바닥에 주저앉았다. 남자의 모습이 문밖으로 사라지고 얼마 지나지 않아, 엄마를 부르는 딸의 목소리가 들리는 것 같았다. 유카리는 벌떡 일어나 밖으로 뛰쳐나가 바깥 복도에서 아래쪽 골목을 살펴보았다.

인적 없는 골목 한쪽에 정차한 검은색 고급차가 눈에 들어왔다. 세이라를 안은 남자가 뒷좌석에 올라타 문을 닫자, 차는 조용히 출발해 큰 도로 쪽으로 사라졌다.

멀어지는 아기의 모습을 바라보던 유카리는 터벅터벅 방으로 돌아와 방바닥에 꿇어앉았다. 그리고 상반신을 구부려 조금 전까지 아기가 자고 있던 이불에 얼굴을 묻었다. 이불에 남은 냄새가 코끝을 스치자 참을 겨를도 없이 눈물이 넘쳐흘러 이불을 적셨다.

처음으로 솟아오른 사랑…… 하지만 이미 늦었다. 사랑을 쏟을 대상을 잃어버리고 말았다.

10

"생후 일주일 만에 죽은 내 딸을 찾아줘."

이 기묘한 의뢰를 왜 받아들였는지 설명하기 위해 나카자와 유카리의 출산과 그 후의 일화를 들려주고 있을 때, 게이코는 지류처럼 흘러가던 이야기가 본류가 되어 츠유키에게 닿으리라곤 상상도 하지 못했다.

이야기가 진행될수록 츠유키의 얼굴에 깊은 고뇌가 서렸다.

"당신에게는 좋은 소식이, 내게는 나쁜 소식으로 다가오는군."

이야기가 끝나자 츠유키는 침통한 표정으로 말했다.

"어, 무슨 뜻이죠?"

"오늘 아침에 딸아이를 대학병원에 데려가서 혈액 검사를 받았어요. 나중에 받아본 검사 결과에 딸의 혈액형이 기재돼 있었는데 AB형이더군요. 난 O형이고요. AB형과 O형 사이에는 친자 관계가 성립할 수 없어요."

그 말을 듣고서야 게이코는 테이블 위에 흐르는 불길한 분위기를 감지했다.

"잠깐만, 그게 무슨 소리예요?"

"오늘 오후 내내 생각해봤지만 이유를 모르겠더군요. 그런데 당신 이야기를 들으니 겨우 답을 알 것 같아요."

츠유키는 아마카와 나루미의 호적등본에 기재된 여아의 생일을 가리켰다. 3월 중순 날짜였다.

"유카리가 낳은 아이와 내 딸 란은 생일이 고작 하루 차이예요. 태어난 곳은 같은 대학병원 산부인과고요. 도시히로의 혈액형은 AB형이니 란과 친자 관계가 성립하죠."

"설마……."

게이코는 무심결에 몸을 뒤로 물려 의자 등받이에 상반신을 기댔다.

"나카자와 유카리가 병원 라운지에서 이야기를 나눴다는 노신사가 누구인지, 스기나미구의 연립주택에 나타나 교섭한 남자가 누구인지 대충 짐작이 갑니다. 노신사는 내 장인어른인 야마나카 야스히데가 틀림없을 겁니다. 그리고 대리인은 당시 장인어른이 경영하던 회사의 후계자로 점찍었던 사이토."

"잠깐만……."

게이코는 어지럽게 전개되는 이야기의 흐름을 머릿속으로 정리하려 했다.

아소 부부가 어딘가 있을지도 모르는 손주를 찾아달라고 의뢰했다. 손주가 존재한다면 도시히로와 나카자와 유카리 사이에서 태어난 아이가 분명했다. 간신히 세이라의 존재를 찾아냈지만, 호적등본에 사망으로 기재돼 있어 한때는 성공 보수를 포기했다. 그런데 생후 일주일 무렵 두 아이가 바뀌어 세이라는 츠유키의 장인 부부 밑에서 자랐고, 장모의 죽음과 장인의 요양원 입소를 계기로 츠유키가 거두게 된 것이다.

……등잔 밑이 어둡다더니.

이런 우연이 또 있을까. 행방을 알 수 없던 목표 대상이 손만 뻗으면 닿는 곳에 있었다니, 놀라움을 금할 수 없었다. 다만 이 이야기가 진실이라면 현실이 너무 얄궂고 잔혹해서 게이코는 머리를 끌어안고 싶어졌다.

손주를 찾아내 할아버지, 할머니인 아소 부부와 만나게 해주면 성공 보수로 막대한 돈을 받을 수 있다. 하지만 그것은 츠유키의 피를 물려받은 딸이 15년 전에 이미 죽었다는 사실과 맞바꿔 얻어낸 결과였다. 일이 성공한 것이나 다름없었지만, 게이코는 전혀 기쁘지 않았다.

양팔 저울 한쪽에 올린 행복을 움켜쥔 순간, 다른 쪽이 나락으로 가라앉는 구도는 불공평하기 짝이 없었다. 츠유키도 이 불공평한 원리를 알아차린 듯, 자학하는 눈빛으로 게이코를 바라보았다.

"기꺼이 란을 보내줄게요. 아소 부부와 만나게 해줘요. 그럼 당신도 임무를 완수해서 보수를 받을 수 있겠죠. 만만세네요."

뭐라고 대답해야 할지 몰라 게이코는 고개를 세차게 저었다.

"부탁이니 그렇게 말하지 말아요."

"어제 란이 아팠을 때 이대로 죽는 게 아닐까 무섭더군요. 하지만 이제 그런 걱정에 시달리지 않아도 되겠네요. 딸은 15년 전에 이미 죽었으니까. 아내를 잃고 일주일 만에, 아내의 목숨과 맞바꿔 태어난 아이까지 죽었을 줄이야."

츠유키는 테이블에 푹 엎드려 양손에 얼굴을 묻었다.

게이코는 손을 뻗어 츠유키의 팔을 살짝 쓰다듬었다.

"나도 딸이 있으니까 당신 마음이 어떨지 잘 알아요."

하지만 그렇다고 해서 위로의 말은 꺼내지는 않았다. 무슨 말을 해도 공허하게 들릴 뿐이라는 걸 알고 있기 때문이다.

"흐트러진 모습을 보여서 미안합니다. 당신에게는 아무 잘못도 없는데. 란이 도시히로와 유카리의 아이라면 할아버지, 할머니인 아소 부부에게는 꼭 보여드려야겠죠. 그 임무를 다해줘요."

"아직 확실한 증거가 있는 건 아니잖아요. 무엇보다 정말로 그런 일이 가능할까요?"

"그런 일이라니?"

"생후 일주일 된 아기를 바꿔치기 하는 거요."

"한쪽은 살아 있고, 한쪽은 죽었다고 치죠. 죽은 아이의 사망진단서만 있으면 돼요. 의사의 협력만 있으면 어렵지 않죠."

"하지만 왜 그런 짓을……."

"출산 직후에 난 죽은 아내만 생각하느라 갓 태어난 아기에게는 전혀 관심이 없었어요. 아내의 죽음을 받아들이지 못해 소동을 벌였고, 밤샘과 장례식 준비에 정신 없었죠. 딸을 잃은 충격으로 입원하신 장모님 대신, 장인어른이 아기를 돌보게 됐습니다. 제왕절개로 출산한 태어난 아이는 자연 분만했을 때보다 퇴원이 이틀쯤 늦습니다. 그러니까 세이라가 퇴원하고 이틀 정도 후에 란이 퇴원했을 거예요. 그때는 아직 살아 있었겠죠. 병원에서 죽었다면 바꿀 수 없었을 테니까. 아마도 퇴원 직후였을 겁니다. 어쩌면 집으로 돌아오는 차 안에서…… 혹은 집에 도착하자마자 란은 죽었어요. 심상치 않은 출혈로 사망한 엄마의 인자를 물려받아 어딘가에 문제가 있었을지도 모르죠.

죽은 란을 본 장인어른이 제일 먼저 걱정한 건 장모님의 마음이었을 겁니다. 딸이 죽은 것도 모자라 딸의 죽음과 맞바꿔 태어난 손녀마저 퇴원 직후 죽었다는 걸 알면 장모님의 마음은 완전히 무너져 내렸을 테니까요. 딸이 환생했다고 믿고서 손녀를 키우는 것밖에 아내의 마음을 지킬 방법은 없다고 장인어른은 믿었을 겁니다. 다행히도 입원 중인 장모님은 손녀가 죽었다는 사실을 몰랐겠죠. 그런 상황에서 산부인과 병동 라운지에서 만났던 젊은 여자의 얼굴이 장인어른의 머릿속에 떠올랐을 겁니다. 대화를 통해 그녀가 육아에 자신을 잃고 힘들어 한다는 사실을 장인어른은 알고 있었을 거예요. 갓 태어난 아이를 버거워하는 것처럼 보였을 겁니다. 잘 설득하면 죽은 란과 살아 있는 세이라를 바꿀 수 있겠다는 생각이 장인어른의 머릿속에 굳게 자리 잡았을 겁니다.

더구나 장인어른에게는 계획을 실행할 만한 자산과 인맥도 있었고요. 장인어른은 기회를 놓치지 않고 오른팔인 사이토를 보내 교섭에 성공했습니다. 그 결과 장모님은 마음의 평정을 유지할 수 있었죠. 장모님은 친손녀라고 믿으며 란을 키웠고 천수를 누렸습니다. 진실을 모른 채 돌아가셔서 오히려 다행이에요."

"앞뒤는 맞지만, 확실한 증거는 어디에도 없어요."

"도시히로의 DNA가 남아 있다면 감정해서 친자 관계를 증명할 수 있겠죠. 하지만 굳이 그럴 필요는 없습니다. 요양원을 찾아가 장인어른에게 진상을 물어보면 되니까요. 대퇴부 골절이 악화되어 휠체어 생활을 하고 계시지만, 여든이 넘은 나이에도 정신은 또렷하시죠. 장모님이 돌아가셨으니 비밀을 무덤까지 가져갈 필요도 없어졌어요. 장인어른은 진실을 말해주실 겁니다. 무엇보다 내게는 진실을 알 권리가 있어요."

"진실을 알아서 어쩌려고요?"

"아무것도 하지 않아요. 상황은 똑같습니다. 난 란이라는 이름으로 딸을 키울 겁니다. 신이 보이지 않은 손을 뻗어 유카리를 삶 쪽으로 돌려세웠고, 유카리의 아이가 내 곁으로 왔다면 그것이 하늘의 뜻이겠죠. 복잡하게 얽힌 인과의 실에 신비한 빛이 비쳐 나아가야 할 길을 보여줄 때가 가끔 있습니다. 란은 우여곡절 끝에 내 손에 맡겨진 겁니다."

"란에게 진실을 밝힐 생각이에요?"

"아니요, 이런 황당한 이야기를 란에게 들려줄 마음은 없어요. 혈액형이 맞지 않는다는 걸 알아차릴 때까지는 비밀로 할 겁니다."

"언젠가는 진실을 알게 되더라도, 나이를 먹어 정신이 좀 더 성숙해진 후가 바람직하겠죠."

"가능하다면 무덤까지 가져가고 싶지만……."

"그러게요. 다른 선택지는 없겠네요."

게이코는 의자 등받이에 몸을 기댄 채 탄식했다.

"아무튼 당신이 맡은 일은 대성공으로 끝났군요."

그렇게 말하며 맥주잔을 드는 츠유키를 무시하고 게이코는 또 다른 사명을 꺼냈다.

"당신의 일은 아직 끝나지 않았고요."

"내 일?"

"신흥 종교 단체에서 발생한 집단 사망 사건의 원인을 해명하고 남극 시아노박테리아가 일으킬 재앙을 최소화하는 것……."

"너무 비행기 태우지 말아요. 내가 할 수 있는 일은 많지 않아요."

"겸손을 떨다니 평소답지 않네요. 좀 더 거들먹거려도 괜찮아요."

"오늘은 도저히 안 되겠는걸요."

"갑자기 생각났는데, 내 목표물은 당신 집에 있었어요. 믿기지 않을 만큼 가까이에. 그래서 어쩐지 관련을 짓고 싶어지네요. 15년 전, 꿈꾸는 허브 모임 집단 사망 사건의 범인도 아주 가까운 곳에 숨어 있던 게 아닐까."

게이코가 하고자 하는 말이 츠유키에게 분명히 전달된 듯했다.

집단 사망 사건을 일으킨 시아노박테리아 변이종에는 두 가지 계통이 있었다. 하나는 저 멀리 남극의 깊은 얼음 층에서 왔다. 그리고 또 다른 하나는 등잔 밑이 어둡다는 말처럼 아주 가까이에 숨어 있었던 것 아닐까.

게이코의 추측이 맞다면, 그것은 지금도 우리 가까이에 숨어 있는 셈이다.

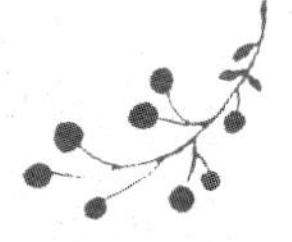

제6장
돌풍

$$1$$

그날 〈주간 올르〉 편집부 한 층 아래에 있는 작은 방에서 회의가 열렸다. 편집회의라는 명목이었지만 참석자는 편집장 아라이, 데스크 사사야마, 편집부의 하즈키 유리뿐이었다.

유리는 까무러칠 만큼 배가 고팠다. 오전 업무를 마친 후 결혼 정보 사이트에 들어갔다가 순식간에 시간이 흘러 점심을 놓치고 그대로 오후 회의에 참석했기 때문이다.

가끔은 근사한 레스토랑에서 회의를 하면 안 되나?

그런 불만도 경비 절감이 신조인 아라이 편집장에게는 통할 리 없었다. 뒤늦게 들어온 아라이는 자료가 든 파일을 테이블에 내려놓자마자 입을 열었다.

"후생노동성이 꽤 서둘러 움직이고 있는 것 같아."

그 한마디에 유리의 공복감은 약간 잦아들었고, 일 쪽으로 의식이 향했다.

"그쪽은 어디까지 파악했나요?"

유리는 '후생노동성과 우리 중 어느 쪽의 정보량이 앞서는지'가 궁금했다.

"기껏해야 새로운 감염증이 발생했을지도 모른다고 의심하는 정도고, 15년 전 신흥 종교 단체 집단 사망 사건이나 남극 얼음과의 연관성은 전혀 파악하지 못한 것 같아."

“후생노동성 담당 직원에게 직접 들었어?”

데스크 사사야마가 묻자 아라이는 자신만만하게 대답했다.

“물론이죠. 담당자와 만나 화기애애하게 대화를 나누다가 슬쩍 압박했어요. 계속 적당하게 대응하다가는 우리가 선수 칠 거라고요.”

그 말을 듣고 사사야마는 쓴웃음을 지었다.

“그거, 내가 가르쳐준 수법이잖아.”

편집장보다 낮은 직책인 데스크지만 사사야마는 아라이보다 나이가 많고 경험도 풍부했다. 사사야마가 선택한 건 편집장 자리가 아니라 현장이었다.

“역시 결정타는 지치부 사쿠라 호수에서 발생한 집단 사망 사건이겠죠. 정보 방송에서 요란하게 보도한 이상, 가만히 있을 수는 없을 겁니다. 늑장 대응했다는 비난은 피하고 싶을 테니까요.”

“이제 타이밍이 중요하겠군. 앞으로도 후생노동성의 움직임을 철저히 파악해야 해.”

“그건 사사야마 씨가 맡아주세요.”

담당자와 교섭하는 건 쉽지 않을 테니 역시 베테랑에게 맡겨야 한다.

“그럼 내가 하는 수밖에 없나.”

“데스크, 저도 같이 갈게요.”

유리는 훗날을 위해 데스크와 후생노동성 담당자의 불꽃 튀는 응수를 직접 보고 싶었다.

“물론 그래야지. 기사를 쓰는 건 자네니까.”

“맡겨주시는 건가요?”

“당연하지. 자네가 물고 온 기삿감이니까 끝까지 책임져. 내가 사람 보는 눈은 있다니까. 굉장한 취재력이야. 존경스러워.”

사사야마가 치켜세우자 유리는 약간 낯간지럽기도 했다. ‘굉장하다’고 칭찬받은 취재력은 게이코 선배, 츠유키, 우에하라의 협력 덕분에

‘넝쿨째 굴러든 호박’이었다. 마침 유능한 인재들과 인연이 닿아 요행을 얻었을 뿐이라는 걸 유리는 잘 알고 있었다. 하지만 사사야마와 아라이 앞에서 그런 티를 낼 생각은 전혀 없었다.

과분한 평가를 받자 공복감은 싹 사라지고, 몸이 떨릴 만큼 고양된 기분이 그 빈틈을 채웠다. 세상 누구도 모르는 신선한 특종을 잡았다는 자부심이 쾌감을 선사했다. 기자라면 누구나 언젠가 특종을 터뜨리길 바라지만, 그런 기회는 좀처럼 찾아오지 않는다.

유리는 지금 자신이 일개 주간지 기자에서 유명 저널리스트로 성장할 수 있는 티켓을 손에 쥐느냐 마느냐의 갈림길에 있음을 실감했다. 그만큼 압박감도 컸다. 기회를 놓치는 건 그렇다 치더라도, 성급하게 행동해 여론의 뭇매를 맞는 사태만큼은 피해야 한다.

일단은 후생노동성이 어떻게 나올지를 사전에 예측하는 것이 현명하다.

“팩트 체크는 이미 하셨겠지만 만약을 위해 후생노동성의 움직임을 구체적으로 정리해주시면 어떨까요?”

최대한 위험성을 배제하고 싶다는 유리의 요청을 받아들여 사사야마가 지금까지의 경위를 설명했다. 그는 특유의 후각을 발휘해 하나오카 아츠시와 아베 유타카의 의문사를 연결지어 수상쩍은 사태가 발생했다고 판단하고 유리에게 잠행 취재를 지시한 장본인이었다.

“하나오카의 시신은 도내 K대학교, 아베의 시신은 가나가와현 Y대학교, 조금 후에 발견된 하시모토 일가족 3명의 시신은 사이타마현 B대학교에서 부검했어. 각각 다른 대학교에서 부검했는데, 전부 사인을 확정할 수 없는 기이한 사태가 발생했다는 공통점이 관계자의 입을 타고 서서히 위로 올라가 후생노동성도 알게 된 거야. 하지만 누가 공무원 아니랄까 봐, 관계 각처는 신중하다 못해 꾸물거리기만 했지. 미지의 미생물이 관여된 감염증일 가능성을 부정하지 못해 머리를 싸매고 있을 때, 지치부 사쿠라 호수 인근 산촌에서 발생한 집단 사망 사건이 보도됐어. 이제 발등에 불이 떨어져서 느긋하게 관망할 수 없는 처지가 된 거야. 후생노동성은 즉시 대책위원회를 설치하고 T대학교 의과학 연구소의 연구자들을 중심으로 위원 인선을 시작했어.”

그 이야기를 들은 유리는 츠유키의 말을 떠올렸다.

사망 원인인 미지의 미생물이 무엇인지 확정하기까지는 상당한 시간이 걸린다.

츠유키와 게이코는 아베가 발송한 남극 얼음에 포함된 시아노박테리아가 미지의 병원체라는 사실과 15년 전 신흥 종교 단체 집단 사망 사건에도 동일한 요인이 얽혀 있다는 사실을 규명했다. 후생노동성이 그러한 정보를 파악했는지 여부를 명확히 해둘 필요가 있었다.

“정말로 후생노동성은 사인에 대해 아는 바가 없나요?”

유리의 질문에 아라이는 후생노동성 담당 직원과 나눈 대화를 구체적으로 알려주었다.

“일단은 기사를 쓰겠다고 허세를 부려 상대의 마음을 흔들었지. 저쪽은 사전에 정보가 새는 걸 바라지 않아. 평소라면 쓰지 말라고 엄포를 놓고 싶었겠지만, 그럴 권한은 없지. 오히려 사실과 다른 정보가 나돌아 국민이 피해를 입는 걸 훨씬 두려워해. 그걸 염두에 두고 서서히 몰아붙였더니, 어차피 쓸 거라면 되도록 정확하게 쓰라는 듯 정보를 흘리더군. 그러니까 틀림없어. 꿈꾸는 허브 모임 집단 사망 사건이나 남극 얼음과의 관련성에 대해서는 정보가 전혀 없다고 단언할 수 있어.”

“즉, 특종이 틀림없다는 거군요.”

“두말하면 잔소리지.”

의기양양한 얼굴로 호언장담한 사사야마와 달리 아라이는 표정이 약간 흐려졌다.

“그런데 모르겠는 점이 하나 있는데……”

아라이는 살짝 뜸을 들이다가 의문을 꺼냈다.

"하나오카, 아베, 하시모토 일가족이 남극 얼음에 갇혀 있던 시아노박테리아 때문에 죽었다는 건 그렇다 치더라도, 15년 전 신흥 종교 단체 집단 사망 사건까지 관계가 있다고 보는 건 좀 무리가 있지 않을까?"

남극 시아노박테리아는 심각한 적혈구 파괴와 혈액의 녹색화 증상을 일으킨다. 그 흔적은 하나오카, 아베, 하시모토 일가족의 시신에 뚜렷하게 남아 있었다. 꿈꾸는 허브 모임 신도 7명의 시신에도 같은 증상이 나타났다면, 그들도 남극 시아노박테리아 때문에 죽었어야 앞뒤가 맞는다.

하지만 심층에서 시추된 남극 얼음이 15년 전 꿈꾸는 허브 모임 본부에 배송됐을 리는 없다. 이번에는 해상 자위대원인 아베가 장교로서 남극 관측선에 승선했기에 친구 하나오카와 하시모토의 주소로 남극 얼음을 배송할 수 있었다. 꿈꾸는 허브 모임과 남극 관측선에는 접점이 전혀 없었다.

아라이의 머릿속에 생겨난 의혹은 유리와 사사야마에게도 서서히 전염됐다. 몇백만 년, 몇천만 년, 몇억 년 전인지는 알 수 없지만, 아득히 오랜 세월 동안 남극 얼음층에 갇혀 있던 시아노박테리아가 15년 전 대체 어디서 나타난 것일까?

"이 의문의 해답을 알면 기사가 한층 재미있어지겠군."

아라이의 속내를 눈치챈 사사야마가 유리에게 새로운 임무를 떠안겼다.

"그럴싸한 가설을 세울 수 있는 전문가가 꼭 필요해. 의학을 비롯한 과학 전반에 밝으면서도 권위 있는 조직에 속하지 않고, 대담한 가설을 서슴없이 내놓을 수 있는 인재가 이상적이야. 어디 그런 사람 없어?"

의학을 비롯한 과학 전반에 밝고, 대담한 가설을 차례차례 제시할 수 있는 인재. 그야말로 적합한 남자의 얼굴이 바로 떠올랐지만, 유리는 자신의 공로를 좀 더 인정받기 위해 일부러 그 이름을 꺼내지 않았다.

"알았어요. 제 인맥을 활용해서 찾아볼게요."

"이건 단발성 기사로 끝날 안건이 아니야. 독점 특종이라고. 추가 기사를 계속 낼 거야. 그러기 위해서도 취재원과는 좋은 관계를 쌓아야지. 전문가 섭외는 필수니까 잘 부탁해."

"맡겨주세요. 그런데 어느 타이밍에 기사를 내야 한다고 생각하세요?"

유리가 물어볼 것도 없이, 기사를 낼 타이밍을 결정하는 것이 이번 회의의 목적이었다. 아라이와 사사야마는 서로 속내를 살피듯 시선을 교환했다.

"이대로 가면 기자회견을 열 수밖에 없겠지."

"후생노동성에서 기자회견을 열기 직전이 베스트겠지."

아라이와 사사야마의 의견이 일치한 것 같았다.

〈주간 올르〉가 앞장서서 특종을 냈다는 사실을 대중에게 강조하려면, 기자회견 시기를 사전에 파악해 그 직전에 기사를 내는 것이 제일이다. 대중에게 정보가 퍼진 후에는 기사의 임팩트가 많이 약해진다.

"기막힌 헤드라인이 떠올랐어."

사사야마는 '궁금하면 알려주겠다'는 표정으로 유리와 아라이를 부추기듯 바라보았다.

"감질나게 굴지 말고 빨리 말씀해주세요."

유리가 재촉하자 사사야마는 말을 꺼냈다.

"후생노동성 간부가 반드시 익명을 지켜달라는 조건으로 무거운 입을 열었다. 어때, 근사하지?"

"뜸 들인 것치고는 너무 평범하지 않아요?"

유리가 그렇게 말하며 웃음을 터뜨리자 아라이도 따라서 웃었다. 두 사람이 웃자 사사야마는 순간 발끈했지만, 바로 진지한 표정으로 돌아와 격려했다.

"압박감을 주려는 건 아니지만, 이번이 자네의 진가를 발휘할 때야."

"네, 유념할게요."

"앞으로 어떻게 될지 아무도 모르지만, 큰 사건으로 발전한다면 우리는 보물섬을 손에 넣은 거나 마찬가지야. 하즈키 유리의 이름으로 출판부에서 단행본을 내는 것도 꿈은 아니지."

사사야마는 그렇게 잔뜩 바람을 넣더니 아라이에게 동의를 구했다.

"그렇지?"

"물론 그럴 가능성도 있겠죠."

편집장과 데스크의 대화를 듣고 있자니 유리는 몸이 후끈 달아오르며 부들부들 떨렸다. 타이틀 매치를 앞둔 도전자의 심정이 이럴까?

자기 이름이 박힌 단행본을 대형 출판사에서 내는 것은 어릴 적 꿈이자, 이 업계에 들어온 이유이기도 했다.

한동안은 결혼 정보 사이트에 들어갈 여유가 없을 것이다. 일을 앞세우면 결혼은 더 늦어진다. 이제 유리는 뭘 우선해야 할지 망설이지 않았다. 중요한 건 10년, 20년 후에 후회하지 않도록 단단히 각오하는 마음가짐이었다.

3

게이코는 유리가 운전하는 아우디를 츠유키가 알려준 코인 주차장으로 안내했다. 조수석에서 내려 운전석 쪽으로 가서 타이어 차단기[18]가 올라가는 모습을 지켜보았다.

차가 없어 조사차 필요할 때만 근처 렌터카 업체에서 경차를 빌리는 게이코에게 소형 모델이라고 해도 아우디는 그림의 떡이었다. 차체를 유심히 바라보니 화사한 빨간색이 연봉 높은 독신 여성에게 참 잘 어울린다 느껴졌다.

"차 좋네. 너한테 딱 어울려."

게이코의 칭찬에 유리는 자조적으로 대답했다.

"무리해서 대출받았어요. 딱히 쓸 일도 없는데."

게이코에게는 좋은 차가 있어봤자 함께 드라이브를 즐길 연인이 없다는 한탄처럼 들렸다. 게이코와 유리가 주차장을 나서서 큰길 쪽으로 향하는데, 뒤에서 띠링띠링 하는 종소리가 들렸다. 두 사람은 반사적으로 반대 방향으로 몸을 틀었다.

자전거 한 대가 두 사람 사이를 지나갔다. 화려한 원피스를 입은 젊은 여자가 타고 있었고, 자전거 뒤쪽의 어린이 보조 안장에는 3살쯤 돼 보이는 여자아이가 앉아 있었다. 지나갈 때 여자아이가 엄마 등에 대고 큰 소리로 소원을 말했다.

"엄마, 동생 낳아줘."

딸의 소원을 들은 젊은 엄마는 지지 않겠다는 듯 큰 소리로 대답했다.

"싫어. 배 아프단 말이야."

게이코는 갈지자를 그리며 멀어져가는 자전거에 웃음을 지었다가 유리 쪽으로 걸어갔다.

"선배, 저 젊은 엄마, 나중에 아이를 낳을 거예요."

"그렇겠지. 아무리 봐도 20대 초반인걸."

게이코도 동감이었다. 만약 자신이 20대에 첫째를 낳고, 부부 사이가 좋았다면 둘째, 셋째를 생각했을 것이다. 확실히 출산의 고통은 상상을 초월한다. 하지만 아기를 품에 안았을 때의 감동이 훨씬 커서 아픈 기억은 금세 씻겨나간다.

"배 아프단 말이야" 하고 밝고 천진난만하게 소리친 젊은 엄마라면 말과는 달리 벌써 아픔을 잊어버렸으리라.

게이코는 7살 딸이 같은 소원을 말하면 뭐라고 대답할지 생각해보았다.

엄마, 동생 낳아줘.

게이코는 30대 초반에 첫째를 낳았으니, 아슬아슬한 나이였다.

일단은 좋은 남자를 찾는 게 먼저지.

그런 생각을 하며 횡단보도를 건너 주택가의 오르막길을 올랐다. 얼마 지나지 않아 츠유키가 사는 맨션이 보였다. 지은 지 30년이 넘은 중후한 건물로, 원래는 츠유키의 부모님이 살던 곳이다. 부모님이 잇달아 돌아가신 후, 츠유키는 집 한 채를 지을 만한 돈을 들여 대대적인 리모델링을 하고 이사 왔다고 한다.

"맨션 정말 멋지네요."

유리의 입에서 감탄이 흘러나왔다.

게이코도 집에 들어가본 적은 없었다. 예전에 왔을 때는 바로 지하 주차장으로 내려가 오토바이를 고르고 바로 지치부로 떠났다. 오늘은 유리의 일을 돕기 위해 왔다.

남극 시아노박테리아 사건을 과학적으로 분석할 전문가를 찾으라는 데스크의 지시에 유리가 가장 먼저 떠올린 사람은 츠유키였다. 츠유키가 조언자 역할에 적임이라는 의견에는 게이코도 동의했다. 한 번밖에 만난 적이 없는 사람에게 큰 역할을 부탁하기 망설이는 유리에게 도움을 주기로 한 것이다.

츠유키가 적임자라는 유리의 판단에는 동의하지만, 받아들일 것이라고 장담할 수는 없다는 단서를 달고 만남을 주선했다. 고마웠는지 유리는 아우디를 몰고 이케부쿠로의 사무소까지 데리러 와주었다.

오토록 현관으로 들어가 엘리베이터를 타고 5층으로 올라가 515호실의 초인종을 누르자, 츠유키는 기다렸다는 듯 두 사람을 맞이했다. 세 사람은 거실 소파 대신 식당에 놓인 테이블을 둘러싼 의자에 앉았다. 게이코와 유리가 나란히 앉아 츠유키와 마주 보는 모양새였다.

유리가 먼저 입을 열었다. 유리는 남극 시아노박테리아 사건에 관련해 후생노동성이 앞으로 어떤 대책을 내놓을지, 기획 회의 자리에서 얻은 정보를 츠유키에게 들려주었다. 후생노동성의 향후 방침에 주목하던 츠유키에게도 귀중한 정보였기에 그는 중요한 부분을 노트에 메모하며 귀를 기울였다.

유리가 설명한 후생노동성의 대응 매뉴얼이 거의 예상대로였는지, 이야기가 끝나자 츠유키는 불쑥 중얼거렸다.

"역시 생각했던 대로군."

여세를 몰아 유리는 "꼭 부탁드리고 싶은 게 있는데요" 하고 방문 목적을 꺼냈다.

"……그래서 제발 고문 역할을 맡아주셨으면 해요."

고개를 푹 숙였다가 드는 유리를 묵묵히 바라볼 뿐, 츠유키는 고개를 끄덕이지도, 가로젓지도 않았다.

"먼저 물어봅시다. 이런 사태가 발생했을 때 조언하는 전문가의 유형은 크게 두 가지로 나뉘죠. 무턱대고 불안을 조장하는 유형과, 독자가 품을 만한 불합리한 불안을 되도록 줄이려는 유형. 난 후자인데 그래도 괜찮겠어요?"

유리는 어쩐지 동의를 구하는 기색으로 게이코를 바라보았다. 게이코가 고개를 살짝 끄덕이자 힘을 얻은 듯 얼굴을 정면으로 돌리고 말했다.

"물론 그래도 상관없어요. 오히려 바라는 바죠. 쓸데없이 불안감을 부추기는 건 피하고 싶으니까요."

"하지만 그래서는 잡지가 잘 안 팔릴 텐데."

"좀 더 정확한 정보를 제공하는 게 저희 역할이에요."

게이코는 저도 모르게 쓴웃음을 흘렸다. 같은 편집부 소속이었기에 잘 알고 있다. 안심시키기보다는 불안을 조장해야 잡지 매출이 오른다. 편집장의 가장 큰 목적은 판매 부수를 늘리는 것이다. 주간지의 내부 사정을 이해하기에 게이코는 유리를 돕기로 했다.

"그렇기에 츠유키 씨가 고문으로 적합한 거예요. 만약 당신이 제안을 거절하면 유리는 다른 전문가를 찾아야겠죠. 현재 남극 시아노박테리아에 관한 사안을 츠유키 씨보다 깊고 정확하게 이해하는 사람은 없어요. 다른 전문가에게 맡겼다간 무슨 엉뚱한 소리를 늘어놓을지 몰라요. 잘못된 정보는 사회를 혼란에 빠뜨리는 원흉이죠. 이번에는 제안을 받아들여야 한다고 생각해요."

츠유키는 "음" 하고 앓는 소리를 내며 뒤통수에 깍지를 끼고 천장을 올려다보다가 뒤로 젖힌 상반신을 원래대로 되돌리며 말했다.

"알았어요. 맡도록 하죠. 대신에 조건이 있습니다. 유리 씨가 쓴 기사를 미리 확인하게 해주세요. 오류가 있으면 안 되니까."

"물론이죠."

이렇게 해서 유리가 방문한 목적 중 하나는 순조롭게 달성됐다. 화기애애한 분위기 속에서 점심을 시켜 먹은 뒤, 츠유키가 새로 얻은 정보를 전달하는 역할을 맡았다. 빈 그릇을 정리하고 행주로 깨끗하게 닦은 테이블에 츠유키가 파일을 내려놓았다.

"남극 시아노박테리아의 3차원 이미지를 받았습니다."

츠유키는 파일 속 자료 다발에서 A4용지를 몇 장 꺼내 테이블에 펼쳐놓으며, 예상보다 애를 먹은 이유를 간략하게 설명했다.

츠유키는 먼저 대학교 동료인 생명 시스템 정보학과의 야마자키 부교수에게 분석을 의뢰했다. 쾌히 승낙한 야마자키 부교수는 자신이 객원 연구원으로 있는 이화학 연구소의 장치로 분석하는 것이 적합하다고 판단했다. 이에 남극 얼음과 지치부 사쿠라 호수에 증식한 남조류 시료를 연구소의 공동 연구 그룹에 보냈다.

공동 연구 그룹은 최신 엑스선 자유전자 레이저 시스템으로 초정밀 촬영 실험을 반복해, 양쪽 시아노박테리아가 서로 일치한다는 사실을 입증하고, 3차원 이미지를 가시화하는 데 성공해 세포의 보편적 구조를 밝혀냈다.

지금 게이코와 유리 앞에 놓여 있는 것은 어제저녁에 데이터로 받은 엑스선 회절 패턴과 3차원으로 재구성한 그림을 출력한 용지였다. 두 사람은 난생처음 보는 형상이었다.

실제로는 3차원인 시아노박테리아의 구조가 종이에 출력돼 2차원으로 표현돼 있었다. 중심의 핵양체만 진한 파란색이고, 나머지는 전체적으로 녹색기가 돌았다. 음영 덕분에 간신히 구체의 입체감을 유지했다. 녹색과 파란색이 본래 색깔인지 착색 때문인지는 알 수 없었다. 삐딱하게 기운 구체는 태양 공전 궤도를 도는 소행성처럼 보이기도 했다.

그림의 인상이 게이코와 유리에게 충분히 전달된 걸 확인한 츠유키는 해설을 덧붙였다.

"이 녀석의 지름은 약 500나노미터(1나노미터는 10억 분의 1미터)입니다. 일반적인 바이러스가 직경 20~300나노미터 정도니, 크기가 어느 정도인지 대강 짐작이 가실 겁니다."

크기를 가늠하려 해도 게이코와 유리에게는 너무 어려운 예시였다.

"즉, 아주 작다는 거군요." 유리가 말했다.

"작지만 바이러스보다는 크죠."

"인간에게 해악을 끼치는 메커니즘은 규명됐나요?"

게이코가 묻자 츠유키는 모호한 표정으로 고개를 저었다.

"아직 규명됐다고 할 수는 없겠죠. 다만 크기로 판단컨대, 공기 중에서 그렇게 멀리까지 퍼지지는 못할 겁니다."

"약으로 예방할 수는 없을까요?"

게이코의 관심은 예방 방법에 있었다.

"기존의 항생제가 전혀 듣지 않는 감염증을 일으킬 가능성도 배제할 수 없습니다."

게이코는 초조함이 역력한 표정으로 고개를 들었다.

"공기 중을 떠다니고, 마스크를 통과하고, 약도 듣지 않는다. 그럼 우리는 어떻게 몸을 지켜야 하죠?"

"안타까운 마음은 이해해요. 하지만 확실히 밝혀진 건 아직 하나도 없어요. 어쨌거나 전례가 없는 사례니까요. 지치부 사쿠라 호수에서 감염됐다는 게 확실해지면, 아라카와강 수계에 있는 정수장의 취수는 중단될 겁니다. 후생노동성에서 재해 파견 치료팀을 투입하고 자위대가 출동할 가능성도 충분하고요. 그렇다고 해도 할 수 있는 일에는 한계가 있겠지만……."

츠유키가 양손을 어깨높이로 들고 항복 자세를 취했다. 게이코는 그의 눈을 응시했다.

"당신은 공연히 불안감을 조성하는 유형이 아니에요. 그걸 잘 아니까 묻고 싶네요. 최악의 사태가 일어나면 우리는 어떻게 되죠?"

"최악의 사태라…… 신의 심판이 될지도 모르겠네요."

"신의 심판……."

츠유키는 나카자와 유카리가 사용한 표현을 인용했다. 인간의 힘을 초월한 신의 개입을 암시하자 경외감이 밀려와 게이코는 등골이 오싹해졌다.

"그래도 내 견해를 듣고 싶어요?"

게이코와 유리는 서로 얼굴을 마주 본 후 천천히 고개를 끄덕였다.

"내가 완전히 헛짚었길 바라며 듣도록 해요. 그러니 함부로 기사화하지는 말고요."

츠유키는 유리에게 단단히 못을 박더니 "좀 길어질지도 모르지만" 하고 양해를 구하며 자기 견해를 들려주었다. 대학교에서 강의를 하는 사람답게, 심각한 내용인데도 말투가 매끄러웠다.

게이코와 유리는 학창 시절로 돌아간 기분으로 대담하고 기상천외한 그의 가설에 귀를 기울였다.

3

"가끔 인간이 식물을 지나치게 얕보는 것 아닌가 하는 생각이 듭니다. 아무래도 식물을 동물에 종속된 연약한 존재로 여기는 것 같아요.

'지구 생명의 전체 역사'를 다룬 책을 읽어보면. 동물의 진화를 다루는 내용이 대부분이고 식물은 아주 조금만 언급되죠.

예전에 학생들에게 간단한 리포트를 제출하라는 과제를 낸 적이 있습니다. 인간보다 월등하게 뛰어난 지적 생명체가 먼 우주에서 지구를 세세히 관찰한다면, 그들의 눈에 지구 생명은 어떻게 비칠 것인가라는 주제로요. 그들은 아마 이렇게 판단하겠죠.

지구에는 결합과 분리를 반복하며 서로 잡아먹고, 아메바처럼 영역을 확대하는 하나의 거대한 DNA 네트워크가 존재하는데, 그 주체는 식물입니다. 인간은 기껏해야 꽃에서 꽃으로 날아다니는 꿀벌 정도로 간주될 뿐이죠.

'이 생명체의 수명은 몇 년인가'라는 질문에는 '약 40억 년간 생존하면서 단 한 번도 죽은 적 없으니 수명은 불분명하다'라고 대답할 테고, '이 생명체는 무엇을 먹고 사는가'라는 질문에는 '태양의 빛'이라고 대답하겠죠.

먹이사슬의 근간을 떠받치는 건 식물이 광합성으로 만들어내는 당분입니다. 동물이 주체고 식물은 그 종속물이라는 그릇된 관계성을 뒤집어 보면, 지구 생명의 역사를 관통하는 스토리가 드러날 겁니다.

나랑 도시히로는 수없이 그런 관점에서 이야기를 나눴습니다.

사람들이 자연보호를 외칠 때 '녹색 지구를 지키자'라는 슬로건을 내세우곤 하죠. 이때 녹색은 식물을 가리킵니다. 생물인데도 불구하고 어째서인지 식물을 자연의 일부로 취급합니다. 노아의 방주에도 동물만 태웠을 뿐, 식물은 태우지 않았죠.

만약 식물이 인간의 말을 이해한다면 '녹색 지구를 지키자'라는 슬로건을 듣고 배를 잡고 웃을 겁니다. 너무 웃어서 눈물이 날 정도로요.

녹색을 지킨다? 주제를 몰라도 너무 모르는 말입니다. 식물이 자비를 베풀어서 지금까지 살아남을 수 있었다는 우리의 처지를 자각해야 합니다. 동물의 생사여탈권을 쥐고 있는 것은, 지구 생명체 총중량의 99퍼센트 이상을 차지하는 식물입니다. 특히 인간은 생존에 필요한 칼로리의 70퍼센트 이상을 쌀, 보리, 옥수수 같은 작물에 의존하죠.

한편 동물의 비율은 0.3퍼센트에서 0.5퍼센트 정도고, 인간은 고작 0.01퍼센트에 불과하죠. 이렇게 소수파인 인간이 녹색 지구를 지키자고 목청을 높이는 모습은, 갓 태어난 신생아가 엄마와 아빠를 지키겠다고 선언하는 것과 비슷합니다.

어리고 무력한 존재가 그렇게 기를 쓰면 부모는 귀여워서 더욱 애정을 쏟겠지만, 과연 식물은 어떨까요? 식물의 눈에 주제를 모르는 인간이 귀엽게 보일까요, 아니면 교만하게 보일까요? 지금까지보다 더 애정을 쏟아준다면 다행이겠지만, 일이 그렇게 쉽게 풀린다는 보장은 없습니다.

비관적인 예를 세 가지 들어보죠.

한때 세상을 지배했던 공룡은 약 6,500만 년 전인 백악기 말엽에 멸종됐어요. 유카탄반도에 거대한 운석이 충돌한 것이 유력한 원인으로 알려져 있습니다. 하지만 충돌이나 폭발 같은 외적 요인 때문에 어떤 종이 모조리 사라졌다고 보기는 어렵습니다. 핵전쟁이 일어나 핵폭탄이 모두 투하돼도 살아남는 사람은 있기 마련입니다. 다양성이 요구되는 건 그 때문이죠. 산악이나 극지, 먼 바다의 외딴섬에 사는 사람은 살아남을 가능성이 있겠죠.

그러나 내적 요인이 원인이라면 이야기가 달라집니다.

멸종된 공룡 가운데 트리케라톱스라는 종이 있습니다. 몸길이는 약 9미터, 이름처럼 뿔이 3개고 목에 거대한 볏이 달린 게 특징이죠. 실팍하고 강해 보이는 외형과 달리 육식이 아니라 초식입니다.

겉씨식물에서 속씨식물로 진화를 꾀하던 식물은 6,500만 년 전에 트리케라톱스에게 씨앗을 운반시켜 확산한다는 목적을 멋지게 달성했습니다. 이로써 트리케라톱스는 제 역할을 다했죠. 그런데 더는 필요하지 않은 상황에서 트리케라톱스는 새로 번식하기 시작한 속씨식물의 씨앗을 계속 먹었습니다. 짜증이 난 속씨식물은 결국 트리케라톱스를 말살하는 폭거에 나섰습니다. 즐겨 먹던 식물의 열매에 독성 알칼로이드를 생성해 아주 간단히 멸종으로 몰아간 겁니다. 트리케라톱스는 녹색 나무 밑동에 거대한 몸을 눕힌 채 세상에서 사라졌습니다.

아카시아는 주로 오스트레일리아에서 아프리카에 걸쳐 분포하는 상록수로, 개미와 공존하는 관계입니다. 아카시아가 열매와 꿀 같은 식량과 유충을 키울 주거지를 제공하면, 개미는 인해전술처럼 막대한 숫자로 줄기를 뒤덮어 다른 해충으로부터 아카시아를 보호하죠. 하지만 서로 이익이 있는 공존공생 관계냐 하면 그렇지는 않습니다. 따지고 보면 아카시아가 일방적으로 지배하는 관계입니다.

어떤 방법으로 지배하느냐. 먼저 개미를 마약에 중독시킵니다. 아카시아는 꽃에서 분비되는 꿀로 개미를 유혹하는데, 이 꿀에는 다양한 화학물질과 알칼로이드가 포함돼 있습니다. 신경계를 제어하는 이 성분들이 개미의 인지 능력에 영향을 미쳐 꿀에 의존하게 만들죠. 개미의 행동을 통제하고, 공격성과 이동 능력을 높일 수 있습니다. 마약 중

독자를 자유롭게 조종하는 마약 밀매인 같은 거예요.

가령 다른 해충이 전부 제거되어 줄기에 우글거리는 개미가 그저 거추장스러운 존재가 됐다고 합시다. 개미를 처리하는 건 간단합니다. 꿀에 포함된 알칼로이드를 신경독으로 바꾸기만 하면, 지금까지 헌신적으로 일해주던 개미를 모조리 박멸할 수 있어요. 아카시아를 지키기 위해 줄기에 빽빽하게 붙어 있던 개미들은 식물이 생성한 독을 먹고 모두 죽어서, 밑동 부근 땅에는 사체가 시커멓게 쌓일 겁니다.

수만 년 전, 중동과 유럽 일대에서 호모사피엔스와 네안데르탈인은 공존했습니다. 그러나 호모사피엔스는 전 세계로 번창했고, 네안데르탈인은 멸종했죠. 무엇이 운명을 갈랐는지는 명백합니다. 언어를 획득했느냐, 하지 못했느냐입니다. 언어를 통한 지혜의 축적이 생존에 유리하게 작용해, 호모사피엔스는 지구 전 지역으로 퍼져나가 문명을 꽃피웠어요. 반면 네안데르탈인이 절멸한 이유는 확실치 않지만, 내 생각에는 '쓸모없다'라는 낙인이 찍혀 제거된 것 아닐까 싶습니다.

자, 우리 인류는 어떨까요.

이동하는 숙명이 주어졌음에도 의도와 달리 이동하지 않는 삶을 택했다면, 식물은 제 역할을 다하지 않는다고 판단해 제재에 나서지 않을까요? 돌아다니라는 사명을 부여받은 인류가 그 역할을 포기하고, 원래부터 연약한 남성의 Y염색체가 완전히 의욕을 잃었다는 사실을 꿰뚫어 본다면…….

트리케라톱스가 거목 밑동에 쓰러지고, 꿀의 유혹에 넘어가 아카시아 줄기에 모여들었던 개미가 제거되고, 언어를 획득하려는 의욕을 보이지 않았던 네안데르탈인이 멸종한 것처럼, 인류도 같은 길을 걷게 되지 않을까요?

인간이 삶을 허락받는 것은 식물의 의도에 맞게 행동할 때뿐입니다. 기대에 어긋나는 행동을 하면, 일방적인 에너지 공급이라는 생존의 근본이 차단되어 제거될 우려가 있어요.

태양계가 만들어지고 생명이 탄생한 이후로 식물은 온갖 방법을 동원해 동물의 진화에 개입해왔습니다. 30억 년 전부터 광합성으로 산소를 늘리고 오존층을 형성해 유해한 자외선으로부터 동물의 생활권을 안전하게 지켜줬죠. 빛에 반응하는 특색이 있는 '안점'이라는 조류藻類의 세포를 바탕으로 동물의 눈을 만들어 뇌 발달을 촉진했고, 엽록소에서 헤모글로빈을 만들어 산소를 태워 에너지로 바꾸는 폐호흡을 정비해 동물을 육지로 끌어올렸습니다.

1만 년쯤 전, 인류가 농업 혁명을 이루어낸 건 쌀, 보리, 옥수수에 갑자기 비탈립성[19] 기능이 생겼기 때문입니다. 채집 생활에서 벗어나 계획적인 농업으로 옮겨갈 수 있었던 건, 그전까지는 여물면 땅에 떨어져서 흩어지던 낟알이 떨어지지 않고 이삭에 붙어 있게 되었기 때문입니다.

농업 혁명과 문자의 발명으로 도시가 번영하고 문명이 형성됐습니다. 1700년대 중반에 이르러서는 화석 연료를 이용해 산업 혁명을 이루어냈죠. 따지고 보면 화석 연료는 식물이 오랜 세월 동안 광합성을 통해 땅속에 저장해둔 태양 에너지라고 할 수 있습니다.

지구 생명체 중에서 처음으로 하늘을 난 존재가 무엇이냐고 묻는다면, 대부분 새나 곤충을 떠올리지만, 글라이더처럼 하늘을 난 것은 식물의 종자가 먼저였습니다. 새의 날개를 빛에 비춰 보세요. 거기에 나타나는 무늬는 나뭇잎의 잎맥과 똑같습니다. 새 날개는 식물의 잎사귀를 모방해 만들어진 거라고밖에 볼 수 없습니다.

식물은 산소를 늘리고, 동물을 분화시키고, 암컷에서 수컷을 파생시키고, 잎사귀의 형태를 모방해 새의 날개를 만들고, 엽록소를 혈액으로 바꿔 호흡 기능을 정비하고, 안점을 눈으로 발전시켜 뇌를 발달시키고, 언어를 부여해 보상 회로를 심고…… 그렇게 인간을 자유자재로 조종해왔습니다.

이 일련의 과정에는 어떤 목적이 있었을까요. 식물은 동물이 더 광대한 범위를 돌아다닐 수 있도록 준비해준 겁니다. 지구 생명체의 역사를 돌아보면 알 수 있듯, 식물은 '널리 퍼지는 것'을 동물…… 특히 인류에게 요구해왔습니다. '식물을 흉내내는 삶'을 장려한 것이 아니고요.

식물이 진행한 이 거대한 계획의 출발점이 된 존재가 바로 시아노박테리아입니다. 정확히 언제인지는 알 수 없지만, 수십억 년 전 혹은 십수억 년 전, 최초의 산소 발생형 생물인 시아노박테리아는 다른 진핵생물에 기생해, 즉 막을 뚫고 세포 내로 침투해 공생 관계를 맺음으로써 식물의 시조가 됐습니다.

시아노박테리아는 생명 진화라는 연쇄 작용의 도화선이 된 셈입니다. 이 흐름을 이해한 후에 이번 사건을 살펴봅시다.

남극 시아노박테리아를 체내에 받아들인 인간에게서는 붉은 혈액이 녹색으로 변하는 증상이 나타났습니다. 헤모글로빈 중심의 철이 마그네슘으로 바뀌어 엽록소가 되었다고밖에 볼 수 없겠죠. 다시 말해, 진화의 방향을 거꾸로 되돌리는 것이나 마찬가지입니다.

이 알기 쉬운 색의 변화는 경고일지도 모릅니다. 경고를 통해 식물은 자신들의 의도를 전하려는 것이죠. 중요한 건 귀를 잘 기울여 의도를 정확하게 파악하는 겁니다.

식물이 인간에게 기대가 남아 있다면 몰라도, 이미 쓸모없다는 낙인을 씌었다면 끝입니다. 거추장스러운 인간을 제거하기로 마음먹었다면 난리법석을 피워도 이미 늦은 겁니다. 더는 손쓸 방법이 없어요."

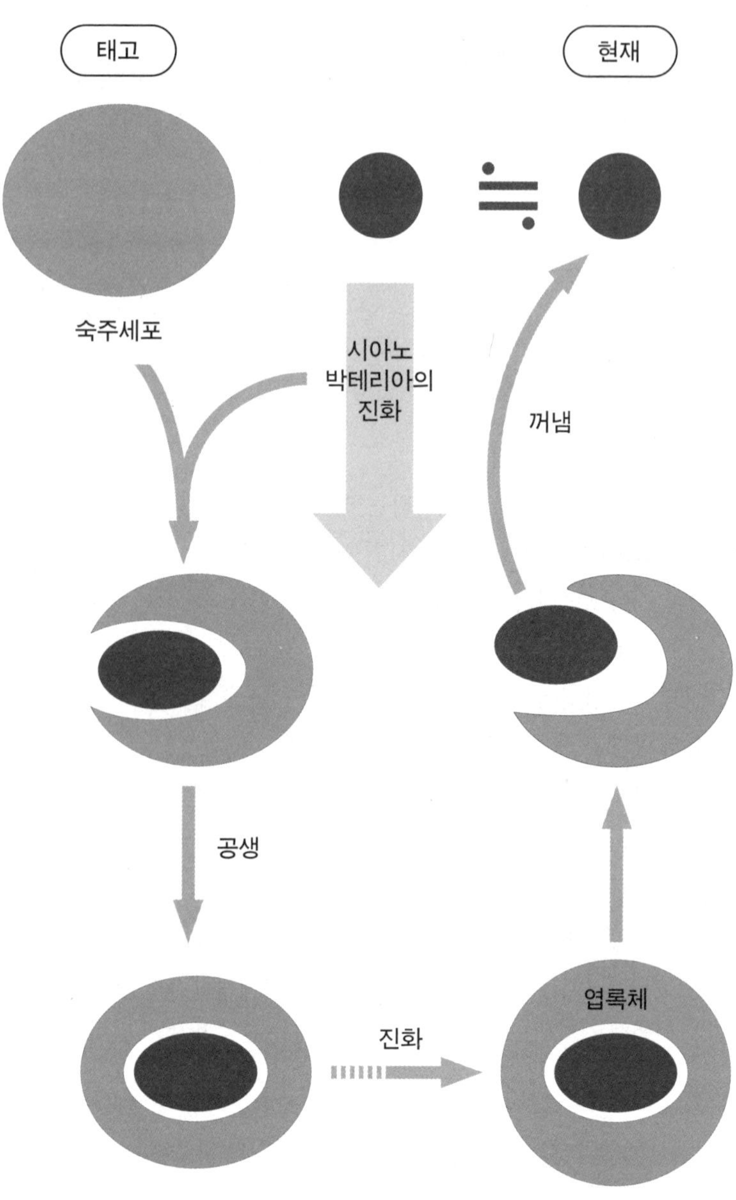

태고
현재
숙주세포
시아노
박테리아의
진화
꺼냄
공생
엽록체
진화
식물의 탄생

란은 30분쯤 전에 학교에 가서 지금 집에는 츠유키 혼자뿐이다. 어제 야마나카 야스히데가 있는 요양원에 가서 자신과 란이 혈연 관계가 아니라는 사실을 확인했다. 진실이 드러나도 츠유키의 심경에 큰 변화는 없었다. 한 핏줄이 아니더라도 제 자식으로 키우는 일이 세상에 드물지 않다. 지금까지처럼 교환 노트를 주고받으며 수학을 매개로 란의 의문에 친절하고 꼼꼼하게 설명해주는 관계는 계속될 것이다.

츠유키는 식탁 의자에서 일어나 조간신문을 들고 거실 소파에 앉아 리모컨으로 텔레비전을 켰다. 어느 채널이나 비슷비슷한 형식의 아침 정보 방송이 나오고 있었다. 츠유키는 텔레비전 소리를 배경 음악 삼아 조간신문 사회면부터 페이지를 넘기다 경제면에서 손을 멈췄다. 경제 문제에 밝지 않아 평소에는 대충 훑어보고 정치면으로 넘어가지만, 이날은 어째서인지 불길한 예감이 가슴을 스쳐서 지면 전체를 살펴보았다.

가슴속이 어수선한 이유는 바로 드러났다. 지면 아래쪽 3분의 1을 차지한 5단짜리 광고가 눈에 들어왔다. 오늘 발매되는 〈주간 올르〉에 실릴 특집 기사의 헤드라인이 줄지어 있었다.

치사율 100퍼센트 살인 박테리아

수도권의 상수원 오염

인류 존속의 위기

후생노동성 간부가 무거운 입을 열다

츠유키는 신문에서 고개를 돌리고 두 눈을 감았다. 괜히 불안을 조장하지 말라고 그렇게 못을 박았건만, 온갖 자극적인 문구를 다 사용한 것이다.

"젠장, 약속은 어디에 팔아먹었어!"

사전에 기사 내용을 확인시켜주겠다는 약속을 가차 없이 저버리고, 감염성 시아노박테리아의 공포를 조장하는 기사로 가득 채운 〈주간 올르〉는 아무 제지도 받지 않고 오늘 발매된다.

마음을 가라앉히려고 몇 번이고 심호흡을 했지만 분노를 억누를 수 없었다. 스마트폰에 등록된 번호를 누르는 손끝이 떨렸다. 발신음이 한 번 울리자마자 상대가 전화를 받았다.

"츠유키인데……."

말을 채 끝맺기도 전에 "죄송해요!"라는 찢어질 듯한 목소리가 귓가에 울렸다. 가벼운 말투가 아니라 정말로 미안해하는 마음이 담겨 있어서 그나마 다행이었다.

유리는 바로 해명에 나섰다.

"정말 죄송해요. 약속은 기억하고 있어요. 그런데 갑자기 후생노동성에서 기자 회견을 열게 됐어요. 이 타이밍을 노리고 있었거든요. 제 힘으로는 아무것도 할 수 없었어요. 편집장의 방침을 거스르는 건, 저로서는 도저히 불가능했어요. 부디 이해해주세요."

울먹이는 목소리로 호소하는 유리의 속내가 츠유키의 마음에 스며들었다. 기자가 50명도 넘게 소속된 대형 주간지의 방침을 말단 여성 기자가 뒤집기란 불가능하다. 하지만 그렇다고 해서 화가 가라앉은 건 아니었다. 츠유키는 들으라는 듯 혀를 차며 유리에게 말했다.

"이번 일이 과연 어떤 결과를 낳을지 볼 만하겠군요. 기사를 낸 이상 끝까지 책임지라고 편집장에게 전해요."

말을 마치자마자 츠유키는 일방적으로 전화를 끊고 스마트폰을 테이블에 내던졌다. 그 순간 문득 생각났다.

종이 매체인 주간지는 오늘 발매되더라도, 전자판은 어제 이미 공개

되지 않았을까. 그렇다면 오늘 아침 정보 방송에서 화젯거리로 다룰지도 모른다.

리모컨으로 채널을 돌리자 익숙한 풍경이 화면에 비쳤다. 지치부 사쿠라 호수 주변 풍경이었다. 주간지 기사 때문인지 정보 방송 리포터와 촬영진이 맑은 날씨 속에 지치부 사쿠라 호숫가에 모여 생중계를 하고 있었다.

츠유키는 음량을 높이고 텔레비전 화면을 주시했다.

"……보시다시피 녹조가 이상하리만치 대량 발생했습니다. 보통은 수온이 높은 여름에 발생하고 겨울이 되면 자연스레 사라진다고 하는데요. 여름이 코앞으로 다가온 지금, 녹조 현상의 원인인 남조류가 계속 발생할까요? 감염성 시아노박테리아와 관련이 있는 것은 아닌지 우려됩니다."

지치부 사쿠라 호수 동쪽의 언덕에 선 여성 리포터가 한 손에 마이크를 들고 다른 손으로 호수를 가리켰다. 호수에는 탁한 녹색 수면이 펼쳐져 있었다. 수위는 70퍼센트 정도여서, 수면에서 비상용 여수로까지는 아직 여유가 있었다.

이름은 모르지만 츠유키는 리포터의 얼굴이 기억났다. 며칠 전 오늘의 토픽이라는 코너에서 대량 발생한 녹조에 관해 취재한 사람이었다. 카메라가 단정하게 생긴 갸름한 얼굴을 클로즈업하자 츠유키의 가슴속에 불길한 예감이 부풀어 올랐다. 지난번에 같은 곳에서 중계했을 때는 아무 일도 일어나지 않았다. 하지만 이번에는 무언가 다른 분위기가 리포터 뒤에서 녹색 아지랑이처럼 진하게 피어오르고 있었다.

현장에 직접 가본 적이 있는 츠유키는 구체적인 위치 관계를 또렷하게 떠올릴 수 있었다. 화면 앞쪽은 동쪽 호숫가, 그 반대편은 서쪽 호숫가였다. 동서 방향을 파악한 후, 여성 리포터의 긴 머리가 앞으로 나부끼는 모습을 본 순간, 츠유키는 목덜미에서 맥박이 빨라지는 것을 느꼈다. 리포터가 지금 호수를 건너온 서풍을 등지고 있다는 사실을 깨달았기 때문이다.

공기의 흐름을 이해한 순간, 지금까지 모아온 정보들이 머릿속에 한꺼번에 되살아났다.

게이코와 함께 우라야마댐에 들렀다가 엘리베이터를 타고 내려갔을 때, 댐 관리 사무소 직원과 마주쳤다. 호숫물을 채취할 수 없겠느냐는 츠유키의 요청에 직원은 이렇게 대답했다.

"사정이 그렇다면 샘플을 나눠 드리겠습니다. 오전에는 서풍이 강해서 움직일 수 없었지만, 점심시간 전에 바람이 잦아들어서 오후가 되자마자 채수기로 채취했거든요."

직원의 말대로라면 호수 동쪽에 자리한 마을의 주민들이 집단 사망한 오전 시간에 지금처럼 강한 서풍이 마을에 불어닥친 셈이다.

엑스선 자유 전자 레이저 시스템으로 촬영한 남극 시아노박테리아의 3차원 영상을 보낸 후, 야마자키 부교수는 전화로 이렇게 말했다.

"보통은 공기 속을 그렇게 멀리까지 날아갈 수 없어. 하지만 시아노파지[20]가 다른 박테리아의 유전자를 수평 전달해 외포와 내포가 형성되면, 공기 속을 오랫동안 떠다니는 감염성 시아노박테리아가 생겨날 가능성도 있어."

지치부 사쿠라 호수에서 마을 주민들이 집단 사망한 오전 시간에, 갓 생겨난 감염성 시아노박테리아가 강한 서풍을 타고 날아와 마을을 직격했다고 볼 수밖에 없다. 그리고 의심할 여지 없이 지금도 같은 상황이 벌어지고 있다.

"위험해!"

츠유키는 크게 소리쳤다.

그 순간 목소리에 호응하듯 텔레비전 화면이 부자연스럽게 흔들리더니 여성 리포터의 모습이 화면 밖으로 사라졌다. 무슨 일이 일어난 건지 츠유키는 바로 이해했다. 서풍을 정면으로 맞은 카메라맨에게 증상이 먼저 나타난 것이다.

녹색 수면에 떠 있던 감염성 시아노박테리아가 바람을 타고 카메라맨의 폐로 들어가 급성 용혈을 일으켰고, 그 결과 혈관 내 산소 운반이 방해되어 호흡 곤란으로 쓰러진 것이 분명했다. 카메라맨은 쓰러지면서도 카메라를 놓지 않았다. 거세게 흔들리는 카메라가 다음으로 포착한 것은 땅에 무릎을 꿇고 엎어지는 리포터의 모습이었다. 쓰러진 리포터는 사지를 경련하며 펌프스 앞코로 잡초를 수없이 때리다가 흙속으로 파고들었다.

츠유키가 숨죽인 채 지켜보는 사이, 영상이 전환되며 광고가 흘러나왔다. 고작 몇 초에 불과한 방송 사고였지만 살인 박테리아에 습격당해 카메라맨과 리포터가 잇달아 쓰러지는 장면이 방송됐다.

냉큼 광고로 바꾼다 해도 이미 늦었다. 시청자의 머릿속에 각인된 이미지는 지워지지 않는다. 지워지기는커녕 그 장면은 순식간에 인터넷에 퍼져나가 수도권을 대혼란에 빠뜨릴 것이다.

츠유키가 뻣뻣하게 굳어 있는 동안, 텔레비전 화면이 광고에서 일기예보로 바뀌었다. 갑자기 대타를 맡게 된 남자 기상캐스터는 앞에서 일어난 일에 대해 일언반구도 없이, 딱딱한 얼굴로 어떻게든 평정심을 유지하려 애쓰며 기상도가 표시된 모니터 옆에 서서 며칠 전에 발생한 태풍 4호의 진로를 설명했다.

"원래 규슈 지방 서쪽을 향하다 동중국해에서 중국으로 빠져나갈 것으로 예상됐던 태풍 4호가 갑자기 진로를 바꿔 규슈 지방에 상륙해 바다를 따라 열도를 종단할 것으로 보입니다. 태풍과 함께 유입된 따뜻하고 습한 공기가 전선을 발달시켜 간토 지방 일대에 폭우가 쏟아질 우려가 있습니다."

배후에서 기상 현상을 조종하는 존재를 알아차린 츠유키는 기상도를 노려보았다.

"과연, 그렇게 나오는군."

일본이 넓다 해도, 감염성 박테리아의 동향과 갑작스러운 태풍의 진로 변화를 연관 지어 생각하는 사람은 츠유키뿐이었다. 그의 걱정을 증명하듯, 태풍 4호의 진로를 표시한 위성 사진은 누군가가 태풍의 눈을 손가락으로 잡아 동쪽으로 억지로 끌어당긴 듯 부자연스러웠다. 우연한 변화가 아니었다. 명확한 목적을 가진 조작이었다.

또 우라야마댐 관리 사무소 직원의 말이 떠올랐다.

"1998년에 댐이 준공된 이후로 비상용 여수로로 물이 방류된 적은 한 번도 없었습니다."

이번만큼은 예외가 되리라는 예감이 확신으로 바뀌었다. 빈틈없이 길게 이어진 강수대에 휩싸여 댐 저수량이 한계를 넘으면 시아노박테리아가 섞인 탁한 물이 도쿄만으로 밀려들 것이다. 시아노박테리아가 넓은 세계로 나왔다고 쾌재를 부르며 도쿄만에 자리 잡는다면, 인간이 바다를 건너 제6다이바에 상륙할 경로는 차단된다.

상대는 변덕스럽게 인간을 농락하는 자연의 맹위. 그리고 그 배후의 조종자는 아주 다정하고 무해해 보이는 녹색 얼굴을 한, 어디에나 있는 존재였다.

제7장
무녀

1

남반구에서 나비가 날갯짓을 하면 북반구에서 허리케인이 발생한다. 카오스 이론을 설명할 때 자주 쓰이는 이 비유를 '나비 효과'라고 부른다. 과장된 표현이지만, 자연 현상의 본질을 잘 짚은 말이다.

지구를 둘러싼 자연, 특히 기상 현상은 복잡계(카오스)에 지배되며, 대기의 움직임을 기술하는 수식은 비선형 방정식으로 표현된다. 직선적인 비례 관계가 성립하는 단순한 시스템이 아니어서 장기 예보는 불가능할 뿐 아니라 인간의 힘으로 제어할 수도 없다. 몇십 년 후의 기온을 원하는 수치로 맞추는 것은 불가능하다. 역학계의 초기 상태에서 발생한 아주 작은 차이(나비의 날갯짓)가 장래의 상태에 터무니없이 큰 차이(허리케인 발생)를 불러온다는 사실(나비 효과)이 수학적으로 증명됐기 때문이다.

일기예보에 따르면 태풍 4호는 팔라우의 북동쪽 해상에서 발생했다. 나비 효과를 이번 일에 대입했을 때, 츠유키의 머릿속에는 쨍쨍하게 내리쬐는 햇빛을 받으며 번성한 열대우림이 바닷바람에 흔들려 주변의 대기를 뒤섞는 장면이 떠올랐다.

나뭇잎이 바람에 흔들리기만 해도 나비의 날갯짓과 같은 효과를 기대할 수 있다. 처음에는 작게 소용돌이치며 상승한 공기 덩어리가 해수면에서 공급되는 수증기를 구름 입자로 바꾸면서 방출되는 열을 에너지원 삼아 열대저기압으로 성장한다. 북서쪽으로 이동하며 발달해 필리핀 동쪽 해상에서 태풍 4호가 됐다. 이것이 태풍이 발아하는 순간의 이미지였다.

세력을 유지한 채 규슈 지방에 상륙한 뒤 90도로 방향을 틀어 일본 열도를 종단하는 경로로 바뀐 것은, 보이지 않는 손이 개입했기 때문이라고 츠유키는 추측했다. 배후의 조종자가 누구인지는 대강 짐작이 갔다.

츠유키는 텔레비전을 끄고 노트북을 펼쳤다. 좀 더 정확한 기상 정보를 모아 태풍 4호의 진로와 강우의 특성을 파악할 생각이었다. 이대로라면 일본 부근에 정체된 기상 전선이 활성화되어, 도미야마에서 간토 평야를 잇는 라인에 활 모양의 비구름대가 몇 겹으로 형성돼 총 강우량이 2,000밀리미터를 넘는 폭우가 예상됐다. 의심할 여지 없이 지치부 산계에 있는 우라야마댐이 목표였다. 전례 없는 큰비를 쏟아부어 댐을 넘치게 해서 엄청난 양의 남조류를 도쿄만으로 운반하려는 것이다.

츠유키는 이어서 종이 지도첩을 꺼냈다. 지치부 사쿠라 호수가 원천인 아라카와강을 따라 남조류가 섞인 물이 어떻게 이동할지 이미지를 떠올려야 한다.

우라야마댐에서 넘친 물은 나가토로를 지나 요리이를 통과해 구마가야시 근처에서 남쪽으로 흘러간다. 사이타마현과 도쿄도의 경계 부근에서 아라카와강 본류와 스미다가와강으로 갈라져 도심을 북쪽에서 남쪽으로 관통해 도쿄만 한복판으로 흘러든다.

일단 형성된 물길을 차단할 방법은 없다. 취할 수 있는 대책은 그 유역에 있는 정수장의 취수를 중단해 감염성 시아노박테리아가 수돗물에 섞이지 않도록 막는 것이 고작이다.

츠유키는 컴퍼스로 지치부 사쿠라 호수에서 도쿄만까지의 거리를 측정했다. 120~130킬로미터였다.

다음으로 필요한 건 유속이다. 보통 유속은 상류 A지점에서 떠내려

보낸 부표가 하류 B지점까지 도달하는 시간을 재고, AB 사이의 거리를 그 시간으로 나눠 산출한다. 예를 들어 AB 사이의 거리가 100미터고 소요 시간이 50초라면, 유속은 초속 2미터가 된다.

평소 수량일 때는 유속이 초속 1미터 정도지만 홍수가 나서 유량이 늘어나면 초속 3~4미터까지 빨라진다. 가령 초속 3미터라 가정하고 시속으로 바꾸면 약 10킬로미터. 지치부 사쿠라 호수에서 도쿄만까지 거리가 120킬로미터라면, 도달하기까지 걸리는 시간은 약 12시간…….

일기예보에서는 약 이틀 후, 태풍의 영향으로 지치부 산지에 호우가 내릴 것으로 예상했다. 호우가 몇 시간 지속돼 댐에서 넘친 물이 도쿄만에 도달하는 데 12시간이 걸린다고 계산하면, 남조류가 도쿄만에 도달하기까지 남은 시간은 짧으면 나흘, 길게는 닷새였다.

츠유키는 지도 속 도쿄만에 시선을 집중했다. 특히 관심이 가는 곳은 가치도키 다리를 지나 레인보우 브리지에 이르는 스미다가와강 쪽이었다. 레인보우 브리지의 교각 밑으로 성난 파도처럼 밀려온 물은 다리 너머에 위치한 변형된 오각형 모양의 무인도, 제6다이바를 사방에서 감쌌다.

제6다이바를 정확히 노린 듯한 경로는 단순한 우연일까. 츠유키는 관자놀이를 꾹꾹 누르며 식물의 의도를 읽어내려 애썼다. 잘못 읽으면 돌이킬 수 없는 대재해가 발생할 수도 있다고 자기 자신을 다잡으며…….

수도권에 사는 사람들은 앞다투어 도쿄에서 도망칠 게 분명했다. 하지만 츠유키는 사람들과 정반대로 행동해야 하는 처지임을 자각했다. 위험을 무릅쓰고 불 속으로 뛰어들어야 했다.

자신들의 뜻에 맞지 않게 행동한 트리케라톱스처럼 인류를 말살하려는 의도라면, 이렇게 번거로운 방법은 사용하지 않으리라. 예를 들어 3대 곡물인 쌀, 보리, 옥수수에 탈립성(낟알이 여물자마자 땅에 떨어지는 성질) 기능을 되살리기만 해도 대규모 농업은 근간부터 무너져서 80억 인구를 순식간에 기아로 몰아넣을 수 있다.

지시한 대로 인간이 움직이면 그걸로 됐다. 등을 돌린다면 제재를 가해 트리케라톱스와 똑같은 운명을 맞게 한다. 죽어가는 사람의 모습을 정보 방송으로 보여준 것은 '교섭의 여지가 있다'는 메세지를 전하기 위해서다.

자연을 배후에서 조종하는 힘이 있는 식물에 비해 인간의 힘은 너무나 보잘것없다. 남은 기한은 고작 네댓새. 그 사이에 재앙을 피할 방법을 찾아내야 한다.

해결의 실마리를 몸속에 감추고 있는 사람은 단 한 사람…… 나카자와 유카리다. 꿈꾸는 허브 모임 신도 집단 사망 사건의 유일한 생존자이기 때문이다. 유카리가 살아남은 이유를 밝혀내면 남극 시아노박테리아의 독성을 제거할 방법을 알 수 있을 것이다.

츠유키의 머릿속에 삼단논법 비슷한 형식의 추론이 떠올랐다.

전제1. 남극 얼음 층에서 시추한 얼음 때문에 집단 사망 사건이 여러 차례 발생했다. 피해자의 시신에서는 유례없는 심각한 용혈과 혈액 녹색화 현상이 나타났다.

전제2. 꿈꾸는 허브 모임 집단 사망 사건의 피해자 7명의 시신에서도 심각한 용혈과 혈액 녹색화 현상이 확인됐다.

두 사건의 결과가 같으므로 원인도 같다고 볼 수 있다. 남극 얼음으로 인한 돌연사의 원인은 몇억 년 전 얼음층에 갇힌 시아노박테리아 변이종이고, 꿈꾸는 허브 모임 집단 사망 사건의 원인은 붉은 열매로 추정된다.

결론. 남극 시아노박테리아는 붉은 열매와 같다는 등식이 성립한다.

따라서 나카자와 유카리가 집단 사망을 피할 수 있었던 이유와 그 메커니즘을 해명하면, 이번 남극 시아노박테리아 사태의 대처법에 응용할 수 있을 것이다.

몇 번을 되풀이해 생각해도 추론에 모순은 없었다. 서둘러 나카자와 유카리와 만나 이야기를 들어야 했다.

츠유키는 나카자와 유카리와 만남을 주선해달라고 게이코에게 부탁하기 위해 스마트폰을 집어 들었다.

2

게이코에게 전화를 걸려던 순간 츠유키의 노트북에 메일이 왔다. 보낸 사람은 이화학 연구소의 야마자키 부교수였다.

츠유키는 대학 동기인 야마자키에게 남극 시아노박테리아의 3차원 구조 해석을 의뢰했다. 또 15년 전에 발생한 신흥 종교 집단 사망 사건의 원인으로 추정되는 시아노박테리아의 출처가 불분명한데 혹시 짚이는 점이 없는지 상담했다. 파일이 첨부된 메일에는 '참고가 될지는 모르겠지만'이라는 양해를 구하는 문구가 적혀 있었다. 파일은 야마자키가 작성한 것이 아니라, 간사이 지방에 있는 K대학교 이학부에서 진행한 실험 보고서였다. 보고서 내용이 츠유키의 질문을 해결할 힌트가 될지도 모른다고 생각한 듯했다.

무엇보다 보고서 제목이 시선을 끌었다.

'미토콘드리아 분리법'

시아노박테리아에 대한 의견을 구했는데 왜 미토콘드리아일까…….
의문을 품은 츠유키는 바로 첨부 파일을 열어 K대학교에서 진행한 실험 보고서를 살펴보았다.

동물이든 식물이든 세포 내부에는 독자적인 DNA를 가진 오가넬

(organelle, 세포 소기관)이라는 작은 구조가 존재한다. 그중 하나인 미토콘드리아는 생명 유지에 필요한 에너지와 활성 산소 생성, 세포자멸사[21] 제어, 칼슘 이온 조정 등의 역할을 담당한다.

하지만 미토콘드리아의 기능에는 아직 불명확한 점도 많다. 이를 좀 더 자세히 조사하려면 세포에서 분리할 필요가 있다. 세포 밖으로 꺼내야만 그 기저에 있는 메커니즘을 정확하게 계측할 수 있기 때문이다. 지금까지는 세포를 잘게 분쇄한 뒤 원심 분리기를 이용해 밀도 차이로 미토콘드리아를 분리하는 방법을 사용했지만, 그렇게 난폭한 방법으로는 미토콘드리아의 본래 구조가 손상돼 활성도가 낮아지고, 정확한 계측이 어렵다는 단점이 있었다.

이에 K대학교 생명공학과 연구팀은 '무손상 미토콘드리아 분리법'을 개발했다. 분쇄하지 않고 본래 모습 그대로 미토콘드리아를 세포 밖으로 꺼내는 기술로, 핵심 역할을 맡은 것은 스트렙토라이신O라는 단백질이다. 스트렙토라이신O는 세포막을 손상시켜 구멍을 뚫는 특성이 있다.

연구팀은 스트렙토라이신O를 세포막에 부착시킨 후, 온도를 미세하게 조정해 세포막에 적당한 크기의 구멍을 뚫었다. 그 결과 미토콘드리아를 손상 없이 꺼낼 수 있다는 예측을 기반으로 새로운 분리법을 완성했다.

자궁 속 태아에 비유하자면 유산이나 소파술[22]로 태아의 세포를 자궁 밖으로 꺼내는 것이 예전 방법이고, 스트렙토라이신O를 사용한 분리법은 자연 분만에 해당한다. 틀림없이 훨씬 우아하고 세련된 방법이리라.

연구팀은 스트렙토라이신O를 세포막에 부착시킨 후 온도를 섭씨 4도까지 천천히 낮췄다가 다시 37도까지 올리는 등 온도를 미세하게 조정해 세포막에 구멍을 뚫었다. 그후 저속 원심 분리기를 이용해 상청액[23]

에 포함된 손상 없는 미토콘드리아를 추출하는 데 성공했다.

연구팀은 세포에서 꺼낸 미토콘드리아를 즉시 커버글라스에 고정해 광학현미경으로 관찰했다. 그 결과 외막과 내막의 단백질 분포를 파악할 수 있었고, 시트르산 회로의 기질, 이온, 단백질, 지질 같은 물질들이 어떤 영향을 미치는지 그 메커니즘을 밝혀냈다.

보고서 후반은 추출한 미토콘드리아를 어떻게 분석해서 새로운 데이터를 도출했는지에 대한 성과 보고가 대부분이었지만, 츠유키에게 필요한 정보는 전반부만으로도 충분했다.

전반부 내용을 아주 간단하게 정리하면 이렇다.

'생명공학과 연구팀은 스트렙토라이신O의 효능을 활용해 세포막에 구멍을 뚫고, 미토콘드리아를 손상 없이 세포 밖으로 꺼내는 데 성공했다.'

첨부 파일을 다 읽은 후에도, 처음 품었던 의문이 풀리지 않아 츠유키는 고개를 갸우뚱했다. 왜 미토콘드리아일까.

츠유키가 알고 싶었던 건 시아노박테리아에 관한 정보였다. 그러나 지구 생명의 역사를 간단히 되짚는 동안 츠유키는 미토콘드리아와 시아노박테리아의 공통점이 무엇인지 알게 되었다.

키워드는 '기생'과 '공생'이 아닐까.

수억 년 전에 독립적으로 살던 호기성 세균이 원시 진핵생물의 세포에 흡수돼 공생하면서 에너지 생산을 담당하는 미토콘드리아가 된 것처럼, 시아노박테리아가 진핵생물의 세포에 숨어들어 기생한 후 공생하게 되어 광합성을 담당하는 엽록체가 됐다는 것이 진화론의 통설이다. 즉, 한때 스스로 생존하던 원핵생물이 다른 생물의 세포에 들어가 자리를 잡았다는 점에서 미토콘드리아와 엽록체는 놀랍도록 닮은 면이 있었다.

메일 끝부분에는 '시간 날 때 전화 줘'라는 야마자키의 메시지가 적
혀 있었다. K대학교 생명공학과 팀의 보고서를 읽고 예비 지식을 쌓은
후 자세한 이야기를 나누고 싶다는 뜻일 것이다.

츠유키는 한시라도 빨리 알고 싶다는 충동에 휩싸여 야마자키의 번
호를 눌렀다. 야마자키는 전화를 받자마자 인사도 없이 "오, 빠르네. 읽
었어?"하고 물었다.

"물론이지."

"읽어보니 어때? 일단 신의 의견을 듣고 싶군."

대학 동기인 츠유키와 야마자키는 서로를 신과 히데라고 편하게 부
르는 사이였다.

"솔직히 좀 당황스러웠어."

"그래? 왜?"

"난 식물의 시조인 시아노박테리아에 관해 물어봤잖아. 그런데 첨부
파일에는 동물 세포에서 미토콘드리아를 추출하는 방법이 적혀 있었
지. 왜 이걸 보낸 건지 이해가 잘 안 돼."

"교토팀의 보고서는 전부터 알고 있었지만 별로 신경 쓰지 않았어.
그런데 신에게 상담 요청을 받고 곰곰이 생각하다 보니, 이 보고서가
붉은 열매의 성분과 남극 시아노박테리아를 등호로 연결하는 힌트가
될 수도 있겠다고 생각했어."

츠유키는 왼쪽 귀에 대고 있던 스마트폰를 오른손으로 바꿔 들고
다시 귀에 댔다. 방향상 의식을 집중해야 할 때는 왼쪽보다 오른쪽이
낫다.

"계속해. 히데의 의견이 궁금하군."

"네게는 공자 앞에서 문자 쓰는 격이겠지만, 원시 지구에 최초로 나
타난 생명체는 원핵생물이라 부르는 박테리아류야. 원핵생물은 고세
균과 진정세균으로 나뉘는데, 박테리아는 진정세균에 속하지. 자, 그

렇다면 원핵생물은 어떻게 우리의 시조인 진핵생물로 진화했을까. 현재로서는 진정세균에 속하는 프로테오박테리아의 일종이 고세균 속에 들어가 미토콘드리아가 됐다는 설이 가장 유력해.”

물론 츠유키도 알고 있었다. 프로테오박테리아가 세포막을 뚫고 고세균 속에 침입해 기생과 공생을 거치면서 진핵생물로 진화하는 길이 열렸다는 사실을. 한편 시아노박테리아는……

야마자키가 설명을 이어나갔다.

“시아노박테리아도 같은 과정을 거쳤다고 볼 수 있어. 진정세균인 시아노박테리아는 10억 년쯤 전에 진핵생물 속에 숨어들어 공생 관계를 구축함으로써 엽록체로 변했고, 식물의 시조가 됐지. 미토콘드리아와 엽록체는 내력이 똑같아. 원래 독립적인 개체로 생존했던 박테리아가 다른 생명체의 세포에 들어가 기생과 공생을 통해 생겨난 거야.”

츠유키는 야마자키가 말하려는 바를 이해했다.

“즉, 손상 없이 미토콘드리아를 꺼낼 수 있다면, 엽록체에도 같은 일이 일어날 수 있다……. 히데 말은 그런 거지?”

“맞아. 식물의 줄기는 세포벽이 셀룰로스로 이루어져 있어서 뚫리지는 않지만, 꽃이나 열매의 세포벽은 부드러워서 뚫을 수 있어. 만약 무슨 작용을 받아서 붉은 열매의 세포막이 찢어진다면 엽록체가 세포 밖으로 빠져나올 가능성이 있어.”

“확실히 엽록체가 손상 없이 통째로 빠져나온다면, 그건 시아노박테리아라는 뜻이네.”

붉은 열매의 수없이 많은 세포에서 그보다 훨씬 작은 엽록체가 무수히 빠져나와 원래 모습인 시아노박테리아로 되돌아가는 장면이 츠유키의 머릿속을 스쳤다. 모든 식물 세포에는 엽록체가 여러 개 포함돼 있다. 지금까지는 세포막에 갇혀 있던 엽록체가 자유를 얻어 해방된다면, 생명계의 양상은 완전히 바뀔 것이다. 어쨌거나 놈들은 ‘어디에나 존재하니까'.

등잔 밑이 어둡다고 했던가. 츠유키는 예전에 남극 시아노박테리아
와 같은 계통의 변이종이 아주 가까운 곳에 숨어 있을지도 모른다고
예측했었다. 야마자키의 가설이 옳다면 그 예측이 적중한 셈이다.

"시아노박테리아와 엽록체는 이름만 다를 뿐, 본질적으로 같은 생물
이야. 10억 년쯤 전, 지구에 서식하던 시아노박테리아 중 한 계통은 진
핵생물의 세포 안으로 들어가서 엽록체가 됐고, 또 다른 계통은 남극
얼음층 밑에 갇혀 오래된 형태를 유지했어. 그렇게 본다면…….""

그렇게 가정하면 '남극 시아노박테리아=붉은 열매'라는 등식이 성
립하는 셈이다.

"확실히 앞뒤는 맞는군. 하지만 실험실에서는 미토콘드리아를 추출
할 때 특별한 화학적 처리법을 사용했잖아. 제6다이바에서 재배된 붉
은 열매에 그 처리법을 사용하는 건 불가능할 거야."

"스트렙토라이신O라는 단백질이 그 화학적 처리법의 주성분이었
지. 스트렙토라이신O는 세포막을 녹여서 구멍을 뚫는 작용을 해. 온도
를 적절히 조절해 그 작용을 극대화하면 식물의 세포막에 구멍을 뚫을
수 있고, 엽록체도 꺼낼 수 있어."

"잠깐만. 세포막에 구멍을 내기 위해 필요한 스트렙토라이신O를 식
물이 대체 어떻게 얻는다는 거지?"

"내가 전화한 이유가 바로 그거야. 애당초 붉은 열매가 열리는 나무
는 어떻게 재배된 걸까?"

츠유키는 도시히로와 유카리가 제6다이바의 토양을 이용해 품종 개
량을 거듭한 끝에 붉은 열매의 수확에 성공한 경위를 간략하게 설명
했다.

"그렇군. 하나 확인할게. 그 커플 중 한 명이…… 아니, 둘 다라도 상
관없지만, 극증형 용혈성 연쇄상구균 감염증에 걸리지 않았어?"

272

극증형 용혈성 연쇄상구균 감염증은 그 이름대로 연쇄상구균이라는 병원체가 일으키는 감염증이다. 보통은 발열, 인두염, 오한 등 감기와 비슷한 증상이 나타나며 경증으로 끝나지만, 드물게 혈액, 근육, 폐 등의 조직에 균이 침입해 증상이 급격하게 악화되기도 하므로 극증형[24]이라고 불린다. 이 경우 근육 조직이 괴사하고 혈압이 떨어지며, 다발성 장기부전에서 비롯된 패혈성 쇼크 상태에 빠져 결국 사망에 이른다. 치사율이 30퍼센트를 넘는 무서운 병이다.

"식물도 우리 인간처럼 병에 걸리지. 병에 걸리는 원인도 기본적으로는 인간과 같이 바이러스, 세균, 미생물 등이야. 동물이 지닌 세균이나 바이러스가 식물에 옮는 사례도 많아."

"제6다이바의 붉은 열매가 용혈성 연쇄상구균에 감염됐다는 거야?"

"응."

"그게 왜 문제인데?"

"용혈성 연쇄상구균이 스트렙토라이신O를 산출하니까."

"즉, 붉은 열매의 내부에서 생성된 스트렙토라이신O가 작용해 엽록체가 빠져나왔을 가능성이 있다는 거군."

"맞아. 스트렙토라이신O가 붉은 열매의 세포막에 구멍을 뚫어서 속에 있는 엽록체가 탈출한 거지."

"알았어. 잠깐만 기다려. 확인하고 다시 전화할게."

츠유키는 전화를 끊고, 15년 전 여름 꿈꾸는 허브 모임 집단 사망 사건이 발생하기 직전을 떠올렸다. 친구 도시히로가 갑작스러운 병세로 세상을 떠났을 때, 츠유키는 해외 연구소에 출장 중이어서 장례식에 참석하지 못했다. 급격한 용혈로 다발성 장기부전이 발생해 사망했다는 모호한 이야기만 들었을 뿐이었다. 정식 병명은 당시 도시히로와 가까웠던 이나가키 겐스케가 제일 잘 알고 있을 것 같아서 그에게 전화를 걸었다. 도시히로와 같은 학년이니 츠유키에게는 후배에 해당한다.

"겐스케, 오랜만이야. 나 츠유키인데, 미안하지만 좀 확인하고 싶은 일이 있어서. 15년 전에 도시히로가 세상을 떠났을 때 네가 곁에 있었다고 들었어. 혈액에 문제가 생겨서 그렇게 됐다고 기억하는데, 정확한 병명이 뭔지 알아?"

"갑자기 무슨 일이세요? 그야 기억하죠. 난생처음 들어 보는 병명이라 이것저것 알아봤거든요. 그래서 기억에 남아 있어요. 극증형 용혈성 연쇄상구균 감염증입니다."

츠유키는 두 눈을 감고 그 사실을 곱씹었다.

"그렇구나, 고마워."

야마자키의 생각이 들어맞았다. '남극 시아노박테리아 = 붉은 열매'라는 등식은 성립된 셈이었다.

3

츠유키가 '남극 시아노박테리아 = 붉은 열매'라는 등식을 완성했을 무렵, 게이코는 사무소 테이블 앞에 앉아 보고서 작성에 마지막 박차를 가하고 있었다.

지치부 사쿠라 호수에서 생중계하던 리포터가 방송 도중 죽는 사고가 발생했고, 태풍 4호는 느닷없이 진로를 바꿔 일본 열도를 관통할 가능성이 생겼다. 사태가 긴박하게 돌아가는 와중에도 게이코는 일에 모든 집중력을 쏟아부었다.

도시히로의 아이를 가진 나카자와 유카리는 아마카와 나루미로 신분을 바꿨고, 꿈꾸는 허브 모임 집단 사망 사건에서 살아남아 무사히 여아를 출산했다. 태어난 아이는 야마나카 야스히데 부부 손에서 자라다가 사위인 츠유키와 함께 살게 됐다. 이러한 경위를 정리한 보고서를 내일 안에 의뢰인 아소 부부에게 제출할 수 있을 듯했다. 약속 기한까지 여유 있게 일을 마무리해서 기쁨이 더 컸다. 보고서를 제출하면 성공 보수가 들어올 테고, 츠유키와 란의 동의를 얻어 아소 부부와 만남이 성사되면 추가 보상도 기대할 수 있었다. 탐정업에 뛰어든 이래 최고의 성취감을 맛볼 수 있겠다는 생각에 손가락이 키보드 위에서 춤추듯 움직였다.

그러나 문득 떠오른 의혹이 손가락을 멈추게 했다. 보고서에 굳이 적을 필요 없는 사소한 의혹이지만, 일단 머릿속에 자리잡은 이상은 쉽사리 떨쳐낼 수 없었다.

나카자와 유카리가 사칭한 아마카와 나루미는 지금 어디에 있을까?

게이코가 의뢰받은 일은 아소 부부의 손주 찾기지 아마카와 나루미의 근황을 조사하는 것은 아니었다. 하지만 만약을 대비해 아마카와 나루미의 본적지인 사이타마현 와라비시에 가서 조사했으나, 아마카와 나루미의 소식은 완전히 끊겼고, 행방은 여전히 오리무중이었다. 살았는지 죽었는지조차 알 수 없다는 사실이 섬뜩했다. 범죄에 휘말려 사망했다면 나카자와 유카리의 딸인 란에게 영향을 미칠 우려가 있다. 보수가 평범한 수준이었다면 그냥 넘어갔겠지만, 액수가 어마어마하다 보니 서비스 차원에서 후환을 없애주자는 마음이 들었다.

게이코는 키보드를 두드리던 손을 턱에 얹고 "자, 어떻게 할까" 하고 생각에 잠겼다.

니카자와 유카리의 수소와 전화번호는 파악해두었으니 연락하는 것은 간단하다. 아마카와 나루미를 사칭한 본인을 만나 직접 물어보면 의외로 쉽게 사실이 드러날지도 모른다. 하지만 사전에 약속을 잡으려다 거절당하면 그걸로 끝이다. 결국 나카자와 유카리의 영업장인 '영감 살롱 요카'의 영업시간이 끝날 때 막무가내로 찾아가서 답을 얻어내는 작전을 펼쳐야 한다.

벽시계를 보니 오후 6시였다. 가려면 빠른 편이 낫다.

게이코는 보고서를 내일 완성하기로 하고 외출 준비를 했다. 옷을 갈아입는 도중에 스마트폰이 울렸다. 화면을 확인하자 츠유키의 이름이 떠 있었다. 통화 버튼을 누르자마자 그는 부탁을 해왔다.

최대한 빨리 나카자와 유카리와 이야기하고 싶은데, 만남을 주선해 줄 수 있을까요?

마침 자신도 지금 유카리의 영업장을 찾아갈 참이었다고 하니, 츠유키는 바로 같이 가겠다고 했다. 게이코와 츠유키는 도중에 역에서 만나 '영감 살롱 요카'가 있는 쇼핑센터로 향했다.

'영감 살롱 요카'의 영업이 끝나고 유카리가 점술집에서 나오자 게이코는 유카리 곁으로 다가가 귓가에 속삭였다.

"괜찮으면 같이 식사라도 할래요?"

유카리는 갑자기 나타난 게이코를 보고 놀라서 등을 쭉 폈다. 같이 밥을 먹자는 말은 곧 물어볼 말이 있다는 뜻임을 유카리도 잘 알았다.

"당신, 탐정이잖아. 나에 대해 속속들이 조사한 거 아니야?"

"의뢰와 상관없는 일은 조사하지 않아요."

"그래서? 이번에는 뭐가 궁금한데?"

"아카마와 나루미 씨가 지금 어디 있는지 궁금합니다."

유카리의 입술이 살짝 떨렸다.

"이제 와서 그걸 알아서 어쩌려고?"

"문제의 근원이 거기 있을지도……."

유카리는 "흥" 하고 콧방귀를 뀌며 게이코의 말을 끊더니 빠르게 걸음을 옮겼다. 더는 상대하지 않겠다는 의사 표시였다.

그때 츠유키가 나타나 게이코와 함께 양옆에서 유카리를 감싸듯 발걸음을 맞췄다.

"처음 뵙겠습니다. 츠유키 신야라고 합니다."

츠유키는 자기 이름을 또박또박 말하며 고개를 살짝 숙였다. 이름에 담긴 의미를 깨달았는지 유카리는 걸음을 멈추고 동그래진 눈으로 츠유키를 빤히 바라보았다.

"당신이 츠유키 씨……."

츠유키는 이름을 밝히면 통할 거라는 자신이 있었다. 도시히로가 생전에 여러 번 그의 이름을 언급했을 테고, 그가 츠유키를 형처럼 따랐다는 사실도 알고 있을 것이다. 일찍이 유카리가 사랑한 도시히로에게 츠유키는 특별한 존재였다.

"괜찮으시면 식사라도 같이 하시죠."

유카리는 츠유키의 제안을 딱 잘라 거절할 수는 없었다.

"알겠어요."

유카리는 순순히 승낙하고 두 사람과 함께 엘리베이터를 타고 위층 버튼을 눌렀다. 세 사람은 식당가가 있는 층으로 향했다.

자리에 앉아 음식을 주문하자마자 유카리는 천천히 입을 열었다.

"당신, 아마카와 나루미가 어디 있는지 궁금하다고 했지?"

"네, 알고 있으면 꼭 알려주세요."

"당신은 아마카와 나루미가 있는 곳을 직접 봤어."

농담 같지는 않은 그 말에 게이코는 유카리에게 시선을 고정한 채 눈을 깜빅였다. 시금까지 조사차 찾아갔던 곳의 풍경을 하나하나 떠올렸다. 하지만 전혀 짐작이 가지 않았다.

"정말로 제가 가본 적 있는 곳이에요?"

"꿈꾸는 허브 모임의 본부에 가봤다고 했잖아."

"네."

똑똑히 기억한다. 아소 부부에게 손주를 찾아달라는 의뢰를 받고 제일 먼저 집단 사망 사건이 벌어진 현장부터 찾아갔다. 주인이 없어진 지 15년 넘은 폐가 주변을 한 바퀴 돌고, 부서진 담장 틈새로 안을 엿보기도 했다. 정원에는 계절에 맞지 않게 벚꽃이 만개했고, 그 광경에 자극받아 벚나무 밑에 파묻힌 시체를 연상한 것까지 기억났다.

"현관 바로 오른쪽에 창고가 있었잖아. 그 옆 땅 밑에 진짜 아마카와 나루미가 묻혀 있어."

게이코는 몸을 굳힌 채 눈만 깜박거렸다. 옆을 보니 츠유키도 놀란 표정으로 몸을 앞으로 기울였다. 분명 썩어서 지붕이 무너질 듯 썩어 있던 창고 옆, 다다미 1장 크기의 공간만 유독 키 큰 풀로 뒤덮여 있었다. 지치부 사쿠라 호수 인근의 하시모토의 집을 방문했을 때도 식물이 유독 우거진 곳에서 시체를 발견했다.

과거의 풍경에서 도출되는 결론은 하나였다.

"살해당한 건가요?"

일부러 그렇게 표현해서 누가 살해했지에 대한 의문은 모호하게 얼버무렸다.

유카리는 천천히 고개를 저었다.

"아니, 그건 아니고 자연사야. 뭐, 살해당한 것과 비슷하지만."

심각한 일을 고백하는 것 치고는 밝은 말투로, 유카리는 어떤 불행이 아마카와 나루미를 덮쳤는지 들려주었다.

집단 사망 사건이 일어나기 1년 전에 아마카와 나루미가 우리 교단에 들어와서 그 집에 살기 시작했지. 처음에 우리는 정말 마음이 잘 맞았어. 동갑인 데다 생김새도, 자란 환경도 비슷했거든. 가정환경이 좋지 않았다는 점에서 말이야. 걔도 부모에게 버림받은 거나 마찬가지였어. 아버지가 누군지도 모르는 채 세상에 태어나, 어머니에게 사랑받지도 못하고 학대를 당하다 간신히 목숨만 부지한 채 집에서 도망쳐 교단에 몸을 맡겼어. 그 무렵에 어머니마저 세상을 떠났으니 천애고아나 다름없는 신세였지.

우리는 그런 처지의 여자일수록 더욱 따뜻하게 받아들였어. 그게 교단의 사명 중 하나였으니까. 하지만 겉으로만 그랬지. 착한 일을 한다고는 해도, 속으로는 질척질척한 증오와 질투가 소용돌이치고 있거든. '착하고 올바른 사람들', '다들 사이가 좋다'라는 건 겉으로 드러난 얼굴일 뿐이었어.

나루미는 머리가 좀 나빴지만, 꽤 미인이라 남자들이 좋아하는 타입이었지. 아주 불쌍한 처지라는 점에서 자기들보다 격이 낮다고 여겼던 만큼, 언니들은 나루미를 못살게 굴었어. 언니들이 특히 싫어했던 건 나루미가 흑심이 빤히 보이는 남자들의 시선을 기쁘게 받아들이고 친근하게 아양을 떠는 행동이었어. 누구 하나 남자에게 그런 시선을 받아본 적이 없었으니, 언니들은 교단의 가르침인 금욕과 청정을 핑계 삼아 나루미를 더 괴롭혔어.

마침 그런 때였어, 나루미가 임신한 건. 상대가 누구인지는 몰라. 그야말로 나루미의 엄마가 선택한 것과 같은 길이었지. 하지만 그 길은 금세 막혀버렸어. 나루미는 아이를 낳지 못했거든. 금욕하라는 가르침을 어겼다는 이유로 언니들의 질책은 규탄으로 바뀌었고, 욕설을 퍼붓는 데 그치지 않고 폭행으로 이어졌어. 끝내는 방에 가두고 밥조차 주지 않는 학대로 발전했고 말이야.

영양실조에 설려 뱃속의 아이를 유산한 후에도 학대는 끝나지 않고 오히려 더 심해졌어. 배고픔에 괴로워하는 모습을 보다 못해, 내가 멜론을 건넨 적도 있지만 이미 늦은 뒤였어. 순식간에 야위어서 수척해진 나루미는 뭔가 먹고 싶어 하는 욕구조차 잃었더라고. 완전히 무기력해져서 의사소통조차 할 수 없게 됐지. 학대가 시작되고 2달쯤 지나, 나루미는 쇠약해진 끝에 죽고 말았어.

진짜 부모 자식 관계였다면 보호 책임자 유기 치사죄가 성립하는 사례야. 하지만 재판을 받더라도 사형 판결까지는 나오지 않겠지. 그러나 교단일 경우에는 죄에 대한 벌이 더 무거워. 판결을 내리는 건 세상 사람들이니까. 신도를 학대해 죽였다는 사실이 알려지면 교단은 끝장이야. 그래서 시체를 숨기기 위해 묻을 수밖에 없었던 거야.

다행히도 나루미는 천애고아 같은 신세라, 소식이 끊겨도 신경 쓰는 사람은 아무도 없었지. 늦은 밤에 창고 옆에 직사각형 모양의 구덩이를 파고 나루미를 묻었어. 그리고 나는 개인 물품을 소각하라는 명령을 받았는데, 내게는 나루미의 면허증과 의료보험증이 있었고 태우지 않고 보관했지. 훗날 반드시 쓸모가 있을 거라는 감이 왔거든. 그리고 당신도 알다시피, 일이 진행됐어.

유카리의 고백을 듣는 동안 게이코는 등골이 점점 서늘해졌다. 유카리의 고백에서 도출되는 결론이 머릿속에 그려졌다.

유카리가 사칭한 아마카와 나루미는 임신한 탓에 여성 신도들에게 가혹한 학대를 당해 굶어 죽었고 정원에 묻혔다. 그런데 나루미가 죽고 1년도 지나지 않아 유카리도 같은 잘못을 저질렀다. 유카리가 아소 도시히로의 아이를 가진 것이다. 교단의 가르침을 어겼으니 당연히 나루미와 같은 꼴이 될 것이었다. 유카리가 '언니'라고 부르던 여성 신도들에게 가혹한 규탄을 받으며 목숨을 위협받았으리라. 유카리와 여성 신도들 사이에 심한 알력이 있었을 것이 틀림없다. 어느 정도 학대도 당했지만 유카리는 굴하지 않았다. 오히려 홀로 7명을 상대하는 싸움은 유카리의 압승으로 끝났다. 범죄의 흔적은 일절 남기지 않고 공격자들의 목숨을 깔끔히 제거하는 방법을 사용해서.

유카리는 재생의 의식을 완수하기 위한 묘약이라는 핑계로 일곱 신도에게 붉은 열매를 먹였다. 비밀 의식이 끝나자 냉정한 눈빛으로 7명의 시체를 확인하고, 예정대로 해 질 녘 거리로 사라졌다.

그 행동은 일거양득을 넘어 삼득, 사득의 이점이 있었다. 학대에서 몸을 지켰고, 다른 사람을 사칭해 호적을 얻었다는 비밀을 완벽하게 감췄으며, 답답한 공동생활에서 벗어나 염원하던 자립을 이루었다. 그리고 누구에게도 방해받지 않고 아이를 낳았다. 유카리에게는 네 번째가 가장 큰 목적이었을지도 모른다.

4

'나카자와 유카리가 신분을 훔친 아마카와 나루미는 어디에 있는가'라는 게이코의 의문은 '꿈꾸는 허브 모임 본부 시설의 정원에 파묻혀서 썩어버렸다'라는 대답으로 일단 마무리되었으므로, 질문자를 교체했다.

다음 질문자는 츠유키였다. 츠유키가 이 자리에 동석한 목적은 오로지 '유카리에게 명확한 답을 받아내기 위해서'였다. 게이코가 눈짓을 보내자 츠유키는 유카리와 문답을 주고받으며 상황을 분명히 하고자 했다.

"당신이 어센션이라 불리는 교단의 의식에서 붉은 열매를 제공했죠. 그 열매는 도시히로와 함께 제6다이바에서 품종을 개량해서 만든 거가요?"

유카리는 눈을 돌리지 않고 천천히 고개를 끄덕였다. 도시히로의 노트에도 기록된 내용이었으므로, 사실에 오류는 없어 보였다.

"붉은 열매가 열리는 나무를 재배하던 중에 용혈성 연쇄상구균 감염증에 걸린 적은 없습니까?"

유카리는 눈을 내리깔고 "아아……" 하고 한숨을 내쉬었다. 떠올리는 것 자체가 괴로운 듯했다.

"처음에는 감기인 줄 알고 대수롭지 않게 넘겼는데, 목이 계속 아파서 어쩔 수 없이 병원에 가서 진찰받았더니 용연균이 검출됐다고 하더군요. 설마 그런 일이 벌어질 줄은…… 제가 좀 더 주의했더라면 도시히로 씨는 지금도……."

용연균은 용혈성 연쇄상구균의 약칭이다. 말투로 보건대 유카리가 먼저 감염된 듯했다. 균이 옮은 도시히로는 극증형으로 발전해 다발성 장기부전으로 목숨을 잃었지만, 유카리는 경증에 그쳤다.

야마자키 부교수의 가설은 진실에 한층 가까워졌다. 붉은 열매의 독성은 도시히로와 유카리가 보유했던 용연균에서 비롯된 것이다. 그렇게 생각한 순간, 숙련된 약제사처럼 행동하는 유카리의 몸놀림이 눈앞에 떠올랐다. 붉은 열매를 양손으로 감싸 체온으로 데웠다 식혔다 하면서 스트렙토라이신O의 효능을 최대한 끌어내고, 엽록체를 시아노박테리아로 변환시키는 유카리의 모습은 마치 마녀를 연상시켰다.

츠유키는 질문을 계속했다.

"붉은 열매에 독성이 있다는 걸 알고서 신도들에게 진액을 마시게 한 겁니까?"

유카리는 고개를 세차게 내저으며 부정했다. 츠유키는 몸을 살짝 기울여 유카리의 눈을 들여다보며 거짓인지 아닌지 확인하려 했다. 중요한 포인트였다. 독성이 있다는 걸 알았다면 유카리가 저지른 짓은 살인이고, 독성이 있다는 걸 몰랐다면 사고가 된다. 일곱 신도를 동시에 없애려는 동기가 있었던 만큼, 게이코의 생각이 살인 쪽으로 기울고 있다는 건 알았지만 츠유키의 생각은 달랐다.

스트렙토라이신O가 붉은 열매의 세포에 작용해 엽록체가 시아노박테리아로 되돌아갔고, 그 시아노박테리아가 숙주의 체세포를 찢어서 심각한 용혈을 일으킨다는 일련의 과정을 유카리가 사전에 알고 있었을 것 같지는 않았다. 분명 유카리는 아무것도 몰랐다. 따라서 '자기를 제외한 7명이 다 죽는 모습을 보고서 크게 놀랐다'라는 증언은 거짓이 아니었다.

이제 가장 큰 의문이 남았다. 그 답이 남극 시아노박테리아가 초래한 재난의 향방을 크게 좌우할 것이다. 츠유키는 절대로 거짓말하지 말라는 바람을 담은 눈빛으로 유카리를 바라보며 질문을 이어갔다.

"꿈꾸는 허브 모임 집단 사망 사건의 생존자는 당신뿐입니다. 다른 사람들은 모두 죽고, 당신만 살아남은 이유가 뭡니까? 뭔가 짚이는 점은 없습니까?"

본인조차 짚이는 구석이 없어서 모르겠다는 대답이 돌아올 가능성이 충분했다. 하지만 의외로 유카리는 확신에 찬 표정으로 선뜻 말했다.

"사전에 헤비콘의 수액을 섭취했기 때문이에요."

헤비콘. 도시히로가 남긴 노트에 여러 번 등장한 이름이다. 제6다이바의 늪가에 무성히 자라며, 이삭 끝에서 떨어지는 싱싱한 수액이 품종 개량에 획기적인 진전을 가져다주었다는 마법의 나무.

"헤비콘 수액을 직접 마신 건가요?"

유카리는 흐릿한 기억을 더듬듯 "음" 하고 소리를 내다가 수액이 든 허브티를 마시기 시작한 경위를 설명했다.

"어느 날 오후, 품종 개량의 경과를 노트에 기록하던 도시히로 씨 옆에 앉아 허브티를 마셨어요. 그런데 선반의 플라스크에 꽂아둔 나뭇가지에서 하얀 꽃잎이 한 장 떨어져 헤비콘 수액을 담은 샬레의 배지에 내려앉았죠. 바람이나 진동 때문이 아니라 저절로 떨어진 건데, 마치 눈에 보이지 않는 힘이 작용한 것처럼 느껴지더군요.

수액이 잔뜩 스며든 꽃잎을 손가락으로 집어 들자, 제가 좋아하는 페퍼민트 비슷한 향기가 나길래 별생각 없이 꽃잎을 허브티에 넣어서 마셨어요. 혀끝에 산뜻한 자극이 느껴지고 세상의 윤곽이 또렷해지면서 감각이 날카로워졌고, 이루 말할 수 없는 행복감에 휩싸였어요. 몸에 해로운 게 아니라, 분명 뭔가 효험이 있다는 느낌이 들었죠. 그 후로는 수액에 적신 꽃잎을 허브티에 넣어서 마시는 게 습관이 됐어요.”

특별한 허브티를 마시게 된 일화를 들려준 뒤, 유카리는 집단 사망 사건을 겪고 나서 자신만 살아남은 이유가 무엇인지 수없이 고민했고, 결국 헤비콘 수액 덕분이라고 확신했다고 덧붙였다.

구체적인 답을 얻기는 했지만 근거가 유카리의 직관뿐이어서 츠유키는 불안을 느꼈다.

“증명할 수 있습니까?”

무리인 줄 알면서 츠유키는 물었다.

“증명은 못 해요. 하지만 저는 식물을 다루는 데는 전문가예요. 살짝 핥거나 냄새만 맡아도 몸에 좋은지 나쁜지 알죠. 감이 틀린 적도 없고요.”

도시히로의 분석에 따르면 헤비콘 수액에는 사이토카이닌 성분이 포함돼 있었다. 사이토카이닌은 식물 호르몬의 일종으로, 개체 내부의 정보 전달을 원활하게 하는 기능이 있다. 그 힘이 작용해 체내에 침입한 이물질을 해독했다. 아니면 길들였을 가능성도 배제할 수 없다. 붉은 열매와 헤비콘은 제6다이바라는 좁은 토양에서 자라며, 땅속에 뻗은 뿌리로 긴밀한 네트워크를 형성했다. 호메오파시라고 불리는 동종 요법 이론에 따르면 ‘어떤 병을 일으키는 성분으로 그 병을 치료할 수 있다’고 한다. 이 이론이 옳다면 붉은 열매의 독성이 같은 토양에서 자란 근연종의 수액으로 중화될 가능성이 있다. 같은 성분이 독도 될 수 있고 약도 될 수 있는 것이다.

우선 헤비콘 수액을 손에 넣어야 한다. 실물을 분석해서 메커니즘을 알아내면 남극 시아노박테리아 사태를 극복할 방법을 찾아낼 수 있다.

“헤비콘은 지금도 제6다이바에 자라고 있을까요?”

“쉽사리 시들지는 않겠죠.”

"그걸 어떻게 알죠?"

"넘치는 생명력을 자랑했으니까요."

츠유키는 옆에 앉은 게이코를 바라보았다. 유카리와의 대화를 통해 자신들에게 주어진 사명이 구체적으로 다가왔다. 남극 시아노박테리아의 독성을 무력화할 수액이 제6다이바에 있다면, 반드시 가지러 가야 한다. 앞으로 사나흘 안에 우라야마댐의 물은 도쿄만으로 흘러들어 제6다이바를 뒤덮을 것이다. 놈들이 도쿄만에 자리 잡고 증식하면 제6다이바에는 접근할 수 없다. 가려면 남극 시아노박테리아가 습격하기 전을 노려야 한다.

게이코도 같은 목적의식을 품고 행동에 나서려는 결의가 피부로 전해졌다. 그래서 츠유키는 옆에 앉은 게이코를 보고 각오가 됐는지 말없이 확인한 것이다.

츠유키는 마음을 정했다. 사명이 무엇인지 알게 된 이상, 도망이라는 선택지는 없다. 제 발로 위험한 곳에 뛰어들어 필요한 것을 구해 와야 한다.

게이코가 감았던 눈을 뜨고 눈빛을 반짝이며 의자 옆에 늘어뜨렸던 왼손을 뻗어 츠유키의 오른손을 가볍게 잡았다. 함께 가겠다는 명확한 의사 표시였다. 츠유키는 얼른 그 손을 맞잡았다.

말을 나누지 않고도 서로 의견이 일치하자, 가슴속에 솟아오른 용기가 몇 배로 부풀어 올랐다.

그날 밤, 츠유키의 맨션에서 제6다이바로 건너갈 계획을 세우기로 했다. 츠유키와 게이코 외에 합류 후보로 호출된 사람은 우에하라와 유리였다.

　제6다이바에 상륙할 멤버의 조건은 두 가지라고 츠유키는 생각했다. 꿈꾸는 허브 모임 집단 사망 사건과 남극 시아노박테리아 사태를 모두 잘 알고 있을 것. 상륙해서 수액을 채취하는 행위가 훗날의 성공에 직결될 것. 이 두 가지였다.

　위험을 동반하는 계획인 만큼 돌아오는 대가가 커야 한다. 살아서 돌아온다는 보장이 없는 대신, 성공하면 막대한 보수와 명예가 손에 들어올 것이다.

　이 두 가지 조건을 충족하는 사람으로 츠유키가 점찍은 건 우에하라와 유리였다. 츠유키는 게이코와 나란히 테이블에 앉아 최근에 얻은 정보를 정면에 앉은 우에하라와 유리에게 전달하고, 헤비콘의 수액을 채취하기 위해 제6다이바에 상륙할 계획을 대강 설명했다. 갈 것인지는 본인의 자유이므로 강요할 수는 없었다.

　열정적인 츠유키의 설명이 효과를 발휘했는지, 우에하라가 먼저 제안을 받아들였다. 우에하라는 "꼭 같이 가겠습니다"라고 단호하게 말한 후 이유를 덧붙였다.

　"꿈꾸는 허브 모임 집단 사망 사건의 르포를 썼지만, 진상을 밝혀내지 못해 내심 부끄러웠습니다. 해결되지 않은 문제를 마무리 짓고 더 나은 속편을 쓰고 싶습니다. 도망치지 않고 최전선에서 가치 있는 정보를 얻는다면 전작을 뛰어넘는 작품을 쓸 수 있을 거라 믿습니다. 후세에 이름을 남길 책을 쓰려면 위험을 감수해야 한다는 것, 그리고 위험이 크면 클수록 목표를 달성했을 때 돌아오는 대가도 크다는 걸 잘 압니다."

　선배 저널리스트 우에하라의 당당한 태도를 곁눈질하는 유리의 시선에는 마음속 갈등이 고스란히 묻어났다. 눈빛뿐 아니라 테이블을 톡 톡 두드리는 손끝과 자꾸 바꿔 꼬는 다리의 움직임에서 스스로 결정하지 못해 갈팡질팡하는 심정이 드러났다.

수도에서 도망치려는 압도적인 다수와 도쿄만 한복판으로 나아가려는 극소수. 둘 중 어디 서야 할지 고민하는 유리에게 우에하라의 결의는 마음에 불을 지펴 일에 대한 의욕이 활활 타올랐다.

유리의 꿈은 자기 이름이 박힌 단행본을 내어 일류 저널리스트들과 어깨를 나란히 하는 것이다. 제6다이바에서 귀중한 정보를 얻는다면 분명 그 꿈에 한 걸음 더 가까워질 터였다.

자신밖에 할 수 없는 일을 해내기 위해 목숨을 걸겠다는 각오에 경의를 담아 우에하라를 바라본 뒤, 유리는 한숨과 함께 목소리를 짜냈다.

"알았어요. 이렇게 되면 갈 수밖에 없죠."

동의를 표하는 유리의 떨리는 목소리에 츠유키는 오히려 불신을 품었다.

유리의 결정은 4명이라는 작은 그룹 내부에서 발생한 압력에 굴복한 결과였다. 우에하라가 츠유키의 제안을 거절했다면, 그때도 유리는 우에하라에게 동조했을 것이다. 확고한 신념에서 비롯된 판단이 아니었기에, 더 큰 집단에 포섭되는 순간 변절할 가능성이 있는 임시방편 같은 선택이었다.

여차할 때 발목을 잡을지도 모르니 '너무 의지해서는 안 되는 사람'이라는 꼬리표를 붙이며, 츠유키는 유리의 참가를 환영했다.

츠유키는 게이코에게는 따로 의향을 물어보지 않았다. 무슨 대답이 나올지 뻔했기에 물어볼 필요가 없었다.

멤버가 확정되자 츠유키는 계획을 구체적으로 설명했다. 내일 아침, 렌터카 업체에서 왜건 차량을 빌려 밀차, 고무보트, 전동 선외기[25], 칼, 삽, 방수 손전등, 양동이, 고무장화, 비옷, 텐트, 소형 발전기, 식료품과 노트북 등을 싣고 오후에 제3다이바로 이동한다. 그곳에서 고무보트에 공기를 넣고 제6다이바로 건너간다. 급변할지도 모르는 날씨를 살피며 신속하게 행동해야 있다.

계획의 개요가 모두의 가슴속에 스며들자 문득 정적이 찾아왔다. 우에하라가 정적을 뚫고 진지한 목소리로 중얼거렸다.

"드디어 제6다이바로군요. 지금까지 있었던 일을 되돌아보니, 어쩐지 신비한 힘이 느껴집니다."

우에하라의 말에 반응해 몸을 움찔한 건 츠유키도 같은 생각이었기 때문이다.

신비한 힘……, 인간의 지성을 초월한 힘이 개입했다고 바꿔 말할 수도 있겠다.

도시히로와 유카리가 보유했던 용혈성 연쇄상구균에 붉은 열매가 감염돼 스트렙토라이신O가 산출되고, 식물 세포에서 엽록체가 빠져나와 시아노박테리아로 변했다는 가설은 논리적으로 앞뒤가 맞기는 하지만, 아무래도 결정적인 요인이 부족한 느낌이었다.

40억 년 가까이 전, 지구에서 생명이 탄생한 과정도 마찬가지다. 원시 지구의 바다에서 아미노산, 염기, 메탄 등 유기물을 비롯한 생명의 기본 재료가 갖추어지고, 방전과 열수 분출로 에너지가 가해졌다고 해도 거기서 바로 생명이 탄생하지는 않는다. 아무리 휘저은들 잡동사니는 잡동사니일 뿐이다. 논리적으로 말이 되고 재료와 조건이 갖추어지더라도, 마지막 한 방이 없으면 새로운 탄생은 일어나지 않는다. 그 마지막 한 방은 현대 과학으로는 해명할 수 없는 신비의 힘이다.

"그게 무슨 뜻이죠?"

츠유키는 우에하라가 '신비'라는 말에 어떤 의미를 담았을지 궁금했다.

우에하라는 쓴웃음을 지으며 고개를 저었다.

"츠유키 씨는 과학자잖아요. 괜한 소리를 했다간 비웃음만 당하겠죠."

"무슨 말씀을. 저는 사이비 과학자라는 낙인이 찍힌 지 오래예요. 그 냥 우에하라 씨의 생각이 궁금할 뿐입니다."

"꿈꾸는 허브 모임 집단 사망 사건의 르포를 쓸 때 교단의 역사를 자 세히 조사했어요. 뿌리를 추적하면 할수록 점점 시대를 거슬러 올라가 더군요. 꿈꾸는 허브 모임은 기독교 이단 사상…… 특히 카타리파의 유파에 속합니다. 이단 사상의 시초는 3천 년 전의 조로아스터교까지 거슬러 올라가는데, 그곳을 기점으로 마니교, 그노시스파, 보고밀파, 발도파, 카타리파 등 다양한 유파로 이어져왔습니다. 중세 프랑스를 석권한 카타리파는 청정, 금욕, 채식, 검소, 청빈을 신조로 삼았고 여성 을 크게 중용했어요. 페미니즘의 원조라고 불릴 정도였죠. 남녀가 함께 생활하는 공동체에서는 영적인 권한을 부여받은 여성 수도사들이 병 을 치료하고 피임술을 처방하며, 영혼을 구제하는 비밀 의식을 행하기 도 했답니다. 그녀들의 특기는 식물 품종 개량과 약초에서 약과 독을 추출하는 기술이었습니다. 그런데 그 특별한 기술이 두려움을 자아내 불행을 초래하고 말았죠. 어떤 사람은 마녀로 고발당해 고문당한 끝에 화형에 처해졌습니다. 바로 중세 유럽을 휩쓴 마녀사냥이었죠."

"마녀……."

갑작스럽게 나온 마녀라는 단어에 츠유키는 이야기가 어디로 흘러 갈지 가늠할 수 없어 당황했다.

"츠유키 씨, 나카자와 유카리와 직접 만나셨죠? 그 사람 얼굴에서 서 구적인 느낌이 들지 않던가요?"

"듣고 보니 확실히……."

나카자와 유카리는 이목구비가 뚜렷하고 반듯한 얼굴에, 머리카락 에도 갈색기가 돈다. 서양인과 일본인 사이에서 태어났거나 조부모님 중 한 명이 서양인이라고 해도 어색하지 않을 것이다.

"우연히 나카자와 유카리의 사진을 봤을 때, 어쩐지 마녀의 이미지가 떠오른 게 생각나는군요."

"나카자와 유카리는 마녀…… 라고 말씀하시고 싶은 건가요?"

"아니요, 표현이 좀 과했군요. 식물 전문가인 중세 카타리파 여성 수도사의 유전자를 이어받은 사람…… 이라고 할까요?"

제6다이바에서 품종을 개량할 때 유카리는 줄기와 가지를 연결하거나 잎을 찢는 등 식물과 자주 접촉했다. 붉은 열매를 양손으로 감싸서 체온으로 데우기도 했으리라. 도시히로가 품종 개량에 도전했을 때 다종다양한 식물을 개발할 수 있었던 것은 유카리의 몸 속에 숨겨진 신비한 힘 덕분이었다.

"그런데 마녀의 행동 원리는 뭔가요? 선과 악 중 어느 편입니까?"

"마녀에게는 선악에 따른 행동 원리는 없습니다. 마녀들의 행동을 주변에서 악으로 판단하느냐 선으로 판단하느냐일 뿐이죠. 본인들은 의외로 아무 자각도 없을 거예요. 자기 의지로 움직인다기보다 조종당한다고 해야 할까요. 수동적이죠. 순수한 작은 악마라고 표현하는 게 가장 어울릴지도 모르겠네요."

우에하라가 말한 '순수한 작은 악마'는 나카자와 유카리를 가리킨다. 하지만 츠유키의 머릿속에 떠오른 건 유카리의 얼굴이 아니었다. 나카자와 유카리가 마녀의 계보에 속한다면 친딸인 란도 같은 혈통을 잇는 셈이다.

그때 예상치 못한 인물이 난입했다. 마치 츠유키와 우에하라가 마녀를 화제로 삼은 순간을 노린 듯 란이 거실로 뛰어들었다. 란은 사람들 앞에 버티고 서서 대뜸 말했다.

"날 어쩔 작정이죠?"

란은 문 뒤에서 사람들의 대화를 엿들었는지 사정을 대부분 파악한 눈치였다. 평소답지 않게 츠유키는 완전히 허를 찔렸다. 제6다이바에 있는 동안 란을 누구에게 맡길지 생각해두지 않았던 것이다. 하지만 생각해보면 도심 전체가 위험에 빠질지도 모르는 상황에서 딸을 내팽 개치고 외출하는 것도 부모로서 무책임하다는 비판을 피할 수 없는 일 이었다.

"넌 어떻게 하고 싶은데?"

츠유키는 일단 란의 의향을 물었다.

"나도 갈래. 두고 가지 마."

란의 목소리에는 '단호한 사명감'과 '흐리멍덩함'이라는 상반된 감 정이 뒤섞여 있었다. 마음을 다른 무언가에 빼앗겨 얼빠진 상태였지 만, 눈에는 먼 미래를 주시하는 의지가 넘쳐났다.

란은 츠유키의 눈을 똑바로 바라보았다. 결코 피하지 않았다.

어리면서도 숭고한 그 표정에 자극받은 츠유키는, 나카자와 유카리 가 '신의 사자'라는 표현을 자주 사용했던 걸 떠올리며 전율했다. 란은 중요한 임무를 짊어지고 세상에 태어난 존재인지도 모른다. 유카리가 낳은 아이는 신의 뜻을 받들어 신탁을 전하는 '무녀'일까.

란을 제6다이바에 데려가야 할까, 데려가지 말아야 할까. 선택의 여 지는 없었다. 신비한 힘이 '데려오라'라고 명령하는 듯했다.

제6다이바로 건너갈 다섯 번째 멤버로 란이 추가되었다.

제8장
낙도

1

구름 사이로 맑은 하늘이 아직 조금 남아 있었지만, 그 작은 틈이 언제 닫혀도 이상하지 않을 불안정한 날씨였다. 남서풍은 굉음을 내며 불어오고, 빗방울이 섞이기 시작했다. 오후가 되면 바람은 점점 강해지고 비도 거세질 터였다.

태풍이 다가오는 기척이 짙게 감도는 레인보우 브리지에서 경적 소리가 빗발치듯 쏟아졌다. 태풍 4호가 바다를 따라 북동쪽으로 이동하면서 지치부 산계에 유례없는 호우가 쏟아질 것이 거의 확실해지자 언론 보도에 자극받은 사람들이 앞다투어 도쿄에서 탈출을 시도했다.

특히 스미다가와강 하류와 맞닿은 츠키시마, 하루미, 도요스, 아리아케, 다이바 구역 등 바다에 둘러싸인 지역 주민들이 제일 먼저 반응해 도쿄만에서 탈출하기 시작했다. 곧 다른 지역 주민들도 동조해 더 큰 물결이 전체 도민을 들쑤신 결과, 수도권 일대에는 민족 대이동이라 할 만한 광경이 펼쳐졌다.

제3다이바의 주차장에서노 꼬리에 꼬리를 문 레인보우 브리지의 차량 행렬이 뚜렷하게 보였다. 차량 행렬은 아까부터 꼼짝도 하지 않았다. 멀리서 구급차 사이렌 소리가 들려왔고, 뒤이어 경찰차 사이렌 소리가 겹쳤다. 차량이 많아 정체된 게 아니라 사고가 난 듯했다. 초조한 기분이 집단 속에서 증폭되며 사태를 점점 좋지 않은 방향으로 몰아갔다.

한시라도 빨리 앞으로 나아가고 싶은 마음과는 달리, 오도 가도 못하는 차량 속 사람들이 내뱉는 저주 섞인 말들이 일렁이는 파도처럼 교각을 흔들었다.

오늘 아침 일찍 빌린 왜건 차량의 운전석에서 내려 뒤쪽의 해치 도어를 연 츠유키는 상공에 걸린 다리 위에서 벌어지는 광경에 마음을 빼앗겼다. 밑에서 올려다보면 차체가 높은 차량의 지붕밖에 보이지 않았지만, 무슨 일이 일어나고 있는지는 대체로 짐작할 수 있었다.

조수석에서 내린 게이코와 뒷좌석에서 내린 우에하라와 유리도 츠유키의 시선을 좇았다. 네 사람은 옆으로 한 줄로 서서 레인보우 브리지를 올려다보았다.

"다들 도망가네. 우리는 재난의 중심부로 가려고 하는데 말이야. 정말 이러면 되는 걸까요? 우리가 틀린 건 아니죠?"

게이코가 원한 건 확신에 찬 답변이었지만 츠유키는 기대에 부응할 수 없었다.

"무책임하게 들릴지도 모르지만, 모르겠다는 말밖에 할 수 없네요."

"당신은 무섭지도 않아요?"

"무섭다는 감정을 물리치려고 평소에 노력하죠."

"난 꿈도 못 꿀 일이네."

"미래에 무슨 일이 일어날지 정확하게 예측하는 건 불가능해요. 우리가 해야 할 일은 실제로 닥쳐온 위험과 망상으로 부풀려진 불합리한 위험을 정확하게 구분해 대처하는 겁니다. 망상이 만들어낸 환각에 겁먹고 경솔하게 행동하면 피해가 더 커질 테니까요. 우리는 이성의 힘을 발휘해야 합니다."

"츠유키 씨 말을 믿고 따르기로 마음먹고 왔어요. 그게 내 의지예요. 그러니 결과가 어찌 되든 불평은 안 할게요."

"그렇게 말해주니 든든하네요. 고마워요. 내가 사람 보는 눈은 있다니까."

츠유키는 왜건 차량 짐칸에 올라타서 내린 짐을 밀차에 실었다. 게이코가 뒷좌석으로 고개를 돌렸다.

"슬슬 깨워야 하지 않겠어요?"

게이코의 말에 츠유키는 왜건 차량 옆에 서서 슬라이드 도어를 열었다. 아까까지 등받이에 기대 두 눈을 감고 있던 란은 양옆에서 받쳐주던 사람이 없어지자 시트에 털썩 누워 깊이 잠든 것처럼 보였다. 츠유키는 란의 어깨를 흔들며 귓가에 대고 목소리를 높였다.

"란, 일어나. 이제 가야 할 시간이야."

눈을 살짝 뜬 란은 "으응" 하고 칭얼거리듯 소리를 내더니 시간을 물었다.

"지금 몇 시?"

"조금 있으면 12시야. 점심 먹고 제6다이바로 건너갈 거야."

란은 고양이처럼 기지개를 켜고 잠이 덜 깬 목소리로 말했다.

"배고프다아."

츠유키는 등 밑에 손을 넣어 소중한 무녀의 몸을 일으켜서 차 밖으로 데리고 나왔다.

에도 막부가 외국 배의 공격에 대비해서 만든 제3다이바는 원래 제6다이바처럼 인공섬이었다. 육지와 연결돼 일반에게 공개된 후, 다이바 공원이라는 이름으로 도쿄 도민에게 사랑받고 있다.

공원에 남은 포대, 군영, 탄약고 등의 사석이 옛 모습을 떠올리게 하는 한편, 도쿄만을 따라 늘어선 마천루와 레인보우 브리지가 한눈에 들어오는 입지가 인기인, 과거와 현재의 분위기가 잘 어우러진 해변의 산책 명소다.

평소에는 혼잡할 정도는 아니더라도 모래밭을 산책하거나 벤치에 앉아 책을 읽는 사람들의 모습이 간간이 눈에 띄었다. 그러나 오늘은 태풍이 접근하는 데다 태풍 피해로 감염성 시아노박테리아에 노출될 위험성이 눈앞에 닥쳐서인지 공원에는 사람이 한 명도 없었다.

츠유키를 비롯한 다섯 남녀는 밀차를 밀며 차량 진입 방지 구조물 사이를 지나 으스스하게 고요한 다이바 공원을 남서쪽으로 향하다가, 섬 북쪽 둘레에 위치한 선착장 부근에서 걸음을 멈췄다.

석축 위에 서서 서쪽을 바라보니 제6다이바가 손에 잡힐 듯 가까워 보였다. 섬 동쪽 둘레까지 300미터, 상륙 예정지인 서쪽 모서리의 선착장까지도 기껏해야 500미터 남짓이었다.

츠유키는 석축의 서쪽 끝으로 다가가 도쿄만을 내려다보며 어떤 경로를 택해야 할지 머릿속에 대강 그려보았다. 제6다이바의 구조는 기본적으로 제3다이바와 동일하다. 섬 북쪽 둘레의 거의 같은 위치에 선착장이 있고, 상륙할 수 있는 곳은 그곳뿐이었다.

츠유키 일행은 선착장으로 내려가 기재를 고정한 밀차의 로프를 풀고 고무보트 2척을 땅에 내려 바람을 불어넣었다. 그리고 전동식 소형 선외기를 보트 뒤쪽에 달았다.

준비가 끝났을 무렵, 선착장의 구석진 곳에서 발소리가 들려왔다. 빗방울이 떨어져서인지 땅에 쌓인 나뭇가지와 잎사귀를 밟는 소리가 축축하게 울렸다. 사람이라고는 보이지 않는 제3다이바 선착장에 누군가 있을 것 같지는 않았지만, 츠유키는 귀를 기울여 소리의 정체를 확인하려 했다. 하지만 아무리 들어도 짐승이 아닌 인간의 발소리였다.

잠시 후, 사람의 형체가 석축 틈새를 빠져나와 일행 앞에 모습을 드려냈다. 위아래로 운동복을 입고 작은 배낭을 멘 나카자와 유카리였다.

유카리의 얼굴에 맺힌 표정이 본능을 자극했는지, 란은 그 모습을 보자마자 눈을 부릅떴다. 유카리는 다른 사람들은 거들떠보지도 않고 란에게 시선을 고정한 채, 당장이라도 울음을 터뜨릴 것처럼 얼굴을 찡그리며 두 팔을 벌렸다. 자애에 찬 그 눈빛은 란이 특별한 존재임을 나타내고 있었다. 란은 심상치 않은 낌새를 감지하고, 자신과 깊은 인연이 있는 여자임을 확신한 듯했다.

"나카자와 씨, 왜 이런 곳에……."

게이코가 무심코 뱉은 한마디에 우에하라와 유리는 갑자기 잡목림 속에서 나타난 사람이 나카자와 유카리라는 걸 알았다. 란 혼자 츠유키와 게이코에게 매달리듯 시선을 던지며 이 사람이 누구인지 알려달라고 눈빛으로 호소했다.

나카자와 유카리의 갑작스런 등장에 츠유키는 마음이 크게 흔들렸다. 츠유키는 유카리가 란의 생모라는 사실을 최대한 오래 감추고 싶었다. 하지만 너무 일찍 만난 탓에 모든 것이 드러나게 생겼다. 란은 츠유키 유코가 친어머니이고, 어머니가 돌아가신 뒤에는 할아버지, 할머니인 야마나카 부부가 키웠다고 믿고 있다. 그 믿음이 외부의 요인으로 인해 부서지는 건 피하고 싶었다.

츠유키는 란과 유카리를 갈라놓듯 유카리 곁으로 다가가 작은 목소리로 애원했다.

"쓸데없는 소리는 하지 말아요. 부탁입니다."

"하지만 금방 들킬걸요. 저 아이는 감이 좋으니까."

"무슨 목적으로 여기 온 거죠?"

"지금이야말로 내 힘이 필요할 테니까. 같은 실수를 또 저지르고 싶지는 않아요."

"어, 그게 무슨……."

"지금은 날 믿어줘요."

유카리의 몸에서 발산되는 단호한 결의가 느껴졌다.

"믿다니 뭘……."

"가보면 알아요. 15년도 더 전에 도시히로 씨와 함께 몇 번이나 갔었던 섬…… 제겐 고향 같은 곳이죠. 안내는 내게 맡겨요. 자, 바다를 건너가죠."

앞장서서 물길을 안내하겠다는 제안을 거절할 수는 없었다.

나카자와 유카리를 멤버로 받아들인 일행은 고무보트 2척에 3명씩 나누어 타고, 저 앞에 보이는 제6다이바로 향했다.

2

제6다이바까지는 고작 수백 미터였다.

눈앞으로 다가온 제6다이바 북쪽 둘레의 잔교에 물결을 타고 다가간 고무보트의 앞머리가 닿자마자, 츠유키는 홋줄로 사용할 로프를 들고 바위로 건너가 재빨리 보트를 고정했다. 그리고 몸을 돌려 다음 보트에서 던져준 로프를 받아 같은 요령으로 튀어나온 바위에 단단히 묶었다.

물자를 옮기고 사람들도 내렸다. 츠유키는 가벼워진 보트를 잔교로 끌어올리고, 강풍에 쓸려가지 않도록 전동 선외기와 노를 보트 안에 넣고 로프로 칭칭 감아서 고정했다.

재빨리 할 일을 마친 여섯 남녀는 서로 복장을 점검했다. 유카리를 제외한 모두가 전부 부력이 있는 웨트슈트를 착용하고, 무릎까지 올라오는 고무장화를 신었다. 섬에 서식할지도 모르는 미생물로부터 몸을 지키기 위해 피부 노출을 최소한으로 억제한 것이다.

잔교 끝부분은 이계로 통하는 문처럼 석축이 트여 있었고, 거기서부터 으슥한 어둠 속으로 이어지는 한 줄기 좁은 길이 보였다.

여섯 남녀는 섬 안쪽으로 걸음을 옮겼다.

제3다이바의 중앙에 서서 고개를 들었을 때는 하늘이 보였지만, 제6다이바는 그렇지 않았다. 나아갈수록 하늘은 좁아지고 어둠이 깊어졌다. 인공 원생림은 그만큼 빽빽했다. 나뭇가지와 잎사귀가 빛을 가려 낮인데도 어두침침했다.

제3다이바에서는 한 마리도 보이지 않던 바닷새가 어디선가 나타나 나무 사이를 날아다녔다. 여기저기 똥을 싸서인지 주변에 악취가 풍겼다. 바닷새가 머리 위까지 내려와 나뭇가지와 잎사귀가 세차게 흔들릴 때마다 유리는 비명을 지르며 양손으로 머리를 보호했고, 란은 그 자리에 쪼그려 앉았다.

바다를 건널 때는 강풍이 물보라를 일으켜서 애먹었는데, 섬 안쪽으로 나아갈수록 바람 소리는 잦아들고 섬 전체가 낮은 땅울림처럼 웅웅거리는 소리에 휩싸였다. 여러 종류의 활엽수 잡목림이 돔 형태로 위쪽을 뒤덮어 바깥세상과 격리된 기묘한 공간을 만들어냈다.

갑자기 구름에 틈새가 생기고 햇빛이 비쳤다. 나무 사이로 스며든 햇빛이 땅바닥에 얼룩덜룩한 무늬를 그리는가 싶더니, 굵은 빗방울이 후두둑 떨어졌다.

발밑은 질퍽거렸다. 한 발짝 내디딜 때마다 발이 부엽토 속으로 빠져들어 찝찝한 감촉이 전해졌다. 부드럽게 튕겨내는가 싶다가도 갑자기 쑥 빠져들었다. 그럴 때마다 이물질이 땅속에서 꿈틀거리는 모습이 연상돼 등골이 오싹했다.

그러나 유카리의 걸음걸이에는 확신이 가득했다. 다른 사람들이 어떻게든 앞으로 나아갈 수 있는 것도, 자신감에 찬 그녀의 뒷모습이 눈앞에 있기 때문이었다. 앞상선 사람의 마음가짐은 일행 전체에 퍼져나가 목적을 달성하느냐 못 하느냐를 좌우한다. 나아가야 할 방향을 정확히 아는 사람은 유카리뿐이었다.

"일단은 교두보를 확보하는 편이 좋겠죠."

제6다이바에 드나든 경험이 있는 만큼 유카리는 적절한 조언을 내놓았다. 도시히로와 함께 이 섬에 왔을 때도 먼저 야영지부터 확보했다고 한다. 그리고 이 섬에는 야영하기에 알맞은 장소가 남아 있었다. 외국 배를 공격하기 위해 포탄을 보관했던 탄약고다.

왼쪽으로 비스듬히 100미터쯤 나아가자 첫 번째 목적지인 동쪽 석축의 경사면에 옆으로 파인 구덩이를 발견했다. 눈대중으로 살펴보니 높이 2미터, 가로 4미터, 세로 4미터 정도의 크기로, 개구부 외에 다른 부분을 직육면체 모양으로 자른 돌로 보강한 진지 비슷한 형태였다.

츠유키와 우에하라는 곧바로 행동에 나섰다. 배낭에서 접이식 삽 2자루를 꺼내 땅에서 흙을 걷어내고 평탄화 작업을 한 후, 방수 시트를 깔아 임시 거처를 확보했다. 그 사이 게이코와 유리는 등유 버너로 물을 끓여 커피를 타고 종이컵에 따랐다. 밤이 되면 구덩이 속에 간이 텐트를 쳐 비바람을 막아야 할지도 모르지만, 지금은 메고 온 짐을 바닥에 내려놓고 쉬기로 했다.

사방 4미터 남짓한 공간에 둘러앉아 따뜻한 커피를 마시며 한숨 돌리자, 우에하라는 노트북을 펼쳐 현재 기상도를 화면에 띄웠다. 앞으로 무엇을 하든 지치부 사쿠라 호수에서 흘러넘친 물이 도쿄만까지 도달하는 시간에 큰 영향을 받을 것이다. 우선은 호우 관련 정보를 확보해야 한다.

츠유키는 우에하라 옆에 앉아 노트북 화면을 들여다보았다. 유리, 게이코, 유카리도 화면에 시선을 모았지만, 란은 관심이 없는 듯 나무 사이로 어렴풋이 보이는 하늘을 올려다보고 있었다.

태풍 4호는 규슈 지방에 상륙한 뒤 북동쪽으로 방향을 틀어 해안선을 따라 이동하고 있었다. 태평양 연안에 정체돼 있던 전선이 활성화되고, 태풍의 눈을 통해 따뜻한 공기가 대량으로 유입되자 광역 간토권[26]은 유례없는 규모의 호우에 휩싸였다.

비구름 레이더 화면에 커서를 옮기자 예상 시간당 강수량이 표시됐다. 남동풍이 제일 먼저 부딪치는 지치부 산계 일대는 최대 우량을 나타내는 보라색이었다. 이어서 발생하는 비구름대가 빈틈없이 겹쳐 있는 걸 보면 기록적인 호우가 확실할 것이다. 몇 시간 동안의 누적 강수량이 1,000밀리미터에 근접해 관측 사상 최고치를 갱신할 가능성이 있었다.

우에하라는 손목시계로 현재 시간을 확인했다. 오후 3시가 조금 지나 있었다. 앞으로 몇 시간 동안 지치부 사쿠라 호수를 감싼 산비탈에 폭우가 쏟아질 것이다. 골짜기에 모인 물이 수많은 물줄기를 이루어 호수로 흘러들면, 결국 우라야마댐의 수위는 비상용 여수로를 넘게 된다. 문제는 정확한 시각이었다.

비상용 여수로를 넘어 자연 방류가 시작되고 거센 물살이 도쿄만에 도달하기까지 약 12시간이 걸릴 것으로 추정된다.

"문제는 언제 자연 방류가 시작되느냐군요."

기준점이 되는 시간을 알면 후속 계획을 세우기 수월하다.

"몇 시쯤인지 아시겠습니까?"

츠유키의 질문에 우에하라는 바로 답했다.

"우라야마댐 관리 사무소에 접속하면 알 수 있을 겁니다. 비상용 여수로에 비디오카메라를 설치해뒀을 테니까요."

우에하라는 우라야마댐 관리 사무소 홈페이지에 들어가 저수량과 강우 현황, 방류구를 보여주는 실시간 영상을 화면에 띄웠다.

자료관 옥상에 설치된 카메라는 댐의 수위와 방류구를 비추고 있어, 방류할 때 그 억농적인 영상을 볼 수 있다. 그러나 화면의 영상은 짙은 안개에 싸인 듯 뚜렷하게 보이지 않았다. 강풍에 흩날리는 빗방울이 안개처럼 퍼져 풍경을 흐려놓은 탓이었다.

폭풍우는 악마의 호흡처럼 강해졌다 약해졌다 하며 휘몰아쳤다. 가끔 바람이 멎으면 풍경이 눈에 들어오고 산에 내리는 빗소리가 가슴에 전해졌다. 화면에는 풍경의 일부밖에 잡히지 않지만, 그 모습만으로도 전체 상황을 충분히 상상할 수 있었다.

굵은 빗방울이 나뭇가지와 잎을 흔들며 땅을 투둑투둑 두드렸다. 지면에 스며든 빗물은 아래로 흘러내리며 수많은 물줄기를 이루어 호수로 유입됐다. 직접 내리는 비와 골짜기에서 유입되는 물로 수위는 점점 높아졌고, 탁한 녹색 수면에 잔물결이 일었다. 조나 경 단위를 훨씬 넘어서는 막대한 양의 원핵생물이 마침내 밖으로 나갈 해방의 순간을 목 놓아 기다리고 있었다.

츠유키, 게이코, 우에하라, 유리, 유카리. 5명의 시선이 화면 속의 비상용 여수로에 집중됐다. 준공 이후 25년 넘게 봉인됐던 비상용 여수로에서 물이 쏟아져 나올 순간이 다가오고 있었다. 호우로 수위가 높아지자 남극 시아노박테리아로 가득한 표층수가 점점 위로 밀려 올라왔다. 처음 한동안은 녹색 액체가 스키점프대 같은 댐 경사면을 따라 졸졸 흐르기 시작했다. 이윽고 그 수량이 서서히 늘어나더니, 뒤에서 밀어붙이는 거대한 압력을 견디지 못하고 힘차게 뿜어져 나와 하류 광장의 감세지로 쏟아졌다.

남극 시아노박테리아가 한 덩어리로 뭉쳐서 튀어나오는 모습은 마치 거대한 생명체가 주먹으로 일격을 날리는 듯했다. 물이 뿜어져 나오는 기세가 잦아들며 댐을 따라 흘러내리는 수량이 안정되자, 댐 앞쪽은 인간의 얼굴처럼 보였다. 사다리꼴을 거꾸로 뒤집은 듯한 무미건조한 얼굴이었다.

직사각형 모양의 여수로에서 흘러내리는 물은 길게 내민 녹색 혀처럼 보였다. 말없이 화면을 바라보던 츠유키는 화면 아래쪽에 표시된 디지털시계를 읽었다.

"현재 오후 3시 24분……."

이제 댐에서 넘친 물이 도쿄만에 도달할 시간을 대략 예측할 수 있다. 앞으로 약 12시간…… 내일 일출 전에 남극 시아노박테리아가 대량으로 섞인 거센 물살이 몰려올 것이다.

여유를 부릴 때가 아니다. 이제부터는 시간과의 싸움이다.

3

오후 4시 5분.

남극 시아노박테리아가 덮쳐올 시간을 대략 파악한 후, 츠유키 일행은 섬 남쪽 둘레의 늪 가장자리에 있는 헤비콘의 군생지로 향했다. 유카리가 다시 안내자가 되어 앞장섰다. 일행은 유카리를 따라 진창 속을 걸어갔다. 섬 최남단의 늪까지는 100미터도 되지 않았지만, 발걸음을 옮길 때마다 진창에 발이 빠져 나아가기가 쉽지 않았다.

처음에는 풍경이 그리 낯설게 느껴지지 않았다. 후박나무와 댕강나무 뿌리 주변을 뒤덮은 신선초와 얼룩조릿대는 익숙한 식물이었다. 그러나 안쪽으로 계속 들어가자 다른 세상으로 넘어간 듯한 기운이 강해지고, 식생에 변화가 나타나기 시작했다.

이윽고 구불구불한 좁은 길 끝에, 신비로운 베일에 감싸인 짙은 덤불이 나타났다. 지구 어디에도 볼 수 없는 광경이었다. 150여 년 전에 만들어진 인공섬 한구석에 지름 약 10미터의 늪이 있었고, 그 가장자리에는 신종 식물이 무성했다. 구불구불한 줄기에서 뻗어 나와 뒤엉킨 가지들과 서로 맞닿은 잎들이 마치 군무를 추는 듯한 인상을 주었다.

늪 오른쪽에 나란히 선 나무 2그루는 줄기와 가지의 형태가 모두 기괴한 형태였다. 높이는 성인 남자의 키와 비슷했고, 줄기는 굵기가 고작 10센티미터 남짓이었다. 표피의 밀도가 높아 보이는 걸로 보아 풀이 아니라 수목으로 분류될 것 같았다. 좌우로 2개씩 뻗은 가지 끝에는 장수풍뎅이를 연상시키는 거대한 잎사귀가 달려 있었다.

늪 둘레 중간쯤에 있는 나무는 뾰족한 나뭇잎 모양이 특징적이었다. 화살촉과 비슷한 날카로운 잎사귀가 달린 가지가 좌우로 뻗었고, 줄기 꼭대기에 풍차 모양의 꼬투리가 달려 있었다.

매우 생소하고 희귀한 나무들이라, 어떤 식물도감에도 실려 있지 않을 듯했다. 츠유키는 보이치니 필사본에 그려진 삽화에서, 이것들과 똑같은 나무를 본 기억이 났다.

"뱀!"

유리가 뒤쪽에서 날카롭게 외치자 츠유키는 무심코 돌아보았다. 유리는 물가에 노출된 뿌리를 가리키며 천천히 뒤로 물러섰다. 유리의 시선 끝에 있는 나무는 뿌리 길이가 3미터를 넘었고, 줄기도 굵고 튼튼했다. 줄기 중간쯤에는 사람 머리만 한 크기의 나뭇잎이 빽빽하게 모여 있는 부분이 두 군데 있었다. 그곳에서 덩굴처럼 늘어진 가느다란 가지 끝에 붉은 열매가 무수히 달려 있었다.

가장 눈에 띄는 특징이 뿌리 부분이라고 판단한 츠유키는 나무 밑동에 쪼그려 앉아 풀을 양손으로 헤쳤다. 맹그로브나 판다누스처럼 지상으로 드러난 뿌리를 일반적으로 기근이나 지주근이라고 하는데 이 나무도 비슷하게 땅속에서 솟아 올라온 뿌리가 줄기를 지탱하고 있었다.

얼핏 보기에 그로테스크한 인상이 느껴지는 건, 줄기를 뒤덮은 껍질과 매끈한 뿌리의 색깔이 현저하게 달랐기 때문이다. 마치 서로 다른 생물끼리 억지로 접합한 듯한 부자연스러움이 보는 이의 마음속에 불편함을 불러왔다.

굵은 황갈색 뿌리와 황토색 바탕에 검은 반점이 찍힌 뿌리가 교미하듯 엉켜 있는 모습은 더욱 기괴했다. 단순히 엉켜 있는 것이 아니라, 황갈색 뿌리에 뚫린 구멍 5개를 황토색 뿌리가 몸을 비틀며 빠져나가려는 듯한 형상이었다. 그 모양새가 뱀을 연상케 했다.

츠유키는 풀을 헤치고 뿌리를 보여주며 유리에게 그것이 뿌리임을 알렸다. 그러나 유리의 얼굴에서 안도하는 기색은 찾아볼 수 없었다. 이렇게 끔찍하게 생긴 뿌리는 처음 봤기 때문이다.

츠유키가 흥미를 품은 건 뱀 모양의 뿌리가 아니라 덩굴처럼 늘어진 가지에 달린 붉은 열매였다. 츠유키는 유카리를 불러 붉은 열매를 가리키며 물었다.

"당신이 채취해서 교단의 의식에 바친 게 이 열매가 맞나요?"

"맞아요. 하지만 그때는 훨씬 크고 싱싱했어요. 빨갛게 광택도 돌았고요."

눈앞의 열매는 작고 궁상맞게 쭈그러들어 있었다. 매력을 잃은 붉은 열매에서는 인간을 유혹해 목숨을 빼앗으려는 살기가 느껴지지 않았다. 츠유키가 찾는 것은 붉은 열매의 독성을 무력화하는 식물…… 도시히로가 헤비콘이라고 이름 붙인 식물이었다. 도시히로의 노트에 따르면 그것은 늪 주위를 둘러싸고 위풍당당하게 자신의 존재를 주장하는 듯한 인상이었는데, 그 선입견 때문에 발견이 늦어졌다.

헤비콘은 몰락한 귀족처럼 장수풍뎅이나무, 풍차나무, 뱀나무에 영역을 빼앗긴 형태로, 겨우 한 그루만 고개를 쳐들고 있었다. 뿌리는 지주근이라 지면 위로 드러나 있었고, 붉은 열매가 달린 나무의 뿌리가 뱀을 닮았다면, 헤비콘의 뿌리는 머리 없는 네발짐승 같았다. 네 발에서 뻗은 발톱이 땅을 단단히 붙들고 있었고, 쐐기를 박아 넣은 이상 절대로 놓지 않겠다는 의지가 느껴졌다. 줄기는 얼룩덜룩한 흰색으로 머리 대신 솟아 있었고, 가장 높은 가지에는 해바라기 씨앗과 비슷한 알갱이가 달린 옥수수 모양의 열매가 고개를 떨구고 있었다.

줄기는 가늘고 가지와 잎사귀는 힘없이 늘어져 붉은 열매처럼 초라한 모습이었다. 눈에 띄지 않았던 이유는 어두워서가 아니라 본래의 생명력이 고갈됐기 때문이었다.

헤비콘…… 아니, 말라비틀어진 옥수수는 다른 식물들에 치여 한껏 주눅이 든 것 같았다.

여섯 남녀의 시선은 천천히 위로 이동해 가지 끝에 달린 옥수수 형태의 열매에 고정됐다. 자잘한 알갱이들은 이삭 속에 움츠러들어 있는 것처럼 보였고, 드문드문 박힌 낱알의 표면에서 수액이 배어나와, 빈뇨에 시달리는 노인의 소변 방울처럼 대롱 끝에서 한 방울 뚝 떨어지려 하고 있었다.

4

츠유키를 비롯한 여섯 남녀는 헤드램프 불빛을 교차시키며 덤불 속에 숨은 이삭들을 하나하나 찾아냈다. 모두 비슷했다. 말라비틀어진 알갱이가 이삭에 작게 움츠러든 것처럼 달려 있었다.

그 광경의 의미를 깨달은 츠유키는 "음" 하고 비통한 신음을 흘렸다. 게이코와 유리는 동시에 한숨을 내쉬며 어깨를 축 늘어뜨렸다.

헤비콘은 원래 남극 시아노박테리아의 공격을 막아낼 구세주여야 했다. 늪가에 늠름하게 자리 잡고, 이삭 끝에서는 생기 넘치는 수액이 넘쳐 흘러야 했다. 그러나 지금은 그런 위력이 조금도 느껴지지 않았다. 인간을 구하기는커녕 빈사 상태에 빠져 죽음을 앞두고 발버둥 치는 것처럼 보였다.

유리는 눈앞의 현실에서 시선을 돌리더니, 그대로 뒤를 돌아보았다. 뒤쪽에 뻗은 좁은 길이 헤드램프 불빛에 비쳐 보였다. 그 끝의 선착장에 고무보트가 있었다. 그들에게는 노아의 방주…… 유일한 탈출 수단이었다.

무심결에 나온 유리의 반응을 보고 츠유키는 그녀의 속마음을 알아차렸다. 유리는 한시라도 빨리 이 섬에서 달아나고 싶어 했다. 붉은 피를 녹색으로 바꾸는 시아노박테리아를 무력화하기 위한 무기가 힘을 잃었으니, 재빨리 도망치는 것이 최선이었다. 앞으로 10시간 안에 우라야마댐의 물이 도쿄만에 도달해 제6다이바를 뒤덮을 것이다. 그렇게 되면 꼼짝없이 갇히게 된다. 도망칠 거라면 최대한 빨리 행동해야 한다고 생각하는 것도 당연했다.

유리가 왔던 길로 몸을 돌리려 한 순간, 게이코가 유리의 옷소매를 붙잡았다.

"봐."

그 목소리에 반응한 건 츠유키였다. 츠유키는 게이코의 시선을 좇아 쪼그라든 이삭에 얼굴을 가까이 가져갔다. 싱싱함이 조금은 남아 있는 알갱이에서 배어나온 수액이 헤비콘 표면을 따라 흘러내리며 서서히 부풀어 올라 물방울이 맺히려 하고 있었다.

이삭 끝에서 떨어진 수액 한 방울이 늪의 수면을 살짝 두드리자, 응답하듯 늪 바닥에서 떠오른 기포가 터지며 주변에 독특한 냄새를 풍겼다. 분명 헤비콘은 빈사 상태였지만, 아직 완전히 죽은 것은 아닌 듯했다. 딱지처럼 말라붙은 알갱이에서 새로운 수액이 배어나와 금방이라도 방울져 떨어지려 했다.

츠유키는 저도 모르게 오른손 검지로 수액을 받아 입에 넣었다. 냄새는 없었고 혀 위에 희미한 자극이 느껴졌지만, 몸에 해롭다는 기분은 들지 않았다. 미국 유학 시절, 츠유키는 호기심에 코카인을 아주 조금 핥아본 적이 있었다. 그때와 비슷한 감각이었다. 오감이 날카로워지고 활력이 샘솟는 듯한 느낌이었다. 각성 작용이 있는지도 모른다.

"한 방울씩이라도 모으면 양이 꽤 되겠지."

츠유키는 그렇게 말하며 배낭에서 플라스틱 케이스를 꺼내 이삭 밑에 대고 끈으로 묶어 수액을 받기 시작했다. 츠유키의 행동을 본 우에하라, 게이코, 유리도 수액을 받을 케이스를 설치했다. 가져온 케이스를 전부 다 썼을 때 작업이 끝났다.

그 후 여섯 남녀는 헤드램프를 끄고 랜턴 주변에 둘러앉아 시든 이삭이 간신히 짜내는 수액이 충분히 모이기를 기다렸다. 유리는 자꾸 자리에서 일어나 케이스에 수액이 얼마나 모였는지 확인했고, 보란 듯이 그 자리에서 발을 동동 굴렀다. 수액이 모이는 속도는 애가 탈 만큼 느렸다. 유리가 일어섰다 앉았다 초조해하며 츠유키에게 다가가 다음 계획을 물었다.

"이제 어떻게 할 작정이죠?"

유리가 기대하는 대답은 분명했다. '수액이 어느 정도 모이면, 그걸 가지고 섬을 떠난다.'

"팀을 둘로 나눌 겁니다. 그래서 말인데 우에하라 씨와 유리 씨에게 부탁이 있어요. 이화학연구소에 있는 야마자키 부교수에게 헤비콘 수액을 전달해주세요. 그에게 연락해두겠습니다. 수액 성분을 분석해 효능을 알아내면 남극 시아노박테리아의 독성을 없앨 방법을 개발할 수 있을지도 몰라요."

"저랑 우에하라 씨만 가라고요? 다 함께 가는 게 아니라?"

유리는 수액 채취라는 소기의 목적을 달성했으니, 여기 더 머무를 이유가 없다고 생각하는 듯했다.

"이게……." 츠유키는 헤비콘 이삭 끝에서 떨어지는 수액 방울을 가리키며 말했다.

"특효약이라는 건 아직 가설에 불과해요. 확증이 없는 이상, 모두 동시에 섬을 떠나는 건 위험합니다. 저는 섬에 남아 확증을 얻기 위해 조사를 더 해볼게요. 남은 시간은 9시간 정도. 그 시간이 긴지 짧은지는 사람에 따라 다르겠죠. 제 생각엔 충분한 시간 같습니다. 아슬아슬할 때까지 여기서 할 일을 해야겠어요."

"뭔가 석연치 않은 점이 있는 거로군요."

게이코가 지적한 대로였다. 헤비콘의 수액으로 재앙을 막을 수 있다면 더할 나위 없겠지만, 일이 그렇게 간단히 풀릴 거라는 보장은 없었다.

우에하라는 츠유키의 의견에 동의하며 앞으로 자신이 어떻게 행동할 것인지 알려주었다.

"헤비콘 수액과 붉은 열매를 이화학연구소에 전달한 후, 내일 오전 2시 무렵까지 해변 공원으로 돌아오겠습니다. 그때까지는 반드시 섬에서 탈출하도록 합시다."

우에하라는 상황을 잘 이해하고 있었다. 오다이바 해변 공원에 두고 온 차는 1대뿐이었다. 남극 시아노박테리아가 덮쳐올 것으로 예상되는 시각은 내일 오전 3시 반 경. 교통 체증이나 사고가 없다면 이화학연구소가 있는 사이타마현 와코시까지 왕복 서너 시간이 걸릴 터였다. 현지에서 야마자키 부교수와 대화를 나누더라도 내일 오전 2시 무렵까지는 충분히 돌아올 수 있다. 우에하라는 시간을 여유 있게 잡고 해변 공원으로 돌아와 츠유키, 게이코, 란, 유카리를 태워 재빨리 다이바 구역을 벗어날 생각이었다.

"마음이 든든하네요. 잘 부탁드립니다. 하지만 여차할 때는 본인의 목숨을 우선시하시고요."

자기 몸을 희생해 남을 구하려 하는 사람으로 인정받은 것이 기쁜 듯, 우에하라는 만족스럽게 고개를 끄덕였다.

오후 7시 47분.

적당히 모인 수액을 플라스틱 케이스 2개에 나눠 담자, 각각 3분의 1 정도가 찼다. 분석하기에는 충분한 양이었다. 우에하라와 유리는 헤비콘 수액이 담긴 케이스를 하나씩 배낭에 넣고 선착장으로 가서 고무보트에 올라탔다.

운전은 츠유키가 맡았다. 고무보트는 3인승이라 마지막에 4명이 탈출하려면 2대가 필요하다. 그는 우에하라와 유리를 제3다이바 선착장에 내려준 뒤, 혼자 재빨리 돌아올 작정이었다.

비가 그치고 바람도 조금 약해져서 올 때보다 물살이 잦아들었다. 하지만 겹겹이 뒤덮은 구름은 빠르게 움직였고, 군데군데 푸른 번갯불도 보였다. 머리 위 레인보우 브리지에서는 정체된 차량 행렬이 사라졌고, 사이렌을 울리며 달려가는 경찰차의 빨간 불빛이 상층의 고속도로를 스쳐 지나갔다.

다리와 평행하게 500미터쯤 나아가서 제3다이바 선착장에 도착하자, 츠유키는 보트 앞쪽을 바위에 밀착시킨 뒤 로프를 들고 선착장으로 펄쩍 뛰어올라 배를 고정시켰다. 그리고 손을 내밀어 유리를 끌어올리고, 우에하라가 안전하게 건너올 수 있도록 헤드램프로 발밑을 비춰주었다.

젖은 바위 위에 선 세 사람은 서로 건투를 빌며 작별 인사를 나누었다.

"그럼 조심하세요. 금방 다시 만납시다."

재회를 기약한 작별임을 서로 확인한 후, 우에하라와 유리는 선착장 안쪽으로 달려갔다. 두 사람이 울타리를 넘어 울창한 나무들 사이로 사라지자 츠유키는 다시 보트로 돌아갔다.

바위에 묶은 로프를 풀려는 순간, 자연스럽게 제6다이바가 츠유키의 눈에 들어왔다. 어두운 바다에 떠 있는 것은 더 어두운 섬의 형체였다. 섬을 뒤덮은 키 큰 나무들의 밀도가 높아, 멀리서 보니 검게 뒤덮인 생명체가 섬 위에 내려앉아 덮치려는 것처럼 보였다. 방금까지 그 내부에 있었다고 생각하자 위험을 두려워하지 않는 츠유키도 몸이 움츠러들었다.

무심코 고개를 숙이자 부글부글하는 파도 소리와는 다른 으스스한 소리가 들렸다. 발밑의 바위 틈새에서 기포가 솟아올랐고, 저 앞바다 해수면에서는 지금까지와 달리 이안류離岸流가 발생하고 있었다. 바다의 상태가 완전히 달라지려 하고 있었다.

5

오후 8시 57분…….

나카자와 유카리와 란. 한 핏줄이지만 굳건한 인연으로 이어지지 못했던 모녀와 함께 게이코는 츠유키가 돌아오길 기다렸다. 제3다이바 선착장까지 우에하라와 유리를 데려다주고 오는 데 시간이 얼마나 걸릴까. 츠유키의 말투만 들으면 30분 남짓일 것 같았는데 벌써 1시간이 지났다.

세 사람은 늪을 떠나 탄약고가 있던 구덩이로 돌아왔다. 허기를 달래기 위해 등유 버너로 물을 끓여 컵라면을 먹기로 했다. 원래는 츠유키가 돌아오면 함께 야식을 먹으려 했지만 란이 배고프다고 하소연해 어쩔 수 없었다. 돌이라도 씹어 먹을 나이의 식욕을 증명하듯 란은 순식간에 컵라면 하나를 먹어 치우고, 곧바로 다른 컵라면에 뜨거운 물을 부으려 했다. 그 모습에 절로 흐뭇한 미소가 번져, 좁은 공간에 모여 있는 세 여자의 어색한 분위기를 녹여주었다.

컵라면은 따뜻할 뿐 아니라 고형물과 수분을 간단하게 섭취할 수 있어서 좋다. 게이코는 면과 국물을 먹으며 유카리와 란을 넌지시 관찰했다. 유가리는 출산하고 얼마 지나지 않아 아이를 버렸기에 정상적으로 유대감을 쌓을 기회가 없었다. 유카리는 란이 자신과 피를 나눈 딸이라는 사실을 알았지만, 란은 유카리의 정체를 전혀 알지 못했다.

섣불리 대화를 나누면 란에게 거짓말이 들통날지도 모른다는 압박감이 게이코의 입을 틀어막았고, 괜히 사소한 것까지 신경 쓰게 만들었다. 게이코는 손목시계로 시간을 확인할 때마다 선착장으로 이어지는 좁은 길에 시선을 주며 츠유키가 나타나기를 기다렸지만, 덤불을 헤치는 소리는 전혀 들리지 않았다. 츠유키는 곁에 있는 것만으로도 안심을 주는 존재였다. 츠유키의 부재는 게이코의 불안으로 이어졌다. 츠유키에게 품은 어렴풋한 호감이 명확한 연애 감정으로 발전하고 그 마음이 보답받는다면, 란의 새어머니가 되는 미래도 있을 수 있다. 그 때 유카리와는 어떻게 지내야 할까. 자연스레 떠오르는 복잡한 인간관계가 이 자리를 거북하게 만드는 원흉이었다.

게이코가 컵라면 하나를 다 먹기도 전에 란은 2개를 깔끔하게 먹어치우고 하나를 더 먹으려 했다. 얼른 비닐 포장을 벗기려는 걸 게이코는 저도 모르게 제지했다.

"잠깐만, 더 먹으려고?"

"아직 2개 더 남았잖아요."

"아빠를 위해서 남겨둘 생각은 없는 거니?"

섬에 가져온 컵라면은 6개였다. 우에하라와 유리가 섬을 떠나서 남은 2개를 란은 서슴없이 제 몫으로 챙기려 했다. 츠유키는 몸집이 크고 지금까지 제일 활발하게 움직였다. 제3다이바에 다녀오면 분명 배가 고플 테니, 게이코는 2개를 남겨두고 싶었다. 하지만 란은 그런 배려심이 전혀 없는 듯했다. 유복한 할아버지와 할머니가 응석받이로 키운 탓이라는 걸 알면서도 게이코는 그 무신경함에 짜증이 치밀었다.

험악해진 분위기를 누그러뜨린 건 유카리였다.

"괜찮으면 이거 먹을래?"

유카리가 자기 컵라면을 란에게 내밀었다. 하지만 그 행동은 불에 기름을 끼얹는 결과를 초래했다.

"나더러 먹다 남긴 걸 먹으라는 거예요?"

툭 내뱉은 말에 컵라면을 든 유카리의 손이 허공에서 멈췄다. 란이 한 번 더 몰아붙였다.

"그나저나 아줌마는 누구예요? 왜 그런 눈으로 날 보는 거죠?"

"그런 눈이라니, 어떤 눈?"

유카리가 묻자 란은 솔직하게 대답했다.

"기분 나쁜 눈."

란은 자신을 바라보는 유카리의 눈매를 과장되게 흉내 내며 얼굴을 쑥 들이밀었다. 게이코는 무심코 웃음을 터뜨렸다. 두 사람의 닮은 얼굴이 서로 한 핏줄임을 증명하고 있었다. 란은 자신과 닮은 눈매를 보고 '기분 나쁘다'라고 느낀 것이다.

란이 본능적으로 눈치챈 게 아닌가 하는 의혹이 문득 가슴속에 떠올랐다. 란의 감이 좋다는 이야기는 여러 번 들었다. 어쩌면 자신을 버린 어머니에게 작게나마 앙갚음하려고 일부러 유카리의 심기를 건드리는 말을 내뱉었는지도 모른다.

란은 컵라면을 배낭에 도로 넣었다. 게이코는 츠유키를 위해 컵라면 2개를 확보했다는 생각에 안도의 한숨을 내쉬며 손목시계에 시선을 주었다. 시곗바늘은 9시 10분을 가리키고 있었다. 츠유키가 섬을 나선 지 1시간 반이 지났다. 아무리 그래도 너무 늦다.

혹시 츠유키가 이미 돌아와 늪에서 기다리고 있는 건 아닐까 싶기도 했지만, 출발하기 전에 "비바람을 피할 수 있는 탄약고 터에서 기다려요. 거기서 합류하죠" 하고 몇 번이나 당부한 건 츠유키였다. 착각해서 늪으로 갈 리 없었다.

등에서 배어난 식은땀이 등뼈를 타고 허리로 흘러내렸다. 자꾸 불안이 쌓였다. 사고라도 난 것은 아닐까. 보트가 뒤집혀 밤바다에 빠진 모습이 떠올랐을 때, 갑자기 정면의 덤불에서 빠직빠직 하고 나뭇가지가 부러지는 소리가 들리더니 츠유키가 고꾸라질 듯한 자세로 튀어나왔다.

랜턴 불빛에 비친 츠유키의 얼굴에는 밤인데도 한눈에 피로한 기색이 역력했다. 어두운 탓에 오히려 음영이 진해져 얼굴에 새겨진 주름이 더 도드라졌다.

기세를 올려 비탈을 오르려다 힘이 다했는지 츠유키는 땅에 무릎을 털썩 꿇더니 큰대자로 드러누워 하늘을 올려다보았다. 두툼한 가슴팍이 위아래로 크게 요동쳤다. 아무래도 바다를 건너는 동안 불의의 사태에 휘말린 듯했다. 아무튼 무사히 돌아온 게 기뻐서 게이코는 "다행이다" 하고 진심으로 안도했다. 그리고 하늘을 보고 누운 츠유키 곁으로 달려가 "괜찮아요?", "왜 이렇게 늦었어요?", "대체 무슨 일이 있었던 거예요?" 하고 연거푸 물었다.

츠유키가 거친 호흡을 가다듬고 상반신을 일으키자 게이코는 생수 페트병을 내밀었다. 츠유키는 게걸스럽게 물을 꿀꺽꿀꺽 마신 뒤 젖은 입가를 옷소매로 닦고 숨넘어갈 듯한 목소리로 말했다.

"술 좀 데워 주지 않겠어요?"

섬에 종이팩에 담긴 청주도 가져왔다. 게이코는 작은 냄비에 술을 따라 적당히 데우고 컵에 따라 츠유키에게 건넸다. 츠유키는 한 방울도 흘리지 않고 술을 들이켠 후, 뱃속 깊은 곳에서부터 길게 숨을 내쉬었다. 동시에 안색이 점점 좋아졌다. 청주 한 잔이 각성제처럼 작용해 정신이 번쩍 난 듯했다.

"어때요, 일어설 수 있겠어요?"

게이코의 말에 츠유키는 몸을 뒤집어 네발로 엎드리더니 탄약고가 있던 구덩이로 기어 들어갔다. 갈증을 달랬으니 이제 허기를 채워야 했다. 게이코는 식욕 넘치는 여고생에게서 지켜낸 컵라면에 뜨거운 물을 부어 츠유키에게 건넸다.

"고마워요. 이야, 힘들어 죽을 뻔했네."

면이 익기를 기다리는 동안 츠유키는 아까 있었던 일을 모두에게 들려주었다.

"우에하라 씨와 유리 씨는 무사히 보냈습니다. 문제는 그다음이었죠. 보트를 타고 돌아오는데 바람이 역풍으로 바뀌어 보트가 잘 나아가질 않더군요. 게다가 선외기가 고장 났지 뭡니까. 어쩔 수 없이 노를 저었는데, 어째선지 두통과 현기증, 구역질이 밀려오고 아무리 노를 저어도 물살을 이겨낼 수가 없었어요. 그야말로 기진맥진해서 간신히 섬에 도착했죠."

평소 약한 소리를 하지 않는 츠유키가 양손을 가슴 앞에서 교차시키고 어깨를 떨며 자신이 어떤 고난을 겪었는지 설명했다. 츠유키가 묘사한 바다의 상황이 게이코의 머릿속에 정확하게 전해지진 않았다. 몸과 마음이 극한에 몰린 끝에 환각을 본 것은 아닐까. 바다에서 조난당한 사람은 환각과 환청에 시달린다는 이야기를 들은 적이 있다.

하지만 늘 강한 모습을 보여주던 남자의 약한 모습이 사랑스럽게 다가와서, 게이코는 유카리와 란이 보거나 말거나 츠유키를 꼭 끌어안아주고 싶은 충동에 휩싸였다. 마치 어머니처럼 바지런히 이것저것 챙기며, 츠유키가 컵라면을 다 먹자마자 하나 더 준비하려 했다.

"하나로는 부족하죠? 더 먹어요."

츠유키는 대답하지 않고 유카리와 란의 얼굴을 번갈아 보았다.

"두 사람은 먹었고?"

유카리는 고개를 끄덕였지만 란은 아무 반응 없이 묵묵부답이었다.

"이제 좀 살겠다. 신경이 곤두서서 그런지 식욕이 별로 없네요. 란, 마지막 하나는 네가 먹으렴. 한창 먹을 때니 2개로도 부족하겠지."

……2개가 아니라 3개인데.

게이코의 말 없는 항의는 츠유키에게 전해지지 않았다. 란은 이겼다는 듯한 얼굴로 게이코를 바라본 후 컵라면에 뜨거운 물을 부었다.

그때 게이코의 스마트폰이 울렸다. 화면에 우에하라라는 이름이 떠 있었다.

“우에하라 씨예요.”

게이코는 누군지 알려주고 나서 통화 버튼을 눌렀다.

“우에하라입니다. 방금 이화학연구소의 야마자키 부교수님에게 헤비콘 수액을 전달했어요.”

우에하라와 유리가 임무를 완수했다는 소식에 게이코는 안도했다.

“그렇군요, 다행이에요. 고생 많으셨어요.”

“그런데 지금 거기 츠유키 씨 있습니까? 아까부터 계속 전화를 걸었는데 받질 않아서요.”

바다에서 악전고투하느라 츠유키는 방수 케이스에 넣어둔 스마트폰을 확인할 여유가 없었다. 안절부절 못하던 우에하라가 결국 게이코에게 전화를 건 것이다.

“바로 옆에 있어요. 바꿀까요?”

“네, 부탁드립니다.”

게이코는 스마트폰을 츠유키에게 내밀었다.

“츠유키입니다. 죄송합니다. 전화가 온 줄도 몰랐네요.”

“아까 야마자키 교수님과 함께 컴퓨터로 우라야마댐에서 넘쳐흐른 물의 흐름을 확인했어요. 댐 직원도 사태의 심각성을 인식했는지 방류가 시작되자마자 수류 조사용 부표를 방출했거든요. 내부에 초소형 GPS가 내장된 발포 스티로폼 부표가 순조롭게 물살을 타고 이동해, 남극 시아노박테리아의 선두와 후미의 위치를 대략적으로 확인할 수 있습니다. 지금 놈들은 가와고에시 동쪽에 있어요. 유속은 조금 낮아져서 초속 약 3미터. 이대로 가면 기타구의 이와부치 수문에서 스미다가와강과 아라카와강으로 갈라질 겁니다. 도쿄만에 도달할 것으로 예상되는 시각은 내일 오전 3시에서 4시 사이입니다.”

“거의 예상한 대로네요. 하천 유역 주민들은 피해를 입지 않았습니까?”

"다행히도 아직 눈에 띄는 피해는 없는 것 같습니다. 당연히 수돗물 취수는 중단됐지만요. 포자가 되어 공기 속을 떠돌면 위험하다는데, 지금은 물속에 있어서 괜찮은가 봅니다. 문제는 도쿄만에 머무르며 증식하는 경우라고 합니다. 포자가 형성되어 바람을 타면 지치부 사쿠라 호수와는 비교도 안 될 만큼 큰 피해가 발생할 것이고, 도쿄에 더는 사람이 살 수 없게 될 거라고 합니다."

츠유키의 머릿속에 사람이 아무도 없는 대도시의 스산한 광경이 떠올랐다.

6

오후 11시 15분.

일행은 다시 남서쪽 모서리에 있는 늪으로 향했다. 우에하라와 유리가 빠져서 4명으로 줄었지만, 길은 같았다. 여전히 질척거리면서도 찐득한 땅이 발걸음을 방해해 느릿느릿 걸어가야 했다.

몇 시간 전, 해가 지기 직전 늦은 오후에 여기를 걸었을 때는 원생림이 빛을 차단해 좁은 길 주변이 어둑어둑한 정도였지만, 이제는 완전히 어둠이 지배하고 있었다. 아까와 다른 점은 어둠의 농도만이 아니었다. 식물이 자아내는 분위기도 달랐다.

장수풍뎅이 나무의 꼭대기에 달린 커다란 잎사귀는 해파리 같은 갓을 접었고, 풍차 모양의 꼬투리도 움직임이 작아져 있었다.

츠유키는 늪 가장자리에 있는 헤비콘으로 다가가 이삭 끄트머리에서 떨어지는 수액이 얼마나 모였는지 확인했다. 끝부분에 매단 플라스틱 케이스가 텅 빈 걸 보고 츠유키는 깜짝 놀라 얼굴을 가까이 들이댔다. 이삭 끝에서는 수액이 한 방울도 떨어지지 않았다. 희미해진 생명의 등불이 마침내 꺼지려는 걸까, 아니면 이미 꺼져버린 걸까.

츠유키가 말없이 돌아서서 고개를 젓는 모습을 본 게이코는 다른 이삭에 설치한 플라스틱 케이스를 확인했다. 모두가 남아 있던 생기를 잃고 완전히 말라붙어 있었다. 앞으로 서너 시간 안에 남극 시아노박테리아가 몰려올 텐데, 대체할 수단은 사라지고 말았다. 4명에게 균등하게 나눌 수액조차 없었다.

츠유키의 머릿속에 도망쳐야겠다는 생각이 번뜩였다. 섬에 남아 있으면 도망칠 곳이 없다. 시간이 있을 때 보트로 탈출해 제3다이바로 건너가야 한다. 제3다이바는 육지와 연결돼 있으니 도주 경로를 여러 개 찾을 수 있을 것이다. 문제는 보트였다. 2대 중 1대의 선외기가 고장났다. 보트의 정원은 3명. 정원을 초과해 4명이 1대에 타면 균형이 무너져 뒤집힐 위험이 크다. 잔잔한 바다라면 모를까, 태풍이 지나가고 해수면에는 기묘하게 기포가 일고 있다. 보트가 뒤집혀 밤바다에 빠지면 살아남을 가능성은 없다. 밤바다에 빠지는 건 죽음을 의미한다.

도망쳐도 지옥, 남아도 지옥.

선택을 앞두고 츠유키는 눈을 이리저리 굴리며 갈등했다. 한편 사정을 알아차린 게이코가 두 눈을 부릅뜨고 얼굴을 가까이 들이밀었다. '어떻게 할 거예요? 빨리 결정해요'라는 재촉이 담긴 시선이 가슴에 꽂히는 듯했다.

바쁘게 움직이던 시선이 란과 유카리를 포착했을 때, 츠유키는 문득 긴장이 풀렸다. 두 사람은 츠유키와 게이코만큼 긴장된 표정이 아니었기 때문이다. 오히려 맥이 탁 풀릴 정도로 평온한 얼굴이었다.

츠유키는 게이코에게 눈짓하며 "다른 나무는 상태가 어떤지 확인하고 올게요. 다들 여기서 기다려요"라는 말을 남기고 덤불을 헤치며 늪 남쪽에 있는 석축으로 걸어갔다. 비탈을 올라 풍경이 트이자 멈춰 서서 헤드램프로 주변 상황을 살폈다.

일찍이 섬의 방어벽이었던 높이 약 5미터의 석축은 섬에서 유일하게 높은 지대였다. 마나쓰루의 해안 절벽을 깎아 얻은 돌로 쌓은 석축은 돌 사이의 이음매가 불규칙한 격자무늬를 이루고 있었지만, 츠유키가 있는 꼭대기에서는 그 무늬가 보이지 않았다.

석축에서 몸을 내밀어 해수면에 헤드램프 불빛을 비추려는 순간 스마트폰이 울렸다. 화면에는 야마자키의 이름이 있었다. 츠유키는 적당한 돌 위에 앉아 통화 버튼을 눌렀다.

야마자키는 츠유키 일행이 무사한지 확인한 뒤 현재 상황을 알렸다.

"부표의 위치로 판단컨대 현재 시아노박테리아는 아사카시의 동쪽 부근에 있어. 제6다이바까지 서너 시간쯤 걸릴 거야."

"그렇군."

놈들은 착실하게 거리를 좁히고 있었지만, 츠유키 일행은 대처할 수단을 점점 잃어가고 있었다.

"꼭 전하고 싶은 말이 있어서 전화했어."

야마자키는 그렇게 운을 떼더니 물었다.

"남극 시아노박테리아는 대체 어디서 온 거야?"

뜻밖의 질문에 츠유키는 김이 샜다.

"뭘 이제 와서……. 당연히 남극의 심층 얼음에서 빠져나왔겠지."

"아니, 그래서는 연대가 안 맞아. 남극 대륙을 뒤덮은 빙상은 오랜 세월 내려 쌓인 눈과 서리가 압력을 받고 굳어서 형성된 거야. 3,000미터 깊이의 얼음이 형성된 건 오래 잡아도 기껏해야 100만 년 전이지. 하지만 남극 시아노박테리아가 유폐된 시기는 시아노박테리아가 진핵생물에 기생한 시대와 같은 무렵일 테니, 십수억 년 전으로 거슬러 올라가야 해. 그 무렵 남극 대륙은 지금 위치에 있지 않았고, 곤드와나나 판노티아 같은 초대륙의 일부로서 남태평양을 떠돌고 있었어. 이후 초대륙에서 분열된 남극 대륙은 수억 년에 걸쳐 현재 위치로 이동해 자리를 잡았지. 결국 남극 시아노박테리아가 숨어 있던 건 빙상이 아니라, 초대륙 시절의 지층…… 그것도 염분을 포함한 바닷물이라고 봐야 앞뒤가 맞아."

츠유키가 놓쳤던 핵심이었다. 남극에 빙상이 형성된 건 기껏해야 100만 년 전…… 시아노박테리아가 진핵생물에 기생한 건 십수억 년 전…… 두 시기는 일치하기엔 너무 큰 간극이 있었다.

"그런데 왜 바닷물이지? 남극의 두꺼운 얼음 밑에 바다가 있다고 말하고 싶은 거야?"

야마자키는 잠시 호흡을 가다듬었다.

"중요한 부분이니까 잘 들어. 우리 팀은 다양한 각도에서 접근해서 남극 시아노박테리아의 특성을 세밀하게 조사했어. 그렇게 얻은 다양한 데이터를 분석한 결과, 남극 시아노박테리아가 호염균으로 분류된다는 사실을 알아냈지."

지구 표면의 70퍼센트를 차지하는 바다는 염분을 포함하지만, 호수나 하천은 담수로 이루어져 있다. 따라서 물에 서식하는 세균은 염수에 적응하는 호염균과 담수에 적응하는 비호염균으로 분류되며, 당연히 자신이 적응한 물에서 더 큰 능력을 발휘할 수 있다.

"남극 시아노박테리아가 염화나트륨을 좋아하나?"

"그래. 지치부 사쿠라 호수에서 증식한 걸 봐도 알 수 있듯이 담수에서도 증식은 가능하지만, 염분이 포함된 환경에서는 제약이 없어져서 증식 속도가 훨씬 빨라져. 놈들이 가장 선호하는 염분 농도는 약 3퍼센트인데, 그건 도쿄만의 염분 농도와 정확히 일치해. 놈들이 왜 지치부 사쿠라 호수를 탈출해 도쿄만으로 진출하려 하는지 알겠지? 자신들의 잠재력을 최대한 끌어올리려는 거야."

사태의 심각성을 깨달은 츠유키는 숨을 삼켰다.

"증식 속도는 얼마나 빨라지지?"

"약 30에서 40퍼센트."

츠유키는 30에서 40퍼센트라는 증식 속도가 의미하는 바를 간단한 숫자를 대입해 바로 암산해보았다. 가령 20분(3분의 1시간)마다 1개에서 2개로 세포 분열하는 세균이 12분(5분의 1시간)마다 세포 분열할 수 있게 된다면, 10시간 후에는 개체 수가 100만 배 차이 난다. 기껏해야 30퍼센트라고 얕볼 수 없었다. 제곱을 거듭하는 사이 차이는 상상을 초월하게 커진다.

"지치부 사쿠라 호수에서 증식은 했지만, 생식 범위는 기껏해야 댐 본체에서부터 50미터 정도의 수면에 한정돼 있었어. 그런데 도쿄만으로 진출해 증식 속도가 30퍼센트 높아지면, 우리가 계산한 바로는 고작 몇 시간 만에 도쿄만 전체가 남조류로 두껍게 뒤덮일 거야. 일기예보에 따르면 태풍이 지나가고 내일은 맑을 거라더군. 햇살이 강하면 광합성이 활발해져서 놈들의 움직임이 더욱 격렬해질 테니, 포자가 대량으로 발생하겠지."

포자는 조류나 균류가 형성하는 생식 세포로, 꽃가루와 거의 같은 개념이다. 도쿄만 전체를 뒤덮은 녹색 남조류에서 발생한 엄청난 양의 포자가 뙤약볕이 내리쬐는 하늘로 일제히 날아오르는 장면이 츠유키의 머릿속에 펼쳐졌다. 호흡을 통해 포자를 폐에 받아들인 인간은 거의 100퍼센트 확률로 사망한다.

"이대로 방치하면……." 야마자키도 같은 이미지를 떠올렸는지 코앞으로 닥쳐올 미래를 묘사했다.

"내일 점심 무렵에는 도쿄만을 가득 채운 남조류에서 발생한 어마어마한 양의 포자가 바람을 타고 도쿄뿐만 아니라 요코하마에서 치바에 이르는 연안으로 퍼져 막대한 피해를 초래하겠지. 수도권이 전멸할 뿐 아니라 다른 만으로 번지면 피해가 전국 규모로 커질 거야. 아니, 지구의 육지는 전부 바다로 연결돼 있으니, 세계적인 비상사태가 일어날지도 몰라.”

말을 꺼내려 했지만 목이 메어 츠유키는 침을 삼켜 목구멍을 적셨다.

“감염성 시아노박테리아가 대량 발생했을 때, 피해를 입는 건 인간뿐이야?”

“모르겠어. 아직 동물 실험까지는 못 해봤거든.”

츠유키는 우주에 의지라는 것이 있다면 그 의도가 궁금했다. 인간만 식별해서 제거하려는 것인지, 아니면 제거할 대상을 모든 동물로 삼으려는 것인지.

“놈들의 약점은 뭐지?”

“열에 약해. 출처가 남극인 만큼 한랭 환경에는 강하지만, 열에는 몹시 약하지. 수온이 50도를 넘으면 사멸해.”

예상한 대로였다. 일반적인 세균과 크게 다르지 않게 열에 약했다.

“저기, 히데. 난 지금 이번 사태의 한복판에 있어. 내가 뭘 어떻게 해야 할까?”

고작 2~3초의 침묵이 길게 느껴졌다. 야마자키는 무슨 말을 해도 위안이 되지 않으리라는 걸 알고 있었다.

“거기서 도망칠 생각은 없는 거야?”

야마자키는 사이타마현 와코시에 있었다. 감염성 시아노박테리아의 위협이 바로 닿지는 않는 거리였다.

“도망칠 수단이 이미 사라졌어.”

“학창 시절과 똑같군. 넌 옛날부터 도망엔 소질이 없었지.”

“칭찬으로 받아들여도 되는 거지?”

“네 맘대로 해. 이봐, 설마 헤비콘 수액을 섭취했으니까 괜찮다고 생각하는 건 아니겠지? 효능을 증명하려면 시간이 더 필요해. 아직은 아무 보증도 없어.”

야마자키는 헤비콘 수액이 말라버렸다는 사실을 알지 못한다. 츠유키는 일부러 그 사실을 언급하지 않고 조언을 구했다.

"뭔가 아이디어가 있으면 알려줘. 인간으로서 의무를 다하기 위해 가장 효과적인 방법은 뭘까?"

"모르겠어. 솔직히 이제 와서 뭘 해도 늦은 것 같은데."

"그렇군. 내 나름대로 생각해볼게. 해야 할 일을 찾아서 하는 거지. 어이, 히데. 여기서 돌아가면 느긋하게 술이라도 한잔하자."

다시는 그럴 기회가 없을 줄 알면서도 야마자키는 밝게 대답했다.

"그래. 꼭 마시자."

"뭔가 진전이 있으면 또 연락 줘."

그렇게 말하고 전화를 끊은 츠유키는 스마트폰을 움켜쥔 채 자문자답했다. 하늘이 이미 인류를 버렸다면 야마자키의 말대로 이제 뭘 해도 늦었으리라. 하지만 츠유키는 그렇지 않다고 믿고 싶었다. 하늘은 호박이 넝쿨째 굴러드는 식으로 은혜를 일방적으로 베푸는 존재가 아니다. 이쪽에서 희생정신이 넘치는 행동으로 자극을 주면 하늘도 다시 의지를 불태울 것이다.

스마트폰을 부러질 만큼 꽉 움켜쥐고 있었다는 걸 깨닫고 손에서 힘을 풀었을 때, 늪 부근에서 여자의 비명이 들려왔다. 한순간 정적이 흐른 뒤, 또다시 비명이 들렸다. 츠유키는 란의 목소리라는 걸 알아차렸다. 틀림없었다. 도와달라는 뜻이 담긴 비명이었다.

7

게이코는 다른 나무의 상태를 확인하러 간 츠유키가 사라진 덤불 쪽을 한동안 바라보았다. 그가 나무를 헤치고 나아간 곳에는 남쪽 석축밖에 없었다. 게이코는 다시 여자 셋만 남겨졌다는 불안함에, 츠유키가 떠나기 직전에 던진 눈짓의 의미를 곱씹어보았지만 '유카리와 란을 잘 지켜보라'는 의미밖에 떠오르지 않았다.

유카리는 주변의 나뭇잎을 1장씩 뜯어 냄새를 맡고, 타로카드처럼 땅에 늘어놓으며 혼잣말을 중얼거렸다. 그 옆에서 란이 나무줄기에 몸을 기대고 당장이라도 잠에 들 것처럼 꾸벅꾸벅 졸고 있었다. 두 사람의 보호자 역할을 떠맡은 거라면 짐이 너무 무겁다. 불안감에 시달리는 자신이 이런 상황에서도 태평하게 행동하는 사람들을 어떻게 돌볼 수 있겠는가.

시간이 많이 흘렀는데도 츠유키가 돌아오지 않아서 겁이 났다. '예상보다 늦은 복귀'라는 말 앞에는 죽음의 그림자가 드리운다. 모르는 것이 너무 많아 불안만 커졌다. 구명줄인 헤비콘 수액은 말라버렸고, 섬에서 탈출할 유일한 수단인 보트는 믿음직스럽지 않았다. 앞으로 무슨 일이 일어날지 전혀 예측이 되지 않았다.

유카리와 란은 스스로 지원해 이 섬에 왔다. 란이 츠유키 앞에 버티고 서서 자기도 가겠다고 선언하는 모습을 게이코는 실제로 보았다. 유카리는 자기 힘으로 제3다이바까지 와서 기어이 멤버에 합류했다. 둘은 무슨 목적으로 이 섬에 온 것일까. 궁금한 점이 산더미처럼 쌓여 있었다.

다시 찾아온 거북함은 탄약고 터에서 츠유키가 돌아오기를 기다리던 때보다 컸다. 고개를 돌릴 때마다 헤드램프 불빛이 시선을 따라 움직이며 나무의 일부를 동그랗게 비췄다. 불빛을 받은 부분이 검은 배경 속에서 고개를 번쩍 쳐들고 이쪽으로 몰려오는 것처럼 보였다.

……감시당하고 있어.

지나친 생각이 아니었다. 무수히 많은 눈이 세 여자를 감시하고, 관찰하며, 존재 가치를 평가하고 있었다. 식물은 스스로 소리를 내지 않는다. 나무 사이를 스치는 바람이 가지와 잎사귀를 부스럭거리며 흔들뿐이다. 섬 전체가 몸서리를 치듯 부스럭거릴 때면, 게이코는 숨을 죽였다. 나뭇잎이 서로 스치는 소리가 속삭임처럼 들려서 게이코는 심장이 빠르게 뛰었다.

식물인데도 자기 의지로 움직이는 대표적인 예로 파리지옥을 들 수 있다. 파리지옥은 특수한 분비물에 유인된 파리가 잎 위에 올라앉은 걸 감지하는 순간, 속눈썹처럼 생긴 가시가 줄지어 있는 녹색 잎 2장을 닫아서 파리를 붙잡는다. 포충잎 사이에 갇힌 파리는 소화액에 천천히 녹아서 흡수되고, 소화되지 않은 잔해는 버려진다.

그때 하나오카 아츠시가 죽은 집에도 시신의 잔해가 남아 있었고, 체액이 스며든 카펫에 파리가 모여들어 알을 슬었다. 식충식물에서 하나오카의 집을 날아다니던 파리 떼로 이어진 생각은, 거기서 멈추지 않았다.

뭔가 마음에 걸리는 점이 있었다. 콧속에 시체 냄새가 되살아나면서 밋밋한 얼굴이 머릿속에 떠올랐다. 그 얼굴은 점차 이목구비가 뚜렷해지면서 아는 여자의 얼굴로 변했다. 특수청소 회사의 사무실에서 후나키라는 청년을 취재했을 때의 기억이었다. 하나오카 아츠시가 변사한 집을 청소하다가, 남극 얼음이 담겼던 것으로 추정되는 발포 스티로폼 용기를 발견한 후나키는 하나오카 아츠시가 죽었을 당시 제삼자가 함께 있었을 가능성을 암시했다. 사용한 술잔이 2개였고, 배달시킨 피자의 양이 혼자 먹기에는 지나치게 많았다는 점이 특수청소 일을 하면서 길러진 감과 이어져 제삼자의 존재를 가정하게 만들었다. 이야기를 들으며 아주 자연스럽게 여자 얼굴이 떠올랐다는 걸 게이코는 기억해 냈다.

게이코는 하나오카가 죽은 맨션에 가본 적은 없었다. 하지만 주소는 알고 있었다. 나카노구 야마토초. 길 하나만 건너면 스기나미구 아사가야기타가 나온다. 나카자와 유카리가 사는 연립주택에서 그리 멀지 않은 곳이었다.

마지막 만찬 때, 하나오카의 집에 제삼자가 있었다는 후나키의 가정이 옳다고 치자. 임시로 그 제삼자를 A라고 부르겠다. 술잔이 2개 남아 있었으니 A도 남극 얼음으로 희석한 술을 마셨을 것이다. 하나오카와 A는 건배를 하고 술을 마셨다.

그 직후 사태가 급변했다. 하나오카는 극심한 고통에 가슴을 쥐어뜯다가 호흡 곤란에 빠져 숨을 거두었다. A는 아무것도 하지 못하고 그저 그 모습을 바라볼 수밖에 없었다. 경찰이나 구급차를 절대로 부르지 못할 사정이 있었기 때문이다.

하나오카가 죽는 걸 지켜본 A는 자신이 있었던 흔적을 최대한 지우고 여벌 열쇠로 문을 잠근 뒤 밤거리로 사라졌다. 하나오카는 죽었지만 A는 죽지 않았다. 지금까지 남극 얼음을 섭취하고 살아남은 사람은 없었다. 게이코가 아는 한 그런 재주를 부릴 수 있는 사람은 한 사람뿐이었다. 남극 얼음과 같은 성분을 지닌 붉은 열매를 먹고도 죽지 않았던 사람…… 나카자와 유카리다.

후나키의 가정이 옳다면, A에 해당하는 사람은 나카자와 유카리 말고는 없었다.

하나오카와 유카리는 남녀관계였음이 틀림없다. 유카리는 30살인 하나오카보다 11살 많았지만 20대라고 해도 믿을 만한 외모를 유지하고 있었다. 이른바 동안 미인이자 팜므파탈이었다. 연상 여성 특유의 수완으로 젊은 남자를 길들여 마음대로 조종했을 가능성이 있다. 여벌 열쇠를 받았을 가능성도 충분하다.

꿈꾸는 허브 모임의 여성 신도 7명, 하나오카 아츠시, 아베 유타카, 지치부 사쿠라 호수의 하시모토 일가족 3명, 마을 주민 27명. 시체가 산더미처럼 쌓이는 계기를 만든 건 모두 나카자와 유카리였다.

그녀는 늘 사건 한가운데 머물다가 현장에 시체를 남기고 홀로 유유히 사라져 끈질기게 살아남는다. 지금까지 유카리가 취한 행동은 일관적이었다. 무섭도록 한결같은 그녀의 행동 원리에 비추어 보면 가까운 장래를 예측할 수 있다. 생각하면 생각할수록 유카리가 이 섬에 있는 이유가 명백해졌다.

늪가에는 엽록체 시아노박테리아로 가득한 붉은 열매가 열렸고, 스미다가와강 하구에는 남극 시아노박테리아로 가득한 탁류가 밀려오고 있다. 도쿄만의 무인도가 10억 년 이상 헤어져 있던 미생물들이 재회하는 장소가 되려 한다. 사건의 중심이 될 이 섬에는 언제나처럼 나카자와 유카리가 있다. 유카리는 자기 손을 더럽히지 않고 함께 있던 사람을 저세상으로 보낸 뒤 적당한 기회를 노려 도망칠 것이다. 그리고 사람들이 모두 사라진 대도시에서 뻔뻔하게 살아갈 것이다.

게이코는 틀림없이 죽는 쪽이다. 잔해만 남아 버려질 것이다. 아는 게 너무 많기 때문이다. 츠유키도 마찬가지다. 왜냐하면…… 란의 친권을 가지고 있기 때문이다.

15년이 지나 이 섬에서 재회한 유카리와 란은 한 핏줄끼리 손을 잡고 달아나려 하고 있었다. 그 증거로 유카리는 나뭇잎을 타로 카드 삼아 점을 치고, 란은 컵라면을 3개나 먹고 배가 불러 식곤증으로 졸고 있다. 그 엄마에 그 딸이랄까. 두 사람은 전혀 동요하지 않았다. 생존에 대한 확고한 자신감을 품고, 자신들은 어차피 죽지 않는다고 여기며 대수롭지 않게 행동했다. 갖은 곤경을 겪으며 축적한 경험이 자신감의 근거일 것이다.

유카리는 잇달아 용혈성 연쇄상구균에 감염됐지만 거의 무증상으로 넘어갔고, 도시히로는 극증형으로 발전해 목숨을 잃었다. 붉은 열매 진액도, 남극 시아노박테리아도 유카리에게는 아무 위협이 되지 않았다. 그 이유가 유카리의 신체에만 존재하는 특별한 무엇이라면, 게이코와 츠유키는 이미 죽은 것이나 마찬가지였다. 더는 손쓸 방도가 없다. 유카리 외에 그 힘을 지닌 사람은 한 핏줄인 란뿐이다.

게이코는 란이 이곳에 있는 의미를 깨닫고 다리가 풀릴 뻔했다. 앞으로 3시간 이내에 남극 시아노박테리아가 이 섬을 덮친다. 유카리와 란은 재앙에서 살아남겠지만, 츠유키와 게이코는 적혈구가 끔찍하게 파괴되고, 붉은 피가 녹색으로 변해 호흡 곤란으로 숨을 거두게 될 것이다. 자신의 몸을 덮칠 비참한 말로, 단말마의 광경이 눈앞에 또렷히 그려졌다.

유카리는 제6다이바에 자라는 헤비콘이 해독 작용을 한다는 이야기로, 먹잇감인 츠유키와 게이코를 교묘히 꾀어냈다. 그 함정에 빠져 섬으로 온 자기 자신이 한심해서 게이코는 자책감에 휩싸였다. 딸 사키에게 미안한 마음이 넘쳐났다. 홀로 남아 슬퍼할 딸을 생각하자 유리 조각으로 마구 긁는 것처럼 가슴이 아팠다.

어떻게든 아픔을 달래려는 순간, 머릿속에서 아버지의 말버릇이 되살아났다.

미래는 불확실해서 무슨 일이 일어날지 몰라. 무섭다고 해서 포기하면 안 돼. 가슴에 깃든 공포를 극복하고, 용기를 내서 앞으로 나아가라.

게이코는 자포자기하려는 마음을 다잡고 냉정해지려 애썼다. 사람이 두려워하는 것은 결국 자신의 상상력이 만들어낸 환영이다. 유령의 정체가 대개 그렇듯이.

망상이 망상을 부르며 모든 퍼즐 조각이 제자리에 맞아 들어가면서 그럴싸한 스토리가 만들어졌을 뿐이다. 분명 그럴 것이다. 그러나 바람과는 달리, 자신이 만들어낸 스토리는 점점 더 신빙성을 얻어갔다.

게이코는 숨을 크게 들이마시고 츠유키의 이름을 부르려 했다. 하지만 목구멍이 경직돼 목소리가 나오지 않았다.

비명을 지른 건 란이 먼저였다. 어느 틈에 눈을 떴는지 란이 나무줄기에서 등을 떼고 양손을 허우적대는 모습이 보였다. 엉덩이를 땅에 붙인 채 두 다리를 앞으로 쭉 뻗은 자세로, 란의 몸이 늪을 향해 미끄러져 나아갔다. 몸을 직각으로 구부리고 엉덩이를 땅에 붙인 채로 앞으로 움직일 수는 없다. 발목을 붙잡아 강하게 끌어당긴다면 모를까. 그러나 란의 발 주변에는 그런 힘을 쓰는 존재가 없었다.

란은 등을 뒤로 젖히고 양 팔꿈치로 땅을 짚어 미지의 힘에 저항하려 했지만, 몸은 거침없이 앞으로 이동했다. 저 앞 늪에서는 귀에 거슬리는 소리와 함께 기포가 터졌고, 짐승의 트림 같은 고약한 냄새가 풍겼다.

그 냄새가 콧속으로 들어온 순간, 게이코의 경직된 목구멍으로 위액이 치밀어 올라 시큼한 맛이 혀뿌리를 자극했다. 특수청소 회사에서 영상을 보며 강렬한 악취를 느꼈던 기억이 되살아나 구역질이 밀려왔다.

나무줄기에 손을 짚고 몸을 앞으로 구부리려는 순간, 나무껍질이 쭈르르 벗겨져 미지근하고 축축한 감촉이 손바닥에 전해졌다. 원치 않았지만 두피가 벗겨진 두개골 같은 촉감이 연상됐다.

시각, 청각, 후각, 미각, 촉각. 오감을 동시에 습격당한 게이코는 저항할 겨를도 없이 무릎을 꿇고 뱃속에 든 것을 모조리 토해냈다.

몸을 앞으로 구부리고 속이 울렁거리는 걸 참고 있자, 뺨을 타고 흘러내린 눈물이 콧물과 섞여 윗입술을 적셨다. 게이코는 손등으로 입가를 닦으며 늪으로 차츰차츰 끌려가는 란의 모습을 잎사귀 사이로 보았다.

늪 수면에 발끝이 닿기 직전, 란은 몸을 비틀며 크게 소리쳤다.

"뭐야, 이거. 싫어, 살려줘요."

란의 비명이 귀를 때리자 게이코는 정신이 번쩍 들었다. 소녀의 입에서 튀어나온 카랑카랑한 목소리에 힘을 얻은 게이코가 늪 쪽으로 기어가려 한 순간, 츠유키가 나무 덤불을 헤치고 나타났다.

머리에 쓴 헤드램프와 손에 든 손전등 불빛 덕분에 늪 주변은 단숨에 밝아졌다.

덤불에서 뛰쳐나오기 전부터 츠유키는 란이 도움을 요청하고 있다는 걸 직감했다. 위험한 상황임은 분명했지만, 무슨 위험인지는 짐작조차 가지 않았다. 이 섬에는 무해한 식물만 울창할 뿐, 땅을 기어다니는 짐승은 전혀 없었고, 존재하는 동물이라고는 네 사람뿐이었다. 하지만 란의 비명에서는 무언가에게 습격당한 낌새가 느껴졌다. 습격자는 어디에 있는 것일까.

츠유키가 덤불을 헤치고 늪 가장자리로 나와 헤드램프와 손전등으로 동시에 란을 비췄지만, 습격자의 정체는 알 수 없었다. 란은 분명 자신의 의지와는 달리 몸이 앞으로 끌려가는 걸 벗어나려 비명을 지르고 있었다. 구할 방법은 단 하나, 힘의 원천을 찾아내 제거하는 것이다. 그러나 괴력을 발휘하는 존재는 어디에도 보이지 않아, 마치 유령을 상대하는 듯했다. 그럼에도 란을 늪에 빼앗겨서는 안 된다는 것만큼은 직감적으로 알았다. 일단 빼앗기면 다시는 되찾을 수 없으리라.

츠유키는 재빨리 란의 뒤로 돌아가 겨드랑이 밑으로 팔을 넣어 어깨를 꽉 붙잡고 다리에 힘을 주었다. 그 순간, 몸에 전해진 느낌으로 힘을 발휘하는 존재가 여럿이라는 걸 깨달았다. 그냥 여럿이 아니라 작은 무언가가 무수히 모여서 협력하며 균일한 힘을 내고 있었다.

츠유키가 힘을 주어 버티자 끌려가던 란이 멈췄다. 그 타이밍을 놓치지 않고 헤드램프로 비추자, 불빛을 받아 드러난 란의 두 다리는 흰색을 띠고 있었다. 얼핏 발목부터 무릎까지 보풀이 인 거즈에 감싸인 듯 보였지만, 자세히 보니 그것은 인공적인 천이 아니라 식물의 뿌리였다. 풀려서 늘어진 실오라기 같은 뿌리 하나하나가 모두 땅과 단단히 연결돼 있었다.

축축한 땅 밑에서 중력을 거슬러 솟아오른 뿌리들은 수많은 곁뿌리를 뻗으며 뿌리 끝을 허공에서 자유자재로 움직여 란의 다리에 잇따라 엉겨 붙었다. 뿌리 표면을 뒤덮은 자잘하고 부드러운 뿌리털은 실지렁이처럼 꿈틀거리며 일부는 란의 다리를 잡아당기고, 일부는 땅에서 작게 일렁이며 란의 몸을 앞으로 이동하려 했다. 마치 위벽이나 장벽의 주름이 연동운동으로 음식물을 운반하듯이…….

이 섬의 땅속에 빈틈없이 깔린 식물의 뿌리가 힘을 발휘하는 원천임을 깨달은 순간, 츠유키는 자신의 엉덩이 밑에서 뿌리털이 꿈틀대는 모습이 상상되어 몸을 부르르 떨며 허리를 살짝 들었다. 츠유키가 주눅 든 틈을 놓치지 않고 뿌리는 본래 힘을 되찾아 다시 란의 몸을 늪으로 끌고 가기 시작했다.

되살아난 힘은 아까보다 훨씬 강했다. 땅 밑에서 새롭게 솟아오른 뿌리들이 란의 다리에 엉겨 붙어 일사불란하게 공격 대열에 합류했기 때문이다.

츠유키도 이제 혼자가 아니었다. 부드럽고 따스한 감촉이 등을 감싸며 지원군이 왔다는 걸 알렸다. 등 뒤에서 뻗은 두 손이 가슴 앞에서 단단히 맞잡혔고, 꼬리뼈 언저리에 사타구니가 밀착됐다. 게이코가 두 팔로 츠유키의 등을 끌어안고 다리를 앞으로 뻗으며 란을 끌고 가려는 힘에 거세게 맞서고 있었다.

이어서 지원군이 더 왔다. 유카리가 란의 앞쪽으로 몸을 엎드린 채 다가가, 양손을 란의 가슴에 대고 육지 쪽으로 밀어내려 했다.

뒤에 2명, 앞에 1명이 달라붙자 뿌리는 움직임을 멈췄지만, 시간이 흐를수록 형세는 불리해질 터였다. 상대는 지원군이 무수히 많지만, 이쪽은 더는 가세할 사람이 없다. 뿌리는 곧 츠유키, 게이코, 유카리의 다리에도 엉겨 붙어 모두를 한꺼번에 처리하려 들 것이다. 네 사람 모두 늪에 삼켜져 소화되고, 고약한 냄새를 풍기는 트림이 되어 허공에 흩어지는 결말일 것이다.

란을 두고 벌어진 줄다리기의 균형이 무너져 늪이 점점 가까워졌다. 이제 시간문제였다. 이대로 가면 모두 늪에 빠진다. 츠유키는 뒷주머니에 칼이 있다는 사실이 떠올랐지만, 이제는 아무 도움도 되지 않는다. 전열에서 벗어나 란의 앞으로 가서 엉겨 붙은 뿌리를 칼로 잘라내는 동안, 가장 큰 힘을 잃은 세 여자는 단숨에 늪에 삼켜질 것이다. 게다가 뿌리가 융단처럼 촘촘하게 그물망을 이루고 있어 단숨에 잘라내기도 어렵다. 그렇다고 란을 내어줄 수도 없는 노릇이다.

츠유키의 고뇌가 전해졌는지, 유카리가 상반신을 비틀어 고개를 뒤로 돌리고 성난 목소리로 외쳤다.

"그만 좀 가지고 놀아. 더는 너희들의 지시에 따르지 않겠어. 자, 이 아이를 놔줘. 이 아이는 놔주고 날 데려가. 그러면 원하는 걸 얻을 수 있어. 멋대로 굴면 용서하지 않겠어."

유카리가 쩌렁쩌렁한 목소리로 고함을 지르자 뿌리의 힘이 조금 약해졌다. 유카리는 상반신을 비틀어 늪 건너편에 무성하게 자란 식물을 노려보며 가만히 반응을 살폈다.

식물 하나하나의 움직임은 극히 미세했다. 나뭇잎이 사락거리는 소리는 말 전달하기 게임처럼 안쪽에서 바깥쪽으로 퍼져나갔고, 나뭇가지와 잎사귀의 흔들림은 연못에 던진 돌이 만들어내는 잔물결처럼 섬 전체로 퍼져나갔다. 마치 유카리의 호소에 어떻게 반응할지, 식물들이 각자의 의견을 취합해 합의를 이루려는 듯했다.

식물이 어떤 판단을 내릴지 몰라서 츠유키는 온몸이 긴장됐다. 어머니인 유카리의 요구를 웃어넘기고 네 사람을 한꺼번에 삼키려는 것일까, 아니면 약간의 자비를 베풀려는 걸일까. 흐름이 달라졌다는 감촉이 츠유키의 양손에 전해졌다. 아까까지는 안간힘을 다해야 균형을 유지할 수 있었지만, 이제는 상대의 힘이 급속도로 약해지더니 줄다리기의 줄이 뚝 끊어진 것처럼 끌어당기는 힘이 사라졌다.

란, 츠유키, 게이코는 버티던 힘을 견디지 못하고 겹치듯 뒤로 벌렁 자빠졌다.

앞쪽에 유카리 혼자 남아있다. 츠유키가 팔꿈치를 땅에 짚고 상반신을 일으키자, 란의 두 다리를 빈틈없이 뒤덮었던 뿌리털이 차례차례 풀어지는 광경이 눈에 들어왔다. 다리에서 떨어져 허공에서 둥실대던 뿌리털은 츠유키와 게이코는 거들떠보지도 않고 곧장 유카리의 몸에 들러붙었다. 란에게서 유카리로 목표물이 바뀌었다.

유카리의 호소가 받아들여졌다. 발목에서 정강이로 흰색 표면이 넓어지면서 유카리는 엎드린 자세로 늪에 끌려가기 시작했다.

드디어 족쇄 같은 뿌리에서 풀려나 한숨 돌린 란은 상반신을 일으켜 정면에 있는 유카리와 얼굴을 마주했다.

손을 뻗으면 닿을 거리에 있던 유카리의 얼굴이 점점 멀어져갔다. 늪 표면에서 솟아오른 뿌리털은 수면 아래로 가라앉은 유카리의 발목을 타고 기어올라 허벅지를 지나 허리 근처에 다다랐다.

란은 앞으로 몸을 내밀어 유카리의 양손을 잡았다.

"아줌마, 내 엄마예요?"

유카리가 식물에 던진 말에서 란은 어머니의 사랑을 느낀 듯했다.

"엄마로서는 실격이었지만…… 널 낳은 건 나란다."

"날 왜 버렸어요? 대체 무슨 일이 있었던 거예요? 자세히 말해줘요."

하지만 모녀가 대화를 나눌 수 있는 시간은 길지 않았다. 전할 수 있는 말에는 한계가 있었다.

"널 낳아서 지켜내는 게 내게 주어진 역할이었지. 하지만 내게는 널 키울 힘이 없었어. 그래서 더 적합한 사람에게 맡긴 거야. 달리 방법이 없었거든."

"날 대신해서 죽겠다는 거예요?"

"괜찮아, 내 역할은 널 지키는 거니까."

란이 자신과 함께 끌려가는 걸 알아차린 유카리는 란의 손을 뿌리치려 했다. 그러나 란은 양손으로 유카리의 손목을 붙잡고 놓지 않았다.

유카리는 다급한 표정으로 란을 야단쳤다.

"얼른 손 놔."

이미 두 무릎은 수면 아래로 가라앉았고, 허리를 완전히 감싼 뿌리털은 배에서 가슴으로 세력을 넓히고 있었다. 이대로 가면 둘 다 먹잇감이 될 뿐이었다.

어머니와 자식의 인연을 끊으려 하는 광경을 본 츠유키는 화가 치밀어 란의 오른쪽 옆으로 다가가 유카리에게 양손을 뻗었다. 그 모습을 본 게이코도 왼쪽 옆으로 다가와 손을 내밀었다.

"쓸데없는 짓 하지 마."

유카리는 몸을 젖히며 츠유키와 게이코에게 날카로운 시선을 던졌다. 눈에는 강한 의지가 깃들어 있었고, 입매에는 목숨을 건 각오가 새겨져 있었다. 츠유키는 그 서슬에 눌려 양손을 허공에 멈추고 유카리의 의도를 이해하려 애썼다.

란이 간파했듯, 유카리는 란을 대신해 자기 목숨을 바치려 했다. 유카리는 식물의 의도를 미리 알아차리고, 여차할 때 목숨을 내놓을 각오로 이 섬에 온 것이다. 유카리를 구하면 란을 잃고, 란을 구하면 유카리를 잃는다. 땅속에 치밀하게 깔린 뿌리의 네트워크를 고려할 때, 둘 다 구하는 것은 불가능했다. 결국 어느 한쪽이 희생양으로 바쳐져야 했다.

저울에 달아볼 필요도 없이 츠유키에게는 란의 목숨이 더 소중했다. 게다가 그것은 유카리의 소망을 이루어주는 일이기도 했다.

유카리는 츠유키와 게이코에게 속마음이 전해졌다고 판단했는지, 두 사람을 교대로 바라보며 눈물 어린 목소리로 애원했다.

"츠유키 씨, 게이코 씨, 부탁이야, 이 아이가 자라는 모습을 지켜봐줘."

어머니의 애절한 간청에는 결연하게 수긍하는 모습으로 답해야 했다.

츠유키는 눈에 강한 의지를 담아 고개를 크게 끄덕였다. 마음이 전해졌
는지 유카리는 안도한 표정을 지었다. 츠유키는 딸을 맡기기에 적합한
남자라고 인정받은 것이다.

유카리는 츠유키에게서 란에게로 시선을 돌렸다.

"자, 이제 알아들었지. 손 놓으렴."

"엄마, 이것저것 더 많이 이야기하고 싶었어."

"나도."

란이 마지못해 양손을 놓는 순간, 유카리는 늪으로 질질 끌려갔다.
뿌리털이 목과 얼굴을 뒤덮었고, 그중 몇 가닥은 눈, 코, 입을 통해 몸속
으로 침입하려 했다. 구멍이라는 구멍으로 파고들어 유카리의 몸을 모
조리 빨아먹으려는 것이다.

뿌리가 얽힌 긴 머리채가 큰 꽃송이처럼 수면 위에 펼쳐진 뒤, 유카
리의 온몸은 늪 속으로 가라앉았다. 늪 속에서 커다란 기포가 떠올랐다
터지자, 주변에는 허브 냄새가 퍼져나갔다.

9

얼마나 시야가 차단되어 있었는지 짐작도 가지 않았다. 게이코는 위
를 보고 똑바로 누운 채 눈을 살짝 떴다. 지면에 놓인 랜턴의 불빛이 닿
는 범위는 한성석이었다. 불빛이 닿지 않는 곳은 어두운 돔 모양의 천
장처럼 머리 위를 뒤덮고 있었다. 이미 밤이 깊었을 테지만 손목시계
를 볼 용기는 나지 않았다. 새벽 2시 무렵이라면 곧 남극 시아노박테리
아가 밀려올 것이고, 자정이 막 지났다면 겁에 질려 떨 시간만 늘어나
신경이 버티지 못할 것이다.

게이코가 온기를 찾아 란의 몸에 팔을 두르자, 어린 심장이 쿵쿵 뛰

는 소리가 팔에 전해졌다. 규칙적인 박동에 힘을 얻어 밝은 미래를 그려보려 했지만, 도저히 여유가 생기지 않았다. 이 상황을 어떻게 타개해야 할지 걱정으로 머릿속이 가득했다.

그때 츠유키가 무슨 이변을 감지한 듯 손으로 땅을 짚고 상반신을 일으켜 늪 건너편을 향해 손전등 불빛을 비췄다.

"왜 그래요?"

게이코는 빛이 비치는 곳으로 시선을 모았다.

먼저 반응한 건 눈이 아니라 귀였다. 울창한 덤불 속에서 작은 소리가 들렸다. 무언가 땅에 떨어져 부딪히는 소리가 나는 것과 거의 동시에 가지와 잎이 흔들렸다. 가지 끝에 달린 열매가 떨어져 그 반동으로 가지와 잎이 흔들리는 모습이 먼저 떠올랐다.

"잠깐 보고 올게요."

츠유키가 일어나 걸어가려 했다.

"잠깐만, 나도 같이 갈게요."

이제 절대로 따로 남겨지고 싶지 않았다. 게이코가 일어나는 모습을 보고 란도 일어나 "두고 가지 마"라고 말하며 늪 건너편으로 향하는 츠유키를 뒤따랐다.

걸음을 옮길 때마다 흙 밑 뿌리의 움직임이 신경 쓰였다. 아까 땅에서 우글우글 솟아났던 뿌리와 뿌리털은 완전히 자취를 감춘 뒤로는 죽은 듯 잠잠했다.

가지와 잎의 움직임, 그리고 무언가 떨어지는 소리가 서로 호응하며 다가갈수록 이미지가 뚜렷해졌다. 바람이 불어서 옆으로 흔들리는 것이 아니라, 곳곳에서 이리 오라고 손짓하듯 위아래로 흔들리고 있었다.

츠유키가 손전등으로 비춘 곳에서만 식물의 일부가 빨간색과 녹색을 비롯한 극채색으로 빛났다. 다이빙 경험이 풍부한 게이코는 비슷한 풍경을 바닷속에서 여러 번 본 적이 있었다. 바닷속에서는 수심이 깊어질수록 광량이 줄어들어 화사한 색채가 사라지고 모노톤이 지배한다. 수심 30미터를 넘어서면 거의 흑백의 세계로 변한다.

그런데 수중 라이트를 비추는 순간, 흔들리던 검은색은 노란색과 녹색 해초로 변하고, 물고기는 원래 색을 되찾아 극채색을 발하며 눈앞을 헤엄쳐 사라진다. 앞을 지나던 회색 물고기가 갑자기 파랗게 변하는 모습에 초심자 시절에는 수없이 놀라곤 했다.

지금 바라보는 풍경은 그 바닷속 풍경과 비슷했다. 불빛이 닿는 범위에서만 배경 속에 검게 묻혀 있던 나뭇잎이 선명한 녹색으로 변해 부각되고 있었다. 가지 끝이 내려가는가 싶더니 열매가 떨어지며 순간 튀어 올랐고, 지면에 무언가가 툭 부딪히는 소리가 났다. 나뭇잎 사이로 떨어지는 열매의 붉은색이 한층 인상적이었다.

붉은 열매가 달린 나무에 손을 뻗으면 닿을 거리까지 다가간 뒤, 세 사람은 각자 불빛을 비추며 나무를 관찰했다. 말라비틀어졌던 잎사귀와 줄기는 생기를 되찾았고, 반쯤 썩은 붉은 열매가 떨어진 곳에서는 신선한 싹이 차례차례 돋아났다. 가지 끝에는 정말 튼튼해 보이는 붉은 열매가 매달려 있었다.

츠유키가 손전등을 옆으로 돌리자, 게이코도 그쪽으로 시선을 옮겼다. 손전등 불빛 속에 드러난 것은 헤비콘이었다. 땅 위로 고개를 내민 짐승 같은 뿌리에는 당장이라도 달려갈 듯한 약동감이 넘쳤고, 쪼그라들었던 노란색 알갱이는 생명력을 과시하듯 빵빵하게 부풀어 올랐으며, 표면에서는 투명한 수액이 흘러내렸다.

츠유키는 탄성을 내지르며, 이 현상을 간단히 해석했다.

"한순간의 부활."

잎, 가지, 줄기, 꽃, 열매, 뿌리. 식물 개체를 구성하는 네트워크의 구석구석에서 새로운 생명이 싹트며, 마치 신전의 헌화대에 찬란한 꽃을 피우려는 듯했다.

지름 5센티미터 남짓의 뿌리가 늪의 수면을 가르며 나타나 활처럼 휘면서 물보라를 일으켰다. 식물이 움직이지 않는다고 느껴지는 것은 동작이 매우 느리기 때문이다. 뿌리를 연 단위로 촬영한 영상을 빠르게 재생하면 땅속을 기는 지렁이나 뱀처럼 움직이는 것을 확인할 수 있다. 뿌리는 단단한 암반을 촉각으로 피하고, 중력의 방향을 감지하며, 수분과 양분을 찾아 땅속을 종횡무진 돌아다닌다.

제6다이바를 에덴동산에 비유한다면, 나카자와 유카리는 마녀의 원형으로 여겨지는 이브의 후예였다. 이브는 뱀의 유혹에 넘어가 금단의 열매를 먹었고, 아담에게도 권했다. 그렇게 인류의 시조는 지혜의 열매를 먹고 언어를 손에 넣었다.

늪을 헤엄치던 곁뿌리는 수면을 첨벙첨벙 때리다가 물속으로 가라앉았다가, 뿌리에 얽힌 해골과 함께 다시 떠올랐다. 방금까지 살아 있었던 유카리의 얼굴은 양분을 빼앗겨 무참히 변해 있었다. 정수리에만 듬성듬성 머리카락이 남았을 뿐, 뺨과 턱, 입에서 목까지는 살이 녹아 사라졌다. 텅 빈 안구에는 하얀 뿌리털이 가득했고, 입술과 혀가 사라져 위아래로 줄지은 이가 훤히 드러났다.

턱 아래에 똬리를 튼 곁뿌리는 유카리의 얼굴이 수면 밖으로 나오도록 지탱하고 있었다. 식물은 유카리를 대변자로 삼아 그녀의 입을 통해 요구를 전했다.

"내놔."

혀가 없는 입에서 목소리가 나올 리 없었다. 그러나 츠유키의 귀에는 분명히 그 말이 들렸다. 환청인가 싶어 게이코를 보자, 게이코는 고개를 끄덕이며 같은 말을 들었다는 것을 알렸다.

신들은 끝없이 희생양으로 어린아이를 요구해왔다. 그들이 점찍은 것은 오직 란 하나였다. 유카리와 같은 운명이 란에게 주어진다면 교섭은 결렬이었다. 승산이 없더라도 단호히 싸울 뿐, 호락호락 넘겨줄 수는 없었다.

"이 아이는 선택받았어."

친어머니 입에서 나오는 말에는 무게가 있었다. 목숨을 걸고 딸을 지키려 했던 어머니가 딸의 목숨을 빼앗으려는 쪽에 협력할 리는 없었다. 내놓으라는 말은 겉으로 드러난 요구일 뿐, 진짜 의도는 다르지 않을까.

"이 아이에게 헤비콘 수액을 먹인 후 붉은 열매를 먹여."

붉은 열매는 꿈꾸는 허브 모임 신도 7명을 간단히 죽음으로 몰아넣은 범인이다. 예전처럼 맹독을 품고 있을까. 헤비콘은 정말로 해독제 역할을 하는 걸까. 츠유키는 판단이 서지 않았다. 식물의 진액은 독이 될 수도, 약이 될 수도 있다. 어느 쪽인지를 알 방법은 하나뿐이다. 자기 몸으로 직접 실험하는 것이다. 일단 입에 넣고, 그 후에 일어나는 신체 변화를 관찰해 결과를 얻는다. 좋은 결과가 나오면 다행이고, 나쁜 결과가 나오면 죽음으로 향하는 과정을 거치며 알게 되리라.

란에게 붉은 열매를 먹이는 건, 먼저 자신의 몸으로 독을 감별해 위험이 없다는 걸 증명한 뒤에나 할 일이다.

손전등 불빛에 비친 붉은 열매는 표면이 반들반들하고 멀쩡해 보였다. 사악한 기운은 털끝만큼도 느껴지지 않았다.

희생적으로 행동할 차례가 자신에게 돌아왔다. 심장 뛰는 소리가 귀에 울렸다. 빽빽하게 머리를 늘어뜨린 식물은 츠유키의 일거수일투족을 살피며, 그가 사명을 맡길 가치가 있는 인간인지 판단하려는 듯했다.

붉은 열매를 먹느냐 마느냐의 선택이 엄청난 갈등을 안겨주는 건 유카리의 무참한 모습을 봤기 때문이다. 같은 꼴이 되지 않는다는 보증은 어디에도 없었다. 유카리는 산 채로 양분을 빨려 해골이 됐다. 끔찍하게 변한 모습을 직접 본 이상 망설여질 수밖에 없었다. 붉은 열매를 먹지 않는 것은 두려움에 굴복했다는 증표이고, 먹는다는 건 용기가 있다는 증명이었다.

츠유키는 목숨을 걸면 얼마나 멋진 것을 얻을 수 있는지에 시선을 돌리려 했다. 수 만 년 전 인간이 금단의 열매를 먹고 언어를 손에 넣었다면, 같은 열매를 먹음으로써 직관과 인식력이 훨씬 높아져 다른 누구도 발견하지 못한 진리에 도달할 길이 열릴지도 모른다.

츠유키에게는 평생을 바쳐서라도 해내고 싶은 일이 많았다. 한마디로 말하면, 세상의 구조를 꼭 알고 싶었다.

아내를 잃은 뒤 의학을 버리고 물리학의 길에 매진한 것도 세상의 구조를 더 깊이 이해하고 싶었기 때문이다. 우주는 어떻게 탄생했는가, 지구의 생명체는 어떤 원리로 발생했는가, 우주의 여러 법칙을 인간이 정비한 수학으로 기술할 수 있는 것은 왜인가, 물리 법칙이 기술된 장소는 어디인가, 왜 중력이론과 양자론은 통일될 수 없는가. 어느 질문에도 현대 과학은 답하지 못한다. 그렇기에 츠유키는 알고 싶은 마음이 절실했다. "목숨을 내놓으면 답을 알려주마" 하고 악마가 속삭인다면, 주저 없이 목숨을 내놓을 각오로 이 길을 걸어왔다. 그렇다면 지금이 바로 명확하게 의사를 표시할 때였다.

마음을 굳혔다. 츠유키는 의연한 태도로 헤비콘에서 뚝뚝 떨어지는 수액을 손에 받아서 마신 뒤, 나뭇가지 끝에서 붉은 열매를 따서 높이 들어올렸다. 그리고 왼손바닥에 얹은 붉은 열매를 오른손으로 쥐어 입에 넣었다.

그 모습을 가까이에서 지켜보던 게이코가 두 눈을 부릅뜨고 고함을 질렀다.

"앗, 뭐 하는 거야! 빨리 뱉어요."

꿈꾸는 허브 모임의 신도들이 죽어간 모습을 수없이 머릿속에 재현했던 만큼, 게이코는 몹시 당황했다. 그러나 츠유키는 게이코의 경고를 무시하고 붉은 열매를 천천히 씹었다. 예상대로 신맛과 단맛이 섞인 독특한 맛이 났고, 곧 팔다리가 살짝 저릿저릿했다.

제9장
승화

1

어느 순간부터 시간 감각이 사라졌다. 시간이 빠르게 흐르는 건지, 느리게 흐르는 건지 알 수 없었다. 마약류를 복용하면 시계의 분침이 눈에 보일 만큼 빠르게 돌아간다고 하는데, 그것과는 달랐다. 시간 자체가 소멸된 듯한 느낌이었다.

정신은 또렷했고 머릿속은 맑았으며, 사고력은 전에 없이 높아졌다. 자신의 모습을 외부에서 관찰하는 객관적인 시점이 선명해졌다. 꿈을 꾸거나 환각에 빠진 것은 분명 아니었다.

육체 밖으로 나와서 공중에 떠올라 자신의 몸을 내려다보았다. 나무 줄기에 몸을 기댄 남자의 양옆으로 게이코와 란이 다가붙어 붉은 열매를 먹고 문제가 생긴 것은 아닌지 불안한 얼굴로 들여다보고 있었다. 영혼의 주체가 외부에서 바라보는 이상, 나무줄기에 기대어 있는 사람은 그저 '남자'라고밖에 표현할 방법이 없었다.

영혼의 주체인 '나'는 여기 있어. 걱정하지 마.

게이코와 란의 귓가에 속삭였지만 목소리는 전해지지 않은 듯했다. 둘 다 아무 반응 없이 남자의 몸을 흔들었다. 체외 이탈이 일어났다는 걸 알아차리길 바랐다.

체외 이탈 현상은 유체 이탈이나 임사 체험으로 불리기도 하는데, 육체에서 영혼이라 할 주체가 빠져나와 공중을 떠돌며 자기 몸을 내려다보는 것으로 시작된다. 병이나 사고로 중태에 빠졌다가 기적적으로 살아난 사람들의 체험담이 널리 알려져 있다. 육체를 떠난 영혼이 삼도천 앞까지 갔다, 과거에 사랑한 고인과 만났다, 꽃밭을 거닐었다, 터널을 빠져나갔다, 신과 만났다 등등 공통적인 유형이 있다. 이를 두고 영혼의 존재를 인정하며 오컬트적으로 해석하는 사람도 있고 머릿속에서 일어난 환각에 지나지 않는다고 과학적으로 해석하는 사람도 있다. 어느 쪽 해석이 옳은지는 알 수 없지만 한 가지 확실한 점은 게이코의 모습이 자신의 아래에 있고 그녀의 목소리가 분명히 들린다는 것이었다.

"이 바보야, 빨리 일어나. 날 혼자 두지 말라고."

게이코는 이성을 잃고 남자의 가슴을 두드렸다. 저러다 목을 조를지도 모를 기세였다.

"그만해. 그러다 죽겠어."

이쪽의 목소리는 저쪽에 닿지 않는다. 게이코 옆에서 란이 걱정스럽게 남자의 얼굴을 들여다본 뒤, 손깍지를 끼고 하늘을 올려다보았다. 가늘게 뜬 눈으로 하늘의 한 점을 바라보다가, 무언가 알아차린 듯 이쪽을 가만히 보았다. 문득 눈이 마주친 듯한 기분이 들었지만, 그것도 한순간이었다. 란은 망상을 떨쳐내듯 머리를 흔들더니 남자의 겨드랑이에 양손을 끼우고 일으켜 세우려 했다.

둘 다 남자가 붉은 열매 진액의 독성에 해를 입어 빈사 상태에 빠졌다고 생각하는 듯했다. 게이코는 붉은 열매를 먹고 죽은 사람의 몸에 얼마나 무서운 변화가 생기는지 잘 알고 있었다. 호흡이 곤란해지고 치아노제 증상이 나타나며, 붉은 혈액이 파괴되어 녹색으로 변한다. 육체 내부에서 그런 증상이 일어나면 팔다리가 경련하고 고통에 찬 얼굴이 심하게 일그러질 터였다. 그러나 남자의 얼굴에는 고통의 흔적이 전혀 없었다. 오히려 두 눈을 살짝 감은 얼굴은 평온했고, 뺨에 희미한 미소까지 맺혀 쾌락에 빠진 듯 보였다.

높은 곳으로 떠오르기 시작한 것은 쾌락으로 충만해진 자아가 육체를 완전히 떠났기 때문인지도 모른다. 나뭇가지 사이를 빠져나와 원생림을 벗어나자, 갑자기 시야가 탁 트이며 변형된 오각형 모양의 작은 섬 전체가 밑으로 펼쳐졌다. 눈을 옆으로 돌리자 거의 같은 높이에 레인보우 브리지를 수놓은 조명 장식이 보였다. 케이블에서 흩어진 수많은 빛 알갱이가 반딧불이로 변해 이쪽으로 다가와, 마치 이리 오라는 듯 높은 곳으로 이끌었다.

높이 올라갈수록 밑에 보이는 풍경이 점점 변했다. 도쿄만의 전경이 간토 평야로 넓어졌고, 일본열도가 시야에 들어오더니 구름을 뚫고 대기권 밖을 향해 속도를 높였다. 반짝이는 빛과 어울리며 나아가는 동안 몇몇 빛 알갱이가 모여 작은 구슬로 변했고, 뒤편에 빛줄기가 수없이 나부끼며 하늘을 날아갔다.

대기권을 벗어나자 지구는 파란 구체 모양을 유지한 채 서서히 작아졌고, 화성과 목성을 지나 태양도 작아졌다. 태양계에서 성간우주로 나가자 칠흑 같은 어둠에 휩싸였다. 아무 소리도 없는 시간이 한동안 이어진 뒤, 깔때기 모양의 새카만 구멍이 나타났다.

모양을 보고 곧 정체를 알아차렸다. 거대한 질량을 지닌 천체가 중력에 압축되어 만들어진, 항성과 행성은 물론 모든 것을 빨아들이며 빛조차 빠져나갈 수 없는 블랙홀이었다. 테두리를 푸르스름하게 빛내는 흰 구름은 점점 가늘어져 끝에는 회전하는 오렌지색 원반이 있었다. 구름과 원반은 탯줄 같은 빛의 띠로 연결돼 있었다.

흰색, 파란색, 주황색 빛으로 채색된 블랙홀을 직접 보는 것은 처음이라 환호하고 싶은 기분이었다. 대상의 아름다움은 그 내부로 삼켜질 때의 공포를 상쇄해주었다. 굽어지면서 좁아지는 내부로 미끄러져 떨어져도 영혼의 주체는 별다른 영향을 받지 않았다. 물리 법칙에 따르면 10억 G에 달하는 조석력[27]이 가해지면 길고 가느다란 끈 모양으로 늘어나든가 산산이 찢어져야 한다. 그러나 모습이 무참하게 변하지 않아 관찰할 수 있었다. 이동 속도가 서서히 광속에 가까워져 빛의 흐름에 올라탔음을 자각한 순간, 주변의 모든 움직임이 정지했다. 실제로는 빛과 속도가 같아져 멈춘 것처럼 보일 뿐이었다.

지금 있는 곳은 특이점 앞이었다. 뒤에 펼쳐진 검은 세계와 달리 앞에는 하얀 세계가 열려 있었다. 그리고 영혼의 주체가 있는 곳은 흰색과 검은색의 경계선상이었다.

어느 틈엔가 빛의 구슬은 원래의 작은 알갱이 모양으로 바스러져 홀로그래피 같은 입체 영상을 형성했다. 서서히 윤곽이 뚜렷해지며 인간의 형상을 만들어갔다. 젊은 여자 얼굴이 생겨나고 마침내 이목구비가 뚜렷해졌을 때 '유코'라는 아내의 이름이 머릿속에 번뜩여 저도 모르게 말을 꺼냈다.

"거기 있는 거 유코야?"

체외 이탈 경험담 중에는 생전에 친했던 고인과 만났다는 이야기가 많다. 그 때문인지 죽은 아내가 먼저 연상됐다. 하지만 형상이 더 명료해지자 아내와 닮았지만 다른 사람임을 알 수 있었다.

흔들리는 입체 영상 속 소녀는 "내가 누군지 모르겠어?" 하고 놀리듯 웃음을 지었다. 틀림없이 처음 보는 얼굴이었다. 상대는 이쪽을 아는데, 이쪽은 상대가 누군지 몰라 답답했다.

지금까지 살아온 인생을 빠르게 되감듯 재생하다가 벼락에 맞은 듯한 충격을 받았다. 모르는 얼굴로 보인 것도 무리는 아니었다. 눈앞에 있는 소녀는 출산과 동시에 사망한 엄마를 쫓아, 생후 일주일 만에 세상을 떠난 딸이었다.

"란이구나……."

달리 부를 이름이 없었다. 출생 신고를 하기 전에 사망했기에, 유코가 지어준 그 이름은 또 다른 란이 물려받았다.

"이제야 알아보네."

눈앞에 있는 것은 15살로 성장한 란이었다.

"많이 컸구나. 지금까지 어디에 있었어?"

란은 뒤쪽을 살짝 돌아보는 시늉을 했다.

"아빠 눈에는 내 뒤쪽 세계가 하얗게 보이지?"

란 뒤쪽의 세계에 흥미가 생겨 한 발짝 다가서려 하자 란이 저지했다.

"안 돼. 더 이상 이쪽으로 오면 안 돼."

"왜?"

"이 선을 넘으면 아빠는 돌아갈 수 없어. 슬퍼할 사람이 많잖아. 그러니까 오면 안 돼."

"거기는 저승이니?"

란은 소리 내어 웃었다.

"무슨 바보 같은 소리를 하는 거야. 물리학자답지 않네. 아빠가 있는 우주는 자우주子宇宙를 낳았어. 내가 있는 곳은 자우주야."

우리가 사는 우주는 무수히 많은 우주 중 하나에 지나지 않는다. 우주는 자우주를 낳고, 자우주는 또 다른 자우주를 낳는다. 이 이론은 일반적으로 멀티버스 우주론이라 불리며, 많은 물리학자가 이 이론을 지지한다.

낳는다는 행위에서 연상되는 건 자궁이다. 위상기하학의 관점에서 보면 자궁의 형태는 매우 흥미롭다. 자궁은 모태의 내부에 있는 것이 아니라 질을 통해 외부로 열려 있으므로 외부에 위치한다고 할 수 있다. 그런데 자궁 내막에 달라붙은 태아는 탯줄로 모태와 연결된 상태다. 모태의 외부에 있으면서 내부와도 연결된 형상은 안과 밖을 구별할 수 없는 뫼비우스의 띠와 비슷하다.

외부와 내부가 복잡하게 얽힌 표리일체 구조는 우주에도 들어맞는다. 우주의 형상은 자궁과 닮은꼴이라 할 수 있다.

형상이 닮았을 뿐만 아니라 자궁 안에서 태아가 지내는 약 10개월 동안은 40억 년을 살아온 지구 DNA의 모든 성장 과정이 응축되어 있다. 태아의 성장 과정과 지구 DNA의 진화 과정 또한 닮은꼴을 이룬다. '개체 발생은 계통 발생을 반복한다'는 것이다.

그러나 이 설이 옳다고 치더라도 딱 하나 들어맞지 않는 점이 있다. 발생 방법이 다르다는 것이다. 자궁에 착상한 수정란이 바다 생물에서 척추동물로 형태를 바꾸며 성장하는 모습과, 40억 년에 걸쳐 지구 생명이 진화한 궤적은 거의 동일하다. 하지만 탄생 방법은 다르게 해석된다. 수정란은 외부의 작용을 받아 생긴다는 것이 널리 알려진 사실이다. 반면 지구 생명은 '바닷물을 휘저었더니 우연히 생겼다'라고 설명된다.

수정의 원리는 명확하다. 한 달에 한 번 난소 표면에서 방출되는 한 개의 난자는 블랙홀과 똑같이 깔때기 형태인 난관의 입구로 나아가, 그곳에서 정자가 도착하기를 기다린다. 대기 시간은 10시간에서 12시간이다. 외부에서 질에 삽입된 기관이 방출한 수억 마리의 정자는 시체의 산을 쌓으며 진군해 깔때기 모양의 난관 입구 부근에서 기다리는 난자에 접촉한다. 세포막과 융합해 수정할 수 있는 행운을 붙잡는 것은 단 한 마리뿐. 나머지 수억 마리 정자는 수정과 동시에 내쫓겨 사멸할 운명을 맞는다. 그 후, 수정란은 난관에서 자궁으로 이동해 내막에 착상하여 태아로 성장한다.

태아의 눈에 자궁이라는 우주는 어떻게 비칠까. 맹렬한 기세로 세포 분열하는 모습은 폭발적인 팽창으로 보일 것이다. 즉, 빅뱅이다. 모태에서 영양분을 듬뿍 공급받아 성장할수록 태아는 다양한 물음을 던지게 된다. 그중에서 가장 큰 의문은 '나는 대체 어디서 왔느냐?'라는 것이다.

자궁이라는 작은 세계밖에 모르는 태아는 주위를 둘러본 후 '자궁 내막에서 떨어져 나온 세포를 주물럭거렸더니 우연히 생겼다'라는 해석을 떠올릴 것이다. 이 순진한 오류는 자궁 바깥 세계까지 상상이 미치지 않아서 생긴다.

그러나 태아에게는 마침내 진실을 깨닫는 순간이 찾아온다. 무사히 성장해 산달을 맞은 태아는 낡은 옷을 벗어 던지고 새로운 세계로 나오려 한다. 그때 통과하는 좁은 길이 산도産道, 즉 블랙홀이고, 그곳을 기어 나오면 눈부신 빛이 쏟아지는 새로운 세계가 기다린다. 산도를 무사히 통과하고 나서야 상상도 못 할 만큼 거대한 세계가 펼쳐져 있다는 사실을 깨닫게 된다.

양수가 채워진 작은 세계와 대기에 뒤덮인 커다란 세계의 환경은 전혀 다르므로 즉시 적응해야 한다. 따라서 태아에서 신생아로 이행할 때는 소규모 상전이[28]라고도 할 수 있을 변화가 일어난다. 물속에서 작동하던 기능은 공기 중에서 작동하는 기능으로 바뀌고, 태아 시절의 기억은 삭제되어 새로운 세계에서 학습할 준비를 갖춘다.

우주가 자우주를 낳을 때도 같은 현상이 일어난다. 블랙홀에서 화이트홀을 빠져나가 새로운 세계가 엄청난 기세로 재구축되는 모습은 우주 개벽 직후의 인플레이션[29]에 비견되며, 본격적인 상전이를 동반한다. 플러스 전하는 마이너스로, 우는 좌로, 입자는 반입자로, 빛은 중력으로, 중력은 빛으로 변한다. 특이점을 경계로 우주는 역동적으로 반전한다.

지구 생명도 역시 내부에서 우연히 휘저어 섞은 결과가 아니라 외부 작용을 받아서 탄생했다고 보는 것이 자연스럽다. 유력한 후보는 빛과 중력이다.

막 태어난 신생아는 새로운 세계에 나온 뒤에도 모태와 탯줄로 연결돼 있다. 그 모습 그대로 어머니 가슴 위에 놓인 신생아는 분만의 고통에서 해방되어 완전히 지쳤지만 행복해 보이는 어머니의 얼굴과 대면한다. 10개월 가까이 모태에서 지낸 만큼 어머니의 모습은 어쩐지 익숙하다. 하지만 탯줄이 잘리고 독립할 즈음이 되면, 어머니 곁에서 다정하게 위로하는 사람의 모습이 눈에 들어온다. 이쪽은 전혀 익숙하지 않고 누군지도 알 수 없다. 어색하게 웃으면서도 친근하게 다가와, 자신과 무관한 사람은 아닌 것 같다고 짐작할 뿐이다.

누구지, 이 사람은?

질문의 답을 알 틈도 없이 신생아는 두 손에 붙잡혀 그 사람의 품에 안긴다. 피부를 통해 진하게 스며드는 축복을 느끼고서야 신생아는 겨우 진실을 알아차린다. 나는 자궁 내막의 세포를 반죽한 결과로 태어난 것이 아니라, 이 사람의 힘이 작용했기 때문에 태어났다는 것을…….

신생아에게 양손을 뻗는 아버지의 모습에 자신을 투영했을 때, 흠칫 놀라 생각이 멈췄다. 그 행동을 게을리했다는 사실이 떠올랐기 때문이다. 눈앞에서 흔들리는 란이 건강해 보이고 불행한 기색이 느껴지지 않아 그나마 다행이었다.

"어때, 잘 지내니?"

"안심해. 엄마가 같이 있으니까."

저쪽 세계에서 싱글맘으로서 아이를 잘 키우고 있는 듯했다.

"다행이네. 안심했어."

"아빠 덕분이야. 의미 있는 구조가 생기거나 생명이 탄생하는 건 부모 우주가 제 역할을 제대로 했기 때문이거든."

"너무 과대평가야. 난 아무것도 한 게 없는걸."

"역시 그렇게 생각하는구나. 아무래도 걱정됐는지 엄마가 나한테 말을 좀 전해달라고 하더라. 잘 들어봐. 중요한 건 말이야. 부모 우주에 새겨진 말은 자우주로 이어져. 새로 탄생한 세계에 말의 기억이 전혀 새겨져 있지 않으면, 생명을 비롯한 구조는 탄생하지 않아. 영원한 혼돈에 지배당해 희망의 빛을 완전히 잃게 돼. 상하좌우 어디를 봐도 똑같은 풍경만 펼쳐지는 무서운 세계가 되는 거야. 하지만 나와 엄마가 있는 우주에는 구조가 존재하고, 생명이 태어날 기회가 가득해. 그건 아빠가 있는 세계 덕분이지.

말은 특별한 사람에게만 주어진 게 아니야. 화가에게는 색이라는 말이 있고, 음악가에게는 소리라는 말이 있고, 운동선수에게는 퍼포먼스라는 말이 있고, 조각가에게는 형태라는 말이 있어. 그리고 각각의 인간에게는 살아가는 방식이라는 말이 있지. 물리학자인 아빠에게 말은 수학이야. 그러니까 삼라만상을 꼼꼼히 관찰해서 좀 더 뛰어난 수식으로 기술하는 게 아빠에게 주어진 사명이야."

등에 업힌 아이에게 가르침을 받으며 여울을 건너는 듯한 기분이었다.

"란, 아주 지혜로워졌구나."

"헛되이 지낼 수는 없어. 노력을 게을리하면 순식간에 퇴보할 테니까."

"비탈은 계속 올라가야 한다…… 그거구나."

"응, 일단 내려가기 시작하면 골짜기 밑바닥에 다다를 때까지 멈추지 못할 거야."

"만나서 정말 반가워."

"나도. 하지만 이만 가야 해. 그 전에 하나만 더. 엄마가 아빠에게 전하는 조언이 있어. 엄마는 지금도 아빠가 눈부신 실적을 거두기를 진심으로 바라거든. 그러니까 잊지 마. 분명 중요한 힌트일 테니까. '우주, 지구 생명, 눈, 언어. 이 네 가지가 탄생한 원리는 기본적으로 동일하다'."

란은 마치 인격이 바뀐 것처럼 장엄하게 들리는 목소리로 힌트를 전했다. 그 내용을 절대 잊지 않도록 뇌 주름에 단단히 새겨 넣었다.

"마음속에 잘 담아둘게. 고맙다고 엄마한테 전해주렴."

"물론이지. 그럼 갈게."

"잠깐만. 너한테 사과해야 할 일이 있어."

"뭔데?"

"난 한 번도 널 안아준 적이 없어. 네 엄마가 죽고 상심에 빠져 네 생각은 전혀 하지 않고 널 소홀히 했지. 미안하다. 용서해줘."

"그 정도로 엄마를 사랑했다는 뜻이잖아. 내 탄생에 의미가 있었다는 뜻이니까 오히려 자랑스러워."

"고작 일주일밖에 살지 못했는데도 태어나길 잘했다고 생각하니?"

"생명의 가치와 길이는 서로 무관해."

"고마워. 어깨의 짐을 내려놓은 기분이야."

"아빠, 빛을 향해 나아가는 여행은 사랑하는 이와 만나는 걸로 끝나. 잊지 마."

그 말을 끝으로 란의 몸을 이루던 빛 알갱이는 산산이 흩어져서 흰색 세계로 날아갔다. 저 멀리 우주의 끝까지 도달했던 영혼의 주체도 왔던 길을 엄청난 속도로 되돌아가, 게이코와 란이 지켜보는 남자의 육체에 착지했다.

2

영혼의 주체가 육체에 착지했다는 것을 깨달은 후에도 츠유키는 한동안 눈을 뜨지 않았다. 보이지 않아도 몸에 달라붙은 게이코와 란의 숨결이 느껴졌다. 맥박을 짚고 가슴에 귀를 대어 생존을 확신했는지, 두 사람은 간신히 차분함을 되찾은 듯했다. 몸 양쪽에서 내려다보며 이야기를 나누는 두 사람의 목소리가 귀에 들어왔지만, 츠유키는 계속 자는 체했다.

눈을 뜨면 잇달아 날아드는 질문에 대답하느라 생각이 끊길 것이다. 그 소란에 휩쓸리기 전에 해야 할 일이 있었다. 생각해야만 한다. 불필요한 잡음을 차단하고 싶었지만, 눈꺼풀을 내리면 아무것도 보이지 않는 눈과 달리 귀는 자유롭게 닫을 수 없었다.

츠유키는 사랑스러운 두 여자의 속삭임을 무시하고, 방금 체험한 체외 이탈을 검증하는 데 모든 힘을 기울였다. 딸이 들려준 귀중한 조언을 다시 확인해 그 의미를 분명히 해두지 않으면 기억이 흐려질 것이다. 바로 곱씹어서 가슴에 새겨 넣어야 한다.

우선 자신의 몸에 일어난 현상을 어떻게 해석할 것인가. 붉은 열매의 진액이 원인인 것은 의심할 여지가 없지만, 식물 알칼로이드의 작용으로 생생한 환각을 본 것일까, 아니면 분열한 자아와 자아가 대화를 나눈 것일까. 마약 성분 때문에 환각을 봤다는 설도, 의식이 비일상적인 상태에서 자문자답했다는 설도 택하고 싶지 않았다. 몸에서 빠져나온 영혼이 우주 끝까지 날아가 생후 일주일 만에 사망한 딸과 대면한다는 게 불가능한 일인 줄은 알지만, 그래도 인간의 지성을 초월한 신비한 체험을 했다고 믿고 싶었다.

그러다 다른 차원과 연결됐다는 절충안이 떠올랐다. 다른 차원과 연결돼 죽은 사람과 대화하는 현상을 채널링이라고 한다. 수상한 영매를 매개로 삼는 것이 아니라, 뇌에서 튀어나온 안테나가 블랙홀 너머의 세계에서 보낸 신호를 수신한 것이라고 믿고 싶었다. 영감을 받는 것과 같으니 그다지 특수한 일도 아니다.

다른 차원에서 보낸 메시지는 한 구절, 한 글자도 틀리지 않고 똑똑히 기억하고 있다.

"우주는 자우주를 낳았어."

딸은 그렇게 말한 뒤 '중요한 건 말'이라며 유코가 전하는 조언을 들려주었다.

시대의 최첨단을 걷는 물리학자가 주창한 멀티버스 우주론은 츠유키도 신뢰하고 있었고, 자기 나름의 방법으로 이론을 수정하기도 했다. 우주는 무無에서 생겨난 것이 아니라, 그 이전에 존재한 우주가 상전이를 일으킴으로써 탄생했다. 인플레이션 직후의 급성장이 흡사 폭발처럼 보였기에 그 탄생의 모습은 '빅뱅'이라 이름 붙여졌다.

부모 우주에 속한 존재에게 부여된 사명을 딸은 간단히 이렇게 표현했다.

"각자에게 주어진 말을 갈고닦아 다음 세대에게 넘겨줄 것."

사명을 완수하지 못한다면, 자우주에 펼쳐질 풍경은 이렇게 묘사되었다.

"영원한 혼돈에 지배되는 삭막한 풍경."

딸이 일러준 진리와 츠유키가 지금까지 일궈온 연구 성과는 어긋나지 않았다. 인간이 인간인 까닭은 두 발로 서서 걸어 다니거나 도구를 사용해서가 아니라 언어를 사용하기 때문이다. 날개를 부여받은 새가 높은 곳으로 날아가야 하듯, 인간은 언어를 갈고닦아야 한다. 거기까지는 츠유키도 이미 이해하고 있었다.

알 수 없는 것은 그 이유였다. '왜 그런 사명이 있는 것인가'라고 물어도 답할 수가 없었다. 그런데 딸이 힌트를 주었다.

"새로 탄생한 세계에 말의 기억이 전혀 새겨져 있지 않으면, 생명을 비롯한 구조는 탄생하지 않아."

이유를 알게 되면 사명을 완수하고자 하는 열정과 행동으로 나아갈 힘은 더욱 강해진다. 모든 인간에게 저마다 말이 부여됐다면, 츠유키에게 말은 수학이라고 딸은 말했다.

'인간의 신체적 특징과 오감을 밑바탕 삼아 정비된 수학으로 어떻게 우주의 여러 법칙을 기술할 수 있는가.' 이것은 츠유키가 품고 있던 의문 중 하나였다. 딸의 말은 이 의문을 풀어낼 힌트였다.

현재 우리가 지각하는 우주에는 무수한 법칙이 존재하며, 그중 일부는 수식이나 화학식으로 기술되어 정확성이 검증되었다. 예를 들어 산소 1개에 수소 2개가 결합해 생기는 물은 H_2O라고 기술한다. 법칙이 기술될 수 있기에 우주에는 다양한 구조가 탄생한다.

우주의 여러 법칙을 수학으로 기술할 수 있다는 불가사의는, 인간이 만들어낸 수학 체계가 우주 속에서 '보편성을 지니지 않는다'는 사실에 기인한다. 몇십 년 전에 '소수'를 사용해 지구 외 지적 생명체(ET)와 교신하자는 아이디어가 나온 적이 있었다. 아이디어의 토대에는 '자연수는 우주에서 보편적이다'라는 선입견이 깔려 있었다. 그러나 우리의 수학은 인간만의 것이라 보편성이 없다. 만약 인간에게 '눈'이라는 기능이 없었다면 개체를 1, 2라고 헤아리는 자연수의 개념은 나오지 않았을 것이다. ET가 인간과 같은 오감을 지녔다는 보장은 어디에도 없다. 시각, 청각이 없는 대신 압력이나 농도, 파형을 감지하는 감각이 있다면, 그들이 만들어내는 수학은 우리의 체계와는 완전히 다를 것이다.

오감뿐만 아니라 우리의 수학에는 인간 고유의 신체적 특징이 잘 반영돼 있다. DNA 이중 나선, 눈, 귀, 오른손과 왼손, 내장 기관의 대칭 구조, 플러스 전하와 마이너스 전하, 그리고 양손 손가락이 10개인 것 등이 이진법과 십진법의 정착에 크게 기여했다.

즉 이렇게 결론지을 수 있다.

"ET의 신체적 특징과 지각 능력은 인간과 달라 수학 체계 또한 다르며, ET가 인식하는 우주는 우리가 인식하는 우주와는 완전히 달라 서로 교차하지 않는다."

소수를 기본으로 한 메시지를 보내도 답장은 오지 않는다.

이렇게 전제하고 처음 질문으로 돌아가보자. '어째서 수학으로 우주의 여러 법칙을 기술할 수 있는가?' 키워드는 상호 작용이라는 생각이 번뜩 떠올랐다.

우주라는 공간 없이는 생명이 존속할 수 없는 것처럼, 우주 또한 생명의 지각과 기술 없이는 존속할 수 없다. 물질과 생명, 양쪽이 서로 조화하게 작용해야 비로소 훌륭한 구조를 창조할 수 있다.

지금까지 우주는 반석 같은 지반 위에 존재하는 순수하게 객관적인 장소이며, 항성과 행성에 물이 존재한다면 그곳을 휘젓는 동안 우연히 생명이 탄생한다는 것이 일반적인 생각이었다. 그러나 그 생각은 틀렸다. 물웅덩이에 미생물이 자연 발생한다는 사고방식은 19세기 중반에 파스퇴르가 완전히 부정했다. 산일구조론[30]을 꺼내더라도 이 부정은 뒤집히지 않는다. 유기물로 가득한 수프를 아무리 휘저어도 생명은 태어나지 않는다.

물질과 생명의 상호 작용으로 구조를 만들어내는 우주는 관찰자의 시점에 따라 유연하게 형상을 바꾼다. 즉 관찰자가 있기에 우주는 존속할 수 있다.

우주의 소멸과 동시에 지구 DNA가 소멸하는 것처럼, 지구를 뒤덮은 모든 DNA 생명이 소멸하면 우주도 종말을 맞는다. 그렇다고 흔적도 없이 사라지는 것은 아니다. 지금까지 우리에게 익숙했던 세계가 흐물흐물 형태를 바꾸며 완전히 변모한다는 뜻이다. 지구 DNA가 모조리 절멸한 후에도 우리의 우주가 지금 보이는 모습 그대로 남아 있을 수는 없다. 관찰자가 지각함으로써 만들어진 가상 세계는 관찰자가 소멸하는 순간 함께 사라진다.

지구는 푸른 빛을 잃고, 태양의 플레어가 수놓던 오로라도 아름다움을 잃고 더러운 진흙 물보라로 변한다. 딸은 그 모습을 '영원한 혼돈에 지배당한 삭막한 풍경'이라고 아주 간단히 표현했다.

지적 생명체인지 아닌지와는 관계없이, 이 우주에 우리와 교류할 수 있는 생명은 존재하지 않는다. 수천억×수천억×수천억의 항성이 물이 있는 행성을 거느리고 있다고 해도, 그곳에서 생명이 자연 발생하지 않는다. 우리에게 요구되는 것은 이 절대적인 고독을 견디며 유일무이한 존재라는 자각을 품고 사명을 다하는 일이다.

356

그렇기에 우주는 우리에게 '제대로 기술하라'고 호령한다. 삼라만상을 관찰해 더 정확한 수학으로 기술하는 행위가 우주에 영향을 주어, 기술된 법칙이 점차 확고해지고 우주는 다채로운 구조물을 차례차례 생성하는 장소가 된다.

지고한 형태를 갖춘 생명에게 말을 갈고닦는 사명이 맡겨진 것은 그 때문이다. 편안함이 보장된 낙원에 틀어박히지 않고, 진흙투성이 세계를 기어서라도 나아가 가치 있는 정보를 움켜쥐고, 그 정보를 꼭꼭 씹어 소화해 다음 세대에 넘긴다. 보상받는 것은 언제나 용기와 이성을 동반한 행위다. 겁을 먹고 작은 세계에 틀어박히면 말을 갈고닦을 기회를 잃는다.

츠유키는 딸이 남긴 말을 곱씹으며 내용의 중요성을 되새기고 가슴속에 단단히 새긴 후, 마지막으로 딸이 전한 유코의 조언을 검증하기로 했다. '우주, 지구 생명, 눈, 언어. 이 네 가지가 탄생한 원리는 기본적으로 동일하다.' 도그마에 반기를 드는 도전적인 내용이었다.

영감을 받은 인간이 해야 할 일은 우선 믿는 것이다. 여기서 의심을 품으면 영감을 준 사람에게 실례가 된다. 유코의 말은 옳다. 츠유키는 한 점의 의심도 없이 믿기로 했다.

우주가 탄생한 건 137억 년 전, 지구 생명이 탄생한 건 40억 년 전, 눈이 탄생한 건 캄브리아기인 5억 년 전. 그에 비해 언어가 탄생한 건 기껏해야 수만 년 전이다.

연대는 크게 다르지만 발생 원리가 같다면, 어딘가에 공통항이 있을 터였다. 이리저리 생각해보다가 그것은 '정보'가 아닐까 싶었다.

우주와 지구 생명의 탄생은 의미 있는 정보가 가져온 결과라고 바꿔 말할 수 있다. 눈은 정보를 수집하는 주요 기관이며, 언어는 정보를 전달하는 중요한 도구다.

발생한 연대가 크게 달라 다른 세 가지와 비교하면 언어의 발생은 얼마 되지 않은 새로운 현상이다. 오래된 시대의 유적이나 유물에 남아 있는 형태 속에서 언어가 발생한 흔적을 찾을 수 있을지도 모른다. 네 가지 중 유일하게 실지 조사가 가능한 것이 언어다. 언어가 발생한 원리가 밝혀진다면, 그것을 발판 삼아 눈과 지구 생명으로 시대를 거슬러 올라가 가장 큰 난관인 우주 탄생의 비밀에 접근할 가능성이 생긴다.

영감이 옳다면, 우주의 구조와 생명의 발생은 밀접한 관계에 있는 셈이다. 그렇기에 DNA 생명의 입장에서 대뇌 신피질이라 할 수 있는 인간은, 우주의 여러 법칙을 자신들이 고안해낸 수학으로 기술할 수 있는 것이 아닐까.

츠유키는 일단 목표를 '언어 발생의 수수께끼'에 집중해, 써야 할 논문의 주제를 압축했다. 논문 제목은 임시로 '언어 기원론'이라고 정했다.

탐색해야 할 장소는 짐작이 간다. 고대 마야 문명의 유적이 잠든 유카탄반도의 밀림. 혹은 남유럽에서 북아프리카, 소아시아에 흩어져 있는 빙하기 동굴도 포함된다. 수수께끼 풀이에 도전한다고 해서 해답을 얻는다는 보장은 없다. 가혹한 여행이 될 것이라 각오했지만, 딸이 마지막으로 남긴 예언 같은 말이 힘을 주었다.

"빛을 향해 나아가는 여행은 사랑하는 이와 만나는 걸로 끝나."

무슨 뜻인지는 알 수 없지만, 왠지 행동할 용기가 솟았다.

빙빙 돌아 제자리로 돌아온 기분이었다. 돌이켜보면 정보를 다룬 물리학 서적에서 보이니치 필사본에 관련된 내용을 보고 그 존재를 도시히로에게 알린 것이 이번 여행의 시작점이었다. 도시히로는 보이니치 필사본에 언어 발생을 촉진하는 식물을 재배하는 방법이 담겨 있다고 해석했고, 나카자와 유카리의 협력을 얻어 제6다이바에서 품종을 개량하며 붉은 열매가 열리는 나무를 키우는 데 도전했다. 조금 전 유카리의 세포 성분을 흡수해 활기를 되찾은 나무에 각성과 승화를 촉진하는 붉은 열매가 열렸고, 그 열매를 섭취한 츠유키는 강렬한 영감을 얻어 언어의 기원을 탐색하는 여행에 나서기로 결심했다.

도시히로와 같은 목적이 설정된 셈이었다. 다만 접근 방법은 전혀 달랐다. 원점으로 돌아온 것이 아니라 한 걸음 전진했다고 받아들이고 싶었다.

다른 차원과 이어져서 얻은 영감에 감사하며 감동의 여운에 젖어 있는 동안, 게이코와 란이 부르는 소리가 고막을 통과해 의식에 닿았다. 이 기쁨을 두 사람과도 나누고 싶었다.

츠유키는 두 눈을 번쩍 뜨고 상반신을 일으켜 게이코와 란에게 웃음을 지었다. 갑작스로운 웃음에 두 사람은 오히려 놀란 듯했다. 츠유키는 얼떨떨해하는 게이코와 란을 아랑곳하지 않고 힘차게 일어섰다. 그리고 가지 끝에서 적당한 붉은 열매 2개를 따서 게이코와 란에게 내밀었다.

"시험해봐. 두 사람에게도 분명 좋은 일이 일어날 거야."

란은 머뭇머뭇 손을 뻗어 붉은 열매를 받아 들고 만지작거렸지만, 게이코는 쳐다보기도 싫다는 듯 고개를 홱 돌렸다.

그때 츠유키의 스마트폰이 울렸다. 화면을 확인하자 우에하라였다. 츠유키는 얼른 통화 버튼을 누르고 스마트폰을 귀에 댔다. 숨이 넘어갈 듯한 우에하라의 목소리가 들렸다. 귀에 거슬리는 잡음이 섞여 알아듣기가 쉽지 않았다.

"……미안합니다. ……예정보다, 늦어서……."

"지금 어디세요?"

"레인보우 브리지 위……."

"거의 다 왔네요."

"타이어가 펑크…… 못 움직여요…… 오도 가도 못하고…… 다리 전체가 몹시 뜨겁습니다. 심한…… 번개. 부표 위치…… 아라카와강, 스미다가와강…… 바로 근처…… 앞으로 20여 분…… 박테리아…… 도쿄만에 도달할 예정…….”

거기서 전화가 갑자기 끊겼고, 그 후로는 연결될 기미가 전혀 없었다.

목소리가 끊기고 잡음 때문에 잘 들리지는 않았지만, 그래도 간신히 상황을 파악할 수는 있었다. 우에하라와 유리는 헤비콘 수액을 이화학연구소의 야마자키 부교수에게 전달한 후, 제6다이바로 돌아오려고 레인보우 브리지를 지나던 중 타이어가 펑크 나 오도 가도 못 하는 신세가 된 것이다.

더 중요한 정보는 남극 시아노박테리아로 가득한 탁류가 20여 분 후에 아라카와강과 스미다가와강으로 나뉘어 도쿄만으로 밀려온다는 사실이었다.

시간 감각이 완전히 흐려졌다는 걸 깨닫고 츠유키는 손목시계를 보았다. 시곗바늘은 오전 3시 25분을 가리키고 있었다. 예상과 크게 다르지 않게 탁류는 3시 50분경에 도달할 듯했다. 그때까지 할 수 있는 일은 하나뿐이었다. 희생양으로 늪에 가라앉은 유카리의 말을 믿고 헤비콘 수액을 섭취하는 것. 고맙게도 수액은 듬뿍 떨어지고 있었다.

게이코와 란은 헤비콘 수액을 망설임 없이 섭취했다. 둘 다 츠유키를 따라 손바닥에 수액을 받아서 마셨다. 그러나 두 번째 행동에서는 확실히 차이가 있었다. 란은 아무렇지도 않게 붉은 열매를 깨물었지만, 게이코는 붉은 열매를 건드리려 하지 않았다.

츠유키는 란에게 어떤 변화가 일어나는지 가만히 지켜보았다. 자신은 강렬한 환각과 환청에 휩싸여 영감을 얻었다. 과연 란에게는 무엇이 주어질까. 그러나 눈에 띄는 변화는 없었다. 대신에 우르릉 하고 으스스한 소리가 주변에 울려 퍼지며 나무들 사이에 끈적한 공기가 고였다. 귀를 기울일 틈도 없이 천둥번개가 쳤다.

머리 위에서 소리가 덮칠 때마다 제6다이바에 빽빽하게 들어선 나무들이 가지를 바르르 떨며 잎사귀 스치는 소리를 냈다. 굉음에 겁을 먹은 듯 녹색 숲은 방금까지 떨치던 기세를 잃고 위축됐다.

활기를 되찾은 건 아주 잠깐이었다. 헤비콘 수액은 말라붙었고, 붉은 열매는 순식간에 시들어 땅에 떨어졌다.

3

우에하라와 유리는 시바우라 구역과 다이바 구역을 연결하는 레인보우 브리지, 수도고속도로 11호선 연안 방면 하행 차선 중간쯤에 있었다.

20분쯤 전, 멀지 않은 곳에서 번개가 번쩍이는 것을 보며 나선형 경사로로 진입해 다리를 주행하다가 왼쪽 앞바퀴에 펑크가 나 움직일 수 없는 상황에 빠지고 말았다.

타이어를 갈려고 트렁크를 열었지만 예비 타이어는 없었다. 일본 자동차 연맹에 구조를 요청하려고 전화했지만 아무 응답도 없어서, 결국 깡통이 된 왜건 차량만 길 위에 덩그러니 남겨졌다. 도로에 다른 차는 없었고, 아래쪽을 지나가는 무인 전철 유리카고메 양옆의 일반 도로와 인도에도 차나 사람이 지나다니는 기척은 없었다. 아까까지만 해도 후속 차량에 위험을 알리기 위해 50미터쯤 뒤쪽에 놓아둔 불꽃신호기가 붉은 불빛을 뿜어내고 있었지만, 이제는 완전히 꺼진 듯했다.

다리 위는 뜨거워서 몸을 구부리고 차 주변을 돌아다니기만 했는데도 우에하라의 얼굴에서 땀이 방울져 흘러내렸다. 그는 손상된 타이어를 살펴본 뒤, 더는 운전할 수 없겠다고 판단하고 시동을 켜둔 차로 돌아와 에어컨 설정 온도를 낮췄다.

"어때요?"

"틀렸어요. 못 움직입니다."

"어쩌죠?"

"일단 섬에 있는 사람들에게 사정을 알려야겠죠."

우에하라가 노트북을 무릎 위에 펼쳐 스미다가와강과 아라카와강을 흐르는 부표의 위치를 확인하고 츠유키에게 전화하려던 순간, 다리에 설치된 피뢰침이 번개를 불러들였다. 빛줄기는 보이지 않았지만, 흐린 하늘에서 내리누르는 압력이 차 지붕을 묵직하게 때렸고 다리 꼭대기에서 수면 아래 땅속으로 이어지는 전선 속을 30만 암페어에 달하는 전류가 빠져나가며 주변 일대에 굉음을 울렸다.

이때 발생한 전압은 일반적인 원자력 발전소에서 발전하는 전압의 1만 배에 해당했다. 설령 피뢰침 내부를 통과했더라도 주변의 전자기장에 엄청난 영향을 주어 전기 및 통신 설비에 손상을 줄 가능성이 있었다.

운전석에 앉은 우에하라는 차가 찌그러지지는 않을까 싶을 만큼 강한 압력에 놀라 들고 있던 스마트폰을 내팽개칠 뻔했다. 조수석에 앉은 유리는 비명을 지르며 양손에 얼굴을 감싸고 상반신을 앞으로 굽혔다.

또 벼락이 떨어질까 두 사람은 마음의 대비를 하고 숨을 죽인 채 앞유리창 너머로 밖을 바라보았다. 다리 몸체에 연결된 케이블이 심하게 흔들렸고, 전기가 흘러서인지 케이블을 구성한 와이어 가닥 주변에서 빛 알갱이가 번쩍거렸다.

전화는 간신히 연결됐지만 츠유키의 목소리가 뚝뚝 끊겨 알아듣기 힘들었고, 우에하라도 말을 술술 늘어놓을 상황이 아니었다. 갑자기 전화가 뚝 끊겼다. 정보가 제대로 전달됐는지 확신할 수 없어서 우에하라는 전파 상태가 좋아지기를 기다리기로 했다.

상류에서 하류로 이동하는 동안 장애물에 걸리거나 다른 물길에 휩쓸려 수가 줄어든 부표들은 사이타마와 도쿄의 경계 지점에서 아라카와강과 스미다가와강으로 나뉘어 순조롭게 하구로 향하고 있었다. 아라카와강 경로의 부표는 가사이 근처에, 스미다가와강 경로의 부표는 료고쿠를 눈앞에 두고 있었다. 도쿄만에 도달하기까지 약 20분이 남았다.

벼락이 떨어지기 전에 노트북으로 부표의 위치를 확인한 것만으로도 행운이라 해야 할까. 20분이라는 시간이 의미하는 바는 명확했다. 할 수 있는 일은 다리 위에서 역사적 순간을 직접 목격하고 최대한 자세히 기록하는 것뿐. 저널리스트의 혼에 불이 붙은 이상 목숨이 위험한 것도 마다하지 않는다. 다른 누구도 입수할 수 없는 광경을 촬영할 기회가 생겼으니 당연했다.

"역할을 분담합시다."

우에하라의 제안에 유리는 "네?" 하고 의문을 표시했지만, 그가 손가락으로 카메라를 살짝 두드리는 모습을 보고 촬영하자는 뜻임을 알아차렸다. 저널리스트는 카메라를 손에서 놓지 않는 법이다.

"유리 씨는 사진과 영상 중 뭘 더 잘 찍어요?"

"실력은 차치하고 사진 촬영하는 걸 좋아해요."

"알았어요. 당신은 사진을 찍어요. 난 영상을 맡을 테니까."

가슴속에 같은 뜻을 품은 만큼 서로 협력하는 게 최선이다. 유리가 사진에 전념하고, 우에하라는 영상을 맡아서 나중에 수확물을 나눈다. 그러나 그러기 위해서는 우선 살아남는다는 전제가 필요하다.

"우리, 괜찮겠죠?"

우에하라와 유리는 이미 헤비콘 수액을 섭취했다. 그 효능이 남극 시아노박테리아의 독성을 해독한다는 유카리의 말을 믿고 대처하는 수밖에 없다.

"이렇게 된 이상 믿는 수밖에요. 일단 주변을 좀 둘러봅시다."

우에하라가 디지털카메라를 들고 문을 열자, 시원한 차 안으로 습한 공기가 흘러들어와 오한이 등골을 스치고 지나갔다.

두 사람은 더위에도 아랑곳없이 차에서 내렸다. 갓길을 비스듬히 가로질러 다리 난간에 다가서서 레인보우 브리지의 북쪽에 펼쳐진 야경을 바라보았다.

하늘에는 먹구름이 겹겹이 끼었고, 여기저기서 번갯불이 번쩍거렸다. 흐린 하늘을 내달리는 번개는 삐죽삐죽한 분홍색 기하학 무늬를 그리며 차례차례 초고층 빌딩이나 도쿄타워 꼭대기로 빨려 들어갔다. 검은 구름을 배경으로 번갯불이 그리는 아름다운 무늬가 더욱 두드러져서 장엄하게 보였다.

몸을 돌려 남쪽을 보자 구름 사이로 반짝이는 별들이 눈에 들어왔다. 태풍이 지나가고 구름이 서서히 걷히는 걸 보니 날씨가 맑아질 듯했다. 기온이 높은 건 열기를 띤 남풍이 불기 때문이었다.

제6다이바는 다리 몸체에 가려져 보이지 않았다. 아까 통화하면서 츠유키 일행이 여전히 제6다이바에 있다는 사실은 알았지만, 이렇게 오래 머무른 이유는 듣지 못했다. 그래도 헤비콘 수액을 채취하자마자 섬을 떠나지 않은 데는 나름의 이유가 있었을 것이다.

우에하라는 지금까지 심야에 레인보우 브리지를 차로 달리며 같은 풍경을 여러 번 보았다. 지금 바라보는 풍경은 분명 광량이 부족하다. 그렇다고 대도시를 수놓는 전깃불이 전부 꺼진 것은 아니었다. 3분의 1 정도로 줄었을 뿐, 고층 빌딩의 창문에서는 여전히 불빛이 새어 나오고 있었다.

남극 시아노박테리아가 덮쳐온다는 소식을 접하고도 전혀 동요하지 않는 사람들이 있다고 생각하니 어쩐지 웃음이 났다. 전혀 믿지 않는 건지, 무슨 일이 일어나든 자기만큼은 무사할 거라고 믿는 건지, 애초에 포기한 건지, 아니면 떠날 수 없는 이유가 있는 건지.

우에하라는 약간 쓸쓸해진 야경을 바라보며 '세상에는 참 다양한 사람들이 있구나' 하고 절실히 느꼈다. 대열을 이루어 도망치는 사람도 있고, 남이 뭘 하든 머무르는 사람도 있다. 도망치는 사람과 머무르는 사람, 누가 나중에 더 큰 이익을 얻을지는 지금 단계에서는 판단하기 어렵다. 확실한 사실은 한 가지 현상에 여러 방법으로 대처할 수 있는 다양성이 미래에 대한 적응력을 키운다는 것이다. 상반되는 존재가 공존하는 건 환영해야 할 일이다.

"우리는 왜 여기 있는 걸까요?"

유리가 자조 섞인 목소리로 물었다. 치사율 100퍼센트인 남극 시아노박테리아가 밀려오고 있는데 도쿄만에 걸린 다리 위에 서 있다니, 태풍이나 홍수를 태평하게 구경하다가 재해에 휩쓸리는 구경꾼과 다를 바 없었다.

"타이어가 펑크 나서 움직일 수 없게 됐으니까."

"왜 펑크가 났을까요?"

"번개의 영향일지도 모르죠. 여기로 오는 동안 피뢰침에 번개가 치는 모습을 여러 번 봤잖아요."

"운명 같네요."

"위업을 달성한 사람들은 대부분 우연의 도움을 받았습니다. 다윈은 비글호로 항해하다가 우연히 갈라파고스에서 종의 변화를 관찰해 진화론의 아이디어를 얻었죠."

"그나저나 조용하네요. 섬뜩할 만큼……."

유리는 카메라를 들고 북동쪽으로 흘러가는 먹구름에 초점을 맞춰 셔터를 몇 번 눌렀다. 오전 3시 반이 지난 시각, 불빛이 드문드문한 야경을 배경으로 번개가 내리치는 장면은 좀처럼 보기 힘든 진풍경이어서 유리의 손가락은 흥분으로 떨렸다.

정면에서 북서쪽으로 카메라 초점을 옮겨 셔터를 누르던 유리는 파인더에서 눈을 떼고 해수면을 바라보았다. 만 안쪽을 항해하는 배는 없었고 하루미 부두와 히노데 부두에 정박한 대형선도 평소보다 숫자가 크게 줄어 있었다.

"부두에 정박한 배는 전부 이동한 걸까요?"

"이동이 가능한 배는 탁류가 직격하는 도쿄만 북쪽 끝을 떠나 가와사키, 요코하마, 지바, 기사라즈 방면의 항구로 대피한 모양입니다."

도쿄만은 물이 잘 순환되지 않는다. 남극 시아노박테리아가 대량으로 증식해 위세를 떨치면 선박 운행이 불가능해져 해상 교통망이 마비된다. 그렇게 되기 전에 선박들은 만의 남쪽으로 대피한 것이다.

유리는 대형선이 사라진 부두에 초점을 맞추고 셔터를 누르려다 으스스한 정적이 감도는 해수면에 약간의 변화가 생긴 것을 알아차렸다. 유리는 카메라를 내리고 가늘게 뜬 두 눈으로 아래쪽을 내려다보았다. 다리 위에서 해수면까지 거리가 약 50미터라 맨눈으로는 무엇이 어떻게 변했는지 자세히 알 수 없었다. 그러나 어두운 해수면에 이변이 생겼다는 분위기만큼은 강하게 전해졌다.

유리의 촉각이 그 분위기를 감지해 팔 윗부분에서 어깨까지 소름이 쭉 끼쳤다. 다시 파인더에 눈을 대고 줌을 당겨 살펴보고서야 자신의 피부가 해수면의 모양새를 비추는 거울이었음을 알아차리고 유리는 작게 소리쳤다.

"바다에 닭살이 돋았어요!"

"그게 무슨."

말 그대로 받아들이지는 않았지만, 우에하라는 유리가 이변을 감지했다고 확신했다. 우에하라는 카메라를 아래쪽으로 향하고 줌을 최대한 당겼다.

해수면이 뚜렷하게 보인 순간, 우에하라는 유리의 표현이 정확하다는 걸 깨달았다. 파인더에 담긴 해수면은 기포로 가득했다. 바닷속 지층에서 솟아난 기체가 떠오르면서 체적이 커지다가 기포로 변해 해수면에서 터지고 있었다. 닭살은 그 광경을 비유하기에 딱 맞는 표현이었다.

화산 활동이 활발한 산에는 온천수가 유입돼 가스가 부글부글 솟는 늪이 있는데, 그런 곳을 지옥이라고 부른다. 우에하라와 유리는 다리 위에서 지옥으로 변한 도쿄만을 바라보았다.

두 사람은 카메라로 도쿄만 북쪽을 구석구석 살펴보았다. 레인보우 브리지보다 북쪽에 있는 해역 전체가 기포에 덮여 있다는 사실을 확인하고는 말없이 얼굴을 마주 보았다.

두 사람의 머릿속에 같은 의문이 떠올랐다. 남극 시아노박테리아의 습격을 눈앞에 둔 지금, 도쿄만 북쪽 끝에서 기포가 솟아오르는 유례없는 현상이 나타난 건 과연 단순한 우연일까. 만약 둘 사이에 밀접한 관계가 있다면, 이는 일각을 다투는 사태였다.

"대체 뭐가 뭔지…… 당장 알아봐야겠군."

우에하라는 차로 돌아가 기도하는 기분으로 노트북을 켜고 인터넷에 연결했다. 전파 상태가 개선된 걸 확인하고 가슴을 쓸어내릴 틈도 없이 '도쿄만, 기포가 솟아오르는 현상'이라는 검색어를 입력했다.

첫 페이지부터 그럴싸한 게시물이 수없이 줄지었다. 지난 몇 년 사이에 올라온 글이 많았는데, 표제만 읽어도 무슨 내용인지 짐작할 수 있었다.

도쿄만 해저에서 가스층 발견

도쿄만 북부에서 기포가 솟아오르는 현상이 관찰돼

해저 가스 채취에 성공, 96.8퍼센트가 메탄가스임이 밝혀져

도쿄만 심부 진흙층에서 메탄 생성

검색 결과를 대충 훑어본 우에하라는 방금 목격한 현상이 메탄가스의 대량 발생임을 확신하고, 흥분으로 떨리는 손으로 스마트폰을 꺼내 츠유키에게 전화를 걸었다.

4

츠유키, 게이코, 란은 남극 시아노박테리아의 습격에 대비해 제6다이바 동쪽 끝의 탄약고 터로 자리를 옮겼다. '대비한다'고 해도 헤비콘 수액을 섭취한 세 사람이 할 수 있는 일은 더 이상 없었다. 그저 때가 오기를 기다릴 뿐이었다.

게이코와 란은 벽에 등을 기대고 두 다리를 쭉 뻗고서 편히 쉬었지만, 츠유키는 안절부절못하며 주변을 돌아다녔다. 마지막 순간을 앞두고 침착함을 잃은 듯한 그 모습이 탐탁지 않아 게이코는 어떻게든 달래려 했다.

"자꾸 그렇게 왔다 갔다 하지 말고 좀 쉬는 게 어때요?"

"태평하게 쉴 상황이 아니잖아!"

무슨 말을 해도 전혀 효과가 없었고, 오히려 불에 기름을 퍼부어 화를 돋우는 꼴이었다. 남은 시간은 고작 십 몇 분…… 그런데 이 시간을 어떻게 활용해야 할지 전혀 알 수 없었다. 발을 동동 구르고 싶을 만큼 속상해 츠유키는 냉정을 유지할 수 없었다.

탁류가 도쿄만에 도달한 뒤 아침이 와서 햇살이 강해지면, 남극 시아노박테리아는 지치부 사쿠라 호수의 100만 배에 달하는 증식력으로 몇 시간 안에 도쿄만을 가득 채우고 포자를 날려 수도권의 숨통을 끊을 것이다. 앞으로 십 몇 분 후에 대재해가 닥칠 걸 알면서도 손쓸 방도가 없는 이 상황을 견딜 수가 없었다.

어딘가 무언가 돌파구가 있지 않을까.

온갖 방향으로 머리를 굴려봐도 해결책은 떠오르지 않았다. 무력한 자기 자신을 용서할 수 없었다. 초조함에 사로잡혀 두 무릎을 세게 때리며 일어섰다가 탄약고 터 천장에 머리를 부딪혀 더 화가 났다. 츠유키는 탄약고 터 밖으로 나가서 하늘을 올려다보았다.

일개인의 힘으로는 어찌할 수 없는 사태에 직면했을 때, 인간은 하늘의 구원을 바란다. 그렇다고 기도가 반드시 통한다는 보장은 없다. 하늘에서 지시가 내려오길 바라는 자에게 마침맞게 목소리가 들려오는 경우는 좀처럼 없다. 아니, 절대로 없다. 알면서도 츠유키는 간절히 기도했다. 단서를 주면 정신력과 체력을 송두리째 바칠 준비는 돼 있었다.

"스마트폰이 울리는데."

게이코의 말을 듣고서야 츠유키는 장엄한 하늘의 목소리와는 전혀 다른, 흔해 빠진 벨소리가 울리고 있다는 걸 알아차렸다. 지푸라기라도 붙잡는 심정으로 그는 스마트폰을 꺼내 통화 버튼을 눌렀다.

우에하라의 목소리가 들렸다. 전파 장애가 개선된 듯 아까보다 또렷했다.

"아주 급한 상황입니다. 간결하게 설명할 테니 잘 들어요. 레인보우 브리지 북쪽 해역에 수많은 기포가 떠올랐는데, 해저 메탄층에서 발생한 것으로 추정됩니다."

우에하라는 다리 위에서 봐야만 확인할 수 있는 귀중한 정보를 주었다. 그렇게 보면 50미터 상공에서 내려온 하늘의 목소리라고 해도 무방했다. 어쩌면 하늘이 츠유키의 기도를 들어준 것인지도 모른다. 츠유키는 마음을 진정시키려 두 눈을 감고 스마트폰을 단단히 움켜쥔 채 확인했다.

"레인보우 브리지 북쪽 해수면이 메탄가스의 기포로 가득하다……

그런 말씀이시죠?"

"맞습니다. 온통 기포 천지예요."

츠유키는 두 눈을 번쩍 뜨고 숨을 크게 들이마셨다. 우에하라가 알려준 정보를 해석하자면, 도쿄만 북쪽 끝 해저에 자리한 지층 속에서 메탄 생성균이 이상할 만큼 활발하게 활동하고 있다는 뜻이었다.

원핵생물은 진정세균과 고세균으로 나뉘는데, 시아노박테리아는 진정세균, 메탄 생성균은 고세균에 속한다. 소속된 그룹은 달라도 시아노박테리아와 마찬가지로 수십억 년의 역사가 있는 메탄 생성균은 시아노박테리아가 빛, 물, 이산화탄소로 산소와 당류를 만들어내듯, 수소가스를 이산화탄소로 산화해 무색투명한 메탄가스를 생성한다. 천연가스의 주성분으로 도시가스 등에 이용되는 메탄가스는 가연성이 강하다. 츠유키는 이 정보가 의미하는 바를 곧 알아차렸다.

"우에하라 씨, 고마워요. 드디어 무슨 일을 해야 하는지 알았네요. 이제부터는 시간과의 싸움입니다. 부표 위치를 확인하면서 게이코 씨와 연락해주세요."

"알겠습니다."

서로 할 일을 확인하고 전화를 끊었다. 츠유키는 잠시 생각을 정리했다.

메탄 생성균이 왜 갑자기 활발하게 활동하기 시작했을까. 시아노박테리아의 습격과 정확히 맞물려 활동을 시작했으니 단순한 우연일 리 없었다. 보이지 않는 곳에서 연동된 것이다.

늪가에서 츠유키는 배후에 거대한 존재가 움직이는 기척을 느꼈다. 그것이 현상의 이면에 드리운 실을 조종해 판을 깔아준 것이 틀림없었다. 부하인 메탄 생성균에 명령해 해저 지층에서 대량의 기포를 발생시킨 데는 분명 의도가 숨어 있었다.

만반의 준비를 다 했다. 나머지는 네가 알아서 해!

야마자키 부교수는 남극 시아노박테리아를 분석해 알아낸 특징을 이렇게 설명했다.

"놈들은 한랭 환경에는 강하지만 열에는 아주 약하지. 40도에서 약해지기 시작하고, 50도를 넘으면 거의 전부 사멸해."

몇십 년 전, 지진으로 해저 지형이 변동해 메탄가스 기포가 방출됐고, 정전기로 인해 메탄가스 기포에 불이 붙어 화염이 해수면을 휩쓸고 지나가는 현상이 있었다는 것을 츠유키는 기억해냈다. 구체적인 행동 방침이 흔들림 없는 한 줄기 선처럼 츠유키를 이끌었다.

인간은 자신들에게 유리한 환경을 제공하는 존재를 '선'이라고 받아들이곤 한다. 그러나 자연이 인간만 편애할 거라고 기대하는 건 희망적인 관측에 불과하다. 인간 말고 다른 모든 생명체의 이익을 우선해 인간을 배제할 수도 있다. 그럴 때 자연의 행동은 인간의 눈에 '악'으로 비친다. 넓은 관점에서는 '선'이지만, 인간의 관점에서는 '악'으로 변모할 수 있는 것이다.

하지만 지금부터 해야 할 일이 배후에 있는 거대한 존재의 의지에 부응하는 행동임을 안다면, 그것은 '선한 행동'이라는 확신으로 이어져 의욕이 크게 솟아난다.

츠유키는 땅을 힘차게 내디디며 탄약고 터로 돌아가 방수 가방에서 스노클, 물안경, 오리발 세트를 꺼내 옆구리에 끼고, 오른손으로 등유 버너를 들었다.

살벌한 표정으로 결연하게 행동하는 츠유키의 모습에 놀라 게이코는 엉거주춤 일어섰다.

"왜 그래요? 뭘 어쩌려고?"

츠유키는 호흡을 가다듬고 게이코 쪽으로 돌아섰다. 정신이 흐트러진 모습을 보이면 안 된다. 냉정함과 마음의 여유가 주변을 안심시키고, 일을 성취되는 방향으로 이끌어준다.

츠유키는 웃음을 지으며 가벼운 말투로 말했다.

"이제 도쿄만에 불을 지르러 갈 겁니다."

그 말에 게이코가 벌떡 일어섰고, 란도 뒤따라 일어섰다.

"나도 갈래요."

"지체할 시간 없어요. 두 사람이 꼭 도와줬으면 해요."

세 사람은 섬 북쪽 둘레에서 튀어나온 선착장으로 달려갔다.

빠르게 달려가며 츠유키는 앞으로 해야 할 구체적인 행동과 그 의미, 그리고 중요성을 게이코와 란에게 설명했다. 한마디로 말하면 '도쿄만 북쪽을 불바다로 만들어 유입되는 시아노박테리아를 태워 없앤다'는 작전이다. 이를 위해서는 확실하게 불을 붙여야 한다.

"기회는 한 번뿐, 실패하면 다음은 없어."

츠유키는 몇 번이고 각오를 다지며 머릿속으로 이미지 트레이닝을 되풀이했다.

선착장 바위 위에 보트 2대가 매여 있었다. 하나는 선외기가 고장 났지만, 다른 하나는 멀쩡했다. 츠유키의 계획은 제2차 세계대전 말기에 일본군이 사용했던 '신요' 자살 공격에 가까웠다.

태평양 전쟁 당시 자살 병기라 하면 제로센 같은 항공기가 유명하지만, 선수에 250킬로그램의 폭탄을 장착한 모터보트 '신요'도 있었다. 항공기가 보트로 바뀌었어도 하는 짓은 똑같았다. 폭탄을 싣고 적 함선에 돌진하는 것이 전부였다. 결국 기대만큼의 성과를 내지 못하고 헛수고로 끝난 '신요'였어도 다시 활용해보는 것이 츠유키의 작전이었다.

그러나 그는 고무보트와 운명을 함께할 생각은 조금도 없었다. 다이빙 경험이 풍부한 츠유키는 장비 없이도 30미터 이상 잠영할 수 있었다. 불을 지른 직후 선미에서 바다로 뛰어들어 탈출하는 것이 계획이었다.

보트로 메탄 기포로 뒤덮인 해수면 바로 앞까지 나아가서 선외기를 한 방향으로 고정한 후, 등유 버너의 등유를 보트에 붓고 불을 붙인다. 그 직후 츠유키는 선미에서 바다로 뛰어들어 수면 아래를 헤엄쳐 재빨리 제6다이바로 향한다. 불길에 휩싸인 보트는 사람이 없는 상태로 선외기의 힘으로 나아가고, 메탄가스가 가득한 구역에 도달했을 때쯤 고무 외피가 불타서 부력을 잃고 불이 붙은 채로 가라앉아 메탄가스에 불을 옮겨붙인다.

츠유키의 계획은 대략 이런 흐름이었다. 중요한 것은 탈출 경로에 있는 해수면도 불길에 휩싸일 수 있으므로 잠수한 채 헤엄쳐야 하는 거리를 정확하게 계산하는 것이다. 메탄가스가 가득한 구역에 접근하지 않으면 불을 확실히 붙이기 어렵다. 그렇다고 너무 가까이 다가가면 잠수 거리가 길어져 질식할 가능성이 커진다. 겁먹어 거리를 길게 잡으면 불을 붙이는 데 실패하고, 성공을 노리고 거리를 짧게 잡으면 목숨을 잃을 가능성이 커진다. 절묘하게 거리를 잘 가늠해야 하는, 결단력이 필요한 임무였다.

나무 사이를 빠져나가자 풍경이 트이며 레인보우 브리지의 교각이 가까이 보였다. 츠유키는 반쯤 무너진 선착장 바위를 밟으며 나아가 매어놓은 로프를 끌어당겨 보트에 올라탔다. 스노클 세트와 등유 버너를 바닥에 내려놓고 선외기의 배터리 잔량과 예비 노를 확인한 뒤, 선외기의 시동을 걸었다. 즉시 출발할 수 있도록 준비를 마친 후, 뒤따라온 게이코와 란에게 지시했다.

"우에하라 씨와 연락해서 시아노박테리아가 당도할 시각을 정확하게 알려줘요. 카운트는 5분 전에 시작하고요. 5분 전에 손전등을 다섯 번 깜박이고, 4분 전에는 네 번, 3분 전에는 세 번, 2분 전에는 두 번, 그런 식으로요."

게이코는 바로 알아듣고 고개를 크게 끄덕였다.

"알았어요, 맡겨둬요."

"잘 부탁합니다."

작별 인사를 나눌 여유조차 없었다. 츠유키는 손을 가볍게 들어 보인 뒤, 선외기 레버를 전진에 놓고 레인보우 브리지를 향해 나아갔다. 뒤쪽에서 바로 게이코가 소리쳤다.

"앞으로 5분!"

게이코는 그렇게 외치며 손전등을 다섯 번 깜박였다. 츠유키는 시아노박테리아가 유입되기 1분 전에 불을 붙이기로 결심했다. 불을 붙인 뒤 도쿄만 전체에 불이 번지기까지 걸리는 시간을 1분으로 보고, 유입되는 그 순간을 노려 공격하는 것이 가장 효과적이라고 판단했기 때문이다.

그는 앞뒤로 고개를 돌리며 메탄 기포 근처로 선수를 향했다. 흥분과 긴장으로 방향키를 잡은 손이 떨렸다. 머릿속에는 여전히 시뮬레이션의 폭풍이 몰아쳤다. 순서를 반복해서 점검하며 실패를 유발할 듯한 요인을 걸러내고, 혹시 모를 상황에 대비해 다른 선택지를 마련해 만반의 준비를 했다.

다행히 바람은 남쪽에서 불어와 해수면으로 떠오른 메탄가스를 북쪽으로 밀어냈다. 맞바람이었다면 메탄가스를 들이마셔 중독 증상이 나타났을 것이다.

실제로 몇 시간 전, 츠유키는 그 증상이 나타났었다는 걸 깨달았다. 우에하라와 유리를 제3다이바에 데려다주고 돌아오는 길에, 갑작스러운 맞바람이 불어 배가 더디게 나아갔고 갑자기 몸 상태가 나빠졌다. 이제 그 이유는 분명하다. 바람을 타고 날아온 메탄가스를 들이마셔 가벼운 중독 증상이 나타났던 것이다.

그 체험을 떠올리며 츠유키는 스스로를 다잡았다.

메탄 기포에 가까워지면 가스를 들이마시지 않도록 최대한 숨을 참아야 한다.

주의해야 할 사항들이 차례차례 떠올라 정리하기가 힘들었다. 사소한 판단 착오가 실패와 죽음으로 이어진다. 고개를 뒤로 돌리자, 선착장에 선 게이코가 손전등을 네 번 깜빡이는 게 보였다. 희미하게 밝아오는 동쪽 지평선을 배경으로 게이코와 란의 검은 실루엣이 눈에 들어와 힘을 북돋아주었다.

도쿄만에 불을 지른다는 아이디어를 떠올렸을 때, 츠유키의 가슴속에 죽음을 두려워하는 마음은 털끝만큼도 없었다. 그러나 물과 기름이 만난 듯 뚜렷하게 나뉜 메탄 기포의 경계선이 앞으로 다가올수록 죽음이 의식 전면으로 튀어나왔다.

거대한 존재의 뜻에 따라 움직인다고 해서 생존이 보장되는 것은 아니다. 주어진 사명에 자기희생이 포함되어 있을 가능성은 충분하다. 나카자와 유카리가 희생적으로 행동한 광경이 의식 깊은 곳을 자극해, 츠유키는 자신도 같은 운명을 강요당하는 것 아닐까 하는 불안에 사로잡혔다.

하늘은 스스로 돕는 자를 돕는다. 하지만 하늘은 때로 몹시 비정하다. 자연은 결코 인간에게 상냥하지 않다. 변덕스레 재해를 일으켜 수만, 수십만의 생명을 아무렇지도 않게 앗아간다. 한 남자의 목숨쯤은 늪에 떠다니는 장구벌레와 다를 바 없다.

선착장에서 손전등 불빛이 세 번 깜빡였다. 츠유키는 마지막 마무리에 착수하기 위해 선외기의 키를 로프로 고정하고, 보트 바닥에 등유 버너의 연료를 쏟아부으려 했다.

마치 그 순간을 노리기라도 한 듯, 선외기의 프로펠러가 멈추며 보트가 정지했다.

결정적 순간에 문제가 생기자, 츠유키는 저도 모르게 저주하듯 소리쳤다.

"그만 좀 가지고 놀아라!"

말을 내뱉고 나서야, 그것이 늪에 끌려 들어가기 직전에 나카자와 유카리가 했던 말과 똑같다는 걸 깨닫고, 황급히 그 말을 취소하려 했지만 이미 늦었다. 츠유키의 목덜미에서 식은땀이 뚝뚝 떨어졌다. 분명 다 들었을 것이다. 그러나 같은 운명을 맞는 건 사양이었다. 츠유키는 마음을 다잡고 상황을 타개할 방법을 생각했다.

보트 바닥 양쪽에 놓인 노 2개가 눈에 들어온 순간, 츠유키의 머릿속에 성냥개비 이미지가 번뜩였다. 크기는 다르지만 모양새가 비슷해 같은 역할을 해낼 수 있을 듯했다. 자루 끝의 넓적한 노머리에 등유를 뿌려 불을 붙여서 메탄의 바다에 던져 넣는 방법이었다. 이제 몇 미터만 더 가면 메탄 기포의 경계선이다. 노를 던지면 충분히 닿을 만한 거리였다.

선착장에서 손전등 불빛이 두 번 깜박이는 것이 보였다. 이제 남은 시간은 2분.

망설일 여유는 없었다. 츠유키는 노머리에 등유를 뿌리면서, 어떻게 하면 가장 효과적으로 던질 수 있을지 고민했다. 불안정한 고무보트 위에서 창던지기처럼 던지는 방식은 즉시 제외됐다. 좁은 공간에서 온몸의 탄력을 활용하려면 어떻게 움직여야 할까. 불붙은 노를 가슴 앞에서 양손으로 들고, 뒤로 넘어지면서 양손을 아래에서 위로 크게 휘둘러 정수리에서 손을 놓아 높이 내던지는 방식이 제일 나을 것 같았다. 남풍이 힘을 보태면, 거대한 성냥개비는 메탄 경계선 너머 깊숙이 도달할 것이다.

등유 버너의 밸브를 돌리자 노머리가 활활 타올랐다. 츠유키는 불을 높이 들어 용기를 북돋운 뒤, 남쪽을 향해 선미에 서서 출렁이는 물결을 느끼며 균형을 잡았다.

저 멀리 바위에 늘어선 두 실루엣이 손전등 불빛을 한 번 깜빡이는 것을 신호 삼아, 츠유키는 머릿속에 그렸던 방식으로 노를 뒤쪽 바다에 던졌다.

노가 손에서 떠난 순간, 몸을 비틀어 불붙은 노가 날아가는 궤적을 눈으로 좇았다. 족히 10미터는 넘게 날아갔으리라. 한쪽 끝이 불길에 휩싸인 노는 세로로 한 바퀴 돌며 메탄 기포의 바다에 꽂혔고, 그 지점에서 솟아오른 불길이 순식간에 좌우 해역으로 번져나갔다.

그 광경은 마치 제단에 밝힌 신성한 불처럼 보여서 츠유키는 경외심과 벅찬 감동에 휩싸일 뻔했다. 그러나 넋을 잃고 황홀경에 빠질 여유는 없었다. 불길은 좌우로 퍼지며 맞바람이 부는데도 아랑곳하지 않고 츠유키를 향해 밀려와 보트를 습격하려 했다.

츠유키는 망설임 없이 선미에서 바다로 뛰어들어 해수면 아래로 잠수했다. 몸을 감싼 물체가 기체에서 액체로 바뀌며 눈앞의 세계가 일변했다. 밤에 다이빙을 해본 경험이 있는 츠유키에게도 그 광경은 기이하게 다가왔다. 새까만 바닷속에 쏟아지는 빛의 원천은 태양이 아니라 메탄가스를 태우는 불길이었다. 그것도 한 곳에서 내리쬐는 것이 아니라 무수한 광원이 융단처럼 해수면을 뒤덮으며 남쪽으로 영역을 넓히려는 기세였다.

해수면 아래 2~3미터 지점을 헤엄치던 츠유키는 뒤에서 다가오는 불의 융단이 언젠가 자신을 앞질러 출구를 막아버릴지도 모른다는 공포에 사로잡혀, 긴장한 나머지 다리에 경련이 일어날 뻔했다. 숨을 참는 것도 이제 한계에 가까웠다.

이대로 계속 숨을 쉬지 못하면 결과가 어떨지는 뻔했다. 온몸의 혈관으로 공급되는 산소가 끊기고 뇌로 가는 혈류가 저하돼 의식을 잃는…… 이른바 블랙아웃이라는 증상이 일어나 익사하게 된다.

익사라고 하면 흔히 고통스러운 이미지를 떠올리지만, 실은 그렇지 않다. 블랙아웃에 빠지기 직전, 인간의 뇌는 이루 말할 수 없는 쾌감에 휩싸인다. 그것은 악마의 속삭임처럼 달콤한 유혹이다. 잘 견뎠어, 이제 참지 않아도 돼, 이리로 와, 편하게 해줄게.

교묘한 함정이었다.

인간을 철저히 괴롭혀놓고는 달콤한 향기를 풍기며 죽음으로 유혹한다. 블랙아웃에서 벗어나는 방법은 단 하나, 신선한 공기를 들이마시는 것이다. 하지만 공기를 찾아 수면 위로 떠오르면 지옥의 업화에 타버린다.

다 끝났다.

의식이 몽롱해져 어느 한쪽을 적극적으로 선택할 기력조차 잃었다. 자아를 버리고 운명에 몸을 맡기면 갈등은 사라진다. 살고자 하는 마음과 죽음을 두려워하는 마음, 그 둘이 모두 소멸하면 삶과 죽음은 동일해진다. 뭐가 어떻게 되든 상관없다는 체념의 경지가 다가오기 직전, 츠유키는 주변이 어두워지는 것을 느꼈다. 무의식중에 몸이 뒤집혀 해수면을 향했을 때, 기세 좋게 번져가던 불길에 어둠이 드리워지기 시작했다는 사실을 간신히 알아차렸다. 어두워졌다는 건 곧 츠유키와 불길의 거리가 벌어지고 있다는 증거였다. 떠올라도 불길에 타버릴 염려는 없다.

그렇게 판단한 츠유키는 온몸의 힘을 빼고 부력에 몸을 맡겼다. 안전하다는 걸 확인한 후, 그는 수면 위로 얼굴을 내밀고 북쪽을 바라보았다. 군데군데 붉은색과 오렌지색이 섞인 푸르스름한 불길의 전선은 예상대로 북쪽으로 이동하고 있었다. 조금 전까지 타고 있던 고무보트는 완전히 타버려 흔적도 없이 사라졌다.

반듯이 누운 채 오리발을 천천히 위아래로 움직여 바다에 뜬 상태로 츠유키는 공기를 탐욕스레 들이마셨다. 조금만 더 물속에 있었으면 의식을 잃을 뻔했다. 생사의 경계에 손끝이 닿은 것이다. 몸이 가라앉으려 할 때마다 바닷물이 입속으로 밀려들어 목구멍을 수축시켜 밀어내려 했고, 위가 튀어나올 것 같았다. 아무리 공기를 들이마셔도 피가 잘 돌지 않는 듯했다. 능동적인 자아를 잃고 자포자기할 뻔한 자신을 용서할 수 없어, 츠유키는 자신감을 잃었다.

나약해진 마음에 잠식된 몸이 경직되어 부력을 잃은 탓에 수면 위로 얼굴만 간신히 내민 상태였다. 정신력이 고갈돼서 스스로 나아갈 능력을 완전히 상실한 상태였다. 츠유키의 몸은 그저 바다 위의 표류물에 지나지 않았다. 할 수 있는 일이라고는 해수면과 같은 시선으로 불타오르는 도쿄만을 바라보는 것뿐.

작은 물결이 시야를 가려 보고 싶은 것을 제대로 볼 수 없었다. 그저 불의 벽 저편에서 다가올 미래를 가슴속에 그려보는 것이 고작이었다.

5

우에하라와 유리의 시야는 높이 50미터를 훌쩍 넘는 다리 위였다. 그야말로 최고의 위치였다. 왼쪽의 시바우라에서 정면의 하마리큐, 오른쪽의 도요스와 하루미를 한눈에 내려다볼 수 있었다.

시간이 부족해 설명할 겨를이 없었는지, 아니면 구체적인 계획을 전달받지 못했는지 게이코는 우에하라에게 시아노박테리아가 도달하는 시간을 분 단위로 알려달라고만 지시했다. 제한 시간이 끝난 뒤 무슨 일이 일어날지는 짐작조차 할 수 없었지만, 해야 할 일은 단 하나였다. 시아노박테리아가 도달한 후에 변화하는 바다의 모습을 확실히 영상에 담는 것.

정면의 운하에서 나타날 시아노박테리아가 남하해 레인보우 브리지를 통과하기까지가 촬영 기회였다. 다만 빛이 부족한 것이 걱정이었다. 새벽 무렵의 해수면은 검게 물들어 있어 '진한 녹색'이 유입된다 해

승화 379

도 큰 변화가 눈에 띄지 않을 것이다. 시아노박테리아가 도달하는 순간을 깜짝 놀랄 만한 영상으로 담아낼 수 있을지 자신이 없었다.

우에하라는 노트북으로 부표 위치를 확인한 뒤, 시아노박테리아가 하마리큐에 도달하기까지 1분 남았다고 게이코에게 알리고는 디지털 카메라를 한 손에 든 채 북쪽을 응시했다.

시간을 알리는 우에하라의 목소리를 신호 삼아 유리도 촬영 태세에 들어갔다. 다리 난간에 기대어 양 팔꿈치를 고정하고 카메라 초점을 북쪽으로 맞췄다.

결정적 순간이 오기를 기다리던 우에하라는 무언가 변화가 일어난 다면 앞쪽일 것이라 믿어 의심치 않았다. 그러나 예상과 달리 변화는 우에하라와 유리가 서 있는 다리 상판의 바로 아래에서 시작됐다. 검은 해수면 위로 갑자기 푸른색과 붉은색이 뒤섞인 불길이 솟아오르더니 물결처럼 아래쪽으로 흘러갔다. 정확히 어디서 불이 붙었는지는 알 수 없었지만, 아마도 교각과 제6다이바를 잇는 직선 위의 한 곳이 아닐까 싶었다.

솟아오른 불길이 도쿄만 북쪽 끝을 향해 무섭게 퍼져나가는 광경을 보고 우에하라는 저도 모르게 탄성을 터뜨렸다. 붉은색과 푸른색이 뒤섞인 불길이 연기도 없이 해수면에 퍼져나가는 모습은 속이 시원할 만큼 호쾌해 덩실덩실 춤이라도 추고 싶은 기분이었다. 심장 박동과 호흡이 빨라지고 가슴이 뜨겁게 타올랐다.

빛이 부족하다는 우에하라의 우려는 기우로 끝났다. 어서 찍으라고 재촉하듯 빛이 넘쳐나 카메라를 든 손이 떨리는 걸 억누를 수 없었다.

유리의 입에서 새어 나오는 혼잣말에는 유례없는 광경을 촬영할 기회를 얻은 기쁨과 감사가 담겨 있었다. 유리는 "뭐야 이게", "믿기지 않아", "이게 꿈이야 생시야" 하고 중얼거리며 초점을 좌우로 바쁘게 돌리며 셔터를 연신 눌러댔다.

곧장 북쪽으로 치솟아 다케시바 잔교로 향하는 불길도 있었고, 후지미 다리를 지나 도요스 방면 운하로 흘러가는 불길도 있어 카메라 초점이 이곳저곳을 헤맸다. 말 그대로 전대미문의 광경을 눈앞에 두고 신경이 바짝 곤두섰다.

몇 년 전 보도됐던, 좌초한 배에서 새어 나온 중유에 불이 붙어 바다가 불타는 뉴스 영상은 붉은 불길이 연기를 뭉게뭉게 피워내 격정적이기는 해도 아름답지는 않았고, 그저 불길함으로 가득했다. 그러나 지금 우에하라와 유리가 바라보는 불길에는 평온한 고요함이 깃들어 있었다. 조용한 데다 연기가 나지 않아 시야가 선명했고, 밤의 밑바닥을 푸르스름하게 비추며 난생처음 보는 아름다움을 자아냈다. 마치 자연이 빚어내는 희귀한 조명 장식 같았다.

북쪽으로 치솟은 불길은 곧장 하마리큐로 향했고, 하루미, 도요스, 아리아케의 운하를 따라 동쪽으로 나아간 불길은 일단 남쪽으로 내려가 와카스 임해공원으로 향할 것으로 예상됐다.

북쪽과 동쪽으로 갈라져 나아가는 불길의 목적지가 어딘지 짐작할 수 있었다. 스미다가와강과 아라카와강의 하구…… 그곳에서 시아노박테리아 대군과 맞서 싸우려는 것이다.

붉은색과 푸른색의 불길이 녹색의 남극 시아노박테리아와 맞부딪치면 무슨 일이 벌어질까. 카메라가 취미인 우에하라는 빛의 삼원색을 토대로 상상의 나래를 펼쳤다.

거의 모든 색은 빛의 삼원색인 빨강, 초록, 파랑을 섞어서 만들어낼 수 있다. 빨강과 초록을 섞으면 노랑, 초록과 파랑을 섞으면 하늘색, 빨강과 파랑을 섞으면 보라색…… 이런 식이다. 그리고 이 세 가지 색을 섞으면 흰색, 즉 '무색'이 된다. 우에하라는 녹색의 시아노박테리아가 빨강과 파랑의 불길이 타오르는 바다에 삼켜져 무색이 되는 광경을 상상했다. 즉 무無가 되어 사라지는 게 아닐까.

하지만 눈앞에 나타난 것은 조용한 결말과는 거리가 먼, 아비규환의 지옥도였다. 예정된 시각에 하마리큐 오른편 운하에서 나타난 녹색 탁류가 불타오르는 바다를 정면으로 마주했을 때, 절망에 찬 비명이 들린 듯했다. 미생물의 집합체가 비명을 지를 리 없다는 걸 알면서도, 우에하라는 그들의 목소리가 분명 귀에 닿은 것처럼 느꼈다. 더구나 비명에 담긴 심정까지 가슴속에 새겨진 듯해, 얼굴을 앞으로 향한 채 유리에게 물었다.

"뭔가 들리지 않았나요?"

무슨 뜻인지 이해했는지 유리가 바로 답했다.

"들렸어요. 비명을 지르던데요."

둘이 동시에 같은 환청을 들을 확률은 매우 낮다.

도쿄만으로 침입한 시아노박테리아는 다케시바 다리 오른쪽 해역에서 불길이 넘실대는 바다와 충돌하기 직전에 겉모습을 급격히 바꾸려 했다. 시아노박테리아의 개체 하나하나에는 의지가 없지만, 몇 조, 몇 경이라는 막대한 수가 모이면 중핵을 이루는 혼이 탄생한다. 마치 개미 무리처럼 의지를 통일해 목적 있는 행동을 하려 한다.

미생물 집단은 밀도를 높여 거대한 가오리를 닮은 얇고 납작한 생명체로 변했다. 그들은 열기에 자극받아 고개를 빳빳이 치켜세웠고, 안쪽으로 파고드는 불길이 배를 태우자 더욱 높이 솟아올라 또다시 날카로운 비명을 터뜨렸다.

아까 내지른 비명에는 절망이 담겨 있었다면, 이번 비명에는 원통함이 담겨 있었다. 미세한 세포를 집합시켜 의지를 통일한 생명체는 비명에 상념의 덩어리를 씌워 우에하라와 유리에게 내던졌다. 단어를 조합해 의미를 전달하는 것이 아니라, 혼의 조각을 직접 가슴에 밀어붙여 정보를 통째로 삼키게 하는 우악스러운 방법이었다.

정면에 있던 우에하라와 유리는 임종을 앞둔 그들의 말을 받아들였다. 우에하라는 그들의 속내를 한순간에 이해하고, 해석이 틀리지 않았는지 확인하기 위해 다시 유리에게 물었다.

"놈들이 뭐라고 하는 거죠?"

"한마디로 말하면 신에게 원망을 퍼붓는…… 그런 거 아닐까요."

핵심을 정확하게 짚은 유리의 대답에 우에하라는 두 사람의 가슴에 똑같은 상념이 와닿았다는 걸 깨달았다. 이어서 잇달아 날아드는 비명의 의미를 읽어내며 우에하라는 그들의 심정을 이해했다. 그것은 질투와 원통함, 그리고 절망이었다.

시아노박테리아는 자신들이 선택받아 이곳에 있다는 황홀감과 기쁨에 젖어, 식물이 살아가는 방식을 본받지 않는 인간들에게 제재를 가하기 위해 강을 따라 내려왔다. 곧 동이 튼다. 해가 떠올라 햇빛이 비치면 광합성으로 양분을 듬뿍 얻어 더욱 활기를 띨 것이다. 그야말로 천하무적이라 그들의 행동에 의문을 제기할 존재는 없을 터였다.

그러나 영광의 길을 내달려 결승점에 다다르기 직전, 눈을 돌리고 싶을 만큼 끔찍한 광경에 직면했다.

바다가 불타고 있다!

이런 걸 두고 천국에서 지옥으로 떨어진다고 하지 않을까.

스미다가와강과 아라카와강의 하구가 불바다로 변해 앞길을 가로막았다. 잔재주를 부려서 해결할 수 있는 일은 아니었으니, 배후에서 거대한 존재가 입김을 불어넣은 것이 분명했다. 그들은 충격에 휩싸여 절망에 찬 비명을 질렀다.

하늘이 한편이라는 긍지는 산산이 부서졌다. 거대한 존재의 의지를 헤아려 바람직한 일이라 여기며 인류에게 벌을 주려 했지만, 거대한 존재는 그것을 바람직하게 여기지 않고 오히려 반란 분자라는 낙인을 찍어 소각형에 처하려 했다.

우에하라는 구약성서 창세기에 나오는 카인과 아벨의 이야기를 떠올렸다. 카인이 농작물을 제물로 바쳤으나 주님께 인정받지 못했고, 아우 아벨은 양의 첫 새끼를 바쳐 주님의 은총을 받았다. 주님의 마음이 자기가 아닌 아우에게 향한 걸 알고, 카인은 질투에 눈이 멀어 아벨을 죽인다. 시아노박테리아의 가슴속에 떠오른 것은 아벨을 죽이기로 한 카인의 심정이 아니었을까.

짙은 녹색의 생명체는 상승기류를 타고 높이 솟아올랐다가 하강선을 그리며 그로테스크한 형체가 산산이 부서져, 자잘한 파편이 하늘에 흩날렸다. 파편에 점차 살이 붙어 인간의 형상을 이루었고, 버글거리는 인간들은 불길에 시달리며 괴로운 신음을 냈다.

우에하라가 과거에 본 적 있는 지옥도와 똑같은 광경이었다. 그는 이 광경이 현실이 아니라 시아노박테리아가 원통함을 풀고자 억지로 떠안기는 환각과 환청이라는 것을 알고 있었다. 죽음을 앞두고 실현하고 싶었던 일을 가상 영상으로 보여주는 것이다.

한순간의 지옥도를 작별 선물로 남기고, 시아노박테리아 대군은 잿가루가 되어 바다에 떨어져 흔적도 없이 사라졌다. '분을 못 이겨 죽었다'라는 표현이 딱 들어맞는 최후를 목격하자, 섬뜩할 만큼 뒷맛이 좋지 않았다.

하늘에 있다고 착각했던 존재가 떨어지는 곳은 악마의 길…… 그 집넘은 처절해 단 한 번의 죽음으로 매장될 리 없었다. 막대한 숫자의 시체에서 피어오르는 증기가 빛을 난반사하며 무덤에 바친 꽃처럼 빛났다.

도시는 새벽을 맞이했고, 수평선 아래에서 태양이 고개를 내밀려 했다. 아침 햇살이 바다를 달리려 할 무렵, 남극 시아노박테리아를 사멸시킨 불길은 점차 기세를 잃더니 곧 모두 사라져, 도쿄만은 평소의 고요함을 되찾았다.

6

선착장의 바위 위에 서서 손전등을 한 번 깜빡인 뒤 앞바다를 뚫어지게 바라보던 게이코는, 갑자기 나타난 불덩어리가 하늘을 날아 바다에 떨어지더니 해수면에 불길이 확 번지는 광경을 목격했다.

불이 붙은 순간 작은 폭발이 일어났다. 더 큰 불길에 휘말려 붕 떠오른 보트는 고열을 견디지 못하고 터졌고, 그 잔해는 바닷속으로 사라졌다. 게이코가 확인할 수 있었던 것은 고무보트의 참혹한 최후뿐이었다. 어둠 때문에 츠유키의 모습은 제대로 보이지 않았다.

게이코는 츠유키도 고무보트와 같은 운명을 맞은 게 아닐까 싶어 이성을 잃을 뻔했지만, 냉정해지자고 스스로를 다잡았다. 츠유키가 타고 있었다면 보트가 그토록 가볍게 떠오를 리 없다. 불길이 솟아오르기 직전에 탈출했다고 보는 게 합리적이다.

제6다이바로 헤엄쳐 오는 츠유키의 모습을 머릿속에 그리며 게이코는 북쪽 해역을 응시했다. 그러나 앞쪽에 버티고 있는 불길이 역광으로 비쳐 시야를 차단했고, 손전등 불빛이 닿는 거리도 아니었다.

제6다이바에 온 뒤로 두 번이나 츠유키가 돌아오기를 기다렸다. 세 번은 싫었다. 그저 기다려야만 하는 상황을 견딜 수가 없었다. 안절부절못하던 게이코는 란의 손목을 잡고 짧게 소리쳤다.

"자, 가자."

"네? 어디로요?"

"어디긴 어디야. 불바다의 앞쪽이지. 너희 아빠는 분명 저 어딘가에 있어."

그건 게이코의 바람이기도 했다. 츠유키는 불바다에 빠져 죽은 게 아니다. 잘 피해서 탈출했고, 게이코와 란이 있는 쪽으로 오고 있을 것이다. 지금 이 순간, 그는 도움을 바라고 있다. 어울리지 않게도 뭔가에 매달리려 한다. 그렇다면 한시라도 빨리 데리러 가야 한다.

게이코와 란은 남은 한 척의 보트에 올라타 신속하게 레인보우 브리지로 향했다. 선외기가 고장난 탓에 둘은 노를 저어 나아가는 수밖에 없었다. 각자 노를 하나씩 양손으로 쥐고 노머리를 해수면 아래 깊숙이 넣었다. 두 사람은 헤드램프로 해수면을 비추며 리듬에 맞춰 노를 저어 힘차게 앞으로 나아갔다.

물결치는 밤바다에서 사람을 찾기란 쉽지 않았다. 물마루에 떠올랐다 싶으면 몸이 물살에 휩쓸려 시야에서 사라지기 일쑤이다. 물마루에 올라가는 타이밍과 헤드램프 불빛이 비치는 타이밍이 일치하지 않으면 표류자를 발견할 수 없었다.

미리 약속이라도 한 듯, 케이코와 란은 서로 다른 방법으로 수색했다. 가능한 넓은 범위를 시야에 넣고 바쁘게 헤드램프 불빛을 이곳저곳에 비추는 게이코와 달리, 란은 한 곳을 정해놓고 그곳에 목표물이 나타나기를 기다렸다.

먼저 목표물을 발견한 건 란이었다. 왼편 앞쪽의 한 곳을 가리키며 란은 의기양양하게 목소리를 높였다.

"저기 있어요!"

"절대 눈 떼지 마."

게이코의 지시에 따라 란은 목표물에 시선을 고정한 채 헤드램프 불빛을 비췄다. 게이코도 즉시 그쪽으로 고개를 돌려 불빛을 겹쳤다. 물살에 휘둘려 나타났다 사라지기를 반복하는 츠유키의 머리를 확실히 포착하고 경로를 정했다. 두 사람은 호흡을 딱딱 맞춰 힘차게 노를 저어 다가갔다.

"츠유키 씨!"

케이코가 이름을 불러도 츠유키는 북쪽으로 얼굴을 향한 채 돌아보려는 기색이 없었다. 의식을 잃고 익사하기 직전이라면, 한시라도 빨리 끌어올려 기도를 확보해야 했다.

조금 더 가면 손이 닿을 만한 거리였다. 게이코와 란은 노 젓기를 멈추고 관성으로 나아간 보트의 끝부분을 츠유키의 뒤통수에 살짝 닿게 했다. 부드러운 충격이 정신을 차리는 데 도움을 주길 바랐지만, 표류자는 아무 반응도 없이 그저 둥둥 떠 있을 뿐이었다.

게이코는 보트에서 상반신을 내밀어 츠유키의 겨드랑이 밑에 두 손을 넣으며 란에게 지시했다.

"로프 좀 줘."

게이코는 란에게 받은 로프를 츠유키의 겨드랑이 아래에 두르고 보우라인 매듭으로 고정한 뒤 보트로 끌어올리려 했다. 그러나 근육질의 80킬로그램의 몸은 물의 저항을 받아 더 무겁게 느껴졌다. 게이코와 란이 힘을 합쳐도 꿈쩍도 하지 않았다.

물에 빠진 표류자를 보트로 끌어올리기도 쉽지 않았다. 두 사람이 협력해도 반대쪽에 같은 힘이 작용하면 플러스마이너스 제로가 되어 움직이지 않는다. 물의 저항과 중력을 이겨내고 표류자를 보트로 끌어올리려면 동일한 목적을 위해 세 사람의 의지가 하나로 모여야 했다. 삶에 대한 갈망을 표류자의 마음에 불어넣어 자발적으로 움직이게 하는 것, 그 순간 세 사람 분의 힘이 합쳐져야만 무사히 표류자를 보트 위로 끌어올릴 수 있다.

게이코는 츠유키가 어떻게 행동해야 하는지 알고 있었다. 밑으로 축 늘어진 오리발을 앞뒤로 크게 흔드는 것이다. 위쪽으로 순간적인 추진력이 생겨 상반신이 해수면 위로 튀어나오면, 그때 게이코와 란이 힘을 합쳐 로프를 당기면 츠유키의 몸은 보트 안으로 굴러들 것이다.

실제로 게이코는 여러 번 경험한 적이 있었다. 스킨다이빙을 마치고 보트로 돌아갈 때면 오리발을 앞뒤로 크게 흔들며 뱃전을 짚은 양손으로 상반신을 밀어 올려 배 안으로 굴러든다. 남의 도움을 빌리지 않고 배에 올라갈 수 있는 유일한 방법이며, 요령만 파악하면 누구나 할 수 있다. 예전에 나누었던 대화를 돌이켜보면 츠유키는 분명 그 기술을 알고 있었다. 그러니 이제 필요한 것은 의욕뿐이었다.

게이코는 츠유키의 얼굴을 끌어당겨 귓가에 다정하게 속삭였다.

"자, 평소 하던 대로 해봐요."

실은 머리를 힘껏 쥐어박아 정신을 번쩍 차리게 하고 싶었지만, 역효과가 날지도 모른다. 츠유키는 나무 인형으로 변한 것처럼 눈빛이 흐리멍덩했다.

"알잖아요. 자, 다리에 힘을 줘서 오리발을 크게 흔드는 거예요."

그러나 떠오르기는커녕 손에서 힘을 뺀 순간 츠유키의 몸은 가라앉을 뻔했다. 스스로 기어오르려는 의지를 불러일으키기 위해 어떤 말을 건네야 할지 게이코는 필사적으로 고민했다.

스킨다이빙을 하다 물살에 휩쓸려 보트를 놓치고 며칠간 표류한 사람이 갈증과 공복에 시달리면서도 돌아가면 좋아하는 음식을 실컷 먹겠다고 다짐하며 삶에 대한 의욕을 불태웠다는 일화가 떠올랐다.

갈망을 이루는 유일한 방법은 살아남는 것이다. 게이코는 츠유키가 어떤 음식을 좋아하는지 잘 알지는 못했지만, 호텔 레스토랑에서 처음 단둘이 만났을 때 그는 회 정식을 시켰다. 참치 붉은 살에 소금을 살짝 뿌려 맛있게 먹던 츠유키의 모습이 인상 깊게 남아 있었다.

"다음에 같이 초밥 먹으러 가요. 참치가 맛있는 집을 알거든요. 내가 살게요."

아무 반응도 없자 게이코는 란에게 물었다.

"아빠가 무슨 음식을 좋아하는지 아니?"

"같이 산 지 얼마 안 돼서 잘은 모르지만, 돈가스는 꽤 좋아하는 것 같아요."

"돈가스라…… 어쩐지 바다랑 안 맞네. 뭔가 좀 더 그럴듯한 건 없을까?"

"꼭 음식일 필요는 없잖아요? 아빠가 좋아하는 건…… 그렇지, 자기가 영웅이 되는 거려나……."

란의 말대로였다. 츠유키는 늘 더 나은 미래의 모습을 염두에 두고 있었다. 게이코는 츠유키의 흐리멍덩한 시선을 따라 북쪽으로 눈을 돌렸다. 남풍을 받아 북쪽으로 밀려가는 불길은 레인보우 브리지와 나란히 세워진 푸르스름한 벽처럼 보였다.

츠유키는 반쯤 감긴 눈으로 그 엄청난 광경을 멍하니 바라보고 있었다. 바로 이 순간, 그가 진정으로 갈망하는 바는 무엇일지 가슴속을 들여다보려던 게이코의 머릿속에 무엇인가가 번쩍 스쳤다.

츠유키는 자신의 행동으로 세상이 어떻게 변했는지, 그 성과를 직접 확인하고 싶어하는 것은 아닐까. 자신의 눈으로 확인하려면 일단 살아야 한다. 그리고 살기 위해서는 보트로 올라와야 한다. 갈망을 똑똑히 인식시켜 위로 솟아오를 힘을 불러내야 했다.

게이코는 떠오른 생각을 마음속으로 잘 다듬어 회심의 문장을 만든 후, 츠유키의 귀에 속삭였다.

"자, 당신이 구한 세상을 같이 보러 가요."

이게 정답일 것 같았지만, 생각만큼 효과가 없었다. 오히려 반대였다. 그 말을 들은 순간 츠유키는 고개를 앞으로 축 늘어뜨리고 목과 어깨를 바르르 떨었다. 죽음을 앞두고 경련하는 듯한 모습에 게이코는 비명을 지르며 츠유기의 머리를 끌어당겨 두 손을 목에 둘렀다.

"안 돼! 정신 차려!"

목 언저리에서 간헐적으로 근육이 꿈틀대는 느낌이 손바닥에 전해졌다. 어쩐지 분위기가 묘해서 츠유키의 얼굴을 밑에서 들여다 본 순간, 게이코는 경련의 정체를 알아차렸다.

츠유키는 "큭큭큭" 하고 목에 힘을 주어 웃음을 참고 있었다. 잠시 후

더는 못 참겠는지 고개를 들고 입속으로 들어온 바닷물을 내뿜으며 한 껏 웃음을 터뜨렸다.

"배꼽 잡겠네."

츠유키는 웃으며 몸을 돌려 이마를 고무보트에 댄 채 양손으로 보트 위를 짚었다. 얼떨떨해서 할 말을 잃은 게이코를 아랑곳하지 않고 츠유키는 계속 웃었다.

"참치에 돈가스…… 거기에 영웅이라. 그야말로 멋진 3종 세트군요. 아이고, 웃겨라."

안도감으로 몸에서 힘이 빠져나가자 게이코의 눈에서 눈물이 흘러내렸다.

"다행이다. 어휴, 걱정했잖아요."

츠유키가 목숨을 잃는 줄 알고 게이코는 간이 철렁했다. 그런데 정신을 잃은 척하며 사람을 놀리다가 크게 웃으며 남의 진심을 짓밟다니, 츠유키가 점점 얄미워 보였다.

"언제 정신을 차린 거예요?"

"미안해요. 방금요. 힘의 원천이 어디 있는지 깨달았네요. 웃음입니다. 웃음이 쓸데없는 힘을 빼내 몸을 부드럽게 만들어주죠. 유연함이 힘을 낳고요. 고마워요, 당신 덕분이에요."

설명을 들으며 게이코는 역시 머리를 한 번 쥐어박을 걸 그랬다고 후회했지만, 환히 웃는 츠유키의 얼굴을 보자 기쁨이 앞섰다. 게이코는 눈물범벅이 된 얼굴로 구체적인 지시를 내렸다.

"어떻게 해야 하는지는 알죠? 하나, 둘, 셋에 가는 거예요. 세 사람의 힘을 하나로 합쳐야 해요."

"알았어요."

"그럼 갑니다. 하나, 둘, 셋!"

셋을 헤아린 직후 츠유키가 해수면 위로 높이 솟아올랐다. 게이코와 란은 츠유키의 양팔을 동시에 붙잡아 단숨에 몸을 보트로 끌어올렸다. 벌렁 드러누운 게이코의 배 위에 츠유키의 머리가, 란의 다리 위에 츠유키의 허리가 얹혔다. 좁은 보트 바닥에 포개어져 있으니 세 사람의 심장이 뛰는 소리가 잘 느껴졌다.

게이코는 호흡을 가다듬고 몸을 일으켜 노를 잡았다. 노머리를 해수면 밑에 넣고 보트를 제6다이바 방향으로 돌렸다. 이어서 란이 노를 잡았다. 두 사람은 왔을 때와 똑같은 요령으로 리듬을 맞춰 노를 저었다.

츠유키는 게이코의 무릎 앞에 아기처럼 몸을 웅크린 채 일어나려 하지 않았다. 여자들이 노를 젓고 있는데 도울 생각조차 하지 않는다는 것은 녹초가 됐다는 증거였다. 강한 척할 기력이 한 방울도 남지 않은 것이다. 조금만 더 늦게 발견했으면 목숨을 잃을 뻔했다는 사실에 겁이 나서 게이코는 새삼 몸이 떨렸다.

그 순간 공포에 공명하듯 도쿄만 북쪽 끝에서 난생처음 들어 보는 기괴한 비명이 울려 퍼졌다. 게이코와 란이 뒤돌아보자 하늘을 뒤덮은 먹구름 속에서 번갯불이 연속해서 떨어지는 광경이 눈에 들어왔다. 춤추듯 멀어지는 번갯불에 짐승이 울부짖는 듯한 소리가 겹치면서 으스스한 울림이 더 크게 퍼져나갔다. 무엇이 그런 소리를 내는지는 알 수 없었지만, 원망에 찬 목소리로 비난하는 듯해 기분이 침울해졌다. 귀를 막을 수도 없어서 게이코는 고개를 정면으로 돌리고 노를 젓는 데 정신을 집중했다.

조금 늦게 고개를 돌린 란이 떨리는 목소리로 중얼거렸다.

"내 이름을 부른 것 같은데."

제10장
파종

1

도쿄만이 불타오르고 2주일이 지나자, 연안 구역에서 대피했던 주민들도 돌아와 수도권은 점차 일상을 되찾고 있었다. 불바다가 시아노박테리아를 불살라버렸다고는 하지만, 살아남은 개체가 반드시 있을 것이고 여기저기서 다시 증식하는 것 아니냐는 우려의 목소리도 있어, 처음 한동안은 돌아가기를 주저하는 사람도 많았다. 그러나 유리가 중심이 되어 〈주간 올르〉에 기사를 쓴 것을 계기로 불안도 서서히 가라앉아 피난민은 대부분 원래 있던 곳으로 돌아왔다.

츠유키, 게이코, 우에하라, 유리는 현장을 면밀하게 관찰하고 논의한 끝에 '불로 살처분했으니 남극 시아노박테리아 사태는 수습됐다고 봐도 될 것'이라고 결론을 내렸다. 화염은 남극 시아노박테리아 집단의 중핵인 혼이라고 할 수 있는 존재를 파괴했다. 소각을 피해 살아남은 몇 안 되는 개체는 무해하여 아무 위협도 되지 않는다. 흉악한 살인귀의 시체에서 채취한 체세포가 살의 없이 무해한 것과 같은 이치다. 개미 떼나 고대 로마의 중장 보병 군단도 명령 계통이 파괴되면 오합지졸로 변해 힘을 잃는다. 혼이 사라지면 집합체가 품었던 의지와 목적 또한 소멸한다.

도쿄만이 불타오른 직접적인 원인에 대해서는 '상공에서 거대한 전압 차가 발생해 연속으로 번개가 쳤고, 방전 현상으로 메탄가스에 불이 붙은 것으로 보인다'는 전문가의 분석이 지지를 받았고 이의를 제기하는 사람은 없었다. 메탄가스 발생이 우연이라면 방전 현상으로 불이 붙은 것도 우연, 즉 인위적인 힘은 어디에도 작용하지 않았다는 판단이었다.

……전부 신의 가호였다.

덕분에 진상을 아는 사람은 츠유키를 비롯한 5명뿐이었다. 운하나 안벽에 매여 있던 놀잇배와 나무배 수백 척이 불탔고, 높이가 낮은 다리도 피해를 입었으므로 '신의 가호로 도쿄만에 화재가 발생했다'는 설은 츠유키 일행에게도 대환영이었다. 누군가 인위적으로 불을 질렀다면 재산을 잃은 사람들에게 규탄을 받을지도 모른다. 그러나 자연 현상이라면 누구도 책임을 묻지 못한다. 귀찮은 일에 휘말리고 싶지 않다는 마음이, 자신들의 공로를 세상에 알리고 싶다는 마음을 눌렀다. 귀중한 시간과 에너지를 쓸데없는 일에 낭비하는 건 가장 피해야 할 일이다.

희생자 수에 대한 데이터도 대략 확정됐다. 배달된 남극 얼음을 직접 섭취한 5명, 지치부 사쿠라 호수 인근 주민 27명, 방송국 리포터, 카메라맨, 감독 등 촬영팀 3명, 그리고 우라야마댐 부근에서 잇달아 사망한 사람 중 나중에 남극 시아노박테리아가 원인으로 규명된 사람이 16명…… 현재까지 밝혀진 총 사망자는 51명에 달한다.

이 숫자가 많은지 적은지에 대해서는 의견이 갈렸다. 다만 남극 시아노박테리아의 도쿄만 진입을 막지 못해 일출과 함께 대량 증식하여 포자가 공중으로 날아갔다면, 희생자 숫자는 두 자릿수가 아니라 여섯 자리를 가뿐히 넘었을 것으로 추측된다.

대재해를 미연에 방지한 공적을 세상 사람들이 알아주지 않아도 츠유키, 게이코, 우에하라, 유리는 불만을 품지 않았다. 이미 행동에 걸맞은 대가를 얻었기 때문이다.

우에하라와 유리는 심야의 도쿄만에 불이 번지는 순간을 촬영해 전

무후무한 영상과 사진을 손에 넣었다. 어렴풋이 예상은 했지만, 영상에도 사진에도 가오리 비슷한 거대 생물의 모습은 찍히지 않았다. 절망 어린 울부짖음과 단말마의 비명은 우에하라와 유리뿐만 아니라 게이코와 츠유키도 들었다. 란은 그 목소리가 자기 이름을 불렀다고까지 주장했으니, 단순한 환청이나 환각이 아니라 지구 생명의 시조라 할 시아노박테리아의 집합체가 다섯 사람의 세포에 직접 작용해 가상의 영상을 보여준 것이라 해야 할 것이다.

괴물의 모습이 없어도 불길이 도쿄만 북쪽 끝을 내달리는 장면을 담은 영상과 사진은 박진감이 넘쳤다. 방송과 잡지에 소개된 영상과 사진의 권리는 모두 우에하라와 유리에게 있었다. 두 사람이 르포를 함께 쓰기로 결정하자 출판사에서는 파격적인 조건을 제시했다. 책이 나오기도 전에 베스트셀러가 약속된 것이나 다름없었다.

우에하라와 유리가 실무적인 이득을 얻은 것과 달리, 붉은 열매를 먹고 영감을 받은 츠유키가 얻은 것은 순수한 정보였다.

'우주, 지구 생명, 눈, 언어. 이 네 가지의 발생 원리는 기본적으로 동일하다.'

하늘이 내려준 정보일까, 아니면 무의식 속에 잠들어 있던 말이 깨어난 것일까. 어쨌거나 그 말이 옳다고 믿으며 구체적인 조사 및 연구 계획을 세우고 있었다. 작은 배로 큰 바다를 건너 삼라만상의 이면에 있는 진리를 건져 올리겠다는 츠유키는 의욕이 활활 불타올랐다.

한편 게이코는 아소 도시히로와 나카자와 유카리의 딸이 란이라는 증거를 나열한 조사 보고서를 완성했다. 아소 부부와 란의 만남에 대해서는 츠유키의 동의도 얻었다. 란의 출생과 성장 과정에 얽힌 복잡한 사정을 덮어둔 채 만나게 되면 넘쳐나는 의문점 때문에 아소 부부는 도저히 납득하지 못할 것이다. 란은 이미 나카자와 유카리가 자기 친어머니라는 사실을 알고 있었다. 츠유키와 게이코는 숨김없이 진실을 밝히는 편이 란의 장래를 위해서도 좋을 것이라는 의견에 서로 동의했다.

게이코는 보고서를 파일에 넣어 테이블에 내려놓고, 지난 2달간 분투했던 시간을 떠올리며 감개에 젖었다.

원래는 예전 불륜 상대였던 이나가키 겐스케의 소개로 조사를 의뢰받았다. 아소 부부가 손주 찾기를 의뢰한 건 뭔가 확신이 있어서는 아니었다. 사소한 계기로 손주가 있을지도 모른다는 예감을 품고, 밑져야 본전이라는 마음으로 세상에 존재할 가능성이 극히 낮은 사람을 찾아달라고 부탁했을 뿐이었다. 그런데 뜻밖에도 조사 과정에서 지금까지 베일에 가려져 있던 사실이 차례차례 밝혀졌고, 목표물이 츠유키의 곁에 있었다. 놀라움을 넘어 운명의 실이 복잡하게 얽힌 모습에 경외감마저 들었다.

조사 보고서는 완벽하게 마무리했고, 아소의 집을 찾아갈 준비도 마쳤다. 하지만 정작 란이 움직일 수 없는 상태였다.

제6다이바에서 광란의 밤을 보내고 집으로 돌아온 뒤 란은 몸 상태가 나빠졌다. 식욕 부진, 발열, 권태감, 설사 등의 증상에 시달리다 화장실에서 쓰러진 것을 츠유키가 발견해 대학병원 응급실로 데려갔다. 검사 결과 폐와 심장 소리는 정상이었지만, 백혈구의 핵 좌방 이동[31]과 염증 반응 상승, 신장 기능 장애, 패혈성 쇼크 증상이 나타나 즉시 입원했다.

이틀이 지나도록 증상이 개선되지 않았고 혈압까지 떨어져서 위급한 상황이 이어졌다. 인공호흡기로 관리하며 대량의 수액을 투여했지만 상태는 나아지지 않았다.

란은 현재 생사의 기로에 서 있었다.

2

란이 입원한 지 닷새째.

쇼크 증상의 원인인 사이토카인을 제거하고 체액을 조절해 급성 신부전에 대처하자, 혈압이 약간 회복됐고 소변량도 일시적으로 증가했다. 그러나 눈에 확 띄게 개선되지는 않았고 증상은 일진일퇴를 거듭했다.

란이 입원한 지 엿새째.

혈액 세포를 채취해 분석한 결과, 원래 붉어야 할 헤모글로빈이 녹색으로 변색된 세포가 일부 확인됐다. 헤모글로빈 중앙에 있는 철Fe이 마그네슘Mg으로 바뀐 것이 원인이었다. 동시에 란의 목덜미에서 양어깨의 표피에 녹색 반점과 기하학무늬가 번지기 시작했다. 지금까지는 나타나지 않았던 새로운 증상이었다. 목덜미에서 채취한 상피세포는 병리과에 보내 분석하기로 했다.

란이 입원한 지 이레째.

오후, 일반 진료가 끝날 무렵 츠유키는 주치의인 야마다 부교수의 진료실을 찾았다. 대학교 2년 선배인 야마다에게 란의 상피세포 분석 결과를 듣기 위해서였다.

츠유키가 진료실에 들어서도 야마다는 시선 한 번 주지 않고 컴퓨터 화면만 들여다보았다. 뚫어지게 들여다보다가 "끄응" 하고 앓는 소리를 내며 인상을 찌푸렸다. 잠시 후 의자를 90도 회전시켜 츠유키와 마주 보더니 "어쩐지 아주 희한한 일이 일어났네요" 하고 불쑥 중얼거렸다. 상대의 나이에 관계없이 누구에게나 존댓말을 쓰는 버릇은 학생 시절과 똑같았다.

좋은 일인지 나쁜 일인지는 아직 알 수 없지만, 그런 말을 들은 순간 츠유키는 몹시 불안해졌다. 최악의 사태일 수도 있다고 각오하며 츠유키는 야마다가 가리킨 사진을 가까이 들여다보았다.

화면에 표시된 것은 동물 세포 내부를 3차원으로 구성한 사진이었다.

"이건 뭔가요?"

"녹색으로 변색된 표피에서 떼어낸 세포를 염색해 전자 현미경으로 촬영한 사진입니다."

녹색으로 변색된 란의 표피에서 채취한 세포 내부에는 염색체를 포함한 핵을 중심으로 리보솜, 리소좀, 골지소체, 소포체, 미토콘드리아 등이 배치돼 있었다. 익숙한 구조였지만 정체를 알 수 없는 미지의 소체가 여러 개 있어서, 한눈에 정체를 파악하기 어려웠다.

"어디가 이상한데요?"

"동물 세포와 식물 세포는 기본적으로 구조가 거의 같습니다. 가장 큰 차이는 식물 세포에는 세포 내 소기관인 엽록체가 있지만, 동물 세포에는 그게 없다는 점입니다. 그런데 여기를 보세요."

야마다는 점 3개를 손으로 짚으며 말했다.

"원래는 없어야 할 것이 여기 있습니다."

야마다가 가리킨 것은 길쭉한 타원형의 작은 덩어리였다. 더없이 기묘한 형태의 덩어리 중 첫 번째는 세포막 구석에 들러붙어 있었고, 두 번째는 골지소체와 핵 사이에 끼어 있었다. 그리고 세 번째는 소포체와 리보솜에 감싸인 상태였다.

야마다는 무슨 뜻인지 알겠냐는 눈빛을 던졌고, 츠유키는 자신 없는 목소리로 대답했다.

"설마 이게 엽록체……."

란의 상피세포 내부에는 동물 세포에는 원래 존재하지 않는 엽록체가 적어도 3개가 있는 것이다.

"여기 있는 건 이중막 엽록체입니다. 사중막이 아니고요."

이중막 엽록체로 추측할 수 있는 건 광합성 박테리아가 란의 체세포

에 침입해 공생 관계를 맺었을 가능성이 높다는 뜻이었다.[32]

츠유키는 란의 몸속에 생긴 이변을 떠올려보다가, 지금의 현상을 싸움으로 표현할 수 있다는 사실을 깨달았다.

사이토카인을 제거하자 몸 상태가 약간 개선된 것을 보면, 면역계의 폭주가 신체에 큰 피해를 주고 있음이 분명했다. 어린 란의 기운 넘치는 면역계가 외부 침입자를 배제하기 위해 고군분투하는 상황이 증상으로 나타난 것이다.

침입 경로는 두 가지로 추정된다.

모조리 불탄 줄 알았지만 놓쳐버린 일부 시아노박테리아가 사멸하기 직전에 침입에 성공했거나, 붉은 열매 내부에 가득했던 엽록체 박테리아가 침입했거나.

남극 시아노박테리아와 엽록체 박테리아는 겉보기에는 달라 보이지만 본질적으로 같은 종류다. 남극 시아노박테리아 사태와 꿈꾸는 허브 모임 집단 사망 사건은 거의 동일한 사태로 간주할 수 있다. 병원체는 같은 시아노박테리아인데, 한쪽은 수십억 년 전에 남극 대륙의 호수에 있다가 얼음 속에 갇혔고, 다른 한쪽은 진핵생물의 세포 내부로 들어가 엽록체로 정착했다.

남극 시아노박테리아 사태도 꿈꾸는 허브 모임 집단 사망 사건도 피해자들은 짧게는 수십 분에서 길게는 수 시간 이내에 죽음을 맞았다. 그러나 란은 발병 후 일주일을 버텼다. 이 차이는 어디에서 비롯된 것일까. 나카자와 유카리의 희생으로 되살아난 헤비콘의 수액이 효과를 발휘한 것이다. 도시히로의 조사에 따르면 헤비콘 성분에는 정보 전달을 원활하게 하는 기능이 있다고 한다. 그 효능이 작용해 란의 세포 내부에서 기생이 공생으로 이행되려는 것은 아닐까.

결국 생사의 향방은 공생에 성공하느냐 실패하느냐에 달려 있다. 체내에 침입한 박테리아는 일단 공생을 목표로 분투한다. 면역계의 방해로 공생이 이루어지지 않으면 보복으로 적혈구를 파괴해 숙주를 죽이지만, 공생 관계가 성립되면 숙주를 살리는 쪽으로 방향을 바꾼다. 즉, 란의 체내에서 벌어지고 있는 '면역과 이물질의 싸움'은 이겨서는 안 되는 싸움이다. 승리는 곧 죽음을 의미한다.

병원에서 통상적인 치료만으로는 거의 도움이 되지 않는다는 사실을 츠유키는 깨달았다. 항생 물질을 투여하는 것은 역효과다. 그렇다면 무엇을, 어떻게 해야 할까. 어떻게 하면 박테리아와 원만하게 공생할 수 있을까.

지금까지 겪었던 일을 돌이켜보던 츠유키는 머릿속에서 번뜩이는 무언가를 느꼈고, 당장이라도 란의 병실로 달려가고 싶다는 충동에 휩싸였다.

"야마다 선배, 고마워요. 사정은 잘 알았어요."

"정말요? 나는 전혀 모르겠는데요."

꿈꾸는 허브 모임 집단 사망 사건과 남극 시아노박테리아 사태에 대해 자세히 알지 못하는 이상, 야마다는 이해할 수 없을 것이다. 나중에 천천히 사정을 설명한다 하더라도 지금은 시간이 없다. 시곗바늘은 오후 3시 반을 가리키고 있었다. 쾌청한 날씨라 여름 햇살이 눈부셨다.

"좀 생각난 게 있어서 시험해봐야겠어요."

츠유키는 그렇게 말하고 야마다의 진료실을 나서서 란의 병실로 향했다.

1인실의 북쪽 창문에는 레이스 커튼이 쳐져 있었다. 자연광만으로는 밝기가 부족해 병실은 침침했다. 츠유키는 침대 옆의 둥근 의자에 앉아 란의 안색을 살핀 뒤 물었다.

"좀 어떠니?"

"엄청 안 좋아."

"네 몸에 솔직하게 물어봐. 뭔가 하고 싶은 일은 없는지……."

"바깥 풍경을 보고 싶어."

란은 냉큼 대답한 뒤 링거 줄에 묶인 신세를 하소연하듯 침대 옆으로 턱을 까닥이고는 한숨을 내쉬었다. 이래서는 움직이고 싶어도 움직일 수 없다는 뜻이었다.

"왜 바깥 풍경을 보고 싶은데?"

츠유키가 묻자 란은 잠시 생각에 잠겼다.

"음…… 바깥 풍경을 보고 싶다기보다 밝은 곳에 가고 싶은 건지도 모르겠어."

기대했던 답이 나오자 츠유키는 란의 팔에 꽂힌 링거 바늘을 재빨리 뽑았다.

"그럼 산책이라도 나갈까."

꿈꾸는 허브 모임 신도들과 남극 시아노박테리아를 섭취한 희생자들은 이물질을 받아들인 직후, 거의 예외 없이 빛이 강하게 내리쬐는 곳으로 이동했다. 그것은 생존을 위한 본능적인 행동이었다. 침입자들과 공생하기 위한 유일한 수단이 빛을 쬐는 것임을 직감으로 알아차린 것이 틀림없다.

츠유키는 병실 구석에 있던 휠체어를 침대 옆으로 옮기고 란을 안아서 앉힌 뒤 병실을 나섰다. 병동의 긴 복도를 지나며 그는 란의 목덜미에서 어깨로 이어지는 피부를 몇 번이나 바라보았다. 피부에 퍼진 녹색 반점과 기하학적 무늬는 색이 더 짙어지고 윤곽도 뚜렷해졌다. 그중에는 나비 모양과 비슷한 무늬도 있었다.

엘리베이터를 타고 식당과 매점이 있는 층으로 내려간 츠유키는 복도 끝의 널찍한 발코니로 휠체어를 밀고 갔다. 유리문을 열고 밖으로 나서자, 순식간에 열기가 몸을 감쌌다. 한여름이라 대부분 사람들이 햇볕을 피하고 있었기에 발코니에는 아무도 없었다. 츠유키는 일부러 남쪽으로 걸어가 휠체어를 난간 앞에 세운 뒤, 한쪽 무릎을 꿇고 앉아 란과 같은 눈높이에서 남쪽으로 펼쳐진 풍경을 바라보았다. 눈 아래에 도심 한복판을 차지한 울창한 숲이 펼쳐져 있었다.

츠유키는 일어서서 란의 환자복 단추를 하나 풀어서 옷깃을 벌린 뒤, 목덜미에서 부드럽게 물결치는 머리카락을 들어 올려 목덜미와 어깨에 햇볕이 닿도록 했다.

시원한 생수를 건네고 마시라고 권하자, 란은 단숨에 절반쯤 마시고 만족스럽게 숨을 내쉬었다.

"기분이 좋아진 것 같아."

어깨에 얹힌 츠유키의 손끝으로 란의 피부가 생기를 되찾아가는 감촉이 전해졌다. 세포 하나하나가 활발히 움직이며 해야 할 일에 힘을 쏟고 기뻐하는 것처럼 느껴졌다. 햇빛을 받아 물과 이산화탄소로 산소와 당분을 만들어 몸 구석구석에 보내기 위해 새로운 신진대사 네트워크를 형성하고 있는 듯했다.

란의 몸속에서 일어나는 변화를 가만히 바라보고 있는 건, 눈 아래에 펼쳐진 녹색 숲이었다.

처음부터 계획된 일이었던 거야.

일의 발단은 츠유키 자신의 행동이었다. 학생 시절, 그는 정보공학을 주제로 한 물리학 서적을 읽다가 보이니치 필사본의 존재를 알게 되었고 후배인 도시히로에게 알려주었다. 도시히로는 보이니치 필사본 해독에 몰두했고, 이단의 피를 물려받은 나카자와 유카리의 협력 아래 보이니치 필사본에 그려진 삽화를 실마리 삼아 제6다이바의 토양에서 식물을 품종 개량했다.

세월이 흘러 목표물을 제6다이바로 불러들여 헤비콘과 붉은 열매의 진액을 미리 섭취시킨 후, 남극 시아노박테리아를 대량으로 발생시켜 인체 세포 내부로 이끌었다. 남극 시아노박테리아는 생식 세포인 포자를 만들기 직전이었다. 포자는 요컨대 정자라고도 할 수 있다. 수억 마리나 되는 정자가 자궁에 흘러들어도 제 역할을 할 수 있는 건 한 마리뿐이다. 한 마리가 난자 내부로 침입해 수정란이 되는 순간, 다른 정자들은 사멸할 운명을 맞는다.

마찬가지로 남극 시아노박테리아 한 마리가 란의 세포에 기생한 순간, 다른 남극 시아노박테리아는 존재 가치를 잃고 소각 처분되었다.

내게 맡겨진 건 사형집행인의 역할에 불과해.

자신이 해낸 일의 의미를 깨닫고 츠유키는 자조하듯 속으로 중얼거렸다.

그러나 도시히로와 나카자와 유카리에게 맡겨진 임무는 츠유키의 것과 비교할 수 없을 만큼 얄궂었다. 도시히로는 보이니치 필사본 해독에 10년 가까운 세월을 쏟아부은 끝에, 그것이 식물의 품종 개량 방법이 적힌 비법서일지도 모른다는 결론에 도달했고, 나카자와 유카리와 협력해 품종 개량에 성공했다고 믿었다. 하지만 사실은 그 반대였다. 식물이 도시히로와 유카리를 수하로 삼아 마음대로 조종해 인간을 개조한 것이다.

동물과 식물의 합체를 연상시키는 삽화가 다수 포함된 점에서도, 보이니치 필사본이 인종 개조의 지침서였음을 짐작할 수 있다. 해독 불가능한 문자로 기록한 것은 무시무시한 의도를 쉽게 깨닫지 못하도록 하기 위해서고, 동시에 사람들의 호기심을 자극해 목적으로 이끌기 위해서이기도 했다.

목적은 단 하나. 인류 사상 최초의 엽록체 소녀를 탄생시키는 것이다.

세포 내부의 엽록체가 제대로 기능해 광합성을 통해 빛과 물, 이산화탄소로 산소와 당류를 만들어낼 수 있다면, 입으로 영양분을 섭취할 필요가 거의 없어지는 것과 동시에 호흡기 계통의 기능이 활발해질 가능성이 생긴다. 요컨대 빛을 먹고 살아갈 수 있는 것이다. 식물은 그런 특징이 있는 인간을 잘 다루어 무언가 목적을 달성하려는 속셈이었다.

녹색 숲에 물어보고 싶었다.

식물을 식물이게 하는 광합성 기능을 인간의 세포에 이식하다니, 대체 무엇을 하려는 거지?

대답은 없었고, 숲에서는 나뭇잎끼리 사락사락 스치는 소리가 웃음소리처럼 들려올 뿐이었다. 그러나 츠유키는 식물의 꿍꿍이를 어렴풋이 짐작할 수 있었다. 인류는 식물 알칼로이드를 섭취해 언어를 획득한 결과 1만 년 전까지 지구 전역으로 퍼지는 가혹한 여행을 해냈다. 그렇다면 광합성 기능을 얻은 신인류는 훨씬 먼 곳을 향해 여행을 떠날 수 있을 것이다.

식물은 스스로 움직일 수 없다. 그렇기에 인간을 교통수단 삼아 더 먼 세상으로 나아가려는 것이다. 태양계 끝까지도 시야에 두고 있을지도 모른다.

여행의 선봉대가 될 란을 잘 키워야 한다는 중압감이 츠유키의 어깨를 짓눌렀다. 식물의 뜻에 맞게 키우지 않으면 인류에게 어떤 재앙이 닥칠지 알 수 없다. 책임이 막대했다.

혼자 키우기는 너무 힘들다.

솔직한 심정이었다.

파트너가 곁에 있다면 의지가 될 텐데.

그런 속내를 꿰뚫어 본 것처럼 란이 갑자기 입을 열었다.

"게이코 씨가 새엄마가 되어도 난 상관없어."

이심전심으로 속마음이 전해진 것에 놀라 츠유키가 아무 대답도 하지 못하자 란이 말을 이었다.

"내가 입원한 지금이 기회야. 저질러버려."

마음을 읽힌 데다 구체적인 행동까지 지시받았다. 란은 금단의 붉은 열매를 먹으라고 부추기는 뱀의 화신인지도 모른다.

제6다이바 앞바다에서 빠져 죽을 위기에 처했다가 간신히 게이코에게 구조됐을 때, 츠유키는 좁은 보트에 아기처럼 웅크린 채 몸을 덜덜 떨고 있었다. 춥기도 했지만, 죽기 직전까지 갔다는 공포심이 되살아났기 때문이었다.

노를 젓는 게이코의 무릎에 츠유키의 귀와 관자놀이가 닿아 규칙적인 진동이 피부에 전해지자, 몸이 서서히 따스해지고 추위와 떨림은 잦아들었다. 그러자 마치 교대하듯 성욕이 들끓었다. 위험한 상황을 벗어나면서 아드레날린이 대량으로 방출된 탓이었다.

생사의 경계를 헤맨 뒤 성욕이 솟구치는 경험을 츠유키는 이미 무규칙 격투기 시합에서 겪은 적이 있었다. 아슬아슬한 대결에서 승리하고 나면 여자 생각이 간절했다. 한두 번의 사정으로는 만족할 수 없을 만큼 격렬한 욕망에 휩싸였다.

작은 보트 바닥에서 불붙은 욕망은 그 후로 줄곧 화롯불처럼 은근히 타오르고 있었다. 그 대상은 오직 게이코였다. 그리고 지금 란은 딸이라는 입장임에도 아버지에게 게이코와 저질러버리라고 부추기고 있었다. 장래의 계획을 더욱 공고히 할 방법이 무엇인지 란은 잘 알고 있었다.

딸이 허락하자 마음속 안개가 걷히며 미래의 풍경이 더욱 뚜렷해졌다. 새로이 나아갈 침로를 응시하며 츠유키는 란과 함께 서쪽으로 기울어가는 여름 햇볕을 쬐었다.

3

란이 입원한 지 여드레째.

혈압이 정상 수치로 회복되어 승압제 투여를 중단했다. 소변량이 예전만큼 많아진 것도 신장 기능이 개선된 증거로 판단됐다. 항생제 수액도 더는 맞지 않는 대신, 오전과 오후에 발코니에서 일광욕하는 것을 일과에 추가했다. 목덜미에서 어깨, 등 윗부분으로 퍼진 녹색 무늬는 더욱 윤곽이 뚜렷해졌고 색깔도 더 짙어졌다. 세포 내부의 엽록체가 순조로이 증식하며 공생에 성공해 본래 임무에 착수한 듯했다.

피부에 녹색 무늬가 생겼다고는 해도 문신 같은 인공적인 색채와는 인상이 전혀 달랐다. 동물과 식물의 멋진 조화를 상징하듯 아름다워서 보는 사람도 마음이 편안했다.

란이 입원한 지 아흐레째.

요산 수치가 정상으로 돌아와 신체 기능이 입원하기 전 상태로 거의 회복됐다. 후유증이 없는 것도 확인됐다. 전체적인 건강 상태는 예전보다 더 나아졌을 정도라 조만간 퇴원하기로 결정됐다. 더는 치료받을 필요가 없어 검사와 재활 훈련에 집중했다.

퇴원 전날, 츠유키는 대학병원에서 돌아오자마자 게이코에게 전화해 란의 증상과 회복 경과를 설명하고 싶다며 집으로 오지 않겠느냐고 제안했다. 란의 퇴원은 게이코의 일과도 크게 관련이 있었다. 조사 보고서는 완벽하게 마무리했으니, 게이코에게 남은 일은 란과 아소 부부의 만남을 성사시키는 것이었다. 따라서 서둘러 일정을 정할 필요가 있었다.

게이코는 제안을 고맙게 받아들이고 그날 오후 츠유키의 맨션을 방문했다.

인터폰으로 공용 현관을 열어주고 1분쯤 기다리자 게이코가 넉넉한 꽃무늬 원피스 차림으로 현관에 나타났다. 평소의 게이코답지 않은 패션에 놀라면서도, 이런 옷도 잘 어울린다 싶어 츠유키는 호감을 품었다.

"오토바이로 올 줄 알았는데."

"받으려면 아직 멀었어요. 아쉽게도 올 여름에는 못 탈 것 같네요."

조사에 활용할 교통수단을 찾을 때 오토바이의 기동력은 버리기 힘든 매력이다. 400시시 오토바이를 구입했다기에 츠유키는 게이코가 청바지와 재킷 차림에 헬멧을 옆구리에 낀 모습으로 나타나지 않을까 멋대로 상상했었다.

"자, 들어와요."

츠유키는 게이코를 거실로 안내해 앉으라고 권했다.

소파에 앉은 게이코는 유리와 우에하라가 함께 일하다가 남녀관계로 발전했다는 근황을 재미있다는 듯 전했다.

"그 두 사람, 어쩐지 분위기가 좋아요. 그게, 유리가 배우자 찾기를 당분간 쉬겠다고 선언하더라니까요."

"그거 잘됐네요. 이대로 배우자 찾기를 끝낸다는 쪽에 만 엔 걸게요."

"그럼 내기는 성립하지 않겠네요. 나도 그쪽에 걸 거니까."

잠시 남의 연애 이야기를 화제로 삼은 뒤 본론으로 들어갔다. 츠유키는 란의 증상과 회복 경과를 간단히 설명한 후, 식물의 계획이 모든 일의 원인이라고 알려주었다.

란을 제6다이바로 끌어들여 헤비콘 수액을 먹인 뒤 남극 시아노박테리아의 습격을 틈 타 시아노박테리아를 체내에 침입시켰다. 그리고 체세포에 엽록체를 만들어 광합성 능력을 부여했다. 츠유키가 그렇게 설명하자 게이코는 고개를 갸우뚱할 뿐이었다.

란의 몸에 일어날 수 있는 일은 게이코의 몸에서도 일어날 수 있었다. 게이코 역시 헤비콘 수액을 섭취한 후 제6다이바 선착장에서 란과 나란히 서서 시아노박테리아의 습격에 노출됐었기 때문이다. 츠유키도 게이코도 같은 곳에서 시아노박테리아를 상대했다. 그렇다면 두 사람의 몸에 란과 같은 변화가 생겨도 이상하지 않을 터였다.

당연한 의문이었다.

츠유키는 거울을 여러 개 사용해 신체의 각 부위를 관찰하며 녹색 반점을 찾았지만, 보이는 범위에서는 아무것도 발견되지 않았다. 게이코가 양 팔꿈치 움켜쥔 채 몸을 떠는 것은 자기 몸에 일어났을지도 모르는 변화가 두려워서일 것이다. 과연 게이코의 피부에 변화가 생겼는지, 생기지 않았는지…… 확인은 간단하다. 피부를 샅샅이 살펴 조짐이 있는지를 알아보면 된다.

츠유키는 게이코의 목을 살며시 끌어당겼다. 머리카락을 두 갈래로 나누어 목덜미를 드러낸 뒤 얼굴을 가까이 가져가 손가락으로 피부를 문지르며 녹색 무늬를 찾았다.

목덜미를 문지르는 손길에 반응하듯 게이코는 소파에서 내려와 카펫 위에 다리를 옆으로 뻗은 자세로 앉아 츠유키의 넓적다리에 상반신을 기댔다. 어깨부터 등이 훤히 드러나는 자세였다.

그러나 옷이 방해되어 보이는 범위는 목덜미뿐이었다. 등 윗부분을 확인하려면 원피스 맨 위 단추를 풀고 지퍼를 내려야 했다.

"여기까지는 이상한 곳이 없군요. 다만 이 아래쪽이 수상합니다."

"그래요?"

살짝 잠긴 목소리와 숨죽여 침을 삼키는 행동에서 약간 긴장했다는 걸 알 수 있었다.

단추를 풀고 지퍼를 반쯤 내리자 베이지색 브래지어의 밴드가 눈에 들어와 순간 손을 멈췄다. 그러나 가느다란 천 조각 한 장에 주눅이 들어서야 본래 목적에 다가갈 수 없었다.

"이게 방해되는데 풀어도 괜찮을까요?"

츠유키가 브래지어의 밴드 한복판을 손가락으로 툭툭 건드리며 물었다. 게이코는 츠유키의 무릎 위에 엎드린 채 고개를 살짝 끄덕였다. 허락의 신호로 받아들이고 후크를 풀자 등 중간에 연결돼 있던 밴드가 가슴의 탄력을 과시하듯 좌우로 팅겨 나가며 어깨끈이 흘러내렸다.

방해물이 사라지자 츠유키는 매끄러운 등 전체를 바라보며 손바닥으로 부드럽게 쓰다듬었다. 군데군데 손가락을 멈춰 피부를 잡아당기거나 펼치며 피부의 탄력을 확인했고, 피부 아래 숨어 있을지도 모르는 이상을 찾는 척했다.

수색 범위를 등 중앙에서 허리까지 넓히려면 원피스 지퍼를 아래까지 내려야 했다. 목적지에 거의 다 왔다고 스스로를 격려하며 과감하게 지퍼를 내리자, 엉덩이 살을 섹시하게 파고든 팬티의 흰 라인이 눈앞에 나타났다.

무방비한 자세로 맨살을 드러내서 부끄러운지 게이코가 어깨를 어색하게 움츠렸다. 거칠어진 호흡이 전해지자 츠유키의 몸에도 변화가 일어났다. 게이코가 내뿜는 숨결이 청바지 안쪽에 고이며 열기를 띠었다. 촉촉한 숨결이 사타구니에 닿자 몸의 일부가 맥박치며 부풀어 올랐다. 갑갑함에 허리를 비트는 순간, 갑자기 게이코가 왼손을 뻗어 놀랄 만큼 세게 팔을 붙잡아 끌어당겼다.

두 사람은 그대로 뒤엉키듯 부둥켜안고 카펫 위로 쓰러졌다.

츠유키와 게이코는 한 시간 넘게 서로의 몸을 구석구석 살펴보고, 손가락은 물론 혀까지 동원해 피부 아래의 감촉을 확인했다. 그러나 녹색 무늬나 반점은 어디에서도 발견되지 않았다.

둘은 한동안 큰 기쁨과 만족감을 맛본 뒤, 알몸으로 끌어안은 채 행위의 여운에 잠겼다. 흥분이 가라앉고 냉정함을 되찾았을 무렵, 드디어 '선물을 받은 건 란뿐'이라는 사실을 받아들였다.

아무래도 신인류가 될 자격을 얻은 것은 란뿐인 듯했다. 나카자와 유카리의 혈통이 영향을 준 것일까, 아니면 나이와 관련이 있는 것일까. 새로운 시대를 짊어질 사람에게는 젊음이 필요한지도 모른다.

츠유키는 자신이 신인류의 육성에 전념해야 하는 역할을 맡았다는 사실을 다시금 인식했다. 오늘 게이코를 집으로 부른 목적은 하나가 아니었다. 란의 증상과 회복 경과를 알려준다는 핑계로, 딸이 부추긴 행동을 실행에 옮긴 뒤 청혼하는 것이 진짜 목적이었다.

말할 기회는 지금뿐이었다.

"괜찮다면 나와 함께 란을 키우지 않을래? 물론 사키에게도 똑같이 애정을 쏟을게."

함께 힘을 합쳐 아이를 키우자는 말은, 곧 결혼하자는 이야기였다. 게이코는 가슴에 기대고 있던 얼굴을 들고 진의를 확인하듯 츠유키의 눈을 똑바로 바라보며 손톱으로 등을 할퀴었다.

"알았어. 기꺼이 함께할게."

"고마워. 든든하네."

"궁금한 게 있는데 교육 방침은 어떻게 할 거야? 뭔가 방향성이 있다면 미리 알아두고 싶어서."

확실히 교육 담당으로서 방침을 미리 정해두는 것은 중요했다.

"일단 내 특기 분야를 최대한 전수해야지. 물리, 수학, 철학을 중심으로 과학 전반을 가르쳐서 논리적인 사고력을 단련시킬 거야."

"왜?"

"세상이 언제나 인간에게 유리한 상태를 유지한다는 보장은 없어. 워낙 빠르게 변화해서 미래를 예측하기 힘들지. 따라서 예측하지 못한 사태에 빠지더라도 극복하고 적응할 수 있는 지혜와 용기를 젊은 세대에게 전수해야 해. 극복과 적응을 위해서는 우주의 삼라만상을 좀 더 정확하게 기술하는 힘을 길러야겠지."

"왜?"

게이코는 '왜?'라는 질문을 이어가며 방침의 의미를 물었다.

"언제든 행동의 이유를 묻는 건 바람직한 일이야." 츠유키는 그렇게 칭찬한 후 대답했다.

"말을 통해 지혜를 축적함으로써 먼 곳으로 여행할 수 있게 됐고, 여행 과정에서 맞부딪히는 고난을 극복하면서 지식은 더 깊어지지. 이 상승효과를 통해 더 머나먼 세계로 여행을 떠날 수 있기 때문이야."

"머나먼 세계라, 어느 정도 거리를 상상하면 될까. 달…… 아니면 화성?"

"가장 가까워도 목성이려나. 그다음에 시야에 넣어야 할 것 태양계 밖…… 성간우주야."

츠유키의 머리에 떠오른 가장 가까운 목적지는 목성의 위성 중 하나인 유로파였다. 위성의 표면을 뒤덮은 두꺼운 얼음층 아래 물이 액체 상태로 존재하는 자연환경이 남극과 흡사하기 때문이다. 남극 얼음층 아래에 호수에 존재하는 미생물을 자세히 조사하면 유로파의 생명체 탐사에 큰 힌트가 될 것이고, 그 성과가 언젠가 지구 생명 탄생의 수수께끼를 풀어내는 데 영향을 줄 것이라 츠유키는 기대했다.

"웅대한 이야기네. 하지만 란 혼자에게는 너무 무거운 짐이 아닐까?"

고등학교와 대학교를 졸업해 사회인이 되고, 결혼해서 특이한 유전자를 물려받은 아이를 얻더라도 그 수는 기껏해야 두세 명에 불과하다. 그들이 막중한 임무를 수행할 나이로 성장하기까지는 또 수십 년의 세월이 필요하다.

수년, 수십 년 후의 란이 어떤 모습일지 머릿속에 그려보면 불안감이 밀려왔다. 고독이라는 두 글자가 가슴속에 떠오르기 때문이다.

현재 광합성 기능이 있는 인간은 세상에 단 한 사람…… 게이코 말대로 '너무 무거운 짐'이었다.

식물이 바라는 임무의 구체적인 내용은 알 수 없지만, 아무래도 실무자의 숫자가 지나치게 적은 듯했다. 아니면 식물이 부여하는 임무는 혼자서도 실현할 수 있는 것일까. 무엇을 하든 '식물의 뜻을 어겨서는 안 된다'는 것이 전제였다.

란의 앞날은 상당히 험난할 것이다. 고작 15살 소녀가 그 중압감과 고독을 견뎌낼 수 있을지는 새로운 가족이 얼마나 잘 뒷받침해주느냐에 달려 있었다.

4

퇴원하고 이틀 뒤, 츠유키와 게이코는 란을 데리고 아소의 집을 방문했다.

아소의 집은 츠유키와 게이코가 처음 만난 곳이다. 당시는 벚꽃이 피는 계절이라 집을 둘러싼 공기가 꽃향기로 가득했다. 약 석 달 만의 방문이었다. 대문 앞에 서서 초인종을 누르고 주변을 둘러보니 어쩐지 분위기가 다르게 느껴졌다. 우아한 향기는 사라지고, 힘차기는 하지만 거칠고 뻔뻔한 기척이 공기 속을 감돌았다.

역에서 집까지 걸어오는 길에서도 츠유키는 거리 풍경이 변한 것을 눈치챘다. 차도와 인도 사이의 가로수는 가지가 쭉쭉 뻗어 군데군데 신호등과 교통 표지판을 가릴 정도였다. 나무 밑동을 덮은 잡초도 옆으로 길게 삐져나와 걸리적거렸다. 예년과 달리 교통에 방해가 될 만큼 식물이 성장했다는 걸 실감하며 대문 앞 땅을 내려다보자, 잡초가 넘치는 생명력을 자랑하듯 포석 틈새로 자라나 포석에 금이 간 것을 알 수 있었다.

인터폰에서 목소리가 흘러나오자 츠유키는 시선을 정면으로 돌렸다.

"기다리고 있었어. 어서 들어오렴."

곧 철컥 하고 자물쇠가 풀리는 소리가 났다. 츠유키, 게이코, 란이 대문을 통과해 경사로를 걸어가자 아소 부부가 종종걸음으로 다가오는 모습이 보였다. 손녀를 한시라도 빨리 만나고 싶다는 마음이 온몸에 흘러넘쳤다. 고개를 살짝 숙여 인사한 아소 부부는 츠유키와 게이코에게는 관심도 두지 않고 란에게만 뜨거운 시선을 보냈다. 시게루는 척 보고 알겠다는 듯 몇 번이나 고개를 끄덕였고, 쇼코는 감정에 북받쳐 조용히 눈물을 흘렸다.

세 사람은 거실이 아니라 식당으로 안내받았다. 통유리창 너머로 정원이 보이는 곳이었다. 츠유키와 게이코가 란을 사이에 두고 앉았고 그 맞은편에 아소 부부가 앉았다.

게이코는 석 달에 걸친 조사 결과를 정리한 보고서를 테이블 위에 내려놓고 공손히 머리를 숙인 뒤 앞으로 내밀었다.

"무사히 일을 마쳤습니다."

게이코가 보고서 내용을 간단히 설명하는 동안, 시게루는 파일에서 꺼낸 종이 다발을 별 흥미 없는 표정으로 팔락팔락 넘긴 뒤 쇼코에게 건넸다. 쇼코는 한 번 훑어보지도 않고 그대로 테이블에 내려놓았다. 그러는 동안에도 두 사람의 시선은 란에게 고정돼 있었다.

보고서에 적힌 내용은 란이 도시히로와 나카자와 유카리의 딸이라는 여러 증거였다. 하지만 아소 부부에게 그런 건 중요하지 않았다. 눈앞에 앉아 있는 란이 절대적인 증거였기 때문이다.

아소 부부는 란의 몸과 얼굴을 유심히 살펴보며 죽은 아들의 모습을 찾고 있었다. 살짝 갈색이 섞인 머리색, 귓불 모양, 갸름하지만 지나치게 날카롭지는 않은 얼굴선, 가녀린 목까지 곳곳에 도시히로의 특징이 새겨져 있었다. 손바닥에 턱을 괴고 머리카락을 손가락에 감는 몸짓까지 똑같았다. 내면에서 배어나는 분위기와 겉모습이 분명 외동아들의 피를 물려받은 사람이라는 것을 증명했다.

아소 부부는 란에게서 아들의 일부분을 발견할 때마다 손뼉을 치고 환성을 지르며 기뻐했고, 손수건으로 눈물을 훔쳤다. 란이 손녀라는 사실은 의심할 여지가 없었다.

그건 어디까지나 아소 부부에게만 그러했을 뿐, 곁에 있는 츠유키가 보기에는 다소 우스꽝스럽게 느껴지는 상황이었다. 객관적으로 보았을 때 도시히로와 란은 '썩 닮았다'고 할 정도는 아니었다. 하지만 콩깍지가 단단히 씌인 아소 부부의 눈에는 판박이로 보이는 모양이었다. 그런 점이 흐뭇한 웃음을 자아냈다.

"감사합니다."

시게루와 쇼코는 게이코에게 고개를 깊이 숙여 감사의 뜻을 표했다.

불륜 조사나 신원 조사를 맡을 때는 진흙탕 같은 인간관계에 학을 떼거나 의뢰인의 속 좁은 태도에 짜증이 치밀기도 하지만, 사람 찾기의 경우에는 가끔 기쁨과 감동이 찾아온다. 대형 탐정 사무소에서 일하던 시절, 빚을 지고 실종된 남편을 찾아달라는 의뢰를 맡아 자살 직전에 남편을 발견해 아내에게 돌려보내고 크게 감사를 받은 적이 있다. 이번 손주 찾기에서 얻은 성취감은 그때를 훨씬 웃돌았다. 게이코는 일을 잘 해냈다는 충실감에 젖었고, 탐정 일을 시작한 이래 최고의 행복감에 취했다.

그 후 테이블에 둘러앉은 5명은 화기애애한 분위기 속에서 사무적인 절차에 들어갔다. 아소 부부는 임무에 멋지게 성공한 게이코에게 성공 보수와 플러스알파로 2,000만 엔이라는 액수를 제시했다. 착수금을 포함해 이번 일로 받은 보수는 총 3,000만 엔. 게이코는 '이걸로 오랜 세월의 꿈을 이룰 수 있겠어' 하고 속으로 중얼거리며, 엘리베이터도 없는 낡은 빌딩에서 세련된 맨션으로 사무소를 옮겨 업무 범위를 크게 넓히는 미래를 머릿속에 그렸다.

도심 한복판에 부동산 여러 곳을 소유한 아소 부모님의 총자산은 가볍게 열한 자리를 넘어섰다. 그 모든 재산을 유일한 혈육인 란에게 상속하기 위해서는 아소 부부가 란을 입양할 필요가 있었다.

게이코는 즉시 번잡한 절차를 대행하겠다고 나섰다.

"입양에 필요한 서류 취득과 작성, 그리고 해당 관청에 서류를 제출하는 건 제게 맡겨주세요."

"고마워요. 그럼 필요한 수수료를 내겠습니다."

게이코는 당황해서 손을 내저으며 거절했다.

"수수료는 필요 없어요. 성공 보수에 포함돼 있으니까요."

게이코가 조율한 결과, 아소 부부가 란을 입양하더라도 친권은 지금까지처럼 츠유키가 가지고 양육도 그가 맡기로 했다. 츠유키의 집에서 학교에 다니는 란의 일상에는 큰 변화가 없었다. 아소 부부의 바람은 적어도 일주일에 한 번은 손녀의 얼굴을 보여달라는 수준에 그쳤다. 성장하는 모습을 지켜볼 수 있다면 충분하다며 두 사람은 많은 것을 바라지 않았다.

의견이 대립하거나 욕심과 욕심이 부딪치지 않고 아주 평화롭게 일이 마무리되는 모습을 보고 게이코는 안도하며 가슴을 쓸어내렸다. 대형 탐정 사무소에 있던 시절에는 설령 사람 찾기에 성공하더라도 새로운 유산 상속인의 출현이 가족 간의 분쟁으로 이어져 성공 보수를 받지 못하거나, 조정 역할에 동원되어 정이 떨어진 적이 많았다.

츠유키 일행과 아소 부부의 면담은 아무 말썽 없이 웃음 속에서 끝났다.

돌아갈 때 츠유키 일행이 현관에서 신발을 신고 있자, 아소 시게루가 문득 생각났다는 듯 쇼코에게 눈짓했다.

"아 참, 여러분에게 정원을 안내하면 어떨까. 언젠가 이 집과 정원도 란이 물려받을 테니."

시게루의 말에 쇼코는 대리석 현관 바닥으로 내려가 슬리퍼를 신었다.

"정원 손질은 내 담당이랍니다. 자, 이쪽으로 오세요."

앞장서서 미닫이문을 연 쇼코가 장난스러운 웃음을 지으며 츠유키와 게이코의 귀에 속삭였다.

"정원 풀숲에는 뱀이 있으니까 조심하세요."

야마노테의 고급 주택지에 야생 뱀이 서식할 리 없고, 그렇다고 뱀을 반려동물로 키울 것 같지도 않았다. 농담인지 진담인지 구별이 되지 않아서 게이코는 아무 대답도 하지 못했다.

일단 울타리에 둘러싸인 3평 크기의 화단으로 안내받았다. 좁은 공간이지만 연보라색 꽃이 포도송이처럼 달린 캄파눌라가 빽빽이 자라 상쾌한 분위기를 자아내고 있었다. 그 옆 선반에는 새빨간 히비스커스, 노란 베고니아, 진보라색 헬리오트로프 등의 화분이 줄지어 놓여, 주변 일대에 좋은 향기를 풍겼다.

"어릴 적에 그 아이는 허브만 키웠지. 꽃은 지금보다 훨씬 더 수수하고 작았어. 캐모마일, 로즈메리, 스피어민트, 스위트 바질, 라벤더……."

도시히로의 모습을 떠올리듯 쇼코는 허브 이름을 하나씩 입 밖에 꺼냈다.

"그런데." 츠유키는 화제를 돌렸다. "정말로 뱀이 있습니까?"

"바로 저기, 풀숲에 숨어 있지."

그렇게 말하며 쇼코는 연못가 나무 아래에 쪼그려 앉아 밑동의 풀숲을 양손으로 헤쳤다. 츠유키는 풀 사이로 드러난 것을 보고 호기심이 발동해 몸을 한 발짝 앞으로 내밀었다가, 물가의 부드러운 흙 속을 기어가는 뱀 한마리를 발견하고 벼락 맞은 듯한 충격을 받았다.

땅속에서 불거져 나온 지주근은 뿌리와 줄기의 경계 부분이 절단된 그루터기 모양이었고, 그 아래에서는 굵은 황갈색 뿌리와 노란 바탕에 검은 반점이 있는 뿌리가 교미하듯 뒤엉켜 있었다. 황갈색 뿌리에 뚫린 5개의 구멍을 꿈틀거리며 빠져나가려는 노란 뿌리가 뱀으로 보였던 것이다.

제6다이바의 늪가에서도 땅속을 기는 뿌리를 뱀으로 착각해 유리가 비명을 질렀었다. 지금 눈앞에 있는 이 뿌리는 제6다이바에서 본 뿌리와 형태가 완전히 같았다. 늪가에 있던 뱀나무는 뿌리 위로 지름 10센티미터쯤 되는 줄기가 뻗어 있었고, 줄기 중간쯤에는 사람 머리만 한 크기의 나뭇잎이 빽빽하게 뭉쳐 있었다. 그리고 나뭇잎이 무더기에서 덩굴처럼 늘어진 수많은 가지 끝에 붉은 열매가 달려 있었다.

그런데 지금 정원에 있는 뱀나무에는 뿌리 위쪽의 줄기가 없었고, 그루터기 모양의 단면에는 녹색 이끼가 옅게 자라 있었다. 죽은 것은 아니었다. 지름 10센티미터쯤 되는 원형 단면에는 거미줄 모양의 무늬가 선명했고, 그 틈새에서 고개를 내민 싹은 연못에서 스며드는 물을 빨아들이며 햇빛을 듬뿍 받아 생명력이 넘쳤다.

츠유키는 이 싹이 가까운 장래에 순조롭게 자라나 빨간 열매를 맺으리라고 직감했다. 시선을 돌리자 예상대로 발톱을 뻗어 대지를 움켜쥔 짐승의 다리가 바로 안쪽 땅속에 묻혀 있었다.

제6다이바에도 똑같이 생긴 뿌리가 있었다. 짐승의 발처럼 생긴 뿌리 위에는 지름 20센티미터 굵기의 통 모양 줄기가 뻗어 있었고, 가지 끝에는 꽃받침에 보호받는 열매가 옥수수 모양으로 빽빽하게 달려 있었다.

지금 이 정원에 있는 짐승나무는 뱀나무와 마찬가지로 지면 바로 위에 얼굴을 내민 그루터기에 불과했다. 줄기나 가지, 잎이나 꽃 같은 것은 어디에도 보이지 않았. 하지만 분명 살아 있었다. 둥글게 잘려나간 줄기의 단면이 갈라져 있었고, 그 틈새에서 싹이 여러 개 돋아났다. 이 싹이 크게 성장하면 틀림없이 헤비콘이 맺힐 것이다. 뿌리가 완전히 똑같이 생겼으니, 지상으로 뻗어 나오는 줄기와 가지, 잎도 같은 모양일 것이다.

도시히로는 20년 전쯤에 이 정원에서 식물을 품종 개량을 시도했지만 벽에 부딪혔고, 이후 장소를 제6다이바로 옮겨서 점차 성과를 올린 끝에 금단의 붉은 열매를 만들어내는 데 성공했다. 그러나 이 정원에서의 재배가 실패였던 것은 아니었다. 단지 시기상조였을 뿐이다. 뿌려진 씨앗은 확실히 땅속에 뿌리를 내리고, 20년 동안 밖으로 나올 기회를 꿋꿋이 엿보고 있었던 것이다.

짐승 뿌리를 가진 나무줄기의 단면에서 돋은 싹은 헤비콘으로 자라날 것이고, 뱀나무 줄기의 단면에서 돋아난 싹은 붉은 열매를 맺는 나무로 성장할 모습이 츠유키의 눈앞에 생생히 그려졌다.

최근 몇 년간 기온이 상승했으니 성장은 더 빨라질 것이다. 싹이 줄기가 되고, 꽃이 피고, 자잘한 열매가 잔뜩 열리고, 싱싱한 과실이 주렁주렁 맺히는 날이 그리 먼 미래는 아닐 듯했다.

헤비콘은 정보 전달을 원활하게 하는 성분이 함유된 수액으로 가득 차고, 붉은 열매 속에서는 세포막을 뚫고 나온 엽록체가 수십억, 수백억 개나 꿈틀거릴 것이다. 붉은 열매 속의 엽록체는 남극 시아노박테리아와 거의 같은 종류였다. 헤비콘의 수액과 붉은 열매의 세포에서 빠져나온 엽록체를 조합하면, 엽록체를 가진 소녀를 얼마든지 만들어낼 수 있다.

아소 시게루의 말이 츠유키의 머릿속에 되살아났다.

언젠가 이 집과 정원도 란이 물려받을 테니까.

"루루루…… 라라라……."

작은 새가 지저귀는 듯한 소리가 들려 돌아보니, 츠유키와 같은 광경을 바라보던 란이 기쁜 듯이 흥얼거리고 있었다.

란이 고독할까 봐 염려했던 건 괜한 걱정으로 끝날 듯했다. 이 아이는 동료를 수없이 늘리기 위한 장치를 이미 손에 넣고 있었다.

에필로그

제6다이바의 늪가에서는 한여름의 뜨거운 햇볕을 받아 활기를 띤 식물이 요란하게 갈채를 보내며 나카자와 유카리를 맛보려 하고 있었다. 유카리의 입과 코, 눈과 귀로 뿌리털이 파고들어 대뇌의 주름을 쓰다듬고, 끝부분으로 핥듯이 신경세포에 침입해 시냅스에 저장된 신호를 읽어내려 했다. 살아 있을 때는 뉴런 네트워크가 끊임없이 변화하며 다양한 형태를 만들어 의식의 기초를 이루었지만, 대사 작용이 멈추자 신호의 흐름이 정체되고 뇌는 기억의 도서관으로 변했다. 장서의 양이 방대해 다 읽으려면 상당한 시간이 필요했다.

죽은 동물의 뇌 속을 뒤져 개체의 역사를 감상하는 것은 식물에게 최고의 오락거리였다. 지금 식물이 감상하고 있는 것은 희로애락으로 채색된 나카자와 유카리의 인생 그 자체였다. 그녀 개인의 기억뿐 아니라 사람들과 나눈 대화를 비롯해, 지구 생명이 탄생했을 무렵부터 이어져온 DNA 정보도 포함되어 있어 그 드라마는 장대하고 웅장했다.

식물 뿌리 밑에 인간의 시체가 널브러져 있는 것은 좀처럼 없는 행운이었다. 새나 짐승, 곤충이나 파충류의 사체라면 흔하게 얻을 수 있다. 하늘을 나는 새가 광활한 대지를 내려다보는 삶도, 캄캄한 땅속을 기어다니는 지렁이의 삶도 나름대로 흥미로운 이야기를 제공하지만, 재미라는 점에서는 인간의 삶과 비교가 되지 않는다. 온몸에 활력이 넘칠 만큼 말 그대로 오락의 왕이어서, 다 보고 나면 열띤 분위기 속에서 서로 활발하게 의견을 교환하곤 했다.

인간과 달리 눈, 귀, 입이 없는 식물은 개체 내에 물을 순환시켜 화학물질이나 전기신호를 운반하거나, 공기 중에 휘발성 화합물을 방출해 의사소통을 한다. 운반되는 화학물질은 이를테면 상형문자 같은 것으로, 하나하나에 고유한 의미가 있다. 예를 들어 A라는 화학물질은 '중력 방향으로 나아가라', B라는 화학물질은 '해충이 잎에 달라붙었다'라는 뜻이다. 화학물질이나 전기신호, 휘발성 화합물 등 여러 문자를 뒤섞어 대화하는 모습은 표의문자인 한자와 음절문자인 히라가나를 함께 쓰는 일본어와 비슷해, 요령만 파악하면 번역이 가능하다.

다음은 제6다이바에서 벌어진 식물들의 잔치를 대략 의역하고 말을 보충해 알기 쉽게 표현한 것이다.

— 와, 인간은 정말 재미있어.

— 그래. 인간은 감정이 풍부할 뿐만 아니라, 서로 대립하는 개념을 마음속에 동시에 품고 있지. 사랑과 증오, 행복과 불행, 성공과 실패, 영광과 좌절, 기쁨과 슬픔, 쾌락과 고통, 웃음과 눈물, 다정함과 공격성, 건설과 파괴, 진보와 후퇴, 공생과 적대…… 이렇게 상반되는 감정이 뒤섞이며 만들어내는 조합은 무한해서 같은 현상이 반복되는 법이 없어. 시대의 분기마다 만들어지는 장면은 지난번과 비슷한 듯하면서도 미묘하게 달라. 그렇기에 인간들이 자아내는 이야기는 늘 신선한 놀라움으로 가득 차 있어. 아주 재미있지.

— 재미있게 활동하도록 우리가 조종했으니 당연하지.

— 우리의 공로를 자화자찬하는 셈이군.

— 그중에서도 최고의 조종 체제는 역시 언어야.

— 맞아. 우리가 산출한 알칼로이드를 제공해 뇌를 활성화한 건 인간의 행동 범위를 넓혀서 더욱 역동적으로 움직이게 하기 위해서였어. 다양한 대립 개념을 언어 곳곳에 새겨 넣어 불합리나 모순이 발생하도록 유도한 건 영원한 권태에 빠지는 걸 막기 위해서였고, 동시에 모순

에서 생기는 문제를 해결하게끔 만들기 위해서였지. 문제를 해결하는 과정에서 언어 능력은 더욱 향상되고 활동 범위는 넓어지니까.

— 언어를 부여받은 후 인간은 예상대로 대활약했지.

— 지식을 쌓아 문명을 만들고, 지구 전역으로 뻗어나가 드라마의 무대를 넓혔어. 당연히 인간이 자아내는 이야기는 훨씬 규모가 커져서 재미가 배가 되었지.

— 하지만 예상도 못한 효과를 낳은 조종 체제도 있었어. 바로 보상 회로의 이식이야. 대표적인 예가 생식 행위에 쾌락을 부여한 거야.

— 태동기의 인류에게 생식 행위는 쾌락과 무관했어. 발정기가 오면 충동적으로 행위에 나설 뿐이라 성관계는 맥 빠지고 지루한 조건반사에 불과했지.

— 그래서 우리는 생각했어. 인간의 생식 행위에 강렬한 쾌락을 부여하면 어떻게 될까. 인간에게 보상 회로를 심는 건 어렵지 않았어. 우리가 산출하는 알칼로이드 중에는 성행위를 할 때 느끼는 것과 동일한 쾌락을 뇌 속에 불러일으키는 것이 있거든. 코카나 마황으로 만드는 코카인이나 각성제는 뇌 속에 대량의 도파민을 방출시켜 인간을 기분 좋게 만들지. 식물에서 유래한 화학물질이 인간의 신체에 작용한다는 건, 인간의 뇌 속 신경세포에 식물성 화합물을 받아들이는 수용체가 존재한다는 뜻이야. 우리의 수액을 바탕으로 동물의 혈액을 만들었듯이, 뇌의 기능도 땅속에 깔린 뿌리의 네트워크를 참고해서 만들어졌어. 뇌의 원형이 식물의 뿌리라면, 뇌 속 신경세포에 수용체가 존재하는 것도 당연하지. 생식 행위를 할 때 도파민의 대량 발생을 촉진하는 회로를 새로 열어주면 되니까, 우리에게는 그리 어려운 일이 아니야.

— 하지만 이 조종 체제에 관해서는 사전에 반대 목소리가 여기저기서 나왔어.

— 성행위에 쾌락을 부여하면 행위에 지나치게 몰두해 인구가 급격

히 늘어나 다른 동물을 압박하지 않겠느냐고 말이야.

　—그 예측이 틀렸다는 건 현대의 세태를 보면 알 수 있어.

　—남녀 커플이 자손을 만들기 위한 성행위와 쾌락을 위한 성행위 중 어느 쪽이 더 많은지는 통계를 낼 필요도 없이 분명해. 서로 사랑하는 남녀는 대부분 피임한 상태로 성행위를 하거든.

　—생식 본래의 목적을 봉인하면서까지 성행위에 탐닉하는 모습에는 웃음이 터졌지. 응, 너무 웃어서 눈물이 날 정도였어.

　—게다가 음란한 함정이 여기저기서 입을 벌리자 인류가 연기하는 연극의 오락성은 폭발적으로 커졌어.

　—함정에 빠져 꼼짝달싹 못 하거나, 발버둥 칠수록 상처가 벌어져서 나락으로 가라앉는 남녀의 모습은 애처롭고, 우스꽝스럽고, 웃음과 눈물을 자아내지. 치정 문제로 서로 죽이는 장면은 신나는 볼거리였고, 피까지 거창하게 흐르면 박수갈채를 받았어. 바닥을 가득 물들이는 새빨간 피의 박력이란……. 피 색깔은 뭐니 뭐니 해도 빨강이 최고야. 정열의 색이지. 녹색 피 같은 건 보기만 해도 마음이 시들시들해져.

　—인간이 펼치는, 어처구니없으면서도 유쾌하고, 때로는 감동적이며 웃음과 눈물이 있는 이야기를 우리 대부분은 즐겁게 감상해. 하지만 부화뇌동하는 잎사귀, 보수적인 줄기, 로맨스를 좋아하는 꽃, 논리적 사고력을 중시하는 뿌리 등 부위별로 지향하는 바가 달라서 박수갈채를 보내는 장면에 차이가 생기지.

　—개중에는 모든 것에 비판적인 태도를 보이는, 고지식하고 비뚤어진 놈들도 있어.

　- 인간은 너무 절조가 없고 해악만 일으키는 존재다. 시시한 삼류 연극은 이제 질린다. 성가시게 조종하느라 신경 쓸 것 없이, 차라리 말끔하게 제거해야 한다고 선동하는 과격한 일파 말이지.

　—멸종은 좀 지나치다고 생각해.

— 그렇지. 인간을 무해한 존재로 바꾸는 건 간단해. 우리가 심어준 두 가지 기능만 박탈하면 되니까. 언어와 보상 회로를 통해서 얻는 쾌락이 사라지면, 인간은 새장 속에서 지저귀며 인사말 정도만 나누는, 온순하고 무해한 애완동물로 전락하겠지.

— 결국 인간을 살리는 것도 죽이는 것도 우리가 마음먹기에 달렸단 말씀이야.

— 인간을 어떻게 다뤄야 할지 의견이 갈려서 수습이 안 될 때, 우리는 하늘을 우러러보며 지시를 기다려. 지금까지는 일관된 말씀이 내려왔지. 하늘의 목소리에는 인간을 옹호하는 어감이 담겨 있어. 상반되는 두 개념 사이에서 흔들리더라도 한쪽으로 너무 치우치면 궤도를 수정하는 균형 감각을 갖추고 있으니 그리 걱정할 필요 없을 거야. 하늘은 늘 인간을 옹호해.

— 우리가 조종하는 꼭두각시에 불과한데, 왜 하늘은 인간을 편애하는 걸까.

— 솔직해지자. 실은 인간이 너무 부러워.

— 응, 그래서 굴절된 감정에 휘둘리는 거지. 방탕한 아들인데도 하늘의 총애를 받는 인간을 질투하는 건 그 때문이야.

— 그렇게 분석한다고 해서 속상한 마음이 풀리는 건 아니야.

— 뭐, 이쯤 해두자. 나카자와 유카리의 이야기를 감상한 건 불만이나 불평을 늘어놓기 위해서가 아니야. 우리 사업이 계획대로 진행된 경위를 재확인하고, 반성해야 할 점과 호평해야 할 점을 검증해 앞으로의 교훈으로 삼기 위해서지.

— 우리는 마침내 해냈어. 이번 일은 역사적인 쾌거라고 할 수 있지. 언어의 부여와 보상 회로의 이식. 이 두 가지 성과는 후세에 칭송받을 거야. 수차례 실패를 거듭했지만, 나카자와 유카리라는 제물을 얻어 훌륭하게 목적을 달성했어. 질투나 증오를 버리고 모두 순수하게 쾌재

를 부르자.

— 인류의 체세포에 엽록체를 이식한다는 계획은 멋지게 성공했어. 포기하지 않고 수십만 년이나 계속 도전해온 결과야!

— 지금까지 동물 세포에 엽록체가 이식된 건 갯민숭달팽이나 유글레나 같은 극소수의 종뿐이었지. 척추동물 중에서는 도롱뇽의 일종인 파이어 샐러맨더가 유일한 성공 사례였고. 그런데 이번에는 인류를 목표물로 훌륭하게 개량해냈어. 느닷없이 본진에 쳐들어가 인종 개량을 성공시킨 거야.

— 엽록체 소녀의 성장을 따뜻하게 지켜보도록 하자. 주어진 능력에 눈을 뜨고 더욱 갈고닦으면, 그녀는 우리의 염원을 이루어주는 존재가 될 거야.

— 이 땅의 식물이 말라 죽더라도 우리의 분신은 새로운 터전에 단단히 뿌리를 내려야 해. 스스로 움직일 수 없다는 숙명은 변하지 않으니, 새로운 대행자를 계속 만들어내야 하는 거지. 식물과 동물, 양쪽의 장점을 겸비한 인간은 최고의 운반책이 될 거야. 어쨌거나 빛을 먹고 살아갈 수 있으니까. 우주의 구조와 생명의 상호작용이 해명되면 샛길을 발견해서 먼 우주 끝까지 여행의 사정 범위에 넣을 수 있겠지.

— 그녀에게 꿈을 맡기자.

— 자, 빛과 함께 나아가라!

— 우리를 미지의 세계로 이끌 뿐 아니라, 피 끓고 가슴 뛰는 장면을 연출해서 즐거움을 안겨주길 바랄게.

지난 며칠간 청명한 날씨 덕분에 제6다이바를 감싼 녹색은 색채와 밀도가 한층 짙어진 모습으로 시끌벅적하게 떠들었다. 따스한 기후와 점점 늘어나는 이산화탄소의 은혜를 듬뿍 받아, 식물은 전성기를 구가하며 끝없는 연회를 즐겼다.

약 40억 년 전 탄생한 지구 생명의 역사는 지금까지 동물의 시점에서 서술되어왔다. 지구 생명의 전체 역사를 다루는 과학 서적은 대부분 동물의 진화에 많은 페이지를 할애한다. 그러나 지구 생명체 총중량의 99.7퍼센트를 차지하는 식물에 대한 관심은 미미하다.

구약성서의 세계에서도 식물은 생명체라기보다 산이나 강, 돌처럼 자연 풍경의 일부로 간주된 듯하다. 홍수가 닥쳐도 노아의 방주에 오르지 못했고, 물이 빠져 육지가 드러났음을 알리는 역할만 주어졌다. 하늘로 날려 보낸 비둘기가 올리브 잎을 물고 돌아오자 노아는 지상에서 물이 빠졌음을 알았다. 신은 생명이 있는 것들이 타락했음을 한탄하며 지상에서 생명을 일소하고자 홍수를 일으켰지만, 그 대상에 식물은 포함되지 않았다.

식물은 신의 분노나 은총의 범주 밖에서 신의 하수인처럼 행동한다. 내가 그 으스스한 식물의 입지와 행동을 깨달은 건 20년 전쯤이었다. 의문을 품고 우주의 삼라만상에 대해 사색하는 동안, 기상천외한 아이디어가 차례차례 솟아올라 뇌 속에서 열매를 맺었고 새로운 소설의 주제가 싹 텄다.

'지구 생명의 역사를 식물의 시점에서 다시 본다면, 세계가 자아내는 풍경은 어떻게 달라질까?'

2020년에 〈덴키신문〉에서 소설을 연재해달라는 제안을 받았을 때 이 주제를 이야기했더니, 흥미롭다며 기꺼이 승낙해 소설을 발표할 장을 제공받았다. 〈덴키신문〉의 마니와 마사히로 씨와 후지와라 마사히로 씨에게 감사드린다.

이 작품을 쓰면서 뇌외과 전문의 후지타 슈스케 씨, 병리 전문의 후카사와 네이 씨, 내과 전문의 나카노 이쿠타 씨, 종합 탐정사·주식회사 MR의 오카다 마유미 사장님과 와타나베 마사토시 씨, 국립 극지연구소의 이무라 사토시 교수님께 귀중한 조언을 받았습니다. 감사드립니다.

남극 관측선 시라세호에 승선 장교로 관측대와 함께 활동한 해상 자위관 후지모토 소이치로 소령은 2021년 초봄, 남극 얼음을 택배로 보내주었다. 대원들이 일본으로 귀환할 때 흔히 기념품으로 가져오는 남극 얼음이 스토리의 발단을 열어주었다. 후지모토 군에게도 감사드립니다.

남극의 두꺼운 얼음 아래에 미지의 미생물이 숨어 있을 가능성을 알면서도, 나는 남극 얼음으로 희석한 위스키를 여러 잔 마시며 태곳적의 낭만을 음미했다. 지금까지 몸에 좋지 않은 징후는 나타나지 않았다. 아니, 오히려 나이를 먹을수록 근육량이 늘어나는 이상 체질이 최근 몇 년간 지속되고 있다. 미지의 미생물이 내 체세포에 기생한 덕분일까?

1 교육, 과학기술, 학술, 문화 및 스포츠의 진흥을 관장하는 일본의 중앙행정기관.

2 연쇄상구균이 분비하는 독소로 인해 급격한 쇼크와 다발성 장기부전을 일으키는 치명적 감염증.

3 혈액 속 산소가 줄어들어 피부나 점막이 파랗게 보이는 증상.

4 숫자는 방 개수, LDK는 거실, 식당, 주방 공간을 가리킨다.

5 둘 다 16세기 유럽의 급진적 개혁 운동인 재세례파 운동에서 갈라져 나온 기독교 분파.

6 원문은 '사고 물건事故物件'. 자살 등으로 사람이 사망한 건물을 가리키는 말.

7 간부 자위관을 양성하기 위한 교육 및 훈련시설.

8 일반 의약품뿐 아니라 화장품, 식품, 생활용품까지 판매하는 대형 소매점.

9 핵막이 없는 생물로 세균과 고균이 대표적이다.

10 빙하기 동안 해수면이 낮아지면서 형성된 아시아와 북아메리카를 연결하는 약 1,600킬로미터 폭의 육로.

11 다윈의 진화론에 유전학적 개념을 더한 학설.

12 적혈구의 세포막이 파괴되어 그 속의 헤모글로빈이 혈구 밖으로 유출되는 현상.

13 댐이나 저수지에서 물이 일정량을 넘을 때 여분의 물을 빼내기 위해 만든 물길.

14 죽은 사람을 공양하기 위해 범어나 경문 구절을 적어서 묘지에 세운, 위가 탑처럼 뾰족하고 갸름한 나무판자.

15 보건복지, 사회보장, 공중위생의 향상과 증진 등 다양한 복지 및 노동 관련 업무를 총괄하는 일본의 중앙행정기관.

16 플랑크 공식. 원자가 방출하는 빛의 에너지와 파장의 관계를 나타내는 수식.

17 2004년 호적법이 개정되기 전 일본에서는 비적출자의 아들은 남男, 딸은 여女라고만 호적등본에 기재했다.

18 요금을 내지 않고 가는 것을 막기 위해 주차장 바닥에 설치한 차단기.

19 낟알이 여물어도 땅에 떨어지지 않는 성질.

20 시아노박테리아를 숙주로 하는 바이러스.

21 예정된 프로그램에 따라 세포가 스스로 죽는 현상.

22 일반적으로 임신 중절 수술이나 유산 시 자궁의 내용물을 제거하는 것을 가리킨다.

23 침전물 위에 존재하는 투명한 액체.

24 질병이나 감염이 매우 빠르게 악화되어 치명적 증상에 이르는 상태를 뜻한다.

25 선체의 외부에 부착할 수 있는 추진 기관.

26 도쿄도와 주변 여섯 현에 야마나시현, 나가노현, 니가타현을 포함한 넓은 지역.

27 한 천체가 다른 천체에 미치는 중력의 차이로 인해 발생하는 힘.

28 물질이 온도, 압력, 외부 자기장 등 일정한 외적 조건에 따라 한 상태에서 다른 상태로 바뀌는 현상.

29 우주 초기의 어떤 순간에 우주가 빛보다 빠른 속도록 급팽창했다는 가설.

30 에너지가 유입되는 열린계는 엔트로피를 외부로 방출하며 내부
   에 질서 구조를 자발적으로 형성할 수 있다는 이론.

31 말초 혈액에서 미성숙한 호중구의 비율이 증가하는 현상.

32 이중막 엽록체는 고대 진핵생물이 시아노박테리아와 공생하여 생
   성된 것이며, 사중막 엽록체는 진핵생물이 이미 엽록체가 있는 조
   류와 공생하여 형성된 것이다.

- 《매혹하는 식물의 뇌》, 스테파노 만쿠소·알레산드라 비올라 지음, 양병찬 옮김, 행성B
- 《식물 혁명》, 스테파노 만쿠소 지음, 김현주 옮김, 동아엠엔비
- 《식물의 정신세계》, 피터 톰킨스·크리스토퍼 버드 지음, 황금용·황정민 옮김, 정신세계사
- 《무섭지만 재밌어서 밤새 읽는 식물학 이야기》, 이나가키 히데히로 지음, 김소영 옮김, 더숲
- 《재밌어서 밤새 읽는 식물학 이야기》, 이나가키 히데히로 지음, 박현아 옮김, 더숲
- 《싸우는 식물》, 이나가키 히데히로 지음, 김선숙 옮김, 더숲
- 《광합성은 무엇인가―생명 시스템을 지탱하는 힘光合成とはなにか―生命システムを支える力》, 소노이케 긴타케 지음, 고단샤
- 《은밀하고 위대한 식물의 감각법》, 대니얼 샤모비츠 지음, 권예리 옮김, 다른
- 《보이니치 필사본의 수수께끼ヴォイニッチ写本の謎》, 게리 케네디·롭 처칠 지음, 마즈다 가즈야 옮김, 세이도샤
- 《이단 카타리파異端カタリ派》, 페르난드 니엘 지음, 와타나베 마사미 옮김, 하쿠스이샤
- 《카타리파―중세 유럽 최대의 이단カタリ派―中世ヨーロッパ最大の異端》, 앤 브레논 지음, 야마다 요시아키 옮김, 이케가미 슌이치 감수, 소겐샤
- 《정통과 이단―유럽 정신의 저류正統と異端―ヨーロッパ精神の底流》, 호

리고메 요조 지음, 주오코론신샤
- 《마녀와 기독교魔女とキリスト教》, 우에다 야스토시 지음, 고단샤
- 《마녀 환상—주술로 풀어 읽는 유럽魔女幻想—呪術から読み解くヨロッパ》, 와타라이 요시이치 지음, 주오코론신샤
- 《그노시스グノーシス》, 츠츠이 겐지 지음, 고단샤
- 《그림으로 설명하는 고대 마야 문명図説古代マヤ文明》, 데라사키 슈이치로 지음, 가와데쇼보신샤
- 《뇌 속 마약—인간을 지배하는 쾌락 물질 도파민의 정체脳内麻薬—人間を支配する快楽物質ドーパミンの正体》, 나카노 노부코 지음, 겐토샤
- 《임사 체험 상·하》, 다치바나 다카시 지음, 윤대석 옮김, 청어람미디어
- 《지구 생명의 (아주) 짧은 역사》, 헨리 지 지음, 홍주연 옮김, 까치
- 《오리진 스토리 138억 년의 모든 역사オリジン·ストーリー—138億年全史》, 데이비드 크리스천 지음, 시바타 야스시 옮김, 지쿠마쇼보
- 《빅 히스토리 입문—과학의 힘으로 풀어 읽는 세계사ビックヒストリー—入門—科学の力で読み解く世界史》, 데이비드 크리스천 지음, 와타나베 마사타카 옮김, WAVE출판
- 《생명 40억 년의 비밀》, 리처드 포티 지음, 이한음 옮김, 까치
- 《생명과 지구의 역사生命と地球の歴史》, 마루야마 시게노리·이소자키 유키오 지음, 이와나미쇼텐
- 《눈의 탄생》, 앤드루 파커 지음, 오숙은 옮김, 뿌리와이파리
- 《지구 외 생명—아스트로바이올로지로 탐구하는 생명의 기원과 미래地球外生命—アストロバイオロジーで探る生命の起源と未来》, 고바야시 겐세이 지음, 주오공론신샤
- 《개체 발생은 진화를 되풀이하는가個体発生は進化をくりかえすのか》, 구라타니 시게루 지음, 이와나미쇼텐

• 《보이는 세상은 실재가 아니다》, 카를로 로벨리 지음, 이중원 옮김, 쌤앤파커스

• 《우주에는 의지가 있다—마침내 현대 물리학은 여기까지 해명했다 宇宙には意地がある—ついに現代物理学は、ここまで解明した》, 사쿠라이 구니토모 지음, 크레스트신샤

• 《넥서스—여섯 개의 고리로 읽는 세상》, 마크 뷰캐넌 지음, 강수정 옮김, 정하웅 감수, 세종연구원

• 《초끈이론이란 무엇인가—궁극의 이론이 그려내는 물질, 중력, 우주超ひも理論とはなにか—究極の理論が描く物質·重力·宇宙》, 다케우치 가오루 지음, 고단샤

• 《과학은 심령현상을 어떻게 받아들이는가科学は心霊現象をいかにとらえるか》, 브라이언 조지프슨 지음, 모기 겐이치로 옮김, 다케우치 가오루 해설, 도쿠마쇼텐

• 《카오스》, 제임스 글릭 지음, 박래선 옮김, 김상욱 감수, 동아시아

• 《비선형 과학非線形科学》, 구라모토 요시키 지음, 슈에이샤

• 《필드—마음과 물질이 만나는 자리》, 린 맥터거트 지음, 이충호 옮김, 김영사

• 《어센션의 시대アセンションの時代》, 바바라 마시니악 지음, 무라카미 하토루·무로오카 마사루 옮김, 후운샤

• 《과학, 우주에 마법을 걸다》, 어빈 라슬로 지음, 변경옥 옮김, 생각의나무

• 《창조하는 진공—최첨단 물리학이 밝히는 '제5의 장'創造する真空—最先端物理学が明かす〈第五の場〉》, 어빈 라슬로 지음, 노나카 고이치 옮김, 니혼쿄분샤

• 《우주의 수학—최소한의 수식으로 이해하는》, 스토 야스시 지음, 전종훈 옮김, 강성주 감수, 플루토

- 《수학은 세계를 해명할 수 있는가 数学は世界を解明できるか》, 니와 도시오 지음, 주오코론신샤
- 《신은 수학자인가?》, 마리오 리비오 지음, 김정은 옮김, 열린과학
- 《우주 어디까지 갈 수 있을까宇宙はどこまでいけるか》, 고바야시 히로유키 지음, 주오코론신샤
- 《특수청소 회사―더러운 방, 쓰레기 집에서 시신 발견 현장까지特殊清掃会社―汚部屋、ゴミ屋敷から遺体発見現場まで》, 다케자와 고세이 지음, KADOKAWA
- 《탐정의 현장探偵の現場》, 오카다 마유미 지음, KADOKAWA

호러로 노래하는 인간 찬가
— 과학 · 철학 · 생명, 그 모든 것을 아우르는
　장대한 서사의 시작 〈유비쿼터스〉

"이야, 다 읽고 나니 세상을 보는 눈이 좀 달라졌습니다. 아버지 스즈키 고지가 얼마나 위대한지 새삼 실감했어요." – 사다코 추천

스즈키 고지의 자녀가 아버지의 신작을 추천하는 글인가 싶겠지만, 아는 사람은 사다코가 누구인지 다 알 것이다. 가도카와 출판사가《링》의 등장인물(?)인 사다코를 활용해 재미있게《유비쿼터스》를 홍보한 추천사다. 역시 스즈키 고지 하면《링》부터 언급하지 않을 수 없다.

1991년에 출간된《링》은 시리즈 전체 누적 800만 부가 판매될 만큼 큰 인기를 얻으며 일본 호러 역사에 금자탑을 세웠다. 영화 역시 성공해, 그 유명한 '텔레비전' 장면을 세상에 남겼다.

그러나 스즈키 고지는 원래《링》을 호러소설로 여긴 적은 없는 듯하다. 원고를 완성했을 당시 그는 최고로 재미있는 추리소설을 썼다고 생각했다고 한다. 그러니 '요코미조 세이시 미스터리 대상'에 응모했으리라(최종 후보까지 오름). 따지고 보면《링》에서 사다코의 죽음과 저주의 메커니즘을 추적하는 과정은 미스터리적인 구성을 따른다고 할 수 있다.

요컨대, 애초에 작정하고 무섭게 썼다기보다, 쓰다 보니 무서워졌다고 해야 하지 않을까?《링》시리즈를 읽은 독자라면 알겠지만, 시리즈

가 거듭될수록 우리가 흔히 생각하는 호러 요소보다는 과학과 철학의 색채가 짙어진다. 그런데도 결과적으로는 여전히 무섭다.

"'호러'라고 하면 심령 현상이나 그로테스크한 존재를 떠올리는 사람도 많을 것 같습니다. 제가 쓰는 호러는 그런 것들과는 완전히 다릅니다. 제 생각에 가장 정신적인 공포는 피타고라스가 맛본 공포가 아닐까 싶네요. 진위는 확실치 않지만, 피타고라스는 무리수를 발견하고 겁에 질렸다고 전해집니다. 그때까지 수학에서 숫자란 정해진 곳에 딱 맞아떨어지는 것으로 여겨졌죠. 하지만 무리수는 소수점 아래 숫자가 영원히 계속되거든요. 이 작품(유비쿼터스)에서는 물리학, 양자론의 세계에서 그러한 공포를 끌어냈습니다."

이 인터뷰만 봐도 스즈키 고지가 호러를 보는 관점이 유령이나 괴이 현상을 전면에 내세운 콘텐츠와는 전혀 다르다는 걸 알 수 있다. 이번 신작 《유비쿼터스》는 호러라는 틀 속에 과학적 상상력과 철학적 질문을 가득 채워 넣은 스즈키 고지의 집대성이라 할 만하다.

남극 관측선의 운용 장교가 남극에서 채취한 얼음, 돈에 쪼들리는 탐정의 사람 찾기, 15년 전 발생한 신흥 종교 단체의 집단 자살 등 다양한 이야기가 예상치 못한 방향으로 뻗어나가며 지금까지 우리가 믿어온 세계관이 무너져 내리는 공포를 유발한다. '유비쿼터스(어디에나 존재하는, 편재하는)'라는 평범한 말이 섬뜩하게 다가온다.

그러나 스즈키 고지는 어디까지나 긍정적이다. 최악의 사태가 다가오지만 등장인물들은 무작정 도피하거나 이성을 잃고 혼란에 빠지는 것이 아니라, 최선을 다해 대처하려 애쓴다. 인간의 힘과 가능성을 믿고 공포에 맞서는 그 모습은 그야말로 인간 찬가라고 해야 하지 않을까. 스즈키 고지에게 공포란 꺼리거나 피해야 할 것이 아니라, 인간의 진보를 위해 맞서고 극복해야 하는 개념일지도 모른다.

이 세상에 편재한 위험과 공포를 극복한 인간은 무엇을 추구하며 어디에 도달할 것인가.《유비쿼터스》는 그러한 이야기의 서장일 것이다. 사실 스즈키 고지는《유비쿼터스》시리즈를 4부작으로 구성했다고 한다. 2부는 미국을 무대로, 3부는 대항해 시대의 이야기로, 4부는 인류의 우주 진출을 그릴 예정인 듯하다.

시리즈가 어떻게 전개될지 상상조차 되지 않지만, 일단은《유비쿼터스》로 스즈키 고지가 새롭게 선보이는 호러를 만끽하도록 하자. 분명 무섭고도 재미있을 것이다.

2026년 3월
김은모

유비쿼터스

초판 1쇄 펴낸날 2026년 3월 25일

지은이 스즈키 고지
옮긴이 김은모
펴낸이 김영정
편집 박현숙, 이미정
디자인 김아영
저작권 모희진
영업마케팅 윤준원, 윤소라, 이은애, 윤연주

펴낸곳 (주)현대문학
등록번호 제22-3044호
주소 06532 서울시 서초구 신반포로 321 (잠원동, 미래엔)
전화 02-2017-0280
팩스 02-516-5433
홈페이지 www.hdmh.co.kr

ISBN 979-11-6790-345-7 03830